Paula Grogger Das Grimmingtor

Paula Grogger

DAS GRIMMINGTOR

Roman

Verlag Styria

Die Deutsche Bibliothek – CIP-Einheitsaufnahme
Grogger, Paula:
Das Grimmingtor : Roman / Paula Grogger. – 4. Aufl. –
Graz ; Wien ; Köln : Verl. Styria, 1998
ISBN 3-222-11575-3

4. Auflage, 1998

Printed in Austria
Umschlaggestaltung: H. Paar, Graz
Gesamtherstellung: Wiener Verlag, Himberg
ISBN 3-222-11575-3

INHALTSVERZEICHNIS

Erstes Buch

Alte Chronik 9
Die Evangelisten 23
Spaziergang 43
Wie Abt Gotthard nach Gstatt kam 60
In der Studi 81
Die Lehre vom Himmelbett 105
Der verbotene Dreizipf 123
Die Wallfahrt bis Maria Grüaberl 140
Johannes 158
Das hochnotpeinliche Strafgericht 181
Der letzte Schutzengel 209

Zweites Buch

Vier Ähren Traid 241
Von guten Werken, welche der Vorsicht bedürfen 261
Advent 283
Wie Matthäus sein Glück verspielte 319
Die Kranewetten unter dem Schleier 341
Der Einaug und der Nepomuk 376
Von mannigfacher Herzensnot 421
Der Maitanz 458
Wie der heilige Nepomuk zum zweitenmal ertrank 486
Fronleichnam 514
Das Grimmingtor 538

Wörterverzeichnis 569

ERSTES BUCH

ALTE CHRONIK

Mondhell und blank ist der Himmel. Sterngelber Schein liegt auf den Mauern. Die Dächer glänzen im Rauhreif, und leise Spukschatten haben sich hinter die Zäune gelegt. Aus dem Rauchfang des Torbäcken flattert ein dünnes Wölkchen; beim Schneider brennt die Lampe noch. Es ist so ruhig im Dorf, daß ich fühle, wenn der Hahn auf dem Turme knarrt ... wenn die vier Pappelbäume sachte ... sachte sich regen. Und der Grimming ragt ganz einsam und groß aus dem Saume blauer Föhren. Vom Stierkar herab schneidet sich ein schmales, tiefes Rinnsal ein, und da läuft im Frühjahr viel Gewässer und Sand nach einer Schneemulde nieder, manchmal auch ein schweres Felsstück. Keine Krüppelföhre mag dort leben, kein Christrösel blüht. Kein Mensch getraut sich recht auf die »Jausengruben«. So heißt sie von alters her; denn genau zur selben Tagesstunde, wann der Felszack drei Schattenfinger auf die Grube wirft, nehmen die Holzknechte aus ihrem Buckelsack das Speckbrot und den Kranewittern.

Es graut mir ein wenig in der blassen, silbrigen Mondnacht, weil ich just daran denke ... Wo die Steinwand schroff über der Mulde aufsteigt, ist ein Tor. Und selten kann es ein Mensch erschließen, es sei denn während der Prozession am hohen Fronleichnamstag oder, wie andere wissen wollen, bei der Wandlung zu Peter und Paul.

Einmal gab es einen tollen Jäger, der wagte es. Warum ... das wird man nimmer erfahren; allein viele meinen, es geschah, weil er die ehrgeachtete Jungfrau Constantia Sorger, verehelichte Stralzin, so unsäglich liebte. Sie war die Tochter des Knappen Johannes Sorger, welcher nachmals Verweser ge-

worden war. Und war bekannt durch einen wunderschönen Wuchs sowie ihre großen dunkelbraunen Augen und das goldwellige Haar. Die Roßknechte horchten im Vorüberfahren auf ihre laute klingende Stimme. Und ihr weitschichtiger Vetter, der Oberverweser Georg Staudacher, ließ sich's nicht gereuen, jeden Tag zwei Stunden weit in den Walchengraben zu spazieren, nur um sie anzuschauen. Und der Jager, ach! der Jager lernte schreiben ihr zuliebe. Und das war ein Martyrium.
Am St. Barbarafest, als sie sechzehn Jahre alt war, führte sie ihr Vater auf den ersten Tanz. Und da ist der Andreas Grogger, insgemein Stralz, auf sie zugeschritten, hat ihr die Hand gedrückt, daß es bitter schmerzte, und hat gesagt:
Etwa: Ich hab dich gern?
O nein!
»Stanzi«, hat er gesagt, »wann meine Schwester ausheirat' und meine sechs Brüder ein Handwerk haben, wann das Haus leer ist, wöllen wir zwei Hochzeit halten. Eher gehst mir auf keinen Tanzboden mehr. Verstanden?«
Da wurde das liebe Mädchen zunderrot und entgegnete ihm jähzornig:
»Du hast mit mir nit umzuschaffen!«
Aber nach einer halben Stunde ging sie heimlich nach Hause. Und wenn fürder die Roßknechte mit dem Kupfererz vorbeifuhren, hörte sie zu singen auf. Wenn der Oberverweser zwischen den Schmelzöfen sichtbar wurde, so versteckte sie sich. Nur mit dem Jager diskurierte sie manches Mal, weil dieser weit herumpirschte, bis in die Sölktäler und durch den Paß Stein sogar, und weil er in seiner verbissenen Weise allerhand vom Bräutigam Stralz erzählte, was nicht sehr schön ... und vielleicht auch nicht erlogen war. Zuletzt schwor er jedesmal:
»Stanzi, der Teufel soll mich holen, wann's nit wahr ist.«
Dann sah das Mädchen hoffärtig an ihm fürbei und sprach:
»Ich glaub's schon.«
»Nimm mich!« bat der Jager.
Hierauf wurde ihr Gesicht aschfahl und hart.
»Nein, sag ich!«
Einstens, es war schon in der Dämmerzeit, da pochte der Bursch an die Haustür.
»Stanzi, mach geschwind auf!«

»Was gibt's denn?« fragte das Mädchen und brannte zitternd ein Kienlicht beim Herdfeuer an. Der Jager aber war ungeduldig und drückte an die Klinke, bis es krachte und der Türhaken weit davonflog.

»Er heirat' die Bräumeisterwittib von Gröbming.«

Die Jungfrau Constantia Sorgerin rührte sich nicht. Nicht einmal der Span flackerte.

»Mich ziemt, dir ist nit leid?« hub er zu fragen an.

»Nein.«

»Hast nit reden hören? Zwo Köchinnen sind aufgedungen; eine extra für die Prügelkrapfen und die Schnürlkrapfen. Und zwanzig Ellen Seidenzeug hat er kauft beim Hausierer Gottlieb.«

»So.«

»Mich ziemt, dir ist gar nit leid?«

»Geh weiter!« schaffte sie. »Mir brennt das Mus an, wannst nit bald dein Maul haltst.«

»Tu 's Licht weg!« bat er weich. »Es züngelt schon um deine Fingernägel.«

Das Mädchen rührte sich noch immer nicht. Da riß ihr der Bursche den Span aus der Hand und zertrat ihn. Nur das rote Herdfeuer leuchtete. Und das Mädchen stund so bläßlich und kalt vor ihm, daß er, sein wildes Geblüt zähmend, gar demütig bettelte:

»Stanzi, gelt, du wirst ihn übers Jahr längst vergessen haben. Und du brauchst statt seiner auch keinen Jager nit nehmen, wann dir ein solcher zu gering ist. Das Stift Admont wird noch heuer einen verlieren. Ich schwör, daß ich zu Martini schon ein Schloßherr bin, reicher als wie der Moar von Kunagrin und der Moar im Steinkeller zusamm. Weißt du ... wie?«

»Brauch's nit zu wissen.«

»Stanzi, drüben in Gstatt werden wir hausen. Ich und du. Was wirst du für eine pieksaubere Schloßfrau sein!«

»Ich glaub, der Vater kommt.«

»Wegen meiner kann er wohl kömmen. Aber du lügst.« Der Jager wußte alsdann schier nichts mehr zu reden. Er suchte in seinen Taschen, zog endlich ein Briefbögerl heraus und reichte es mit abgewandtem Gesicht der Stanzi ... »Ich hab den Vers für dich geschrieben, liabs Dirndel du. Nit, daß du etwan glaubst, ich hätt den Schulmeister zahlt.«

Sie las nicht. Sie blickte nur immerzu auf das undeutliche Bild von göldenen Schnörkeln und rotseidenen Blumen, so kunstvoll auf das Papier gepreßt waren. Sie blickte ganz stumpf und gebrochen.
Da küßte der Bursch sie inbrünstig ab.
Die Jungfrau Constantia wehrte sich mit erhobenen Armen, stieß ihn von sich, daß er taumelte, und schlug hinter ihm die Tür zu ... Das feuchte Holz gloste auf dem offenen Herd. Und der Rauch drückte sich in die Küche. Denn es blieb immer der Südwind so um Lichtmeß.
Am Fest der heiligen Barbara waren es sechs Jahre gewesen, daß ihr Andreas Stralz das Heiraten geheißen hatte. Barmherzige Mutter Anna und hilfreicher Antoni von Padua! sie hatte treu gewartet, und im Knappendörfel wie zu Öblarn draußen konnt ihr niemand nichts Übles nachreden. Um Neujahr ist auch der jüngste von seinen sechs Brüdern frei geworden und hat, weit auswandernd, sich in Amerika drüben seßhaft gemacht. Und das Haus ist leer ...
Die schöne Jungfrau Constantia schluchzete plötzlich hellauf. Indem sie jedoch das Mus in der Pfanne mit zornigen Stößen zerstampfte, wurde ihr Weinen unhörbar wie auch der schwere Schritt des Herrn Vaters. Er stund auf einmal hinter ihr und fragte mit seiner tonlosen Stimme:
»Was ist's mit dem Türhaken?«
Sie zuckte die Achseln.
Dann sagte er:
»Ich bin hungrig.«
»Es ist anbrennt.«
Der Knappe wies auf das halb verkohlte Briefchen. Seine Tochter aber schupfte es schnell zur Glut hin, daß es sich alsogleich zu einer Flamme einrollte.
»No?«
»Ach nix ... ein Zettel ...«, murrte sie, »... ein Papierfetzen.«
»Du!« sagte Johannes Sorger rauh. »Du, was hat denn der Lotter draußen? Er lehnt beim Holzzaun und gafft.«
»Er hat mir ein Bussel geben«, sprach sie leise.
»So ...?«
»Und ich hab ihn hinausgerennt«, sprach sie laut. »Ansonst wär er wohl noch herinnen.«

Da drehte sich der Knappe jählings um und ging in die Kammer. Als die Stanzi wieder allein war, schlich sie ans Fenster und spähte ein bißchen durch den Fürhangschlitz; denn sie war noch sehr jung und sehr neubegierig.

Richtig! Da lauerte der Jager; die Augen zugekniffen, wachsgelb im Gesicht. Schnitzelte mit einem Weidmesser in der Rinde des Ahornbaumes.

Und am zweiten Tage, nachdem es dusend geworden, stund er wieder dort. Am dritten Tage aber nicht mehr ...

Es gab einen langen Fasching jenes Jahr. Die blonde Knappentochter hatte sich krank geweint; sonst wäre sie jeden Sonntag bei Predigt und Hochamt gewesen, um es zu hören, wann der Stralz von der Kanzel verkündigt werde. Es bereitete ihr schon eine bitterböse Lust ... die Grübelei und das Warten, daß ihr Vater endlich die Botschaft heimbrächte ...

Allein es trug sich nichts dergleichen zu. Und sie fühlte sich immer kränker vor Trutz und Liebe und Unruh. Sonst wäre sie gewiß nach Öblarn hinaus und hätte auf dem Tanzboden alle Schuhe zerrissen in den drei Narrennächten bis zum Aschermittwoch. Unglaublich viel sinnierte sie in der beschaulichen Fastenzeit.

Am Schmerzhaften Freitag, welchen Datums ihr Vater Hutmann geworden ist, stund sie vom Marodenbett urblitzlich auf und sagte, sie wäre jetzt wieder gesund. Sie scheuerte das kleine Haus von oben bis unten, rieb das Geschirr mit Zinnheu und Sand, damit es blank wie ein Augapfel spiegle, und begoß die welken Fuchsien am Fensterbrett, die ihr Vater vergessen hatte. Dies alles geschah mit völlig totem Herzen nur ihm zulieb, weil sie sich insgeheim schuldig fühlte. Denn am Ostermontag wollte die Stanzi dem guten Menschen einreden, daß ihre Frau Goden in Pürgg sie geladen hab. In Wirklichkeit aber wollte sie auswandern ... weit, weit fort. Wohin, das wußte sie selbst noch nicht.

Heftigen Gemütes, wie sie war, entschloß sich die Stanzi schon zu Palmare. Die gelben Schwefelkrusten rauchten. Der Dunst stieg. Feinstes Grün wagte sich aus dem Almboden. Pestwurz und Buschwindröschen wuchsen den Bach entlang und die dunkelgelben Sterne des Lattich.

»Ein warmes Frühjahr«, seufzte die Jungfrau Constantia, indes sie die kleinen Fensterflügel zögernd aufschlug. Dann

machte sie sich zur Abreise fertig und sprach gar schüchtern und verzagt:
»Pfüat Gott, Herr Vater, hiaz muaß ich gehen.«
Er war ganz arglos. Dadurch wurde sie noch trauriger, und während sie mit den Fingern in den Weihbrunn tupfte, überwältigte sie eine trostlose Reue. Ihre herben Mundwinkel zuckten, ihre braunen Augen wurden heiß und blind. Allein sie ließ solches nicht merken und ging mit großen Schritten.
Wohin? . . . wohin?
Ein einziger Gedanke surrte in ihrem Kopf wie ein schweres Rad immer rundherum:
Wann doch der Weg zwischen Öblarn und dem Knappendörfel niemals ein Ende nähm!
In den Angern erwachte sie ein wenig aus ihrer Stumpfheit. Bergleute torkelten an ihr vorbei, und im Wirtshaus klang eine Harfe. Da mußte sie wehmütig denken, daß mit einem Tanz all ihr Herzeleid begonnen habe. Und sie eilte . . . eilte.
In einem rehledernen Säckchen am Halse klimperten fünf Taler. Sie waren ihr Griesengeld. Die goldlichen Zöpfe sanken auf den Spenser herab, der Kopf schmerzte. Bis ins Mark war sie müd. Und als sie ein Fuhrwerk hörte, kam ihr der Wunsch: Wann ich doch hinfallet und nichts mehr wüsset von mir. Der Mensch, der kommt, möchte mich wohl aufklauben und zu meinem Vater bringen. Ich bräucht alsdann nit selber gehn und wär doch daheim.
Sie fiel aber nicht hin. Das Leben war auch nach der Krankheit wunderbar stark in ihr. Das Fuhrwerk befand sich schon nahe, und nun erkannte sie, daß der Stralz darin saß. Sie wurde zunderrot im ganzen Gesicht und schritt mit einem Male kerzengrad.
»Grüß dich!« sagte er.
Sie dankte ihm nicht.
»Wohin denn?« fragte er, das Roß anhaltend.
Sie ging weiter. Da sprang er vom Wagen.
»Stanzi, bleib doch stehen ein bissel!«
»Was hast gesagt?«
»Du tuast mir alles zufleiß.«
»Wüßt nit . . . warum.«
»Hast im Sinn auf Öblarn?«
»Weiter.«

»Auf den Mitterberg?«
»Das kümmert dich nix.«
»Das kümmert mich wohl«, sagte der große blonde Mensch ohne Erregung.
Da antwortete sie schon weniger trutzig:
»Nach Pürgg hab ich im Sinn.«
»So weit? Es kostet dich grad ein Wörtel. Soll ich umdrahn?«
Sie schwieg.
»Ich führ dich mit meinem Wagerl. Willst?«
»Kunnt mir einfallen.«
Andreas Stralz war mit einem Satz wieder auf dem Wagen, schnalzte und sprengte davon. Das Mädchen tat einen schwachen Seufzer und wußte lange nicht, ob ihr zum Lachen oder zum Weinen sei. Sie wanderte talaus mit ihrem Wanderpack. Und weilen sie schon beim Schrabachkreuz war, galoppierte der Stralz so wild und rasselnd hinterher, als wäre ihm das Roß durchgegangen. Schier keine Zeit hatte sie auszuweichen.
»Wart!« schrie er befehlend und riß am Leitseil, daß der Hengst sich bäumte. Dann sagte er ruhig: »Ich hab mir's überlegt.«
Erst jetzt schaute ihn das Mädchen ordentlich an und bemerkte, daß er sich sauber ausstaffiert hatte mit einem neuen Hut und einer Joppe von schönem, lichtgrauem Perlloden. Die Hosen waren unter den Knien mit langen propern Lederbändlein zugebunden. Die Modelstrümpf waren blau wie der Enzian.
»Zu meinem Halter wöllt ich in die Starzen«, sagte er.
Da lächelte sie fein.
». . . und auf dem Rückweg bei euch zusprechen . . .«
»Wir ziehen unser Kitzel selber auf«, erwiderte sie gar unschuldig, wußte jedoch ganz gut, daß ihm darum nicht zu tun war.
»Ach geh, bin ich ein Viehhandler, daß du so redst?«
»Nein, das bist nit.«
»Was nachher?«
»Halt mich nit auf! Hab nit Zeit.«
Es glänzte was wie Glimmerschiefer in seinem linken Auge. Am rechten nämlich war er blind. Sich neigend und ihre Hand innig umfassend, sprach er mit seltsamer Gleichmütigkeit:
»Steig auf! Oder fürchtst dich?«

Das Mädchen gehorchte. Langsam und still fuhren die zwei durch den Walchengraben. Grüne Wellchen und grüne Fische hüpften im Bach. Von den Holzriesen schossen spritzend die Wässerlein. In den Baumwipfeln verrieselte das Himmelsgold wie ein Segen. Und die Blüten des Lattichs flimmerten beidseiten des Weges und sahen aus, als wären sie in lauer Nacht zur Erde getropft, just für den Stralzen und die schöne Jungfrau Constantia. Er hatte die Zügel straff gepackt und gab fürsorglich auf das Pferd Obacht, denn die Straße war schmal und holprig. Lieblich verschüchtert saß sie neben ihm. Das Griesengeld klingelte unter dem Sonntagsspenser. Oder klingelte das Herz? Wie wünschte es doch, daß der Weg zwischen Öblarn und dem Knappendörfel niemals, gar niemals ein Ende nähme.
Von der ersten Bauernkeusche an ging das Steirerwägelchen ruhiger. Das Pferd fand sich von selbst zurecht. Da drückte der Stralz wiederum ihre Hand.
»Wann du von Pürgg heimkommst, gehen wir zum Pfarrer«, sagte er, sonst nichts.
Sie nickte. Alsdann sahen sie von weitem den Kirchturm aus dem überzarten Blust der vielen knospenden Obstbäume ragend. Neben dem Wasserwehr hockte der Kurschmied Sebastian Zedler, item ihr Bruder von der seligen Mutter her, welche zweimal verheiratet gewesen war. Der zwinkerte den Brautleuten zu, ohne sich ansonsten zu rühren, sintemal bei seinem Fischzeug ein Mordstrumm Forelle angebissen hatte. Auch eine Schar Kinder trafen sie, welche jenseits der Enns Seidelbast sowie Palmbuschen und Schneeglöckchen gepflückt hatten. Diesseits der Brücke, dicht vor seinem Hof und Wurzgarten, lud er sie ab, nahm ein Sträußel Buchsbaum vom Hut und reichte ihr's.
»Nit einmal ein Nagerl hab ich, daß ich dir's schenken kunnt!«
Das Mädchen roch lange daran, obgleich es nicht geduftet hat, und sagte:
»Will's in ein Geschirrl stecken, daß es weiterwachst.«
Wirklich wanderte sie desselben Tages zu ihrer Goden nach Pürgg. Und als die drei Wochen fürüber waren, hielten sie Hochzeit. Eine zweite Köchin hatte der Stralz gedingt, extra wegen der Prügelkrapfen und der Schnürlkrapfen. Und der

Kurschmied Zedler hatte auf der Walchenbrücke eine Maut hergerichtet, daß die Brautleut sauber zahlen mußten, sobald sie, verbunden durch das Ehesakrament, alsdann heimwöllten. Kaleschen, Kutschen und Leiterwagen fuhren auf, mit Bändern und Blumen hochgeschmückt. Spielleut mit Flöte, Klarinette, Trompete, Flügelhorn, Geige, Baßgeige und Bratsche marschierten hinter dem Hochzeitlader. Und aus der Höhe vergossen alle vier Glocken ihren Wellenschwang.
Die Jungfrau Constantia Sorger war so schön und glückselig, daß die alten Mütter im Dorfe gerührt vor sich hinschluchzten. Und daß die ledigen Dirndeln, welche auch ein Ringel erwünschten, dicht bei ihr vorüberstreiften und nach abergläubischer Sitte den Buckel am seidenen Brautkleid wetzten ... Und daß die Musikanten es hienach im ganzen Ennstal erzählten, wie die blonde Knappentochter wär dahingerauscht in faltigem Taft, welcher vom dunklen Violett in den braunen Ton verwitterten Kupfers schillerte. Ein Halstuch mit böhmischen Perlen habe sie getragen und nach dem Brauttanz eine golddurchwirkte Drahthaube, von runden Myrten und Rosmarin weiß-grün gekränzet. Bewundernswert sei auch das Muster auf ihren schneeweiß gestrickten Ärmeln und Strümpfen gewest, am allerliebsten aber das wehende Fürtuch von der Farbe blasser Herbstzeitlosen.
Die Hochzeit der Constantia Sorger, verehelichten Stralzin, dauerte drei Tage. Und als diese verflossen waren, betraf sie auch die Freude, daß der Graf Johann Gottlieb Stampfer, zwar nicht in Person, wohl aber durch das Bergamt, den Vater Johannes Sorger zum Hüttenschreiber ernannte, mit viereinhalb Gulden Wochenlohn und der Anwartschaft auf den Verweserposten. Er übersiedelte alsbald von seiner vereinsamten Keusche in das Werksgebäude heraus, und Frau Constantia erblickte in diesem Umstand Gottes weise und gnädige Absicht, denn schon im zweiten Monat ihrer Ehe brach eine große Heimsuchung über die Gegend, namentlich über die Walchen, herein. Item, es hatte von den Tauern allen Schnee zu einem erschrecklichen Hochwasser zusammengeschwemmt, wie es seit Menschengedenken nicht geschehen war. Heftige Wasserstürze verheerten Schacht und Gruben, vornehmlich das Dreifaltigkeitslager und den Thaddäus-Unterbau. Der Bach riß alle Brücken mit. Baumstämme schwammen von den Angern her-

aus wie Halme. Und eine Sandmure schob sich durch das enge Quertal und bedrohte das Dorf mit einem Schaden, welchen weder Mensch noch Vieh hätte angleichen können.
Die gottesfürchtigen Leute, soweit sie katholisch waren, nahmen ihre Zuflucht zum heiligen Johannes von Nepomuk und zimmerten augenblicks ein Bildstöckel, damit er sie vor weiterer Not und Fährnis behüte. Die junge Stralzin steckte überdies jeden Abend dem Patron eine Kerze an, der ebendort wachte, wo der Weg zwischen dem Bachbett und ihrem Wurzgarten zum Berghammer führt. Sooft sie auch hinaustrat, gar alleweil lauerte der liebtolle Jager unter dem Brückenschluf des Tenns ... und fluchte ... und lockte.
Sie tat, als höre sie nichts, betete schnell ein Vaterunser für seine arme Seele.
Am Abend vor Fronleichnam, als bereits die Straßen und Höfe gekehrt und die schmächtigen Birken vor den Häusern eingesteckt waren, als der Bäckenhansei auf seinem Waldhorn viel andächtig das »Tantum ergo« übte, sah sie ihn zum letzten Male. Er stand hinter der Rosenstaude des heiligen Nepomuk, hatte die Händ um einen Zaunpfahl gepreßt und war so bleich und stumm wie ein Martyrer in Todespein. Nicht ein Atemhub entrann seinen Lippen.
Die junge Frau bemerkte solches Leid gar wohl. Lange fing ihr der Schwamm kein Feuer; als sie mit dem Zündstein anschlug, so bebte sie in Unruh. Denn es geschieht, daß der Mensch, wechselnden Stimmungen unterworfen, manchmal die Leidenschaft und Begier eines andern voll Abscheu von sich stößt, manchmal aber zufolge der eigenen Sehnsucht begreift.
Schier versonnen tat sie die aufgerafften Schürzenzipf voneinander, und ein Schopf bunter Feldblumen fiel raschelnd auf die Betbank. Die alten Buschen, die schon seit etlichen Tagen mit einem leisen, traurigen Geruch hierselbst welkten, streute sie in den Bach. Und aus den Krügen, Hönigtiegeln und geschliffenen Kaffeebechern wusch sie den grünen Pflanzenschleim.
Wie Frau Constantia das zweitemal von der Uferstiege zurück gegen die Holzfigur des verschwiegenen Beichtvaters kam, den der böhmische Wenzel ertränkt hat, lag hierorts ein unbeschreiblich schönes Gesträuß blutroten Almrausches. Sogleich erriet sie, wer es gebracht hatte, und meinte kindlich, er wäre,

vom lieben Gott erleuchtet, seiner sündhaften Liebe Herr geworden.
Weit gefehlt! Er hatte sich etwas Unheimliches in den Kopf gesetzt. Aber sie wußte es nicht, trat zu ihm und sprach ihn zum erstenmal seit Lichtmeß freundschaftlich an.
»Jager, geh heim!« sagte sie. »Morgen ist Feiertag. Da tragen sie das hochwürdigste Sakrament fürbei. Drum muß ich anheut den Patron zieren mit Buketten und Kranzgewind.«
Er rührte sich nicht.
Und Frau Constantia verrichtete ihre Arbeit weiter. Sie legte zart die blassen Sumpfvergißmeinnicht in einen Zinnteller und drückte nassen Moorsand auf die Stengel. Sie wässerte die violetten Glocken, die weißen Maßliebchen und die blauen Schwertlilien ein. Und nachdem sie damit fertig geworden war, zog sie ein Knäuel Leinengarn aus dem Kittelsack, schnitt Rosmarin, Flieder, Buchs und derlei Gezweig im Garten und band beim Schein der Kerzen einen runden Kranz. Ab und zu jedoch spähte sie neugierig nach dem Jager. Es war schon sehr dusend. Kaum ein Schatten hob sich vom Rasen ab. Die Sterne hingen draußen in der Sommernacht. Gleich verwehten Funken taumelten Johanniskäfer ins hohe Gras. Die Straße war leer. Narzissen, Almrausch und Rose dufteten. Und aus dem zerbrochenen Dachfenster des Bäckenhansei rann wie eine Himmelswelle das Tantum ergo.
Da fühlte Constantia Stralzin sich tief im Herzen erbaut. Die Schönheit der lieben Welt mit ihren Sternen, Blüten und Tierlein überrieselte sie. Die sanfte Musik glich einem Wiegenlied. So stand sie eine Weil in lauterer Seligkeit, mit der starken, schweigenden Lust der Erde verwebt, und konnte niemandem feind sein, auch dem armen, verrückten Jager nicht. Und sie sprach gegen den Rosenstock:
»Wia lau der Abend ist ...«
Der Bursch gab keine Antwort.
Da machte sie einen Schritt auf ihn zu, bog die Dornranke beiseite und sagte scheu:
»So liabla ... wia alles blühet ...«
»Mir ist nichts liabla, seit mir der Stralz ins Gäu ist kömmen«, trutzte er verbissen.
Sein Elend machte sie verzagt. Beinahe schuldbewußt, konnte sie sich ihres Glückes plötzlich nicht mehr freuen.

»Uns is halt nit aufgesetzt gewesen«, tröstete sie ihn bekümmert.
Er legte sich solche Rede anders zurecht und lachte heiß.
»Stanzi, es ist nie zu spat. Brauchst nur mit mir gehen. Oh, das wär mir das Schönst.«
»Um Gottes willen, sei still, du Lotter«, stieß sie hart heraus, aber nimmer so herrisch wie sonst.
Ein Knecht stapfte vom Stall gegen die Brücke. Es war indes über beiden die Nacht vergossen. Sie hielten den Hauch an und mieden jegliches Wort. Endlich sagte der Jager zitternd: »Warum hast mich hiaz verleugnet? ... Warum tust so heimlich? ... Hättest ihm angeschafft, daß er mich hintan jagt von deinem Gartel wie einen fremden Hund!«
»Glaubst, ich fürcht mich?« entgegnete sie unsicher.
»Was verschonst mich alsdann?« höhnte er unterdrückt und, nicht mehr fühlend, was er tat, langte er in den Rosendorn, riß, rupfte und fetzte daran, bis Constantia Stralzin ihm endlich die zermalmten Zweige wegnahm und sagte:
»Schind dich nit aso!«
Da war's um ihn geschehen. Er schlug die Arme um ihren Leib und küßte sie. Und sie erduldete es ohne Abwehr. Empfing seine Lieb wie einen Föhnsturm und wie ein Feuer. Und erlosch darin. Niemand weiß, wie lange sie stund, an sein Herz geschmieget, und wie oft sie ihm ihren warmen Mund geschenkt hat. Rose, Narzisse und Almrausch dufteten fein und schwer. Die Fünklein flogen. Die Kerze brannte zuckend herab. Und der hölzerne Beichtvater verweilte auf seinem Blumenaltar, schloß die Lippen schmal zusammen und schaute nicht durch das Fensterchen.
Frau Constantia konnte wie im Traume sich nicht finden noch fassen. Manchmal hob sie ein wenig die Lider. Und wußte nur, daß sie eine solche Stunde niemals erlebt hatte, denn ihr Eheliebster war anders geartet. Schließlich sagte sie müde:
»Laß mich gehen.«
Er gab nicht nach, drückte ihren Kopf sachte an seine rauhe Lodenjoppe und fragte:
»Weißt es jetzund, wie gern ich dich hab?«
Wiederum hörten sie jemands Gang ...
Er hatte die Stirn auf ihrem goldwelligen Haar. Und kosete sie. Bald nachdem der Schritt verklungen, wispelte er heiser:

»Ich bin hinter dem Stralzen dreingepirscht ... Das Maul voll Schaum und den Finger auf dem Büchsenhahn ... Aber die Kugel hat gefehlt, und die Pratzen ist bockstarr geworden, die wöllt an seine Gurgel fahren. So viel unsinnig ist mein Haß.«
»Jager ...«, mahnte sie leise und flehentlich.
Er gab nicht nach.
»Stanzi, aber hiaz bist mir sicher. Und mit seinem kalten Einaug soll er nachgluren, wann ich dich in meiner silbernen Kutschen auf Gstatt führ. Die Liab gerat auch so ... ohne Pfaff und Segen.«
»Jager!«
Doch er hielt sie fest.
»Morgen auf die Nacht kauf ich das Schloß.«
»Mein Gott ...«, stöhnte sie.
»Und am Samstag klopf ich. Machst mir auf?«
»Na!«
»Noch alleweil nit ...?« fragte er mit einem verrückten Lacher. »O du ... weil ich dich hab gebusselt und gehalst ... bin ich gewiß, du wirst noch mein eigen.«
In der Finsternis irgendwo ... rief Andreas Stralz ihren Namen. Da wimmerte sie:
»Jager, laß mich gehen, sonst schrei ich.«
»Geh nur«, sagte er zähe. »Anheut magst mir wohl entrinnen.« Dann packte er sie nochmal mit seiner ganzen Kraft. »Ich hab es geschwuren, und kostet's mich Leben und Seligkeit«, redete er mit knirschendem Gebiß, »ich hab es geschwuren, dein erstes Kind gehört mein!«
»Nit!« keuchte sie auf und taumelte aus seinen Armen nach dem Hofe.
Er aber tat, wozu seine unheimliche Begier ihn lockte. Er bestieg noch in der geweihten Nacht von St. Martin aus den Grimming.
Und drei Burschen, welche das Abenteuer lockte, gaben ihm das Geleit ... Im Lärchenwald schrie am lichten Morgen dreimal der Kauz. Und solches war absonderlich. Im Föhrenwald lief ihnen ein Gamskitzlein voraus, das hatte einen Blattschuß und brach doch nicht zusammen. Als jedoch vom Tal, unsäglich fern und fein, der Klang der großen Glocke heraufwehte, war das weidwunde Kitz jählings verschwunden. Von nun an mochte keiner mehr spaßieren, und jedem war heimlich bang.

Immer schneller stiegen sie bis ins Knieholz. Das breit gefingerte Laub der weißen Nieswurz blieb tief unter ihnen. Noch eine verdorrte Zwergkiefer fanden sie. Dann war der Boden nackt ...
Wieder ein Laut, als schlüge eine Glocke. Da schaute der Jüngste zurück und bemerkte mit scharfem Auge den langen Zug von Betern. Gleich einem nickenden Blumenstern erschien ihm jede Fahne und der brokatene Himmel wie ein Rosenblatt. Dieser Anblick bewegte ihn so gnädig, daß er eiligst umkehrte.
Der Jager stieß einen Juchzer aus, daß es von den Wänden widergellte. Es klang abscheulich.
Und als sie tausend Schritte höher waren, brach ein lockerer Stein vom Felskamin und kugelte in Gestalt eines Totenkopfes schaurig tosend bei den Mannsbildern vorüber. Da machte der zweite gegen alle Gewohnheit ein Kreuzzeichen und schlich davon. Der dritte nur ging mit dem Jager bis zum Tore.
Es war in Wirklichkeit nicht geheuer ...
Spät am Abend erst kam er leichenblaß und gehetzt ins Dorf. Und als sie ihn fragten, spähte er im Verschnaufen nach jeder Seite, wischte sich zitternd über das Gesicht und sprach:
»Es ist wahr! Weit offen stund das steinerne Grimmingtor. Und Pracht und Prunk gab es zu sehen, wie sich keiner von euch einbilden mag. Gold, Silber und Demantbrocken. Wer weiß, was noch für Raritäten. Glaubet mir, mit der Schatztruhen, so zunächst in der Höhlen gewesen ist, mit der allein kunnt ich Herzog von Steiermark werden ...«
»Und der Jager ...?« haben sie gefragt.
»Erschröcket nit!« stammelte der Bursch. »Der Jager ist halt hineingegangen. Und sintemal die Zeit dahinstreicht, will ich ihn rufen ... Es verschlagt mir die Red ... Und dann ... höre ich von weit her einen krachenden Böllerschuß ...
Das letzte Evangel, denk ich bei mir selber.
Im nämlichen Augenblick ächzet was ... staubet was ... fliegt der Schotter von der Wand, und für meiner ist das Steintor zugefallen ...«
Ob die Geschichte wahr ist?
Muhme Maria hat mir erzählt. Ich meine diejenige, welche ist nach Jaffa und Jerusalem gereist. Der Mond, über den

Goldputz der Haube, über zerbröckelten Rosmarin und seidene Brauttracht rieselnd ... der Mond hat mir erzählt. Und die alte Schäferuhr im Glasgehäuse hat eine liebe Stimme, wenn es dusend geworden ist.
Vielleicht ist es wahr?
Vielleicht auch, daß ich mich verhört habe, denn ich bin ganz gewiß kein Sonntagskind ...

DIE EVANGELISTEN

Frau Constantia erlebte in der folgenden Zeit noch manches Unverhoffte, doch wenig also Seltsames mehr. Sie hatte das verborgene, liebreiche Schicksal der Hausfrau und Mutter, wurde breit und stattlich und vergaß voll Eifer und Geschäftigkeit gar bald des tollen Jagers, welcher für sie in Ungnad sein Leben gelassen hatte. Unmerkbar mäßigte sie auch das jähe, aufbrausende Naturell, insonderheit und ausnahmslos ihrem Eheliebsten gegenüber; weil dieser sie in den sieben Jahren des Brautstandes an seinen strengen Willen gewöhnt hatte und weil er durch eine frühe Verantwortung für Besitz und Geschwister ein ruhiger und reifer Mann geworden war.
Sie hatte Kinder von geradem Wuchs, blondborstigem Haar und schieferbläulichen Stralzenaugen. Von ihr jedoch erbten alle den trutzigen Sinn und die schamhaft tiefe Empfindlichkeit des Herzens. Bei ihrem Jüngsten ging es überdies recht eigen zu, fast ingleichen der Geschichte des lieben Schöpfers mit dem Distelfink. Sie hatte, bildlich gesprochen, ihre schweren Zinnkrüge, ihre geschnitzten Becher und ihre Tonschüsseln ausgeleert, hatte Rupfen, Leder und Loden verbraucht; und als sie nun ihr letztes Kindel mit irdischem Körper kleiden und mit ihren Säften stillen und ernähren sollt, besaß sie im ganzen Eigentum nichts Handfestes mehr. Weil es ihr aber doch unendlich teuer war, so machte sie, bildlich gesprochen, die gute Stube auf und schenkte ihm nach und nach alles Sonntägliche, alles Unantastbare, was Vater Stralz wohl in besonderen Ehren hielt, wessen jedoch sie und die andern Kinder entraten konnten. So gab sie als echte Mutter auch ihr Letztes aus ... in halber List und in halber Demut.
Kein Wunder, es wurde füglich aus diesem Kinde ein merk-

würdiger, unbrauchbarer Mensch, für welchen die Welt eine immerwährende Anmutung und ein Wunderkasten Gottes blieb. Und alldieweilen er mit entzückter Sehnsucht und gefalteten Händen davorstund, glitt ein Ästchen Gnade, ein Sternlein Schicksal durch die Hände der andern, wurde zerteilt, zerpflückt und sonder Ehrfurcht hintan geworfen.
Oh, wie töricht!
Man achtet vieles gering in guten Jahren. Erst wenn man anfängt, die Blume vom Wegsaum aufzuheben, wenn man jeder unscheinbaren Knospe, jedem Tautropfen sich achtsam zuneigt, als wären sie ein Teil unseres Lebens, wenn jegliches wieder Gleichnis und Geheimnis wird ... dann ...
»Oh, wie seltsam«, sagte der feine und besinnliche Herr und lächelte, anstatt den Ausspruch in seiner Chronika zu vollenden. Ich meine ihren jüngsten Sohn, den Schulmeister Johannes.
Er liebte überhaupt, dem Beispiel großer Männer entsprechend, seinen Gedanken eine feierliche Form zu geben, er liebte es, mit fein gespitzten Gänsefedern zierliche Reime und Figürchen zu erfinden, und meinte in guten Stunden, er werde dermaleinst als ein vielberühmter Mann der ganzen Welt offenbar. Freilich, in bösen Stunden bekümmerte ihn seine bescheidene Profession, und wann er frühe, zu Mittag und auf den Abend zum Gebetläuten ging, was ihm gleichsam aus dem Erbverlaß seines Göden zustand, so bedachte er, daß er trotz aller Gottesgaben und Talente sein Lebtag ein armer Mesner und Schullehrer blieb. Und er zürnte bei solcher Gelegenheit seinem Herrn Vater, insbesonders aber den Brüdern, welche in Anbetracht mancher Erfahrung von der Studi ebensoviel hielten wie ein lustiger, grüner Heuschreck von der Geheimen Offenbarung. Seine Brüder waren aus gröberem Holz, waren Frühjahrskinder, das muß gesagt werden. Und noch vieles muß gesagt werden, bevor die Geschichte des jüngsten Stralzen ihren Anfang nimmt; denn er wäre vielleicht ein gelehrter Mönch zu Admont geworden, ein Sekretarius des erlauchten Prinzen Johann, ein Erzbischof vielleicht oder ein Hofpoet. Allein es haben die Begebenheiten in der großen Welt wie auch im kleinen Dorfe Öblarn einen ganz erheblichen Einfluß auf sein Leben genommen, lang vor der Zeit, wo es in der christlich-katholischen Taufmatrikul gebucht war. Und Gott in

seiner Vorsicht hat dem letzten Kinde der Mutter Stralzin die Flügel gestutzet, als es noch mit den Beinvögeln flog.

Still! Ich möchte nur zuvörderst von der Liebe erzählen, nicht allzu laut, nicht allzu viel; denn die Liebe des Herrn Andreas Stralzen und seiner Frau Constantia war für niemanden bemerkbar; sie erlöste sich in keinem Worte und in keiner übermäßigen Zärtlichkeit, aber sie muß sehr groß gewesen sein, zumal sie durch ein solches Unmaß von Leid ist ausgeglichen worden.

Die Eheleute kamen oft den ganzen Tag nicht zusammen. Der Stralz, wiewohl er Bräumeister und Fleischhacker war, rührte die Hand zu keiner Arbeit. Er brauchte die Halbscheid einer Woche, um seine Liegenschaften, zusamt Grund und Boden zu mustern, er las die Grätzer Bauernzeitung, politisierte in der Wirtsstube und schrieb hienach alles Merkwürdige seiner Zeit ins Notizbuch. Er konnte es wohl tun, weil auf die Dienstboten ein Verlaß war und seine Ehefrau als die bravste Magd im Hause werkte. Dabei aber hielt sie sich dermaßen stolz und aufrecht, daß keine von den Nachbarinnen sich in ihre Nähe wagte und ihres Vertrauens teilhaftig wurde. Sie erblühte immer schöner unter der verschwiegenen Liebesglut, besonders in den Monaten, wo sie das erste Kind getragen hat. Bei jeder Frucht, die reifte, bei jedem Blatt, das in ihren Garten sank, beim Schneewirbel, der vor den blinden Butzenscheiben anstob, immer bedachte sie, was für ein liebliches Gespiel dies für ihren Buben sein werde, wann er einmal auf der Welt war ... Oft an Sonntagen wartete sie eine Stunde im kalten Söller, bis ihr Eheherr von einem weiten Spaziergang zurückkehrte. Sie sprachen alsdann vom Wetter, vom Gesind und von der Wirtschaft. Sie spürte ihn bei sich vorüberstreifen. Das tat ihr wohl, doch sie zeigte es nicht und war wie eine Braut.

Im Frühjahr, Anfang Märzen, feierten fünfzig Schladminger Knappen ihren Einstand im Walchenbergwerk. Da gab es trotz der heiligen Fasten einen recht übermütigen Tanz in der Grafen Tavern, item dem Bräuhaus des Herrn Andreas Stralzen. Es steht freilich nur einen Sprung weit über die Straße; aber wie oft mußte die fleißige Hauswirtin diesen Sprung tun, wieviel mußte sie spicken, sieden und braten, bis die groben Mäuler und die glucksenden hohlen Bäuche geschoppt waren!

Bei aller Arbeit wurde ihr Herz gelinder von Stund zu Stund. Und weilen schön langsam die Märznacht anhub und die Mägde lüstig durch die schwarzen Fenster hinausspähten, schickte sie alles, was Füße hatte, auf den Tanzboden. Sie selbst blieb allein in der Küche und verspann sich in den blauen Rauch des Erlholzes, in den Duft der süßen Bäckereien und sonderlich in ihre liebsten Gedanken. Hienach trat ihr Eheherr in den Türrahmen und rief ihr zu:

»Stanzi, zieh ein besseres Gewand an. Wir wöllen zum Tanz gehn.«

Sie schaute groß und errötete; denn es fiel ihr das Barbarafest ein, an welchem Andreas Stralz ihr zum erstenmal die Hand mit einem starken, schmerzhaften Druck umfangen hatte. Und ihr deuchte plötzlich, sie sei ihm noch immer so fremd wie in jenem Augenblick. Desungeachtet ging sie beglückt an seiner Seite ins Tafelzimmer, wo die guten Kleider in einer Truhe lagen. Während sie die schweren Röcke anzog und das seidene Brusttuch breit über das offene Mieder steckte, stund er abgewandt am grünen Kachelofen und sumsete die Melodei der Geigen und Schwegelpfeifen, die von drüben hellauf lockte. Sie spürte, wie sein Herz gleich dem ihrigen schwang; sie stellte sich sachte zu ihm und sprach:

»So; hiaz bin ich fertig.«

Sie dachte, daß er sie bussen werde. Doch er tat es nicht. Das Zimmer war ihr zuerst dunkel erschienen. Mählich zeichneten sich die Kanten des polierten Hausrates ab. Die Figuren auf den Tonkacheln blitzten. Und das Gesicht des Stralzen war ganz deutlich auszunehmen. Sie sah, daß er ihre innere Entflammnis erriet und daß er lachte. Sie wartete noch immer in einer hoffärtigen Haltung. Insgeheim sagte sie:

»Mein Gott, wann unser Kindel wird wie unser Liab ... muaß es dem Himmel ein Loch schlagen!«

»Gefreust dich drauf?« fragte sie, fast ohne die Lippen zu öffnen.

Sein leises Lachen ging ihr durch alle Nerven. Es wischte wiederum ein Flaum von Röte über Hals und Wangen und Stirn. Sie machte einen Schritt hinweg, damit er nach ihr lange. Er tat es nicht, er sagte:

»Gehen wir?«

Auf dem Türhaken trafen sich die Hände. Die junge Frau

war betäubt von der eigenen Seligkeit. Es drängte sie zu vielen lieben Worten und Fragen, insonderheit eines hätte sie gern gewußt, was ihr der Stralz in der langen Zeit noch nie gestanden hatte. Sie wagte das rechte Wort nicht und sprach an ihm hinweg:
»Du Kalter, du.«
»So?« gab er zur Antwort; es klang wie ein Gespött.
Da mußte sie auch lachen. Sie tastete nach dem Türdrücker und wispelte:
»Heimlicher du!«
Die Angel knarrte bereits; da schob er das seidene Tuch beiseit und bußte ihr schneeweißes Halsgrüblein, bis es brunn. Jetzt nahm sie sich einen Mut und fragte, was sie in der langen Zeit noch nie gefragt hatte.
»Hast mich gern?«
Er richtete sich langsam auf und sagte in seiner starren Art: »Der Baum treibt ja auch. Der Vogel singt einmal am liabsten. Es ist das nämliche, was wir Menschen gespüren.«
Dann gingen sie beide in die Taverne. Der Oberverweser Georg Staudacher kam und bat die Stralzin um die Ehr. Ingleichen der Oberhutmann, der Obersteiger, der Schmelzmeister. Der Bader Gasteiger hob in Betracht ihres gesegneten Zustandes mahnend den Zeigefinger und führte sie trotzdessen zu einem Steirischen auf. Ihr Halbbruder, der Kurschmied Zedler, der Amtmann Joseph Salzinger, vulgo Torbäck, und der Veitkramer taten in der Folge die Bitt um einen Tanz. Und sie neigte jedesmal nur ein wenig den Kopf, man konnt nicht observieren, ob aus Schüchternheit oder aus Hochmut. Sie drehte sich leicht und schmiegsam durch die beinigen Knappen und tat sich nicht weh, weilen gar alle Obacht auf sie gaben. Item, sie war die Schönste.
Beim Herrentisch saß der Stralz und betrachtete gleichmütig das lebfrische Gevölk, um das der Tabaksqualm dick wie gezupfte Schafwolle flog. Der Stralz verzog keine Falte. Er sah seinem Eheweib also kühl nach wie den andern, doch er wußte zu jeder Sekunde, wo sie sich befand und wer sie aufführte. Gegen Mitternacht sprach er sie um einen Tanz an. Sie waren aber noch nicht zweimal rund um den Söller gekommen, als sie zittrig seinen Arm preßte und heimlich sagte:
»Tu mich heim.«

Constantia Stralzin mußte ihr kostbares Sonntagsgewand alsbald in die Truhe legen. Die Kuhdirn wurde eilends in die Buglmühle geschickt. Er, der Buglmüller, war Gemeindewächter zu Öblarn, schlief wie ein Ratz auf seiner Hausbank; die Buglmüllerin aber saß in Unterkittel und Nachtjacke wach beim glosenden Herdfeuer und sagte, sie habe die Botschaft erwartet. Hierauf nahm sie ihre wichsleinerne Tasche und die Mutter Gottes von Filzmoos, berief ihren Ehekonsorten ins Haus und zog seinen Wettermantel an. Es schlug zwölf Uhren, als die beiden Weibsleute zu Frau Constantia ans Himmelbett traten. Die Musikanten pfiffen und geigten die ganze Nacht. Immer lauter krakeelten die besoffenen Knappen auf der Gasse. Die Unschlittkerze wurde kleiner. Die Flamme wurde blässer und fast unsichtbar, als die Dämmerung grau in die Fenster schillerte. Die Liebe Frau von Filzmoos, welche die Helferin der Mütter ist, schaute wächsern aus dem Glassturz. Über den warmen Schweiß der jungen Stralzin legte sich warm das erste Morgenrot, gerade als ihr Kind auf die Welt kam ... Es war ein Knab', zehn Pfund schwer, so fest und stämmig, daß es nur zu billigen ist, wann die Stralzischen Eheleut auch einen vielvermöglichen Göden ausersehen hatten, nämlich den Herrn Matthäus Ennshofer, Moar zu Stainach. Derselbige also führte den Täufling in einem hochnoblen Kalesch zweispännig in die Kirche und wußte hienach zu erzählen, daß der neugeborene Heid' nur widerwillig und mit gottesjämmerlichem Geschrei sich ins Christentum geschickt habe, daß er, obwohl bis zum Halse eingepackt, die Fäuste aus dem Polster gereckt und das Genick gesteift habe, bis seine Wänglein prall und blau geworden wären wie ein gebratener Lederapfel. Und er wußte zu erzählen, daß der hochwürdige Pfarrer Laurentius Perger merklich den Kopf gebeutelt und ein ausgiebig Brünnlein Weihwasser über den flaumigen Schädel gegossen habe, damit im Namen des Evangelisten Matthäus auch dessen Kräfte sammentlich auf den Täufling überflössen.

»Nomen est omen; es werde sich die Wirkung sonder Zweifel bald zeigen«, behauptete der Ennshofer. Er war ein steifer, ehrsamer Mann, der viel auf seine eigenen Aussprüche hielt, der jedes Jahr ein Dutzend Kinder zur Tauf oder zur Firmung brachte, der den Dechanten, den Prälaten, ja selbst den Bischof beherbergte, und, obschon er in der Jugend noch robotpflichtig und hörig gewest, öfter dazu ausgezeichnet ward, mit dem Grafen von Stainach zu tafeln und zu jagen. Durch diesen ersprießlichen Umgang mit gelehrten und edelgeborenen Herren lernte er ihre Manieren ab und gab sie bei einfachen Leuten wieder zum besten. Zugestanden, daß er in vielen Dingen recht behielt; bei diesem Taufkinde irrte er sich gänzlich.

Im Stralzen Matthäus kam keine der gottgefälligen Eigenschaften auf, wie ein Bibelschreiber sie haben sollte. Schon inwährend Constantia Stralzin ihn säugte, wechselten fünf Kinderfrauen den Platz. Mit elf Monaten brannte er auf allen vieren kriechend durch und kam letztlich beim Fluderrechen wieder zum Vorschein ... bockstarr, die Härlein voll Eiszapfen, todesbleich, aber lebendig. Mit zwei Jahren stahl er ein Endstrumm Hönigzelten vom Stande weg und ließ ein Fassel Met auslaufen, indes der Kramer mit entblößtem Haupte vor seinem Zeltdach stand und die drei Prozessionen andächtig vorüberzogen, welche von St. Martin, von Gröbming und der Sölk sich einfanden zu Verehrung des heiligen Markus. Die Kirchenväter prangten in scharlachfarbenen Mänteln, starken Windlichtern vergleichbar. Nebenher trippelten die Ministranten in ihren feingefältelten Chorhemden wie putzige Wachsstöck. Im Fenstergeviert des Turmes war der Dorfrichter und zog, seines hohen Alters nicht achtend, wacker das daumendicke Glockenseil. Und der Mesner Joseph Hatzy holte aus dem Torbäckenhause bereits Glut für das Rauchfaß.

Dies alles, fürnehmlich das letztgenannte Mannsbild, war Anlaß genug, daß sich die Kindsmagd mit kugelrunden Augen verschaute, alldieweilen der Stralzenbub vergnüglich den Zelten fraß und in der Metlache auf und nieder hüpfte. Die Kindsmagd blickte immer den Mesner an und der Mesner das Bübel. Und sintemalen Joseph Hatzy in seiner freien Zeit auch als Schullehrer fungierte, zog er gewohnheitsmäßig den Spanischen aus seinem Bratenfrack und fuchtelte nach der Bude. Nun verging der Dirn das Liebäugeln. Aber sie war nicht dumm, sie packte den Matthäus, noch ehe der Kramer den Schaden gewahrte, und trug ihn durch die Weiberpforte zum Hochamt.

In der nämlichen Zeit zaschte der Bäckenhansei vom innern

Dörfel heraus, guckte mit den blauen Augen in die blaue Luft und stieß mit den Füßen läppisch an jeden Schotterbühel. Hinter ihm her liefen, quiekten und bellten wie besessen die Kinder und der Hund. Es hatte mit dem Hansei eine merkwürdige Bewandtnis. Daß er mit vierzehn Jahren schon das Waldhorn besser anpackte wie ein Böhm den Dudelsack, war noch das Geringste. Er konnte einen Hund mit Brosamen derart verzaubern, daß er acht Tage auf das Futter vergaß und in der Geisterstunde der neunten Nacht unfehlbar einen Feuerruch meldete. Er lockte die scheuen Bergvögel auf seine Schulter und hielt mit ihnen närrische Zwiesprach. Er spielte Kaspar und Teufel, indem er das Weiße seiner Augäpfel aufquellte und mit seiner Bauchredekunst bald aus der Himmelshöhe, bald aus der Höllentiefe schrie. Er band nach dem Vollmond die Warzen ab. Er verschenkte das Brot, was sein Lehrmeister in den Korb schmiß, und erwarb sich mit allen diesen Geschäften einen großen Anhang ... Am Feste des heiligen Markus versprach er, das Herz auf die andere Seite zu tun.
Die Kinder zählten eben vor dem Irdninger Stand ihre Kreuzer zusammen, weil sie sich für das rare Spektakel mit einem Lebzelten erkenntlich zeigen wollten, da sah der Kramer, hinter den Tisch tretend, daß die Pipe das letzte Brünnlein Met vertropfte. Er fragte nicht lange, legte den schmalen, krummbeinigen Buben überzwerch und prügelte mit der harten Faust auf den Hosenboden. Hansei gab keinen Laut; rutschte steif wie ein Toter zur Erde. Baß entsetzt drehte ihm der Kramer das Gesicht nach oben, zwängte die Finger in den bleichen Mund, verhieß ihm Wachsstöcke, Butterkrapfen, Hönigwecken, Bärendreck und wächserne Tauber ... Hansei rührte sich nicht.
Als die Hausmütter nach Opfergang und Kommunion heimeilten, hörten sie ein lästerliches Geschimpf. Und als der Mesner vor dem letzten Segen abermals beim Bäcken um glühende Kohlen zusprach, hörte er den bedauernswerten Mann schelten, als wäre er kein Wachszieher, sondern der leibhaftige Antichrist. Immer mehr Kirchleute scharten sich um den Stand. Die Kinder gafften mit Maul und Augen. Die rundliche Stralzendirn blieb auch stehen, schaute dumm und scheinheilig; und Matthäus auf ihrem Arme glich einem Blasengel, was vor einer Viertelstunde erst vom Himmel gefallen.

Also traf Herr Andreas Stralz, aus dem Freithof kommend, den Irdninger Lebzelter von einem Menschenschock völlig umzingelt, dieweilen der Gröbminger Zuckerlkramer, jeglicher Kundschaft bar, trübsinnig aus seinem Stande spähte.
»Seind schlechte Geschäften«, bemerkte Andreas Stralz, im Glauben, die Bauern mieden den Mann, weil er ein französischer Emigrant war. Derselbige nickte, haspelte nach Worten und brachte endlich in gebrochenem Deutsch die Mitteilung zustand, daß der Nachbar auch nicht zu beneiden sei. Er habe ebenitzt einem Kinde die Wirbelsäule eingeschmettert.
Vater Stralz lächelte, denn es war bekannt, daß der Franzose sich an der steirischen Mundart oft ganz ergötzlich verhörte. Alsdann zog er den Geldbeutel und rief nach den Schulkindern, um sie, wie stets an hohen Kirchenfesten, mit einer Näscherei zu beschenken. Allein weder Bub noch Dirnlein folgte. Vielmehr öffnete sich langsam der Menschenkreis und schlang ihn ein, bis er wie von selbst unter das Irdninger Zeltdach kam und sehen mußte, daß der Bäckenhansei de facto stumm auf dem Boden lag. Über ihn geneigt, krebsrot im Gesicht und heiser vom Schelten, bemühte sich der Kramer aus Leibeskräften, den Hansei als Spitzbuben anzuklagen, an dem er gerechte Justiz geübt habe. Er schwor in seiner Verzweiflung falsche Eide und glaubte sie auch.
»Du hast meinen Met auslassen!« schrie er zu wiederholten Malen. »Gesteh's, oder ich erschlag dich ganz, Malefiznigel, elendiger!«
Doch Hansei rührte sich nicht. Die Kinder, im Bewußtsein ihrer Unschuld, stunden wie Steinklötz. Endlich sagte eines:
»Er hat sein Herz auf die gefehlte Seite geschupft und bringt es nimmer zurück.«
Etliche Weiber huben zu kichern an. Halbwüchsige Burschen stießen einen Lacher aus. Sie wurden jedoch bald stille, weil der Bader und der Torbäck erschienen. Der Torbäck brachte zufolge seiner amtmännischen Befugnis schon den Schlüssel zur Totenkammer, sagend, daß solche Missetat mit dem Galgen bestraft werde. Der Kramer warf sich in die Knie. Etliche Weiber jammerten laut. Und das Kindsgevölk überbot alles an Geschrei und beteuerte unabläßlich:
Dem Hansei wäre nur das Herz steckengeblieben. Aber Met gestohlen habe er keinen nicht.

Seltsam! Als der Bader sich neigte und dem Buben die magere Brust abhorchte, mußte er zugeben, daß rechts von der Magengrube ein taktes Klopfen vernehmlich sei.

»Leib und Seele wären annoch beisammen«, sagte er, stund auf und holte sein Schröpfmesser.

Der Kramer schlotterte noch. Aber der Mut und der Zorn wuchsen ihm bei diesem tröstlichen Worte. Er zeterte schäumend:

»Und gewesen ist er's doch!«

»Alsdann rait zusammen«, sagte Vater Stralz plötzlich. »Wieviel ist die Schuldigkeit? Fünfzig Lebzeltwützel, ein Fassel Met. Und ein Hönigbacht für den Gaukler ... wann er sich erhebt.«

Kleine schmutzige Kinderhände tatzten ungeduldig und keck durcheinander. Viele Küßlein schnalzten über den breiten Siegelring des Herrn Wohltäters. Der Kramer selbsten schob das Hönigbacht dem Hansei vor das starre Gesicht. Ein Weib sprengte Essig, eines Brunnenwasser. Half alles nichts, der Hansei lag stumm ... wie gestorben.

Nachdem das letzte Schulkind abgespeist war, drängte sich die Kindsmagd mit dem Matthäus zum Stand, einmal weil sie sich auch einen Zelten verhoffte, in der Hauptsache aber, weil sie den Herrn Vater schon zwei Stunden lang mit einer wichtigen Botschaft verfolgte. Sie hatte aber kaum den Mund geöffnet, als sein linkes Auge gleichsam einen Blitzstrahl über den Stammhalter warf.

»Der hat's tan!« sagte er und haute der Kindsmagd eine Dachtel herunter und seinem Blasengel auch eine.

O Mirakel! Da rutschte das Herz des Bäckenhansei jählings auf den richtigen Ort. Essigbauschen, Wasserkrug und Hönigbacht flogen hintan. Als der Bader mit dem Schröpfmesser anrückte, sah er gerade den Hansei mit langen knieweichen Hüpfern aus dem Zelt entrinnen.

Andreas Stralz zog den Hut grüßend gegen die Herren und Bauern und ging, wie es seine tägliche Gepflogenheit war, bis zum Zwölfuhrgeläut spazieren. Als er heimkam, eilte ihm die Buglmüllerin entgegen und brachte endlich die Botschaft an, welche die Kindsmagd aus begreiflichen Gründen vergessen hatte. Item, Mutter Constantia hatte ihr zweites Kind geboren. Es war wieder ein Sohn, zehn Pfund im Gewicht, fest und stämmig, nicht ganz dem Bruder gleich, aber auch recht eigen. Er lag stundenlang beschaulich, machte die Fäuste und den Mund nicht auf, duldete kein Federbett, kein Wiegengeschaukel und bewog seinen Göden, den Herrn Matthäus Ennshofer, zu dem Glauben, daß er einen künftigen Mann Gottes vor sich habe. So fuhr er den Säugling zweispännig in die Kirche, und Pater Laurentius Perger hat ihn alsbald getauft und mit einem ausgiebigen Gusse Weihbrunn dem Schutz des Evangelisten Markus anheimgegeben, dessen Tag über seiner Geburt gestanden hatte, und dessen nomen sonder Zweifel ein omen war.

Alldieweil gingen die Zeitläufte weiter, nahmen wenig Bedacht auf den Willen und Wunsch des einzelnen Menschen. Die alten Leute meisterten eigensinnig an den jungen herum, aber die jungen wurden doch so, wie ihre natürlichen Anlagen es bedingten. Die Bauern stopften Rüben; doch ein Jahr gerieten sie; im andern wurden sie faul. Und die großen Herren, Kaiser und Könige, schlugen sich Karten auf, aber es stunden die Bilder selten nach ihrem Sinn; es deckte oft die Hochzeit ein Todesfall, und den Geldsack der Krieg. Es ist in jedem Dinge, das wir in der Hand halten, ein unerforschliches, vielleicht unbarmherziges Gesetz. Das gebietet und macht unsere Weisheit zuschanden.

Solches mußte auch die junge rundliche Kindsmagd gespüren, die beim Stralzen diente. Sie hatte an dem dickschädligen Buben drei Jahre lang ihre Kunst probiert, hatte zwanzig Gulden erspart und wollte nun selbsten einen Hausstand gründen. Da brachen die Franzosen über die Grenz, und der Schulmeister Joseph Hatzy legte sich im Neumarkter Feldlazarett zum Absterben. Das war ein großer Herzenskummer für die Dirn. Auch die Öblinger Kinder flennten. Allein noch am selben Tage, dawo Pater Laurentius Perger die betrübliche Nachricht von der Kanzel aus bestätigte, schmissen sie ihre Federspatel, Tafel und Schreibtheke in den Walchenbach und vermeinten, daß sie nun in alle Ewigkeit nichts mehr zu lernen brauchten.

Es verging auch wirklich der halbe Frühling, ohne daß der Admonter Prälat einen Nachfolger schickte. Pater Laurentius schrieb einen dringlichen Brief nach dem andern und wurde zuletzt in eigener Person beim Stifte bittlich.

Als nun Anfang Maien die Mutter Stralzen sich zum drittenmal ins Himmelbett legte und zum drittenmal einem starken Söhnlein das Leben gab, hatte es mit der heiligen Taufe seine Schwierigkeiten, weil benebst dem Mesner der Pfarrer fehlte. Und benebst dem Pfarrer der Göd.

Man möge nicht glauben, daß Herr Matthäus Ennshofer leichtsinnig seine Christenpflicht verabsäumte. O nein! Kaum daß er die Post von dem lebfrischen Zuwachs erhalten hatte, zog er schnaufend den grünen Frack an, putzte die Griesentaler und kutschierte nach Öblarn. Er greinte nicht einmal, daß er durch die Abwesenheit des Pfarrherrn formaliter der Gefoppte war, sondern erbot sich fürmehr, mit dem Täufling vierspännig nach Gröbming zu fahren. Nur einzig wegen des heiligen Evangelisten Lukas kam er mit der ganzen Stralzischen Freundschaft in Zwietracht.

Sie saßen im Tafelzimmer um den ovalen Tisch und hatten noch die schweren Weisetkörbe beiseit stehn. Da war auf dem Kanapee also der Ennshofer, rechts der Kurschmied Zedler und links Johannes Sorger, diemals schon Bergverweser. Andreas Stralz stund am Gartenfenster, das von blühenden Baumkronen fast verhangen war, und hatte ein so merkwürdiges Lächeln im strengen Gesicht, als ob er lediglich seinen Spaß wolle bei diesem eifrigen Disput.

»Alsdann«, sagte Sebastian Zedler und wichste mit seiner Schmiedepratze drein, »gibt es sonst gar keine Heiligen im Himmelreich als vier Evangelisten?«

Und der Verweser, welcher sich nirgends mehr zu Haus fühlte, seit er aus dem finstern Grubenloch in die helle Luft versetzt war, der Verweser sagte mit einem erschreckten aschgrauen Lächeln:

»Jawohl, so mein ich auch. Gefallt dem verehrlichen Herrn Göden vielleicht der Namen Andreas? Der Namen Franz Xaver? Oder Josephus? Oder Johannes? Sind bereits in der Stralzischen Freundschaft der Brauch.«

»Johannes heißt nachher der viert«, bemerkte der Ennshofer kurz. »Der da heißt Lukas ... der Erleuchtete!«

Zedler kicherte, tunkte sein Kipfel in den Wein und rührte, daß die Krumen tanzten. Hienach zermummelte er das Brot auf einen Stumpen und spie die Zibeben weit von sich.

»Hiaz beim Kriag«, sagte er, »brauchen wir keine Bibel-

schreiber, fürmehr Soldaten, Pionier, Tamboure, Wachtmeister, Reiter und Feldherren!«
»Jawohl«, sprach bescheiden der Verweser.
Plötzlich schrie der Zedler:
»Nennts ihn Karl!«
»Oder Napoleon!« sagte Andreas Stralz launig.
Der Moar von Stainach, ein guter Patriot, wurde dunkel über das ganze Gesicht. Die Polsterung des Kanapees hub unter seinen kurzen zornigen Atemstößen zu zittern an. Er griff um sein blaues Parapluie und um seinen monströsen Filzhut, der bereits nach der Mode großer Herren geformt und mit einem kostbaren Gamskranzel geziert war. Er wäre de facto gegangen, wenn nicht Frau Constantia so vernehmlich aus dem Himmelbett geseufzt hätte. Dies rührte ihn, und er entgegnete würdig, ohne den Stralzen anzublicken:
»Nomen est omen. Beliebt es der Frau Muhm alsdann, daß wir taufen fahren?«
»Bitt schön, Herr Vetter«, sprach die Stralzin und nickte, wiederum in ihrer herben, unnahbaren Art, daß Johannes Sorger heimlich erschrak und sich baß verwunderte, wie eine arme Knappentochter in diesem reputierlichen Hause und in Gegenwart dieser ehrgeachteten Männer dermaßen stolz sein durfte. Da sie nicht mehr sprach und der Vater noch immer belustigt durch das Fenster in den Garten sah, schlich der Großvater sachte fort und holte die Buglmüllerin, die seit einer Stunde mit der zuckerweißen Fatschdecke auf diese Einladung wartete. Niemand wußte recht, was von dem Ausgang zu halten war. Der Kurschmied nutzte schlau die Zeit und trank den Wein aus, der annoch in den Gläsern und in der Flasche geblieben, und Matthäus Ennshofer promenierte mit schweren Schritten vor dem Täufling hin und her, bedenkend, daß sich einem reichen und einflußreichen Manne die Leute zu guter Letzt doch immer subordinierten.
Es erschien alles in bester Ordnung. Das Griesengeld lag auf dem Tisch. Die Roß vor dem Tore stampften und wieherten schon. Die Wehmutter kam im teuern Seidenkittel dahergelaufen und fiel in ihrer Eilfertigkeit und Ehrerbietung dem Herrn Göden fast zu Füßen. Und der Herr Göd reichte ihr wohlmeinend die Hand zum Gruß und Kuß.
Da gellte ein unbeschreibliches Geheul über die Stiege. Die

Tür prallte krachend an den Ofensims. Matthäus bumste herein, stracks gegen das Himmelbett ... Markus ihm nach. Langsam folgte der Hansei.

Alle heiligen Nothelfer! Die zwei Buben sahen schön aus! Der Frau Mutter entglitt vor Schrecken das Wiegenband. Und die Buglmüllerin tat einen grausigen Schrei. Auch Matthäus Ennshofer war auf einen solchen Anblick keineswegs gefaßt. Die vier Mannsleut nun fuhren mit barschen Reden her und wurden um nichts gescheiter. Erst wie die Mutter fragte, was den Kindern in Gottes Namen alles weh täte, da wetzten sie hinterrücks an den Hosen und wollten flennend zu ihr ins Bett. Der Hansei errötete fiebrisch. Das Kröpfel, was sich auch schon angesetzt hatte, trotzdem er kein gebürtiger Steirer war, das Kröpfel kreißte. Jäh fing er in seiner mondscheinigen Art zu reden an:

»Ihr habt wieder ein Kindl, weiß und rot. Will's nit verschreien. God Vater, God Sohn, God Heiliger Geischt soll's behüaten ... Wie geht's der Stralzin?«

»Dank schön«, sprach die Mutter und funkelte ihn mit ihren braunen Augen hitzig an. »Hast du meine Buam aso geschlagen?«

»Ich?« fragte der Bäckenbursch. »Kaspar und Teufel haben wir gespielt. Der Herr Vater hat ohnedem auf uns herabgeluget. Euer Kleiner ischt der Kaspar gewescht. Und Euer Großer der Teufel.«

Andreas Stralz griff dem Hansei unters Kinn und sagte voll Heiterkeit:

»Einen schicklichen Ort hast gefunden für die Abrichtung; zu Häupten ein Paradeis, Vögel und blühende Wipfel ... zu Füßen ein Misthaufen!«

Das frühreife, magere Jünglingsgesicht blieb völlig starr.

»Allweil im Lenz ischt die beschte Zeit. Da muß die frumme Kraft den Dreck durch die Baumadern emporziehen, bis der Gestank sich in Wohlgeruch verwandelt. Die Kinder haben's nit begriffen. Kaum sitzet der Kaspar auf dem weißen Ast, packt ihn der Teufel beim Hosenzipf und schmeißt ihn gröbbisch in die Mistlacke.«

Herr Matthäus Ennshofer beugte sich zum Zedler hin und frug, seinen Groll vergessend, ob der Bursch vielleicht wahnwitzig oder unsinnig sei.

Der Kurschmied, der in der Arzneikunst zwischen Mensch und Vieh keinen besonderen Unterschied fand, antwortete ernsthaft:
»Hat Würm im Kopf, der arme Kerl.«
Dann nahm er aus dem Weisetkorb ein mürbes Bacht und lockte damit die zwei Schweinigel von der Mutter weg. Sie bissen gleich wacker zu, lachten und weinten, und die Tränen kugelten über die Farbenglori wie Seifenblasen über ein scheckiges Blumenfeld.
»Jawohl«, sprach Hansei. »Der Kleine hat einen Charakter in sich. Hat stad und stumm seinen Schädel wieder aufgereckt. Wird bald nervig sein und das Herz auf die andere Seiten tun; so gespürt er keinen Stock und keinen Rutenstreich. Aber der Große!«
»Geweinet hat der Markus auch«, trutzte die Mutter zurück.
»Einzig aus brüderlicher Erbarmnis. Weil nachbei *ich* den Kaspar gespielt hätt ... Weil *ich* dem Teufel die Flachsen und Beiner liniert hätt ... damit sie den frummen Kräften willig werden.«
»Lüg nit, Hansei!« rief Frau Constantia, »auf deutsch gesagt, du hast ihn eh geschlagen!«
Der Bäckenbub hob ihr das Wiegenband auf. Gab zur Antwort:
»Wundersamlich. Weiß und rot, zwischen Mutter und God ischt so ein unschuldig Kindel. Wie tut Ihr's taufen?«
Andreas Stralz legte dem Spintisierer die Hand auf die schiefe Achsel.
»Er hat ihn nicht geschlagen. Item, der Lausbub hat sich mit der Mistgabel gewehrt. Hat geflennt und geflucht. Ist letztlich wütend davongeloffen. Was meint der Herr Göd, stünd das Bibelhandwerk nit besser dem Hansei zu wie meinem Sohn?«
Matthäus Ennshofer, der dem Humor des Stralzen bislang mit Anstand begegnet war, hörte nun seine selbeigene Person, mehr noch den heiligen Fürsprech beschimpft, von dem er die deutliche Vorstellung in sich barg, daß er mit dem lieben Herrgott bei der Mahlzeit säße, Ihm das Brot reiche, Ihm den Wein schänke und tatsächlich ein Moar und Freisaß des himmlischen Königreiches sei. Der Ennshofer nahm also sein blaues Parapluie, setzte den Hut mit dem kostspieligen Gamskranzel auf, sagte:
»Pfüat Gott!«

Und ging. Ledig das Griesengeld beließ er auf dem Tische.
Da mußte die Buglmüllerin das Kind aus der zuckerweißen Fatsche wickeln. Der Zedler hielt eine stille Betrachtung hierüber; erinnerte sich nebenbei an den grünen Tuchfrack, den modischen Filzhut und das noble Kalesch des Herrn Göden. Er kam zur Erkenntnis, daß sie einen hochvermöglichen Mann beleidigt hatten, und sagte kleinmütig:
»Recht hat er gehabt. Warum sollt der Bua nit Lukas heißen! Schaut eh schon hiaza zinnliacht in die Welt.«
»Jawohl«, sprach der Bergverweser sänftlich beim Abschied. »Recht hat er gehabt. Du hättest ihn mehr ästimieren sollen, Stanzi.«
Leise tickte die Uhr mit dem Schäferknaben ...
Die Mutter hob ihre schweren tiefblonden Zöpf und legte sich ermüdet auf die andere Seite. Ihr Stiefbruder, der Zedler, blieb noch die längste Weil und unterhielt sich, indem er voll Neubegier den Gläserkasten aufsperrte und die Wachsstöcke, den künstlichen Blumenschmuck, die Hochzeitsbänder, den Hochzeitsteller, die Bibel und noch manches andere Stück in die Hand nahm und alsdann an den gefehlten Platz rückte. Er zog auch an den Kupferbeschlägen der Kommode, probierte die sieben Pfeifen durch, welche sich Andreas Stralz für die sieben Wochentage zugelegt hatte, und frug letztlich, wie teuer die zwei Ölbilder von der Spinnstube und der Werkstatt zu Nazareth gewesen, die Johann Zechmeister gemalet.
Frau Constantia überhörte es, daß er ging. Vor dem Fenster nach dem Obstgarten schaukelte ein blühender Aprikosenzweig. Dahinter rauschten in der Dämmerung die Birnbäume ganz weiß. Und die lange helle Nacht, in der sie nicht schlief, war der flockige Schleier vor ihren Augen, er nahm sich aus wie lauter wehende Federbetten, darin ihre Kinder lagen. Dann wurden es Wolken mit holdseligen Engeln wie in der Wallfahrtskirche zu Filzmoos. Aber einem brachen schwarze Hörner aus der lichten Stirn, nämlich dem Jüngsten, welcher ohne Chrysam und Tauf in seiner Erbsünde lag ...
Früher als bei den andern Söhnlein stund die Mutter auf und siedelte mit ihm in die ehliche Schlafstube. Sie konnte das Blühgeflimmer nicht mehr ertragen und fürchtete sich vor jedem Abend, dawo aus dem himmlischen Bild ein kleiner Teufel spitzte. Als sie in den nächsten Tagen schon rührig in

Haus und Wirtschaft ging, mußte sie manches Mal hinhorchen oder die Dachstiege hinaufschleichen und von der Luke gegen Gstatt spähen, ob der Ennshofer nicht käme. Einmal sagte sie zu ihrem Eheliebsten:

»Mir scheint, der Vetter laßt sich nimmer blicken.«

Er in seinem bockbeinigen Bauerntrutze schwieg.

»Mag nit der Torbäck Göd werden? Oder fahrst du auf Stainach? Oder soll ich?«

»Warum denn?« frug er kalt.

Sie gab keine Antwort. Erst am nächsten Abend hub sie neuerlich an:

»Ich hab auf Stainach einen Brief geschrieben.«

»So?«

»Kümmert's dich nit?«

»Was denn?«

»Heut ist der Bua drei Wochen alt.«

»So.«

»Und noch allweil nit tauft. Die Leut fragen schon; häufig nehmen Ärgernis.«

Da wunderte er sich, um wieviel weicher ihr Naturell geworden war. Item, weil sie gestern vom Bitten geredet hatte und anheut bereits auf die Meinung der Nachbarn horchte; alles ihrem Kinde zulieb.

Ihre Augen bekamen einen feuchten, bänglichen Glanz. Sie regte ein paarmal die Lippen, brachte es aber zu keinem Wort. Sie zündete eine Kerze an und blies sie aus. Plötzlich ging sie aus dem Zimmer. Im Vorhaus war es dusend, über dem Hofe leuchtete noch wassergrün das Firmament. Kinder spielten auf der Gasse. Beim Veitkramer auf der Hausbank saßen etliche Nachbarinnen mit dem Strickzeug.

Es sei schade um den milden Abend, sagte Constantia Stralzin und blieb bei ihnen stehn.

Sie sprachen von vielen kleinen Dingen, auch von Sorgen und Pflichten sprachen sie, welche zwar wenig unterschiedlich waren. Aber wie Frauen eben sind, jede hielt ihr eigenes Teil für besonders wichtig. So geschah es, daß auch die Mutter die Geschichte vom Göden erzählte und manche Bitterkeit abtat und manche Seligkeit leise verriet, welche sie in den sechs Jahren ihres Ehestandes empfangen hatte. Als sie heimging, ziemte ihr, es sei frostig geworden. Sie mußte gegen ein neues,

ungutes Gefühl kämpfen, denn es war das erstemal, daß sie ihr Herz fremden Menschen geöffnet hatte.
Die Gaststube war leer. Frau Constantia riegelte die beiden Haustore zu und eilte in den Oberstock. Ihr Eheliebster saß völlig in seine Zeitung vertieft und blickte nicht auf, als sie in die Schlafkammer trat. Die Zugluft bog das Kerzenflämmchen und löschte es aus. Feinklingend schwangen die Fensterflügel. Von draußen schwebte ein maimilder Hauch. Aber durch ihren Körper rann immer noch die Kälte. Sie ging mit harten Schritten und nicht zu nahe am Stralzen fürbei. Er packte sie auf einmal bei der Hand und zog sie an sich. Er sagte kein einziges Wort; er hielt sie nur in Armen ... so zäh ... so lang ... bis sie seine heimliche Liebe spürte.
Viele Stunden lag sie wach, hatte die Finger an die Herzgrube gedrückt, die Augen groß und ruhig. Zähren brachen langsam von den Wimpern. Manchmal hauchte die nächtliche Mailuft in ihr Haar. Der Geruch von Flieder schwamm herein. Aus dem finstern Mauerwinkel blinkte weiß das elfenbeinerne Kreuz von Jerusalem. Viele Stunden hing ihr Blick daran, ganz verloren. Und oft sprach sie zu dem in der Todespein:
»Mein Gott, mein Gott, wie schön ist das Leben.«
Das wunderbare Lenzwetter und ihre eigene Glückseligkeit, fürnehmlich die Ruhe des Stralzen, ließen sie immer neu verhoffen, daß der Göd doch endlich kommen müsse. Sie verwahrte jeden Morgen den dicksten Rahm im Speisbehältnis; sie hub an zu backen, zu sieden und zu braten, daß der Dampf aus dem Küchenfenster qualmte und oft ein Bettelmann riechend stehenblieb. Ihr Halbbruder, der Kurschmied Zedler, leistete ihr in diesen Zeiten gerne Gesellschaft. Er lupfte fürwitzig jeden Hafendeckel, stupfte mit dem Finger in jedes Gewürz und brachte auf seinem Gaumen alle süßen, sauern, scharfen und milden Geschmäcker zusammen.
»Sehr guat«, sprach er alsdann befriedigt. »Hiaz därf er bald daherreisen, der Göd.«
»Meinst, er kommt?« frug die Stralzin.
»Freilich wird er kömmen.«
Es war kaum glaublich; allein sie glaubte es doch. Sie stieg wiederum fleißig auf den Dachboden und suchte, mit der Hand die Augen beschattend, die Straße zwischen Gstatt und Strimitzen ab. Richtig! Am Dienstag in der letzten Maiwoche

sah sie dortselbsten ein Kalesch fahren. Ganz in den beharrlichen Wunsch verstrickt, es müsse der Moar von Stainach einmal kömmen, bemerkte sie nicht, daß es nur ein simpler Einspänner war. Sie lief ins Tafelzimmer und riß die Fenster auf, zog den schönsten Damast und das silberne Eßbesteck aus dem Kasten. Die Zinnkrüge füllte sie mit Wein und die Kupferkrüge mit Bier. Die mürben Brote, die Krapfen und Butterzelten, Schinken und Würste holte sie aus dem Speisbehältnis und trug sie auf. Und das beste Spanferkel, was rosenrot und zart in der Schlagbrucke hing, mußte die Kucheldirn auf den Spieß tun und braten. Hundertmal hatte Frau Constantia diese Überraschung in ihrer Phantasei durchlebt, und so ging ihr jeder Handgriff flink vonstatten. Sie fand neben den vielen Geschäften noch Zeit, ein frisches Fürtuch umzubinden, sie kämmte das wellige Haar zurück, putzte ihren drei Söhnlein sauber die Nase und bat ihren Eheherrn, nach Gstatt zu gehen, um bei der Wegscheid den Göd zu erwarten.

Andreas Stralz setzte den Hut auf und ging; vielleicht, weil er seinem Weib die Freude nicht ausreden wollt, vielleicht, weil er durch ihren festen Glauben auch überzeugt war.

Zwischen der Torschneider und der Torschuster Keusche traf er bereits den Wagen. Es saß darin ein schmächtiger Mann im braunen Frack sowie eine junge Frau und ein sehr kleines Mädchen. Der Knecht auf dem Bocke hielt gerade den steifen Gaul an und schrie: Hieneben wäre der Pfarrhof.

»Nein«, antwortete der Mann. »Wir essen im Wirtshaus.«

Dann fuhren sie weiter. Andreas Stralz ging, ihnen langsam folgend, heim. Vor dem Torbäck hielten sie wieder. Der Mann trat ins Haus; erschien alsbald, finster sagend:

Da sei schon abgekocht.

Weiter rumpelte das Kalesch, beim Roppel und beim Bader fürbei, über die Walchenbrücke zum Stralzen. Diesorts stand es zum dritten Male still. Frau Constantia trat hoch errötet, doch mit einer sehr adretten Haltung auf die Straße; hatte rechts den Matthäus, links den Markus ... jeder trug ein Bukett. Den Gruß freilich verschlug ihr der unverhoffte Anblick. Da kam ihr Eheliebster herzu und hatte sein besonderes Lachen im strengen Gesicht, was sie allemal zittrig und willig machte.

»Stanzi«, sagte er, »der Göd ist nit kömmen, wohl aber die neuen Schulmeisterleut. Möchten ein Mittagessen. Führ sie ins Tafelzimmer, ist eh schon aufgedeckt.«
»Ja«, bestätigte der zugereiste Mann. Er sei der Schulgehilfe Raimund Winkler aus St. Gallen, welchen Seine Gnaden der Admonter Prälat mit dem selbständigen Posten in der Pfarre Öblarn betraut habe.
Er reichte sodann dem Roßknecht zehn Kreuzer Trinkgeld, langte um das kleine Mädchen, welches seiner Frau schlafend auf dem Schoße lag, und trug es ins Haus. Oben im Tafelzimmer wollte er jedoch stante pede umkehren, zumal er das kostspielige Geschirr und die vielen Gerichte sah. Die Stralzin kam indessen schon mit dem Suppentopf, und der Stralz sagte, die Stühle rückend:
»Wöllet zugreifen. Gott geseng Euch den Einstand!«
Die Schulmeisterleut waren völlig benommen. Es ziemte ihnen alles wie ein schönes Wunder.
»Mit Verlaub«, sagte er.
»Ich bin so frei«, sagte die Schulmeisterin. Dann nahm sie das Strohhütlein vom Kopf und das Tuch von den Schultern, legte beides auf das Kanapee. Und der Mann bettete das kleine Mädchen so, daß es mit den Füßen auf dem Tuche lag. Es war ein liebliches Kind, vielleicht zweijährig. Hatte über jedem Ohr schon einen kurzen prallen Zopf. Um den Hals hatte es eine reinliche weiße Krause. Ebenso weiß blitzten unter dem Kittel die Strümpf herfür.
Die beiden Stralzenbuben hatten sich hinter ihrer Mutter sacht ins Zimmer gedrückt; standen mit ihren Pfingstrosen stumm und dumm. Auf einmal, mitten in die Stille der Mahlzeit hinein, fragte Markus:
»Is das der Göd?«
Und Matthäus sagte:
»Gehört das Dirndel unser?«
Da blickte die Schulmeisterin zum erstenmal munter vom Teller auf. Ein Wort gab das andere, und die Befangenheit und die Ermüdung wich mählich von den Gästen. Sie erlabten sich wirklich an guten Speisen, kosteten vom Bier, schmeckten am Wein, und jedes legte für das schlafende Kind ein mürbes Butterbrot auf die Seite.
Es war gut so. Denn Matthäus Ennshofer brauchte viele Jahre,

bis er die schmerzliche Kränkung vergaß, und fuhr erst nach Öblarn, als dem dritten Kinde der Frau Constantia schon die Milchzähne eingeschossen ... und wieder ausgefallen waren. Wir möchten fragen: Bekam es füglich überhaupt keinen Göden?
O ja! Am nämlichen Tage noch, als die Schullehrerleute beim Stralzen den Taufschmaus aßen, erbot sich der Zedler, den Eltern aus der Verlegenheit und dem Kinde aus der Erbsünd zu helfen. Notabene mit dem Fürbehalt, daß sie beide, er und der Ennshofer, im Kirchenbuch verewigt würden, inmaßen einer das Griesengeld und der andere das Trinkgeld stifte. So sagte der Zedler und ließ sich also schwer aufs Kanapee fallen, daß er das zarte Schulmeisterkind bald erdrückt hätte. Man sah, er hatte sich den Moar von Stainach zum Beispiel genommen. Er trug einen grünen Tuchfrack und einen modischen Filzhut, mit einem Gamskranz sündteuer geziert. Und sein Gesicht glänzte und strahlte so zufrieden, so ehrsam und reputierlich wie der Vollmond, wann er seine feistesten Sternlein zur Parade aufführt. Als die Buglmüllerin mit dem weißen Fatschpölster erschien, reichte er ihr die Hand zum Gruß und Kuß. Und als die Eltern fragten:
Wie er das Kind heißen wölle?
Da machte er einen gewichtigen Deuter gegen das frühlingsblaue Firmament hinaus. Da sprach er:
»Lukas. Der Erleuchtete. So will's der Obergöd. So will's der Untergöd. Nomenes ... Domenes. Hiaz tan wir taufen!«

SPAZIERGANG

Und die Zeit verstrich. Pater Laurentius Perger segnete indessen die Menschen, wie es sich schickte, den einen mit Wasser, den andern mit Erdreich; er segnete so oft und so lange, bis er müde war und zu einem schnellen seligen Tod entschlief.
Das ewige Leben aber knospete weiter, auch im alten Stralzenhaus. Die drei Kinder erhielten sich weiß und rot bei quellfrischer Munterkeit und gesundem Appetit. Sie waren selten brav, niemals mustergültig und gebärdeten sich oft dermaßen stark, daß Frau Constantia sie mit peinlichen Justizgriffen nicht mehr meistern konnt und sie in die Rauchküche ein-

sperrte, bis auf den Abend der Moarknecht Zeit fand, sie tüchtig zu streichen. Sie waren aber doch die Freude ihrer Mutter. Und wann in diesen Jahren manchmal ein Schatten über das frauliche Glück der Stralzin ging, hatten nicht die Untugenden der Kinder, sondern die karge Wesensart ihres Mannes oder vielleicht auch ihre unmaßliche große Zuneigung schuld daran. Sie hatte ihr Herz dem einen aufgespart. Und weil sie einmal seine Lieb verkostet hatte, war ihr immerwährend bang nach ihm. Sie wollte sich in vielen Aufmerksamkeiten verschwenden und verschenken, sie erlebte Wunder, wo er lediglich den Lauf der Natur empfand.

Er nahm die Zeit seines Lebens für einen schönen weiten Spaziergang; hatte keinen Ehrgeiz, dachte weder ans Reichsein noch ans Armwerden, er sog die Lust bedächtig wie die Luft und wies jede Sorge von sich, weil sie ihn belästigt hätte.

Da hat ihn einmal seine Muhme zu sich berufen. Sie war steinalt und fühlte ihren Hinschied.

»Stralz«, sagte sie, »morgen steigt mir das Wasser zum Herzen. Ich gespür's. Setz dich her da.«

Die angstig heiße Stube, in der es von Hönig, Wermut, Wacholder und Mixturen roch, behagte ihm übel. Die Katze mit dem schäbigen Schwanz, die unaufhörlich an den Hadern und Tüchern herumschnurrte, die Bresthaftigkeit der armen Frau verursachten ihm ein Gefühl des Widerwillens. Er stand noch immer. Und sie hub an, als hab' sie alles ihr langes Siechtum hindurch eingelernt.

»Stralz«, hub sie an, und ihre entzundenen Augen, das einzig Lebendige an ihr, suchten die Wände ab. »wie du halt magst. Ich hab das Haus und zwanzig Joch Grund herüben, den Wald auf dem Mitterberg und etliches Kleingeld ... in meinem Strumpf. Morgen ist alles dein. Ich verlang davor nit mehr, als daß du meine Leich zahlst vom Haustor weg, ein geschmiedetes Kreuz und Requiem jedes Jahr an meinem Sterbetag. Wie du halt magst.«

Während er so dastand, als höre er die Körner im Stundenglas, wechselten in seinem klaren, nüchternen Hirn die Vorstellungen traumartig. Er sah die Arbeit, welche dieser schrecklich hinwelkende Körper brauchte, bis seine letzte Spur verwischt sein würde, sah das verbriefte Testament, den Schreiberlohn, die opulente Zehrung ... alles, von den neuen Knechten, die er dingen mußte, bis auf Jahrzehnte hinaus den Silbergulden für die arme Seele im Fegfeuer. Er sah die Last. Seine Sinne sträubten sich vor dem alten Leut, dem muffigen Hausrat und dem herben Wacholdergeruch. So sagte er Dank für ihren guten Willen und empfahl ihr einen notleidenden Verwandten an.

Seine brave Ehefrau grämte sich bitter, als sie vom Zedler diese Geschichte vernahm. Ihr ziemte, daß der Muhme ihr Gütel zum schönen Stralzischen Besitz wohl dazugestanden wär, und sie hätte dringlich gewünscht, daß sich dermaleinst jeder Sohn in ein volles Haus setzen könne. Sie blieb verärgert den ganzen Tag; allein sie machte dem Herrn Andreas keinen Vorwurf, denn er hatte ihr seit langem abgewöhnt, über Dinge zu reden, die er nicht hören wollte. Das war gut für den ehelichen Frieden und war böse für ihre trutzige und schamhafte Lieb ... Die Liebe ist ein wildes, tückisches Element, dem Feuer, dem Wasser, dem Erdreich oder dem Sturm vergleichbar ... und immer eine große Gefährlichkeit ... Einschichtige befällt es gerne tödlich. Wo jedoch die Menschen zuhauf sind, zerstiebt es vielgestaltig in Funken, Tropfen, Staub und Luft, da läßt es sich erniedrigen und angreifen von jedem Schmarotzer. So erging es der Mutter Stralzin vor allem in den glücklichsten Jahren, daß sie ihr übervolles Herz auf die Gasse tragen mußte. Und wenngleich sie bei weitem verschwiegener war als die andern Frauen, so machte sie sich durch den Umgang schon mit ihnen gemein. Ihre Liebe, das wilde Element, wurde demütig unter der zudringlichen Neugier. Das eine Weibsbild schürte, das andere blies. Ihre Liebe wurde wie ein Hüglein Glut, darin viele Feuerhaken umstocherten. Es tat ihr wehe. Und sie faßte oftmalen den Vorsatz, sich wiederum den Menschen gänzlich zu verschließen. Allein sie brauchte doch Teilnahme an ihrem fraulichen Glück; und wann ihre braunen Augen zuweg dem Eheherrn hellauf leuchteten, und wann zärtliche Gedanken sie bedrängten, ging sie doch zu den Weibern in der Nachbarschaft; denn er, Andreas Stralz, gab darauf nicht Obacht.

Stundenlang streifte er durch Acker und Wald, sich an dem keimenden, blühenden und gesegneten Leben erfreuend. Immer andächtiger vertiefte er sich in die Offenbarung der Natur, und sein ganzes Wesen wurde ihr durch den steten

Umgang angeglichen. Wie seine Buben so der Reihe nach aufwuchsen, nahm er sie auf seine Spazierwege mit. Weil er aber weder unterhaltend noch belehrend sprach, sondern auf seine eigensinnige Art den Dingen nachgrübelte, hie und da eine wichtige Erfahrung fix und fertig vor die unreifen, fahrigen Kindsköpfe hinwarf und notabene, wenn eins unverständig den Mund aufmachte, einfach zur Antwort gab: »Frag nit so dumm«, wurden sie dieser väterlichen Auszeichnung bald überdrüssig und verzogen sich, wenn er zum Ausmarsch pfiff. Nur auf den Herbst freuten sie sich allemal, weil er sie nämlich zum Kirchtag in die umliegenden Dörfer und Märkte mitgehen ließ.

An einem Mittwoch im Monat Oktober sagte er richtig nach dem abendlichen Tischgebet:

»Buam, morgen heißt es früh aufstehn!«

Das mußten sie eigentlich ohne Ausnahme im Sommer und Winter, indem sie ihrem Herrn Vater das eiskalte Badwasser zu bringen hatten. Sonderlich gern geschah dieses zu keiner Zeit, und in ihrer Vorfreude hielten sie es geradezu für unmöglich, morgen in der Frühe noch sechs schwere Kübel vom Fluder heraufzuschleppen. Da beschlossen sie insgeheim, es schon am Abend zu tun; und wie es finster war, daß einer den andern stieß, brachten sie gleich flinken Hutzelmännlein den Schwindel zustand. Ihre Frau Mutter merkte es wohl, denn sie hatten nicht wenig gepanscht über die Stiege. Sie zürnte aber nicht. Vielmehr zog sie drei frisch gebleichte rupfene Hemden aus der Schublad, und jedem Kind steckte sie ins lederne Sunntaghöslein ein blaues Schneuztuch, und ins Schneuztuch knüpfte sie liebevoll einen Viererbatzen.

Die Buben hatten in solcher Nacht einen unruhigen Schlaf. Sie warfen sich auf ihrem Strohsack herum, daß die Bettstatt krachte, schrien überlaut und träumten also wild und wunderschön wie Irgel, der Roßknecht, wann er vom Schnapssaufen rauschig geworden.

Kaum krähte der Hahn auf seiner Leiter, kaum war irgendein Tritt im Hause vernehmlich, sprangen sie schon in die Höhe. Durch den dünnen Kattunfürhang schimmerte noch kein Tag. Der Nebel schwamm draußen wie ein dunkles, weiches Tuch aus Baumwolle, die Sterne und selbst die Backstubenfenster des Nachbarn verhüllend. Das bißchen Gewand hatten die

Kinder bald angezogen. Daß sie im Finstern öfters derb zusammenstießen, daß der Matthäus den Markus beutelte, weil dieser das Stück Pechseife nicht hergab, und Lukas in aller Eile gleich drei Knöpf abdrehte, machte ihrer hellen Glückseligkeit keinen Eintrag. Sie bumsten die Stiege hinab und trafen in der Küchentür gerade die Frau Mutter, welche Mus und Schottsuppe kochen ging.
Matthäus, sonst nicht der Eifrigste, suchte seinen Taschenfeitel, schnitt einen Buschen Späne, heizte ein krachendes Feuer an. Und Markus setzte das Wasser zu. Und Lukas hielt das beschmierte Öllämpchen und leuchtete ihr in das Speisbehältnis, damit sie Mehl und Rindschmalz und Schotten fände. Er schraubte den Docht auf und nieder und spielte mit seinem Schatten an der Wand, bis die Frau Constantia ihm das Licht wegnahm und auf den Mauersims stellte. Es zuckte, flackerte. Das Roggenmehl in der hölzernen Teigschüssel war mit Salzkristallen aufgeputzt. Und die Kinder stupften den Daumen in die Herrlichkeit, bis die Mutter Stralzin den Schnellsieder vom Dreifuß genommen und das Mehl abgebrannt hatte. Das Schmalz in der Pfanne brutzelte schon und spritzte hoch, als sie den Teig hineintat und zerstampfte.
Sie hatten alle einen glühroten Schein vom offenen Herdfeuer über den Gesichtern und dem blonden Haar. Das blanke Kupfergeschirr war neben dem rußigen Kamin wie lauter große Sonnenkugeln. Auf dem Leinenschurz der Hauswirtin spiegelten sich gelb die Flammen, daß er ausschaute wie blumiger Brokat. Und in opalfarbenem Gekräusel stieg der Harzgeruch eines Föhrenscheites.
Es gefiel den Knaben. Sie waren vertraulicher denn jemals. Sie stunden eng beisammen und sahen zu, wie feine kleine Brotblättchen vom Laib herunterflockten. Dann regnete es Kümmel, dann rieselte es Salz. Und über das alles legte sich schneeig die Schottenbrühe. Sechs Bubenhände hielten den Quirl; als die Frau Mutter das siedende Wasser in die Schüssel goß, fuhren sie nieder und sprudelten, daß die Tropfen flogen. Eins das andere schier verdrängend, schmeichelten sie sich inniger an den brokatenen Schurz und die Schottensuppe heran. Ob es darum geschah, weil die Frau Mutter zuletzt noch etliche Löffel dicken sauren Rahms aus einem Hafen

schöpfte und jeder auf den Löffel paßte, ihn abzulecken ... oder ob es aus einer unbewußten rauhen Zuneigung geschah, so in der absonderlichen Morgenstunde die rupfenen Pfaidlein erwärmt hat. Mag sein, beides: der saure Rahm und die süße Liebe.

Nachdem es dreiviertel auf sechs geschlagen und sie sich mit den Eltern und dem Hausgesind zum Tisch gesetzt hatten in der schmalen Kammer, welche neben der Küche, aber zwei Stufen höher als diese gelegen ist, dachten die Buben gar nicht mehr an ihr Kunststück von gestern. Doch der Herr Vater musterte sie der Reihe nach scharf mit dem linken Auge, und den ersten Löffel Suppe nehmend, sagte er:

»Wann das Fluder so warm ist, müßts mir mein Wasser vom Bach herbringen.«

Die Bürschchen hielten dem Blick wohl stand. Sie hatten eine eigene Art in solchen Fällen; rissen nämlich ihre Gucker recht groß und recht unschuldig auf und sahen dabei sein rechtes Auge an, das sanft vom Lide bedeckt war. Auch diese Prüfung ging vorüber. Endlich waren sie zur Reise gestellt. Und die Frau Mutter hat jedem noch einen Spritzer Weihbrunn auf die Stirn gedrückt und sie entlassen.

Es schweifte noch immer der Nebel in grauen, schleißigen Fetzlein und wich zerrinnend nur eine knappe Elle vor ihnen zurück. Der Hund schüttelte sich; die Kinder knöpften sich Leibel und Rock zu, denn die naßkalte Luft über den Talsümpfen drang unbarmherzig bis auf die Haut. Beim Dienerhäusel fanden sie einen frischen, rosenrot gefärbten Erdapfel. Der Herr Vater bückte sich, warf ihn zu den andern, welche hinter dem Zaune ausgegraben lagen, und bedauerte, daß man die Früchte während der ganzen Nacht im Freien ließ. Die Kinder achteten nicht darauf, sondern steckten die Köpfe zusammen und redeten, eigentlich schon seit der Morgensuppe, immer dergleichen, ob der Weg übers Grillen ginge, übers Steffel oder nach der Poststraße. Der Stralz sagte nicht ja und nicht nein, wie gewöhnlich, wenn er sehr gut oder sehr schlecht aufgelegt war. In Gstatt, wo die vier Linden an der Wegscheid gepflanzt sind, drehte er sich links gegen die Eichleiten, und itzt wußten sie es zu ihrer Freude ganz gewiß, daß er nach Gröbming wollte zum Viehkirchtag.

Im Wandern brachen sie Haselstecken ab, putzten sie zurecht

und schmissen sie beiseite, wann sich einer fand, der noch schöner gewachsen war. Sie hüteten sich wohlweislich, dabei dem Herrn Vater in den Wurf zu geraten, denn er mochte es nicht leiden, wann irgendein Lebendiges in der Natur aus unnützem Anlaß zerstört wurde. Aber er machte ihnen diese Vorsicht nicht allzu schwer; denn er hatte sein Augenmerk auf den umliegenden Dunst gerichtet, prüfte ihn mit seiner Handfläche achtsam, als versuche er, ihn zu ergreifen, nahm den Filzhut ab und maß zurückblickend öfters den Abstand vom Tal. Bei der Sandgrube wartete steif und regungslos ein Wiesel auf ... trug schon den Winterpelz. Erst wie Andreas Stralz ganz nahe war, machte es einen Satz und floh bergab dem Nebel zu.

Auf der Hochfläche des Mitterberges weitete sich der Gesichtskreis. Unter tausend zerrissenen Schleiern dehnte sich glashell und lieblich die obersteirische Landschaft aus. Den großen violetten Schirmbaum des Hollerbühels umspannend, schwebte die Sonne auf und zündete den Berg an, und das Licht rieselte langsam hinab über die blaugrünen, bereiften Hänge.

Sie hatten itzt noch gute Dreiviertelstunde bis Gröbming. Er pfiff seinen Söhnen, aber nur der Hund kam angesatzt. Erst beim Brennerhäusel sah er einen. Es war Matthäus, weit übergeneigt, mit seinem Hütel aus dem Ziehbrunn schöpfend, der nur Trinkwasser für das Vieh abgab und der nach den Regenwochen einen so hohen Spiegel hatte wie ringsum die Tümpel der Moorwiesen.

»Pfui Teufel, du Fark!« rief der Stralz ermahnend.

Das Kind gehorchte sogleich. Doch im Nähertreten bemerkte er in dem kecken Knabengesicht einen derart unbändigen Trotz, daß er, obwohl das Fragen nach seelischen Ursachen beileibe nicht seine Gepflogenheit war, dem Matthäus unters Kinn griff und ihn examinierte.

»No?« sagte er.

Der Bub gab keine Antwort.

»Was hast?«

Wieder nichts.

»Schneuz dich!« sagte er.

Eine Menge Unrat flog mit dem blauen Tuch aus dem Hosensack: Kletten, Lärchenzäpfchen, Roßkäfer, Schwämme, ein Hufnagel und ein toter Zaunkönig.

»Her mit dem Vogerl!« befahl der Herr Vater verdrossen und nicht recht wissend, wie er dem eigenwilligen Buben beikommen sollt. Indem er das noch warme Tier auf einen Maulwurfshaufen legte und mit dem Fuße lockeres Erdreich darüberschob, sagte er: »Wo sind die anderen?«

Der Matthäus schupfte die Achseln.

»Habts gerauft?«

»Nein«, erwiderte störrisch das Kind.

Der Stralz verlor die Geduld und spazierte weiter. Vorn lief der Hund; nebenher stapfte grimmig sein Ältester. Auf einmal hörten sie hinterrücks ein Gejammer. Alle drei drehten sich zugleich um, denn es kam ihnen sehr bekannt vor. Und richtig: aus dem Jungholz, welches an der Seitenstraße zur Sagmühl dicht und dornig aufwuchs, spähten die beiden Kinder. Lukas plärrte schreckbar. Und Markus bot, obschon er nicht weinte, einen ebenso hilflosen Anblick dar. Er hatte die rechte Hand steif um einen Prügel gekrampft, mit der linken hielt er verzweifelt sein knallrotes Ohrwaschel.

Der Herr Vater lachte laut auf. Er meinte, nun die Halbscheid erraten zu haben, und sprach wohlmeinend:

»Seids ihr ein paar Trotteln! Hätts ihn halt auch ordentlich geprügelt!«

Aber das war leicht gesagt. Denn es gab beispielsweise im ganzen Schulhäusel keinen, den Magister Raimund Winkler mit inbegriffen, der nicht schon draufgezahlt, wann der Matthäus einen Handel angefangen hatte. Lieber Gott; er war hitzig wie eine Frühkirsche und fest wie ein Zirbenbloch und grob wie der Teufel. Das bedachte der Herr Andreas Stralz, indem er die jüngern Söhnlein herfürzog und dann aufhorchte, wie sie die ganze Geschichte wahrheitsgemäß erzählten.

Nämlich beim Brenner in der Kegelbahn ist der Lukas draufgekommen, was er Schönes im Schneuztuch hat, und desgleichen die Brüder. Und während sie mit dem Gelde spielen, es hin und her schieben und sich ausmalen, was sie auf dem Kirchtag kaufen möchten, fliegt von der großen Fichte ein Zaunkönig auf. Und Matthäus sucht nach einem Stein. Und findt solchen nicht. Faßt den Viererbatzen ... zielt ... und schleudert ihn stracks in die Luft. Sie hätten ehwohl fleißig das Geld gesucht, stotterte Lukas, und er sei auf dem Bauch gekrochen,

bis er waschnaß geworden wär. Und Markus brachte für, daß er dem Matthäus von dem seinigen zween Kreuzer für gewiß versprochen habe.
»Aber der . . .«, so schloß er den Bericht, indem ein Schauder über seinen Buckel rann, »der wichst uns Haut und Beiner z'samm, hat er gesagt, bald wir bis auf die Nacht seinen Batzen nit gefunden haben.«
Vater Stralz rührte keine Hand. Er ging gleichmäßig seinen Weg, und die drei Knaben, so mit Armesündergefühl zu dem kalten, strengen Gesicht emporsahen, bemerkten nichts darin. Durch die Unbestimmtheit hinsichtlich seiner Strafe und Verzeihung war dem Matthäus der Übermut wie weggeblasen, und er trottete nunmehr wohlanständig hinterdrein. Der Stralz bog von der Straße nach einem Gehsteig ab. Die Grasschöpfe waren stark bereift und das Moos schon gefroren, als wäre November. Die Luft hatte auf der Höhe eine klare, glasige Beschaffenheit, und der Hauch aus Menschenmund hing als unbewegliche Wolke darin. Hinwieder mußten sie eine Lichtung durchqueren. Zwergwacholder wuchs, dessen Schöpfe vom zartesten Weiß ins Blaugrün spielende Nadeln und kümmerliche, fast durchwegs erst zweijährige Beerlein trugen. An kleinen Ortschaften und einsamen Gehöften, in feuchte Hügelmulden gebettet, an Holzschlägen und Rindenhüttlein kamen sie vorüber. Endlich senkte sich der Weg merkbar eine Berglehne entlang. Kurven und tiefgefurchte Rinnsale wurden häufiger. Und über eine kurze Weil stießen sie wieder zum Fahrweg. Händler und Viehtreiber gab es daselbst in Menge zu sehen. Kirchleut gingen im besten Staat. Von Zierting zerrten ihrer sechs ein Mordstrumm Stier, dem eine Blende über die Augen gebunden war. Er brüllte grausig, peitschte ihnen den Schwanz ins Gesicht und wetzte unversehens das Joch gegen seine Schultern, bald nach dieser, bald nach jener Seite, daß die Burschen, welche die Hörner hielten, alle Augenblicke einen ordentlichen Ruck machten.
Als die Öblinger unter solch aufregendem Spektakel das Ende der Kulmleiten erreicht hatten, sahen sie nahe vor sich den Marktflecken Gröbming liegen. Von allen Richtungen herbei strebten die Bauern mit den Pferden und dem braunscheckigen Rindvieh. Die jungen Kälber plärrten traurig in der frostigen Morgenluft, setzten die Hufe schwerfällig auf die

ungeschlachten Rinnsteine, welche die Häuserzeile entlang in einer leichten Vertiefung gelegt waren. Der Stralz betrachtete geruhsam jeglichen Blumenbuschen an den Fenstern, jeglichen Obstbaum, Kürbis, Krautkopf oder was sonst zu sehen war. Sowie er jedoch vom Turm der Pfarrkirche Mariä Himmelfahrt das Halberläuten vernahm, führte er die Kinder zum Lebzelter hinein und ließ jedem ein Stück Hönigbacht verabreichen.
Der Lebzelter war, wie bereits erwähnt, ein zugewanderter Franzose, erst seit wenig Jahren allhier seßhaft, und gebrauchte die breite obersteirische Mundart, daß es zum Erbarmen war. Auf ihn hatten es die Buben scharf abgesehn, horchten mit gespitzten Ohren. Und lachten ihn hinterher wacker aus.
Dieses wohl erkennend, sowie in Erwägung einer hochwichtigen Ursach, zog der Zuckerlkramer den Stralzen mit einem Wink beiseite und erzählte ihm die leider erwiesene Tatsach, daß die lutherischen Ketzer beim Loy Gottesdienst abhielten, und zwar draußen im Tenn, jedermann offenbar, daß dieselben keineswegs mehr leugneten oder abschworen, sondern mit ihrer Dreistigkeit den katholischen Bürgern und Bauern ein peinliches Ärgernis gäben.
Zumal der Herr Vater nur einen Brummler machte, fuhr der Franzose hitzig fort:
Bedauerlicherweise habe das Archidiakonat von Salzburg seine herrschaftliche Befugnis verloren. Aber es könnte doch in aller Heiligen Namen der Kaiser in Wien diesem Umstand eine Abhilf schaffen; denn ansonsten sei ein übler Ausgang zu prophezeien.
»Der Kaiser Franz in Wien hat was anderes zu tun«, bemerkte der Stralz, mit Vorliebe den politischen Kern dabei erfassend. »Und es kann seinen Wunsch und Willen nit ausmachen, itzt den Untertanen einen Kommissär auf das Genick zu hetzen, als wie geschehen ist Anno 1599; item, er wird die lutherischen so gut wie die katholischen Steuerzahler über kurz oder lang zu brauchen wissen.«
Was denn im besagten Jahre 99 eigentlich gewesen wär, frug der Franzose, mit seinem schmalen beweglichen Figürchen ganz und gar hinhorchend, weil er dem Bauernteutsch äußerst schwer nachkam. Auch die Buben standen längst hierbei und

drückten, ohne es gewahr zu werden, ihre Ellbogen fest an die Lebzeltherzen, die, mit Spruch und Blumen verziert, sich darboten; und der Hund schloff an ihren Knien entlang und leckte die Bröselein auf.

»Was wird's gewesen sein ...«, sagte der Stralz besinnlich. »In der Stiftspropstei Gstatt ist eine Urkund, worin geschrieben steht, daß sie durch großen Blutverguß den neuen Glauben haben austreiben wollen und daß die evangelischen Gröbminger sich gewehrt haben mit Sengsen, Spieß und Feuerhakeln ... drei Tag und drei Nächt. Und auf zuletzt, da sie bänglich alle Kraft verlassen hat, ist übern Mitterberg der Öblinger Schneider Joseph Werder mitsamt seinem Anhang zuhülf kömmen. Und die erzbischöflichen Kommissär haben die Sach lassen müssen,wie sie stund, bis übers Jahr, allwo sie mit kaiserlicher Assistenz die Ketzer, fürnehmlich den Prädikanten Martin Schröffl, verjäukt und Obbenannten seine Hueben sauber verbrennt haben.«

»Gut, gut!« stimmte der heißblütige Franzose bei und strich sorgfältig sein unglaublich dichtes, gepudertes Haar. Und frug im Eifer, ob solcherlei Straf und Brandschatzung nicht auch anheut am Platze wär.

»Probier's der Herr Lebzelter grad. Aber sie werden Ihm bei der obersten Justizstell nachher das Toleranzpatent unter die Nasen reiben, noch von Josefi des Zweiten Gnaden.«

Den Kopf geduckt, die Brauen hochgezogen, schaute der Wachszieher zum Vater Stralzen auf. Und behauptete, seine Worte umständlich zurechtlegend: er, welcher noch unter der Glanzzeit Ludwigs des Fünfzehnten ein selbständiger Bürger geworden und sich der Steuerabgabe sowie verschiedener patriotischer Opfer hinreichend erinnere, sei dessenungeachtet im Herzen der bourbonischen Krone treu und meine, immer tauge die Freiheit besser für einen denn für viele, und befürchte ... um abermals beim vorerwähnten puncto anzuknüpfen ... er befürchte also, daß die josephinische Toleranz noch eine ansehnliche Zahl gefährlicher Malefizpersonen zeitigen werde.

»Nein«, widersprach der Herr Vater mit überzeugender Ruhe. »Weißt, die Geschicht ist aso: wann ich einen schlechten Knecht gestreng angreif, alsdann kann er mir das Haus abheizen; wann ich ihn gelind angreif, alsdann nimmt er mir das Haus weg; verstehst? Aber mit einem schlechten Knecht därf ich nit rechnen. Verstehst? Wann der Herr was hergibt, so denkt er auf die Guten.«

Das sei in politischen Dingen schon möglich, gab der Franzose zu. Allein wohlgemerkt, in religiösen habe er weitaus geringere Zuversicht. Und er vermute, daß vonwegen der Gröbminger und Schladminger, nicht zu vergessen der Ramsauer Ketzer, werde noch in grausiger Art die Rede sein.

»Nein«, sagte der Stralz wiederum, ohne daß ein Fältchen seines Gesichtes zuckte. »Nein, Herr Lebzelter, glaub Er's: gegen seine Lutherischen hülft kein Kaiser, kein Künig und kein Schwefelregen. Wann von denen einer umsteht ... muaß es wohl einwendig brennend werden.«

An solchen Feuerbrand des Herzens aber mochte der Franzose baß nicht glauben, insonderheit er die Leidenschaft und Erschütterung stets mit äußern Anzeichen verbunden wähnte und aus Ursach dessen die kargen und trockenen Menschen dem Hochgebirge ringsum ähnlich fand und, hiebei die nackte Natur noch mehr verkennend als ihre Inwohner, im Grunde genommen den trefflichsten Vergleich tat. Denn wie der ewige Firnschnee dem Entfernten nur einen starren Hauch zuwendet, den Nahen aber erwärmt und durchschauert wie die Liebe, das Fieber, nicht selten wie der Tod ... so hat auch der Bauer, insoweit er von Götzendienst und Komödie noch unversehrt und rein ist, die ganze Größe des Gefühls in sich; nur daß niemand ... weder Vater noch Mutter, Kind und Kindeskind dasselbe erfaßt; es sei denn, daß einer selbst die Hand auf den hohen Firn legte ... wie Sankt Thomas in das heilige Blutmal ...

Unter dem Disput war schier eine halbe Stunde verstrichen. Der Stralz zog den Geldbeutel, zahlte seine Schuldigkeit und ließ den winselnden Hund im Vorhaus zurück. Dann gingen sie zum Hochamt. Die große Glock hub schon zu schwingen an. Die Kirchleut warteten allbereits ziemlich gedrängt auf den Stufen und im Vorbau. Auch Kinder genug trieben sich herum. Die Stralzenbuben freundeten sich mit keinem an und wichen dem Herrn Vater nicht von der Rockfalte. Das Feierliche des Ortes, der Tracht und Gebärden verwirrte sie, obschon es ihnen keineswegs neu war.

Nachdem sie das Hütel abgenommen und das Kreuz gemacht,

wollten sie, keck ausschreitend, in den schön geschnitzten krumpen Stuhl hinein.
»Stehnbleiben!« gebot der Herr Vater. »Wir haben da keinen Stuhl gelöst.«
Und sich ein wenig niederneigend, erklärte er ihnen die kunstvolle Bauweise, zeigte mit sachter, unauffälliger Bewegung die Votivbilder und das gemauerte Chorgestühl, dessen Bogengeländer die bunten Farben der Fenster empfing. Er zeigte ihnen das Pförtchen, so zur Schatzkammer und zum Turm führt, und machte sie auf die Kanzel aufmerksam, hiebei fragend, wer wohl die Männer wären, mit dicken Büchern daselbst aufgemalt. Die Kinder rieten hin und her, bis er ihnen kundtat, es seien die vier Evangelisten. Da fühlten sie einen mächtigen Stolz in sich und musterten einander, um eine Ähnlichkeit mit den Heiligen herauszufinden. Sie entdeckten aber, selbst von ihrer kindlichen Phantasie unterstützt, gar keine und sprachen schließlich unzufrieden und ernüchtert den Vorwurf aus, daß ihnen überhaupt eine abginge ... Doch schon im nächsten Augenblicke deutete Lukas auf ein großes Bild, welches am unteren Ende, abgesondert von der Hauptdarstellung, einen Ritter in finsterer Eisenrüstung und, auf ihn zukommend, mehrere Frauenspersonen zeigte, teils groß, teils kindlich, alle aber strenge mittelalterlich ... fast nonnenhaft gekleidet und mit ihrem Adelswappen signiert. Zwischen diesen, nur ferner in den Hintergrund gerückt, stand ein pudelschwarzes Weib bei einem Butterkübel.
Was das bedeute? frugen neugierig die Kinder.
Ohneracht die Gröbminger schon vereinzelt in die Kirche traten, explizierte er ihnen solches Gemälde als das Grabdenkmal des Herrn Christophorus, Schloßherrn zu Aigen, und seiner Gemahlinnen, abgeschieden in Christo gegen die Wende des sechzehnten Jahrhunderts. Hintenbei wäre die Sennin, welche auf einer Alm inner Donnersbachwald hab gehauset und gewirtschaftet. Nach überliefertem Bericht sei dieselbe mit dem hölledigen Satan im Bunde gewest und habe jedes Freitags sündlich Fleisch gefressen und gefaulenzt. Und wann der Halter den Käse und Schotten auf seine Buckelkraxe getan und nach dem Bütterl fragete, hat sie allemal tückisch gelacht und geschworen, selbiges werde am Sonntag schon unten sein. Und richtig! Zur gegebenen Morgenstund, kaum daß die Kapu-

ziner von Irdning die Matutin geläutet, ist das Rührkübel im See geschwommen, und der Herr Graf Christophorus konnt es vom Fenster seiner Schlafkammer aus gar deutlich sehen. Nachdem ein Knapp es geholt und eine Dirn den Deckel und Stessel hinweggeräumt, erblickte man jedesmal einen Butterstrutzen, gelb und locker und seine elf Pfund wohl schwer. Ganz vergeblich hat das erste Gemahl des Grafen gebeten, das unheimliche Weibsbild zu verjagen. Nagenden Schmerzes voll, mußte sie frühe sterben. Das gleiche Schicksal erfüllte sich auch an seiner zweiten und dritten Ehefrau. Die vierte, Potentia mit Namen, war eine resolute Person. Gab dem Hüterbuben ein Beutlein Silberbatzen, damit er die Spitzbüberei aufhelle. Solches ist ihm de facto gelungen, indem er nämlich in einer Samstagnacht, hinter der Sennin herschleichend, bemerkte, daß sie ihr Kübel voll sauern Rahm zu einem versteckten Almtümpel schleppte. Alsdann hat sie neunmal in einem Atem ihren Zauberspruch gewispelt, das Faß angespuckt und hineingeschmissen. In einem unterirdischen Wasserlauf, berichtete der Halter, mag es der Teufel an seinen Schwanz gebunden und in den Butterer See geschleift haben. Die Frau Potentia behielt solches nicht für ein Geheimnis. Sie entdeckte es stante pede ihrem Eheherrn Christophorus. Aber das letzte Wort sagend, sank sie um und war tot.
Ein graues, steinaltes Mütterl, welches neben dem Stralzen den Rosenkranz herabbetete und mit augenscheinlicher Neugier und Mißbilligung zugehorcht hatte, behauptete itzt steif: Die Geschicht sei gewiß erlogen. Denn allhier habe man den Grafen von Moosheimb mit seinen Frauen und Kindern aufgemalt, denselbigen, der ein Kreuzritter gewesen und vom Papst mit einer geschnitzten Mutter Gottes beschenkt worden ist. Weitum hätten sie das wunderbare Bildstöckel gerühmt, und zu Pestzeiten hätte sich rings der Boden gesenkt unter den Fußtritten der Pilger. Darum wäre noch anheut der Ort Maria-Grüaberl benennet ...
Die Hex hintenbei möchte wohl seine Stalldirn sein. Sie ist vor etzlichen hundert Jahren mit Haut und Haar auf dem Scheiterhaufen eingegangen, weil sie nach beschworenem und gesiegeltem Bericht der Kalenderschreiber im strengen Winter blühende Buschen am Fenster gezogen und, was noch höllischer, mehr Butter gerührt habe als die besten Bäuerinnen

weitum. Verstreut sei ihre Asche in alle Wind, der Leichnam des Moosheimber Grafen jedoch unter der Kirchen begraben; man sehe noch den gemeißelten Pflasterstein, gerade dort, wo das Büberl herumsteige. Und sein Kirchenstuhl, reich geschnitzt und kostbar, befände sich gerade über dem krumpen Stuhl.

Solches hörten sie.

Der Herr Vater sonderte und ordnete es akkurat in seinem Gedächtnis; und nahm mehr für sich allein weitere Anschauung vor, denn die Kinder suchten bald mit beweglichen Augen überall wie gefangene Vögel und fanden in wunderbar gerechter Einfalt keinen Unterschied zwischen Gottes kleiner Spinne, so da wob, und den großen harmonischen Künsten eines Baumeisters. Und inwährend der Stralz mit ruhiger, fast verlorener Andacht den Flügelaltar bestaunte, an Christi Leiden und Glorie sich erbauend, zählte Markus die Rosettchen der Glasmalereien, gaffte Matthäus ohne Unterlaß auf den Lichträuber, welcher von einer armdicken Kerze brenzelnd herabqualmte. Und Lukas, der Kleinste, hielt mit einer gruseligen Freude seinen Hut unter den Moosheimber Stuhl, weil er hoffte, das Spinnlein werde hineinfallen.

Die Frauenzimmer sahen schon ärgerlich drein. Und auch die Männer mißbilligten das halblaute Gespräch des Stralzen und fanden den Leumund so unbegründet nicht, der im Ennstal und selbst in den Gräben über ihn besagte, er sei ein heimlicher Freigeist. Der Herr Vater scherte sich nicht darum. Nur da aus der Sakristei schon ein Ministrant herfürtrat und den Glockenzug faßte, fand er es geziemend, seine Betrachtung abzuschließen. Er lenkte die Aufmerksamkeit seiner Söhne noch kurz zu den schön geformten Pfeilern hin, welche emporstrebend das feine Netz des blauen Spitzgewölbes tragen.

Solches, erklärte Vater Stralz, solches bedeute für den Ort eine Rarität, zumal es gotisch sei. Daheim, wie sie wüßten, habe die Kirche nur einen Dibbelboden.

Diese Rede machte auf die Buben ernstlichen Eindruck. Sie glaubten allesamt, der liebe Gott sei in Gröbming besonders gegenwärtig, weil sie ein »gottisches Dach« hätten, und sie bezweifelten, ob er auch unter einem Dibbelboden möchte wohnhaft sein.

Das Hochamt nahm seinen Verlauf. Bei Evangelium, Wandlung und Kommunion läutete schrill und hell das Pestglöckerl, daß es durch Mark und Bein fuhr. Und die mannigfachen Gebete, die fast ausnahmslos in den Bedürfnissen der engsten Heimat wurzelten und sehr schlicht, um nicht zu sagen einförmig, von den Lippen brachen, entbehrten jenes gewissen Eifers nicht, der, genau jedwede Form und Zeremonie beobachtend, vorzugsweise in Gemeinden mit zweierlei Bekenntnissen offensichtlich ist . . .

Es war schon lauer Vormittag, als sie wiederum auf die freie Weid hinaustraten. Die Kinder entschädigten sich für das lange Stillesein durch ein Gezwitscher und Gezappel und spürten sogar den Hunger nicht mehr, welcher sie in ihrer ehrfürchtigen Sammlung bedenklich gestört hatte.

»So, Buam!« sagte der Herr Vater; ermahnte sie hierauf zu braver Aufführung und schaffte an, daß sie Schlag zwölf sollten beim Gröbminger Bräuhaus auf ihn warten. Dann ließ er sie laufen. Augenblicks waren sie fort. Zuletzt sah er noch Lukas, der, mit beiden Ellbogen puffend, sich mühte, die großen Brüder im Gedränge des Kirchtags ja nicht zu verlieren.

Es gäbe lang und viel darüber zu erzählen, wie die Stralzenbuben mit hell aufgesperrtem Aug und Ohr zu Gröbming umeinander trabten, und wie sie schon anfingen, es den Alten nachzutun, beispielsweise vom französischen Zuckerlkramer patzig ihren Hund zurückverlangten, einem lieben scheckerten Kalb die Stirn kraulten oder einem Rössel das Maul aufrissen und hineinschauten; bis sie endlich zu gesetzter Zeit ihren Herrn Vater wiederfanden und im Nebenzimmer der Bräumeisterwittib sechs Paare Krenwürstel und einen appetitlichen Schweinsbraten verzehrt haben. Der Stralz selber aß und trank ungemein mäßig, legte nach kurzer Weile das Besteck auf den Teller und sagte: wenn's am besten schmecke, so müsse man es weislich lassen. Dann frug er gutlaunig den Markus, was er für sein Stück Geld wohl erhandelt hätt. Das Kind schlug den Lodenrock auseinand, welcher steif wie ein Brett von ihm wegstand und dessen inneren Sack er mit einem Weinbeerwecken vollgepfropft hatte, der vielerorts schon angebissen war. Auch den Lukas frug er. Derselbige zog sein Schneuztuch heraus, löste schlau lachend einen Knopf, und was sahen sie:

Der Frau Mutter ihren blitzblanken Viererbatzen! Er habe nirgends nichts Gescheites gefunden, behauptete Lukas errötend. Und für so ein kindisches Tändelzeug sei er halt zu groß.

Item, der Bub war im April erst neun Jahre alt gewesen.

Mit dem Matthäus redete der Stralz kein Wort.

Sie machten sich alsbald auf den Heimweg, insbesonders, weil der Herr Vater fünf Ochsen gekauft hatte und das Viehtreiben zwar ein spaßiges, aber nichtsdestoweniger recht kompliziertes Geschäft war.

Er blieb noch einmal unschlüssig stehen, in Überlegung, ob er den Kindern nicht auch den sehr nahe gelegenen Pestanger zeigen sollt, wo der Sage nach unzählige Gebeine ruhen, wohlbeerdigt durch Pfarrer und Totengräber, deren arme Leichen man nachmals auf dem einsamen Acker fand; ein schreckbar ergreifendes Zeugnis christlichen Martyriums! Doch unterließ er's, um ihren harmlosen Sinn durch keine Vorstellung zu beschweren, welche sie nach seiner mutmaßlichen Ansicht nicht würdig genug einschätzten. Seinen Weg also wieder der Kulmleiten entlang nehmend, baute er für sich wunderliche Gedanken aus und mäßigte den Schritt, je mehr seine drei Buben schwitzend, lachend und lebfrisch die zähen Öchslein jagten, je mehr das Hundegebelfer seitwärts sich verlor und der milde, leuchtend bunte Abend auf ihn einwirkte.

Es ist schwer zu beschreiben, wie Vater Stralz das Bild der Landschaft empfing. Und es ist vielleicht noch schwieriger, die Landschaft selbst mit Worten darzustellen, weil sie unendlich einfach ist. Sie besitzt, vom großen frei stehenden Grimming abgesehen, leicht ihresgleichen an Wald und Weide, an Bach und Berg. Und der Stralz hatte Gegenden durchreist, wo die Natur sinnfälliger ist und die Beschauer scharenweise anlockt und überwältigt.

Aber hier wurde sein Auge nicht gedrängt. Er sah nur die kleinen Dörfer und Gehöfte an die karge Erde gebettet, die weiten Moore mit grell blitzenden Wassertümpfen und verstreut zwischen Holzbeständen die steilen Felder, wo schon das satte Grün des Winterkorns aufschlug, und tiefer liegend die Futterwiesen. Er sah überall das warmgetönte, zitternde Laub, darin der Schneewind anhub zu knistern und das für die Bauern die letzte Ernte ist. Sah unwissentlich auch den

zarten, abendmilden Schein, der vom Himmel kam und aus der Tiefe wieder gen Himmel auftauchte, viele hinschmelzende Farben ohne Grenze und Namen als ein Einziges vergossen.
Er hörte die Glocken, wann eine Herde heimging; denn so spät war es. Und noch immer rastete er auf dem Höhenrücken des Mitterberges, schauend und bis in sein Innerstes schweigsam geworden.
Und es ist wohl Bedingnis, daß der Mensch sich still gehabe, um eine stille, einfache Landschaft zu betrachten; oder daß er in ihr daheim sei. Beim Vater Stralzen traf beides zu; darum ist seine Liebe so groß gewesen.

WIE ABT GOTTHARD NACH GSTATT KAM

Noch im selben Jahre ergab sich Gelegenheit zur Ausführung eines bestimmten Entschlusses, den der Herr Vater betreffs seines Ältesten gefaßt hatte, als dieser beim Brennerhäusel seine Ehrerbietung und geschwisterliche Schuldigkeit offenbar verletzt. Nämlich der Hochwürdige Gotthardus, Prälat von Admont, fuhr in die Propstei Gstatt, um die jährliche Revision abzuhalten, und etliche Pfarrinsassen ritten ihm entgegen bis zum Moarbühel an der Salza, wo die Poststraße nach Öblarn abzweigt. So sind namhaft: der alt Berghammer, Dorfrichter daselbst; Joseph Salzinger, Bäck im Tore; Andreas Stralz; der Propsteipfleger Gabriel Scharf; der Bergverweser; der Bader Gasteiger; der Kurschmied Zedler; ferner der Bauer im Strasserberg und die vier Kirchenpröpste. Alldenselbigen stund durch ihr Amt oder erbgesessenes Eigentum das Vorrecht zu, in der Pfarrei und Schule einiges mitzureden; sie hatten die zwölf Plätze im Oratorium inne und rechneten es sich zur Ehre, bei feierlichem Anlaß in Person gegenwärtig zu sein. Für den Empfang des obbenannten Stiftsherrn bestens ausstaffiert, warteten sie, jeder den Gast achtend, indem er sich selbst achtete. Weiß nicht, was blanker glänzte . . ., die Silberknöpf auf Rock und Weste oder der Messingbeschlag auf dem grünledernen Sattelzeug. Dem Zedler hatte seine Ehewirtin die Seidenmasche am Hemdkragen dreimal knüpfen müssen. Und noch deuchte sie ihm nicht schön genug; die blauen Wadenstrümpfe waren seine Hochzeitsstrümpfe, und er trug das wohlerhaltene Gamskranzel aufgesteckt, das er als Untergöd einstmalen gekauft hatte. Denn der Zedler hielt auf Reputation!

Die Mannsleute redeten nicht viel; höchstens ein Maul voll von Wind und Wetter, was ihresdanks so bleiben werde bis Allergottesheiligen. Dann rollte die schwere Kalesche mit dem Prälaten daher. Und sie rückten voll Ehrfurcht den Hut. Der Pfleger sprang ab, gab sein lediges Tier dem Torbäcken als Handpferd und setzte sich neben den Abt. Es war ein erfreulicher Anblick, wie die elf Bauern, solang der Weg es gestattete, zu beidseiten des Wagens reitend, ihm das Geleite gaben. Die armen Keuschler von Nieder-Gstatt liefen neugierig zu Tor und Fenster und versäumten nicht, sich dabei den geistlichen Segen zu erbitten.

In Gstatt trafen sie den Schulmeister Raimund Winkler, der in seinem kaffeebraunen städtischen Frack sehr beklemmt und ernsthaft ausschaute. Er war jedoch keineswegs eine spaßige Figur mit dem üblichen Schneuztuchzipf, sondern ein guter, etwas eckiger Mann, welcher das Seinige gelernt hatte; und wenn er damit bei den Öblingern manchmal anstieß, so war er allein nicht schuld, denn es ging ihm geradeso wie dem Bader Gasteiger, der, aus dem Oberösterreichischen zugewandert, sich wohlweislich seiner Lebensbeschreibung enthielt, inmaßen er ein leibhaftiger Doctor medicinae war. Hätte er dieses einmal verlautbart, so hätte er von Stund an verhungern können.

Die Reiter also banden ihre Rosse an die Planke und hörten dem Schullehrer zu, wie er des langen und breiten sein Anliegen erörterte und hie und da zur Unterstützung des Gedächtnisses ein Konzept aus der Tasche zog, dieweilen Abt Gotthardus mit dem Pfleger die Stufen zum Schlosse hinaufging, von Laienbrüdern, Dienstboten und Tagwerkern schier kindlich begrüßt; alsdann einen kurzen Imbiß nahm und sich für die Audienz vorbereitete. Der Pfarrer Isidor Hinterseer, welcher einen dringlichen Versehgang gehabt, kam gerade im letzten Augenblick, bevor die kunstvoll geschnitzte und mit Kupfergriffen verzierte Flügeltür sich in ihren Angeln drehte. Im hallenden Vorzimmer, dem die braun gebeizte Eichentäfelung bis zum Ansatz des Gewölbes einen wärmeren Ton gab, erschien Pater Gabriel Scharf, einigermaßen aufgeregt

und seiner Verantwortlichkeit in Gegenwart des Prälaten noch mehr bewußt, räusperte sich und bedeutete den Öblingern, sammentlich einzutreten.
Da sie voreinander nichts zu verbergen hatten, trugen sie ihre Sache gemeinsam aus, und der Amtmann Joseph Salzinger entledigte sich vorerst in langsamer und etwas abgehackter Art der schuldigen Danksagung für die Orgel sowie den schönen, reich vergoldeten Kelch aus der Hauskapelle von Gstatt, dabei nochmals die gnädige Fürsorg hervorhebend, welche das Stift ihnen bewiesen, als es Anno Domini 1784 ihre Pfarre durch einen eigenen Seelenhirten habe selbständig gemacht.
Der Prälat hörte in aufrechter Haltung, aber müder Gebärde zu, weil er der Jüngste nicht mehr war. Und weil er überdies als guter Menschenkenner gar wohl wußte, daß der biedere Magister und eigentliche Urheber den längst verjährten Passus nur angehängt hatte, um der Rede des Bäcken einen schwungvollen Abschluß zu geben. Auf dem ovalen Tisch aus Ebenholz lag das goldene Ordenskreuz der Benediktiner sowie ein dickes Betbuch, zufällig aufgeschlagen, und zeigte links in einem fein gearbeiteten Stich den König David, wie er, vor der Bundeslade kniend, die Harfe zupft; auf der rechten Seite war in rotem lateinischem Druck zu lesen: Horae Diurnae Breviarii monastici. Daselbst ließ er den Blick ein wenig rasten, legte nachher an irgendeiner Buchstelle, welche nicht verblättert sein durfte, das Merkzeichen ein und pflog gemäß seiner Angewöhnung und Höflichkeit mit dem und jenem eine kurze Unterhaltung, die so übel nicht ausfiel, zumal die Bauern hinsichtlich des weitläufigen admontischen Besitzes oft besser Bescheid wußten wie der Pfleger; füglich dessen Gotthard einem einzelnen Mann auch keine unbillige oder maßlose Zumutung stellte.
Als die Reihe den Schulmeister traf, wurde die Geschichte heikel, weil ein paar Öblinger, kaum daß er den Mund aufmachte und sein Anliegen in gesetzter Form ausbreiten wollt, schon baß zu murren begannen und Se. Exzellenz, der Prälat, ihm lächelnd erklärte, er sei durch Pfleger und Pfarrer hinlänglich und genau unterrichtet, und es hätten ihn außerdem der Wachter und der Totengräber mittels eines Gesuches um ebensolche Guttat und christliche Beihülf angegangen.
Raimund Winkler, der während seines mehrjährigen Aufent-

haltes im Dorfe ein Schwarzseher geworden war, faßte den Widerspruch der Bauern wie auch der Obrigkeit als puren Haß auf. Doch er hätte bedenken müssen, daß Menschen, die alsogleich grob werden, selten hassen können, weil sie ja das entstehende Gift mit großer Deutlichkeit und Kraft von sich geben. Er hätte ferner auch bedenken müssen, daß aus dem geistlichen Patron viel eher leise Ungeduld denn Feindschaft gesprochen hatte, indem der Abt, ein kluger und für seine Zeit auch weitschauender Mann, nur den kleinlichen Geschäften abhold war, weil er durch Herkunft und Beruf davon verschont geblieben. Andererseits darf die Verbitterung des Schullehrers nicht unberechtigt genannt werden, weil sein Stand damals in abhängigstem Verhältnis und wirklich der persönlichen Willkür eines Schutzherrn sowie der Ortsbewohner schmählich ausgesetzt war.

Raimund Winkler enthielt sich nunmehr jedes Wortes. Sein glattrasiertes Gesicht bekam einen scharfen, spitzigen Zug. Er blickte hartnäckig zum vergitterten Fenster hinaus in den herbstlichen Schloßgarten, wo die gelben Pappelblätter, kleinen Fallschirmen vergleichbar, kreisend niederfielen. Manchmal verirrte sich eines bis zu den Gatterstäben oder bis zu den Füßen des Prälaten. Dieser hatte ein Notiztäfelchen aus weißem Bein zur Hand genommen, wo er in lateinischer Schrift einiges aufmerkte. Der Pfleger und der Pfarrer, denen die Stille peinlich war, schritten lautlos, aber nichtsdestoweniger geschäftig daran, die Amtspapiere für die Durchsicht bereitzulegen, und als sie dabei unversehens einen Türflügel offen ließen, fuhr eine heftige Zugluft über den Tisch, welche das Brevier verblätterte und das Merkzeichen mit dem gestickten Dornenkranz auf die eingelegte Diele warf.

Weder der Berghammer noch der Torbäck, der Stralz oder sonst einer rührte sich. Sie waren allesamt nicht dazu angelernt worden, etwas vom Boden aufzuheben.

Dann geschah das Merkwürdige sehr schnell und sehr unauffällig. Der Prälat und der Schulmeister sahen sich mit einem Blick gemessen an; Spott in dem geistlichen, Trutz in dem weltlichen Antlitz. Dann hatte sich jeder in der Gewalt, und jeder bückte sich. Über der zart gestickten Dornenkrone hatten sich ihre Hände kurz und absichtslos berührt, vielleicht war dieses Ursach ihrer Versöhnung. Denn der Abt sagte hierauf,

seine Worte fein betonend, mit einem Hinweis auf das Merkzeichen:
»Ich danke Ihm, das Bücken kömmt uns beiden zu!«
»Sakra!« meinte der Sebastian Zedler und stupfte seinen Schwäher mit dem Ellbogen. Aber der Stralz schaute gleichmütig aus seinem linken Auge und tat, als habe er nichts gehört.
Nach diesem Zwischenfall netzte Gotthardus seinen Zeigefinger, so mit einem einfachen, jedoch sehr wertvollen Ring geschmückt war, und löschte die lateinischen Worte auf dem Notiztäfelchen aus.
Ob und wie lange der Magister beweibt sei, frug er mit jener gewissen weltentrückten Befangenheit vor allem Familiären, welche den internen Geistlichen von einem Pfarrer so scharf unterscheidet. Der Lehrer gab an, daß er im dreizehnten Jahre seines Ehestandes, nunmehr aber verwitwet sei und für fünf Köpfe zu sorgen habe, das älteste Töchterl, die Regina nämlich, nicht mitgezählt, da diese bereits beim Stralzen in leichtem Dienste stünd.
Warum er das Kind von sich ließe, erkundigte sich Gotthard, es gebe ja wohl der eigene Haushalt zu tun im Überfluß.
»Das schon«, sagte Raimund Winkler nachdrücklich, doch er habe sich dafür sein zweites Töchterl, die Ursula, abgerichtet, zumal sie auch schon neun Jahre alt werde und die Regina, an die gute schmalzige Kost gewohnt, nicht mehr heimwölle.
Solches wär ganz richtig, sprach der Bäck im Tore, und der Bader Gasteiger, welcher in seiner Raschheit nichts erwarten konnte, machte mit allem schuldigen Respekt dem Abte klar, daß der erbetene Zuschuß an Grund und Vieh für den guten Magister höchst notwendig sei.
Er habe nichts dagegen, erwiderte Gotthardus. Aber die vier Kirchenpröpste, so von ihren zu fernst auf dem Berg gelegenen Höfen jederzeit das Neue spinnefeind ansahen, taten den Einwurf, daß der Winkler ohnedem genug geschenkt bekäme, und der alte Berghammer, welcher törrisch war, glaubte, es ginge gar von einem neuen Schulbau die Red, schüttelte aus diesem Grunde eigensinnig den Kopf und stieß einen Brummler nach dem andern aus.
Wegen was sie alsdann das viele sündteure Schulgeld blechen müßten, frug der Bauer im Strasserberg, wo sie doch aus purer

Gutwilligkeit dem Schulmeister was zu verdienen gäben; denn die gedruckten Bücheln und die spitzfindige Gelahrsamkeit brächten oft Schaden an Leib und Seele, und mancher hätte sich mit solchem Zeug den hölledigen Teufel auf den Buckel geladen.

Pater Isidor und der Pfleger, welche soeben mit einem Stoß Schriften ins Zimmer traten, fanden, daß der Diskurs sich hitzig anließ, und es nahm sie gar nicht wunder, daß der Prälat aus seiner nachdenklichen Miene plötzlich auffuhr und mit Gereiztheit frug, ob denn in Gottes Namen keine Belege vorhanden seien über das tatsächliche Einkommen des Magisters.

»O gewiß«, sagte der Pfarrer gelassen. Er war ein herzensguter Mensch, dem niemand böse sein konnte und der in seiner abgeklärten Stille von keinem nennenswerten Kummer bedrückt war, jedem das Seinige gönnte und sich selbst auch. So hatte er denn zufolge seiner besonderen Eigenschaft, alle Geschäfte mit wenig Aufwand abzumachen und zu vereinfachen, soweit es anging, die Dokumente des Pfarrarchives mitgeschleppt und damit den Lauf der Handlung wesentlich gefördert. Er suchte, ordnete, hielt jedes Blatt weit von sich, laut die Überschriften lesend, und zog endlich unter dem Faszikel Schulsachen die Abschrift eines Steuerbekenntnisses hervor. Nach dieser von Raimund Winkler selbst aufgestellten Fassion betrug das Einkommen jährlich 157 Gulden 16 Kreuzer österreichischer Konventionsmünze, wovon 15 Gulden 16 Kreuzer als Grundertrag festgesetzt waren, die Naturalien beliefen sich im Geldwert auf 35 Gulden 70 Kreuzer. Das Schulgeld für etwa 90 Kinder, denn so wenig waren ihrer nur mehr durch den großen Abzug der Knappenfamilien, machte 106 Gulden 20 Kreuzer aus, wenn ihm, was gar selten der Fall war, 1 Gulden 18 Kreuzer für jedes Kind pünktlich ausbezahlt wurden.

Abt Gotthardus legte das Blatt nach zweimaliger Überprüfung auf den Tisch. Und Pater Isidor nahm es fort, fragend, ob man nunmehr die Sache als erledigt betrachten und mit der herrschaftlichen Zusage rechnen dürfe, zumal er nicht ohne Interesse daran beteiligt sei. Der Prälat schaute sehr verwundert auf. Konnte aber nicht umhin, bei seiner Bejahung zu lächeln, indem er, wie gesagt, ein Menschenkenner war und füglich erriet, daß Pater Isidor in Anbetracht seiner zuneh-

menden Tonsur sich ein bescheidenes irdisches Profitchen herausgenommen habe. Nur welches . . . das wußte er zur Stunde noch nicht. Er richtete sein Wort itzt an die erbgesessenen Öblinger und frug, welche von ihnen beim Magister als Grenznachbarn anrainten und dahero gewillt wären, demselbigen einige Klafter Land gegen rechtlichen Umtausch mit dem Stifte abzutreten.
Da rührte sich abermals keiner. Sie hingen so zäh an Grund und Boden und steiften sich, als werde ihnen die Haut abgezogen. Endlich suchte Sebastian Zedler fürsichtig herauszubringen, was etwa dabei zu verhoffen wäre.
Gotthard schaute den Pfleger an, und dieser antwortete zögernd: ein Stück vom Dienerfelde, sofern der Stralz als Pächter desselben nichts dagegen habe.
Der Stralz sagte weder ja noch nein. Und der Gasteiger sagte, wann seine Alte einverstanden sei, alsdann ließe er aufs Jahr mit sich reden. Weiter nichts.
Die gewichtigen Kirchenpröpste wurden dafür um so gesprächiger. Sie behandelten den strittigen Punkt mit vieler Umständlichkeit, immer auf das gleiche hinzielend, daß sie nämlich, falls es auf sie ankäme, sicher keine Wiese verschenken wollten, denn ihnen habe auch niemand keine geschenkt.
Raimund Winkler gab ihnen bittere Blicke. Von der gesunden Selbstsucht dieser Bauernnaturen tief verletzt, nahm er die Sache viel ernster, als sie eigentlich war. Er hätte ihnen irgendein grobes Wort breitlachend ins Gesicht sagen sollen. Allein das konnte er nicht. Nein, ganz im Gegenteil, es nahm sein Wesen wieder den strengen, abgekehrten Zug an. Er krümmte die Finger zitternd unter dem langen verschlissenen Tuchärmel und bat den Prälaten, alsogleich den Vertrag aufsetzen zu dürfen, in selbigem er für die Genehmigung seiner Wünsche und Bedürfnisse auch zu entsprechender Gegenleistung sich verbinde, welche, so hoffe er, den Zorn seiner Widersacher einigermaßen besänftige.
Ja, der Magister redete sich tiefer und inbrünstiger in seinen gewiß berechtigten Groll und schrumpfte nach Art empfindsamer Menschen in sich zusammen, weil andere ihn verdemütigt hatten. Sein Schriftstück fiel auch ganz in diesem Sinne aus. Während er nun in dem schweren, ehrwürdigen Stuhle des Abtes saß, indem sonst nur Bänke an der Wand herumstan-

den, und während die weiße Gänsefeder in widerspenstigen Schnörkeln über den Bogen floß, frug Gotthard die übrigen, ob sie vielleicht Anbot, Bitte oder Beschwerde fürzubringen hätten.
»Hm?« frug der Berghammer zurück.
Der Kurschmied Zedler explizierte ihm die Geschicht, worauf er bedächtig seine Zufriedenheit äußerte und die Versicherung beifügte, daß er mit Verlaub der geistlichen Obrigkeit auch weiterhin betläuten wölle, maßen sein Schlaf itzt rar werde und sein Gehör, das leider schon schwach und unverläßlich, gerade den Glockenruf wohltätig empfände.
Der Prälat kannte den Dorfrichter seit einer Reihe von Jahren, ohne jemals eine Veränderung an ihm wahrgenommen zu haben. Das schüttere braune Haar, von nicht allzuviel weißen Fäden durchzogen, die stoppeligen, immer frischroten Wängelein, die Augen lebendig und hell, nahezu ein bißchen argwöhnisch, wie man's bei Schwerhörigen öfter trifft, und seine Rüstigkeit ließen den Mann als Sechziger gelten. Aber Gotthard, der langjährigen Bekanntschaft ingedenk, sagte, ihn beim Rockknopf fassend und seine Stimme dem Ohre nähernd: schätzungsweise müßte der Berghammer schon ein hoher Siebziger sein.
»Stark, stark!« entgegnete der Greis nickend. Just am Großen Frauentag hätt er das sechsundachtzigste Lebensjahr hinter sich gebracht.
Das wäre ganz richtig, sagte der Bäck im Tore.
Und der Bader Gasteiger meinte zuversichtlich, daß Lungel, Herz und Leber auch das hundertste übertauchten. Aber, weil es ihm soeben durch den Kopf führe, warf er plötzlich hin ... mit dem bedauernden Beisatz, daß seine Rede sich zwar schlecht zu dem erquicklichen Thema reime ... Aber, er wisse auch ein altes Bäuerl, Hochsattler benannt und in der Sölk wohnhaft, so geberg, daß es mit der Haue das Feld umbrachen und mit Steigeisen zur Mahd gehen müsse. Das besagte Bäuerl habe ihm des mehrern schon zu verstehen gegeben, daß die Hirsch und Rehe viel Getreid wegfräßen, sowann es auf dem Gumpeneck einen Augustschnee hat.
Das machte der Bader dem Abte zu wissen, mit offener Bitte, daß die Herrschaft Gstatt den Wildschaden zahle, wenn man auch nicht genau eruieren könne, wessen die Hirsch und Reh

gewesen. Und gemäß seiner Ehrlichkeit, sagte er zuletzt noch, daß er hiemit beim Hochsattler einer Dankesschuld sich entledigen möchte, weil derselbe alljährlich im Spätsommer den Hollerschnaps und den Kranewittern, so zu Medikamenten unerläßlich, ohne jedes Entgelt für ihn brenne und schon etliche Körblein voll Speik, Hauswurz und echten Enzian gepflückt und gedörrt hab.
Der Abt nahm wieder sein beinernes Notiztäfelchen und verzeichnete diesen Punkt, dabei versprechend, daß er binnen weniger Tage seinem Pfleger ausreichende Vollmacht geben werde. Alsdann verstummte das Gespräch. Man hörte das Laub, wie es flatterte, und die Feder, wie selbige hart, achtsam oder unsicher über das Papier gelenkt wurde. Es richtete sich die Aufmerksamkeit der Bauern nun größtenteils auf den schreibenden Magister, und manch einer, der des Lesens unkundig, schaute ihm bedächtig über die Achsel zu. Und es schien, als habe ein jeder das Seinige ausgesprochen und abgetan, und sie warteten mit großer Geduld und Beschaulichkeit, bis Raimund Winkler fertig sei und Gotthardus sie insgesamt verabschieden würde. In dieser hölzernen starren Gepflogenheit waren sie bewunderungswürdig. Ob es nun Arbeit, Handel, Genuß oder Gebet, ja selbst Leiden oder letztes Ende war, sie hatten für dies alles Zeit und Weile. Keine Ader zuckte schneller; kein Nerv verwirrte sich. Doch eben in ihrer Ruhe lag die Kraft und Zähigkeit. Und sie lebten so sicher, weil sie so langsam lebten.
Solche wie den Stralzen gab es freilich sehr wenige. Er war ein zum vollen Bewußtsein erwachter Mensch, welcher von seinem Gemüte das Weiche ausschied und von seinen Pflichten nur das Gesunde und Zweckmäßige tat. Ein hoher Baum, auf freier Weide wachsend, der von Winden und Wettern nur so viel nimmt, als er bedarf, der Regen und Sonne mit hunderttausend feinen Organen dürstend und andächtig, doch ohne zu danken, empfängt, der die Himmelsvögel und die häßlichen Raupen bewirtet und die vielfältigen kleinen Gräser mit seiner Krone überschattet, daß sie nicht leben und nicht sterben können.
Und was der Stralz zum Prälaten sagte, geschah aus ebendemselben Gesetz, durch das ein Baum, wenn es an der Zeit ist, seine runden, roten Äpfelchen abfallen läßt, damit sie ihrem

Zweck und dem Zweck der Natur Genüge tun. Nur daß der Stralz sich dessen, wie erwähnt, vollkommen bewußt war.
Sein ältester Bub, so fing er zu reden an, wär itzt im fünfzehnten Jahr und verhalte sich der elterlichen Zucht gegenüber leider schon widerstrebend und despektierlich. Mit gesunden geraden Gliedern, einigem Mutterwitz und Verstand ausgestattet, mißbrauchte er aber solche Eigenschaften lediglich zu Spitzbübereien, so daß er von Stund an zu ernsthafter Arbeit müsse verhalten werden.
Der Magister, so gerade aufstund, sich räusperte und seine Schrift dem Berghammer zur Unterzeichnung hinreichte, trat, von der klugen Äußerung des Stralzen erbaut, dem Zedler auf die Füße. Und entschuldigte sich höflichst. Der Kurschmied hatte weder das eine noch das andere bemerkt, sondern behauptete, mit dem ganzen Gesicht strahlend, daß sein Gödelkind, der Lukas, ein Prachtkerl wär.
Da konnte Raimund Winkler nicht umhin, laut aufzuseufzen. Es brauchten alle drei Stralzenbuben tüchtig ihren Herrn, sagte er. Und von diesem speziellen Exempel und Casus abgesehen, rate er jedem Schüler, sobald er sein zwölftes Jahr erreicht, sich einer höheren Fortbildung zu unterziehen.
Dies ... pflichtete Vater Stralz mit Aufmerksamkeit bei ... wäre seine Absicht und Beschließung. Die Wissenschaft über die Zustände des Lebens und der Natur sowie der Fertigkeit des Rechnens, Briefschreibens und Lesens stünde auch einem Bürger wohl an. Sollte aber sein Matthäus Fleiß und Findigkeit bekunden, alsdann wären ihm Vater und Mutter nie und nimmer hinderlich, geradewegs ein Studierter zu werden. Und er frage derohalben den hochwürdigen Prälaten, ob er gesonnen sei, das Kind in das Konvikt der Benediktinerabtei aufzunehmen.
Das Stiftsgymnasium habe bekanntlich ein Dekret Josephs des Zweiten abgetan, sagte Gotthard. Ob er das nicht wisse?
Freilich wohl, entgegnete der Stralz. Indem solches aber an zwanzig Jahre her sei, habe der Hochwürdige Herr Prälat sicher wiederum eine bessere Schule instand gesetzt, schon zum Zwecke, daß die Sängerknaben lehrreich abgerichtet würden.
Der Abt sann eine Weile. Plötzlich aber schüttelte er den Kopf, als wenn er üble Gedanken fortwiese und sprach zögernd.

Wäre der Stralz seinem Sohne ein regelrechtes Studium willig, so müsse er denselbigen nach Leoben bringen, allwo die gelehrtesten Patres von Admont die klassischen Sprachen sowie geistliche und weltliche Wissenschaft vortrügen.
Der Herr Vater gab keine Antwort.
Er wölle gelegentlich einer Reise nach Grätz, die sehr nahe befürstünde, in Leoben absteigen und mit dem Präfekten einer Rücksprache pflegen, schlug Gotthard vor.
Vater Stralz jedoch betonte itzt, daß er zu Admont einen leiblichen Bruder habe, in Leoben herentgegen nicht Freund noch Anverwandten, und daß er zu so gefährlicher Zeit den halbwüchsigen Buben nur ungern aus aller familiären Obhut ließe, maßen man die verheerenden Einbrüche der Franzosen stets zu gewärtigen habe und mithin ein Kind gar mancher Mißhandlung und Gewalttat wie auch dem bösen Beispiel schutzlos preisgebe.
Das Gymnasium befände sich aber im Dominikanerkloster, bemerkte Pater Isidor hinzutretend. Und der Prälat fügte nach abermaliger Überlegung bei, daß sich vorderhand auch keine Aussicht öffne, selbige Schule dem Stifte wieder einzuverleiben. Ein Majestätsgesuch, diesen Wunsch betreffend, wäre sogar nach dem Tode Josephs des Zweiten abschlägig beschieden worden.
Der Herr Vater gab keine Antwort.
Und Gotthardus sinnierte. Zunächst nicht über den Knaben oder den Vater Andreas Stralz, sondern über die Pflicht, welche ihn dringlich nach Grätz beordnete. Gleichsam als bleierner Alp lastete auf ihm das Gefühl der Verantwortung. Und er wußte genau, wie er, Schuld auf Schuld häufend, das Vermögen der Abtei verwirtschaftete, und wie in den Tagen stumpfer Gärung und allgemeinen Zerfalles seine Fähigkeiten förmlich schlaff wurden ... Die südsteirischen Weingärten, die Wälder an Enns und Mur waren verpfändet, teilweise sogar verkauft, Hämmer und Herrschaften hintangegeben. Und schwere Summen an Geld und Geldeswert in vaterländischen Diensten verbraucht: nenne nur die Tatsach, daß man 1600 französischen Häftlingen zu Strechau und Röthelstein Kost wie Quartier angewiesen hatte, ferner ein Darlehen von 10 000 Gulden verlangte und bei der Repunzierung des Silbers 2500 fl. einzog, nicht zu vergessen der Brandschäden und

Kontributionen, welche oft schonungslos auf Rechnung der Abtei gingen. Krankheit und Hunger untergruben die Ordnung bei Konventual wie Laien. Das Vieh reckte in Seuchen dahin, und die in Abhängigkeit vom Stifte lebenden Pfründner jammerten ihn durch ihre Armut. Gotthard war nicht der umsichtige Mann, aller dieser Obliegenheiten, Sorgen und Mängel Herr zu werden. Mit lebhaftem Temperamente und feinen Nerven begabt, so sich entweder verschwenden oder zum Zweck der Selbstschonung krankhaft verschließen, hätte er dem Studium, der Kunst oder Beschaulichkeit trefflich dienen können. Vielleicht, so sagte er sich in Gedanken, vielleicht hatte sein Weg in die Irre geführt ... hatte Gott sich ihm verweigert ...

Wo war die Zeit ... als er, kaum dem Jünglingsalter entreift, zu San Callisto in Rom predigte und im Disput mit sechs Kardinälen das Kirchenrecht verfocht. Da hatte Pius der Sechste nach der Priestersalbung Gotthardus mit geistlichem Machtspruch halten wollen. Und ihm die Wahl geheißen zwischen den Lehrstühlen von Neapel und Florenz. Und mehr denn einen gab's unter Klerikern wie Höflingen, der, sich bückend, Inful und Krummstab prophezeite ... oder gar die römische Tiara.

Er aber ist in der Kutte Sancti Benedicti heimzu nach Admont gepilgert, mit groß entzückter Selbstentäußerung, welche seines Glaubens heiligte und den Menschen in ihm völlig ertöten sollt.

Ach, itzt nach dreißig Jahren wußte er's: das war erst der Anfang gewesen. Gott hatte ihm gezeigt, daß jene, welche die Ehre und Eitelkeit verachten und fliehen, im Kreise zu ihr zurückgetrieben werden, damit sie, was schwer ist, unter vielen einsam blieben und durch Auszeichnung gedemütigt und durch ihre Kräfte versucht seien. Gott zeigte ihm, der sich einstmalen in der Stille seines Herzens gebrüstet, er wölle nicht Papst, sondern ein armer Mönch sein, Gott zeigte ihm, daß er unfähig war auch der Würde eines Abtes und aller geschäftlichen Observanz und Verwaltung, welche die bischöfliche Herrschaft zu Sekkau alias Grätz mit Recht verlangte.

Er seufzte.

Item, es stand als Endziel seiner Reise also die präzise Klarlegung der Verhältnisse bevor, und er ging diesem Augenblick

mit Sorge entgegen. Gotthard schaute auf einmal dem Stralzen fest ins Gesicht und sprach unvermittelt: es sei die Kost in Admont schlecht, und das Kind müsse dort verhältnismäßig Hunger leiden. Das Gymnasium empfehle er. Und falls durch die Post, die Stiftspropstei oder den Pater Isidor bis zum Martinitag keine Absage käme, und falls es beliebe, so möge der Stralz mit seinem Sohne nach Leoben fahren.
Dieses Wort gab den Ausschlag, und sie besiegelten es mit einem Händedruck.
Aus dem Stuhle des Abtes stand eben der Bäck auf, welcher den Vertrag notdürftig gelesen und als zweiter unterschrieben hatte. Gotthardus stellte sich mit dem Blatt ans offene Fenster. Es wurde still; ein Beweis, daß die Öblinger den Stiftsherrn ehrten und sich zugleich auch für das Anhören der Urkunde bereit machten.
Die Sonne streifte eben noch am letzten Eisenstab fürbei. Große wunderlich gefärbte Wolken bewegten sich über die Tauernkette sanft dahin. Und die drei Mönche, die elf Bauern und der Schulmeister sahen, jeder das Seinige denkend, hinaus in die verklärte Fruchtbarkeit und Glorie des Herbstes, unsäglich reich; so daß dieser seines Besitzes stolz wurde, daß jener sich freute und ein dritter gelobte, ein weniges davon den Armen zu geben. Und Gotthardus, der Feinste, Klügste und Empfindsamste von ihnen, konnte plötzlich nicht begreifen, warum nur der Magister Raimund Winkler sein Anrecht auf die heilige Schöpfung mit Tinte, Feder und Petschierwachs mußte verbriefen.

Die Urkund lautete:

»Ich verpflichte und verbinde mich samt meinen Nachfolgern, das ich entweders in eigener Persohn oder durch andere Täglich zu Abendszeit um gebetleiten den Rosenkranz Betten will, weil mir zu den hauß ein Keller wird graben, ein Tachzimmer verfertigt, ein Schwein und Gaißsteilerl wie auch ein Holzofen wird aufzimert und über das ein Gartel ist zugetheilt worden. Mit diesen Beisaze das ich oder meine nachfolger an allen diesen Beraubet und verlustiget sein will, wen obgedachte Andacht unterlassen wird.
Dieses bezeige ich mit meinen Namen und Unterschrift, mit

zweyen gegenwertigen und unterschriebenen Zeigen. Gefertigt in Öblarn den 30. Oktober 1806. Zeigen: Berghamer, Dorfrichter.

Joseph Salzinger — Ambt Man.

Raimund Winkler — Schullehrer und Mesner.«

Die Lesung dessen bildete den Abschluß der geistlichen Audienz. Und die Öblinger empfahlen sich befriedigt. Der Abt ruhte im großen Stuhle aus, den Reitern nachblickend, die ihre Pferde losbanden, aufsaßen und alsbald über die Ennsbrücke dem Dorfe zusprengten. Dann sah er auch Raimund Winkler, zur Linken des Pfarrers schreitend; dieser schnupfte behaglich, blieb zuweilen im Gespräche stehn, während der Schulmeister mit gesenktem Kopf, das Spazierstöckchen hinter dem Rücken haltend, beharrlich seines Weges ging, aber doch so langsam und rücksichtsvoll, daß ihn der alte Herr mit ein paar Schritten immer wieder erreichte.

Die langen Schatten, welche die Pappelbäume über die Streuwiesen und die Straße hingebreitet hatten, auch das Glitzern der Fenster und der Waldwipfel verblaßte mählich. Scharf und schneidend fegte der Wind. Und die Erde zu Füßen war wie ein kaltes, staubiges Pflaster. Es ging schon deutlich dem Winter zu. Die Blumengeschirre hatte man sorglich ins Haus geräumt. Die Gärten waren vom Reif gesengt und nahezu abgeerntet. Nur hie und da glomm noch ein Strauch voll Hagebutten. Aber nicht lang, so pflückte vielleicht ein Weiblein oder ein Kind sich fleißig die Schürze voll und putzte auf dem Gottesacker damit ein Grab.

Beim Stralzen war die Regina dazu angestellt. Und die drei Buben halfen ihr, solang es sie freute. Sie stiegen mit ihren groben Schuhen auf dem Hügel der seligen Großeltern Johann Stralz und Maria Stralzin wacker umher, lockerten mit einer Haue die von Gras und Sinngrün verfilzte Erde, ebneten Krumen und Krümchen und streuten zuletzt einen Eimer voll Ruß darüber. Wie eine kostbare Decke aus schwarzem Sammet war es anzusehen, unheimlich und traurig. Auch gingen die meisten Leute schon aus dem Freithof fort. Die verschnörkelten Kreuze mit den breiten Kupferdächern und den wiegenden Weihbrunnkesseln glichen drohenden Geistern, welche lauernd ... lauernd sich fürneigen und jählings auf ein strafwürdiges

Menschlein stürzen, es umhalsen und zerfetzen. Es raschelte das dürre Laub unter den kurzen, zittrigen Windstößen. Manchmal schwang ein Laternchen irgendwo mit wimmerndem Ton. Vor dem Loch zum Totenkeller wehte ein Streif Papier ... oder war's eine arme Seel, die bittend mit der bleichen Hand herausfuhr ...?
Den drei Buben gruselte ein kaltes Gefühl den Rücken nieder. Insonders der Kleinste spähte bänglich um sich und sagte auf einmal:
Er wolle heimgehen und das Einmaleins lernen.
Die beiden Brüder lachten ihn aus und schreckten ihn, obschon sie sich auch vor den verwunschenen Geistern nicht sicher fühlten. Da war im fernsten Winkel das Grab von einem unselig und gnadlos verschiedenen Sünder. Der Teufel hatte sein Gebein auf der Jausengrube zerstreut. Pater Isidor jedoch, duldsam und milde wie immer, hatte es aufheben lassen und sonach in der geweihten Erde bestattet.
Ach, die Stralzenkinder wußten nicht, wie der verdammte Kund ihre schöne goldhaarige Frau Mutter geliebet. Wohl aber wußten sie, daß der nämliche alle Buben und Dirnlein gerne in die Zehe zwickte und versuchte, sie in die brennende Hölle hinabzuziehen. Es galt für ein großes wagmutiges Kunststück, neunmal über das grüne Hüglein zu springen, und es geschah nicht selten, daß ein Kind schmerzlich aufschrie und die beinerne Kralle schon zu spüren glaubte.
Die zwei Brüder also schreckten Lukas mit dieser unheimlichen Geschichte; sie wollten ihn zum Winkel locken und sagten mit wilden Gefrießern:
»Traust dich hupfen? Wir traun uns wohl!«
»Bleibets doch da«, bat Regina ein bißchen ängstlich und ein bißchen barsch. »Helfts mir lieber, statt dem Geister sekkieren.«
»Ja, Schnecken!« sagte der Älteste.
Und der Jüngste sagte auch so. Sie blieben aber doch bei ihr stehen, betrachteten breitspurig und kommod, wie ihre harten kleinen Finger das Kot aus dem Sinngrün stringelten und Kreuz und Namenszeichen in die Rußdecke gruben. Mit der linken Hand raffte sie noch immer das Fürtuch an sich, und so sprach sie geheimnisvoll zu sich selbsten:
»Wieder eine Perl aus dem roten toten Meer.«

Es war fast dusend. Hinter den Kirchenfenstern schimmerte blutfarben das Ewige Licht. Zwei Eulen schwebten sanft und lautlos zwischen den Kreuzen. Draußen auf der Wiese flog in feinen Bändern der Nachtnebel. Die Kinder horchten. Es mußte noch ein Mensch im Freithof sein; das stumpfe, welke Gras dämpfte seinen Schritt. Lukas drückte den Kopf in die Schultern. Keiner rührte sich. Auf einmal sagte Markus:
»Der Bäckenhansei.«
»Kömmts schauen, was er tut!« sagte Matthäus.
Da hauchte die kleine Stralzendirn einen schweren Seufzer heraus.
»Wieder eine Perl«, sprach sie alsdann, »welche der Sterngucker Kaspar beim roten toten Meer gefunden hat. Und die Geschicht ging noch weiter ...«, sprach sie.
»Wie denn?« frug Lukas.
»Da waren einmal drei Könige«, fing sie an, »jeder in seinem Reich, und jedes Reich so groß, daß einer den andern nie heimsuchen konnte. Trotzdem sie also keine Bekanntschaft mitsammen hatten, und trotzdem der erste weiß, der zweite braun und der dritte schwarz gewesen ist, glichen sie sich in ihrem Gebar wie Geschwister. Sie setzten sich jeden Tag zackige Goldkronen auf das Haupt und regierten das Land mit einem silbernen Staberl.«
»Kömmts!« sagte Matthäus gähnend zu den Brüdern. Vielmehr nämlich als auf Reginen lauschte er zum Bäckenhansei hin, der leise betend durch den Freithof zaschte und auf den Gräbern, wo kein Kreuz und kein Zierat war, eine Kerze anbrannte.
»Wart!« sagte Lukas, »die Geschicht geht noch weiter.«
Das Mädchen kniete tiefgebückt, langte Beere um Beere aus dem Fürtuch und sprach:
»O ja, die drei König haben gut gelebt, im Essen und Trinken nit gespart und auch dem Gesind nichts abgehn lassen. Ihr Reichtum hat sich gemehrt. Der weiße Kaspar hat so viel Gold in seiner Schatzkammer gehabt, daß die Tür nimmer zugegangen ist. Der braune Melcher hat so viel Weihrauch gehabt, daß ihn die Diener schon in aller Früh mit Wolken einhüllen mußten wie den lieben Herrgott. Der schwarze Balthauser hat das Kostbarste besessen, was unsereins gar nit zu schmecken kriegt, nämlich Myrrhe.«

»Was ist das eigentlich?« frug Lukas.
»Myrrhe?« sagte Regina und legte den Finger an die Lippen und tat geheimnisvoll. Item, sie wußte es selbsten nicht ...
»Red mir nit alleweil drunter«, sagte sie endlich. »Die Künig haben beim Tag alsdann fleißig regiert. Auf die Nacht, wenn der Schatten und die Finsternis kömmen ist, und wann die andern Leut sich gefürchtet haben, sind sie unter das Dach hinauf, um die Sternlein und den Mond zu betrachten. Es war ihnen die ganze Himmelsferne bekannt. Von jedem Lichtel wußten sie, woher es kam, wohin es reisete, und ob es bedeuten sollt Hunger, Seuchen und Krieg oder Weizbrot und Wein und pfundige Butterkugeln. Doch einmal erspähten sie zu ihrer Verwundernis einen Fixstern mit einem Kometenschwanz, so groß und so gelb, wie bevor keiner erschienen war. Da haben sie sacht die Köpfe gebeutelt und weislich gefragt, was dies für ein Zeichen wär. Es stund aber in einem alten Buch zu lesen, dies wär das Zeichen, daß unser Heiland geboren ist. Stante pede haben sich die drei Sterngucker auf die Reis' gemacht, der weiße Kaspar mit einem Kufferl voll Gold, der braune Melcher mit einer Spatel voll Weihrauch und der schwarze Balthauser mit einem Becherl voll Myrrhe.«
»Hienach sind s' zum Herodes. Kenn mich schon aus«, sagte Markus, drehte sich um und ging.
Auch bei Matthäus fand die schöne Geschichte keinen Anklang. Während Regina sich mit dem Schmücken des Grabes und mit dem Erzählen abmühte, hob er ihre braunen Zöpfe und spickte sie dick mit Hagebutten. Lukas lachte.
»Was lachst denn so?« frug sie über die Achsel.
»Nix!« sagte der Kleine scheinheilig. »Hiernach sind s' auf Bethlehem. Ich kenn mich schon aus!«
»Oh, nit so schnell!« redete die kleine Dirn entgegen und dichtete den Heiligen Drei Königen eine neue Lüge an, nur damit die Buben sie im Freithof nicht allein ließen. »Itzten«, sagte sie, »tut jeder erst sein altes Buch und eine Kerze in den Jausensack, damit er den Weg wohl findet in der dunklen Nacht. Dann gehen sie langsam ... langsam, rasten alle sieben Stund. Beim roten toten Meer kömmens zusammen und mögen nit weiter.«
Es wurde still. Der Wind bog sich an der Kirchenwand nieder und erlosch im Rasen. Die Beeren auf dem Erdreich hatten

schon den Glanz verloren. Beim Totenkeller der Schein war grau geworden... flatterte wie eine leere Hand immer näher.
»Bist fertig?« frug Lukas.
»Gleich!« rief Regina und verzettete fibbernd den Rest Hagebutten aus der Schürze. Dabei wiederholte sie völlig in Gedanken:
»Und sie mögen nicht weiter.«
»Du hast gesagt, eine Perl hätten s' gefunden!« rief Lukas fordernd.
»Ja, eine Perl«, wiederholte sie ratlos und wußte vor Furcht und Eile nicht mehr, was sie hatte erzählen wollen.
In dieses bange Schweigen hinein sagte plötzlich hilfreich der Bäckenhansei:
»Nämlich rund um das rote tote Meer wachst gar viel wilder Rosendorn. Und diemals die drei gottfrummen Künig dazukamen, hing eben alles voll Hetschebetschen. Es war wohl Winter nach der aufgesetzten Weltordnung; aber keine Flokken hat sie zugedeckt, kein Lüftel hat sie gepflückt, und keinen hungrigen Vogel hat es so weithin vertragen. Es war eine erstickliche Schwüle über dem nackten Stein und dem abgestandenen Wasser. Den frummen Künigen wurden die Augen müd. Sie breiteten ihre Purpurmäntel unter ein Gesträuch und legten sich zum Schlafe. Da träumten sie wundersamlich alle drei das gleiche. Sie träumten, es hingen über ihnen im Dorn unzählige Flammen, es seufzeten kleine feine Zungen um Barmherzigkeit, und immer deutlicher hörten sie den Namen Jesus. Davon erwachten sie. Es brunn wirklich rings das Rosengestauder aus vielen Lichtern. Die Nacht erhellte sich, und das rote tote Meer wurde ihr Spiegel. Die drei Könige, welche im Himmel und auf Erden schon große Dinge bestaunt hatten, waren allhier vor einem neuen Geheimnis. Jeder mußte um sein altes Buch greifen, jeder studierte darin die halbe Nacht. Endlich ließ der weiße Kaspar seinen Finger auf einem Zeichen ruhen und sprach:
›Arme Seelen flackern auf dem Dornbusch ... die im Reichtum verdorrt sind.‹
Als er schwieg, hob der braune Melcher die Hand und sprach:
›Arme Seelen rauchen auf dem Dornbusch ... die zuviel der Ehren empfangen haben.‹

Der schwarze Balthauser klopfte an seine Brust und sagte: ›Arme Seelen wimmern auf dem Dornbusch . . . die in der Liebe verbrunnen sind.‹
Nachdem sie dieses also erkannt hatten, zog jeder seine Kerze aus dem Sack und hielt den Docht an den wilden Rosenstock und nahm eine Flamme, um sie dem Heiland der Welt an die Wiege zu tragen. Sie machten sich alsbald auf den Weg. Sie wateten unerschrocken durch das rote tote Meer, und wenn es so tief war, daß die Wasserflut bis an ihre Lippen quoll, hoben sie die Kerze über sich, damit sie nicht erlosch. Sie brauchten Tag und Nacht, bis sie am andern Ufer stunden. Allein auch hier vergönnten sie sich keine Rast. Sie gingen und gingen durch die weite Landschaft des Herodes, und auch bei ihm selbst verweilten sie nicht; denn der Stern zeigte weiter, und die Flamme in ihrer Hand war schon klein. Als sie aber letztlich im Stalle von Bethlehem Jesum fanden, den sie gesucht hatten, da fielen sie matt in die Knie und legten ihm Gold, Weihrauch und Myrrhe hin. Öchsel und Esel rochen daran. Das Kind jedoch schlief. Maria, seine Mutter, zopfte sich gerade das seidene Haar und frug:
›Heilige Drei Könige, was bringt ihr da?‹
Es wollte jeder das Seine zur Antwort geben. Der Sinn war vom Glanz geblendet, der Mund vom Durst verschmachtet, die Hand vom Tragen schwer. So ließ jeder das Wachs dem Kinde auf die Brust tropfen, und jeder sprach wundersamlich:
›Eine Allerseelenflamme.‹
Da wurde das Kindlein munter und griff darnach. Und Maria, seine Mutter, sang:
›Die drei Seelen, o Jesus mein,
Werden dem Kaspar, dem Melcher und dem Balthauser sein.‹
So, das ischt die Geschichte von den Hetschebetschen, von den Sternguckern und vom Jesuskind . . .«, sagte der Bäckenhansei.
Die Kinder schauten ihn groß an. Regina legte wiederum den Finger geheimnisvoll an die Lippen und frug:
»Hansei, hast du drum so viele Kerzen angezunden, daß Jesus sie sehen soll?«
»Ja«, sagte der Bäck, »eine hab ich annoch. Geht mit zum Jager seinem Büherl; dort zünd ich sie an.«

»Na, na. Muß der Frau Muatter helfen Weinbeerl klauben!« rief Lukas und verschwand.
Matthäus lachte grölend hinter ihm drein.
Es war indes die frühe Nacht gekommen. Schwarz reckten sich die Kreuze aus dem schwarzen Anger. Die weißen Dahlien und die gelben Ewigkeitsblumen hingen traumig an geknickten Stengeln. Dazwischen leuchtete ein gemalter Heiland. Moospölster lagen über den Weg gestreut. Fein strich der Nebel durch den entlaubten Holunder ... Hansei zaschte murmelnd voran. Die zwei Kinder hielten sich an der Hand, sie gingen auf den Zehen und wagten kein lautes Wort, denn sie meinten, er werde mit dem armen Sünder eine unheimliche Zauberei aufführen. Über dem Grab im Winkel häuften sich zerbrochene Tonscherben. Dürres Efeugewind, Dachschindeln und Steine waren hingeschmissen. Der Bäck räumte den Unrat hintan. Dann steckte er eine Kerze ins Erdreich, wo es von einer Schermaus aufgewühlt war, und rieb sein Feuerzeug. Blau stand die Flamme über dem Docht. Kein Luftzug berührte sie. Ferner Vogelflug und der Hauch der Kinder schwang durch die Stille.
»Bst!« sagte Hansei, »die großen Leut werfen Steine her, und die kleinen hüpfen über sein Herz, selthalben kann er nit schlafen.«
»Warum ist er denn verdammt?« frug das Dirndl scheu.
»Bst!« sagte Hansei. »Sei stad und bet ein Vaterunser für ihn. Er hat ein Herz wie der schwarze Balthauser gehabt. Wo viel Liab ischt, da ischt viel Myrrhe.«
»Was ist das?« frug Matthäus.
Der Bäck wußte es selbsten nicht genau. Seine blauen Augen glurten leer und rund in den Schein. Er sagte mit starren Lippen:
»Die Myrrhe ischt ein Tropfen ... gelb wie der Wein und bitter wie der Tod. Ihr werdet sie annoch koschten müssen. Dann gedenket an die arme Seel in der Gruben. God sei uns allen gnädig! Amen.«
Matthäus zog das Mädchen aus dem Winkel fort. Es war ihnen beiden kalt und bang geworden. Sie wagten nicht umzuschauen, sie gingen mit eiligen Schritten aus dem dunkeln Freithof und erzählten keinem Menschen, was der Hansei Rares zu ihnen gesagt hatte.

Am Tage vor Martini sprach der Propsteipfleger beim Stralzen vor. Er hatte ein graumeliertes, festes Papier in der Hand, welches der Länge und der Breite nach zweimal gefaltet war und dort, wo die Ränder des Schreibens sich berührten, eine schon erbrochene bischöfliche Sigill und auf der andern Seite folgende Anschrift zeigte:

Grätz.

An die Propstey Herrschaft Stainech

Gstatt.

Im Schreiben selbst gab der Prälat in regelmäßigen, edlen und ein wenig nervösen Zügen seinen Willen solchermaßen kund:

»Lieber Pfleger!

Ich bin dem Wunsche des Pater Isidor gar nicht entgegen, da ich ihn ganz billig finde; und ist demnach von Seite der Herrschaft mit dem Pächter Stralz zu unterhandeln, daß er gegen verhältnismäßigen Abzug an Pachtquantum, das $^1/_4$ Tagwerk vom Dienerfelde, welches hienach zu messen sein wird, abtrete. Dieses wird denn zum unentgeltlichen Genusse ad dies vitae meae nach Pater Isidors Gesuch zu vertheilen sein, bei meinen Nachfolgern wird um Fortsetzung dieser Wohltat anzusuchen sein. Ich will diese Kleinigkeit nicht gerade alieniren, indem es viele Schreiberei kosten würde, als ob darüber die Herrschaft Gstatt zu grunde gehen könnte. Pater Isidor hat sich um meine Pfarre schon viele Verdienste erworben, daß es billig ist, sich derselben durch das bei meinen Nachfolgern zu erneuernde Gesuch zu erinnern. Dies ist demselben als Bescheid auf seine an mich einbegleitete Bitte zu intimiren.

Grätz, den 6. November 1806. *Gotthard*, Abt.

NB. Dem Bauern vulgo Hochsattler in der Sölk wird eine entsprechende Entschädigung von 15 fl. für den vom Hochwild verursachten Schaden, sowie ein Metzen Korn zu überweisen sein.«

Vom Matthäus Stralz stand kein Wort. Und maßen dies als Zusage anzuerkennen war, packte die Frau Mutter ihm den Koffer. In der Morgenfrühe des Martinitages stiegen Vater und Sohn, zur Reise wohlgerüstet, in den eigenen Wagen, der sie zunächst bis zum Herrn Göden nach Stainach bringen sollte. Von dort aus gedachten sie die Post zu benützen oder auch für eine längere Wegstrecke die Fahrgelegenheit des Matthäus Ennshofer. Denn es war wohl zu erwarten, daß er selber eine derartige Einladung entgegenbringen werde, indem er nämlich längst versöhnt war und zu den Osterfeiertagen allemal einen verläßlichen Boten schickte mit einem Korb, enthaltend gebundene und gefärbte Eier, drei flaumige Weihbrote und drei Silbertaler.

Voll Gedanken nun, die sich auf den Göden, auf süßes Zukkerwerk und die unbekannte Welt bezogen, saß Matthäus vergnügt in der Kutsche.

»Schau dir's Haus gut an, was ... so Gott will ... später dein gehört, und mach ihm keine Schand.«

So sagte der Herr Vater.

Die Frau Mutter wischte sich mit dem Schürzenzipfchen die braunen Augen aus, drückte ihm zitternd das Kreuz auf Stirne, Lippen und Brust und trat wieder zurück unter die Dienstboten und Einleger, die auch beim Haustor standen. Die beiden Brüder hatten den Hund am hänfernen Strick gepackt und hielten ihn immer fester und schauten wie junge Stiere. Ganz umsonst befahl ihnen die Regina, sie sollten »Pfüat Gott« sagen. Ganz umsonst.

Da nahm sich die kleine Stralzendirn den Mut, lief zum Wagen, streckte die rauhe, abgeschürfte Kinderhand mühsam hinauf. Und sagte mütterlich und doch schelmisch lächelnd:

»Mein Liaber, hiaza muaßt brav sein!«

»Hüa!« schrie der Matthäus und faßte keck die Zügel, die auf seines Vaters Knien lagen. Und fuhr davon.

Da gab es den Brüdern und dem Hund einen Ruck. Und sie liefen der Kutsche nach, bis sie müde wurden.

Aber Matthäus drehte sich nicht mehr um.

IN DER STUDI

Ähnliches trug sich auch in den folgenden Jahren zu, nur weniger feierlich und hoffnungsfreudig.

»Mach's du besser!« hatte der Stralz zum Markus gesagt. Den Lukas aber entließ er ohne Spruch und Lehre.

Und nun saßen sie alle drei in der untersten Klasse des Benediktinergymnasiums. Dem Matthäus wurde in Anbetracht seines mächtig breiten Buckels ganz hinten der Platz angewiesen; dem Lukas ganz vorn, weil er seit dem Frühling erst elf Jahre alt war. Sie verachteten die mannigfachen Disziplinen der Wissenschaft beinahe gleichmäßig. Im Lateinischen kam der Älteste itzt das drittemal ohne Hindernis zur konsonantischen Deklination. Für dieses schwierige Kapitel brauchte er bereits sein eigenes System, zu welchem er herablassend auch die Brüder anlernte.
»Merkt euch«, sagte er, »eine unteutsche Sprach ist wie ein ausgedarrtes Brotstück, kannst rundum nichts wegbeißen.«
»Ist eh wohl wahr«, hatte Markus beigepflichtet.
»Wann mir wer eine harte Rinde fürhalt, sag ich allemal, ich hätt inwendig ein Halsgeschwür. Und bald mir der Professa einen Brocken zuschmeißt, der mir nit zum Maul steht, nachher hust ich, daß ihm mein Speichel ins Gesicht spritzt.«
»Hülft dir das beim Schreiben auch?« hat Markus boshaft gefragt.
»Beim Schreiben, o je ... Wann mich ziemt, es ist ein Wort gefehlt, so schmier ich gleich einen Batzen drüber.«
Daraufhin gab Markus sich zufrieden. Wie es jedoch mit dem Lukas soweit war, sagte das Kind hartnäckig:
»Mein Liaber, so taten die römischen Schriftgelehrten nit!«
»Scher dich nit, du Tschappel! Die römischen Schriftgelehrten hat Godvater bei der Sündflut ersäuft.«
»Und die Patern?«
»Meinst ...«, rief Matthäus Stralz lachend, »meinst ... die traun sich mit mir raufen?«
Markus bekundete wenigstens für Tiere und Pflanzen einiges Interesse. Er war auch, was Erfassen und natürliches Beobachten anlangt, den Stadtkindern voraus, obschon er früher die lebendigen Geschöpfe gedankenlos übersehen hatte. Aber das Heimweh äußerte sich nunmehr auf seltsame Art. Er beschrieb in den Freiviertelstunden jedes Pferd, Rind und Schaf in seines Vaters Stall; er konnte die Knochen und Eingeweide dieser Tiere mit solcher Genauigkeit aufzählen, als wäre er ein geprüfter Kurschmied. Wußte die Brutzeit der Vögel und bestimmte nach den Farben, Sprenkeln und Tupfen der Eier, was für ein rares Federvieh sich daraus entwickeln werde. Wann

die Zöglinge, in Reih und Glied spazierend, weitere Ausflüge unternahmen, blieb er oft selbstvergessen bei einem pflügenden Knecht, bei Schnittern oder Mähdern stehn, bis ein Jünger des heiligen Benedikt oder ein Frater Dominikaner ihn zu vorschriftsmäßigem Betragen anhielt.

In der Schule selbst vermochte er über die Natur nichts auszusagen. Ja, er mußte zuweilen auflachen, und es bereitete ihm den spaßigsten Eindruck, wenn die Lehrer um Dinge frugen, welche man seines Erachtens entweder von selber verstand oder sein Lebtag nicht zu wissen brauchte. Trotzdem verspürte er niemals Langweile. Er versah seine zahlreichen Studierbücher mit Abziehbildern, las Räubergeschichten und Volksbücher; und gar seit das Stiftsgymnasium durch ein Dekret Franz des Ersten restauriert war und die Zöglinge das dunkle Dominikanerkloster mit der lichten weitläufigen Abtei zu Admont vertauscht hatten, befand er sich als heimlicher Forscher stetig auf den Beinen.

Dank der rühmlichen Fürsorg des Magisters Raimund Winkler, welcher den Öblinger Kindern das heilige Evangel sowie den Katechis hinreichend und sattsam eingedrillt, hatten sie itzt nicht not, die schläfrigen Stunden des Silentiums mit besagter Memorierkunst auszufüllen. Sie entwichen vielmehr bei schicklicher Gelegenheit hinauf in das Orgelgestühl, und sich in die Schar der Sängerknaben mischend, welche kunstvolle Kantaten und Messen übten, musizierten sie aus ihrem ungehobelten Kehlkopf wacker mit. Solches bemerkend, drückte der regens chori anfänglich ein Auge zu. Mußte jedoch ob ihrer unbändigen Stimm alsbald auch das Ohr zudrücken und sie schließlich fortschaffen.

Die drei Stralzenbuben pilgerten wohlgemut um ein Häusel weiter. Indem für sie nämlich auf der Landkarte nichts Gescheites zu sehen war, würden sie, wie Matthäus ganz richtig behauptete, die Welt schon einstmalen auf der Wanderschaft kennenlernen. Fürderhand schnüffelten sie zu Admont jedes Mausloch aus. Und da kamen sie, weiß nicht wie, zu einem großen schmiedeeisernen Schlüssel. Selbiger sperrte das Haustheater auf, welches der kunstsinnige Abt Gotthardus trotz Krieg und Teuerung nach städtischem Muster hatte erbauen lassen.

Die Stralzenbuben ergötzten sich baß an Dekoration, Versenkung und Maschinenwerk, und sie haben sich mehreren Spießgesellen anvertraut und etlichmal im puren Mondschein den »Boarischen Hiasel« aufgespielt ... was nie und nimmer ist entdeckt worden.

Also ist erwiesen, daß sie ihre Studierzeit mit wenig Eifer und Nutzen verwendeten.

Lukas, der Kleinste, mußte ihnen die Hausaufgaben anfertigen. Markus hatte sich aus solcher Ursach eine sehr schräge, Matthäus eine kerzengerade Schrift zu eigen gemacht, welche unschwer nachzuahmen war. Und das Kind befleißigte sich dessen; praktizierte zum deutlichen Unterschied in jedes Pensum andere Fehler, so daß die drei Öblinger letztlich auch durch mannigfache Wunderblüten der deutschen Sprachkunst hervorstachen. Die Regeldetri jedoch behandelte Lukas mit größerer Sorgfalt, weil er, ordentlich und sparsam veranlagt, bei diesem Verfahren bald spürte, daß Geld und Geldeswert nur durch ehrliche Arbeit im richtigen Verhältnis zueinander bleiben. Er empfand es freilich nur in primitivsten Begriffen, etwa so: wie eins und eins zwei gibt, unter der Bedingung, daß man nicht schwindelt.

Einen gewissen Sinn für die Welthistorie hatten alle drei vom Vater übernommen. Doch zur Zeit reichte er just für die sichtbarsten Äußerungen derselben, wie Feldzüge, Schlachten, Aufstände und die dabei in Betracht kommenden Waffen und Uniformen. Den Grund oder Zusammenhang der Begebenheiten erfaßten sie noch nicht, etwa schon deshalb, weil sie unreif und ohne Vorkenntnis in dem Mittelpunkt einer furchtbaren Epoche standen. Sie hörten geschichtlichen Erzählungen mit rührender Hingabe zu, begeisterten sich, aber weil es im Letzten, Tiefsten nur bildlich blieb, verwechselten sie die Dinge bald.

Geradezu taub waren sie für physikalische Belehrung. Matthäus hatte auch in diesem Punkt die maßgebende Ansicht.

»Das Wetter ...«, sagte er, »... steht im Mandlkalender, und das andere ist ein Dreck.«

Die Brüder nickten und betrachteten den Gegenstand für erledigt.

Derart also gestaltete sich der Bildungsgrad der Stralzenbuben; und als sie im Jahre neun mit rot durchstrichenen Theken und spottschlechten Zeugnissen kreuzfidel in die Oster-

vakanz fuhren, konnte jedermann bereits annehmen, daß sie ohngeachtet ihrer hellen Köpfe niemals würden dem Gymnasium zur Zierde gereichen.
Zumal aber die Umstände einer großen herzbewegenden Not alles Persönliche in den Hintergrund drängten und der Stralz mit seiner Zeitung, dem Tagebuch und kriegerischen Gesprächen genug zu tun hatte, fiel der Empfang nicht sehr betrüblich aus, und das Gesicht der Buben strahlte immer breiter in ganz strafwürdiger Glückseligkeit.
Sie fasteten alsdann am Karfreitag, heiligten löblich die Ostervigil, indem sie ein Osterfeuer auf dem Hollerbühel abheizten, taten Sonntags dem Geweihten alle Ehre an und trabten schon am Dienstag wieder nach Admont, weil dortselbst ein großer Wolf sein Unwesen trieb.
Wie vormals angedeutet, war das Vaterland der Schauplatz bitterster Begebenheiten. Rückblickend fand der Stralz in seinen Aufzeichnungen bedenkliche Lücken, welche er seit Jänner mit Absicht frei gelassen. Er gedachte nämlich in späterer Zeit sie mit dem wahrhaftigen Sachverhalt der Dinge auszufüllen, sintemal sie itzt noch entstellt in das Volk kämen oder gar vertuscht würden.
Dieses letzte bestritt zwar sein Gevatter, der Ennshofer, der häufig herauffuhr, um zu disputieren, ansonst aber waren sie einig, fürnehmlich was den Generalissimus Erzherzog Karl betraf. Sie hatten sich gleich ihm gegen eine allzu frühe Erhebung gewehrt, weniger weil sie über die ungeschulte Landmiliz ihre Befürchtung hegten oder den bedrohlichen Worten Napoleons Gehör gaben, viel eher aus der Bedächtigkeit und Ruhe ihres Hausverstandes, der alles abwartete und doch nie zu spät kam.
Ganz gegenteiliger Ansicht war der Pfleger von Gstatt, der im vergangenen Herbst den Erzherzog Johann auf die Gemsjagd begleitet hatte. Seine Hoheit, so erzählte Pater Gabriel, wäre unverhohlen für das Dreinschlagen begeistert und habe, während sie im Schwarzensee des Weidwerks pflogen, Forellen fischten und schließlich acht Stunden Wegs bis Öblarn unter die Füße nahmen, deutlich ausgesprochen, daß der Kanzler Graf Stadion und angeblich sogar Fürst Metternich einem Beschlusse zustrebten und, von der Kaiserin unterstützt, ihr Ziel zweifellos auch erreichen würden.

Wie recht Pater Gabriel behalten sollte, zeigte sich bald. Und vom Beispiel sowie vom Aufrufe der guten Wiener angezündet, flammte der vaterländische Opfersinn um sich greifend in entlegensten Dörfern empor, und schon im Winter ging zugleich mit den Freiwilligen und den angeworbenen Rekruten mancher Schlitten über die verwehte Landstraße gegen Grätz zu, vollbepackt mit Messingpfannen, mit Mörsern, kupfernen Schnapskesseln und blanken Gugelhupfmodeln aus dem ehrwürdigen Hausrate der Bürgersfrauen und Bäuerinnen.

Das Frühjahr, obwohl von Schneewehen, Sturm und Regengüssen heimgesucht, stand allbereits im Zeichen des Krieges. Und Vater Stralz verfolgte die Entwicklung desselben mit wachsender Teilnahme. Er saß abermals bis tief in die Nacht über die Zeitungen und Extrablätter geneigt, um so mehr, als diese stoßweise eintrafen und dann wieder durch die Unregelmäßigkeit der Post für Tage und Wochen ausblieben. Die meiste Bedeutung legte er den Vorgängen an der Donau bei. Als jedoch die Berichte darüber unklar wurden und schließlich jedes Abschlusses entbehrten, als er, auf dem Plane von Bayern nachprüfend, seinen Finger immer näher der österreichischen Grenze rücken mußte, fing er an, den Kopf zu beuteln, durchstrich in seinem Tagebuch diejenigen Stellen, welche er von Amts wegen erfahren und notiert hatte, und rechtfertigte sich im Anschluß daran folgenderweise:

»Schreiber dießer Zeilen findt es für Geziement, Schein und Beschönigung aus sein Büchel zu entfernen; dieweil solches wohl zur Beruhigung der tumen Leuth zweckdienlich, eines aufmerkenten und Bedachtsamen Bürgers aber unwürdig ist. Er siehet ferners auch von Niederschrifft der Gerücht und Lugen ab, so durch mancherley Abendtheurer in Umlauf gebracht werdent, und will zuwarten, bis er die Schlappen, denn sotane mögen es wohl seyn, aus der Perspektive beurtheilen kann.

Mit Vergunst hätte Man dem Lauff der Welt nit sollen fürgreifen, sondern Bedenken, das auch dem Außland wird die Gal übergehen, insonderheit den bayrischen Brüdern, welche itzt, Gott verzeih Ihnen die Sünd, ihr teutsches Blut mißachtent, sich an Österreichischen Länden, nenne Tyrol vergreifent und den Hunden von Rothhosen ihner schäbiges Malzbier teuer anhängent. Die richtige Zeit für einen Vor-

marsch wär um Pfinzten gewest, wo das Summertraid ist gesäet und die Erdnudel und das Blaukraut gesezet. So manches Knechtel hätt der Bauer noch herlassen. Und kein solches Sau Wetter hätt sie nit aufhalten. Item! daß sie bei Alt Ötting schon steckengebliem, wird aber auch das Wetter nit verschuldt haben, vielmehr eine Lästerliche Schlamberey des Generalquartir Meisters Prochaska. Der Veitkramer, so bis Oberndorf Hausieren geht, weiß dießes, sintemahl es eine Bayrische Gräntzwach auf der Lauffner Brucken kund gethan hat.
Und was ist es bei Hirschau und bei den Ort Ursensollen gewen? Mitte April, das die Unsern gerade auf die Stadt Regensburg sind losgereiset ...
Itzt weiß Man es ...«, hatte Vater Stralz, wahrscheinlich zu Ende des Monats, noch beigefügt, »... in der Nahent von Avensberg, muthmaßlich auch in Thann oder Straubing habent die Österreicher einen Pluzer gemacht. Alsdann auch Regensburg ist in Verlur, und der Napoleon marschiret gegen den Inn. Also es wird Ernst. Doch ist zu verhoffen, daß dem zu Folge die Sach einen bessern Fortgang nimt, maßen der Mensch auf Eigenen Grunt und Boden mehrer Gewalt und Selbstvertrauen hatt.
Es bedauert Einen nur, das die Leuth in Wirtshaus ihnere Brothladen weitmächtig aufreißent, und Trotz dessen die Franzosen schon zweymahl unser Dorf Heimgesucht haben, noch glaubent: der Herr Gott wird uns baß behütten. Ebenso Übel steht Ihnen das Kritisieren über den Generalissimus an. Maßen Man einen einzigen Menschen, eh daß sich der Ausgang gezeiget, keines Unrechts nicht zeihen soll und selbiger Karl sich vor dem Krieg ohnedem gewehrt hatt. Der Pfleger, welcher seine gantze Hoffnung auf sein Erzherzog Johann sezet, geht mir seit einer Wochen stätig aus den Weg, weil die nachricht von Italien nicht dazu angethan ist, neuen Muth zu schöpfen ...«
Solches schrieb Vater Stralz und legte in seiner Art die Ereignisse zurecht, wie sie sich eben ins Gebirge heraufverschlugen. Es war sicher ein unvollständiges und einseitiges Bild, welches er und die Öblinger empfingen, zumal ihnen ja eine wirkliche Berührung mit der Welt mangelte, jedoch darum nicht weniger innig und ernsthaft; denn in Bruchstücken liegt oft mehr

Gründlichkeit als in einem wirbelnden Ganzen. Immerhin belebte die meisten noch eine bewundernswerte Spannkraft. Sie hatten das sichere Gefühl, eine heilige Sache auszutragen. Und im Taumel des Außergewöhnlichen dahinlebend, vergaßen sie vielfach der Entbehrungen und Opfer, die ihnen täglich auferlegt wurden. Sie vergaßen aber auch den einzelnen; und ihren Blick auf die Oberfläche der Ereignisse richtend wie auf eine schwebende Gewitterwolke oder ein Meer, beachteten sie abertausend verschwindende Schicksale nicht, ausgenommen jene zunächst Betroffenen, welche durch einen Bruder, Freund oder Sohn gerufen, geistig, vielleicht sogar augenscheinlich seiner Qual beiwohnten; ausgenommen auch die wenigen, welche ein unbedecktes Herz haben, alle fremden Wunden und Tränen fühlen ... auch wenn selbe nicht offenbar sind. Item, es litt jeder für sich allein, starb jeder seinen Tod, und es ist nicht auszudenken, um wieviel schrecklicher die Vorstellung eines Krieges ist, wenn gleichsam nicht die Wolke, sondern die Tropfen betrachtet werden.
Durch Flüchtlinge, kranke Soldaten, teilweise schon durch französische Patrouillen, welche auf Vormarsch und Streifzügen begriffen in weiterer Umgegend, hauptsächlich jenseits des Mitterberges, zu treffen waren, weil dortselbst die Poststraße vom Salzburgischen herein durch das ganze Ennstal führte, vernahmen die Öblinger eines Tages zu ihrem Schrekken, daß Kaiser Napoleon mitsamt seinen Generalen schon in Linz wäre.
Das begab sich zu Anfang Mai.
Zuerst liefen die Leut alle aus den Türen wie bei einem Erdbeben, stellten sich schockweise zusammen, und insbesondere die Weibsbilder zeterten bänglich. Die Kinder aber, wie dieses gemeinhin der Fall ist, empfanden ein Grauen, mit unsäglicher Lust vermischt, und Raimund Winkler hatte seine liebe Not mit ihnen. Wohlgemerkt, die älteren von ihnen, welche sich um ein paar Jahre zurückerinnern konnten, erzählten während der Schulstunde überlaut, wie es bei einem französischen Durchmarsch zugehe, und die blühende Einbildungskraft stattete solche Berichte ganz höllisch aus.
Winkler ging mit finsterem Gesicht zwischen den Bankreihen, hielt sein Stäbchen auf dem Rücken und dachte über die Beschwerlichkeiten des Lebens nach. In Stunden, wo es sich

darum handelte, die kleinen Habseligkeiten und Ersparnisse zu beschützen, fehlte ihm seine selige Ehefrau noch mehr. Er bewegte sich hilflos durch das wachsende Geschrei und wußte augenblicklich nicht, gegen welche peinigende Anfechtung er sich wehren sollte. Es sang und surrte in der Stube wie ein Bienenschwarm. Und er riß das Fenster auf, wobei er seines sonnigen Gemüsegärtleins ansichtig ward und auch im Stall die graue Ziege meckern hörte; wie ihn deuchte, aus Angst um ihr zaundürres Leben. Da wußte er plötzlich klar, daß alles Eigentum ganz entblößt dastund, und daß die Franzosen, insofern sie kamen, an seinem schön geschichteten, auffallend weißen Fichtenholz, an seinen gelben Salatpflanzen, an Geiß und Ferkel sich vergreifen mußten.

Und jählings fuhr er mit dem spanischen Stäbchen zwischen die lärmenden Kinder, teilte Batzen aus, fürnehmlich seinen eigenen Sprößlingen, und hieß sie den ersten Glaubensartikel zur Straf und Buße auf der schwarzen Schiefertafel niederschreiben. Aber noch hatten die Flinksten damit nicht angefangen, als er sie sammentlich aus dem Häusel jagte.

Die Kinder hatten alsbald ihren Ranzen weggeworfen, und was nicht von besorgten Müttern oder Kindsfrauen rechtzeitig gefaßt und in der Schlafkammer eingesperrt wurde, rannte stracks nach Gstatt und Strimitzen, ja selbst auf den Mitterberg, und paßte; wie nun ein Busch im Winde rauschte und raschelte, wie von fern ein Mensch oder ein Pferd sich blicken ließ, schrien sie:

»Die Franzosen kömmen!«

Und so geschah es, daß der Pfleger von Gstatt des öftern einen Boten nach Öblarn sandte zur Warnung und Verständigung, und daß dieser Bot, laufend und schwitzend, schon den Feind hinter sich wähnte. Der Torschuster rief, von solcher Kunde aufgeregt, dem Bäcken durchs Fenster zu, übers Steffel marschiere ein ganzes Bataillon; und der Bäck schrie es dem Schlosser hinüber, daß der Franzos in kurzer Weil müsse bei der Ennsbrücke sichtbar sein. Da zeigten sich auch schon in den Dachluken des Verweserhauses etliche Knappen mit Pistolen und Vorderladern bewaffnet. Georg Staudacher ließ Pulver stampfen. Und der Pfarrer schloß alle Kirchentüren langsam und sorgfältig ab.

Im innern Dörfel, jenseits der Walchen, erfuhren sie es bei-

nahe zu gleicher Zeit; als nämlich die Veitkramerin ein Schaff Wasser vom Bach holte, bedeutete ihr Raimund Winkler von weitem, sie sölle nur geschwind sich bergen, item der Feind wäre im Anzug.
Sie verstand es so halb und halb, weil der Bach spritzte und gluckste, aber sie schlug die Hände überm Kopf zusammen und lief, um einige Beihilf bittend, zum Nachbarn. Die Stralzin fing fast zu weinen an. Denn ihr Ehewirt ergötzte sich wieder einmal auf weitem Spazierwege. Und wenn nicht ihr Bruder Sebastian zur selben Stund gütlich gekommen wär und hätte den Bräuknecht und die Dienstboten geheißen, wie Häuser und Höfe zu verschanzen seien, es möchte ihr die Angst wohl geschadet haben.
Der ganze Nachmittag war angefüllt mit überstürzter Arbeit. Sie sammelten das Vieh, welches noch nicht auf die Alm getrieben war, und mancher arme Keuschler brachte seine Kuh zum Stralzen, zum Torbäcken oder Talmoar, weil diese einen festen Stall hatten. Kein Fuhrwerk rollte über die Gasse. Kein Mühlrad ging am Bach. Die Hausväter schritten ihren Besitz ab, Balken, Schlösser und Riegel prüfend. Die schöne Leinwand, in langer Winternacht gespunnen, in sauberen Maitagen gebleicht, war hinter die hohen Dachsparren gelegt. Die Butterstrutzen und das Selchfleisch lagen nunmehr in einem muffigen Kellerschluf. Und das Geld und Geschmeid war an einem versteckten Platze eingemauert.
Die Mutter Stralzin ging auch, als es dunkel wurde, mit einem Leuchter in die alte Rauchküche, gefolgt von Regina, so in eiserner Spatel die Silbergulden und Golddukaten, Ohrring, Halskette und das elfenbeinerne Kreuz von Jerusalem trug.
Die Frau Mutter sagte: »Bst!« und hob nach längerem Tasten einen Stein aus der Wand, legte den Schatz in das Loch, welches voll Asseln und Ohrwürmer und Spinnweben war, und sagte, dem Dirnlein ins Gesicht leuchtend:
»Rögerl«, sagte sie, »wann ich sterben sollt ... so weißt es.«
Ganz kalt und schaurig gruselte es über den Rücken des Kindes. In dem unschuldigen, aber von Not und Arbeit frühreifen Herzen fühlte es, warum die Frau Mutter so ernsthaft war, und wußte auch, was sie hiemit andeutete, zumal die Dienstleut über die natürlichen Dinge des Lebens unverhohlen diskurierten.

So nickte Regina, wagte aber dabei nicht, die Stralzin anzusehen. Und dieweil ein lieblicher Schatten ihr Gesicht färbte, hat sie sich nach dem Stein gebückt und selbigen in die Höhlung hineingeschoben. Alsdann schwärzte Frau Constantia alle Fugen mit Ruß, sagte nochmal »Bst!« und ging mit der kleinen Dirn leise fort.

In den Hausflur tretend, bemerkte sie, wie dusend es bereits geworden war. Die Viehmagd, welche soeben vom Melken kam und mit der einen Hand das halbvolle Schaff auf dem Kopfe hielt, mit der andern das schwere Tor abzuschließen versuchte, meldete, unter ihrem Steckkröpflein keuchend:

»Hiaza sind s' da!«

Sie war, im Hof neugierhalber ein wenig ausspähend, eines Mannes mit Stock und Laterne ansichtig worden und hinter diesem eines lebendigen Gewühles von Gestalten und Stimmen, so laut und hell, daß es ihrem Herzen einen Stich gegeben hatte und sie geloffen war, bis die fette Milch in Güssen über ihre Achseln planschte.

Die Stralzin machte einen schweren Seufzer und das Dirnlein einen Schrei. Doch ein guter Schutzengel muß sie behütet haben, daß sie ansonst nicht allzusehr erschraken.

Es war niemand anderer als der Herr Vater ...

Er ist, vom wunderbaren Maitag verlockt, über den blühenden Berg gegangen und hat an der Salza den Lebzelter von Gröbming angetroffen, so von der Obrigkeit als Dolmetsch hieher befohlen war, weil die Franzosen in der Sagmühl eine provisorische Untersuchung und peinliches Gericht abgehalten. Es ist ein subalterner französischer Offizier, welcher die Bataillonskassa in Obhut mit sich geführet, von unbekannter Hand erschlagen und beraubt worden. An der Wegscheid zwischen der Poststraße und dem Steinkeller lag die Leich seit zwei Tagen verscharrt.

Mit seiner gewohnten Ruhe, aber der ihm eigenen Hartnäckigkeit besprach und beleuchtete der Stralz das Vorkommnis von allen Seiten; welches, so muß beigefügt werden, auch später nicht völlig enträtselt wurde. Erst durch die Dämmerung gemahnt, trat er den Rückweg an. Dieser war nicht so schön wie der Ausgang, denn das Gehörte beschäftigte seinen Geist und beeinflußte mißfarbig das Bild des blauen Abends ...

Später stieß er auf Schulbuben, die sich immer noch in den

Wäldern des Mitterbergs herumtrieben, aber bereits zu fürchten begannen und ihm schüchtern bekannten, daß sie seit dem Elfuhrläuten auf der Franzosenpaß lägen. Dies erheiterte ihn. Er pfiff sie alle zusammen, und sie folgten ihm gern, schon wegen der guten Lebzelten, die er bei Gelegenheit austeilte.

Als Pater Gabriel durch die Schießscharte des Schloßgemäuers schaute, wunderte er sich nicht wenig über den seltsamen Zug, reichte sodann geistesgegenwärtig eine Laterne heraus, sie höflich zum Gebrauche anbietend. Und so kam der Stralz mit einem Licht und etlichen Lausbuben bis auf die Dorfbrücke. Dortselbst ging gerade sein Bräuknecht, der Blasel, und ohne daß dem Herrn Vater die schreckliche Angst der Öblinger wißlich gewesen wär, machte er sich den Spaß und sagte:

»Hiaza kömmen s'!«

Der Bräuknecht schmunzelte und kraulte sich das Haar.

»Ah ja . . .«, brodelte er gemütlich. »Ah ja. Die Franzosen!«

Die Kinder vollführten ein großes Spektakel, allein der Stralz trieb sie auseinander, und beide Männer warteten, bis das letzte ins Dunkel geschlüpft war. Dann ging der eine wie der andere seines Weges . . .

Nach diesem Tage, welcher glimpflich mit dem Schrecken abgelaufen war, trat als dessen Folgeerscheinung eine gewisse Gleichgültigkeit bei den Öblingern hervor. Sie gewöhnten sich allmählich an die Gefahr, um so mehr, als sich tatsächlich kein Feind im Dorfe blicken ließ. Nur ihre Schätze und Lebensmittel bewahrten sie, soweit es anging, im Versteck, und ihre breden Kinder hielten sie mit der häufigen Drohung im Zaum, daß auf die Nacht schon ein wilder Franzos kommen würd und sie allesamt mitnähm.

Der Ennshofer erschien selten und wählte aus reiflichen Gründen die abseits gelegene Fahrstraße über Alt-Irdning und Nieder-Öblarn. Auch die Post blieb aus, und von den Studenten hörte man gar nichts. Die Frau Mutter dachte ihrer besorgt, während sie im Garten die abgestandenen Krautpflanzen auszog, Nagel, Feigel und Rosenstöcklein vom Geschirr in die Rabatten setzte und vom Mistbeet die Fenster nahm. Denn seit der Frühe streifte der Wind warm und milde, so daß ein wohltätiger Regen zu gewärtigen war. Noch aber trübte kein Wölkchen die Sonne. Mit strahlendem Duft öffneten sich die blauen und violetten Fliedertrauben. Der Jasmin

knospete noch. An der Berghamm-Lacke war's dunkelgelb von Dotterblumen, und die Enns abwärts leuchtete es ganz weiß von Narzissen. Wo das hohe Schilf in den Sumpfwiesen überhandnahm, wuchsen die Schwertlilien auf schlankem Stengel, sich hin und wider neigend. Kleine Mädchen, welche den Fronleichnamstag schon ungeduldig herbeisehnten, gingen oftmals hinüber und schauten nach, ob die Blumen dieweil nicht gar würden oder verwelkten. Und da prellte es den Boden unter ihren Füßen und schreckte sie. Dann wieder kam ein dumpfes Rollen von irgendwo, so undeutlich, daß sie kaum wußten, ob sie überhaupt etwas vernommen hatten.
Auch die Frau Constantia im Garten horchte auf. Der Bader Gasteiger, welcher beim Grillen zur Krankenvisite gewesen, behauptete, auf der Höhe erkenne man solchen Schall als Kanonendonner, und nach einer Weile hörte jedermann, daß im Murboden bereits der Krieg war. Und längst bevor der optische Telegraph das zehn Stunden währende Gefecht dem Kaiserlich-Königlichen Hauptquartier angezeigt hatte und die Kuriere in gehetztem, todesmutigem Ritt das Land durchquerend, erraten ließen, daß der Feind wahrhaftig mit Blut und Feuer eingebrochen sei, wußten es die Leut, fühlten es mit eigenem geschärftem Sinn und wichen von ihrem Posten nicht. Der Tauernpaß bei Radstadt, welchen Jellacic hatte freigelegt, sintemalen er durch Erzherzog Johann nach Grätz abberufen worden, der Paß also war nunmehr von der Bürgermiliz und den Bauern wehrhaft besetzt. In der Sölk, bis Sankt Nikolai hinein spürte man wachsam jedem Lüftchen nach, so von Süden wehte. Desgleichen gab es auch zu Donnersbach-Wald und im Bayreuth ein Häuflein Jager und Wilddiebe, welche, von der Not und Heimatliebe gedrängt, gemeinsam ihre Stutzen auf die Achsel nahmen.
Die Mutter Stralzin horchte in den nächsten Tagen beständig, ob kein unheimlicher Laut übers Tal zitterte, sinnierte und studierte hin und her ... bis ihr solches zu dumm wurde und sie die Furcht gleich wie einen schweren Traumzustand abschüttelte; es gab ihr auf ja und nein einen Ruck. Sie kämmte mit nassem Kamm ihr goldblondes Haar zurück, band eine frische Schürze um und kaufte bei der Veitkramerin drei Wachskerzen, mit dickem blauem Vergißmeinnicht gar lieblich geziert; steckte sie in die Leuchter am Frauenaltar und, als-

dann die Dochte entzündend, betete sie inbrünstig drei Vaterunser für die himmlische Gnade, welche ihr Gottvater, Gottsohn und Heiliger Geist erzeigt, als er das Benediktinergymnasium noch rechtzeitig von Leoben nach Admont versetzt hatte.
Der Stralz aber fand nichts Wunderbares im Hinblick auf seine Söhne. Er versuchte vielmehr, die Unklarheit der Zustände aufzudecken, und weil ihm der Marsch bekannt war, so General Jellacic sich durch das Ennstal oft zur Nachtzeit und auf Schleichwegen erzwungen hatte, mutmaßte er ganz richtig, daß dieser gegen die Palten und Liesing abgewichen und an dem Kampfe beteiligt gewesen sei. Er wußte freilich nicht, wie sehr; indem dessen Fähnlein nämlich, bei Sankt Michael gegen die Heere des italienischen Vizekönigs stoßend, fast aufgerieben worden war und so den Weg nach Wien hatte freigeben müssen ...
Wie die Zeit also weit draußen dahinraste und einer den andern fragend ansah, hielt es der Veitkramer nicht länger mehr im Dorfe aus, packte in sein Buckeltuch just nicht das Wertvollste und ging hausieren, trotzdem sein Eheweib bei allen heiligen Nothelfern prophezeite, daß man ihn noch als Spion verdächtigen und strangulieren werde.
Es geschah ihm aber gar nichts. Nein, binnen zweier Tage kam er wohlbehalten wieder, noch dazu in der Kalesche des Herrn Matthäus Ennshofer, Moar zu Stainach. Das blaue Tuch, welches beim Ausgang vollgepfropft und beschwerlich gewesen war, lag gefältelt neben ihm auf dem Sitz. Er sprach nur hie und da ein feierliches Wort aus. Und der Moar zu seiner Rechten sagte überhaupt nichts. Jeder Öblinger, welcher die beiden anfahren sah, wußte, daß etwas geschehen sei, und machte sich ergeben und bereit für das Gute oder Böse, was zu vernehmen war.
Vor dem Torbäcken stieg der Veitkramer ab, inmaßen Matthäus Ennshofer nicht wie gewöhnlich zum Stralzen ins innere Dörfel fuhr, sondern das Roß an eine Planke band, im Verabschieden des Fahrgastes Hand drückte und beim Dank sagte, es wäre schon gut. Sodann schritt der Moar zum Pfarrhof, schellte an, daß es mächtig durch das Haus klang. Und als wieder ein Weilchen verflossen war, trat er hinein.
Der gute Michael Praßthofer, vulgo Veitkramer, den seine

geschmierte Zunge selten im Stich ließ, wußte sich in dieser Stunde nicht zu helfen. War er zufolge seines Hausierhandels doch mehr mit Welt und Menschen, Leid und Kriegsjammer vertraut als mancher andere und darum auch zutiefst erschüttert. Er mühte sich nun vergeblich nach einer würdigen und dem Ereignis angemessenen Rede. Und als die Öblinger, kaum daß er seinen Laden betreten, von Neugier gelockt dortselbst sich einfanden und, einen Bettel kaufend, geduldig stehenblieben, bis ihm endlich der Mund aufginge, da verdroß es sein Eheweib, und sie sagte spitz:

»Gelt, Michael, hast nix Neues erfragt?«

Da blickte er sie insgesamt sehr ernsthaft an. Die Ergriffenheit würgte in seinem Hals. Die Hände zitterten, indem er sie auf die Budel legte. Alsdann sprach er mit einem Schnaufer:

»Guat ist's gegangen, nix ist geschehen.«

Sie sollten das Nähere bald erfahren. Denn auf einmal läuteten alle Glocken wie zum Hochamt, obschon es Jausenzeit des Sankt-Angela-Tages und wohlgemerkt unter der Woche war. Ganz unversehens, schlecht gewandet und beschmutzt, eilten die Leute von der Arbeit fort, einer dem andern nach. Und weilen die Kinder als die ersten soeben beim Freithofstor verschwanden, gingen die Eltern, Knechte und Dirnen, die mühseligen Greise, die Großmütter und Einleger auch hinein, daß es ein langer, andächtiger Zug wurde wie hinter Hochzeitern oder Leichen. Sie wußten noch immer nicht, warum solches geschah. Doch die Glockenstimme bereitete ihrem Herzen einen wunderbaren Ton, so daß jedes Wort, jede Frage ganz von selbst verstummte. Unter den großen Torflügeln blieben sie in dichtem Gedränge stehn, weil es aus der Weise gewesen, sich mitten am hellichten Werktag in einen Betstuhl zu setzen. Nur ein paar Kindlein wagten sich weiter vor. Und ein Ministrant rasselte in der Sakristei mit dem Weihrauchfaß. Also befand sich der Pater Isidor schier einsam in der leeren, hallenden Kirche. Er hatte den schneeweißen Chorrock angezogen und nahm seinen Platz beim Hochaltar, in merklicher Scheu die Hände ineinanderschmiegend.

»Liebe Pfarrkinder . . .«, begann er leise und sich räuspernd, ». . . ein reitender Kürassier hat die Kundschaft auf dem Schloß Stainach vermeldet, daß eine lange, blutige Schlacht ist vor sich gegangen in Aspern, welches Dorf einige Wegstunden

von Wien entfernt liegt und siebenmal verloren und achtmal erobert worden ist. Karl, unser erlauchter Generalissimus, hat sich im entscheidenden Augenblick selber fürangestellt und hat füglich mit andern Ungenannten den glorreichen Sieg verdienet und unser armes zertretenes Österreich befreit. Lasset uns darum dem Herrgott danken, so ihnen hülfreich und gnädig war, und lasset uns andächtig beten für alle lebenden, leidenden und im Tode abgeschiedenen Helden ...«
»Amen«, sprachen die Öblinger dumpf.
Bei diesem starken Laut hob der Berghammer den Kopf, nahm den seidenen Vespermantel, der am Speisgitter hing, legte ihn bedächtig um die Schultern des Pfarrers und trug diesem alsdann einen Schemel herbei, damit er das Tabernakulum erreiche.
Der Schulmeister saß zusammengeknickt auf dem Orgelchor. Er dachte in dieser Stunde an Kaiser und Vaterland. Er dachte aber noch mehr an seinen Buben und seine Mägdlein, an den Gemüsegarten, den Holzzaun, das rosafarbene Ferkel und die graue Geiß; er wischte mit dem Rockärmel einen blitzenden Tropfen von der Tastatur und intonierte inbrünstig das Tedeum. Die Eltern, Großeltern, Knechte, Dirnen und Einleger fühlten einen Schauer durch den Leib rinnen. Sie preßten die Lippen zu. Und wieder nur die tiefe Glocke ging, und nur die Kinder sangen:

»Großer Gott, wir loben dich!
Herr, wir preisen deine Stärke;
Vor dir neigt die Erde sich ...«

Wie alle Dinge durch den Lauf der Zeit wandelbar und vergänglich werden, so war auch die Glückseligkeit der Öblinger nur von kurzem Bestand. Der siegreiche Ausgang des Kampfes bei Aspern, der sie wie ein Wunder Gottes neu belebt und mit ruhiger Hoffnung erfüllt hatte, bedeutete für die obersten Feldherren keineswegs das Ende. Ja, Erzherzog Karl, nicht beeinflußt und verwirrt durch die augenblickliche Gunst des Schicksals und die Lobreden des ganzen Reichs, äußerte sich in einem französischen Briefe, so geheim an Albertus Kasimir von Sachsen gerichtet war, daß man letzter, vergeblicher Opfer müsse gewärtig sein.

Das einfache Volk jedoch, welches treuherzig gab, was es zu geben hatte, schier unbedingt gehorchte und den Berufenen die Ehre, den Kampf, den Tod mit Selbstverständlichkeit überließ und vertrauensselig den sicheren Erfolg voraussah ... das einfache Volk war anfänglich wie vom Blitz getroffen, als im Hochsommer die Post ins Gebirge heraufkam: es wäre alles verloren.

»Was ist noch zu sagen ...?« notierte Vater Stralz, eine leere Seite nach den Ausführungen betreffs des glücklichen Sieges übergehend ... »den Ennshofer und mich tut es bedauern. Wir hätten dem Generalissismus Karl einen Dank vergunnt, statt dessen nimbt er sein Abschied. Aber der Moar hatt dem Pfleger ausdrücklich seine Meinung gesaget, nämlich daß nur der Erzherzog Johann die Schuld traget an der gantzen Schinterey, indem daß er ist nach Wagram zu spat komen. Und mein Schwäher der Zedler hatt seine Faust wacker auf den Biertisch gewichst, daß die Krügel sind gehupfet. Item, der Veitkramer, so sich auch schon einen Rausch angetrunken, gab die alte Geschicht von Prohaska zum Besten. Jeder verschimpft ein andern. Aber heut, wo sie nüchtern sind, bemerken sie mit Genugthuhung, daß von denselbigen welche Österreich habent in Händen gehalten, nur Kaiser Franz und Fürst Metternich ist überblieben. Auf Gunst und Glück ist kein verlaß nit. Es sollten Einen die Fehlschläg baß nicht Wundern, denn wohlgemerkt, es sind nur Menschen, denen wir uns anheimgestellt; so ihren Fahlern, nene Trutz, Ergeitz, Starrsinn und Kurtzsichtigkeit untherworfen, es sind oft warmblüthige Leuth, welche zu Folge ihres Mitgefühles oder Vätterlicher Lieb vor der Entscheidung und That schwach werdent, wankelmütig und unbrauchbar. Ob solches eine Schuld ist? Ob über den Zänkereyen der Welt vileicht die Ewige Ordnung der Dinge es unbegreiflich gebothen hatt? Mir wöllen nicht richten ...«

Am Tage, als Vater Stralz diese Zeilen in sein Notizbuch schrieb, waren die drei Buben auf der Heimreise in die Sommervakanz. Der Herr Göd hatte sich mit seinem Landauer im Stifte eingefunden und bei einer Rücksprache mit Gotthardus und dem Präfekten verschiedenes in Erfahrung gebracht. Erstens nämlich, daß Matthäus sich eines Nachts aus dem dritten Stockwerk entfernt, wie, das wüßt man nicht, und mit zwei kecken Jagern gegen Röthelstein gepürscht, daselbst kampiert habe und in grausiger Morgenfrühe auf einen Wolf losgegangen sei. Die Weidmänner, noch schlaftrunken und steif, hatten ihm assistiert und schon gemeint, es werde fehlschlagen. Allein durch Gottes Beihülf wär der Bursch an Leib und Leben bewahrt geblieben und trüge weiters keine Spuren als einen noch schwürigen Schurf am rechten Oberarm, so das Biest mit dem schäumenden blutigen Maul verursacht... Zweitens ging die Klag über den Markus, daß er ein verstockter Kerl, stinkfaul und indolent wäre, und obzwar er nie und niemandem einen positiven Schaden anrichte, im großen und ganzen jeder Verfeinerung sich begebe.

»Und der Lukas?«

»Ja...«, meinte Gotthardus, er habe sich erzählen lassen, vom Rektor sowie mehreren Scholaren, daß Lukas ein ausgezeichneter Rechenkünstler gewesen bis zur Stund, wo er plötzlich keinen Stift und Griffel mehr angerührt, bleich und verbissen herumgeschlichen und sodann nach Tag und Wochen im Refektorium hingesunken wär.

In aller Heiligen Nam! Was das bedeute? frug der Göd.

Item, so berichtete Gotthardus, es habe nunmehr schleunigst der Medikus hermüssen, und dieser sei durch ein peinliches Verhör mit viel Kreuz- und Querfragen draufgekommen, daß Lukas beim Läuten sich am Glockenstrang aufgezogen und im Schwunge an die Mauer geschleudert worden war. Solch heftiger Anprall hatte ihm das Schlüsselbein entzweigesprengt und das Übel wäre alsbald in Brand ausgeartet, wenn der Bub es nicht durch seine Ohnmacht verraten hätte. Jetzt sei er völlig in Genesung, trage aber vorsichtshalber den Arm noch in der Schlinge. Ganz merkwürdig..., schloß der Abt, ganz auffallend gestalte sich seit jenem Unfalle das häusliche Pensum der Brüder, schier... als wäre mit dem Schlüsselbein deren ergötzliche Eigenart aus dem Leim gegangen. Hiebei blickte er sie nachdenklich, ja mit leiser Ironie an, zeigend, daß er ein erfahrener Mann und wohl auch ein Menschenkenner war.

Der Ennshofer, wenig vertraut mit solcherlei Gedankenschlüssen, nickte nur, um sein Bedauern kundzugeben, dankte den beiden Ordensherren für ihre Obsorg, nahm die Rechnung in Empfang und bezahlte die Hälfte im Hinblick auf seine

Gevatterspflicht, wobei er sich jedoch der Bemerkung nicht enthalten konnte, daß an den Stralzenkindern leider Chrysam und Tauf verloren wäre. Sodann befahl er seinen durch die Kirche Schutzbefohlenen, welche der ganzen Verhandlung stumm beigewohnt und ihre Blicke über die Stuckfiguren der Decke hatten wandern lassen, vom Hochwürdigen Prälaten sowie dem Herrn Präfekten sich zu beurlauben und deren Hand zu bussen.

Die Buben gehorchten. Matthäus, welcher mit seinen siebzehn Jahren die Männer an Größe schon überragte, bog ungeschickt und sehr flüchtig den Rücken, und seine Lippen küßten in die Luft. Gleichwohl war der Druck seiner derben Finger von verschämter Innigkeit, denn er fühlte, es geschah zum letztenmal.

Auf der Fahrt teilte der Göd ihnen treffliche Lehren aus, unterzog sich auch der Mühe, in der Gegend von Frauenberg abzusteigen. Und dieweil sie, an der alten Pestsäule vorbeibiegend, den beschwerlichen Weg zur Wallfahrtskirche hinanstiegen, erzählte ihnen der Göd eine seltsame kleine Legende:

Vor vierhundert Jahren und weniges darüber ist die Enns ungewöhnlich weit über die Ufer getreten. Und die Regenbäche, von den Bergen schießend, und das Grundwasser aus den Mooren, Lehm und Schotter haben sich in der Talenge verklaust. Immer mehr Bäume mit Wipfel und Wurz, Hütten, Zäune, Bloche und Brücken kamen angeschwommen und spießten sich am Ausgange des Stausees, sodaß schließlich mancher Turm und Hügel untertauchte. Auf dem Kulmberg, welchen der Göd itzt zu viert bestieg, hauste damals ein mageres Bäuerl und frug sich, jeden Morgen ausspähend, ob ihm der Herr beföhle, eine Arche zu bauen, oder ob er sölle ersaufen. Einmal nun überspülte die Sintflut schon das Kämmchen, welches ihn nach Nord mit den höhern Gebirgen verband. Und er mußte also glauben, daß aller Zuweg gegen die Almen würd abgeschnitten. Seine Augen bedeckend, kniet er lange vor dem Haustor, bis sein Weib ihn ermahnte und sein Kind ihn kosete. Er schaute auf und gewahrte nun, wie ein großes Trumm Holz in kurzen Zeitläuften immer wieder mit den Wellen anschlug. Der Bauer ging hinein und holte einen Feuerhaken, maßen er das Stück aufzufischen gedacht. Denn nahezu auf einer Insula lebend, wußt er nit, wie bald ihm das Brennholz ermangeln werde, vorausgesetzt, daß er solches überhaupt noch brauchte. Mit dem Instrumente tüchtig auslangend, zog er das Trumm heran, nachdem sein Eheweib und Kind ihm einen festen Strick um den Gurt gebunden und ihn beim Fensterkreuz angeseilt hatten, damit er in dem aufgeweichten Erdreich nit gleite und talab rutsche. Ein paar Hiebe trafen recht, aber das wilde Wasser entriß ihm die Beute. Letztlich aber faßte der Haken, und zu dritt zerrten sie das Bloch herauf. Die Bauersleute erkannten an der Form, trotzdem dieselbe von Schlamm und Unrat bedeckt war, daß sie etwas Besonderes vor sich hatten. Sie wuschen, wischten und putzten, bis sie zu ihrer Freude ein holdseliges Marienbildnis erblickten. Das Weib wollte es behalten.

Der Mann aber, den Untergang seiner Keusche befürchtend, trug's über den umspülten Höhenkamm, über Alm und Hochhalde zum Stift Admont hinab. Die Benediktiner, welche keine Stunde vor dem Durchbruch der Klause sicher waren, haben hinwiederum mancherlei Wertgegenstände über das Gebirge nach Liezen zurückbefördert. Ob die Statue darunter gewesen, vermag niemand zu sagen. Sicher ist, daß dieselbe am nächsten Morgen abermals auf den Kulmberg zugeschwummen kam und vom armen Bäuerl herausgefischt ward. Indem er sie nämlich von der Lethe reinigte, erkannte er neben dem frischen Hieb des Feuerhakens noch ältere im Mantel der Lieben Frau. Ungeachtet einer weit größeren Lebensgefahr trug er auch an diesem Tage das Bildnis zu den Admontern. Aber sieh da! Am dritten Morgen, als er mit Weib und Kind von jeglicher Zuflucht abgetrennt war und sie jammervoll wehklagten, schlug eine brausende Welle die Haustür ein und warf das hülzerne Kunstwerk auf den Boden. Von diesem Augenblick an verlief sich das Hochwasser langsam. Der Regen gab nach. Und wie durch ein Wunder zerbarst die Klause nicht, sondern trug sich von selber ab, sodaß dem unteren Ennstal, insonderheit dem Stifte Admont, von Wassersgewalt nichts Schreckbares geschah. Der Abt Hartnid Gleußer erbaute aus Dankbarkeit für solch göttliche Fügung noch in ebendemselben Jahr auf dem Kulmberg eine Wallfahrtskirche. So geht die Legende . . .

Indessen waren sie bis zur Kirche gelangt. Die Buben verhielten

sich ehrfürchtig, strichen mit ihren Fingern die rauhen Fresken entlang, bestaunten das Steinmosaik, und als sie hinter dem Altar eine gotische Marienstatue entdeckten, frugen sie den Ennshofer, ob solche das angeschwemmte Bildnis wär.
Das alte ursprüngliche Bildnis sei nicht mehr da, sagte der Göd. In den Türkenkriegen hab es der Sohn von jenem Bäuerl verschleppt und geborgen, man wisse nicht, wo, sagte der Göd, warf einen Taler in den Opferstock, kaufte alsdann in der Taverne für jedes Kind ein rundes Bräverl und einen Kreuzerwecken. Und es läutete schon Mittag, als sie wieder unten im Kalesch saßen und gen Liezen kutschierten.
Die Luft ging träge und warm. Sie brachte den Geruch von Moorerde. Unzählige Birkenstämme leuchteten weiß und wiegten ihr zerfranstes, liebliches Krönlein. An der Berglehne wehte das Korn golden, und die sonnichten Wiesen standen schon saftig im zweiten Futter ...
Bei den Weißenbäcker Wänden machten sie einen kurzen Halt, weil dortselbst, nur dem scharfen Auge erkennbar, ein Gams kletterte. Da äußerten sich die Buben gesprächig über Wild, Wald und Weide, über die Ortschaften und Schanzbauten, welche sie unterwegs gesehen hatten, und der Ennshofer fand verwundert, daß sie lange nicht so dumm waren, wie sie ausschauten.
Von Wörschach an, wo die Pferde schon den heimischen Stall witterten, ging es in noblichem Trab, und der Roßknecht hatte bei den vielen Büheln gerade genug zu tun mit dem Ein- und Ausdrehen der Schleife. Die drei hülzernen Koffer prellte es, und der feiste Ennshofer rutschte bei einer Kurve manchmal gröblich gegen den Matthäus; aber der Lackel hielt es schon aus.
Zwischen drei und vier Uhr erreichten sie Stainach, wo sie nach ausgiebigem Mahle, einer erbaulichen Lehr und kurzem Abschied ihrem Schicksal überlassen wurden. Mit dem Ältesten voran ... so schritten die Brüder zum Posthalter Vasold und frugen nach einer Gelegenheit.
»Jawohl«, antwortete dieser schnaufend und aufgeregt, sie möchten nur warten, in einer schwachen halben Stund führen zwei Kutschen vor, sie sollten alsdann in die zweite einsteigen, maßen die erste für einen hocherlauchten Herrn bestimmt sei, welcher inkognito vom Markte Aussee nach Öblarn reise.

Die Buben setzten ihre Koffer zur Erde, zahlten 36 Kreuzer für die Fahrt, soffen nachher tüchtig aus dem Brunn und langten, als es niemand sah, ein paar feste Pröpstlinge zwischen den Zaunstaketen herfür. Indieweil sie sich derart angenehm die Zeit vertrieben, kam richtig eine Postkutsche, kaisergelb bemalt, mit roten Felgen, aus der Einfahrt. Zwei Hengste mit prächtig geziertem Kummet und gezopftem Schweif waren vorgespannt. Kein Kotspritzer, kein Stäubchen versehrte die Fenstergläser. Der Türgriff blitzte ganz golden.
»Da steigen wir ein«, schrie Matthäus. »Der fahrt nach Öbling.«
»Ich trau mich nit«, sagte Lukas.
»No, fahrst halt du im zweiten. Nachher wird dich der Schwager beim Moarbühel wohl hinausbugsieren, und du magst zu Fuß um den Mitterberg zaschen.« So sagte Markus und schupfte keck die drei Koffer auf das Dach.
Der Knecht, welcher die ungeduldigen Pferde hielt, schimpfte mächtig. Wie aber dieses nicht half, grölte er, es würde schon der hohe Herr kömmen und sie hinausschmeißen. Und kaum war's gesagt, erschien in der Torfahrt eine Mannsperson, welche einen scharlachroten, weitschößigen Frack und gelbe Rehlederhosen anhatte, welche einen schwarzen Zweispitz auf dem Kopfe und Stulpstiefel aus Lack an den Füßen trug. Besonders augenfällig waren die reichen Silberborten und die dukatenfarbenen Knöpf. Lukas schaute gar scheu und ehrfurchtsvoll, drückte sich ins dunkle Wageneck, und hätte er seine großen Brüder nicht gehabt, er wäre auf und davon geloffen. Er studierte bänglich, ob es der Kaiser Franz oder der Kaiser Napoleon wär und ob selbiger zuerst ihn oder den Markus beim Krawattel packen werde. Für den starken Matthäus hatte er in seiner lieben Unschuld weniger Angst.
Der hocherlauchte Herr schaute aber zum Glück gar nicht in die Kutsche, sondern sprang mit einem Satz auf den Bock, und Lukas bemerkte, durchs Fensterchen spähend, welches die Wand hinter seinem Rücken durchbrach, daß er ein wunderbares Horn von seiner Brust nahm und es, fürsichtig probierend, an den Mund brachte.
Kein Wort wagte das Kind zu sprechen, und die Brüder schwiegen weislich, damit sie niemand vor der Zeit ablade.
In der Einfahrt, welche gegen die Sommerschwüle feucht und

dunkel abstach, erschien itzt auch der Postmeister mit zwei Mannsbildern, die mochten sonach des Kaisers Roßknecht und Jager sein. Und in der Tat; es setzte sich der eine auf den luftigen Bock, der andere herentgegen mußte wohl oder übel in den heißen Kotter hinein. Er trat, vom Vasold geleitet, an das Türchen, fast gleichzeitig erblickten die beiden den fremden Ballast auf dem Dache, und den Hauswirt traf fast der Schlag. Trotzdessen er mit einem Jagdgewehr, Stiegelstecken und Buckelsack vollends beladen war, riß er die Klinke auf und schrie ohne Ansehen des hohen Fahrgastes:
»Malefizbuam, abgefeimte! Hab ich nit gesagt, ihr sollt in den zweiten steigen?«
Die Bürschlein rückten auf ihrem fein gepolsterten Sitz und schwiegen, und vorn bei den Pferden grinste der Knecht mit dem ganzen Gefrieß. Lukas zitterte und meinte, jetzt werde der aufgebüschte Kaiser sich umdrehen. Aber nur der Jager sah in die Kutsche, postierte die Flinte ins Eck und sagte was. Nämlich er sagte:
»Laß gehn, Postmeister! Ich find mir noch ein Platzerl.«
Der Vasold kam außer Atem und fand gegen solch rühmliche Bescheidenheit keine Einwendung. Er drückte nur stumm die gebräunte Hand, so ihm der Jager darreichte, und schaute die drei Buben an, als wöllt er ihnen baß die Höseln spannen. Seinen genagelten Schuh auf das Trittbrett setzend und hiebei lächelnd und nach vorn weisend, frug der Weidmann:
»Was hast ihm die Livrei aufgehalst? Ha? Weißt eh, ich mag's nit leiden.«
Da brach dem Vasold wieder das steirische Gemüt durch.
»Bald unser guater Erzherzog Johann wieder mit meinem Wagen fahrt, so legen wir ihm«, er deutete zwinkernd nach dem Kutschbock, »so legen wir ihm eine kurze Hosen und ein lodenes Röckel an.«
Lukas war einen kleinen Augenblick enttäuscht, daß der aufgeputzte Herr kein Kaiser, sondern nur ein Prinz war, allein er fühlte immerhin einen großen Stolz und Respekt, und er rückte nur ein bißchen von dem fremden Mannsbild beiseite, welches er um so mehr für einen geringen Menschen hielt, als er fürs erste schlecht gewandet war, und als er sie zweitens nicht hinausgeschmissen hatte. Matthäus und Markus hielten den Mund säuberlich aus guten Gründen, wie wir später hören

werden. Sie erlustigten sich über den Kleinsten, weil er dem Reisenden gar unverschämt in das hagere, bartlose Gesicht starrte und die längste Zeit sich alle Mühe gab, dem eigentümlich müden Zug seines Mundes nachzuspotten. Er machte schwulstige Lippen, ließ das Kinn hängen und schnitt die greulichsten Gesichter. Die Brüder, welche nicht wußten, ob Lukas sich nur so dumm anschalkte oder tatsächlich so dumm war, lachten unsicher und stießen ihn mit den Knien. Inmaßen die Kutsche sehr eng war, trafen sie einmal auch den Fremden. Der fuhr aus seinen Gedanken, legte die Ellbogen fester an sich, so daß zwischen ihm und dem Kinde ein kleiner Spalt blieb.

»No, sitz dich nur herzue!« sagte Lukas.

Solch freimütige Art erheiterte den Weidmann und bewies ihm, daß er nicht erkannt wurde. Er wandte seine lebhaften, aber recht versorgten Augen vom Zeitungsblatt ab, und indes er's in Falten bog, musterte er nicht ungütig seine Mitreisenden und frug nach ihrem Namen. Aber nur Lukas antwortete.

»Wir sind die Stralzenbuam von Öbling.«

Da hätten sie ja alle den nämlichen Weg, sprach der Fremde.

»No ja, darum sind wir ja in den Wagen gestiegen. Verstehst?«

Ja, ja, er verstünd wohl.

»Mein Liaber, der Posthalter ist wild auf uns.«

Ja, es wär ihm so fürgekommen.

»Weil wir mit dem Erzherzog Johann fahren. Bst!« wisperte er, den Finger an die Lippen legend. »Da vorn sitzt er, ich kenn ihn wohl.«

Nun lachte der Weidmann laut heraus. Und Matthäus gab dem Kind einen ordentlichen Tritt auf die Zehen.

»Sei stad!« mahnte Lukas, die Füße hochziehend, »wann er uns gach bemerkt, schmeißt er uns außi!«

Solches verhoffe er doch nit, sprach der Fremde.

Alsdann schauten sie eine Weile durchs Fenster. Es war eine unbändige Hitze in dem Kasten. Die Stralzenbuben knöpfelten Rock und Leibel auf und ließen, die Gläser schiebend, zu beiden Seiten Luft herein. Dabei gewahrte der Jager, daß Lukas den Arm in der Schlinge trug.

Ob er einen Knochen lädiert hab, und ob er vielleicht beim Bader Lobenstock gewesen wär, frug er teilnehmend den

Knaben. Ein Wort gab das andere, und so geschah's, daß Lukas nach anderthalb Stunden, als die Postkutsche schon gegen Gstatt fuhr, seinen ganzen Lebenslauf zutraulich ausgeplaudert hatte.

Dann hörten sie ein uraltes Liedel, viel wunderschön geblasen. Die breit hängenden Fichtenäste streiften die Koffer und den Stiegelstecken und den Buckelsack auf dem Dache. Auf der linken Seite floß die Enns, von der Abendröte ganz gölden angehaucht.

Unter den vier duftenden Linden verfielen die Pferde in sachten Schritt, indem der Weg zum Schloß bergan steigt. Am Hofbrunn stunden Kühe und Kälber. Und das Gesind kam, durch den Klang des Posthorns gelockt, langsam und neugierig herbei.

Der Weidmann hatte, kaum daß die Pferde stillhielten, selbst den Schlag aufgemacht und sprang aus dem Wagen. Und hinter ihm tappten, sich reckend, die Buben. Er tauschte mit jedem einen festen, freundlichen Händedruck und reichte zuletzt dem Lukas ein Hirschgränlein von seiner Uhrkette.

Damit die Stralzensöhne seiner und der unterhaltlichen Fahrt gedächten, sagte er, und falls sie seinen Namen nicht wüßten . . . er sei der Prinz Johann.

Der Jüngste wurde wachsweiß.

Der Mittlere lachte verschmitzt.

Matthäus aber stand großmächtig und breit vor dem Erzherzog, rückte den Hut, darunter der helle Schwitz perlte, und sagte mit einer von Schweigsamkeit schier vertrockneten Stimme:

»Ah ja . . . Ich und der Markus haben Euch ehwohl kennt.«

DIE LEHRE VOM HIMMELBETT

Der Herr Vater ließ seine Buben ein paar Tage lang in Haus und Hof flanieren, und die Frau Mutter stellte am ersten Abend der Heimkehr einen Milchreis, dick mit Zimmet bestreut, auf den Tisch. Am zweiten Abend sind im Rindschmalz die gebackenen Strauben geschwommen. Zum dritten Nachtmahl aber trug sie auf einem großen Holzteller einen Stoß weizene Krapfen herbei, die in der Mitte wie ein gelbes

Seidentüchel dünn und knisternd waren und rundum einen kupferbraunen, weichen, flaumichten Wulst hatten.
Und nachdem jeder seine Leibspeise gegessen, seine etwas bläßliche und klösterliche Stubenfarb verbräunt, das Federpennal verwurstelt sowie die allerletzte unbestimmte Spur der Gelehrsamkeit hinter sich gebracht hatte, blickte der Herr Vater sie mit dem linken Auge ernsthaft an und kürzte die Vakanz, weil, so betonte er ausdrücklich, bei ihnen weder Geist noch Körper strapaziert wäre. Er sagte ferner, sich im Sessel aufrichtend und die Arme beidseiten an der Lehne ruhen lassend, er sagte in ganz gemessenem hartem Ton:
»Buam! Mit dem Lukas will ich's im Herbst noch einmal probieren. Für zween Bürschel aber von fufzehn und siebzehn Jahren ist es schier gar Zeit, daß sie in die Lehr kömmen. Ich verübel euch nit, daß ihr für eine studierte Profession keine Vorlieb und keine Neigung nit habts. Und solches tat auch niemalen not, maßen ja die Heimat, Wald, Acker, Wiesen und Viehwirtschaft, nit zu vergessen der Bräuerstand, meine Kinder wird ernähren. Doch es hätt mich baß erfreut, wann wenigstens einer bei der bäuerlichen Arbeit oder beim bürgerlichen Geschäft kunnt eine bessere Schulbildung aufweisen.«
Die Söhne ließen die Köpfe hängen und entgegneten keine Silbe ... Wie drei hülzerne Orgelpfeifen, denen die Luft ausging.
»Itzt seid ihr noch zu dumm«, sagte Vater Stralz. »Ihr wißt's nit, wie mühselig es ist, wann man seine Erfahrung und Kenntnis muß zusammenklauben an allem Ort und End, und wie genierlich es ist, daß ein hoher Vierziger söllt zum Schulmeister gehn um Auskunft.«
Sodann machte der Matthäus einen Seufzer und der Stralz auch einen. Und nicht mit Unrecht; er hatte mangels jeder Unterweisung sowie mangels jugendlichen Lerntriebes erst im reifen Mannesalter sich einiges Wissen Stück für Stück angeeignet. Als Selbstbildner verfiel er keineswegs in Hochmut und Eigenbrötelei; im Gegenteil überschätzte er die Errungenschaften des Geistes an Umfang und Bedeutung; seine Verehrung war grenzenlos, indem er alles wie einen Glaubenssatz eindeutig auffaßte. In seinem Vertrauen zu gediegener Schulbildung kam er nicht zur Einsicht, daß sie auch nur ein Mittel

sei, etwa eine Linse, womit man das Licht der Schöpfung in wohlanständiger Art sammelt und untersucht. Er wußte nicht, daß für jeden, auch den klügsten Scholaren, einmal der Tag kommt, wo er mit seiner Arbeit muß von neuem beginnen, weil er nicht mehr das feine Brennglas, Zeichnung, Feder und Zirkel, sondern die ewig sich entwickelnden Faktoren der Welt selbst vor Augen hat. Er wußte schließlich auch nicht, daß mancher der kultivierten Instrumente zu seinem Leben entraten kann, weil er's unmittelbar und mit derben, gesunden Händen packt und ohne viel Federlesens zurechtrichtet. In solchen Fällen wird kein Seidendamast daraus, sondern ein grobes Leintuch; wird kein gotisches Gewölbe daraus, sondern ein Dibbelboden, nicht selten auch eine fest gezimmerte, bunt bemalte Wiege ...

Als nun desermaßen eine Stockung der Rede eingetreten war und der Herr Vater einem bestimmten und die Buben irgendwelchen sehr unbestimmten Gedanken nachhingen, schaute die Frau Mutter bei der Tür herein, sich sorgend, warum die Sache so langsam und unheimlich still abgehaspelt werde. Da sagte der Stralz:

»Stanzi! Schick um den Bräuknecht.«

Die beiden Fenster des Tafelzimmers stunden offen, denn die Sonne hatte ihre Strahlen, ausspreizend vom Bäckenhanseldach, schon längst zu Veitkramers großer Feuermauer hinübergespannt und neigte sich nun ein wenig über die Walchen, um das finstere Gesicht des Herrn Raimund Winkler zu streicheln, welcher hinter dem jungen Birnbaum saß und seinen fünf bloßfüßigen Kindern — das älteste nicht mitgerechnet — eindringlich ins Ohr schärfte, sie möchten in der Wolfsgrube fleißig Schwarzbeer brocken, derselben nicht zuviel naschen oder gar verstreuen und ja in Gottes Namen auf keinen giftigen Wurm steigen. Die Sonne streichelte den Birnbaum sowie die fünf Kinder, und weil sie von ihrem erhobenen Standpunkt gerade auch das sechste sah, wie es nämlich zwischen dem Stralzenhaus und der Grafentaverne über die Straße hüpfte, liebkoste sie auch dieses. Im Vorhaus der Grafentaverne waren an hundert leere Bierfäßchen aufgeschichtet, und die Regina nahm darüber ihren Weg oder Umweg, steckte ihre Finger in ein Spundloch, trampelte tüchtig über die hohlen Dauben; und indes die Mutter Stralzen dachte, das Kind möchte mitsamt dem Blasel schon längst herüben sein, hatte das Kind den Blasel noch gar nicht gefunden. Es suchte überall; hielt Umfrag in der Malzdarre, in der Bräustube, stieg endlich die buckeligen Staffeln in den Oberstock hinauf und stellte sich horchend zu seiner Kammer hin; die war gleich, wenn man von der Stiege in den Söller schreitend das Butzenfenster im Rücken ließ, hinter der ersten Türe rechts.

Die Regina hörte was und klinkte auf. Da hockte der Blasel wohlbeleibt und gemütlich bei der Jause, hatte ein Maß Bier und eine Speckwurst auf dem Tischbrett und ließ sich gut geschehen. Er beeilte sich nicht, als die kleine Dirn ihm die Botschaft der Frau Mutter ausrichtete. Erstens verließ er sich auf ihre Gutheit, und zweitens war er unleugbar ein naher Anverwandter seines Brotherrn, nämlich dessen älterer Bruder, freilich auf nicht ganz löbliche und einwandfreie Art.

Noch bevor der selige Johann Stralz seine nunmehr auch in Gott ruhende Gattin Maria Stralzin Anno 1756 zum christlichen Ehebündnis heimgeführt, schlief der Blasius schon in einem Waschtrog neben der Sennerin, und die junge Hausfrau nahm weiter keinen Anstoß, behielt die Dirn und ihr Kindel, ließ es, da die eigenen sieben Söhne und zwei Töchter unter Gottes Gnad aufwuchsen, am gleichen Tisch mit ihnen essen, machte ihnen die gleiche Pfaid, nur ein bißchen gröber gesponnen, nur ein bißchen schlechter gebleicht. Und als die Zeit dahinwebte und die Buben in Lehr und Walz mußten und das eine Mägdelein, eben jungfräulich erblüht, dem Postmeister Vasold anvermählt wurde, während das andere, noch zart und kindlich, einer tückischen Seuch erlag, ist der Blasel verläßlich auf seinem Platz geblieben; und als die Geschwister, mit je 2000 Gulden Konventionsmünze bar hinausgezahlt, sich weit herum in der Steiermark, nämlich zu Aussee, zu Obdach, Rottenmann, Admont und Eisenerz ansiedelten, durch Einheirat oder auch, indem sie ein Geschäft gründeten, als der Jüngste nach Amerika ging ... Und Vater Johann und Mutter Maria müde wurden und sich an der Südwand der Kirche niederlegten, wo es im März schon grün und trocken ist ... als die Zeit dahinschwebte ... blieb dem Andreas Stralz nur sein Halbbruder, der Blasius Stocker, auf dem weitschichtigen Besitztum übrig.

Es hat sich der Bräumeister, wie wir wissen, alsbald mit der Constantia Sorger verehelicht; der Bräuknecht aber verschmähte die Frauenzimmer, schon darum, weil ihn einmal eine — glaube die Veitkramerin — gefoppt hatte, und schon darum, weil er wirklich nicht gewußt hätte, ob ihn ansonsten ein Mensch begehrte. Und zum Biddeln war er zu kommod.
Je älter er wurde, um so mehr segnete er dieses einspännige Leben, und insonderheit zu Neujahr, wann er dem Bruder in einem hänfenen Säcklein das ganze Geld hinübertrug und vor Gott und den himmlischen Heerscharen hätte beeiden können, daß kein Kreuzer gestohlen, kein Kübel Malz verfault sei — dann überlief ihn ein Gefühl der Sorglosigkeit, das ihn nach und nach einschläferte, und sein letzter Gedanke vor dem ersten Schnarcher war ein Vergleich zwischen sich selbst und seinem Halbbruder Andreas, und solcher Vergleich fiel jedesmal zu eigenen Gunsten aus.
Er ließ sich wohl geschehen; doch er besaß ja sonst wirklich nichts auf der Welt. Auch Regina fand seinen guten Appetit verzeihlich. Sie betrachtete voll Geduld die bunten Glasmalereien, welche er einem böhmischen Hausierer abgehandelt hatte. Sie hingen beide über der zerknüllten Bettstatt. Ein Bild stellte die heilige Genoveva dar, in zinnoberrotem Kleide und blauem Mantel. Ihr nackend Söhnlein, so auf einer Hirschkuh geritten kam, erhob die Hände bittend zum grausamen Ritter Golo. Das zweite Bild zeigte Elisabeth von Thüringen unter einer Strahlengloriole, den Kopf geneigt und im geschürzten Überkleide zwölf Rosen, jede einzeln mit Krone, Blatt und Stengelein gemalt.
Ferner waren auch noch der Kasten sowie eine roh gezimmerte Wandertruhe, ein Kupferkrügel, das schon manchen Bug hatte, und eine schmiedeeiserne Laterne sein eigen. Lauter Erbstücke seiner seligen Mutter, der Maria Stockerin, die Anno 1762 mitsamt der Almhütten unter einen Erdrutsch gekommen war.

Sonst gab es wenig zu bestaunen. Regina näherte sich auf ihrem Rundgang schon wieder der Tür, die vom Alter gebeizt und wurmstichig war; sie probierte das Schloß und stellte sich auf die Zehen, weil ziemlich hoch im Türstock das Blechrelief eines Papstes mit vier Schuhnägeln angeschlagen war. In diesem Augenblick trampelte jemand die Stiege herauf, gegen die

Kammer. Das Dirndel schoß jählings zurück, und Blasel schoppte schmatzend das Wurstende mitsamt der Hanfschnur in den Mund, als Lukas auf ihn losfuhr und schrie, daß der Herr Vater schon mißlaunig sei.

»Ah ja!« entgegnete Blasel kauend, setzte sich aber alsogleich in Gang, und als sie zu dritt beim Tor des Bräuhauses herfürkamen und die paar Katzensprüng zum Stralzen hinter sich brachten, erblickten sie bei dem einen Fenster des Tafelzimmers den Herrn Vater, bei dem andern Matthäus. Nur Markus hatte sich bockbeinig nicht von seinem Platz gerührt, wo er sich vor einer guten Viertelstunde aufgestellt hatte.

Es waren inzwischen einige gewichtige Worte gefallen. Der Herr Vater hatte, auf und ab schreitend und hiebei das Zimmer betrachtend, zu seinen Kindern gesagt:

»Wir wissen noch nit, welcher dermaleins Stralz wird. Nach menschlicher Voraussicht ist wohl anzunehmen, der Matthäus. Aber auch für euch wird gesorgt werden. Merket, nit jeder hat das Glück, daß er in einer reputierlichen Familie auf die Welt kömmt. Ihr sollts das einschätzen.«

Die Buben stunden unbeweglich da, und der Herr Vater betrachtete die Stube. Er liebte sie, weil sie nicht von beschwerlichem Reichtum, sondern von Wohlstand zeugte. Sie hatte hundertjährige steife Sessel und einen ovalen Tisch aus fein poliertem Holz. Über dem Damastsofa hing ein Spiegel, goldgerahmt und von allerklarstem Schliff. Stehkasten und Kommode stammten augenscheinlich aus Maria Theresiens Zeit; sie waren breit und massiv und mit eingelegten Furnieren mattflammig geziert. Auch der Gläserkasten stand darin, welcher die gediegenen Hochzeitsgeschenke der Familie, allerlei künstlichen Blumenschmuck und die Bibel enthielt. Zwischen den Fenstern nach dem Obstgarten zu hingen nebeneinander die drei Lehrbriefe des Herrn Andreas Stralzen. Und auf der Kommode tickte die Bronzeuhr mit dem Schäferknaben.

Vater Stralz liebte diese Stube, weil sie groß und räumlich war, weil der grüne, in ein knopfiges Türmchen auslaufende Kachelofen im Winter gut heizte und weil man, ohne die Einrichtung viel zu rücken, gut noch drei lange Tische aufstellen konnte, wenn bei festlichem Anlaß die Vettern, Muhmen, Basen und die ganze Freundschaft zu einer Tafel hergeladen ward. So groß und räumlich war das Zimmer.

Er liebte es mehr noch aus einem andern Grunde. Wo die Mauer gegenüber der Straßenseite sich zu einem flachen Gewölb vertiefte, stand, von weichen, faltigen Gardinen umsäumt, eine Bettstatt mit vier schlank gedrechselten Säulen, so einen Himmel trugen. Das Bild über dem Kopfende zeigte die Mutter Maria, wie sie nach der Empfängnis über das Gebirge zu Elisabeth wandert. Unterhalb stellten noch frischere Farben ein Knäblein dar, in Windeln gehüllt, lächelnd und unschuldig. Und einen seltsamen Spruch gab es dortselbst zu lesen:

»Hier lig ich als Kint,
Bis ich Aufsteh und Straff die Sündt.«

Der Herr Vater liebte dieses Bett. Er schob den Fürhang zurück und zeigte es den Söhnen:
»Euer Großvater«, sagte er, »euer Muhm, die Schlosserin, die Vasoldin zu Stainach, euer Urgroßvater, dahinter die Stammältern, Glied um Glied, ich selber, meine Brüder und Schwestern sind darin geboren!
Nur der Blasel nit, drum ist kein richtiger Stralz aus ihm worden.
Bedenkt es und schätzt es ein.«
Weil aber der Herr Vater seine ganze Gedankenreihe ihnen vorenthalten und nur den Schluß hinsagte, daß es ohne Zusammenhang ausschaute wie ein Stern am lichten Tag, und weil seinen Buben die Geschichte dieses Bettes längst nicht mehr neu war, blieb sie naturgemäß ohne Wirkung. Der Stralz hatte es bemerkt, hatte den Kopf geschüttelt und, nachdem er einige Male durchs Fenster gesehn, den Lukas in die Taverne geschickt.
Nun waren sie herbeigekommen. Auch die Regina. Sie fühlte sich wie eine Schwester verpflichtet, den Stralzensöhnen in guten und bösen Stunden beizustehn, insbesonders bei denjenigen Ereignissen, welche bedrohlich und entscheidend über ihre drei strohblonden Schädel dahinschwebten. Eng an den Kachelofen gedrückt, der auf den vier Messingfüßchen solid und behäbig wuchtete, lehnte das Dirndel da, spreizte die Augen, und das Herz tickte hell und schnell mit einem leisen Unterton, so wie die Schäferuhr im Glasgehäuse, welche sie aufziehen durfte, wann die Frau Mutter es vergessen hatte . . .

Die beiden Männer setzten sich. Jetzt erst wurde durch Gegenüberstellung mit dem Halbbruder erkennbar, wie sorgsam gekleidet, wie wohlgepflegt der Stralz war. Selbst Blasel, dem kein Neid und kein Feingefühl wehtat, erkannte den Unterschied. Er setzte sich nur zögernd auf den Lederpolster und nahm von diesem nur die Hälfte in Anspruch, wie es sich für ihn auch schickte.

»Blasel«, sagte der Herr Vater, »morgen nimmst den Markus in die Lehr. Er muß dir in allem folgsam sein; er muß grob arbeiten wie jeder Knecht! Verstanden?«

Blasius Stocker nickte. Der Sohn aber bekam einen starren, aufgebrachten Blick. Ganz trostlos war ihm zumute wie bei einem Abschied. Wenn das Studium und die gepflegte Sprache in der Benediktiner-Abtei irgendwelchen Rest hinterlassen hätte, so möchte er vielleicht große schwingende Jünglingsworte von sich geschwätzt haben, daß Fuhrwerk, Vieh und die freie Weide sein liebstes wären, daß er möcht pflügen und dreschen mit strenger Faust, die lebfrischen Öchslein aufzügeln und die feist gemästeten Schweine stechen und vierteln in stattlicher Zahl. Denn wie in der Natur allerorts Leben und Tod, Mitgefühl und Brutalität einander die Waage halten, so geschah es auch in dem sehr natürlichen Vorstellungskreis dieses halbwüchsigen Buben. Nur daß ihn gerade im Zustand hilfloser Abwehr und Not das krasseste Bild am meisten anzog. Es war wirklich wie ein Abschied. Vergeblich tappte er nach einem Wort, das ihn erlösen sollte. Sein Gesicht wurde rot bis ins Stirnhaar. Seine Augen wurden dunkel vor Trotz. Er sagte, einen Schritt vortretend, ganz heiser:

»Herr Vater, ich kunnt aber schon ein Öchsel schlagen!« Mit diesem Schritt fing sein eigenstes Leben an. Bisher war er ein Kind gewesen mit unbewußtem und triebhaftem Eigensinn. Der Stralz horchte auf. Er verstand vollkommen, daß diesem harmlosen Knabenhirn, noch weit entfernt von Habgier, nur um den Beruf zu tun war. Er selbst jedoch dachte an das Erbe. Und weil er stets gerecht und im Sinn seiner Zeit handelte, so konnte er nichts anderes denn sagen: »Es kömmt dem Matthäus zu, weil er der Ältere ist.«

Matthäus schaute von der blauen Luft zurück ins Zimmer und hatte keinen Dunst davon, was für ihn Großes und Bedeutendes getan werde. Nein, er hörte es wie eine pure Selbstverständlichkeit, daß er vom nächsten Tage an müsse in der Fleischbank sein, und war auch vollkommen zufrieden darüber.

Hierauf gab der Stralz seinen Söhnen einen Wink, und sie konnten gehn. Regina riß hastig die Tür auf und war zuerst draußen. Und indem die peinliche Unterredung sehr ruhig und, wie ihr schien, auch bestens verlaufen war, stach sie der Hafer, und sie spöttelte über den Matthäus, daß er kein Studierter mehr sei, sondern ein geschmierter Lehrbub.

Der große Kerl reckte sich noch größer aus, warf die Lippen grausig und schaute auf das bläßliche Schulmeisterdirndel herab wie weiland der Ritter Golo auf den Schmerzensreich.

»Meine Studiertheit«, sagte er, »macht mir keiner nach im Dörfel. Und das Lateinische schon gar nit.«

»Ui jegerl!« meinte das Kind, aber doch weniger herausfordernd.

»Kann's dein Vater?« erkundigte sich Matthäus.

»Freilich, in der Kirchen.«

»Versteht er auch alles?«

»Das weiß ich nit!« wispelte sie bescheiden.

»O je!« trumpfte Lukas, und der Respekt vor sich und den Brüdern nahm merklich zu. Markus, der noch vor wenig Augenblicken wie ein Küchlein tief erschrocken aus der Eischale der Kindheit gespäht hatte, war nun wieder wohlig geduckt und bestrebte sich zu krähen wie ein Hahn.

»Du«, sagte er zum Großen, »du redst ihr Lateinisch für, und ich werd's austeutschen.«

»Also«, hub Matthäus an. Hernach aber entstand eine beträchtliche Pause. Es war leidig, daß ihm gar nichts einfiel. Dem Dirndel zuckte schon der Mund, als ob es lachen wolle. Da sprach der findige Lukas väterlich und nachsichtig:

»Gelt, du weißt nit einmal, was dein Taufnam bedeut'!«

»Was wird er denn bedeuten?« sagte sie, die Achseln schupfend.

»Was Schönes«, verriet Markus, mehr nicht.

»Gar was Hohes«, fügte der Älteste hinzu.

Das Mädel wurde neugierig. Sie dachte eine Weile und meinte dann:

»Ein Pappelbaum?«

Die Buben lachten sie schreckbar aus. Regina drehte ihnen

beleidigt den Rücken und wollte gehn. Aber Markus packte sie beim Kittelzipf und schrie:
»Du mußt auf ein Frauenzimmer raten.«
Halb abgewandt und zögernd frug sie:
»Eine Moarin?«
»Weit mehr.«
»Eine Prinzessin?«
»Noch mehr.«
Das wagte das Mädchen gar nicht auszusprechen. Doch sie hatte das Wort auf der Zunge. Und Lukas, dem es schon zu lang herging, Lukas plapperte:
»Ja . . . eine Künigin.«
Regina war bis mitten ins Herz hinein glücklich erstaunt.
»Hau«, sagte sie unter einem ehrfürchtigen Seufzer.
Dem Matthäus aber kam nun doch die dringlich ersehnte Eingebung, und er fing leiernd das Salve Regina an. Allein schon beim Mater misericordiae betete die kleine Dirn wacker mit, denn ihr Vater war nicht umsonst auch Mesner. Markus, der sie schon um Kopfesläng überragte, trotzdessen er nur um weniges älter war, Markus blickte ganz von oben herab auf ihre braunen Zöpf, die fett geölt und glatt und glänzend das Hirnkästchen zusammenhielten, und sprach:
»Bist nit so dumm!«
»Gelt ja«, antwortete Regina zwischen dem Aufsagen des Gebetes. Und Lukas zupfte sie und sumste, die Silben verheißungsvoll hinausziehend, bis er keinen Atem hatte:
»Du . . . wir lernen dir Lateinisch, nachher magst dich auch wohl prahlen.«
»*Ich* lern dir!« herrschte Matthäus.
Das Schulmeisterdirndel war sofort einverstanden. Sie erkieste nun den Sonntag zum Tag ihrer geistigen Schulung und versprach, sich nach der Litanei mit einem Strickzeug in den Dreizipf zu setzen, allwo wegen der vielen Obstbäume frische Luft und Schatten wär. Der Matthäus möge mit seinem Büchel nur nachkommen, aber ja niemand nichts verraten, denn sie wölle ihren Herrn Vater alsdann mit der ganzen Studiertheit überraschen. Die großen Brüder hielten solches für richtig und boten nun dem kleinen Lukas unter den heftigsten Drohungen auf, dieses Geheimnis ja nicht auszuschwatzen. Sie wisperten eben noch eifrig, als plötzlich bei der letzten Stiegenstufe die

Frau Mutter auftauchte und rief, ob die Rögerl vielleicht eine Prinzessin wär, weil sie sich vor der Arbeit gar so fürchte.
Dem guten Mädchen gab es einen ordentlichen Riß. Sie erinnerte sich keineswegs daran, daß sie noch mehr ... nämlich eine Königin sei, und trampelte infolgedessen ziemlich ungehobelt in den Unterstock hinab. So konnte Matthäus sein lateinisches Gebet nicht zu Ende sagen; geschweige, daß der Markus zum Austeutschen kam.
Der kleine Lukas schritt langsam hinter den Brüdern. Er beteuerte ehrenwörtlich sein heiliges Stillschweigen und hielt solches auch pflichtschuldig. Seine Frau Mutter brauchte nur vom Sonntag zu reden, so wich er ihr in großem Bogen aus. Manchmal wieder überfiel ihn eine böse Lust und Versuchung, die ganze Geschichte brühwarm zu erzählen, und er stellte sich mit Genauigkeit vor, wie alsdann sein Bruder Matthäus ihn durchhauen und sein Bruder Markus ihn beuteln und wie Rögerl einen Buschen Brennesseln zwischen Decke und Leintuch stecken werde. Diese mühsam gehaltene Heimlichkeit glich schließlich einem gefangenen Ratzen, der, an seiner eignen Falle schleppend, immerfort toller und furchtbarer wird.
Er fühlte sie aber auch schmerzlich wie eine Gewalt, und er versäumte nicht, diese Macht zu mißbrauchen, indem er bei der Rögerl Zuckerstücke und Heiligenbilder erpreßte und oftmals die Drohung aussprach:
»Du! Heut sag ich's.«
Es wurde endlich Sonntag. Und es goß in klatschenden Strömen. Obwohl die Stralzendirn mit diesem Naturereignis nicht gerechnet hatte, blieb sie ihrem Vorsatz treu, und schon beim Mittagessen schaute sie den Matthäus bedeutungsvoll an. Die zwei Stunden bis zum nachmittäglichen Kirchgang strichen nicht schneller, soviel das Mädchen die Sanduhr in der Wirtsstube schüttelte und soviel sie den Markus auch mahnte, daß es Zeit zum Vesperläuten sei. Aber die Stunden verstrichen doch. Und sie sang klopfenden Herzens die lauretanische Litanei herab, und bei jeder Anrufung dachte sie:
»Wann mein Vater grad wüsset, was ich im Sinn hab ...«
Sie sang hellklingend und schwelend, allein so unsicher, daß der Schulmeister höchlich erstaunte. Beim Segen vergaß sie das Kreuz zu machen, und zuletzt, als Raimund Winkler das

Notenblatt auf die Seite legte, lief sie flugs davon, ohne seine Hand zu küssen, was sich von Rechts wegen geziemt hätte.

Unter einem ungeheuerlichen, brennroten Regendach spazierte sie zum Dreizipf und setzte sich an einen Ort, der von überhängendem Wacholder geschützt war. Die Sonnberger Bauern munkelten, als sie eben heimzu gingen.

»Ach Gott...«, sagten sie. »Der Schulmeister ist trübsinnig und wunderlich. Hiazt fangt sein Töchterl auch schon an.«

Aber das rare Gehaben der Regina wurzelte nicht in Weltverachtung noch in allzu heftigem Wissensdurst. O nein! Sie freute sich nur unbändig über das Geheimnis und über die sichere Tatsach, daß sie binnen kurzer Weil ebenso gescheit sein werde wie der Matthäus, der prahlerische Lackel.

Sie wartete also ganz bitterlich wohl eine Stunde und noch mehr. Er kam nicht. Immer noch wartete sie, bedenkend, daß der Regen könne schuld sein; oder daß der Herr Vater ihn hab ins Gäu geschickt; oder daß die Frau Mutter keinen Verlaub gegeben.

Jedoch solches traf nicht zu. Der Matthäus hatte einfach darauf vergessen. Maßen er nämlich als Lehrbub in kein Wirtshaus durfte, war er in die Grafentaverne gegangen und saß nun im Stübchen des Blasius Stocker bei einer dottergelben Biersuppe. Er redete nicht viel. Das Regengetraschel und das geile Getränk sowie das einförmige Gerede des Bräuknechts machten ihn ganz matt. Er warf sich auf die Liegestatt und schlief schon.

Daheim aber suchte die Frau Mutter das rote Parapluie. Zuerst eigentlich suchte sie den Brotlaib. Und Lukas, welcher gar niemalen eine Gelegenheit ausließ, ihr beflissen in die Speiskammer nachzuhüpfen, Lukas sagte neunmal in einem Atem: »Teufel, halt die Pratzen weg, sonst kömmt der Engel und haut dich weg!«

Weil aber dies nicht half, meinte er gescheit, es werde ihn wohl die Rögerl wieder eingesperrt haben.

»So frag sie«, befahl die Stralzin.

»In einem solchen Sauwetter muß ich zum Dreizipf laufen?«

»Ja, wie denn?«

»Lernen tut sie halt mit dem Matthäus«, entfuhr es dem Buben.

Wie nun die Frau Mutter kein Wort darauf sagte, erschrak er baß und stellte sich alsogleich grauenhaft deutlich die

brüderlichen Fäuste und den Brennesselbuschen der Rögerl für. Die Stralzin war über den neuentdeckten Bildungstrieb wenig erfreut. Wenn sie eine eigene Tochter gehabt, so hätte sie nicht einmal dieser gestattet, am lieben Sonntag zu tändeln, wohlgemerkt in einem Alter, wo man ein Jüngferl schon anhalten muß, daß es die Leibwäsch selber flickt und daß es anfängt, zwei Dutzend schneeweiße Modelstrümpfe für das Heiratsgut zu stricken. Und nun gar ein armes Ziehkind! Es war aus der Weise, zumal durch diese nichtsnutzige Lernerei auch eine frühe Liebschaft sich entspinnen konnte.
Sie wurde immer zorniger, sprach heimlich zu sich selbst und suchte ausgerechnet ihr rotes Regendach. Und je länger sie's nicht fand, um so verdächtiger kam ihr die Geschichte für. Sie warf urblitzlich ihren Schurz von sich, ließ alles liegen und stehn und ging im ärgsten Guß ohne Kopftuch und Schirm fort... Das enge Gäßchen zwischen Berghammüller und Engelharscht hinauf bis gegen das Loherhaus. Sie hatte die Augen fast zu, weil der Wind scharfe Tropfen daherpeitschte, und so bemerkte sie lange nicht, daß die Rögerl ihr entgegenstapfte.
Das Kind war sehr bedrückt; es hatte einen grünen Strumpf in der Hand, welcher schon abfärbte, und es trug das Parapluie so dicht überm Kopf, daß die eisernen Spreizchen an der Schläfe ordentlich weh taten. Ihr Kittel hatte einen breiten und nassen Saum, zum Erbarmen. Die Regina wußte im Augenblick nicht, sollte sie bleiben oder davonlaufen; bis ihr einfiel, daß sie den Schirm ohne jeden Verlaub mitgenommen und daß sie schuld sei, wenn die Mutter Stralzin sich verkühle. Da nahm sich das Kind einen Anrand und reichte ihn zaghaft hin.
Die Stralzin machte blinzelnd die Augen auf und sagte:
»Da gehst her!«
Alsdann drehte sie sich in ihrer ganzen Stattlichkeit um. Die Rögerl wurde noch trauriger, duckte sich tiefer und ging mit dem zunderroten Regenschirm gar weh- und demütig hinterdrein. Schon beim Egger Roßstall brach die Frau Mutter das grausige Schweigen.
»Das sind schöne Stückeln, Fratz du!« sagte sie über die Achsel.
Die kleine Ziehtochter blieb mäuschenstill, beharrlich tropfte

der Regen von der Sonntagsschürze; vielleicht daß auch ein Tränlein nieder auf die Gasse rann . . .

Beim Engelharscht stellte sich die Stralzin unter den vorspringenden Gang, schaute die Dirn von oben bis unten an und beutelte ihr die Kleider aus, daß es nur so spritzte.

»Schad ums Gewand«, murrte sie endlich. Das Kind wollte ihr den Schirm wieder hinreichen und bat:

»Aber Frau Muatter!«

Doch Constantia Stralzin verspürte an sich die Nässe und das Unwetter nicht, und nur aus einer ganz unbewußten Gewohnheit raffte sie die weiten Röcke und trat von Stein zu Stein und räsonierte, bis sie nach Hause kamen.

»In der Kuchel«, sagte sie alsdann zur Stalldirn, zur Kellnerin und zum Fleischburschen, die einträchtig auf der Ofenbank saßen und plauderten, »in der Kuchel«, sagte sie, »kann ich hiazt niemand nit brauchen; fahrts ab!«

Das Mannsbild machte einen Brummler, und die Kellnerin stieß einen Kübel um.

»Ah so!« schimpfte die Frau Mutter, den Schurz bindend, »ah, da schau her! Därf eins im eigenen Haus nimmer anschaffen.« Und sie stellte sich vor die Dienstboten hin, donnerte sie zusammen.

»Hiazt wird's mir zu dumm«, meinte der Fleischknecht. »Am kleinen Frauntag geh ich, daß Ihr's wißt, Stralzin.«

Und die Dirn und die Kellnerin kündigten ihr auch.

»Gehts nur!« rief ihnen die Frau Mutter nach, »ist mir recht.«

Und wie nun die Dienstleut aus der Küche verschwunden waren, zog sich das Gewitter gegen die Ecke hin, wo die Rögerl armselig und erschrocken herstund. Die Frau Mutter schlug ihr nochmals den Kittel aus und lamentierte:

»Da hört sich alles auf. Schamst dich nit? Bist ein Schulmeistertöchterl und ziehst umeinander wie ein Zigeunermensch. Auf den Sunntag fangst mir einen Glockenzug an mit Kreuzelstich und Perlnähterei. Merk dir's!«

Das Kind nickte steif und traurig und sinnierte, ob es wegen dem Regenparapluie oder wegen der Studi wär. Es sagte leise:

»I hab ja nit denkt, daß es gefehlt ist.«

»So?« sagte die Stralzin, durch die bittere Kümmernis solcher Worte ein wenig besänftigt, »aber hiazt weißt es, Rögerl. Tu

mir nie Unrechtes nit, sonst müßt ich dich wegjagen ... Du breder Nigel, du!«
Die Rögerl erschrak noch ärger. Sie dachte nicht so sehr darüber nach, was für ein Unrecht gemeint sei. Und wenn der liebe Gott, der Herr Pfarrer und die Mutter Stralzin auch hie und da eine Unterweisung zur Tugend gegeben, so hatte sie diese mit ihrem frühreifen Köpfchen wohl begriffen, doch ihr unschuldiges Herz war noch allzu jung und streifte mit sieben Schleiern daran vorüber. Sie dachte also nicht an die Sünde, sondern an die Straf, durch welche alle Herrlichkeit, nenne Kipfelkoch, Butterkrapfen, Bratel, eingesottene Zwetschken, ihr Bett mit der federweichen Hülle, die Spieluhr zum Aufziehen und alle Herrlichkeit konnte verlorengehen. Ihr wurde siedig heiß und eiskalt, und sie begann herzhaft zu weinen. Da verschluckte die Frau Mutter aufseufzend den weiteren Teil der gut überlegten Predigt, drehte sich gegen den Herd, schürte tüchtig das Restchen Glut auf der Feuerstell und rückte die Milchsuppe herzu, welche seit einer langen Weil unter dicken Hautschrümpfen abgekühlt war. Schließlich fiel ihr wiederum der Brotlaib ein, und sie frug, noch immer grollend, wo die Rögerl ihn hingetan habe. Allein wie die Stralzin aufhorchte, wurde sie einer recht merkwürdigen Stille gewahr, und indes sie sich nach dem Winkel umwandte, konnte sie dortselbst keine Regina mehr erblicken. Solches stimmte sie nachdenklich. Sie setzte sich breit zur hülzernen Herdbank, goß die Suppe in ein tönernes Schüsselchen, und während sie mit dem geschnitzten Beinlöffel vorsichtig umrührte, und während sie blies und kostete, wuchs ein schweres inniges Unbehagen von irgendwo in ihr Gemüt hinein.

»Ach, eine Suppen ohne Brocken ...
Und ein Dirnlein ohne Docken ...«

So sprach sie bei sich selbst, und es machte dieser unschuldige Reim auf ihre grade und einfache Hausfrauenseel immerhin Eindruck, wennschon man nicht feststellen kann, ob sie ihn irgendwo zusammengeklaubt oder im besagten Augenblick erdichtet hat. Sicher ist, daß die Mutter Stralzin weder früher noch später einen Hang zur Poesie gezeigt hat, daß aber jedesmal nach hitzigstem Zorn die bessere Einsicht erst zag,

dann laut und lauter pochte, und daß sie im vorliegenden Fall erwog, wie die Rögerl blitzdumm und kindisch genug wäre, um den Matthäus für ein großmächtiges Spielzeug anzuschauen; welchem Unfug man mit Klugheit beikommen müsse. Und daß sie ferners erwog, wie alle Dienstleut heutigestags nichts mehr nutz wären, indem sie keine Lehren und Vorwürf und keinen wohlgemeinten christlichen Zuspruch mehr aushielten. Die Mutter Stralzin bedauerte es und nahm sich heilig für, nimmer so grob zu schimpfen, und wenn es schon nicht das erstemal gewesen, sollte es gewiß das letztemal sein; daß sie, so wahr und ehrlich sie gelobte, auch wieder fehlen werde, bedachte sie nicht. Es gehörte eben zum Sorgerischen Erbteil, daß die Wirtschaft und die Erziehung sie manches Mal aber schon gewaltig aus dem Häusel brachten, daß sie in Abwesenheit ihres Eheherrn die Leut nach Noten herunterkanzelte und diesem oder jenem einen Tiegel nachschmiß. Deswegen ist jedoch niemals ein Dienstbot vom Haus geschieden, und wann einer aufkündigte, so hatte dies sicher seinen gewichtigen Grund.
Langsam verging der Nachmittag. Die Kellnerin, mit ihrem flinken Mundwerk, erzählte es einem jeden, der durchs Vorhaus kam, daß die Frau Mutter den bösen Humor hab, und so getraute sich weder die Veitkramerin noch die Buglmüllerin oder sonst ein Weib zur Stralzin in den Heimgarten. Und das Regengeriesel am Fenster, das verglimmende Erlscheit und die vielen dicken Fliegen blieben ihre einzige Gesellschaft.
Dann ... auf einmal krachte die Küchentür, und darin sich bückend, stapfte der Matthäus daher. Seine Augen waren noch klein und verschlafen; er pfiff eins, und das liebe närrische Glück tanzte wieder einmal darnach, ohne daß er's wußte. Wär er nämlich beim ersten Ansturm gekommen, hätte er — sicher wie das Amen im Gebet — eine Dachtel erfangen. Nun aber blitzte nur noch schwach das letzte Wetterleuchten, und seine Mutter sagte fast sänftlich:
»Zeit ist's, daß du heimkömmst.«
Der Bub gähnte, und die Stralzin meinte noch milder:
»Daß du auch nit gescheiter bist.«
Matthäus wollte sonach den Mund auftun und entgegnen: Was wird die Frau Muatter greinen wegen so einem Tröpferl Bier.

Aber es ist doch ein wundersam Ding, daß die Reden der Bauern sind wie die Wege. Die winden sich auch an Wiesenrand, an Bach und Berghang zu einer Keusche hinauf, zur andern hinunter. Und nur deswegen, weil die Leut so unendlich viel Zeit haben, und weil ihnen jedes Büschel Gras zu kostbar und jede Krume Ackererde zu heilig ist, als daß sie kreuz und quer darüberführen. Ja ... daß die Reden sind wie die Wege ... immer bedächtig an Saum und Baum vorbei. Denn öfter als ein Langsamer was versäumet, hat ein Eilender sich vergaloppiert.

Also der Matthäus wollte schon Antwort geben, als die Stralzin nahe herzutrat und sagte:

»Schau, ich mag's nit leiden, daß du gar so zu der Rögerl haltst.«

Der Bub bekam ein recht dummes, erstauntes Gesicht. Sie hielt solches für Verstellung und wurde bös.

»Du!« sprach sie mit erhobenem Zeigefinger. »Bald ich euch zwei noch mal im Dreizipf oben sehen sollt, nachher wirst was erleben.«

Nun war er ganz paff. Er frug sich ... wann ... wann er im Obstgarten gewest. Und er gähnte, daß die Stralzin bis in den Hals, nein, beinahe bis ins Herz hinabsah. Dann setzte er sein Hütel auf und ging.

Er ging stockstumm in den Hof hinaus, und wie er immerfort verwundert hin und her studierte, trat Markus mit aufgestreiftem Hemdärmel aus dem Stall und sagte:

»Die Glockkuah hat sich blaht.«

Und Lukas schoß eilfertig an ihm vorbei, mit seiner hellen Stimm die Mutter rufend. Sie kam. Und nach und nach folgte ihr das ganze Hausgesind. Und alle standen sie um die arme Bergscheckin, welche sich überfressen hatte und sich mit gequollenem Leib im Miste wälzte und die vier Beine in Krämpfen von sich stieß.

Die paar Rinder, so zu dieser Jahreszeit daheim waren, schoben plärrend die breiten Kiefer, peitschten mit dem Schwanz die Bremsen ab und wetzten an der Kette. Die Säu hinter dem Verschlag grunzten in wahrem Höllspektakel zusammen. Und vom Heuboden schaute mit grünen Glaspupillen die Katz und achtete wohl der Schmerzen.

Oh, die Tiere sind nicht stumpf!

Ging Markus nur einen Schritt hintan, wie kläglich und bang glotzte das Kühel ihm nach. Fühlte sich in seiner Todesangst noch mehr verlassen. Der Bub ließ auch vorab niemand zuhelfen. Wie jedoch sein Kneten und Reiben nichts nutzte, rief er endlich das Viehmensch. Das räumte eben das fette Grünfutter aus den Trögen und murrte:
»So hat mich das Unglück auf keinem Platz nit verfolgt. Aber die Schuld därft man eher den Mannsleuten geben, was jedes Frühjahr so viel Dung verprassen, daß der Klee schon von der Wurzel aus fäulen und gären muß.«
»Es war gescheiter, wann die Scheckin das Maul offen hätt, statt deiner!« sagte Markus. Und den Knechten schaffte er, die Kuh zu halten, daß sie nicht mehr strampfen könne. Er selbst zwängte ihren Schädel zwischen die gespreizten Knie und packte die Hörner mit einem zähen Griff. So brachten ihr Lukas und Rögerl doch die Kiefer voneinander. Und Mutter Stralzin stopfte ein ergiebiges Quantum Rauchtabak und Kohlöl in den Schlund.
Sintemal sich aber der Zustand verschlechterte und das Tier selbst mit Gewalt nicht auf die Füße zu bringen war, schickte Frau Constantia zum Kurschmied; und Markus zählte indieweil schon die Rippen ab, die Stell suchend, wo nach seiner Ansicht mußte angestochen werden.
Plötzlich ... stand eine im Tor, von niemand gerufen, von niemand gewünscht, die verschriene Mutter des Bäckenhansei. Gleich machte die Dirn ein heimliches Kreuz. Die Knechte drehten ihr den Buckel, und Matthäus, der bislang beim schwingenden Tor gelehnt und die Hände in den Hosensack gesteckt hatte, ermunterte sich aus seinem Schlafdusel und sagte grob:
»Brauchen dich nit! Kömmt eh der Zedler.«
Sie überhörte es. Schob sich ungebeten durch Herrenleut und Hausgesind und hielt der Kuh ein Salz für die Nase, das ähnlich wie Balsaminen roch. Und rücklings gehend, lockte sie das kranke Tier damit in den Hof. Alsdann gab sie das Wunderbröckel dem Markus und wispelte:
»Alleweil kreuzweis muaßt sie zarren. Und im Wegmittel laß sie schmecken und lecken beim Kern. Bald er gar ischt, schrumpft ihr das Wampel ein wie eine krowotische Leinwand.«

Und ehe ein Mensch danken konnte, sprach sie selber: »Vergelt's Gott! Und geseng's Gott.«

Auf der Straße aber wandte sie sich noch einmal mißtrauisch zurück. Nahm hiebei wahr, daß Markus ernsthaft ihren Rat befolgte, während Matthäus groß und kommod am Stalltor lehnte und eins pfiff.

»Ja, ja, die Geschwistert«, sagte sie unheimlich lachend. »Eins fallt auf die Ofenbank. Und das ander kriegt eine Himmelbettstatt völlig geschenkt... Über Nacht wird's zum Tauschen. Schmecks Kropfeter!«

Bei diesem Wort dachte Matthäus wie von ungefähr ans Tafelzimmer; an das Geheimnis mit der Rögerl und insbesonders an die lateinische Instruktion, welche er versprochen und nicht gehalten hatte.

Dies war eigentlich keine genügende Antwort auf mancherlei verzwickte Rätsel. Aber es war doch eine Antwort. Und da er weder zu Gründlichkeit noch Grübelei neigte, gab er sich damit zufrieden.

DER VERBOTENE DREIZIPF

Am nächsten Tag, in aller Frühe, hatte die Mutter Stralzin schon wieder ihren nüchternen, klaren, umsichtigen Lebenssinn, und der schöne und ersprießliche Vers vom Dirnlein und der Docke war ihr gänzlich entfallen.

Sie machte daher, kaum daß der Kramer seine eiserne Balkentür aufgesperrt hatte, einen Sprung über die Straße und kaufte anderthalb Ellen Straminband, etliche Strähne Berlinerwolle und eine Schachtel glührote Perlen für die Rosen, blaue für die Vergißmeinnicht, gelbe für die Tulpanen und grasgrüne, moosgrüne, schilffarbene, smaragdgrüne und kastanienbraune Perlen für Blätter aller Art.

Ob selbiger Glockenzug alsdann vor der Fleischbank aufgehängt werde oder vor der Gaststube? frug die Veitkramerin.

Die Frau Mutter hatte in ihrem Eifer an dergleichen noch nicht gedacht und fühlte sich in Verlegenheit. Sie nahm statt irgendwelcher Antwort eine Prise Pfeffer vom Tiegel und roch daran. Ferner kostete sie mit dem benetzten Finger den Zimmetstaub.

Ob die Stickerei wohl ein Geschenk für den Stralzen werde? Er hab ja zu Andre seinen Namenstag.
»Ja, ja«, sagte die Frau Mutter, zu Andre habe er seinen Tag. Die Kramerin stellte Zimmetstaub und Pfeffer unter die Budel hinein und wollte soeben die War in ein Fetzlein Papier tun, als Mutter Stralzin das ganze Zeug mit jähem Handgriff in die Schürze wischte.
Die Rögerl würd es schon in ihrer Truhe säuberlich einräumen, meinte sie.
»Ah ja, die Rögerl«, entgegnete nun die Kramerin, um ein kleines gescheiter. Sie habe sich das wohl gedacht ... Zween Gulden und fünfzig Kreuzer sei die Schuldigkeit ... Stramin, Wolle und die scheckigen Perlen all zusammen. Ja. Und die Dirn würd es schon fein säuberlich ausnähen. Sie habe ja frische Augen im Kopfe, die blitzten wie Stern.
Mutter Stralzin griff in den Kittelsack und warf zwei Gulden und ein paar Sechser hin.
Die Buben im Dorf schielten ohnedem schon heimlich auf die Rögerl, behauptete die Veitin. Und es gäbe leider Gottes auch manches kopfschwache Mannsbild, so es ihnen nachmache.
Der Michel Praßthofer, auf den die Rede gemünzt war, sagte von der Stehleiter herab gedankenvoll, es habe das Kind bei aller guten Pfleg doch eine schmale Statur; vielleicht ein Erbstück von der Schulmeisterin selig. Es brauche einer ja nur über den Bach zu schauen, so erinnere man sich, als sei's eine Wochen her, an das ausgezehrte Frauenzimmer, was ihren sechs Hungervögeln hatte fortsterben müssen.
»Ja, ja«, meinte Mutter Stralzin und hielt schon die Türschnalle in der Hand. Da erblickte sie just hinter des Kramers gebräuntem Schädel ein blitzblaues Halstuch, mit seidenem Faden durchwirkt. Das kam ihr recht. Sie handelte nicht lang und griff abermals in ihren tiefen Kittelsack, und es war, als täte sie mit dem Geld auch ein Bätzlein Sorge aus ihrem guten Herzen, das allzu leicht überging. Die Veitkramerin frug nur noch weniges; nämlich sie frug, ob denn die Stralzin gestern marod gewesen, indem man sie nirgends nit gesehen hab; da fing sie die ganze Geschichte zu erzählen an, erstlich von hinten, alsdann von vorn, in genauen Einzelheiten aufregend und zugleich beschaulich, so daß der Kramer letzten Endes ganz steif in den Leitersprossen lehnte und sein Ehe-

weib die runden Augen voll Wasser hatte, zumal sie den Wert der Tugend in reifen Jahren achten und mit Herbheit schätzen gelernt hatte.

Ja, die Mutter Stralzin stand, plauderte und plauderte, bis Pflicht und Arbeit sie zogen wie bleierne Gewichte an einem Uhrwerk. Sie ging mit großen, stattlichen Schritten über die Straße und, kaum im Hause, breitete sie auf dem Küchentisch die ganze scheckige Pracht gar lieblich her und rief der Rögerl. Nicht lange, so kam das Dirnlein angestapft und staunte sich die Augen aus. Und als die Frau Mutter ihr zuletzt das blaue Seidentüchlein in die Hand gab, oh, wie fing ihr das Herz zu pumpern an!

»Rögerl«, sagte die Stralzin, »ich hab dich fortgenummen von deiner Frau Mutter ihrer Totenbahr. Und darum muß ich schaun auf dich und Obacht geben. Ansonst möcht mir keine Freud vergunnt sein an meinen Kindern.«

Das Mädchen wußte nichts Rechtes darauf zu sagen, sie nickte nur und empfand einesteils einen armselig bittern Schmerz, dessen tiefste Ursache, steinkalten Schatten gleich, an ihrem Gedächtnis vorbeiwischte. Anderseits wurde sie durch die bescheidene Wichtigkeit, die man ihrer Person beimaß, zu Dankgefühlen entflammt. Und als die Stralzin sie nun zu braver Aufführung ermahnte, bußte Regina so inbrünstig den schweren goldenen Ehering, als täte sie ein Gelübde.

Noch am selben Tage brachte die gute Hausmutter auch die Sache mit den Dienstboten wieder in Ordnung, indem sie nämlich der Kellnerin drei Ellen Rupfen für eine Pfaid geschenkt und der Stalldirn ein Sonntagsfürtuch in den Koffer gelegt hat. Dem Fleischknecht aber schickte sie ein Endstrumm Butterwecken zur Jause, und er hat solches zu deuten gewußt.

Recht merkwürdig erging es dem Matthäus. Manchmal war er entschlossen, seine Brüder durchzuhauen, denn er traute ihnen schon zu, daß sie den Mund nicht gehalten hatten. Manchmal wieder dachte er, die Rögerl habe der Mutter etwas fürgelogen, aus lauter Zorn, weil er nicht in den Dreizipf gekommen war. Er wollte sie stellen. Dann schämte er sich, denn sie ging mit einem heiligen Gesicht herum und schaute nicht rechts und nicht links. Ganz klein wurde der Matthäus, wenn das Dirndel so schweigsam hantierte, und er dachte

gegen alle Gewohnheit angestrengt, wie er wieder gutmachen könne. Und als sie just einen Kübel Saufutter in den Stall hinausschleppte, sah der Bub so mir nichts, dir nichts bei der Schlagbrucke heraus und frug mit glührotem Gesicht:
»Auf'n Sunntag möchten wir wohl mit dem Lateinischen anheben, ist es dir recht?«
Das Dirndel aber schlug mit der ganzen Bravheit und allen guten Vorsätzen die lieben Augen hellauf und entgegnete:
»Na weiter! Ich mach hiazt einen Glockenzug!«
»So laßt es!« schrie er jähzornig und wichste die Tür zu.
Es verstrichen wiederum ein paar Tage. Die kleine Stralzendirn dachte immerfort an ihr blaues Tüchlein und an ihre Bravheit, und dem Matthäus wurde wind und wehe. Es war ein Glück, daß er und Markus am Abend gleich müde hinfielen vom strengen Handwerk, und daß der pfiffige Lukas mitsamt seinem schlechten Gewissen meistens in der freien Weid herumstrawanzte, sonst wären sich die drei Stralzenbuben von wegen des besagten Geheimnisses aber schon höllenmäßig in die Haar gefahren.
Am Freitag, dies ist der Tag, wo man nichts anfangen soll, zumal es keinen Bestand hat; am Freitag also konnte der Matthäus nicht anders, er holte vom Dachboden sein lateinisches Lernbuch, preßte es unter den fleckigen Brustlatz seines Schurzes und versteckte sich hinter der Fleischbanktür, bis die Rögerl mit dem Saufutter kam. Und als dieser Augenblick da war, räusperte er sich, trat herfür und sagte, grob das Buch hinreichend:
»So da, übermorgen nach der Litanei mußt bis Seiten fünf alles auswendig künnen wie den Katechis!«
Das Mägdlein stellte den Kübel nieder, faßte mit spitzen Fingern schier neugierig zu. Doch jählings funkelten ihre Augen auf, und sie rief trutzig:
»Du weißt es, ich hab nit Zeit!«
Der Matthäus Stralz wurde abermals rot. Seine Zähne schoben sich krachend vor Zorn; er packte das Dirndel am Handgelenk und sagte fibbernd:
»Himmelsakra, du muaßt! Dickschädel, du.«
»Au weh«, stöhnte die Rögerl bitterlich entsetzt. Da ließ er ihre kleinen zerschundenen Glieder los, schmiß das Buch gegen die Mauer und ging.

Das Mädchen war itzt in grausiger Verlegenheit. Indem ein sündteures und gelehrsames Büchel nicht im Vorhaus liegenbleiben durft, so versuchte sie vorerst es einzusackeln. Aber der Schlitz war zu klein, und der Zeug war zu schleißig und hätte einer solchen Belastung nimmer standgehalten. Die Fensterbank erschien ihr zu unsicher, und der Hackstock hinterm Tore war nicht sauber genug. Da wußte sie keinen Rat. Sie hob den Deckel der Kleibentruhe ... Und augenblicks war das Stückel admontischer Schulweisheit hinabgepascht.

Damit hatte die Geschichte keineswegs ihr Ende. Denn Regina schlich an diesem Tag sicher ein dutzendmal daran vorbei und schaute heimlich, ob das Buch etwa schon verschwunden wär. Und abends, als kein Knecht und keine Dirn mehr im Hause ging, als die Stralzensöhne wie drei schwere Bloch in ihrer Bettstatt lagen, als selbst die Frau Mutter nirgends mehr zu sehen war, da schlich die Rögerl in ihrem Unterkittel die zwei Stiegen hinab und holte das Buch.

Es gloste und glimmte eine helle Augustnacht. Gelbliche Dämmerung blinkte vor allen Fenstern, und das Kind, das beim Hinaufsteigen die Seiten überschlug, konnte hie und da Worte deutlich lesen. Oben in ihrer winzigen Dachkammer war noch der Widerschein von Wolken und Bergglühen. Der Geruch des Wassers schwebte die Mauern entlang. Die vielen grünen Obstbäume bargen ein Geschwirr von lebensheißen Tierlein. So fein und fröhlich sang die ganze Natur vor dem offenen Fenster. Und Regina saß da ... hatte den Kopf tiefsinnig in die Hände gestützt und lernte wie ein braver Papagei die ersten fünf Seiten. Sie lernte Kraut und Rüben, Aufschrift, Regel und Erklärung, und obschon sie nur Geringes davon verstand, wurde ihr die Sache leicht, denn es flossen Klang und Tonfall ins Gehör, und der kühle sternweiße Abend hielt sie munter.

Ihr rosenroter Leibkittel tauchte immer mehr in violette Schatten, ihr weißes Hemd, darin zu beidseiten des Halsschlitzes die Anfangsbuchstaben ihres Namens großmächtig eingemerkt waren, ihre Stirn empfing ein ganz seltsames Licht, das eine Ahnung von Farben und schwingender Helle war. Die Zeilen rannen mählich ineinander wie Zithersaiten. — Es zirpte silbern ... Die Sterne tanzten nach einer müden Musik. Und beim Fluder blies der Bäckenhansei wieder einmal auf dem Waldhorn ...

Die gute Rögerl geriet völligst aus dem Takt und fing immer von vorn an, bis ihr das Lateinische im Kopf surrte und kreiselte, und bis ihr die Augen zufielen. Erst in später Stunde erwachte sie, fröstelnd vom Wind, der aus dem Wasser und den Gärten zu ihr hereinwehte und auf den nackten Armen eine Gänsehaut fältete. Sie huschte schauernd unter ihr Deckbett und verschlief sich weit in den Morgen hinein.
Den ganzen Samstag bereute sie ihre Dummheit. Als jedoch die weiche klare Augustnacht wiederum über ihre Kammer brach, fing sie von neuem zu lernen an, und diemalen klüger. Sie versuchte die Sätze auszudeutschen und hatte nun ihre kreuzschwere Not, indem es ihr mit der Zahl der Worte nicht stimmen wollt. Sie drehte, deutelte und riet. Und je mehr das Denken sie verwirrte, um so schrankenloser wuchs ihre Hochachtung vor dem Matthäus, sodaß sie endlich schier brennend wünschte, ihn nach derlei Kunststücken auszufragen. Doch sie spürte dunkel, daß die Frau Mutter es nicht leiden konnte. Und wollte das Buch in die Kleibentruhe zurücklegen. Und wollte beten zu Gott und allen Heiligen, daß der Matthäus würde am frühen Sonntag auf den Viehhandel geschickt. Sie zog das kostbare Halstuch herfür, breitete es auf dem Schoße aus und strich die Büge glatt.
Es war alles umsonst, auch der Schlaf.
In der ersten Rosenwolke sprang sie auf. Und indem sie eilfertig ins Gewand schlüpfte, das wieder schön geputzt, gestärkt und gebügelt war, und indem sie ihre geblümte Schürze umband, ach Gott, da fuhr sie mitten in die böse Versuchung hinein. Die große, glühlichte Sonne war ausgeschüttet über Leib und Seele. Das Stübchen leuchtete. Der Berg leuchtete. Und die Rögerl bildete sich plötzlich ein, daß eigentlich gar nichts dabei wär, wenn sie zum Dreizipf ging ... inmaßen ihr die Frau Mutter doch nur verboten hatte, den Kittel dreckig zu machen.
Sie wurde ganz fröhlich. Und als sie bei der Morgensuppe die drei Buben anblitzte, erschrak der Kleine, dem das gebrochene Ehrenwort wie ein Batzen Blei auf dem Herzen lastete, und glaubte, daß sie bald mit ihm abrechnen werde. Der Mittlere herentgegen meinte, daß sie nun wohl wieder gesund sei, und kam insofern der Wahrheit näher, als er die ganze Woche ein inneres Leiden, nämlich Zahnweh, bei ihr vermutet hatte. Der

Große aber erriet es, ja er wußte ganz genau: die Rögerl war wieder gut auf ihn.

An diesem Vormittag mußte die kleine Dirn fleißig springen und rennen, denn bei solch schönem Wetter kehrte ein Haufe Kirchleut zu, insbesondere die Sunnberger Bauern und die Nieder-Öblinger. Die Schattenberger und die Mitterberger spannten lieber beim Torbäck aus, weil es gebräuchlich und kommod war. Und die groben Holzknecht, die Flößer und Jager und gar die liederlichen Knappen tranken sich beim Blasius Stocker einen Rausch an, trieben es toll, schlugen und stachen, weil keine Frau im Hause war.

Da wurde nun sogar dem guten Bräuknecht angst und bang. Aber wie er einen Mordslotter stellen wollte, ergriffen ihn ihrer drei und tunkten den Hascher ins Maischfaß. Ist zum Glück der Markus in der Grafentaverne gewesen und hat, sintemal er sich allein nicht ausgesehn, den Herrn Vater zu Hülf gerufen und demselben einen Ochsenziem in die Hand gedrückt. Sie kamen zum ärgsten Spektakel, und der Stralz schaffte sich herrisch Respekt.

Die Burschen grölten nur und meinten, es wäre ein Spaß.

Da zog der Bräumeister gewaltig aus und hieb ihnen baß um das Maul, worauf sie sogleich alle Engel singen hörten. Und der arme Blasel ist tropfnaß und schlüpfrig aus dem Bottich getaucht und hat gezittert, daß es nun seinem hochwerten Bruder könnt an das Leben gehn. Gottlob! Es passierte nichts, denn es genoß der freie Bürgerstand immerhin Ansehen, und das gemeine Volk war wohl unbändig und verwahrlost, aber es besaß noch so viel Ehre, die Faust eines rechtlichen Mannes zu achten.

Freilich gab's heimliche Flüch und Scheltwort. Und sogar der Bader Gasteiger mußte her, um einem das blutende Nasenloch zu verpflastern. Auch die Frau Mutter eilte, kaum daß ihr Lukas die schaudervolle Begebenheit zugetragen, mit einem Fläschchen wohlschmeckenden Balsams auf die Straße. Indem sie sich aber keinem schädlichen Anblick aussetzen durfte, bat sie durchs Küchenfenster ihren Bruder Sebastian, die heilsame Medizin zu übernehmen. Der aß gerade ein Triangel Bratwürste, und es dauerte eine gute Weil, bis er aufstehend sich zum Werke christlicher Nächstenliebe entschloß.

In der Wirtsstube war es inzwischen still geworden. Weder die

Rögerl noch die Kellnerin kam um eine Portion Braten oder Krenfleisch. Matthäus trug keinen leeren Bierkrug in den Keller, und die Sunnberger und Nieder-Öblinger Bauern saßen um die vier Tische herum und horchten wie auf ein heiliges Evangel. Es waren nämlich ein paar Soldaten eingekehrt, die erzählten vom Kriege draußen im weltweiten Vaterland. Sie hatten beid an der Kärntner Grenze gekämpft, und der eine zeigte ihnen die braunen Löcher in seiner Montur und rote, kaum verharschte Wunden. Es spann sich ein ganzer Sagenkreis um sie, und wenn es auch recht zweifelhaft war, ob ein einziger Mensch an sich so viele Abenteuer erleben könne, überzeugte doch die Selbstverständlichkeit und Andacht, mit welcher der arme Kerl redete, von der Wahrheit dessen, was er angeblich gesehen, vielleicht auch nur gehört hatte.

»Bei Malborghetto«, sprach er zuletzt, »hat es einen gewissen Hauptmann Hensel getroffen. In aller grauen Morgenfrüh sind im Paß schon die Signale aufgeblitzt. Und hinterrücks in der Deckung hast du Picken gesehen, Kugelflinten und auffahrende Kanonen. Das Dorf war schon zu Haufen gefeuert und so ist dem Vizekönig Eugenius sein schneidiges Bataillon auf das Blockhäusel zu. Hat ein jeder gewußt, es geht zu Ende . . .«

»Und auf dem Predil . . .«, sagte der zweite Soldat, doch der erste ließ ihn nicht ausreden.

»Der nämliche Hauptmann Hensel«, fuhr er fort, »hat sich dem bleichen Tod gelobt. Du magst es nit ausdenken, wie es ist, wann jede Hülf von außen abläßt, und vor deiner richten sich die Kugelläuf! Ums Tagwerden hat der Feldpater im schweren Typhusfieber die Absolution geben und die heilige Hostie in kleinen Bröckeln verteilt. Seine Finger sind gelb gewesen von der Seuch und haben gezittert. Manch einen hat er zweimal abgespeist im Delirium und den andern gar nit. Destwegen aber sind doch alle zum Himmel gefahren! Alle, bis auf mich und eine Ordonnanz.«

»Und am Predil«, fing der zweite an. Doch der erste ließ ihn nicht ausreden. Er tastete mit steifem Finger über den Halsknopf und riß den Kragen auf, darunter ein Skapulier lag.

»Der Hensel . . .«, sagte er. »So einen magst du dein Lebtag nit vergessen. Jawohl! Da hat ein Luder von Sappeur den kranken Kapuziner abgewürgt mit dieser hochgeweihten Schnur. Ohngeacht aller Gefährlichkeit löst sie der Hauptmann, ganz fürsichtigen Beistand versuchend. Gott segne es ihm. Es ist sein letztes Heldenstückel gewest... Mit dem Skapulier noch in Händen, hat ihn eine Kugel umgelegt, am siebzehnten Maien!«

Es war völlig still. Die Bauern stierten mit ruhsamen Augen bedächtig vor sich hin. Sie kniffen die bartlosen Lippen zu. Doch eine Bewegung zeigten sie nicht. Nur der Rögerl rannen die hellen Zähren über die Hände voll Geschirr, und so rieb sie von Zeit zu Zeit die Wangen und die Nase an der Schulter, um sich doch ein bißchen abzuwischen.

»Und am Predil«, sprach der andere Soldat zum drittenmal, »hat auch für manchen das Sterbestündel geschlagen.«

»Ja«, stimmte der Veitkramer zu, der viel in Österreich herumkam und die Episoden des großen Kampfes sinnreich zu verbinden wußte. »Ja, es ist ein Unglück gewesen fürs Vaterland. Denn hätten sie den Eugenius aufhalten können vor der Karner Grenz, nachher wär der Baron Jellacic ohne Schläg durch St. Michael marschiert.«

»Den Jellacic hätte der Erzherzog Johann in Radstatt lassen sollen«, sprach der Veteran mit den Schußnarben.

»Warum?« fragte der Kramer, nur flüchtig nach der Tür hinhorchend, woselbst der Herr Vater hereintrat und dem ehrgeachten Oberverweser eine ernstliche Beschwerde über das Knappengesindel fürbrachte.

Der junge Invalid rückte dem Hausierer um einen Zoll näher.

Das wäre so eine rare Sach insonderheit mit den Tirolern. Wie man vernommen, hab der Baron dem Andreas Hofer zwo Kanonen geschickt und etliche Mannschaft.

»Aber noch vor dem Waffenstillstand«, redete der andere drein.

Nun schüttelte der Kramer vielsagend den Kopf.

Er hab' auch was läuten gehört bei Mandling an der neuen Grenzmauer. Im Salzburgischen brenzle es schon gewaltig, und im heiligen Landel schere sich kein Teufel um den Waffenfrieden.

Andreas Stralz und der Verweser schritten zum Tisch, wo die vier Kirchenpröpste saßen und wo der Schullehrer Raimund

Winkler schweigsam und sichtbar verbissen sein Krenfleisch hinabwürgte, welches, gemäß einer bestimmten Reihenfolge, an diesem Sonntag der Bauer im Strasserberg zahlte.
»Wie der Graf Stampfer seine Gruben dem Batthyany verkauft hat«, sagte der Herr Vater, »da hat der Batthyany sich auch der hergebrachten Verpflichtung nicht entzogen, jeden Donnerstag sieben Pfund Schwefel zu schicken für die Fässer und Maischbottich. Der Berghammer und der Torbäck sind Zeugen. Nun hat aber seit Portiunkula kein Knapp und kein Erzführer sich die leichte Müh gemacht, eine Platte Schwefel aufzuklauben.«
Ja, fügte einer der Kirchenpröpste bei, es wär Sünd und Frevel, die Gottesgab nit auszunutzen. Und es wär kein Wunder, wenn der Öblinger Bergbau sich bereits im Abhausen befänd, trotz Fronbefreiung und kaiserlichem Zuschuß.
Und ein zweiter erzählte, er wär in den Angern und noch weiter ... bis im Bergkreuz gewesen. Da hab' er um die Schwefelöfen alles gelb gesehen. Und die Schulfratzen hätten aus purem Mutwillen die Krusten angezunden.
Jetzt fuhren die Bauern insgesamt über Raimund Winkler her und gaben ihm zu bedenken, daß es seine Pflicht und Schuldigkeit sei, auf die Kinder aufzupassen und sie streng abzurichten mit Lehr und Rutenstreich. Der Schulmeister wurde wachsweiß wegen der Bitternis seines Standes. Allein er verteidigte sich nicht. Auch sonst half ihm niemand, denn jeder steckte viel zu bodenständig in seiner Eigenart, als daß er bedacht hätte, wie ein Mann im Unglück allen Stößen und Schwankungen preisgegeben ist.
Der Stralz sagte nur noch zum Staudacher, daß er auf seinem guten, verbrieften Recht bestünde, um so mehr, als die Bergleut seiner Taverne drüben eher Schaden brächten durch ihren Suff als gedeihlichen Nutzen. Und er führte mit solcher Rede wenigstens eine andere Wendung herbei, denn der Verweser entgegnete ihm zerstreut, daß in also bewegter Zeit wohl häufig Verabredungen hinfällig geworden, sintemal ja die Menschen noch schlechter seien wie der schlechte Bankozettel und man nur froh sein müsse, nicht seines Lebens bedroht zu werden ... Den pfäffischen Salzburgern wäre zu mißtrauen, sprach er sodann unvermittelt gegen die Soldaten hinüber, welchen er schon längst mit halbem Ohr zugehört hatte.

Solche Treu und Anhänglichkeit an Österreich hielte er für erstunken und derlogen, indem sie da droben vielleicht mehr nach dem Krummstab seufzeten wie nach dem Doppelaar.
Vater Stralz billigte diesen Ausspruch nicht.
Man wüsset, so sagte er, daß sie beispielsweise im Paß Lueg und bei Radstatt vor kurzer Weil auf den Franzos gepulvert hätten, und daß der Bürgermeister Ruttinger bei der Kriegskontribution ein hübsches Stückel Geld zugesetzt habe.
Und man wüsset, schrie der Verweser mit hitziger Betonung, daß beispielsweise ein paar Pfleggerichte das schwarzgelbe Wappenschild bereits abgenommen und feindliche Proklamationen verbreitet hätten.
Darüber entstand ein Stillschweigen.
Später behauptete ein alter Bauer, sonach würden die Österreicher wohl abhausen. Einige nickten. Viele jedoch schüttelten die Köpf, und der Invalide sprang auf und geriet dabei so deutlich in den Lichtbereich, daß die vielen braunen Kugellöcher scharf umgrenzt wie Viererbatzen an ihm hingen.
Obschon nur mehr ein verabschiedeter Krüppel, so sprach er, fehle es ihm nicht an Mut und Vertrauen. Und wann ihm auch grause vor dem Kriegshandwerk, müsse er's justament wieder probieren. Er und sein Kamerad wöllten heute noch bis Schladming. Montags wären sie beim Hauptmann Stitz im Tauern, ja, höchstwahrscheinlich sogar beim hochwürdigen Kapuziner Rotbart, der tüchtige Handlanger wohl brauchen könne.
»Oh, der Rotbart!« lispelte der Veitskramer geheimnisvoll. Er habe über denselbigen eine Mär erlauscht.
Da schauten die Bauern alle auf ihn; kniffen den Mund noch fester zusammen und horchten wie Holzfiguren.
Der Michel Praßthofer sagte:
Es seien verwichenen Freitag drei junge Adelige mit der Eilpost gefahren. Der Moar im Steinkeller, der Sagmüller und er selbst hätte diese gesehen, sowohl als auch eine länglich schmale Kiste, bestens versiegelt und verschnürt und ein überaus kostbares Gewaffen bergend ... Einen Stutzen etwan oder einen Soldatensabel. Darüber wären die Ansichten uneins. Ebenso stritte man sich allenthalben, in wessen Order die Gesandtschaft ausgegangen sei. Man munkle, der Graf von Stainach, der Graf Trautmannsdorff, ja möglicherweise der

Erzherzog Johann hab sie geschickt. Sicher aber sei durch die Bedienten zu ermitteln gewesen: das hochpeinlich verhüllte Präsent wäre dem rotbärtigen Kapuziner zugedacht. Seinen Namen würd wohl ein jeder schmecken.
»Ja«, sagte der zweite Soldat, indem er sich ebenfalls erhob und seine Zeche in vielen grünen Kreuzerstücken vor sich hinlegte. »Es mag noch vor dem Herbst sein, daß Prinz Johann dem Franzos in den Rücken fallt und ihn aus dem Reich weiset. Der böhmische Landsturm sichert uns seine Hülf. Die Steirer und die Karner sind schußbereit.«
»Jawohl!« schrie der Invalid, die Kappe vom Haken reißend. »Es muß gar werden mit dem Napoleon! Glaubt mir; so wahr als die Heilige Dreifaltigkeit im Himmel, die Stund wird schlagen, und einer wird voran marschieren, der was Größeres ausrichtet als Kaiser, Prinzen, Hauptleut und Soldaten ... Glaubt mir und tut mich nit verraten. Es ist der Hofer, das Herrgöttel von Tirol!«
Diese Rede brachte den Matthäus, der ein unbeschreibliches Talent zum Zuschlagen hatte, völlig von Sinn und Verstand. Er ging fort und berichtete alle Neuigkeiten seinen Brüdern und setzte sich so wild ins Zeug, als wolle er noch am nämlichen Tage mit Kugelstutzen, Pulver, Blei und Lunte an die Grenze gehn. Auch die Bürschlein aus der Nachbarschaft stellten sich herzu, und während die Alten mit kargem Wort und reichlicher Überlegung drinnen ihre Hoffnung oder ihr Mißtrauen kundgaben, johlten die Jungen im Stralzenhof und schwuren, daß sie in Not und Bedrängnis würden eine Schlacht wagen, gleich den Tiroler Bauern auf dem Berge Isel. Ja, sie überlegten sogar, ob sie hierzu den Grimming, das Gumpeneck oder den Mitterberg ausersehen sollten, und wurden, da eine Lösung schwierig war, schließlich raufend.
Bis zum Essen hatte sich der Matthäus so weit abgekühlt, daß ihm angesichts der Rögerl sein Versprechen einfiel. Es erschien ihm zwar sehr beschämend, itzt eine Lehrstunde abzuhalten, um so mehr, als er die Wissenschaft von Grund auf, etwa wie das Schneiderhandwerk, verachtete. Anderseits jedoch trieb es ihn, mit seinen Kunststücken überall zu trumpfen, und weil er eben im besten Zuge war, item selbst dem Napoleon einen Denkzettel zu geben, ging's mit dem kleinen Hausmensch, der Rögerl, eigentlich unter einem.

Das Dirndel hatte die verschiedensten Gedanken. Zwischen dem Zuhören war zeitweise die Furcht aufgekeimt, daß der Matthäus sie ob solcher Aufregung ganz vergessen könne. Das andere Mal bohrte ihr Vorhaben wie eine schwere Sünd plötzlich im Bewußtsein, stach und schlief wieder dahin. Und je näher die Uhr gen Nachmittag tickte und je leiser der schüttere Sand aus dem Glaskegel rann, um so mehr wuchs die Unruh und die Bedenklichkeit der Nacht.

Sie sang ihre Litanei wie eine arme Jungfrau vor dem Scheiterhaufen, und die Angst und der Wunsch verschmolzen inbrünstig. Der Schulmeister wunderte sich schier besorgt, ob vielleicht ein hitziges Fieber zum Ausbruch käme. Hätte er die Sach gewußt, er würde mit oberflächlicher Nachsicht gelächelt haben, wie es reife Leute bei den Leiden der Einfältigen so gerne tun, nicht erachtend, daß Kinder gar fein gebaute Hebel an ihrer Herzenswaage haben, die bei einem Quintchen schon zucken und bei einem Lot sich biegen müssen. Aber wer kann behaupten, daß Kleine leichter tragen als Große, und wer weiß, ob die Gewichte der Menschen wohl die Gewichte Gottes sind?

Die Regina bußte auch an diesem Sonntag ihrem Herrn Vater nicht die Hand. Sie schob sich an Bank und Stuhl fürbei die steilen Staffeln hinab. Wieder spürte sie den harten Druck an ihren Gelenken. Der zog sie fort. Sie wußte nicht, wie es geschah ... Nur ins Büchel schaute sie hinein, versuchend, ob ihr die fünf Seiten noch im Gedächtnis wären. Und immer vor sich hinsprechend, machte sie einen Schritt und noch einen. Und als sie just die Substantiva auf »um« herleierte nebst Regel, Aufgab und Erklärung ... da stand sie oben im Dreizipf. Und Matthäus, der Lackel, wartete richtig schon.

Die beiden setzten sich unter die Wacholderstaude, und der Bub erstaunte zunächst über das gute Kind, weil es beim Aufsagen nicht ein einzig Mal steckengeblieben war. Sodann aber gab er zu verstehen, es sei dieses erst der lausige Anfang, und sie müsse sich itzt daran gewöhnen, völlig nach seiner genauen Unterweisung zu tun.

Erstens, so lehrte er, gehöre im Lateinischen das Hauptwort voran und das Zeitwort hintenbei. Alles übrige sei mittendarin. Zweitens hätte diese Sprach ausgerechnet sechs Fälle, ja mit dem Plural eigentlich zwölf, wenn man die fünf Deklinationen rechne, sogar sechzig. Die Extrawürst und die Neutra nicht einmal mitgezählt. Und drittens, so lehrte er, wären von jedem Zeitwort hundertvierunddreißig Endschwänze zu merken. Bei den Ziffern ging es überhaupt in die Tausend.

Obschon Regina den Matthäus nicht begriff, erschrak sie doch gewaltig. Doch als kluges, eitles Dirnlein verstellte sie sich und machte sich keck daran, die Sätze auszudeutschen. Und es gelang, weil der Bub einesteils durch sein dreijähriges Studium so weit befähigt war, ihr zu helfen, und andernteils auch manche Fehler überhörte. Mit sichtlicher Courage spielte er sich zum Magister auf, schimpfte gnädig und zuweilen sogar grob. Aber es geschah schon in dieser ersten Stunde, daß sie ein Wort besser wußte als er, und daß der junge Stralz infolgedessen fürsichtig in das Buch schielte, bevor er sozusagen vom hohen Roß herab eine Frage aussprach.

Also duckten sich die beiden unter dem Wacholderbusch, der in diesem Jahr seine Blühe trieb. Es ward ihnen das Genick steif, emsig kugelten die Schweißtropfen über die Stirnen. Und am Glockenzug hing unsichtbar das Gewissen und bimmelte fein. Nichtsdestoweniger jedoch empfanden sie eine herztiefe Zufriedenheit und gelobten ernsthaft, in ihrer freien Zeit die Studi fortzusetzen.

Nun hätte es bald einen Haken gehabt!

Die Veitkramerin, welche große Lebenserfahrung besaß, mußte am nämlichen Sonntag akkurat zum Krenbauern hinauf, der ihr in seinem hülzernen Rauchfang fünfzig Schröteln Bockfleisch selchte. Und sie kam auf ihrem Weg bis zur Kapelle der heiligen Notburg und bei derselbigen links abbiegend, erblickte sie im Dreizipf ohngedanks Kopf an Kopf das verdächtige Paar.

Kreuzdividomine! Sie sehen und heimschießen war eins.

Mutter Stralzen, welche in der Grafentaverne die Blutspuren und das junge Bier kniend zusammenwischte und über der Arbeit vergaß, auf ihre Buben und die Rögerl ein wachsames Aug zu heften, Mutter Stralzin richtete sich jählings gerad, als die Frau Nachbarin mit karmesinrotem Gesicht hereinfuhr und einen Deuter um den andern machte.

Sie meinte im ersten Schreck, daß Lukas sei im Fluder fortgeschwommen, oder daß der rebellische Knapp dem Herrn Vater hab ein Leid getan.

»Es ist schreckbar«, sagte die Veitkramerin, »selber schindest dich mit der gröbsten Arbeit, und deine Dirnen laßt feiern und flanieren!«
Dieweil nun Constantia Stralzin vor lauter Herzensangst keine Antwort gab, sondern von ihrem Geiste mühsam die schauderhaften Zwangsbilder abdrängte und an einem neuen unvermittelten Gedanken fortzutasten versuchte, erzählte das Weiblein schnaufend von dem sträflichen Ungehorsam der Kinder und versäumte nicht, alle bösen Versuchungen haarklein zu beschreiben sowie alle List und Ränke, die im Spiel seien, und stellte als naturnotwendige Folgen die sieben Todsünden, Verderbnis, Fluch, Teufel und Höllenpein in bestimmte Aussicht.
Die Frau Mutter setzte sich auf einen Stuhl und konnte sich vor Erregung schier nicht helfen. Wenn sie auch mit lichtern und weitaus reinlichern Augen sah, zwickte die Gewissenhaftigkeit sie doch in jeder Herzensfalte, und sie fühlte sich heilig verpflichtet, die beiden »Mistfratzen« auseinander zu halten, solang es noch Zeit war.
Als erstes fiel ihr ein, daß sie der Regina besagtes Halstüchel wegnehmen müsse. Aber kaum gedacht, verwarf sie solchen Plan, in Erwägung, daß man mit Schlauheit oft besser fahre denn mit harter Straf, und so entschloß sie sich, ihrem Ehewirt dringlich aufzutragen, den ältesten Buben jeden Sonn- und Feiertag ins Gäu zu schicken.
Vater Stralz war auf einem Spaziergang, und es dauerte eine Weil, bis er zurückkam. Seine treffliche Laune benutzend, zupfte ihn die Gattin alsdann und zog ihn mit heftigen Gebärden in die Milchkammer, Tür und Schiebefensterchen wohlweislich schließend.
Er war noch förmlich übergossen von Licht und Hochsommerwärme, hatte den feinen Geruch des Waldes, der keuschen Gebirgsblumen an sich, er hatte eine inständige Mildheit, selbst im lebendigen Auge, und stand wie geborgen durch einen Glassturz ... Beeinflußt und geführt von seiner wohltätigen Ruhe, erklärte Mutter Stralzin nun die lange Sach mit Begründung und Beispiel, und er horchte ohne Widerspruch. Zuletzt, als sie mit bestem Willen rein nichts mehr fürzubringen hatte, sprach er, es wäre ihm bereits verbürgt und wißlich, daß der Matthäus und die Rögerl heute fleißig der

lateinischen Studi pflogen, sintemal er ihnen hinter der Staude zugelost und schließlich, von ihrem Eifer erbaut, sich gezeigt und eine Belobung erteilet habe. Er sähe in solchem Zeitvertreib nichts Böses nicht und freue sich vielmehr, daß der Bub durch eine Repetition die geringen Kenntnisse auffrische, so wahrhaftig teures Geld gekostet. Und ... sagte er ausdrücklich, er leide nicht, daß die Frau Mutter ein gar unschuldiges Pläsier verböt.
Ach, die arme Stralzin spürte wieder einmal, welch grausiger Dickschädel ihr Eheliebster war. Sie blickte ganz verzagt, als er mit seinem Hochwaldgeruch und der eingesogenen Wärme aus der Milchkammer fortging, und es war ihr, als sei sie ewig und immer durch einen Glassturz von ihm getrennt ...
Daher konnte die Kellnerin neuerlich den bösen Humor an der Frau wahrnehmen. Weil sie aber keine unverschämte Person war, erinnerte sie sich mit Dankgefühl an die rupferne Leinwand und beutete die Gelegenheit weiter nicht aus.
Wie Gottes Sonne über Gerechte und Ungerechte scheint, so verbreitete sich auch Mutters Sturm gleichmäßig über die drei Buben und das Dirndel. Sie stellte zwar keines offen zur Rede, sprach aber andeutungsweise beim Abendessen, daß es am besten sei, wenn man die Leut gehen ließe, wohin sie wollten. Der heilige Schutzengel würde sie schon heimlich stoßen. Sowie auch dies nicht hülfe, hebe der Herrgott den Finger auf.
Hierauf schauten Lukas und Markus sich blitzdumm an. Die Rögerl wurde feuerrot. Nur Matthäus tat, als ob er just vom Himmel gefallen und daher nichts gehört hätte.
Trotzdem Constantia Stralzin diese Angelegenheit der Fürsehung unterbreitet, ging sie am nämlichen Abend zu ihrem Bruder Sebastian und frug um Rat. Denn er war ein Pfiffikus und hatte ihr schon manches Mal beigestanden im Eheleben, das gleichsam war, als trüge der Stralz den Sack und sie dahinter die ledigen Erdäpfel ... Der Sebastian Zedler versicherte schmunzelnd, seinetwegen könne die Rögerl schon einmal Stralzin werden, er habe nichts gegen eine derartige Verwandtschaft! Und als Mutter Constantia zornig ward, meinte er schlau, sie möge doch dem Schullehrer ihre Beschwerde zu wissen tun; der sei ein finsterer Kujon und werde sein Töchterl wohl im Zügel halten. Solches leuchtete der Stralzin ein. Sie eilte augenblicks zum Herrn Raimund Winkler, der gerade

seine Kleinen, fürnehmlich das Jüngste, niederbettete und ihm das Höschen abzog. Schon bei den ersten Worten unterbrach sie der Mann, das Bübel halb nackend stehenlassend, und führte sie in die Schulstube, indem er darauf hinwies, daß heikle Gespräche vor unverständigen Kindern nicht geziemlich seien. Allein ... je länger die Frau redete, um so mehr sänftigte sich sein Gemüt. Und als sie endlich bat, er möge die Regina nach jedem Sonntagssegen heimnehmen, damit sie mit den Geschwistern spiele, sie beaufsichtige und in der Hauswirtschaft zum Rechten schaue, da ergriff Raimund Winkler zwar recht schwerfällig, aber dankbar die groben Frauenhänd und sagte, daß er soviel Sorg und guten Willen wohl zu schätzen wüßt, im vorliegenden Fall jedoch könne er, selbst bei strenger Prüfung, wenig Gefährlichkeit entdecken. Erstlich traue er dem Unternehmen keinen Bestand zu, indem der Bub sehr flüchtigen Charakters sei, und sollte man darin irren, so deuchte ihm zweitens die Zeit und Weile gut verwendet, insbesonders gönne er seiner Regina ein gediegenes und wohlfeiles Studium. Sie wäre ja durch ihre Abkunft dem geistigen Stande zugehörig und bezeige eine höhere Wißbegier, deren Befriedigung niemalen schaden könne. Er sei als Vater und Schulmeister innigst über die günstige Bewandtnis erfreut und bitte die Mutter Stralzin, dem gnädigen Finger Gottes nicht fürzugreifen.
Ja ... ja, antwortete Frau Constantia keineswegs überzeugt. Der Herr Winkler werde es schon verstehen. Sie hätte nur gemeint, daß ihm sein Töchterl hie und da vonnöten sei, und hoffe, so fügte sie nach kurzem Zaudern wacker dazu, und hoffe, daß man ihr später keine böse Nachred gäb.
Der Schulmeister sprach nunmehr wieder kurz und abgekehrt, seine Regina sei noch ein Kind von vierzehn Jahren. Das zu bedenken, genüge. Und was die Hauswirtschaft beträf, ginge selbe seinem zweitgeborenen Kinde, der Ursula, schon leidlich vonstatten.
Hierauf verabschiedete sich die Stralzin, und Raimund Winkler leuchtete mit der Öllampe in die blaugrüne Sommernacht, bis die zwei ausgetretenen Torstufen hinter ihr lagen.
Mit langsamen, müden Füßen schritt sie auf Weg und Steg. Sie empfahl ihren Sohn und die Dirn nun wirklich den stillen heiligen Engeln. Eine fromme Ergebung beschwichtigte ihre

mannigfachen Kümmernisse und Sorgen, weil sie ihre schuldige Pflicht getan hatte, und mit einer unbewußten, gar beglückenden Eitelkeit sagte sie zu sich selbst: es wären doch die Männer allesamt ein bißchen ... vernagelt!

DIE WALLFAHRT BIS MARIA GRÜABERL

Entgegen der mißtrauischen Prophezeiung nun erwies sich der Eifer des Stralzenbuben ziemlich dauerhaft. Matthäus nahm schwitzend seine fünf Sinne zusammen, lernte aus den Büchern seiner Brüder heimlich Wörter und Sätze auswendig und spürte immer mehr, daß es eine miserable Kunst war, die Rögerl hinabzutrumpfen. Ihm träumte des Nachts dann hart und bänglich, wie er in der Schlagbrucke ein jähriges Rind ausweiden und Lungel, Leber, Wampe und Därme in allen sechs Fällen der Ein- und Mehrzahl deklinieren sollt. Dabei versuchte er solches nicht mit dem Kopfe, sondern mit Händen und Füßen. Doch sie waren gleichsam mit einem Strick gebunden und rührten sich nicht, bis er endlich von lautem, schwerem Geschnauf munter wurde und, seine Glieder strekkend, in der Stube herumsah.

Es blieb oft so hell, daß er die Gesichtszüge des schlafenden Lukas erkennen konnte, der mit halboffenem Munde und beschmierten Wangen mitten in der blau gewürfelten Bettwäsche lag. Oder es war auch so dunkel, daß er nur den Duft des frischen Grummets roch, welchen Markus tagtäglich von den Wiesen mit heimbrachte.

Es ging schon in die blasse, beruhigende Spätsommerzeit, darin Obst und Feldfrucht immer weicher und süßer ausreifen, und die Landleute ihre festen, einfältigen Gedanken, die Sorge und Hoffnung wieder auf Beschauliches zu richten beginnen, maßen alles Wachstum, so dem Himmel, den Wettern, Winden, der Sonne und dem Erdreich vertraut war, hundertfältig in ihre Kammern und Keller zurückgegeben wird.

Auch die Stralzin lag mit wachen Augen in solch einer Nacht und erinnerte sich nach der zähen Anspannung und Arbeit wieder ihrer eigenen Person. Sie fand es dringlich und geziemend, eine stille Wallfahrt nach Filzmoos anzutreten, woselbst nämlich die Mutter und Fürsprecherin der Mütter thront. Sie war als junges Eheweib diesen Weg zweimal zu Fuß gepilgert und hatte auch im Jahre siebenundneunzig ihrem dritten Kinde zulieb die Gefährlichkeit des Krieges verachtend, den lieblichen Beistand angerufen. So erweckte sie nun in ihrem Herzen den Vorsatz neuerlich und beschloß, zwischen den Tagen Mariä Geburt und Mariä Namen auf die Reise zu gehen.

Es war nicht mehr lange bis dahin.

Die fahlen, beständigen Nebel schleiften sich tiefer von Morgen zu Morgen. Der Reif besprenkelte dann und wann den gelben Hafer. Und im Dienerfeld — so erzählte Markus, mausten bereits im schneeweißen Winterpelz die Wiesel. Sorglich, wie Mutter Stralzin war, schickte sie sogleich dem Schulmeister Post, daß er noch vor dem ersten Frost seine Erdäpfel ernten solle. Raimund Winkler befolgte den Rat keineswegs; erstens hatte er in der Kirche reichlich zu tun, und zweitens deuchte ihm ein derartiges Vorzeichen geringfügig. Es war am Vorabend des Kleinen Frauentages, item Mariä Geburt. Noch überwob ihn die Luft türkisblau und lind wie eine Flaumfeder. Schwalben hockten steif auf dem goldenen Turmkreuz, zwitscherten wohl auch vor den bleigefaßten Kirchenfenstern und machten ihrem Schöpfer eine Reverenz. Haufenweise hatten sich die Beichtleute eingefunden, und auch die Rögerl stand schon hinter einem Pfeiler des Orgelchores und betete zitternd den Rosenkranz. Gar jedesmal, wann die Reihe an sie gekommen wäre, trat sie einen Schritt beiseit und ließ ein anderes Frauenzimmer in den Beichtstuhl.

Die Veitkramerin dachte sich ihr Teil, weil sie erfahren und gewitzigt war. Und als sich das aufgeregte Kind endlich doch den Mut nahm und bei dem geweihten Gitter hinkniete, wußte die gewiefte Person ohne weiteres, daß bis zur Lossprechung eine geschlagene Viertelstunde vergehen werde.

Die kleine Stralzendirn aber steckte nicht tief im Sündenpfuhl; sie wurde nur deswegen nicht so bald fertig, weil sie in ihrer Befangenheit dies und jenes doppelt und dreifach sagte, und weil sie dem guten Pater Isidor Hinterseer, alias dem Herrn Jesus beteuerte, sie habe noch ein Ding auf dem Herzensgrund, wohl hart zu sagen ... Sie schwieg, und der Pfarrer schwieg auch eine Weil. Schließlich frug er, was für ein Gebot die besagte Sünd etwan verletze.

Das wüsset sie nit, flüsterte die Rögel heiser. Im Katechis sei's nirgends zu finden. Zudem hätte der Herr Vater sogar die Verlaubnis gegeben. Nur grad die Frau Mutter wäre schreckbar fuchtig darüber.
»So, so«, gab der hochwürdige Herr zur Antwort und spähte ein wenig hinter seiner aufgestützten Hand herfür.
Brennrot über das ganze Gesicht und beklommen stotterte die Rögerl:
»Därf vielleicht ein Dirndel nit Lateinisch lernen?«
Das wohl, entgegnete er lächelnd, nur sei es halt nit gebräuchlich. Denn ein Dirndel hätte kaum das richtige Hirnschmalz dafür.
Da sagte sie schier überlaut:
»Ah, Herr Pfarrer, ich schon!«
Die Veitkramerin zog's unversehens immer nähender zum Beichtstuhl, inwährend Regina die ganze Begebenheit haarklein und vertrauensvoll dem Pater Isidor zuflüsterte. Er wußte, was derlei bedeutet, kannte die Kindesangst, die halbdunkle, noch triebhafte, noch tastende Lockung der Jugend, die stockt und wieder schwillt; und endlich die bewußten Sünden der Reife, welche im gleichen Trott immer auf den gleichen Weg drängen, von Weihnachten bis Ostern, und von Ostern bis zum Advent. Pater Isidor brauchte nur unter seiner Handfläche ein bißchen hervorzulugen, so wußte er's genau.
»Sollst lieber fleißig Strümpf stricken«, sprach er unschlüssig.
»Ich bitt ...«, seufzte das Kind ..., »grad einmal! ... Am Sunntag!«
Es erbarmte ihn. Er bedachte, wie diese im Keim gar unschuldige Lust bald enden werde, wie das Dirnlein wohl in wenig Wochen an der Stralzenwiege säß und ganz von selber der hochwichtigen Studi entsagen müsse. Und er fühlte also keine Notwendigkeit, etwas zu verkürzen, was schon beraumt war.
»Bis zum großen Kirchtag«, sagte er eindringlich und ernst hinter der mürben Hand, »bis heuer zu Andre hast du meine Permission. Aber wohlgemerkt! Es ist der Sunntag sowie auch die besagte Sprach ausgezeichnet zu Gottes Diensten. Sollst beides durch eine brave Aufführung heiligen!«
Regina nickte. Und im Augenblick kam ihr der Dreizipf akkurat für wie das verwunschene grüne Paradies. Sie roch die

Äpfel, Birnen und Zwetschken. Und den herben grausilbrigen Wacholderbusch. Sie dachte auch an ihre zunehmende Gelehrsamkeit und wurde unruhig vor Glück, daß der Herr Jesus es gestattete.
»Und als Buße ...«, sprach Pater Isidor, indem er den dürren Finger hob, »verschenkst du alsdann ein Ding, wohlgemerkt, was dir lieb ist.«
Regina nickte, verstand ihn aber nicht völlig und wiederholte wispelnd den Auftrag, um ihn ja nicht zu vergessen.
Und das Wort ging ihr nach bis zum Einschlafen, und am Morgen des Liebfrauentages wachte es mit ihr gleich einer seltsam feinen Stimme auf. Sie hörte es sogar im Waschkrüglein glucksen. Und der Kamm summte es, wann er durchs Haar strich. Grübelnd überlegte die Dirn, was sie vor dem Abspeisen Schönes hergeben sollt. Als sie jetzt den Truhendeckel aufschlug, darunter ihre Schätze säuberlich hingebettet lagen, wußte sie zu ihrem Schrecken mit einemmal, daß der Herr Jesus das Tuch zurückverlangte, einesteils, weil ihr darum bitterlich leid war, andernteils, weil sie es ja nie gänzlich verdient hatte.
Kaum daß nun die Glocke zur Frühmesse läutete, lief Rögerl hinab. Das blitzblaue Halstuch weit von sich haltend, huschte sie leis, daß keine Diele knarrte, ins Tafelzimmer und legte ihr Bußgeschenk unter den Betthimmel der Stralzen. Oh, wie wonnesam leicht wurde ihr ohne den teuern Putz, schmückte sie doch der zarte rosige Schleier ihrer Einfalt.
Oh, wie wonnesam arm war sie nun. Allein die liebe Einfalt verhüllte sie als ein zarter, rosiger Schleier.
Die Frau Mutter studierte den ganzen Vormittag schon fest auf ihre Wallfahrt. Das Kochen und Essen ging ihr langsam von der Hand, und als endlich Haus und Hof, Mensch und Vieh versorgt waren, eilte sie mit gewichtigen Schritten in den Oberstock, um ihr Gewand für die Reise bereitzulegen. Sie hatte ihren Beschluß bisher niemand kundgetan, in der Furcht, man möchte sie abhalten. Jetzt aber trug sie ihren Wollkittel, schwer von gefältelten Rüschen und schwül von Lavendelduft, sowie einen weitärmligen Spenser und die goldbestickte Drahthaube offen ins Tafelzimmer. Auch ihr rotes Regenparapluie richtete sie her, und ins Handköfferchen steckte sie nebst dem Gelde und dem Rosenkranz noch ein Terzerol, welches ihr

einigermaßen den Respekt vor Räubern und Dieben benahm, obschon sie es weder laden noch abschießen konnte.
Nein, Constantia Stralzin war nicht mehr jung und leicht besonnen. Der Unsicherheit des Weges gedenkend, wollte sie bis Schladming in der kaiserlichen Post fahren und alsdann, den schwierigen Grenzübergang bei Mandling vermeidend, auf einem heimlichen Fußsteig über Kulm und die lutherische Ramsau gehn.
Nachdem die Frau Mutter ihre Reisevorbereitungen soweit getätigt hatte, daß jeder Entschluß überlegt, jede Gewandfalte gewendet und jedes Stück zu ihrer Zufriedenheit an seinem Platz war, rastete sie breit auf dem Kanapee. Die Herbstsonne stocherte mit gelben Spreizchen zum Fenster herein, spannte über den Fußboden zu den Gardinen des Himmelbettes empor und zeigte auf etwas Blaues mit seidendurchwirkter Blumenzier.
Der Frau Mutter gab es einen brennenden Stich im Herzen. Sie erkannte augenblicks das Tüchel, für welches ihr die Regina eine immerwährende Bravheit versprochen hatte ... Sie rannte in den Söller und rief nach dem Kind. Sie redete laut mit sich selbst und schimpfte über den Stralzen, den Schulmeister, den Bruder Sebastian und alle leichtsinnigen Mannsbilder auf Gottes Erde. Und dann langte sie die Rute vom Spiegel und ging das schmale Gäßchen beim Berghammüller und Engelharscht hinauf gegen den Sonnberg. Denn in ihrem gallbittern Zorn fiel ihr justament nichts anderes ein als der Dreizipf.
Sie hockten wirklich oben! Steckten die Köpf zusammen und tuschelten ... ausgerechnet unter dem Kranewittbaum, welcher in diesem Jahre voll Pech, voll Blüte und Vögel war. Die Frau Mutter blieb schnaufend im Hohlweg stehn, hielt die Rute hinter den Rücken und horchte zu.
»I hab recht!« rief gerade die Dirn. »Schau ins Büchel, wann du's nicht glaubst!«
Matthäus blickte umständlich hinein und antwortete gnädig: »M ... Hm! Und hiazt sagst den Akkusativ!«
»Carnem bubulam.«
»Und wia heißt nachher das Kälberne?«
»Carnem vitulinam.«
»Also ... Und ... du liebest?«

»Amas . . .«, entgegnete flink die Rögerl, und solches kam der Frau Mutter gefährlich für.
Der junge Stralz zog die Brauen hoch und sagte:
»Alsdann . . . ich lern dir den ganzen Satz ein: Carnem bubul . . .«, er hustete, »et carnem vituli . . .«, er hustete ärger, ». . . amatis!«
»Was hustst denn aso?« frug das Mädchen.
Matthäus netzte seinen Daumen, fing zu blättern an und schnupfte mehrmals gewichtig mit der Nase; denn er fühlte, der Zeitpunkt war gekommen, dawo er die Geheimnisse seiner besonderen Lehrweise entschleiern mußte.
»Also . . .!« sprach er. »Rögerl, paß auf, die römischen Kaiser, Künig und Schriftgelehrten sind alle kaputt. Brauchst keinen nit fürchten. Und einen Professa kriegst in Öbling nit zu sehen.«
Das Kind bejahte pflichtschuldig. Auch die Constantia Stralzen nickte hinter dem Zaun. Obschon sie für den lateinischen Unterricht nicht genügend Auffassung hatte, bestach die laute Überlegenheit ihres großen Sohnes sie doch eindrücklich, und als sie, still auf den hohen Wegrain gelehnt, zuhorchte, wurde sie fast ein bißchen stolz auf ihn.
»Aso . . .«, setzte Matthäus seine Rede fort, »ein undeutsches Wort ist wie ein ausgedarrtes Brotstück! Bevor es einem die Gurgel abwürgt, soll man es lieber aushusten und eine Tintensau darüber lassen; die frißt es.«
Regina sagte streng:
»Hör auf mit deinen Spassetteln!«
»Kapierst es noch nit?« frug er.
»Was denn?«
Itzt lächelte Matthäus unheimlich gescheit auf sie herab, zog dreimal mit der Nase auf und sprach:
»Bald ich so eine harte Rinde schlücken soll, sag ich scheinheilig: ich hab ein Halsgeschwür. Und bald ich die studierten Wörteln nimmer weiß, nachher . . .?«
». . . bist ein schöner Trottel!« schrie das Dirndel verächtlich.
Matthäus krallte die Finger um das Buch, als wolle er's zerfetzen oder zermalmen. Doch urblitzlich legte sich sein Jähzorn. Ein schalkhafter Funken sprang aus den schieferbläulichen Augen und, sich aufreckend, hub er zinnhell zu jodeln an . . .

Es war gelbgoldene Sonne. Die Käfer schwirrten. Die Kranewittlein dufteten. Und die weite dreizipfige Obstwiese war grün, grün wie das lebendige Leben. Matthäus spürte seine Kraft wie ein Bergwasser, und er jodelte, sang und reimte voll Lausbubenseligkeit:

»Der Heuschröck tuat hupfen,
Und 's Vogerl tuat fliagn.
Und ich sollt wegn deiner
Ein' Kittel anziagn . . .«

Die Rögerl war ergötzt und enttäuscht und erbost im Augenblick . . . Und starr wie ein Holzbloch. Etwas zuckte zutiefst zwischen Lachen und Weinen . . . inwährend das Licht sich rankte . . . sich ringelte und die Bienen im Klee summten und der gespöttige Kerl seine ganze überquellende Lust lauthals hinaussang . . .

»Lateinische Tranggin,
Bleib hucken im Gras!
Aber d' steirischen Buama,
Die pfeifen dir was . . .«

Itzt war's genug! Noch eh der Matthäus sich rührte und ihr sozusagen was pfiff, war sie in der Höhe und wichste ihm eine feste Dachtel herunter. Dann rannte und rannte sie die Halde nieder, kreuz und quer über Graben und Zaun bis zu den Mooswiesen.

Auch die Frau Mutter machte sich eiligst auf den Weg, wohlweislich die Rute unterm Busch verbergend; denn sie hatte aus diesem Vorkommnis eine innerliche Beruhigung geschöpft und war nun in ihrem Herzen völlig überzeugt, daß sich aus dem Lehrerspielen keine Liebschaft entspinnen werde. Nur bedachte sie das eine nicht: daß manche Menschen herb wie Wacholder sind und weißen Schmelz auf spitzigen Mäntlein haben und gar kleine, unscheinbare Knospen, welche vier Frühlinge brauchen, bis man sie pflücken kann.

Wie nachmals im Jahre 1812 der Kranewittbaum auf dem Sonnberg so weit war, vermochte der Matthäus leider nur wenig zu genießen; aber die harten, wundertätigen Beeren

schmeckten ihm lind nach einem recht abenteuerlichen und tollen Wandergeschick.
Sie waren vielleicht das Schönste ...
Doch still! Es muß nur gesagt werden, daß es die letzte Instruktion und die letzte Ohrfeige war. Von der ersten ist bereits berichtet.
Matthäus Stralz konnte im Anfang keinen Gedanken fassen. Unablässig in ein Loch stierend, klaubte er endlich sein Büchel auf, riß eine Haberbirn vom Ast und stapfte davon. Glührot vor Scham färbte sich mählich seine Stirn; allein er wußte nicht einmal das. Bis er auf einem großen Umweg heimgekommen, wurde es Zeit zum Füttern. Schon bei der Stalltür drehte er sich wieder um, denn er wollte das verdammte Überbleibsel der Studi für ewig und immer in die Hölle hinabfeuern, genau gesagt, er wollte es durch die Putztüre in den Kamin werfen, woselbst es würde sicherer verschwunden sein als im Küchenfeuer, im Fluder oder im Mist.
Er strampfte fest über die erste Stiege; auf der zweiten jedoch wurde sein Schritt leiser, ja schließlich lautlos, denn er fürchtete, daß die Regina in ihrer Kammer wär und ihn vernähme. Bei einer alten Truhe raspelte es, und Matthäus meinte, sie säße dort. Wie ein Mondscheiniger schob er das Buch von sich und setzte den Fuß eine Staffel tiefer.
Aber da fuhr ihm etwas Merkwürdiges durch und durch; so allmächtig, so erschrecklich, daß sein ganzes Gestell angesichts jäher Erkenntnis erzitterte.
Seine Frau Mutter!
Nämlich zwischen Truhe und Wiegenbett hielt sie ein vergilbtes, verwachsenes Kindspfaidlein ins karge Licht. Und noch eines! Und noch eines ...
Dem großen Buben wurde übel. Das Herz stampfte wie der Schmiedehammer beim Zedler. Und das Blut stieg in die Kehle und wollte heraus.
Seine Frau Mutter!
Es brannte ihn, als hab auch sie ihm einen Schlag gegeben; als schäle sich eine Haut schmerzhaft von den Sinnen ab. Darum hatte sie sich nicht aus der Küche getraut, als die Urlauber dazumal von der Propstei Gstatt herübergestiefelt waren, mit dem Weidmannsgeschenk des Prinzen Johann. Darum ...
Ach, so manch unflätige Red, welche an seinem dicken, ge-

sunden Schädel wie ein Vogelbätzchen vorbeigerutscht war, ach, gar alles mußte der arme Bursch jetzt bedenken. Und er schämte sich seiner unschuldigen Augen und nannte sich selber ein Vieh, weil er früher nichts gemerkt hatte.

Immer die gleiche Dämmerung, immer die gleiche Gebärde blieb, mit welcher die Stralzin nach Haube, Kindspfaid und Windel griff. Als sie nur noch ein Stück zerknüllten Papiers aufhob, ging er fort. Er kümmerte sich an diesem Tage nicht mehr um Ochsen und Roß, sondern verschloff sich beim Blasius Stocker und schrie den langweiligen Menschen grob um eine dottergelbe Biersuppe an ... Döste vor sich hin und soff. Und wurmte sich baß über seine Dummheit, über die Rögerl. Am meisten jedoch über seine ehrbare schamhafte Frau Mutter.

Tags darauf, und zwar schon zeitig am Vormittag, kam die Muhme aus Admont fürbeigefahren. Sie hängte ihren Pferden zwei Säckel Haber vors Maul und blieb in ihrer ganzen Größ und Hagerkeit quasi zwischen Tür und Angel stehn, indem sie ihren Anverwandten bedeutete, daß sie wegen einer Dienstmagd zum Hochsattler in die Sölk hineinmüßte, der ja bekanntermaßen ein Sympathiebader wär. Nebstbei entböte sie wohlgeneigten Gruß von ihrem Ehewirt, und falls der Lukas — so fügte sie in einem Atem drån —, falls Lukas wölle mit heiler Haut in das Konvikt retournieren, so müsse er stante pede seine Siebensachen zusammenpacken. Schlag vier spräche sie wieder zu.

Die Frau Mutter und die Hausleut schauten großmächtig und konnten solche Hitzigkeit und Eile nicht begreifen.

Ob die Dienstmagd in Zügen läge, frug eins.

Das gerade nicht, gab sie zur Antwort. Doch unterwegs habe sie in Erfahrung gebracht, daß der Andreas Hofer wieder einmal mit grobem Besen ausgekehrt habe, und itzt satze ein ganzer Hauf Bayern und Franzosen in wilder, unbändiger Flucht landein. Ob es hierorts niemand nit wüßte, daß die bischöfliche Burg Hohenwerfen an allen vier Ecken angezunden und das Schloß Tandalier bei Radstatt schon in die Luft gesprengt sei?

Vater Stralz lachte trocken in seiner Art. Der Frau Constantia jedoch kam bei dieser traurigen Mär das Grausen. Alldieweil sie für ihren Buben die Leibwäsch, das bessere Gewand und überdies noch einen baren Gulden in den Koffer legte, handelte sie geheim mit Unserer Lieben Frau und erfand eine Ausrede um die andere, welche sie von der heiligen Gewohnheit und Verpflichtung befreien sollt. Und als sie endlich, von den Knien aufstehend, in ihrem Gemüte klar und zweifellos erkannte, daß ihr das Wallfahrten geschenkt sei, indem die Haus- und Feldarbeit dringlich war und auf das Gesinde kein Verlaß und überdies ein früher Winter seine untrüglichen Anzeichen geschickt hatte, da erging's der Stralzin, wie es schon öfter einem Weibsbild ergangen ist: sie steckte sich alle Bedenken und die böse Furcht auf den Hut und entschloß sich inbrünstiger denn je zur Andacht und geistlichen Reise.

Als sie nun am Nachmittag in ihrem radlichen Putz daherkam, der Rögerl den Schlüsselbund anhängte und den Dienstboten herzbewegliche Lehren gab, da blinzelte der Herr Vater mit dem linken Auge, und es war ihm leider Gottes anzusehen, daß er ihre Frummheit ebensowenig ästimierte wie das Gezeter der Muhme.

Den Markus aber würgte die helle Angst und Besorgnis im Hals, und kaum hörte man einen Wagen über die Dorfstraße rumpeln und den Lukas seinen Koffer vom Söller herabzerren, da ging der Bursch, überwältigt und gedemütigt von seiner weichen Regung, in die Schlagbrucke. Merkwürdigerweise traf er hierselbst den Matthäus. Jeder machte sich was zu schaffen, und jeder hatte ein bockbeiniges mürrisches Geschau. Als auf einmal die Rögerl durchs Haus rannte und sie immerfort beim Namen rief, riegelte Matthäus die Tür zu. Und Markus hängte einen Schurz an das Fenstergatter. Keiner frug. Doch jedem war, als erriete der andere seine Gedanken.

Weit gefehlt! Sie unterschieden sich wie Tag und Nacht.

Es währte anderthalb Stunden, bis die Tiere gefüttert und getränkt waren. Die Muhme schoß unruhig durch Küch und Kammern, aß ein paar Bissen Jause, und indes sie noch bat und mahnte, die Mutter Stralzin nicht fortzulassen, räumte sie Koffer und Tasche unter das Spritzleder und hielt das rote Parapluie, damit ihre Schwägerin könne ins Kütschlein steigen. Endlich saßen die drei. Die Rögerl lockte den Hund ins Haus und suchte abermals die großen Söhne. Und rief . . . rief. Allein der Muhme wurde das Warten gar bald zu dumm. Sie schnalzte mit der Zung und dahin ging's.

Bis zum Bühel jenseits der Salza hatten sie gemeinsamen Weg.

Hierorts nahm die Constantia Stralzin kurzen, bänglichen Abschied, knüpfte dem Lukas noch das Halstuch und wanderte, oftmals zurückschauend, gegen die Sagmühl. Ganz verlassen deuchte sie sich plötzlich. Bei jedem fremden Laut verzögerte sie den Schritt. Es wurde schon dämmrig, und die Sonne zog die allerletzten blaugrünen Säume hinter sich her. Unterweilen hallte es durch den Herbstabend wie die Weise eines Posthorns. Aber es täuschte sie. Bei Sankt Martin tat ihr ein Salzfuhrmann zu wissen, daß der Wagen längst passiert sei. In der Sagmühl hingegen behauptete der Wirt, er habe seit zween Tagen überhaupt keinen gesehn. Die Reisenden, die von der Umgegend, namentlich vom Paß Stein kommend, da hätten einsteigen wollen, seien nach Gröbming, wo pünktlich zu regulärer Zeit eine Extrapost werde instand gesetzt; es fänden sich ja Orders und Subjekte genug, welche müßten bis Schladming beziehungsweise bis an die Landesgrenz gelangen. So sagte der Wirt und gab alsdann noch erkleckliche Geschichten zum besten, von Mord, Räuberei und Greueltat, daß der Stralzin wirr im Sinn wurde und sie gleich einem Häuflein Unglück frierend und zag im Altan saß. Weil ihr aber neben der fraulichen Schwachheit eine ordentliche Portion Eigenwillen anhaftete, hielt sie solchen Zustand nicht lange aus. Sie packte Schirm und Reisetasche und empfahl sich.
Der Sagmüller wollte einspannen.
O nein! Für die Freundlichkeit dankte sie vielmals. Sie wäre noch gut bei Kräften, sprach Frau Constantia letztlich munter. Zu Fuße ging' man am sichersten, und das Schuhzerreißen wäre vor ihren Zustand gesund.
Ganz in Wahrheit und insgeheim dachte sie traurig, daß sie ja immer noch zeitig genug den Franzosen in den Wurf käme. Unter dem Zwielicht des abgeschwächten Tags und der aufsteigenden Mondscheibe stellten sich allerhand vertraute Quälgeister ein, welche an den Herzfalten beharrlich zupften. Sie konnte sich nämlich nicht mehr erinnern, ob sie der Kellnerin das Krapfenbacken angeschafft habe, ob Rögerl wohl die Feigel und Wachsbegonien vom Fenster weggetan, damit sie nicht erfrören bei der Nacht. Sie studierte auch, wer itzt das Badwasser für den Herrn Vater brächte, item, weil's in der ganzen Sommervakanz lediglich dem Lukas sein Geschäft gewesen war. Es schmerzte ferners die Frau Mutter bitterlich,

daß die zwei großen Buben sich nicht verabschiedet hatten und immer und allzeit recht wenig Herz und Verstand zeigten. Sie frug sich aus begreiflichen Gründen, ob Regina ihr jüngstes Kind wohl werde meistern können. Und dann stieg es heiß und quellend feucht in die Augen, maßen ihr die ferne Zeit einfiel, wo sie ihre ungeborenen Kinder der Reihe nach ins Filzmoos getragen bei hellichter Lenzsonne. Niemals, gar niemals beim Mondschein. Und alle drei waren lebfrisch und stark geworden. Wie eilends das Zeitliche verflog! Itzt standen sie schon in der Lehr. Trotz Sorge, Kümmernis und Kränkung, die Frau Constantia um ihrer Söhne willen durchgemacht hatte, blieb sie doch im Grunde dankbar und mußte denn auch dieses vierte Mal voll unbedingter Gläubigkeit zur heiligen Wundertäterin und gelobte sich, den Mantelsaum des Jesukindes zu küssen, mit Kerzen und Weihbrunn nit zu sparen und andächtig zu beten, daß ihr jüngster Stralzennachwuchs gesegnet werde mit gutem Gesund an Leib und Seele, insonderheit mit sänftlichem Geblüt.

Auf einmal zupfte sie was am Schürzenband. In mannigfachen Erwägungen, in ihrer liebreichen Versunkenheit hatte sie den Kinderschritt ganz überhört, der vorerst recht wacker und dann ach so schüchtern hinter ihr zottelte. Ob der Berührung war sie peinlich erschrocken, und der kleine Verfolger desgleichen.

»Muatter!« sagte er.

Zunächst putzte sie dem Lukas das verschwitzte, unsaubere Gesicht ab.

»Jesus, Maria und Joseph!« klagte sie. »So ein Schweinigel. Wo kommst denn her?«

Der Bub ließ die Lippen hängen und schnaufte kläglich.

»Habt's umgeschmissen?«

Er beutelte den Kopf.

»Wo ist die Muhm?«

»No, auf dem Wagen halt.«

»Bist ihr entrunnen?«

Er nickte.

»Hast Heimweh?«

Lukas spuckte verächtlich aus, steckte die Fäuste in die Hosensäck. Aber die Red verschlug's ihm doch eine Weil. Nachher sagte er unvermittelt:

»Heimweh nit ... Ich laß die Frau Muatter nit allein wallfahrten gehn.«
Wie klang solches Wort ihrem Herzen gelinde. Sie hätte ihm gern eine Zärtlichkeit erwiesen, allein sie war zu keusch und zu gerührt. So blieb sie nur in der Glorie des grünen Mondlichtes stehn, zwängte den Schirm unter die Achsel und nahm aus ihrem gehäkelten Geldbeutel fünf Kreuzer.
»Gelt, bist dürstig«, sprach sie laut. »In Gröbming kauf ich dir ein' Hönigwecken.« Dann faßte sie die rauhe, klebrige Kindeshand und marschierte weiter. Sie kümmerte sich in dieser Stunde gar nicht, daß die Muhme möchte in tausend Ängsten sein und den Koffer mit der kostspieligen Leibwäsche verlaborieren und vielleicht gar in die Fraisen fallen. O nein! ... Sie hielt glückselig die Kinderhand und ging immer weiter. Es strich ihnen der Westwind lau ins Gesicht. Die Kalkkette leuchtete schon im Neuschnee. Und die Straße war grau und gefroren. Lukas hatte beim Gehen fast die Augen zu, so schläfrig war er. Manchmal stolperte er und sprach mühsam und verträumt. Dann hielt ihn seine Mutter noch fester. Als sie gegen Maria Grüaberl kamen, glaubten sie hinter sich die Post zu hören. Schon von weitem rief die Stralzin dem Schwager zu, daß er sie aufsitzen lasse; denn ihr erbarmte der Bub. Aber nun sahen sie, es war die gelbe Kutsche nicht.
»Vielleicht die Muhm ...«, stammelte teils in Furcht, teils in Erwartung das Kind.
O nein! Die Muhm hab ja braune Stuten ... Und die waren grau.
»Unsere Schimmel!« schrie Lukas und riß sich los, sodaß Frau Mutters Regenschirm, Tasche, Pistol und Rosenkranz zur Erde flogen.
Markus saß auf dem Bock, spreizte die Augen kugelrund, schnalzte mit der Zunge und zog am Leitseil. Er hatte sich inwährend der Fahrt eine erbauliche Predigt ausgedacht, diese wollt er in Gröbming abhalten und sonach die Frau Mutter zum schleunigen Umdrehen bewegen. Und jetzt! Jetzt stand sie plötzlich mitten auf einschichtiger Straße. In solcher Verwirrung fing er die Predigt dort an, wo sie eigentlich aufhörte; er sagte nämlich kurzweg, daß er heuer die Mutter nicht auf die Wallfahrt ließe, und daß die Liebe Frau von Filzmoos ihr schon verzeihe.

Constantia Stralzin entgegnete nichts, klaubte ihre Habseligkeiten zusammen und stieg ein. Lukas kauerte schon im Eck und zog die Knie hoch vor Kälte.

Es wär eine Gefährlichkeit für Leib und Leben, bemerkte Markus ausdrücklich.

Item. Sie gab wieder keine Antwort, und so drehte er mit dem Fuhrwerk um und kutschierte heimzu.

Lukas war müde, und sein Kopf lehnte schwer an ihrem wattierten Ärmel. Auf der Salzabrücke, wo sein Bruder einschleifte, wurde er einmal munter. Und wie er das silbrige Wasser sah und die zarte, in Nebeln zerfließende Landschaft, fiel ihm die Geschichte vom Frauenberg ein, welche der Göd erzählt hatte. Und er erzählte wiederum einiges davon seiner Mutter.

Markus, der seine Verstocktheit sonst selten überwand, sagte in diesem ungewöhnlichen Zustand zwischen Erde und Mondschein, der ganz wesenlos wie ein Zauber war, Markus sagte:

»Die Liabe Frau ist halt nit allein im Filzmoos. Ihr mögts auch eine leichtere Wallfahrt aussuchen, Muatter!«

Beim Moarbühel legte er den Radschuh ein. Lukas rieb sich die Augen und wisperte im Halbschlaf:

»Jawohl ... Die hülzerne Statue ... weißt es noch? Mir hat träumt, es hätt s' einer auf den Sunnberg tragen. Über die Kälberhald ... Übern Roßhimmel ... zu den Bauern ...«

Soweit wäre nun alles wieder in bester Ordnung gewesen, um so mehr, als Constantia Stralzin am folgenden Tage, das war Mariä Namen, dem Herrn Pfarrer einen angefangenen Brief überreichte, worin sie dem Hochwürdigen Abt Gotthardus haarklein explizierte, weswegen ihr Bub, der Lukas, seiner Pflicht und Punktualität itzt nicht nachgekommen, sondern der ehrgeachten Muhme davongeloffen war. Sie bat alsdann den Pater, das Schreiben mit seiner eigenhändigen Beglaubigung zu versehen, mit Petschierwachs zu siegeln und fortzuschicken.

Der Pfarrer überlas die Schrift; sie war unförmig breit, voll Fehler und aus groben Strichen zusammengesetzt. Nur jene Wörter, denen in Frau Mutters wunderlicher Einfalt außergewöhnliche Bedeutung beigemessen war, strotzten vor Schwung und Schnörkeln. Und wie eigen! Es glich der Brief der mutwilligen Spielerei eines Kindes viel mehr wie dem beschwerlichen Kunststück einer akkuraten Hausfrau, so in aller Morgenfrühe zwischen Angelus und Schottsuppe ihre Sorge hatte dem Gänsekiel vertraut.

Pater Isidor schrieb den Satz fertig, welchen sie nicht hatte vollenden können, und bat um längeren Urlaub, sintemal dem Kind die Fährlichkeiten einer weiten Reise nicht zugemutet werden dürften. Die Postwagen blieben Tage hindurch aus und rumpelten, soweit sie überhaupt in Betracht kämen, angefüllt mit kaiserlichen Beamten und militärischen Funktionären, daß hiemit ein Konviktual, ein bescheidener Bürger oder auch ein simples Bäuerl keinen Respekt genieße und schon oft als überflüssig sei an die Luft gesetzet worden. Ferner bedürfe Andreas Stralz seiner eigenen Zage nunmehr dringend zum Bauen auf Feld und Acker sowie einmal wöchentlich zur Robott für das Stiftslehen Gstatt. Eine andere occasio mit Gewähr leiblicher Sicherheit böte sich in praesentia nicht, wölle ergo propter hoc erst abgewartet sein ...

Es wäre also die Sach soweit in Ordnung gewesen, wenn nur auch Matthäus gutgetan hätte. Aber der Bursch zeigte jetzt einen finstern Überdruß an seines Vaters redlichem Gewerbe, lungerte auf der faulen Haut herum und schimpfte mit Vorlieb gegen die Schullehrer und dergleichen dürre Hungerleider und Notnägel. Er tat auch seiner Frau Mutter keine einzige liebe Handreichung; und sie, welche zu wissen glaubte, was die Glocke geschlagen, item ... beargwöhnte, der Matthäus hab sie am Dreizipf mit der Rute erspäht, ach, sie kochte wieder einmal seine Leibspeisen, tat ihm schön wie einem kranken Roß und machte ihm zuletzt herbe Vorwürfe. Es war umsonst. Als sie, durch Eigensinn und Despektierlichkeit erbittert, zum Herrn Vater klagen ging und dieser den Stammhalter ins Gebet nahm, schrie der Kerl höllisch rabiat, er pfeife auf alle Frauenzimmer!

Der Stralz wurde wachsweiß. Sein Mund fibberte, sein Gebiß knirschte vor Jähzorn. Und das lebendige Aug versteinte sich zu solcher Härte, daß man fürchten mußte, es werde der Vater seinen Sohn niederschlagen. Allein es geschah nichts. Er sagte nur mit unheimlicher Selbstzucht stoßweise:

»Anheut ... und morgen ... und alleweil ... ißt du beim Knechtstisch.«

Dann ging er hinaus und grübelte schwer, was bei diesem Ausbund versäumt worden wäre. Weiß nicht, ob Vater Stralz auch einen Teil der Schuld auf sich nahm, insofern als er nämlich seinem Eheweib gar oft den unnahbaren Herrn, selten den milden Freund bewiesen und füglich dem unreifen Verstand seiner Kinder Ärgernis gegeben hatte. Weiß nicht, ob er den innersten Beweggrund zu diesen häßlichen Worten fand, sage den Abscheu vor Geheimnissen, für welche der aufwachsende Bub zu alt war, daß er sie übersehen hätte, und noch zu jung, um sie zu ehren ...

Matthäus sättigte sich nun eine Zeit mit rohem Selchfleisch, Brot und Äpfeln. Und nachdem er seinen übeln Humor genugsam ausgelassen hatte, und nachdem seine Roheit, wenigstens bei ihm selbst, ziemlich in Vergessenheit geraten, kam er unbekümmert, als wäre nichts geschehen, zum Herrentisch. Verwirrt und bezwungen durch seine kecke Sicherheit, rückte die Frau Mutter zur Seite, damit er Platz habe. Der Stralz herentgegen erzürnete baß und schaffte ihn weiter. Von nun ab setzte sich der Bursch wirklich zu den Knechten, und es war ihm bald anzumerken, wie wohl er sich unter ihnen befand. Er führte lautmäulig das große Wort und gab öfter zu verstehen, daß er's in einem solchen Drecknest wie Öbling nicht mehr lang aushielte. Ja ... Mensch und Vieh mußten wieder seine ungezügelte Kraft spüren. Alle spannenlang fing er einen Handel an und raufte, daß die Fetzen flogen. Er hetzte die Pferde in Schweiß oder trat den Hund. Selthalben warf ihm die Rögerl einmal gar grausige Blicke zu, so daß es ihm fürder die ganze Lust verleidete. Überhaupt ... wurde der Matthäus manchmal trübsinnig; insonderheit abends, wann er den groben Bettkotzen über die Ohren zog. Da horchte und wartete er unbewußt, bis die Frau Mutter in die eheliche Schlafstube ging. Seinen Brüdern schrie er trutzig das Unrecht für, was die Eltern ihm antäten, hoffend, sie möchten mit argem Widerspruch auf ihn loshacken. Die Geschwister schwiegen fein still, weil sie voll aufrichtigen Mitleides und annoch hülfloser Dummheit waren. So ganz auf sich selbst gestellt, wünschte er sodann eine Arbeit, gefahrvoll auf Leben und Tod. Am meisten lockte ihn der wilde Krieg, und er spielte erst mit dem Gedanken, bald jedoch schwor er, daß er ins Tirol durchbrennen und sich beim Andreas Hofer als Leibknecht verdingen werde.

Matthäus stahl dem Herrn Vater einen Stutzen und seiner Mutter das rostige Terzerol. Und beredete ein paar tolle Bergleut, etliche Flößer und Holzknechte zum Mitgehn. Verteufelt! Er wollte es den Öblingern, fürnehmlich seiner hochwerten Freundschaft, schon zeigen, daß er ein braver Kerl war. Und mußt er sterben, was lag daran? Immer deutlicher malte er sich aus, wie in solchem Fall die Weibsbilder flennen würden.

Ja, der Matthäus hatte einen echten Stralzenschädel, der duckte sich nit!

Nur das Kind hielt ihn noch zurück. Denn er verhoffte sich die Gewißheit, daß sie ein Dirndel hätten beim Stralzen. So brauchte die Frau Mutter keine Ziehtochter mehr, und sie konnte die Rögerl aus dem Haus jauken.

Auch der Herr Vater war von den Zeitereignissen alteriert und vermerkte hierüber in seinem Notizbüchel, mutmaßlich zu Ende des Monats September:

»Mein Bruder thut uns fürsichtig zu Wissen, das in Admont eine Exekutionstruppe 2o Man hoch, eingetrofen ist. Weiters hat man 22oo Reitter zu Erwarten. Auch habent französische Officier den Frater Lupicin auß den Stift hinwekgeführet, um selbigen als Dolmetscher zu brauchen. Er zeigete zum Entsetzen und Bestürtzung seiner Mitbrüder und Obern keinerley Schröck, vielmehr Wilfährikeit. Gott verhütte, daß er ein Verräther sey durch sein lothringisches Bluet. Ich erinner mich an seine Persohn, welche wan ich nit irr unbedeutent und schmächtig ist, das man ihm eine sobeschafne Arbeit wie Beispielsweise die Eißengatter in der Bibliothek schier gar nit zutraun kan. Aber mag ebensogut als wie ein großer Künztler auch ein großer Schalk in dem Mandel stecken. Es muß sich ja weisen ...«

Und auf den folgenden Blättern schrieb Vater Stralz:

»Nunmehr wird sich das Geschick Österreichs entschiden haben. Das Friedenskompromiß ist allerorts puplizieret und ruffet durch seine schimpfliche Härte wahrhaft große und peinliche Bestürzung herfür. In Erachtung dessen das wir als Nachbarn betroffen sind muß an Erster Stell, das in Verlur gehente geweßte Erzbistum Salzburg genennet werden. Mit Sin und Absicht mauernt sie unterhalb Mandling bereits eine neue Reichsgräntz auf und die Bayern verüben sonach ihnere abträglichen Fahlgriffe an salzburgischer Landes Freiheit;

deßgleichen wie sies vier Jahre in Tyrol getrieben habent. Nenne es gerechtsam und billig, wann der Stadthalter und Commandant Andreas Hofer nicht nachgiebt und sich bluetig wehrt um den Namen und die heimatliche Urart, welch beydes därf nimmer verschwindten.

Die umlauffenten Gerüchte bewahrheiten sich mit maß. Und der Kampfbereich ist zur stund an die Salzach verleget, sintemal vorerst in der Nahend von Sterzing und alsdann am Iselberg heftiges Bluetvergissen stattgefunden hat. Es sind mir Weg und Steg in oberwähnter Gegend durch eigenen Augenschein bekannt und bin anno 1785 von Landeck nach Meran zu fuß gewalzt, habe selbsten auch die Pontlatzer Brugge uiberschritten, nicht erahnend, daß dermahleins etzliche Widersacher hierneben im Todte abscheiden müsseten. Im Herbst bin ich zu Gries beim Fleischhacker Franz Xaverius Valtingojer eingestandten; auf das Frühjahr zu kunnt ich die walische Hitz aber nit mehr erleiden. Bin wieder davon aus diesen rosinfarbenen Wundergärthlein, wo unsereiner baß ersticket. Auf dem Brenner wahete ein eittel tückischer Jaukwind. Hinter dem Paschberg und Amras herentgegen spürete man die harbe schneidente Luft.

An Kufsteyn vorbey habe ich das bayrische Land betretten und anderthalb Jahr in die Creutz und Quer bereiset, bis zur Donau. Gar maniglichen Bräymeister bin ich zu Dank verpflichtet, wo itzt zu Folge unseliger Tyraney und Schalkhaftigkeit des Kaiser Napoleon seine brüderliche Anverwandtschafft abläugnet und uns schädiget. Bereue nicht! daß teutsche Vatterland als nothleidiger Handwerksgesell beschaut zu haben. Sollent so Gott will! auch meine Kinder thun und die Unterhaltung für ihres Leibes Bedurft und Gesund an eigenen Werck verdienen. Sollent auch Verstand und Einsicht bilden.

Freilich, es regiert im freyen Bürgerthum nicht mehr der Geist Josephi des Zweiten!

So geschrieben nach dem Gröbminger Kirchtag im Kriegs Jahre 1809 ...«

Es fügte sich die Stille des ermatteten Reiches in den herbstlichen Rahmen der Natur. In einförmig steinblauem Farbenton standen die Wolken am Himmel. Und durch die absterbende Landschaft stieß nur mehr in langen Zeiträumen ein jäher Sturm, die letzten steuerlosen Blätter wegtreibend, an einen fremden Graben, wo gar viel lag, was niemalen hatte zueinander gehört. Ach, so geschah auch, daß sich noch ein paar Heere gleichwie ein böser Sturm über den Baum Österreich schlugen und manches widerstrebende Blättlein hinauswirbelten, was ihm von Gottesrecht zu eigen war ...

Es könnte wohl ein Fähnlein Rothosen beim Vormarsch gegen das Inntal besondern Weg benutzt haben; es könnte auch ein Fähnlein aus dem Salzburgischen retiriert oder gar vom Vizekönig Eugen, der ins Pustertal strebte, über die Tauernpässe abgeirrt sein ...

Die Öblarner Kirchenchronik und das alte Notizbuch hat von Herkunft und Ziel des Fähnleins nichts verlautbart. Und es bleibt der Anfang füglich unserer Phantasei überlassen, während wir mit Gewißheit vernehmen, daß in der Woche des Rosenkranzfestes um die Mittagszeit, als es sich düster bewölkte und die Sonne hinter dem steingrauen Himmel blieb, als durch die satte, lautlose, weiche Luft eine Schneeflocke ... und noch eine und aber tausend niederschwebten, als Herr Raimund Winkler von der Schulstube weg zum Dienerfeld eilte, um dort selbst sein Kraut zu fechsen ... und die Kinder auf dem apern Raine schon mit der Schlittgeiß liefen ... daß also der Franzos in Öblarn einmarschierte.

An allem Ort und Ende brach ein schreckbares Gezeter aus. Manches schwere Bauernroß wieherte gell hinter der zugepferchten Stalltür, wenn ein Meldereiter oder ein Offizier vorübergaloppierte. Das Rindvieh gebärdete sich unsinnig vor Hunger und etwelchem dumpfen Instinkt. Sowie ein Spalt sich ins Freie auftat und die beißende Stinkluft plötzlich von einem kühlen blendenden Streif durchschnitten ward und Menschen, sage Freund und Feind, hereintraten, so nahmen sie gewiß ein schönes braunscheckiges Kalb von der Kette, ein feistes Schaf oder ein Böckel. Und zerrten, schoben und stießen es fort gegen den Stralzenhof, wo allbereits der

Matthäus mit dem Fleischburschen sowie einigen Quartiermeistern und Trainsoldaten stund; nicht zu vergessen, wo auch Herr Raimund Winkler sich notgedrängt eingefunden hatte und mit zitternden Fingern, annoch von Krautsaft und Erde beschmutzt, den Bleigriffel meisterte und genauest notierte, wieviel jeder Besitzer an Vieh, Fett und Getreid als Kontribution überwies. Seine Unruhe wuchs zusehends. Und jedesmal, wann ein frummes Tier, alle viere gegen das bucklige Pflaster stemmend, vor Todesangst aufplärrte, trieb es ihm das Blut zu Herzen, schloß er die Augen vor Schwäche und vermeinte: itzt träf es seine graue Geiß.
Wirklich, Herr Raimund Winkler sah sie eines zwanzigfachen Todes sterben. Alles andere um ihn verging wie ein Wirbel. Und Vater Stralz mußte ihm nach vollendeter Aktion mahnend auf die Achsel stupfen, damit er seiner Verantwortlichkeit gemäß noch revidiere. Es stimmte nicht übel. Nur beim Kleinvieh hatte der arme Schullehrer um zwei Stück zuviel gerechnet.
Die Rögerl brachte ihrem Vater alsdann zur Kräftigung ein Glas Holunderschnaps, der Michael Praßthofer bot ihm eine Prise Schnopftabak an und schimpfte so nebenbei über seine Alte, daß sie drüben im Kramladen mit den geschniegelten Franzosen scharmutziere.
Aber Raimund Winkler nahm nichts, sah nichts, hörte nichts. Wie ein Schatten ging er mit stillen, weit ausgreifenden Schritten heim. Der leise Schnee fiel rings um das kleine Haus mit den grünen Fensterbalken. Es war kein böser Mensch zu sehen. Das Fichtenholz lag Scheit für Scheit am Zaun, und die Krautköpfe waren auf der Hausbank säuberlich geschichtet, und jeder hatte ein weißes Häubchen. Vom offenen Stallfenster stieg der Dunst.
Nirgends ein Laut ... Er schlich gebeugt ums Eck. Die kleine Tür war eingedrückt, das Hüttel ... leer. Da gab's ihm einen kurzen Brenner in der Brust. Und er sah die steingraue Geiß bereits eines zwanzigfachen Todes gestorben. Ganz matt taumelte er zum Haus. Er glaubte nicht anders, als daß auch seine Kinder tot seien ... oder verschleppt. Das Schloß widerstand. Er klopfte.
Nichts.
Er klopfte.

Endlich rührte sich drinnen sein zweitgrößtes Töchterl, die Ursula, und frug mit zieselfeiner Sprache, wie er stets zu hören wünschte:
»Herr Vater, seid es Ihr?«
»Ja«, antwortete der Magister mehrmals dringlich. »Ja, ich bin's.«
Doch es klang rauh und fremd. Und Ursula ging fort und kehrte lange nicht zurück. Auf einmal knarrte doch der Schlüssel, und das Mädchen trat ihm mit einem wuchtigen Säbel entgegen, den es nie und nimmer hätte schwingen können. Raimund Winkler sprach kein Wort und ging hinein. In der Küche rauchte es. Er vermochte in der Dämmerung nichts zu unterscheiden. Dann lachte irgendwo ein Kind. Und nach der Reihe krabbelte es aus den Winkeln, darin Ursula ihre Geschwister, den sieben Geißlein gleich, versteckt hatte. Er machte nur einen schweren erlösten Seufzer; fraglich, ob er bemerkte, daß sie alle den Geruch von feuchtem Mist an sich hatten, und daß es insbesonders auf der Diele gottslästerlich ausschaute. Raimund Winkler, der seinen jungen Nachwuchs ansonst in recht verbitterter Strenge aufzog und ihn oft über Gebühr der unschuldigsten Freuden beraubte, nur damit sein Hausstand halbwegs in Ordnung blieb und er nicht allzuviel zerfetzte und vergrindete Kindswäsch zu säubern hatte, Raimund Winkler schwieg dieses Mal, vielleicht, daß er wirklich nichts bemerkte.
Es war jedoch der reichliche Unrat in einer braven, ernsthaften Weise ganz begründet; zumal er die armen Halbwaisen das Frühjahr und den Sommer hindurch vor den Franzosen gewarnt und ihnen die Gefahr fürgestellt hatte, von welcher namentlich das liebe Vieh bedroht war, hatten sie die vier Leghennen und das Spanferkel ins Schulzimmer hineingetan. Ach Gott! Nur die tragende Geiß hatte trotz Bitten und Tränlein einer weggeführt. Und der Beschreibung nach war anzunehmen, daß es kein Franzmann gewesen, sondern ein heimischer Dieb, welcher die Wirrsale einer Invasion listig nutzte.
Solche Erwähnung drückte den Magister hart genug und doch leichter, denn so war das gute Tier wenigstens nicht unters Messer gekommen.
Er schritt einige Male zwischen Schulstube und Küche hin und her. Alsdann trug er mit den Kindern die Krautköpfe zur

Kellerstiege. Ein Schaff Wasser holte er noch vom Walchenbach und aus dem Überboden des Stalles eine mächtige Garbe Streu. Nachdem er seinen Besitz so eng beisammen wußte, sperrte er die Tür ab und fühlte sich mehr getröstet und geborgen. Wieder einmal kam ihm sein Eheweib in den Sinn, welches an der Abzehrung dahingeschieden war. Er wollte sich ihr Bild in Erinnerung bringen, aber es verschwamm zu ganz undeutlicher Fremdheit. Und er zählte die Jahre, dieweil er schon Wittiber war, und verwunderte sich. Auf dies und jenes Frauenzimmer verfiel seine Einbildung, wohl überprüfend, wie es zur augenblicklichen Verwahrlosung passen möge. Aber auch solche Phantasien entschwammen zu nichts.

Schier ungestört konnte er seinen Gedanken nachgehen. Die Kinder duckten sich bei schweren Gemütszuständen des Vaters. Weder der Dorfrichter noch der Pfarrer verlangten ihn zur Assistenz und Schreiberei. Nur Lukas Stralz klopfte einmal im Dusendwerden und frug um den Kirchenschlüssel.

Raimund Winkler rief durch das helle Herz im dunkelgrünen Fensterladen, daß besagter Schlüssel des Betläutens halber beim alten Berghammer liege, ließ ein wenig Rauch durch die Luke und drehte den Riegel wieder zu. Mit blau betupftem Schneuztuch fuhr er öfters über das Gesicht, schritt langsam zwischen Schulstube und Küche auf und ab und dachte hiebei an sein Bübel und seine Mädchen, mitinbegriffen auch Regina, die beim Stralzen in leichtem Dienste stand. Wenn er gewußt hätte . . .

Die drei Klafter Fichtenholz lagen sauber aufgeschichtet vor dem Zaun. Die Birnzweige mit ihrem spärlichen Laub wiegten sich und schnellten weiße Bällchen ab. Es pochte niemand mehr. Das Geflatter der Leghennen und das Kinderwispern kam nur noch traumverloren. Draußen orgelte der Bach. Und flaumicht rieselten die Flocken um die kleine hülzerne Arche des Herrn Raimund Winkler.

Im Dorfe hatten sie schon manches Lämpchen aufgezündet. Man konnte wahrnehmen, wie die Leute ihren Kienspan oder ihr Talglicht durchs Haus trugen, Fenster um Fenster erhellend. Nur gegen den Walchengraben, wo Keuschen, Mühlen und Schmiedhämmer gebaut waren, hing die einförmige Finsternis.

Der Lukas Stralz drückte sich die Schlufe und Gassen entlang, schauderte wohl auch, wann urblitzlich eine Person im Schneegestöber auftauchte. Er ging aber nicht heim; trottete vielmehr an Haustür, Tenn und Fluder vorbei, zwischen Bach und Obstgarten zum Berghammer hinauf. Es gluckste das Wasser, und sein frisches, kleines Lausbubenherz flatterte ein bißchen bei jedem Schritt. Im Eck beim Buglmüller erspähte der Lukas ein Rudel Leut, verschwiegen lauernd. Ach, da wäre er am liebsten zurück an Frau Mutters Kittelfalte. Als aber einige sich rührten und gar auf ihn zustiefelten, spekulierte er schon, ob's nicht etwa seine zwei Brüder und etwelche Knappen seien. Und in der Tat, sie waren es. Er winkte und deutete, und die Burschen mußten wohl oder übel mit ihm den Schlüssel holen. Ein junger Knecht stand vorm Gehöft und glotzte baß und schaffte sie in den Oberstock. Die Holzstiege mit dem zierlich gesägten Geländer war sauber gerieben und glänzte mattgelb im Dämmer des Abends. Die Tür vom Söller nach dem Altan war offen und vergoß noch blauen, spärlichen Schein. Es schwelte eine seltsame Traulichkeit, eine leise herbstliche Wärme aus dem Holzgebälk. Grausilbern lehnte der Palmbuschen unter dem Kruzifix. Alle Heiligenbilder hingen schon schwarz und verschwommen.

Die Burschen nahmen den Hut ab, und ihr grober Schritt dämpfte sich. Sie warteten. Item, der alte Dorfrichter stund, von ihnen abgewendet, beim Uhrgehäus; er wollte das Gewicht, sintemal es nahezu abgelaufen war, mit fürsichtiger Hand in die Höhe ziehen, von der Diele bis schier zum Dibbelboden. Es war nämlich ein Samstag. Noch tickte das kurze Pendel, der Zeiger tat einen schwachen Ruck und übersprang auf dem bunten Kranz der Zifferscheibe eine Rose, ein Veiglein, ein Blatt.

Und der Bauxerl, sein leibiger Wachtelhund, schnüffelte unruhig, bellte aber nicht, als wüßte er, daß sein altes Herrl taub und zittrig im Kopf geworden. Er stieß nur mit der feuchten Schnauze an die Hand, just als sie das Gewicht heben wollte. Der alte Mann drehte sich um. Und Matthäus Stralz stellte sich sogleich in seiner ganzen Größe hin und schrie ihn an. Es brauchte ein langes und breites, bis der Berghammer ihren Wunsch begriff.

Was sie alsdann im Sinn hätten, frug er.

Der Pfarrer hab sie sammentlich geschickt, log ein frecher Knapp.
Von wegen der Sicherheit, fügte Markus mit einem ganz verschmitzten Lacher bei. Und Matthäus ging zum Kreuz im Winkel und nahm einfach den Schlüssel. Gar nichts Arges dachte der Greis, obschon er weder Wort noch Sinn erriet. Er ließ es geschehen, setzte sich auf die Truhe hin und betrachtete, wie das Messingperpendikel zuckend schwang.
Dann stand das Bleigewicht auf dem Boden still. Eine Woche war nämlich zu Ende. Da mußte der Dorfrichter bedenken, daß ebenso sicher auch sein Leben dermaleinst um sein werde. Aber annoch fühlte er sich gesund, heiter und frisch, daß er solche Grillen lächelnd von sich wies. Der ewige Hausvater, so meinte er, der ewige Hausvater droben konnte schon allmächtiger- und geduldigerweise zuwarten und eine Spanne Raumes lassen zwischen der lieben Erde und der Kette, woran sein Lungel, Herz und Leber hingen.
Die jungen Öblinger waren indessen die Stiege hinabgetümmelt, Schnee- und Kotspuren auf den sauber geputzten Brettern zurücklassend. Und als sie das Haustor aufrissen, wehte ein starker Luftzug bis in den Oberstock und strich dem alten Mann über das schüttere Haar und zerstreute seine Gedanken, daß er sogar vergaß, das Bleigewicht im hohen Uhrgehäuse noch einmal zu heben ...
Mit verhaltener Stimme und mühsam gebändigter Kraft schoben sich die Burschen in der schneeichten Dunkelheit vorwärts. Aus jedem Winkel kroch einer dazu. In jedem Gäßchen hielt einer Wache. Und wann sie von weitem einen Franzmann oder einen ehrsamen, überlegten Bürger zu gewärtigen hatten, so pfiff es irgendwo, und die Buben standen dann starr und steif wie Zaunstipfel. Jedoch ihre Fibern zersprangen fast vor Anspannung.
Einmal wurden sie überrascht. Zum Glück war's nur der Bader Gasteiger. Er stellte sie und fing ein wahres Kreuzverhör mit ihnen an.
Wohin sie des Weges auswöllten? Was sie Neues wüßten? Ob wahrhaftig ein Viertelhundert französische Offiziere in der Propstei Gstatt wären einquartiert, maßen der Pfleger beim Veitkramer alle Wachskerzen aufgekauft habe. Ob sie schon das Biwak gesehen, mitten auf dem Kirchplatz? Und

weshalben sie dergestalt ums Dorf schlichen? Heimzu wäre doch die grade Straße am nächsten.
Die Öblinger Burschen taten über die Maßen dumm, sagten nicht ja und nicht nein und parierten mit zähem, verschlagenem Bauernwitz die Inquisition des gelehrten Herrn, bis er in seiner raschen Art einem Knappen den Hosensack visitierte und darin was Seltsames fand; item, ein Pistol!
Der grobe Kund drehte ihm das Waffen zwar aus der Hand, allein Farb bekennen mußten sie nun doch. Daß der Oberverweser selbsten auch mithalte, sagten sie kurz und bündig, und nach dem Betläuten ging' es los...
Solches war für den hitzigen Bader genug. Einen am Ärmel packend, beschwor er heiser und aufgeregt seine Verschwiegenheit und Beihülf. Und nun gaben sie dem Gasteiger zu wissen, daß der Matthäus ein Mordskerl sei und schon den ganzen Feldzug bis ins I-Tüpfel ausspintisiert und eine Predigt gehalten hab, wie's der Teufel nit höllischer zusammenbrächte... Ob dem Bader das Loch im Kirchengemäuer bekannt wär, was in den Totenkeller auslief. Dort hätten sie nun ihre Schießprügel sowie Pulver, Blei und Lunte hinabgelassen. Freilich vermöchte nur ein geschmeidiges Leut, sage der Lukas, alles wieder heraufzuholen.
Das Herz des kleinen Lukas erbebte abermals ganz schreckbar. Nichtsdestoweniger bejahte er dienstbeflissen und sprach die Behauptung aus, welche er von der Kriegsrede seines großen Bruders wortwörtlich im Gedächtnis hatte: daß sich nämlich auch die Steirer über das Franzosengesindel hertrauten, denn sie wären keine Dodeln und keine Teppen nit und ließen sich von niemand Zugewanderten auf den Kopf machen.
Sonach bereiteten sich die Stralzensöhne mit andern jungen Leuten für eine gar gewichtige Heimlichkeit, und es war ganz und gar umsonst, daß der gestrenge Herr Vater zu wiederholten Malen ihren Namen rief, und daß sein Bräuknecht, der feiste Blasel, ihnen schwitzend und pfnausend alle Strafen des Himmels und der Hölle androhte, falls sie nicht stante pede kämen.
Der Blasius Stocker trottete, aus seiner unvergleichlichen Ruhe grausam aufgeschreckt, durch die Grafentaverne wie ein verloffenes Hündlein auf einem Kirchtag. Die fremden Soldaten drehten ihn schier über. Die fremdländisch rätselhafte Mund-

art verursachte in seinem Kopf eine Art Hagelschauer. Wohl tat er dessenungeachtet seine Pflicht und Schuldigkeit und trug immerfort, wie er's an Sonn- und Feiertagen gewohnt war, vier Maß in der linken und fünf in der rechten Hand vom Keller in die Gaststube. Aber das Geld sackelte er ein, wie er's bekam, nicht mehr bedenkend, ob es zuviel oder genug oder ein Bettel war. Manchmal stellte er sich ein Ave lang vors Tor, und wann zufällig gegenüber auch der Stralz erschien und gleich ihm nach den Buben aussah, erbaute er sich ehrfürchtig an der Haltung seines hochwerten Bruders und hielt sich an solchem Beispiel mechanisch aufrecht.

Herr Andreas Stralz hatte den Nachmittag über sein Anwesen wachsam im Auge behalten, hatte in aller Geruhsamkeit gegeben, was recht und billig, und es war durchaus nichts Ungewöhnliches geschehn. Wie jetzt gemach das Zwielicht andämmerte und es in den Winkeln des alten Hauses dusend geworden und selbst Frau Mutters klingende Stimm weniger laut am Feuerherd vernehmlich war, holte er das Notizbüchlein vom Sekretär, um, durch das Ereignis angeregt, seinen Bericht darin zu erweitern. Schon wieder die Treppe niedersteigend, lief ihm die Rögerl über den Weg, die in ihrer kindlichen Geschäftigkeit gar liebhaft anzusehen war und ihn schier zum Lächeln brachte. Sie trug um den Leibkittel eine weiße Schürze, die ihr bis zu den Zehen reichte und selthalben ein bißchen beschwerlich fiel. Auch einen silbernen Schlüsselbund hatte sie angehängt, so daß sie von vorn ausschaute wie eine schmale, blutjunge Wirtin, und von rückwärts wie ein Dirndel, das noch mit Puppen spielt.

Es war gerade auf dem Stiegenabsatz bei der Tür zur Bubenkammer. Vater Stralz klinkte auf und schob das Rögerl hinein.

»Da bleibst!« sagte er. »Sperr zu hinter deiner. Sie möchten dir Nasen und Ohrwascheln wegschneiden, wann sie dich erwischen.«

Rögerl wußte nicht: war's Spaß oder Ernst. Allein sie hatte vor dem Herrn Vater einen heiligen Respekt; und weil er nie ein sinnloses Wort aussprach, glaubte sie ihm auch diesmal.

Anfänglich wurde ihr die Zeit nicht lang. Sie versuchte nach dem Ton der Schritte zu erraten, welcher Hausbewohner eben vorbeikam. Sie spähte in den Mauslöchern nach, wieviel Viererbatzen der Lukas schon zusammengespart habe, und nähte dem Markus einen Hirschhornknopf ins Leibl, das windverdreht über den Stuhl geworfen war. Einmal oder zweimal schien ihr, als habe die Frau Mutter sie gerufen. In dem immerwährenden Lärm und Getrampel jedoch konnte sie keinen Laut deutlich unterscheiden. Unschlüssig zog sie den Riegel im Schloß zurück und horchte. Hinaus wagte sie sich aber nicht ohne den gewissen Verlaub des Herrn Vaters.

Vielleicht war eine Stunde verstrichen. Vielleicht nur eine kurze Weil. Es schneite tief in den Obstgarten. Es wurde weiß und doch finster. Die Rögerl fand nirgends einen Zündschwamm; es fror sie. Eine unbestimmbare Bangigkeit bedrängte ihr lebhaftes Kindesgemüt. Manchmal meinte sie, es wäre schon Mitternacht. Und sie wünschte sich die Buben herbei und die gute Frau Mutter. Indessen fiel ihr ein, daß ebensowohl auch ein wilder Franzos könne die Tür aufmachen. Und flugs sperrte sie zu.

Wieder hörte sie etwas in ihrer dumpfen Erwartung. Es kam ihr vor, als habe sie selbst geschrien. Oder nicht? Es war stockfinster ...

Weiß Gott! Auf einmal mußte sich die kleine Dirn an die Rauchküche erinnern, wo noch immer in einer eisernen Spatel die Silbergulden lagen, die Golddukaten und das elfenbeinerne Kreuz von Jerusalem ...

Ein Grauen rieselte ihr den Rücken hinab. Leibhaftig hörte sie die Frau Mutter flüstern: »... Bst ... Rögerl, wann ich sterben sollt ... so weißt es ...«

Sie verstand es ganz und gar, was Constantia Stralzin gemeint hatte! Vielleicht starb sie jetzt?

Das arme Kind konnte es nicht mehr aushalten. Horchte einen Augenblick, zerrte am Riegel und schlüpfte auf den Stiegenabsatz. Unten im Vorhaus gab es noch immer Lärm und Leute. Oben im Söller war's unheimlich still. Regina tappte hinauf und suchte in der ehelichen Schlafkammer. Sie war leer. Scheu und zitternd rieb sie das Feuerzeug an und ging in das Tafelzimmer.

»Rögerl, bist du es?« frug Mutter Stralzin. Der Vorhang des Himmelbettes war zurückgeschoben. Etliche schneeweiße Bettwäsch lag auf dem Boden; die Frau Constantia hatte nicht mehr Zeit gehabt, Pölster und Duchent zu überziehen.

»Eine Ewigkeit wart ich«, sagte sie müde, »und kein Mensch kömmt nit.«
Die kleine Dirn brachte nur einen Seufzer über die Lippen. Sie getraute sich auch nicht nahe zum Bett. Und das Wachslicht in ihrer Hand tropfte und bekam eine lange Lichtputze. So achtlos hielt sie es.
»Schwach is'...«, sagte die Stralzin und faltete hastig das Leintuch auseinander.
Regina trat feuerrot und fürsichtig hinzu. Und sah das Kind. Es war unsäglich zart und atmete kaum.
»Liab is'...«, sagte die Dirn ganz leise und hauchte sich die kalten Finger an, um es nicht zu schrecken. Die Knie bebten ihr noch; in ihrem Herzen beruhigte sich aber schon das sausende Blut, und die heißen Wangen wurden wieder rosinfarben.
Nachdem sie das Unschlittlicht auf den Ofensims geklebt hatte, zwängte sie der Stralzin ein Polster unter den Rücken und tat auch sonst alles, was in solchem Augenblick vonnöten. Behutsam schlürfte sie einher, um ja nicht über die lange Schürze zu stolpern, und manchmal wandte sie den besorgten Blick unter den Betthimmel, spähend, ob die Frau Mutter noch lebe.
Sie lebte wohl. Allein ihre sammetbraunen Augen zeigten mehr und mehr einen starren, verglasten Grund. Und als die Rögerl nachgerade daran ging, das Kind einzuwickeln, gab sie keine Unterweisung, sondern nur irre Worte von sich. Glücklicherweise verstand die Dirn besagtes Geschäft noch von ihren jüngsten Geschwistern her und wurde mithin allein fertig.
Es schüttelte die Hausmutter vor Frost, und das Fieber war im Steigen begriffen. Unablässig verlangte sie nach Hüllen und Pölstern. Sie saß nahezu aufrecht und beobachtete jede Gebärde ihrer Ziehtochter mit feindseligem Mißtrauen.
Die eingesperrte Luft des Tafelzimmers war kühl und muffig. Der Hauch stand wie flügge Nebelblasen vor dem Mund. Da sagte die Rögerl klugerweise, sie wolle geschwind im Kachelofen einheizen und sonach zur Buglmüllerin, zum Bader und zum Pfarrer gehn. Hierbei legte sie das Häuflein Elend der Stralzin ins Bett. Gleichwohl die Unschlittkerze ganz spärlichen Schimmer vergab, welcher bald in große, flackernde Schattenfiguren überfloß, und gleichwohl die arme Frau vor

Schwäche oder, wie ihr selbst schien, von tanzenden Feuerpunkten geblendet war, blieb ihr der Zustand des Kindes nicht verborgen. Mit blauen Lippen lag es, hinwieder aufwimmernd, unheimlich starr und erschöpft.
»In Gottes Namen!« kreischte die Stralzin, wie Regina zur Tür hinaus trachtete. »Helfts mir! Es stirbt ...«
Die Dirn rannte zurück, und beide bliesen dem Würmchen ihren Atem ein, sie rieben die verkrampften kleinen Fäuste und wiegten es auf den Armen ... gsch ... gsch ...
Vor dem Fenster nach dem Garten zu rührte sich ein beschneiter Aprikosenzweig wie beinerne Finger. Und noch weiter draußen stand das dichte silberne Netz des Neuschnees, von unzähligen sinkenden Flocken gewoben, und es nahm sich aus, als taste die weiße Hand hinein und zerreiße es tückisch. In halbem Traume und fast bewußtloser Qual arbeiteten die Gedanken der Frau Mutter an diesen Maschen; sie wurden nach vieler Mühsal zu Federbettchen, darin ihre Kinder schliefen, sie wurden Wolken mit holdseligen Engeln wie in der Wallfahrtskirche zu Filzmoos ... Aber einem, sie wußte nicht welchem, wuchsen kohlschwarze Hörner an der Stirn ... Ja, sie wußte: es war der Kleinste, der itzt ohne Chrysam und Tauf in seiner Erbsünde starb ... Und gierig und grausig winkte die Totenhand ...
Der Jager!
Zog das unschuldige Teufelchen von den drei lichten Brüdern fort, von ihrem Herzen fort. Zerrte ... zerrte es an den schwarzen Hörnern ... durch den Schnee ... bergauf ... in den Lärchenwald ... in den Föhrenwald ... über den Stein, wo kein Moos mag leben, wo kein Christröslein blüht ...
Der Jager!
Klöckte ... klöckte ... klöckte beim letzten Evangel ... Weit offen stand das Grimmingtor!
Frau Constantia schauderte zusammen. Ihre Arme versagten der geringen Last. Allein die Rögerl hatte sich achtsam über das Bett geneigt, sodaß sich das zerbrechliche Stralzenkind nicht weh tat. Es wimmerte kaum vernehmbar. Sein Hauch war nur mehr wie der Flug einer allerletzten siechen Biene. Solches erkennend, schrie die Frau Mutter plötzlich gellend auf:
»Geh taufen! Aber geschwind ... geschwind!«

»Hiazt . . .?« frug die Dirn ungläubig, schaute groß und regte sich nit.
»Tu deinen Schurz weg . . . geschwind!« jammerte die Stralzin eigensinnig.
Endlich gehorchte das Mädchen wiederum in allem, was ihr geschafft wurde. Sie setzte dem Kind eine gestrickte Haube auf und hüllte über die Fatsche das blaue Seidentuch, welches ihr für eine immerwährende Bravheit geschenkt worden, und welches sie nachbei dem guten Herrn Jesu als Buße geopfert hatte.
Er, der nämliche führte ihr die Hand und hatte in dem bittern Ernst dieser Stunde, durch alle Lebensnerven eine willenlose Kraft ausgegossen. So blieb sie voll Vertrauen ruhig, wenn auch das zuckende Flämmchen des Kindes merklich hinlosch, wenn auch die Frau Mutter in der Bedrängnis des Fiebers zunderrot brannte.
»Buglmüllerin!« stöhnte sie, ihr Ziehtöchterl schon nimmer kennend . . . »reiß die Hüll vom Nagel! Deck die Hörner zu! Und laß es nit erfrieren! . . . Weißt nach Filzmoos? Nachher lauf . . . lauf . . .!«
Stille, bittere Zährlein rannen der Rögerl über das Gesicht. Und sie glich in diesem Augenblick nicht der Buglmüllerin, alias der weisen Frau; viel eher wohl einem Mädchen, das weinend mit seiner großen Puppe spielt . . . oder gar am meisten glich sie der lieben Mutter Gottes auf dem Weg nach Ägypten.
Von niemand zurückgehalten oder auch nur bemerkt, schlüpfte sie über Stiege und Flur in den frühen Herbstabend hinaus. Das schwere, dunkel geblümte Tuch, welches unterm Kinn mit einem Nadelspieß zusammengesteckt war und mit seinen drei gefransten Zipfen bis an den Gewandsaum reichte, gab ihr ein unscheinbares Aussehen. Die annoch kleinen, wenig beschwerten Schuhe drückten sich nicht so tief in den weichen Schnee, daß derselbe daran klebengeblieben wäre und nasse Erdflecken aufgerissen hätt; nein, sie ließen ein bißchen abseits vom grob zertretenen Straßenkot eine zarte, blasse Spur. Auf der Walchenbrücke war neben dem schiefen Wetterkreuz ein französischer Posten, und vor dem Verweserhaus schritt ein solcher gemessen hin und her. Eine Pechfackel flammte unruhig in der Einfahrt des zugigen Gebäus. Und die zwei

schönsten Stuten des Torbäcken verschnauften schweißbedeckt vor einem hohen Fuder Roggenstroh, welches etlichen Hundert Soldaten als Lager zubereitet werden sollte. Hinter den schmiedeeisernen Fensterkörben und den irisierenden Butzenscheiben wechselten undeutliche Schattenrisse.

Mitten auf dem Dorfplatz, wo zu Fronleichnam der Lebzelter von Gröbming seinen Stand aufschlug und wo zu Allerseelen der windische Kastanienbrater seinen ausgebrannten Ofen hinsetzte, biwakierten ihrer fünfzig Rothosen und brieten über dem Wachtfeuer einen Mastochsen am Spieß. Sicherlich war ihnen zur Stunde noch kein Quartier bekannt, denn ihre Tornister lagen an der Wand des Pfarrhauses aufgeschichtet, und ihre Gewehre waren in Pyramiden zusammengestellt. Ein Geschwirr und Gesumme von unverständlichen Stimmen schwamm dahin.

Es geschah merkwürdig, gleichwie in einem schreckbaren Traum, daß Regina so mutterseelenallein unter den vielen fremden Menschen war, von denen mancher alle sieben Todsünden im Gesicht trug. Sie kam in den Lichtkreis des Lagerfeuers und kam wieder hinaus, ohne daß ihr ein Leid geschehen wäre.

Es hatte zu schneien aufgehört. Von Osten her machte der Wind einen Schub. Und in den Wolkenrändern brach sich gelblich der Mondschein. Ein erster Stern glimmerte. Und von den vier Pappeln tropfte der Schnee, als die Rögerl beim Freithoftor hineinwollte. Aber da mußte sie eben daran denken, daß der hochwürdige Pater Isidor ja gewißlich daheim sei und nicht erahnen könne, daß die Mutter Stralzin anheut ein Kindel geboren habe. Sie ging die paar Schritte zurück, und ihre rechte Hand ein wenig nur von der Fatsche lösend, ein wenig aus dem Schlitz des Umhängetuches strekkend, läutete sie im Pfarrhof an.

Lange Zeit erschien niemand. Mit einem Male ging die Tür auf, welche gar nicht versperrt gewesen, und ein Offizier trat heraus und am Mädchen vorüber, es kaum beachtend. Ihr fiel es im Augenblick nicht ein, etwa unter Dach zu gehn. Stumm und ratlos stand sie da und wartete. Alsdann aber riß sie noch ungeduldiger am Glockenzug.

Die Türschnalle gab einen Ton, und die Angeln kreischten. Und jemand frug. Es war Frater Lupicin aus Admont, welchen die Franzosen als Dolmetsch brauchten. Sie erkannte ihn nur vom Hörensagen am dicken Armband aus Wildkastanien, so er zur Abwehr der geschwollenen Gicht ums Handgelenk gewunden hatte.

Sie horchte gar nicht auf ihn. Das Gefühl schwerer Verantwortung hub wieder an, sie zu peinigen. Nachgerade meinte sie, das Kind wäre schon ein Leichlein. Trotzdessen hielt sie's ihm entgegen und bat schluchzend:

»Taufen sollt er! Taufen!«

Der Lothringer erriet das Gestammel mehr, als er's verstand und frug nachdenklich:

»Eh bien ... der 'farrer?«

Die Dirn nickte. Es verschlug ihr die Red. Ihn plötzlich wegdrängend, strebte sie ins Haus. Da hielt er sie bei der Schulter zurück und deutete lebhaft zur Kirche hinüber. Und noch bevor er ein Wort dazu sagen konnt, drehte die Rögerl ihm den Rücken und stapfte davon.

In den Freithof gelangte noch kein Mondstrahl. Es war jedoch ihr Weg nicht weit; sondern, den Winkel für die unschuldigen Kinder zur Rechten lassend, mußte sie nur, am Grabe des hochwürdigen Paters Laurentius Perger vorbei, durch den Turmbogen gehn. Jenseits spann sich schon ein messerdünner Lichtfaden aus dem Türspalt der Sakristei.

Es war nur ein kurzer Weg.

Allein ehe sie noch unter den Turm kam, wo die Tragbahren für die Särge in einer Mauernische aufgestellt waren, und wo die Finsternis noch kälter und schwärzer stak, konnte Rögerl keinen Schritt mehr tun. Auch zurück nicht! Sie mußte wie verzaubert etwas Unheimliches anstarren, das neben den Bahren in der Wölbung hockte.

Ein Geist?

Die trockene, ausgedarrte Angst preßte ihr den Hals zu. Das Herz raste.

Und die pechfarbene Erscheinung rührte sich und tappte näher. Es war kein Geist. Es waren zwei französische Soldaten, hierbei lauernd und spionierend; wer weiß, was sie allbereits gehört und gesehen hatten!

Der erste Gedanke, welcher die Rögerl blitzschnell streifte, ist die Prophezeiung des Herrn Vaters gewesen. Doch sonderbar ... diese schreckte sie nicht mehr, nein! Nase und Öhrlein

deuchten ihr spottgering. Es packte sie unterweilen ein Grauen, für welches sie weder Namen noch bestimmte Vorstellung hatte. Vipernähnlich ringelte es sich vom Boden in ihren Gliedern empor und schnürte sie. Der kalte Schwitz brach stechend aus der Haut. Sie wurde aschfahl. Das Gehirn war ohne klares Bewußtsein, gleichsam in einem Krampfe.
Die Unmenschen erkannten augenblicks ihre bittere Furcht und bedrängten sie mit frechen Späßen. In der ganzen Wehrlosigkeit hielt sie still wie ein Salzstock, vielleicht, daß solches den einen beschämte; vielleicht, daß ein Anhauch Gnad und Menschlichkeit ihn zwang, von der Dirn sich abzuwenden. Aber, da sprach der andere so zwischen den Zähnen ein Wort ...
Ein böses, vielsündhaftes Wort, welches der Rögerl, obschon sie's nicht ausdeutschen konnte, gar abscheulich durch den Leib rann. Und wieder wollten sie mit ihren Pratzen sich erlustigen. Oder ... war es Ernst?
Regina stand, rührte sich nicht; schrie nicht. Lauschte nur mit jedem Sinn, jedem Nerv, jeder Körperzelle nach dem zögernden Schritt, der irgendwo hinter dem Gemäuer knirschte. Auch die zwei Franzosen horchten auf. Es war der östliche Himmel mählich heiter und der Mond zwischen den Pappeln sichtbar geworden. Sein stetes wassergrünes Licht beirrte sie. Ach, und zeigte ihnen zugleich, wie liebhaft die Dirn trotz ihrer Todesstarre aussah.
Sie spürten im groben Umhang das Leben, was in duftender Jugend knospete, fein und rein.
Kam denn niemand, es zu retten? Im Verwesergarten, welcher an den Freithof grenzet, hatten sich zurzeit schon die jungen Öblinger versteckt. Trieb es keinen, das Pförtchen zu öffnen, dicht am Turmgewölb? Und berührte den Herrn Pfarrer nicht mahnend der Schutzengel?
Nein! Und es war doch ein zögernder Schritt gewesen ... weiß nicht ... wo.
So Gott will, der Schulmeister, ihr eigener Vater, der sich verbunden und verpflichtet hatte zum täglichen Rosenkranz. Kam er? Es war schon Avezeit.
Nein! Der Schritt entklang.
Und die Männer tatzten verliebt nach ihrem Tuch. Die Nadel zog einen tiefen Schurf unter dem weichen Kinn. Doch die

Wunde hatte kein Blut. Und die arme Dirn hatte keine Stimme zum Rufen ... Nur in ihrer letzten, heimlichsten Tiefe betete, schrie, brunn es ... schneller denn ein Mensch beschreiben oder nachsagen kann, schneller wie ein Kreisel surrt, schneller wie ein Wetterfunke springt, von Ewigkeit zu Ewigkeit ...

»Heilige Maria ...!« brunn es auf, »... gratia plena ... hülf, hülf, also auch wir vergeben; mater misericordiae ... Du bist gebenedeit itzt und in der Stunde unseres Absterbens ... Absterbens ... gratia plena ... Kniend, o Maria, will ich rutschen ... auf der Wallfahrt ... kniend über Berg und Tal. Mutter! Mater! Muatter! grad nit sterben ...!«

Mit jagender Erinnerung, mit halbzerbrochenen Sinnen, welche in dieses Erlebnis nachzitternd herüber reichten wie der Schmerz oft in gelähmte Gliedmaßen ... so betete sie. Ihr Leib war tot, ihre Seele ausgelöscht vor Entsetzen, als sie ihr den Umhang herunterrissen. Noch einen Augenblick hatte sie das blaue Tüchel mit gespreizten Fingern an die Brust gedrückt und dann schon nimmer.

Also stund Regina durchsichtig bloß und bleich. Und so gering! Nur in ihrem grobgestöckelten Leibkittel ist sie gewest und in der verschlissenen Werktagsjoppe mit sieben ungleichen Knöpfen. Nur die roten Strümpfe ohne Model und Form sowie zerflickte, vertretene Bundschuh hatte sie an den Füßen. Allein der Herre Gott pflegt in seiner barmherzigen Art einmal sich der Niedrigen anzunehmen und diejenigen zu schmücken, die keinen andern Zierat besitzen als ihre Unschuld. Darum geschah auch, daß die Dirn beschenkt worden ist mit Schneesternen, wippend von dürren Pappelzweigen; mit purem Mondschein und insonderheit mit der unnahbaren unirdischen Gegenwart des zu früh geborenen Kindes.

Also ... daß sie dastund ... durch Gottes Glorie schier zerrunnen und zerbrunnen und einem Gnadenbilde ähnlich, nicht wohnhaft auf Erden.

Die Soldaten stierten fassungslos. In dumpfe Furcht verkehrte sich urblitzlich ihr unsauberes Gelüst. Sie wichen und schlugen ein Kreuz vor der schmächtigen Jungfrau, die ein schlafendes Kind durch den Freithof trug.

Oh, sie waren in der uferlosen Hölle des Krieges zermürbt und zermalmt worden! Sträubten sich nicht mehr vor Wun-

der noch Aberwitz ... vor Gott oder Teufel. Das Gute wie das Böse hatte alle Macht über ihre armen Seelen.
Und aus armer Seele stöhnten sie:
»Notre Dame ...«
Sie schloffen entlang der Kirchenmauer, schaudernd dem geblümten Wolltuch und dem Seidenfetzlein ausweichend, das ihnen zu Füßen lag. Wer weiß, ob es nicht ihre letzte Versuchung und ihre letzte Gnad gewesen, daß sie Rögerl für die Mutter Gottes hielten und selbes Wort sprachen vor einem jähen, unversehenen Tode.
»Notre Dame ...!«
Ein gar andächtiges Wort, welches der Dirn, obschon sie's nicht ausdeutschen konnte, als linder Balsam durch den Körper rann. Sie vermochte es ihr Lebtag nicht zu enträtseln. Vermochte sich auch später nicht darauf zu besinnen, warum ihre Füße sie wieder trugen, und weshalb sie doch zur Sakristei kam. Traumhaft war ihr, als habe sie das Pförtchen von innen verriegelt und das Fenster mit eisernen Balken verwehrt gefunden ... Als hab' sie geklopft ...
Wann Regina dies wirklich tat, so geschah es umsonst. Indes sie aber stumm und geduldig wartete, zupfte sie auf einmal der Markus und sagte, sich über sein jüngstes Geschwistert beugend:
»Hau!«
Er befund es selbstverständlich, denn er war gescheit wie ein Kurschmied und machte sich hinter jedes Mirakel in den natürlichen Dingen des Lebens. Er kapierte auch geschwind, was ihr Wunsch und Wille sei, packte sie schweigend bei der Kittelfalte und führte sie ein Stück weiter bis zum Floriani-Tor, welches nah am Totenkeller. Es war merkwürdigerweise offen, und Markus schupfte sie hinein.
Achtsam hallte ihr bescheidener Schritt über das Backsteinpflaster und stieß unterweilen wohl auch an eine Betbank oder einen Opferstock. Denn die Mondstrahlen rieselten karg durch das enge Drahtgeflecht der Fenster. Im Presbyterium aber zeigte ihr schon die sanft rötliche Glasschale des Ewigen Lichtes den Weg, und alsbald fühlte sie unter den Füßen nicht breiter wie eine Faßdaube die ausgetretene Schwelle der Sakristei.
Sie drückte den Türflügel zurück, und eintretend gewahrte

sie den Pater Isidor, welcher ebenitzt sehr eifrig Paramenten, Silberkännchen und Patene in einem diebsicheren Wandkasten versperrte, inwährend der alt Berghammer ihm eine brenzelige Rüböllampe zuhielt.
Regina blieb mit solch todernstem Ausdruck neben dem Pfarrherrn stehn, daß dieser sie nicht sogleich erkannte. Indem er des Dorfrichters kleines Licht nahm und sie damit anleuchtete, frug er:
»Ja . . . Rögerl . . .?«
Und aus seiner Dose schnupfend, frug er:
»Hast du so pumpert?«
Alsdann nieste der gute Pater Isidor. Aber statt eines »Helf Gott!« oder etwelcher Antwort hielt ihm die Dirn das Kind mit der nämlichen Gebärde entgegen wie zuvor dem Frater Lupicin. Sie bewegte klappernd die Kiefer, reden konnte sie noch immer nichts.
Darüber vergaß er sich zu erkundigen, ob sie etwa durchs Schlüsselloch herein wäre. Denn er, welcher schon unzählige steirische Heidlein getauft und zuweilen auch eines sonder Segen und Weihbrunn hatte begraben müssen, erschrak genugsam über das Kind, welches in der herben Nachtluft blau und rot wie eine unreife Zwetschke geworden und nur wimmernd atmete.
Geschwind holte er eine hochgeweihte Stola sowie Ölkapsel und Taufwasser herzu und schob mit zwei Fingerspitzen die Haube aus der eiskalten Stirn.
»Göden hast keinen bei dir?« sagte er.
Sie schüttelte den Kopf.
Der Täufling schöpfte schwach und fing an, den Atem zu verziehen. Selthalb wurde dem Pfarrherrn siedig angst. Er schüttelte das Kind, hutschte es, und sobald er's wieder aus der Erstickungsnot befreit hatte, legte er's ohne viel Wort dem Berghammer auf die Arme.
Mit diesem hatte es aber eine merkwürdige Bewandtnis. Je länger er in den Anblick des jungen Frauenzimmers versunken war, um so weniger mochte er glauben, daß es die Stralzenrögerl sei. Schließlich vergaß er überhaupt darauf, und sie erschien ihm fremd und doch bekannt wie ein hülzernes Bildstöckel, vor dem er sein Lebtag den Hut abgenommen hatte. Ja . . . so erschien sie dem alten, sinnierlichen Mann, der,

seines Gehöres verlustig, einzig durch das Augenlicht der Welt verbunden lebte und gar manches nicht mehr spürte, was Staub und Asche, und gar allerlei schaute, was schon des Himmels war: sage, den Hauch der Glorie über fett geöltem, schlicht gezopftem Haar und das Herz, noch heimlich vermacht mit sieben ungleichen Knöpfen ...
Er dachte an den neuen flaumichten Schnee ... an die Christzeit ...
Hat nicht Unsere Liebe Frau ein Knäblein gewiegt zu Bethlehem und unabläßlich gekoset? Öchsel und Esel haben's gewußt und das süße Heu nicht aus der Krippen gelecket. Maria lieb hat es mit Windeln bedecket. Und Joseph sang, damit der Heiland kunnt schlafen ...
Ein uraltes Hirtenspiel ging dem Dorfrichter durch den Sinn, und er sumsete so zwischen den müden, abgestorbenen Lippen dahin. Wohl hob Pater Isidor mahnend den Zeigefinger, bevor er die heilige Handlung begann, und verwies zu fleißiger Sammlung. Wohl brachte er die Taufgebete nahe zum tauben Ohr. Aber schließlich blieb doch nichts anderes übrig, als daß die Rögerl ihm mit annoch zittriger und rauher Stimm beistand, denn der Greis war ungeacht aller Ermahnung von seinem frummen Christlied nicht abzubringen.

»Stacherl, muaßt gschwind aufstehn!
Ja ... was denn toan?
Mich wundert's, daß d' schlafen magst!
Ja ... ich schlaf schon ...«

Sachte, sachte war die Tür gegen das Presbyterium aufgegangen, nur in Spaltesbreite. Draußen standen die drei Stralzenbuben, völlig von sanft rötlicher Dämmerung überschattet, und lauschten unbewegten Gesichts. Rögerl allein merkte es. Sie hob das Rüböllämpchen mit ihren gefalteten Händen ein bißchen höher und lächelte ihnen leise und mütterlich zu; sie bedeutete ihnen auch, in die Sakristei zu treten. Und wunderte sich sonach über den Lukas, weil er, sonst gar geschäftig, nicht eine Flechse rührte. Sie wunderte sich auch über den Markus, daß er nämlich einen großen Backstein unter der Achsel hatte. Recht unheimlich kam ihr der Matthäus vor. Sein Blick war falsch und verhitzet zum Erschrecken ... die Rögerl mußte

ihm standhalten, und sein ungezügelter Haß verwirrte, schmerzte, durchschauerte sie ...
Mitten in seltsamer Grübelei frug plötzlich der Pfarrer, was für ein Name alsdann für das Kind beschlossen wär.
Immer noch die Lampe aufhebend, immer noch in Befangenheit dieser traumhaften Stund, sagte sie, einzig zum Matthäus gewendet:
»Es ist ein Brüderlein!«
Mit grausigem Krach flog die Tür zu. Lukas blies draußen seinen Daumen an, weil er ihn eingeklemmt hatte.
Und Pater Isidor erstaunte baß über solch unnatürliche Zugluft. Dann die christliche Handlung fortsetzend, frug er noch lauter, wie man das Kind solle taufen.
Der Berghammer wiegte eigensinnig den Kopf im Dreivierteltakt. Horchte, ach, so wunderbar und sagte:
»Jesus.«
Itzt fing die Regina zu lachen an, vergaß die Wohlgesetztheit in der Aufführung, welche ihr Vater, der Schulmeister, sie gelehrt hatte und welche sie diesem Orte schuldig war, insonderheit vergaß sie auf die hochdeutsche Sprache.
»Na, mein Liaber«, gab sie schreiend zur Antwort, »na, mein Liaber, seg tat nit!«
Der Dorfrichter stutzte.
Nit das kleine Jesukindel? Nit? Und sein Halter hatte doch drei weiße lockige Lämmer aus dem Stall getragen ... Und drüben in der Einfahrt des Verweserhauses stund eine Krippen voll Heu! Und mit rauchenden Fackeln schlichen allbereits die Soldaten des Herodes ...
Wieder wollte er »Jesus« sagen.
Da erwies sich der Pfarrer behülflich, indem er aus dem Sack seines Habits einen Mandelkalender herfürbrachte, woselbst die Heiligen des Kirchenjahres in unterschiedlichen Bildern aufgemalt waren. Und die Rögerl sagte, der Herr Göd möchte sich doch beeilen, sonst müßte das Büberl erfrieren.
Vielleicht daß der Greis in einem Augenblick der Besinnung ihren Wunsch erriet. Denn die Patrone, Märtyrer, Büßer und Bekenner betrachtend, frug er plötzlich mit hellem Gesicht:
»Johannes?«
Mag aber auch sein, daß er in geistiger Verwirrung von ihnen erfahren wollte, wer das Kind sei.

Genug. Pater Isidor nahm solches Wort als Vorschlag und zeigte sich einverstanden damit. Er taufte das jüngste Stralzenkind zu einem wahren und echten Christenmenschen, gab ihm den Friedensgruß und empfahl es mit einem Tropfen geweihten Wassers dem Schutz des heiligen Johannes an, welcher Jesu am nächsten ...

Itzt hatte er auch Gelegenheit, dem Umstande nachzuforschen, warum die Regina erstlich keine warme Hülle trug, und wie sie letztlich bei scheinbar verschlossenem Tor in die Kirche gekommen war. Darauf wußte sie nur die unzulängliche Auskunft, daß ihr das Umhängtuch wohl einer geputzt haben mag.

»Ja, wie denn?« meinte der Pfarrer lächelnd. Ob sie den Diebstahl nit bemerkt und gar indieweil geschlafen habe?

Sie schüttelte den Kopf.

Ob sie ganz allein gegangen?

Ganz allein! Doch aufgemacht hätte der Markus.

»Auf der Weiberseite?«

»Nein, auf der Floriani-Seite«, sprach die Dirn.

Pater Isidor konnte sich die Geschichte nicht zusammenreimen. Er wähnte, die Rögerl sei marod und schwindlig und befahl ihr ernsthaft, auf den Berghammer zu warten, mit dem sie schier denselben Weg habe. Es litt sie aber nicht mehr länger. Im guten Glauben beteuerte sie dem Pfarrherrn, daß die drei Stralzenbuben ohnedem beim Speisgatter auf sie paßten und daß fürnehmlich die Frau Mutter daheim ihre Beihülf notwendig brauchte.

So machte er weiterhin keine Einwendung, deckte dem Täufling nur noch ein frisches Kelchtüchlein über den Kopf und ermahnte sie dringlich, ja fest abzusperren und den Schlüssel in den Pfarrhof zu tragen. Nachdem sie seine Hand gebußt hatte, ließ er sie alsdann in Gottes Namen fort.

Und wiederum seine Arbeit aufgreifend, barg er behutsam die Ölkapseln, die Altarleuchter, Weihbrunnkessel und Aspergil, Rauchfaß und Reliquienkästchen ... inwährend die Öblinger den Turm bis zum Glockengerüst hinauf besetzten!

Der Wahrheit die Ehre! Nicht allein lauter unbändige Burschen und Bergknappen, auch manchen verschmitzten Bauern, der wegen der großen Abgaben einen wilden Fluch ausgestoßen, manches Knechtel, dem man trauen konnt', hatte der

Matthäus unversehens mitgezogen. Und für jeden Sack Getreide, der gesteuert worden war, schleppten sie einen wuchtigen Stein daher; für jedes Kalb, welches unter das Messer gekommen, steckten sie langsam und andächtig eine Bleikugel in ihren Stutzen.

Der Torschneider und der Torschuster zielten hinter ihren Dachluken. In den Kellerlöchern des Schlosserhauses lauerten längst die Aufrührer. Und die Luntschnur war schon angezunden und gloste wie ein Sonnwendwurm.

Alle warteten dumpf auf das Zeichen.

Vielleicht hatten die Franzosen Wind bekommen. Oder sie schärften ihre Vorsicht in der Nacht, durch reichliche Erfahrung gewitzigt. Nun hatte jeder Mann sein Gewehr bei sich. Die regellosen Gruppen um das Wachfeuer waren Knall und Fall zerstoben. Die Posten paradierten zu dritt auf der Brücke und vor dem Verweserhaus.

Niemand molestierte die Rögerl, als sie aus dem düsteren Freithof huschte. Abermals mutterseeleneinsam. Die Buben waren nirgends zu erspähen gewest. So hatte sie sich in begreiflicher Herzensangst nicht um Tor und Schlüssel, ja selbst nicht um das wollene Tuch gekümmert, welches noch immer beim Grabhügel des hochwürdigen Laurentius Perger lag, und eilte, unbeschützt und bloß, mit ihren leichten Kinderschritten heimzu.

Hoch in der Uhrstube stand Matthäus und schaute ihr lange nach. Auch der alte Berghammer hinter dem tiefsten Fensterkreuz schaute ihr nach ... und läutete den Angelus.

Er hörte die große Glocke wohl. Sie war gegossen von Matthäus Köstenbauer zu Grätz im Jahre 1738. Und trug neben dem Wappen fünf Initialen, welche bedeuten:

Antonius Dei Gratia Abbas Admontensis.

Traumandächtig schwamm der Ton an seinem geschwächten Ohre vorüber und geleitete die Liebe Fraue mit dem Kindel.

Da hub ... wie von selber ... auch die zweite Glocke zu schlagen an. Er vernahm sie wohl. Sie war gegossen von Martin Feltl zu Grätz im Jahre 1779. Und gehörte den Kranken, den Hungernden und Durstigen und allen, die nach der Tröstung Gottes sich sehnen. Gar sänftiglich wehte ihr Ton an seinen erlöschenden Sinnen fürüber, hinaus in die zinnhelle Nacht. Und beschützte die liebe Frau mit dem Kindel!

Da hub in der Höhe auch die Zügenglocke wimmernd an. Er kannte sie wohl und blinzelte ihr durch die graue Finsternis fein pfiffig zu. Wann das Uhrgewicht, meine: Lungel, Herz und Leber, bleischwer auf der Diele anstieß, wann die Zeiger nimmer rückten über Rose, Veiglein und Blatt ... und das fleißige Ticktack dermaleinst aussetzte ... alsdann setzte sie ein. Das brauchte kein Uhrmacher und kein Bader nit zu prophezeien. Des allen ingedenk zu sein, halfen ihm seine drei hochgelobten Freundschaften, die er seit Jahr und Tagen pflog:

Die große für die Andacht.

Die mitklagende für Seel- und Leibesgebresten.

Die helle schnelle für die Himmelfahrt! ...

Und auf der Walchenbrücke, schon dicht beim Stralzenhof, wandelte, von blassem Mondschein überströmt, die Jungfrau mit dem Kindel.

Itzt konnt er gehen.

Eine Glockenstimme nach der anderen schwieg. Oben in der Uhrstube lehnte der Matthäus und verschaute sich im fernen Schatten des väterlichen Hauses, worin die Rögerl verschwunden war. Wohl drängte ihn der und jener zum Loshauen und nannt ihn einen zähen Hascher. Aufschnaufend und vertrutzt klemmte er einen Brocken Zirbelpech in die Zange ...

Dann stierte er weiter. Und Markus, überlegt und vorsichtig für seine Jugend, zeigte auf den Berghammer, welcher soeben zwischen den Pappeln dahinstapfte.

Sie müßten warten, sagte er, bis das Manndel weg wäre. Da gaben sie sich zufrieden und lauerten schußbereit.

Aber auch die Franzosen schmeckten bereits, daß es zum Sturm geläutet hatte, und blieben auf peinlicher Hut. Nur der Greis ahnete nichts von irdischen Zänkereien. Wundersamlich ging er durch die nachtstille, weiß verklärte Landschaft. Der Nachhall seiner drei Glocken schwang immer näher, sich ruhsam wiegend im Dreivierteltakt. Seine müden und abgedorrten Lippen sumseten kaum vernehmlich die alte steirische Hirtenweise ...

»Stacherl, muaßt gschwind aufstehn!
Ja, was denn toan?
Mich wundert's, daß d' schlafen magst!

Ja, ich schlaf schon.
Geh mit uns auf die Weid,
Schaun, was für Feuer geiht!«

Da rief ihn die französische Wache an. Er hörte sie nicht, sah nur, daß sie ihre Stutzen hoben. Aber solches scherte ihn wenig. War doch die Krippe beim Verweserhause leer, und die Soldaten des Herodes fanden kein Jesulein.
Es rief die Vedette zum zweitenmal!
Der Dorfrichter beachtete es nimmermehr, sondern sang gerührt das Lied, was verkündet worden durch einen Stern den Weisen im Morgenlande, durch einen Engel den Hirten.

»Is so liacht wie beim Tag,
Ja, was war das ...«

Umsonst ist auch das letzte Halt! gewesen. Es zielten die Soldaten neben dem Kripperl von Bethlehem. Er horchte ... ach ... so wunderbar. Und seine Glocken schwangen herüber. Es waren drei Franzosenkugeln.
Die fuhren ihm durch die Brust. Über einer kleinen, silbrigen Fußspur brach der Himmelfahrter zusammen. Und inwährend ein Barmherziger ihn aufhob und in den Schatten eines Torflügels bettete, heizte Matthäus Stralz sein Pechtrumm an, schmiß es rot brennend aus der Turmstube und schrie mit keuchender Brust:
»Buama, hiazt!«

DAS HOCHNOTPEINLICHE STRAFGERICHT

Es begab sich wirklich, daß die Stralzen Eheleut am nämlichen Tage einen Sohn von Gott geschenkt bekamen und einen verloren. Denn der Matthäus deuchte ihnen so gut wie tot. Seit der grauenvollen Nacht, in welcher die Öblinger Insurgenten eine beträchtliche Anzahl Franzosen niedergeschossen hatten, war er sonder Abschied verschwunden. Vielleicht zu seinem Heile.
Im frühen Taggrauen hatte der Landesfeind ein höchst unbarmherziges Gericht zusammenberufen, bei dem die Straf-

fälligkeit eines jeden Bürgers und ortsansässigen Bauern untersucht und geahndet werden sollte. Ohne Unterbrechung, Stund für Stunde währten diese Verhandlungen; und neben dem Frater Lupicin Midott fungierte auch der Lebzelter von Gröbming als Dolmetsch, inmaßen sich dieser der obersteirischen Mundart besser bediente. Allein weder der eine noch der andere konnte dem Auditor wahren Sachverhalt übermitteln, zumal ein Großteil der Öblinger de facto nichts Genaues wußte und diejenigen, welche sich schuldig fühlten, ganz und gar verstockt blieben. Und weil nur ein paar Handwerker und Flößer letztlich als verwundet in der Kirche gefaßt worden, glaubte man auf die Urheber des Sturmes schließen zu dürfen. Es erging nun der augenblickliche Befehl, alle Holzknecht, Knappen und Gesellen dingfest zu machen, insonderheit alle männlichen Insassen des Schlosserhauses, der Torschneider- und Torschuster-Keusche, des Verweserhauses und der Bruderlade in Gewahrsam zu halten. Allein was gute Beine und ein schlechtes Gewissen hatte, war längst entfleucht, und so wurde nebst dem schwer verdächtigen Pfarrherrn nur noch ein Schock alter, hinfälliger Schlucker nach Gstatt geschleppt.

Obwohl ein Sonntag, unterblieb Predigt und Amt, und an Stelle des hochwürdigen Paters Isidor trat Raimund Winkler aus der Sakristei, kniete sich in den Ministrantenstuhl und begann vorzubeten. Nachdem der freudenreiche Rosenkranz wie auch der schmerzhafte schon vorüber war, als eben der glorreiche, ähnlich dem dumpfen gleichmäßigen Anschlag mächtiger Wildwasser zu den Ohren Gottes hinrauschte, da wurden die Öblinger plötzlich durch einen heftigen Trommelwirbel erschreckt. Und nach kurzer Weil erschien Frater Lupicin auf der Kanzel und verlas ein Manifest, welches ausdrücklich besagte, daß über Dorf und Gemeinde weiterhin das Standrecht verhängt sei, daß Öblarn an allen vier Ecken angezunden und jeder zehnte Mann, gleichviel ob schuldig oder unschuldig, füsiliert werde ... falls nicht binnen dreier Stunden sämtliche Verschwörer und Helfershelfer in der Stiftspropstei ausgeliefert würden.

Diese schreckliche Drohung erpreßte Zähren und Angstschweiß bei den Weibsleuten. Aber auch die Männer schauten einander betroffen an. Einer nahm seinen Hut und drückte

sich. Einer beutelte unabläßlich den Kopf. Ein dritter wiederum, der weder Besitz noch eine Liebfreude auf der Welt besaß, schmunzelte boshaft und unverhohlen zum offenen Ärgernis. Weitaus die meisten verharrten in der Kirche und beteten ein Ave nach dem andern immer noch lauter und trutziger herab.
Der helle Tag beleuchtete die Spuren des Kampfes, welcher infolge der französischen Übermacht nur kurz, nichtsdestoweniger von hitzigster Erbitterung gewesen ist. Wohl waren die rostfarbenen Blutfleck getilgt. Doch gab es zerstörte Fahnen und zerbrochene Leuchter genug. Die Altartücher hingen beschmutzt, schief, Bilder von Kugelmalen durchlöchert. Feine gelbe Kerzen lagen traurig wie geknickte Blumenstengel. Und über dem Tabernakel schwebte sichtbar eine seltsame Mischung von Sonnenwärme und Brandgeruch.
Herr Raimund Winkler begann eben mit der Anrufung der heiligen fünf Wunden, als sich Vater Stralz hinter dem Holzgatter des Oratoriums erhob und, ohne nach rechts oder links zu blicken, fortging. Die Kindergräber am Freithofswinkel waren verwüstet. Das Wasser traschelte von Dach und Kreuz und Stein. Noch halb belaubt neigten sich jenseits der Mauer die Kriechenstämmchen unter dem Wust des batzigen Schnees und spalteten sich. Der Wipfel des Kirschbaumes pendelte niederwärts; es hatte der Oberverweser, im Dunkel der Nacht fliehend, da oben letzten Schutz gesucht und hatte, dieweil ihm eine Kugel ans Knie pfiff, noch im Sturze das Astwerk mit sich gerissen.
Andreas Stralz betrachtete die Zerstörung ringsum und frug sich, welchen Anteil wohl seine Söhne daran gehabt, frug sich, ob sie noch ihres Lebens und ihrer Freiheit genössen, und ... gesetzt diesen Fall ... wann sie wiederkämen. Er zürnte ihnen kaum; obgleich selber von abgeklärtem Wesen, schätzte er jugendliche Kraft und Übereilung mit richtigem Maß. Auch seine Zweifel und Sorgen verbarg er derart, daß er niemand um Auskunft ansprach, geschweige, daß er seine Kinder durch einen Boten hätte warnen, schützen oder heimrufen lassen.
So wie ein Baum, der seine runden, gesunden Äpfel hinwirft. So wie ein Stern, der seine Lichtadern in die kalte Unendlichkeit stößt, so war er, menschlich gesprochen, fühllos und

grausam. Aber er saugte eben mit starken Wurzeln in der Natur, welche nach ruhigen Gesetzen, bis ins kleinste zweckbewußt, sich nimmer an Nebensächliches verschwendet, sondern an das Große, Einzige, Göttliche ... sei es Schöpfung oder Tod.

Aber dieses, vom Geist der Liebe geheiligt, wäre das ewige Leben!

Als nun der Stralz über den Dorfplatz schritt, wo der Feind Tür und Fenster hatte eingeschlagen und wo zur Stunde fünfzehn Eisenreiter nicht übel zechten, als er, vor dem Baderhaus stehenbleibend, bemerkte, wie man zwei Bergleut und etliche Rothosen, alle samt und sonders schon bockstarr, auf einen Leiterwagen schupfte, da hatte er abermals seinen Sinn vom Persönlichen weg nach dem Allgemeinen gerichtet; er fühlte sich für das Unheil, das den Öblingern bevorstand, mitverantwortlich und wußte, daß ihm in dieser Hinsicht eine schwere Pflicht oblag.

Ja! Es ist wundersam, aber wahr: Der Mann paßte zur Constantia Sorger, verehelichte Stralzin, wie ein Baum zum eingehegten und bunt blühenden Hausgarten, wie ein weißsilbernes Gestirn zum roten, heimlichen Herdfeuer, das hundertmal erlischt und wieder aufflimmert bei jedem Zugwind, das sich an unscheinbares Rußgeschirr verschwendet und über jede Pechtraube laut knisternd herfällt und geschäftig, sparsam Fetzlein, Haar und Faden zerzupft, das, ach so bescheiden, so beharrlich unter der grauen Asche noch fortglimmt, wann alles, alles still geworden.

Also es war doch weise und schön gefügt in dieser Ehe, indem die Evangelisten einen rechtschaffenen bürgerlichen Himmel und einen klaren Fixstern hatten. Und darunter das unerschöpfliche Besitztum herzwarmer Erde. Nämlich die Mutter. Gott verhüte, daß solches Übergewicht an Schrecken, Schmerz, Angst und Verlassenheit zu unerträglich werde. Wer hätte es ihr abnehmen mögen in bängster Nacht, dieweil sich alle voll Furcht und Neugier haufenweise rotteten, duckten ... zum Sterben bereitmachten, schien ihr ein besonders einschichtiger Weg in die Ewigkeit gesetzt.

Nur die Regina kauerte frierend und müde auf dem Kanapee. Und der Säugling wimmerte manchmal ohnmächtig.

Als der Bader Gasteiger im Frühdämmer endlich kam, fand

er alle drei schlafend. Er schimpfte zunächst in seiner groben Art ganz lästerlich, warum sie denn die Buglmüllerin nicht geholt hätten. Hierauf erzählte ihm die Dirn noch traumselig, daß dieselbe ohnedem vor Mitternacht dagewesen sei. Sintemal aber urblitzlich Kanonenkugeln in den Dachstuhl eingeschlagen hätten, akkurat über dem Tafelzimmer, wo ihre Schlafkammer wär ... habe die Wehmutter todesbleich Windel und Wasser verschmissen und sei auf und davon. Vater Stralz bestätigte es, und Frau Constantia, der die Ruhe wohlgetan hatte, nahm den kleinen Johannes zu sich und stillte ihn, sagend, daß sie nun gar nichts bräuchte, und daß es nun endlich gut sei.

So hatte es eben in der Frühe ausgesehen.

Wie jedoch der Bader das zweitemal, soll heißen, am Vormittag zusprach, befand sich die Stralzin wieder in febrilischen Zufällen, sie lamentierte um ihre Söhne und den hochwürdigen Pater Isidor, sah den wilden Jager beim Stöckel des heiligen Nepomuk und flehte mit aufgehobenen Händen, ihr Ader zu lassen, sie habe gewißlich ein Dutzend französische Bleikugeln unter der Schädelhaut.

Der Gasteiger zog sein Schröpfmesser aus dem Futteral und schob es wieder ein. Alsdann setzte er sich zum Bett und befühlte lange den Pulsschlag. Ganz vergeblich! Er konnte seine Aufmerksamkeit nicht eine Minute gesammelt halten, so viele Gedanken bewegten ihn. Sein Kopf surrte; seine Finger waren steif und klebrig. Denn er hatte bis zur Stunde bei Freund und Feind fleißig gewerkt, item die Gesunden umgeworfen, die Kranken aufgestützt, verpflastert, gelabt; und die Toten endlich ad acta gelegt, weil ihnen ansonst nichts nötig.

So saß er, eingesunken und tiefsinnig, bei der armen Mutter Stralzin und konnt ihr nicht helfen. Das Kindel schrie vor Hunger; sintemal es aber nicht trinken durfte, ging Rögerl die Kälberkuh melken, welche seit Kreuzerhöhung schon dürr gefüttert wurde. Inwährenddessen kehrte der Vater vom Kirchgang heim.

»Sie sorgt sich um die Wegzehrung«, sagte Bader Gasteiger.

»Ah so«, gab Andreas Stralz trocken zur Antwort.

»Ich will den Pfarrer wohl kriegen in Gstatt«, hub der Gasteiger nachdenklich an. »... Und stante pede geh ich!«

»Wart!« sprach der Bräumeister. »Muß mit dir gehen.«

Scharf blickten sie einander ins Gesicht. Der Bader setzte den Hut auf, und Andreas Stralz verhieß ihm, daß er alsogleich nachkäme. Wie er allein war, rief er die Eheliebste leis beim Namen. In ihrem wahnwitzigen Delirium hörte sie nicht. Er sagte nunmehr mit verschämter Einsilbigkeit:

»Du!«

Und wartete. Über eine Weil kam Regina mit der warmen Milch. Da legte Vater Stralz die magere Hand schwer auf ihre Achsel und sprach sie an:

»Dirndel!« sprach er sie an. »... Kann sein, daß sie mich in der Propstei länger zurückbehalten. Derweil gib Obacht, daß uns die Mutter nit davonreist!«

Und es war dieses vielleicht ein erstes Pfund, dem ihre kindliche Schulter ganz verstohlen nachgab, denn sie wurde später unter dem Gewicht des kleinen Johannes sowie anderer Bürden, welche ihr das Schicksal auferlegte, ein bißchen schief und verwachsen.

Als der Bräu über den Hof trat, gesellten sich neben dem Gasteiger drei Kirchenpröpste und der Bauer im Strasserberg an, welche hinwieder beim Torbäckenhause zusprachen, damit auch der Amtmann Joseph Salzinger für den gefangenen Pfarrherrn Schwur und Leumund und für das Dorf inständige Abbitte leisten solle. Sebastian Zedler, der ebenfalls zu den Zwölfmännern gehörte, hatte sich wohlweislich dieser verdächtigen Ehr entzogen, denn mit seiner Haut, so sagte er, denn mit seiner Haut liefe er nit auf den Kirchtag mit, und es wäre allen zum Segen, daß wenigstens ein vernunftsamer Kerl übrigbleibe, wenn die andern unter den Hammer gerieten.

So waren nur ihrer sieben. Denn der Bergverweser lag mit böslich zerschundenem Haupt in einer Bausche von Kampferspiritus, Rosenessig, Machandelbeer und Eisenkraut. Und der alte Dorfrichter war dringlich zu höherer Audienz berufen und stand vielleicht, eh er sich's versah, nochmals Gevatter. Aber beim richtigen Jesukind.

So waren nur ihrer sieben. Voran der Bader und Andreas Stralz. Sie hatten beid ihre schweren, grünlichschwarzen Tuchfräcke angelegt und die engen Lederhosen unterm Knie straff gebunden. Recht zäh und gleichmäßig schritten sie gradaus, ohne Bedacht, ob sie dabei auf den grundlosen Straßenkot

oder über einen Fleck kamen, der von Sonne und Wind schon aufgetrocknet war. Erst zeigte sich ein jeder in seiner Art ganz gesprächig. Andreas Stralz setzte die Notwendigkeit eines baldigen Friedensschlusses auseinander, bedauerte den Abgang Karls und sagte endlich, daß der neue Generalissimus Liechtenstein für das baufällige Österreich auch keine Lanze mehr brechen und keinen Lorbeer gewinnen werde.
Worauf Gasteiger gar verloren Antwort gab.
Ja, ja ... Noch heute müsse ihm einer für den Oberverweser Welgen und Waddecken verschaffen. Zitronensaft sei leider nicht bekömmlich.
Ob solcher etwan beim Veitkramer zu haben wäre, frug Vater Stralz.
Ad interim, sprach der andere zerstreut, sei durch den gewaltsamen Fall eine Phrenitis eingetreten, eine Extravasation und Entzündung des Schädelgeblütes, welche Blödsinn oder Tod zur Folge haben möchte.
Der Bräumeister verwunderte sich über Georg Staudacher, daß dieser, sonst ein reifer, zielbewußter Mann, sich gestern zu einem gar hoffnungslosen Aufstand habe hinreißen lassen. Weil Gasteiger aber nur seufzte, nahm er nach einer Pause wieder das Wort und erwog, daß es ja auch in Tirol und Salzburg nicht an solchen Beispielen fehle. Es sei eine natürliche Folge der französischen Knechtung. Eine innere Knechtung stünde dem Reiche noch bevor. Fürst Metternich werde die allerletzte Spur freien bürgerlichen Geistes schon austreiben ...
Wie viele Öblinger übrigens mit dem Leben draufgezahlt hätten? fügte er völlig unvermittelt bei.
Das kunnt man genau nit observieren, sprach Bader Gasteiger. In der Beinkammer läge halt ein Haufen übereinand, schier lauter Milchgesichter mit dem ersten Bartflaum um die offenen Lippen.
So, so! meinte Vater Stralz.
Etliche habe er noch kurz vor der Flucht verbandagiert, tat ihm der Bader alsdann kund. Es sei eine verteufelte Hatz gewesen ... Einer aus dem Turmfenster springend, einer sich bergend hinter dem Hochaltar, indieweil der Franzose schon das große Kirchtor eingeschlagen. Hätte keiner im stinkenden Fackelrauch gewußt, ob er Freund oder Feind an der Gurgel

packet. Gottes Wunder, daß sie den hilflosen Pfarrherrn lebendig fingen.
Ja, der Gasteiger müsse ein gutes Augenmerk haben, zumal er die Sach fürtrefflich beschriebe, und flinke Füß, weil er zu rechter Zeit in die Kirche gekommen wär. So sprach der Stralz mit schnellem Seitenblick.
Der Bader spürte wohl, daß er mit seiner Reschheit wieder einmal zuviel verraten hatte. Er spannte ungestüm ein paar Ellen voraus. Dann blieb er plötzlich stehen und schrie:
»Stralz! Du! Ist's nit unser Heimatrecht, daß wir sie hinausschmeißen? Was weißt denn du? Miserabel täten uns die Ludern machen, krank und ausgeschamt! Stralz, ich schwör dir's: Mich reut kein Kügerl!«
Der Bräumeister war auch stehengeblieben und wartete, bis die fünf nachkamen. Ganz hülzern sagte er:
»Ja.«
Und über eine Zeitkürze sagte er:
»Aber destwegen därf kein Unschuldiger nit sterben.«
Der Torbäck, der Bauer am Strasserberg und die drei Kirchenpröpste stapften schweigsam hinterdrein. Die Pappeln und die Schatten der Pappeln bildeten gerade Linien am Straßenrand. Und der Sonnenschein blitzte grell aus den Wasserrunsen. Weiß und steinern, nie bezwinglich von Menschenmacht stand der Grimming unter dem tiefblauen Himmel. Es war soeben die dreistündige Frist verstrichen, als sie die Ennsbrücke überschritten, und die Kirchuhr schlug Mittag. Aber niemand läutete. Trotzdem nahmen die Männer aus Gewohnheit die großen, breitkrempigen Hüte ab. Auf ihre bloßen Häupter tropfte es hundertfältig von den Linden. Und mit steifem Flügel flatterte manches mattgelbe Blatt sachte dahin.
Auch itzt, gegen Ende ihres Ganges, hatten Vater Stralz und Gasteiger aneinander fürbeigesprochen, indem der eine politische Bemerkungen aufwarf und der andere stoßweise von seinen Patienten redete, insonderheit von Georg Staudacher und der armen Frau Constantia, welche beid seiner Heilkunst gar sehr bedurften.
Angenommen den Fall, sagte er tonlos, angenommen, daß auch der Bernstein, in spiritu correcto angesetzt und extrahiert, nicht helfen sollt, müßte man bei der Mutter Stralzin

jegliche Hoffnung der Natur anheimstellen. Beim Verweser jedoch trete sonach unfehlbar Fäulnis und Materie ins Gehirn. Ob sie den Pfarrer wohl herließen? sagte Vater Stralz mit bedenklichem Blick.

Da erschrak Gasteiger, und wissend, daß ein jedes Wort nur Vorwand, Ausrede oder Beschwichtigung bedeutet hätte, gestand er laut und ehrlich, daß er im Grunde nicht wegen des Pfarrherrn, soll heißen, nicht wegen der heiligen Wegzehrung, nach Gstatt wäre.

»Ah ja!« entgegnete der Bräumeister einfach, und es war ihm nicht anzumerken, ob er etwas hiebei dachte.

Im Schloßhof wurden die Männer von der Streife angehalten und vom Kopf bis zum Fuß nach etwa versteckten Waffen durchsucht.

Pater Gabriel Scharf kam gerade vom Garten, wo er eigenhändig einen Korb voll Bundsalat aus dem Wintermistbeet geholt, grüßte scheu und bedrückt und vermied, sie vertraulich anzureden. Nach einiger Überlegung tat er das bereifte Gemüs auf den Brunnentrog, beutelte und blies den Habit ab, wusch sich mit Sorgfalt und ging, die sieben Öblinger beim Kommandeur zu melden.

Noch immer entblößten Hauptes und gar ernsthaft stiegen sie die Freitreppe hinauf. Man hörte das melodische Klingen von Silberzeug und dünnem Porzellan. Der Geruch von Bratfischen schwamm in der Luft. Und langsam schlug im zweiten Stockwerk ein Fensterflügel hin und wider. Die Wache am Tor ließ sie nicht passieren. Der Pfleger blieb lange aus. So verharrten sie, völlig ohne Wort und Regung, die Bedrängnis ihrer Gedanken zutiefst verschließend. Erst nachdem Pater Gabriel zurückgekehrt war und ihnen Einlaß verschafft hatte, nachdem sie mit hallenden Schritten bis zur massiven Eichentür gelangt waren, die zur Audienzstube Seiner Gnaden, des Abtes führte, als der Amtmann Joseph Salzinger die Hand aufs Schloß hielt, als die Klinke schon niederschnappte, da erst frug Vater Stralz als letzter den Gasteiger:

»Meine Buben, gelt, sind auch dabeigewest?«

Jetzt machte der Bader einen kurzen Seitenblick.

»Mich ziemt«, gab er zögernd zur Antwort, »dir geht's aso wie mir . . .! Ja! Haben alle drei wacker zugehaut!«

»Gehn wir hinein«, sagte der Bräu.

Und es war auch schon an ihnen die Reihe. Aber noch über der Schwelle raunte ihm Gasteiger mit versteckter Heiterkeit zu: »Sind alle drei kerngesund auf und davon.« Und sogleich fügte er in maßloser Entrüstung bei: »Ah, da schau her . . . der Rotzkerl!«

Nämlich mitten im Zimmer stund zerkratzt, zerrissen und rußbedeckt . . . der Lukas. Schluchzte vor sich hin, unsinnig vom Bock gestoßen. Und die Tränen kugelten und die Punkte der Guggenschecken blühten jämmerlich rot auf dem Nasenbein.

Es ergab sich durch die Ankunft der obbenannten Männer für den Augenblick eine peinvolle Stille. Der Obrist im hochlehnigen Stuhl machte dem Adjutanten zu seiner Linken ein Zeichen, worauf dieser den Knaben zur Seite stellte. Frater Lupicin blickte wie geistesabwesend durch das Gattergeflecht. Und der Lebzelter von Gröbming geriet in heftige Bewegung, als wöllt er aufstehn und dem Stralzen die Arme entgegenstrecken. Doch besann er sich rechtzeitig.

Sie wurden alsbald um Namen, Stand und Alter befragt, und der Auditor legte ihnen durch den Dolmetsch Midott dringlich nahe, sich ohne Säumnis als Urheber oder Mitschuldige des gröblichen Aufruhrs zu bekennen.

Da trat Joseph Salzinger, welcher nach dem Berghammer selig der Rangnächste war, ehrfürchtig an den fein polierten Tisch aus Birnholz, schöpfte Atem und sagte nach seinem besten Vermögen:

Es wäre ihm nicht wißlich, daß einer von den allhier Anwesenden durch vorsätzliche Aufhusserei, Hülfe oder Tat sich gestern verfehlt habe. Gar niemand von ihnen wölle einen bezichten. Einzig zu schuldiger Abbitte für das Dorf seien sie gekommen, namentlich zum Beistand für den hochwürdigen und ehrgeachten Pfarrer, inmaßen dieser in der Kirche nur seine priesterliche Pflicht getan. Dafür bürgten sie mit Leib und Seele.

Solches vernehmend, bekundete der französische Militär spöttisches Mißfallen. Der Kommandierende äugte schief; es war nicht das erstemal, daß er im steirischen Gebirge eine verstockte Bauernseele zu sich befahl und mit honetter Langmut zum Schwitzen brachte. Er hatte Zeit. Konnte vielleicht Tag um Tag in Ausübung strenger Gerichtsbarkeit vergeuden, konnte Steuern eintreiben, soviel ihm beliebte, und mit seiner Besatzung wüsten gleich den sieben Plagen des Alten Testaments. Nicht mehr drängte und peitschte der Krieg. Kein Ehrgeiz zerrieb ihn; keine Ungewißheit spannte seine Nerven. Er hatte Geduld und lächelte.

Welchen Beweis sie hiefür erbrächten, frug er zu deutsch.

»Wir ...?« sagte der Kirchenpropst Peter Freidank. »Wir ...? Haben grad unser ehrliches Wort, sonst nichts.«

Aber Gasteiger drückte ihn, kaum daß er ausgesprochen hatte, mit dem Ellbogen weg. Der Zorn hitzte ihm blutrot das Gesicht. Die Brauen flossen schier zusammen; so wild fauchte er sie an:

»Ich will es wohl eingestehn«, rief er, »was für einen Beweis. Mich in Person! Hol's der Teufel ... Ihr mögt mich erschlagen, erstechen oder übern Haufen schießen ... Ich hab mitgetan. Herentgegen die Männer alle sind unschuldig.«

Der Obrist nickte hochbefriedigt. Es ging schneller, als man angenommen. Einen hatte er schon. Er unterhielt sich länger auf französisch mit Lupicin Midott. Und selber nahm er alsdann etwas ungeschickt und verlegen das Wort.

Es sei völlig unnütz und überaus schädlich, die nähern Umstände leugnen zu wollen. Der Knabe Lukas Stralz habe bereits ein Geständnis abgelegt.

Da sprang das Kind von seinem Armesünderbänklein laut weinend auf:

»Na weiter!« schrie es. »Meinen Herrn Vater müßt's auslassen! Meiner Seel ... ihn hab ich nit gemeint.«

»Sei stad!« befahl Andreas Stralz.

Zumal der Frater sich in zwei Sprachen verhaspelte, mußte der Lebzelter herhalten. Dessen Stimme klang aber schier zu innig, sodaß sein Erbarmen und Mitleid gar merkbar und offensichtlich wurde.

Die Bürger von Öblarn, ließ der Kommandeur nun sagen, mögen sich dadurch salvieren, daß sie ungesäumt die richtigen Aufrührer namhaft machten.

Solches wär nit nötig, entgegnete der Bader keck, weil diese entweder schachmatt oder längst über Berg und Tal entrunnen seien.

Es müßten also die Schlupfwinkel verraten werden, gebot der Auditor.

In einem Gemisch von Humor, Trauer und trutziger Erbitterung sprach Gasteiger: »Etwelche ... beiläufig ein halb Dutzend, liegen in der Beinkammer, drüben am Freithofsend; nochmalen ein halb Dutzend etwan im Krankenhaus der Bruderlade, böslich zugerichtet, mit zersplitterten Knochen und Schußlöchern aller Art. Lauter brave Leut! Und darunter, falls ein Name erwünscht, auch der gräfliche Oberverweser Georg Staudacher, ein aufrechter Mann, der sein deutsches Vaterland nit gern beschimpfen laßt ... Es sollent aber die Herren Offiziere sich nit um die Maroden bemühn. Sind meist in Wundfieber und heftigster Pein. Und sofern einer richtet ... wird der Herrgott richten.«
Frater Lupicin begann zu übersetzen. Jedoch der Auditor winkte ab, inwährend der Obrist kühl bemerkte, es sei ihm die Rede verständlich gewesen. Wiederum sprach er mit dem Adjutanten zu seiner Linken und gab ihm den Befehl, mit zwei geübten Feldschern und sicherer Bedeckung die Bruderlade von Öblarn zu visitieren. Dann frug er:
»Und wo die andern?«
Bader Gasteiger wollte aufbrausen; da nahm Vater Stralz schon das Wort und sagte:
»Herr General!«
Nicht aus Demut, Feigheit oder Schmeichelei trug er so hoch an. O gewiß, nur der schuldige Respekt, nur die Unkenntnis militärischer Dinge legte ihm diesen Titel auf die Zunge.
»Herr General!« sagte er. »Wir haben gefehlt, aber aus Liab zur heimatlichen Erde. Wann ein Nachbar den Hausfrieden stört oder ein Fremder mir Holz, Viech und Ackerland geraubet, so därf ich mich wehren mit meiner Faust. Desgleichen haben wir getan ... Gesteuert und gestift! Und die Fäust grimmig aufgerecket ...«
Er schwieg.
»Mehr noch ...!« sprach nach einiger Wartezeit der Kommandeur.
»Ja, die Jungen, was mitten in Saft und Hitzen stehn, die packen fester zu ... Es ist Bluat gerunnen durch ihre Schuld. Es muß uns bedauern. Wir bitten um gnädige Nachsicht und sind gern bereit zu Reugeld und ergiebiger Buß, wie auch dermaleinst zur Bestrafung unserer unmündigen Kinder, soweit sie fällig sind.«

Der Obrist nahm itzt den Mönch Lupicin zu Hilfe, aber der verwies auf den Lebzelter. Es wurde eine lange Übersetzung. Er redete sich das Herz warm und wiederholte die Beteuerung des Bräus in den wohlgefälligsten Variationen, bis der Frater seine Gewissensnot merklich an den Kastanienbrasseletten ausließ und der Kommandeur ihn unterbrach, indem er wie spielend zu den sieben Männern sagte:
»Noch nicht genug.«
Sie schauten fragend. Seltsam. Gleich sieben Heiligen, aus grobem Holz geschnitzt, starrten sie in sein müdes, verlebtes Gesicht.
Um einen Ton leiser, härter und bestimmter sprach er:
»Ausliefern!«
»Ausliefern ...?« meinte ungläubig der Bäck im Tore. Die Kirchenpröpste reckten sammentlich den Kopf.
»Das nit«, rief Vater Stralz, und schieferbläulich glomm es in seinem linken Auge. »Keinen einzigen nit! Wär Judasdienst. Herr General, das wär zuviel verlangt.«
Und Gasteiger fuhr auf:
»Hat doch ein jeder seit dreizehn Jahren nichts wie Pulver und Blei geschmeckt, hat den Franzosenhaß mit dem schaaken Brot hinabgefressen ... Hat euch ein jeder gut steirisch aufgespielt gestern bei der Nacht! Ich stell mich selber. Die andern? Die ... kriegts ihr nit!«
»Wie?« frug stirnrunzelnd der Kommandeur, erst zum Bader, alsdann zum Lebzelter hin.
Dieser aber, wie schon erwähnt, ein Emigrant, ein Eiferer für Altfrankreich, verabscheute Napoleon und alles, was in seinem Namen geschah. Hielt es keineswegs für Unrecht und Eidesbruch, seine liberalen und, wie ihn deuchte, ehrlos verkommenen Landsleut umwillen eines konservativen Österreichers soviel als tunlich zu hintergehen.
Die Öblinger, übersetzte er also mit der unschuldigsten Miene der Welt, die Öblinger vermöchten solchem Befehl nicht nachzugeben. Fürchteten sich vor Gottes Verdammnis. Oh, sie hätten ja nur aus Hunger und Verzweiflung, nicht aus Franzosenhaß geschossen. Man sölle doch das steirische Land betrachten: bergig ... kalt ... und karg. So auch die Menschen, schloß er zögernd, wie von irgendeiner fernen Erinnerung gestreift.

Der Kommandeur mahnte ihn, sachlich zu bleiben, und der Auditor forderte den Bader mißtrauisch auf, seine Aussage zu wiederholen.
»Nein«, murrte derselbe fürsichtig. »Hab schon g'redt.«
Weigerung, Verstocktheit und Renitenz erschwere und verschärfe außerordentlich die allfällige Straf, wurde ihm durch den Dolmetsch Midott bedeutet.
»Ist gleich!« sprach Gasteiger aufrecht. »Mehr wie umbringen könnts mich doch nit.«
Er werde sich jedoch andernteils durch ein offenes und ausführliches Bekenntnis die Begnadigung zum Leben erwirken, sagte der Auditor.
»Drauf pfeif ich!« schrie er.
»Wie?« frug der Kommandeur.
»Drauf pfeif ich! Einzig ich sollt heil aus dem Loch schliefen, und die andern sollten büßen? Ein solcher Hundling bin ich nit. Haben die Herren Offiziere verstanden?«
Mit ganz leisem Sarkasmus übertrug der Gröbminger Wachszieher den Satz ins Französische.
Die Herren Offiziere, sprach er, mögen bedenken, daß ein Mann von Ehrbegriffen diese gemeine Zumutung von sich weisen müsse.
Der Obrist maß den Gasteiger mit einem Lächeln und bemerkte, achtsam die Worte setzend:
Er, der Balbier, rede sehr ... eh gueule trop fort.
»Großmäulig ...«, verdeutschte Frater Lupicin, anscheinend teilnahmslos.
Lächerlich, fuhr der Obrist fort, stünde ein pathetischer Ehrbegriff dem kleinen Mann, der mit Seife und Rasierpinsel operiere und mit Dingen, nur bei ordinärem Volk diskutabel.
Der Bader bekam ein gar unheimliches Gesicht, verkrampfte die Finger, daß die Adern wie blaue Würmer aufquollen, und schnappte nach einem Fluch. Mit argwöhnischem Blick schaute er die Bauern an, die links und rechts gleich stumpfen Holzfiguren beiwohnten, und mäßigte sich.
Allein Vater Stralz, welcher jederzeit mehr wußte und mehr als die andern verschwieg, Vater Stralz sagte mit Festigkeit:
»Der Herr General soll uns nit unterschätzen. Es gibt hierorts Leut, die gering erscheinen und es nit sind. Solche Leut, die

eine Mistgabel nit verachten und demütig ihre Hand und Füß mit Dung beflecken. Ist kein Schimpf, keine Schande nit. Ist kein Grund, daß sie deswegen Gottes Gebot übertreten.«
»Welches Gebot?« frug der Kommandeur, nachdem Lupicin und der Lebzelter, einander ergänzend und schier befehdend, gesprochen hatten.
»Welches . . .?«
»Du sollst nicht töten!« sagte Andreas Stralz langsam durch die bange Stille.
»Oh!« rief der Kommandant lebhaft und ironisch. Warum sie sodann einen blutigen Aufruhr inszeniert hätten . . . gestern.
Nicht weniger heftig schrie Gasteiger:
»Ihr habt's angefangen. Wir nit!«
Nun erhob sich der Auditor, winkte Frater Midott zu seinem Platz und ließ durch ihn eine förmliche Anklage verdeutschen, worin sachgemäß und logisch dargetan wurde, daß die Franzosen ohne jede feindliche Absicht im Dorf sich einquartiert und durch keinerlei unbillige Forderungen, weder durch Mißgriff noch Brandschatzung die Inwohnerschaft gereizt und erst nach untrüglichen Zeichen der Gefahr sich auf pure Verteidigung, nicht auf Angriff eingestellt hätten. Ob die Öblinger den regelrecht vorbereiteten Widerstand, das Sturmläuten sowie den Gebrauch der Waffen leugnen wöllten?
Niemand antwortete. Warum sie es getan, frug der Obrist weiter.
»Ja, warum seid's denn kömmen?« frug Joseph Salzinger protzig zurück. »Wir haben's euch ja nit geschafft!«
»Krieg«, sagte der Kommandeur mit dem Nachdruck des Mächtigern.
»Ja, wegen was Krieg?«
Wie kindischer Unsinn war diese Red. Wie ein Fleck oder ein Schatten, den man vergeblich wegstreifen möchte. Es war einfach da, und wiederum niemand wußte Antwort. Die Mittagssonne malte Gatterschnörkel über den Tisch. Ein paar Bresthafte auf den Bänken ächzten. Von der Öblinger Kirchuhr schlug es zweimal, und dem Peter Freidank kam der erste Tropfen Schwitz auf die braune Stirn. Da gab der französische Obrist den sieben Männern endlich Bescheid auf ihre dringliche Frage. Er ließ ihnen mitteilen:
Dieses Thema sei zu spinös für einen blöden Bauernschädel.

Es zuckte keine Falte, es rührte sich kein Glied. Als sie befragt wurden, ob der oder jener aus freien Stücken und gutwillig noch etwas zu gestehen hätte, schüttelten ihrer sechs die Köpf. Andreas Stralz aber kümmerte sich nicht um ja oder nein; inmaßen er stets dem eigenen Antrieb, nie einem fremden Willen folgte.

Itzt verlangte der Kommandeur den Pfarrer. Zwei Soldaten brachten ihn alsbald, gefesselt und mit Unrat versehrt, in einem gar erbarmungswürdigen Zustand. Er war unsäglich betrübt und müde und übernächtig. Wußte kaum, was er sprach.

Er habe das Kind getauft. Der alte Berghammer könne es eidlich bezeugen. Und das Kirchtor sei offen gewesen ... auf der Floriani-Seite. Ja! Aber nicht durch sein Versäumnis. Einen Mordanschlag, Kampf und Blutverguß hätte er nicht beabsichtigt. So wahr Gott im Himmel! Nach solcher Versicherung fing er wieder von vorn an. Sooft man ihn nachts verhört, war nicht mehr und nicht weniger aus seinem Mund erpreßt worden.

Ob er die Männer hier kenne? frug der Auditor.

Er nannte sie beim Namen.

Ob er ihnen in der Sakristei, im Betraum oder Turm begegnet?

Nein.

Aber vielleicht dem Knaben?

Nein.

Die Offiziere sprachen untereinander. Plötzlich sagte Frater Lupicin zu deutsch:

Er wisse durch Augenschein, vor dem Angelus hab eine junge Frauensperson im Pfarrhof fürgesprochen, hab ein Bündel getragen. Vielleicht ein verhülltes Kind. Vielleicht auch, betonte er matt, ein verstecktes Gewaffen.

Pater Isidor, in bitterlichster Entrüstung, entgegnete nichts. Da hüpfte Lukas vom Bänklein, trat nah zu ihm und sagte ohne Schüchternheit:

»Das ist die Regina gewesen mit meinem Brüderl, gelt?«

Nun mußte auch die Dirn her. Und indieweil eine Ordonnanz nach Öblarn hinüberstapfte, erzählte der Bub aufgeweckt die Geschichte vom Dorfrichter, der sich gar dumm gestellt und gesungen und gedeutet hab wie ein Anklöckler im Advent.

Dem Markus wäre bald das Lachen gekommen, sagte er. Aber der Matthäus hätte auf einmal fuchsteufelswild die Tür zugehaut.

Wie er so dastand mit dem dreckigen Lodengewand, dem straffen, goldblonden Haar und den Sommersprossen und Tränentüpflein, wie er so dastand mit der geraden Stralzennase mitten im verschwollenen Gesicht, mußten ihn die fremden Offiziere freundlich betrachten. Und der Kommandeur sprach halb im Scherz:

»Ist dir angst vor dem Sterben?«

»Hab's nia probiert!« antwortete der Bub mit dem gewitzten Schnabel, welchen er von seinem Untergöden, dem Sebastian Zedler, geerbt. Aber gleich darauf fing er doch zu zittern an und wurde weiß und zunderrot unter einem Herzschlag. »Wann der Herr General mich köpft«, fügte er tonlos hinzu ... »bleiben allweil noch drei. Die Großen mögt Ihr nit erwischen. Und der Kleine hat nix getan.«

Der Lebzelter wollt übersetzen. Doch der Obrist schnitt ihm das Wort ab, obschon er bei weitem nicht alles buchstäblich erfaßt hatte. Er spürte, das Kind beraubte ihn seiner Gewalt. Ob sonach die beiden Brüder gestern de facto geschossen hätten, frug er, zu finsterem Ton sich zwingend.

»Und wie!« rief das Bübel. »Überhaupt der Matthäus ist Hauptmann gewest. Hat ihm ein jeder pariert, sogar der Staudacher und der Gasteiger.«

»Alors oui?« erkundigte sich der Auditor.

»Oui!« sagte Frater Lupicin.

»Wie alt sie wären?«

Lukas wußte es im Augenblick nicht. Sein Vater schwieg.

Da bemerkte der Lebzelter mit Wärme:

»Noch sehr jung.«

Und Lupicin Midott sah zu Boden und wiederholte mild:

»Encore très jeune!«

»Schön nit! Aber stark! Und gut gewachsen«, meinte Lukas Stralz.

Weswegen er nicht mit ihnen auf die Flucht sei?

»Bin ehwohl.«

Solches könne schwerlich stimmen. Man hab ihn doch beim Fluder nächst dem heimatlichen Hofe abgefaßt. Item mit rauchendem Stutzen!

Die würdige Haltung sowie die Ausdrücke seines Vaters manchmal unbewußt nachahmend, explizierte nun der Bub eine betrübliche Geschichte:
»Bergauf und bergab sind wir geschloffen, durch Kreppen, Kronaster, Hald und Holzschlag. Sicher zwo Stund. Je weiter hintan ... desto grüner der Mondschein. Und die Buama haben hergeschaut wie böse Geister und Teufel ... grausig!«
Der Auditor blätterte eine Generalkarte auseinander. Und der Dolmetsch Lupicin diktierte dem Schreiber ein wichtiges Stichwort. Sacht lehnte sich der Obrist im Stuhle des Prälaten zurück, empfand den musikalischen Wohllaut der Kinderstimme und sagte, mählich die Lider schließend:
»Eh alors ... dann?«
»No und nachher, weil wir bei ein Wasserl hinknien und trinken, stößt mich der Matthäus gächst. Lukas, wispelt er ganz heiserig, mußt noch einmal heimlaufen ums Griesengeld. Weißt eh. Und meine Batzen, deine Batzen und dem Markus seine bringst mir auch mit! ... Schier derschrocken bin ich. Schön gebeutelt hat's mich. So ein langer Weg allein ...«
»Traduisez, je vous prie!« befahl plötzlich der Auditor.
Sie übersetzten. Alsdann suchte er mit steifem Zeigefinger einen bestimmten Punkt der Karte und frug unvermittelt:
»Zwei Stund ist es zu den Starzen?«
Das Kind erwiderte verblüfft und harmlos:
»In die Starzen? Oh, mehrer!«
»Weiter!« sagte der Kommandeur, schlug kurz die Augen auf und nickte dem Knaben zu.
»No ... und nachher hab ich gesagt, geh, schau, Matthäus, hab ich gesagt, so ein langer Weg allein, in derer Finster. Mich gefreut's nit! ... Herr General! Da hat er mich schon gepackt mit seinen harten, saugroben Pratzen. Himmelsakra, hat er mich anbrüllt, du muaßt! Ich wart derweil ...«
»Tiefer Schnee oben in der Neubrandalpe?« unterbrach ihn der Auditor.
»Auf dem Neubrand? Weiß nit«, antwortete das Kind.
»Traduisez, je vous prie!«
Inwährend der Zuckerlkramer und der Mönch mühselig übersetzten, schlug wieder die Uhr, und im Meierhofe der Stiftspropstei Gstatt läutete die Gesindglocke. Lukas reckte den Kragen gegen das Fenster hin und rief:

»Hau. Hiazt gehen s' essen.«
Es werde ihm schon ein Imbiß zuteil, begütigte der Kommandeur in ziemlich schwerfälligem Deutsch; nur mög er vorab seine Erzählung absolvieren.
»No, er hat mir halt Unterweisung geben, wie ich mich ins Haus sollt schleichen«, plauderte der Bub zutraulich dahin, »indem daß er meine Büchsen nachgetragen hat und mich beim Jankerzipf g'halten hat, wo die Leiten so steil und steinig ist. Damit ich nicht abwalg ... Und zwischen der Liachten, hat er angeschafft, muaß ich wieder oben sein. Und der Rögerl, hat er gesagt, därf ich nit unterkömmen. Aber ... bald ich sie erblick, hat er gesagt, sollt ich ihr einen Gruaß ausrichten. Und ... sie wurd schon einmal tränzen müssen wegen seiner.«
Es war nicht so einfach, diese Rede ins Französische zu übertragen. Der Frater Sancti Benedicti versagte voll und ganz, und der Lebzelter von Gröbming stotterte kläglich.
Wie lang er zum Rückweg gebraucht habe? ließ der Auditor fragen.
Eine Stund.
Ob er durch den Walchengraben oder über die Hachern sei?
Oh! Da spitzte das Kind auf einmal die Ohren. Der Mund blieb ihm ein wenig offenstehen. Dann tat es einen pfiffigen Lacher.
»Ah so ...?« sagte es. »Der tat mich gern ausfragen. Du, mein Liaber, da geht nix!«
Die sieben Männer von Öblarn schmunzelten wohlgefällig. Und Pater Isidor, der toderschöpft im Winkel lehnte, rief unwillkürlich mit gar lebendiger Stimme:
»Bravo!«
Solches sei deutlicher Aufreiz zu Despektierlichkeit, Hinterlist und Lüge, beanstandete der Jurist zornerfüllt durch Lupicin Midott.
Augenblicks fuhr der Bader in die Höhe.
Sie wären sammentlich wahrhafte Männer, schnob er den Auditor an. Gelogen habe keiner nit. Und das Maul werde einer doch noch halten dürfen ... Oder?
Das versammelte Richterkonzilium verwies ihn überaus streng zur Ruhe.
Allerdings, bemerkte der Kommandeur, man könne die Delinquenten bisher keiner Unwahrheit zeihen. Aber es sprach nicht

Menschlichkeit, Rechtsliebe und Achtung, noch weniger Wohlwollen aus ihm. Es war die Langweile, die Übersättigung an Schönem wie Häßlichem, das er bereits genossen. Und vielleicht ein dunkles Verlangen, die gesunde ursprüngliche Bauernkraft zäh und stetig bis zum Exzeß herauszufordern. Wie ein Frierender mit Funken spielt und wünscht, in einer Flamme zu verwehen . . .

»Weiter!« befahl er. Stützte den Kopf mit seiner gepflegten schlaffen Hand. Atmete langsam und schloß die Augen.

Lukas bezog das Wort nicht auf sich.

Warum er denn geschossen habe, frug der Auditor ungeduldig.

»Schon alleweil hätt ich einen erschießen wollen«, entgegnete das Kind itzt bedächtiger. »Aber die Frau Mutter hat mir das Pistol versteckt.«

Ob das Gewehr von seinen Brüdern sei?

Er sagte zögernd:

»Ah, freilich.«

Wer es geladen hab?

Der Knabe schnitt ein jämmerliches Gesicht, von nachhaltigem Schmerzgefühl gepeinigt.

»Er muß zuviel Pulver erwischt haben«, erzählte er. »Der Markus hat ehwohl gemeint, ich sollt nit feuern, wann's nit sein muß . . . Auweh! sagt aft der Matthäus und hat einen Haufen Pulver in den Lauf gestessen. Das wär eine schöne Letfeigen, sagt er, wann er sich nit wehrt aus Leibeskräften.«

Der Lebzelter übersetzte, zumal der Bub in seiner Berichterstattung fürsichtig schwieg.

Wo er den Markus zuletzt gesehen?

Nach langer Pause und weislicher Besinnung antwortete Lukas:

»No, beim Brünndel halt.«

Ob ihm auf dem Heimweg ein feindlicher Soldat begegnet?

»Nirgends!«

Das müsse er aber schlau angefangen haben?

»Ah freilich!« entgegnete er zögernd.

Ob er sonach lediglich im Dorf bedroht worden sei?

»Nein.«

Warum er alsdann habe töten wollen?

Lukas schaute dumm und trutzte:

»Hab eh keinen umgebracht!«
Er habe aber doch losgedrückt!
Wiederum sagte er mit unbeschreiblicher Zurückhaltung:
»Ah, freilich!«
Die Offiziere schauten einander bedeutsam an. Sie glaubten, nun werde das Kind sich verstricken. Es studierte eine Weil, von unheimlicher Furcht gequält, für sich hin. Und rief urblitzlich:
»Hab eh geschwind auf den Ratzen gezeigt! Hab ehwohl geredt und geschwuren. Wann einen die Trotteln nit verstehn.«
Welche Bewandtnis es mit der Ratte hab?
»Hin ist er gewest! Aber auf ein Haar ... ich auch! Gekracht hat's ... Herr General. Und meinen Schädel hat's geprellt. Und zu der Mauer hat's mich hingeschleudert ... Mir kömmt für, unser Matthäus hat zuviel Pulver einig'stoßen. Ein Quintel mehr ... und es hätt mein Leben 'kost'! Ah ... sonsten hätt ich mich nit fangen lassen, Herr General.«
Der Lebzelter von Gröbming verhehlte sein Lächeln nicht, indem er den Richtern dieses ergötzlich traurige Geständnis beibrachte. Ihre abweisende Haltung ließ um geringes nach. Sich letztlich doch einen Ruck gebend, bemerkte der Jurist in französischer Sprache:
Diese Aussage sei überaus zweifelhaft; geradezu jedes Zusammenhanges bar. Sei vielmehr ein augenfälliger Beweis für die große Tücke und Verschlagenheit der steirischen Bauernnatur.
Er, Lukas Stralz, sei wirklich ein findiger Bub, mußte Frater Midott dem Kinde sagen, indem er im Dunkel auf eine Ratte gezielet und sie auch getroffen habe. Deshalb sei es unbegreiflich, wie er sich über das andere Kunststück nicht gewaget ...
Das Kind blickte neugierig und ohne Arg.
Über dasjenige mit dem Franzosen! Dicht nebenbei an der Fluderbrücke habe einer gelegen, vom Schlaf und Branntwein übermannt. Einem so geweckten Knaben möchte man wohl zutrauen, daß er sich derartigen Zielpunkt aufs Blatt nehme. Es wäre ohnedem kein Schade gewesen um das faule, pflichtvergessene Luder.
Itzt wurde auch dem Herrn Vater, dem Bader Gasteiger und

dem hochwürdigen Pfarrer die Stirne feucht und schwül. Nur Lukas spürte das Netz nicht, was sie um sein Lausbubenhirn erbarmungslos zusammenzogen. Er sagte ganz unschuldig, durch kindlichen Eifer fortgerissen:
»Ihr habt leicht reden. Den Ratzen wird man feind, mehr als dem Tod und Teufel. Wie selbe wüsten in der Fleischbank! Einmal zarren sie ein Trumm Leber hinweg, einmal die Lungel. Im verwichenen Herbst haben sie ein junges Ferkel angefressen. Hab die Frau Mutter 'bitt ums Terzerol. Wann sie's nit hergibt! Weißt, Frater Lupicin ...«, sagte der Knab, gleichsam zu seiner Verteidigung und am ganzen Körper schier leidenschaftlich erregt wie ein Wildschütz, »... wann die Viecher da vor deiner im Mondschein hucken und schweifeln mit dem nacketen Schwanz! ... Mein Liaber, da vertragt es auch einem andern die Kugel.«
Der Kommandeur machte eine dankende Gebärde gegen die beiden Dolmetscher, welche sie vorläufig ihres Dienstes enthob, stand auf und lud die Herren zur mittäglichen Tafel. Der Lebzelter von Gröbming verneigte sich höflich und bedauerte, diesen ehrenden Vorzug ausschlagen zu müssen, indem er durch ein Magenübel an gewisse Kost und Diät gebunden sei. In Wirklichkeit aber berührte ihn das Schicksal der Öblinger, insonderheit des Stralzen, und er hoffte, in der Zwischenzeit irgendeinen nützlichen Rat austeilen zu können. Leider, er täuschte sich. Fürs erste wurde ihm freundlich, nichtsdestoweniger unverweigerlich die Tür aufgetan mit dem Hinweis, daß er indessen der freien Luft genieße. Fürs zweite beordnete man eine Wach in die Stube, welche den Delinquenten gar bescheidene Zehrung verabreichte und dafür zu sorgen hatte, daß keiner auch nur ein leises, simples Wort sprach.
Zwei Stunden verschlichen als kleines Martyrium. Die armen Schlucker nickten auf ihren Bänken ein oder sie wiederholten sich in stumpfsinnig gleicher Bewegung. Oder sie baten wohl ein paarmal flehentlich um Freiheit, bis ihnen ein Franzose das Bajonett für die Nase hielt.
Pater Isidor hatte sich wieder gesetzt. Und die Ketten und Handschellen rasselten laut, sooft seine Greisengestalt zusammenknickte und wieder auffuhr. Zumeist unbeweglich verharrten die sieben Männer auf ihrem Platz. Allein Lukas

empfand die Unterbrechung wohltätig. Wie Kinder eben sind. Mit den fremden Peinigern war auch das Mißbehagen und die Furcht verschwunden. Die Anwesenheit des Vaters beruhigte ihn, Gericht und Tod hatten keinen Stachel mehr. Wie Kinder schon sind.

Er schwang sich ohne Frag und Verlaub auf das Fensterbrett, lehnte den Buckel am Gatter an und musterte die Fliegen hinter dem Glas, zählte die Westenknöpf eines jeden Kirchenpropstes, item des Peter Freidank, des Ferdinand Neuper und des Jakob Wundersamer. Ergötzte sich über die Risse und Löcher im Habit des geistlichen Herrn. Verfolgte die gelben Sonnenflecke und die grauen Schatten, welche vom fein polierten Tisch auf die grobe Diele unversehens weiterschwebten. Und kaute andächtig sein Brot.

Es kam eine Ordonnanz mit der Regina.

Und die Zeit verging.

Es kamen auch die beiden Feldscher, ihre Rückkunft zu vermelden. Einmal sah der Adjutant zur Tür herein und entfernte sich wieder ...

Als die zwei Stunden um waren, erschien von den Offizieren nur der Kommandeur, sintemal er den Herren gestattet hatte, sich mit Frater Lupicin am Fischfang zu erquicken. Die Ärzte kurz befragend, schritt er unruhig in der Stube hin und her. Alsdann ließ er den Pfarrer sowie den Bader in sicherer Einzelhaft verschließen. Die übrigen, auch das Kind, wurden in den luftigen Erdäpfelkeller des Meierhofes gesperrt. Und der Lebzelter von Gröbming durfte freien Fußes im Schlosse gehen, soviel er wollte.

Blieb nur die Regina.

An der Schwelle sich zurückwendend, hatte Vater Stralz bei seinem Abgang gesagt:

»Herr General. Ich vertrau Euch. Sie hat völlig ihre Kraft verbraucht. Hat bei der Nacht meinem Eheweib beigestanden und dem neugeborenen Kinde. Wollet sie nit zu lang aufhalten!« Eine schwerfällige Bitte, kaum gehört und kaum verstanden. Der Franzose hatte nichts erwidert.

Es ward nachgerade still und leer. Der Sonnenschein wischte über den Kamin. Das Schneewasser tröpfelte vom Dach zum Fensterkorb und vom Fenster zur Erde. Irgendwo klirrten gedämpft das Silberzeug und Porzellan. Und der Obrist ging

noch immer neben dem Dirndel auf und ab, aber nicht mehr stramm, sondern fürmehr ungleich und wehleidig. In fehlerhaftem Deutsch frug er plötzlich:
Wieviel Kinder beim Stralzen seien?
Da nannte sie die drei Evangelisten her. »Und unser vierter«, sagte sie gar besorgt, »ist der Johannes, wann Gott ihm das Leben laßt.«
»Und du?« sprach der Kommandeur, einen Augenblick ihre Zöpfe berührend.
Ach, sie wär grad nur die Ziehtochter, gab Regina respektierlich zur Antwort.
Er blickte sinnierlich an ihrem Figürchen herab. Betrachtete den seltsamen Ausdruck von Herzenstiefe, Schönheit und unschuldigem Wissen, was auf einmal viel zu frühe war erweckt worden.
»Kleine Mamsell ...«, sagte er. Dann ließ er sie stehen und ging hinaus. Sie vernahm, wie er durch die Vorhalle sich entfernte, aber sie erstaunte nicht. Es war, als stäke sie mit ihren Wurzeln anderswo in einer traumhaften Welt, darin das Absonderlichste selbstverständlich ist. Sie meinte nur, daß er letztlich doch kommen werde, und lauschte, bis sie unter den mannigfachen Geräuschen das Tasten nach dem Türdrücker gewahrte. Der Obrist trat wirklich herein und hatte einen heißen Napf, Scharpie, Watte und Verbandstoff bei sich.
Als wann es so sein müsse, nahm das Mädchen ihm alles ab. Er riegelte argwöhnisch die Tür zu, hinkte durch das Zimmer und warf sich müd in den Stuhl des Abtes.
Sie möge das Zeug wegstellen und sich setzen, befahl er unfreundlich.
Gehorsam tat sie die Wasserschale neben sich auf die Armesünderbank, legte den schneeweißen Knäuel in ihren Schoß. Und wartete. Inmaßen er jedoch beharrlich schwieg, stand sie auf und trug den Napf hinüber.
»Tut Euch was weh?« sagte sie schüchtern.
Er griff nach ihrer Hand, welche auf dem Tisch lag, und streichelte sie. Er war ohne bösen Gedanken; war keiner von den Ärgsten. War ein Mensch, durch Abenteuer wohl schändlich befleckt, doch nie ganz schlecht geworden; item nicht mehr und nicht weniger, als daß der Schmutz ihn lockte, wo er ihn fand ... und das Reine ihn zu sehnsüchtiger Ehrfurcht

zwang, o manchmal zu einem hoch aufbrennenden Heimweh nach solcher Lieb, wie zum Beispiel die kleine Stralzen Regina dermaleinst verschenken würde. Ganz wunderselige Stimmung hat ihn befangen. Als seine Hand ruhte, so spürte er die regelmäßig tickenden Pulsadern im Gelenk, sah die unzähligen Schurfe und Schwielen und die abgestoßenen Nägel. Und er legte seine Lippen darauf . . .

Mit schlichter Haltung grenzte ihr Schattenbild vom kühlen, tiefblauen Oktoberhimmel ab. Sie neigte sich gegen die Tischkante und ließ ihn gewähren. Zwar erfaßte sie nicht den Sinn. Aber mit feinem Gefühl ahnete sie schon, daß sie ihm wohltat. Nach einer Weil an die Frau Mutter denkend, sagte sie mit leiser Stimme:

»Bitt schön, wann der Herr mich fortließ!«

Der Obrist hob rasch den Kopf. Und seine Gedanken sammelnd, antwortete er:

»Oui . . . gleich.«

Sie wäre nun eigentlich gegangen. Da frug er, um sie aufzuhalten, gar hastig:

»Ist dir angst vor Seuch?«

»Na, na!« erwiderte sie lebfrisch.

Der Kommandeur bückte sich und zog den linken Stiefel wie einen Baumwollsocken aus. Darunter war ein seidener Strumpf, vielfach zerrissen. Auch diesen streifte er fürsichtig und mit schmerzlichem Stöhnen ab. Regina wollte ihm behilflich sein.

»Nicht rühren an!« schrie er.

Über dem Knöchel klebte ein Linnenfetzen. Widerlicher Geruch wehte davon. Der Franzose schaute das Mädchen an, furchtsam, traurig . . .

Zögerte.

Wie sie ihm abermals beispringen wollt, entblößte er jähen Griffes die Wunde.

»Aber so schiach!« rief die kleine Dirn überlaut.

Sie hatte letztlich genug von körperlichem Wehe erspäht und erlauscht und ihm wacker standgehalten. Bei diesem Anblick wurde ihr übel.

»In Gottes Namen«, hauchte sie, »was ist dös?«

Er schwieg.

Gar bleich und ernsthaft betrachtete sie das blutrünstige

schwärzliche Loch. Da stellte er das Bein um einen Zoll zurück und sagte fast unhörbar:
»Lepra.«
»Hau«, meinte die Rögerl schon mehr beruhigt und zufrieden, weil sie einen Namen hörte.
Der Kommandeur begann die Wunde mit Wasser zu reinigen und zu betupfen.
Es wäre ohnedem der Bader da, bemerkte sie endlich.
Mon Dieu, sie möge schweigen, stammelte er in kaum verständlichem Kauderwelsch, es ekle ihm vor jedem Medikus, Feldscher und Balbier. Alsdann sich mäßigend, bat er um etwas Scharpie.
Regina kniete sich nieder.
»Nicht rühren an!« schrie er unterdrückt.
Flaum für Flaum tat sie die zerzupften Fransen auf das brandige Loch, dabei sagend:
»Gelt, Herr, es lindert?«
»Kleine Mamsell«, sprach er leise, sonst nichts.
Sie verband ihn nicht eben kunstgerecht, legte einen dicken Wattebausch um den Knöchel und drückte und zupfte und glättete im Eifer so sehr, daß er mehrmals wie erstickt nach Luft schnappte.
»Hat Euch eine Kugel troffen?« frug sie, die Binde um das Bein schlingend.
»O nein«, gab er gesenkten Blickes zur Antwort.
»Alsdann vielleicht ein Sabelstich?«
Er neigte sich und hielt den Verband, der noch immer rutschte und als unförmiger Wulst sich über den Rist schob. Er sagte in verstümmeltem Deutsch so ungefähr:
O nein! Er habe großen Durst gespüret und aus dem giftigen Kelch einer Hexe getrunken.
Die Regina sprang auf die Füße und rief baß entrüstet:
»Saumagen!«
Der Obrist las die Schmähung von ihren hellen Augen und dem gar vorwurfsvoll gespitzten Munde ab, beugte sich tiefer, preßte die Finger um den Linnenstreif und seufzte. Den Strumpf und den Socken legte er allein an. Nur mit dem Stiefel plagten sie sich gemeinsam. Er tat sonach versuchsweise ein paar Schritt. Und wiederum ganz aufrecht ging er hinaus, der Rögerl bedeutend, daß sie ihm folge. Er ver-

sperrte die Tür und blies eine Flocke Scharpie von seiner weißen Uniform.
Im Schloßhof wollt er zum Brunnen hin, überlegte sich's jedoch, und erst nachdem beide die Ennsbrücke hinter sich und das Weidengebüsch des rechten Ufers erreicht hatten, befahl er ihr, im Flußwasser sich reinlich die Hände zu säubern.
Er ging ein Stück füraus. Als Regina, mit der Schürze sich trocknend, nachkam, frug sie: weshalben der Herr sich nit gewaschen hab, er sei doch vom Doktern auch schmutzig geworden.
Er schüttelte den Kopf. Ihn könne nur das Blut eines unschuldigen Kindes reinwaschen, sagte er.
Nach einer Weil, item beim Dienerhäusel, bemerkte sie in einem Anflug von Eitelkeit:
»Werden die Leut aber gluren, daß Ihr selber mich auf Öbling begleits. So mag mir freilich nichts geschehen. Mein Herr Vater hat sich ohnedem alteriert, wie ich zwischen zween Soldaten bin gegangen.«
»Wie?« frug er zerstreut, »der Stralz?«
»Ach! Der Schulmeister. Der, welcher fürbeten und Orgel spielen muß. Und itzt auch Ave läutet, sintemal der alt Berghammer ist erschossen worden.«
Der Kommandeur folgte ihren Plaudereien nur halb; es reute ihn, daß er sich dem Kinde in Not und Liebesbedürftigkeit und Aberglauben preisgegeben hatte. Und von einer kränklichen und bestialischen Eingebung geführt, sagte er gar barsch:
Sie möge schweigen von seiner Blessur. Er schicke schon Spione zum Horchen.
»Ein Geschwär . . .«, sprach sie, »ist ja keine Sünd nit.«
Sie müsse totaliter schweigen. Ansonst . . . ansonst werde sie auch justifiziert.
Ungeachtet seiner finsteren Miene nahm das Mädchen die Drohung nicht völlig ernst. In einem Gemisch von Frühreife und Einfalt meinte sie:
»So ist der Herr nit. Oh, gewiß nit. Mich ziemt auch, Ihr heizt das Dorf nit an. Ihr redet uns grad so schrecklich für. Wie unsere Frau Mutter den Buben fürredet, wann sie auf ihre Frag kein' Acht und Auskunft geben.«
Es bedurfte einiger Nachhilf, bis er dies erfaßte. Er merkte,

seine Taktik war durchschaut, und gab ihr insgeheim recht, inwährend er laut entgegnete:
Nicht das erstemal brünne er eine Ortschaft nieder. Und zum Tode hätt er wahrhaft schon genug kommandiert.
»Tatsach . . . auf Ehre?« frug das Mädchen gespannt.
»Tatsach . . . auf Ehre!« antwortete er mechanisch.
Sie gingen beim Dienerkreuz, darüber die letzte Pappel einen langen, blassen Schatten warf. Es wurde herbstkühl. Der Tauernwind schlug ihnen entgegen. Und in den Stiftsfeldern funkelten vereinzelt weiße Inselchen von Schnee.
Auf einmal wandte das Mädchen merkwürdig verloren den Kopf.
»Weiß wohl!« entfuhr es ihr. »Hab es vom Bader und vom Ochsenknecht vernommen: Unser Matthäus, gestern, ist auch Hauptmann gewesen wie der Herr. Hat mit brennendem Pech geschmissen. Und kommandiert wie der Herr.«
Das letzte traf hart und deutlich sein Ohr und verdroß ihn. Voll galliger Stimmung lachte er auf und reckte sich, als wolle er etwas abschütteln. Vielleicht, weil er seine Mannestat mit einem grünen Knabenstreich verglichen sah. Oder weil er eifersüchtig das tiefverhüllte Aufzucken ihres Herzens ahnte, das nicht ihm, sondern den gesunden, jungen Bauerntatzen würde zu eigen sein. Vielleicht auch, weil von Gottes Waage der blanke Strahl zwischen seinem brutalen Siegerrecht und dem blutigen Aufbegehr des Matthäus Stralzen gar unbeweglich stand im Gleichgewicht. Wie im Evangelio Johannis beschrieben ist, daß Gottes Strahl sich zwischen Pharisäer und Ehebrecherin stellte und keinem sich zuwandte und jedem das Urteil sprach; item:
Wer ohne Schuld ist, hebe den ersten Stein auf.
Der Obrist blieb in Schweigsamkeit versunken. Sie kamen von der Sumpfstraße auf trockenen Schotter. Links der Acker des Torbäcken, rechts der Ährgarten des Stralzen.
Da sagte er, eigentlich willens umzukehren:
»Adieu! Ich kann glauben, du hast vergessen die miserable Geschwär?«
»Ah wohl«, entgegnete sie kaum hörbar, »i han mir's schon gemirkt. Auf der linken Seiten, unt' beim Bein. Aber grausen tuet mir nit«, beteuerte sie überzeugend wahrhaft. »Und ich will schon stad sein, wenn der Herr sich schamt.«

Er empfand ihre Worte wie eiskalt betäublichen Balsam. Er wartete demütig auf neue.
»Indem der Herr einen giftigen Hexenwein gesoffen hat, sollt man Egel setzen!« sprach sie belehrend. »Denn von den schlechten Säften zügelt der Mensch sich langsam ein schlechtes Herz.«
»Oui, oui!« sagte er heiser.
Schon dem Dorf nahend, am Roppeltenn vorüber, wo eine alte Holunderstaude, von der Schneelast geknickt worden war, meinte Regina:
»Schad um die Beer. Sie sind heilig und heilsam und sogar ein Mittel gegen den Tod.«
Der Tod schmerze weniger denn das Leben, gab ihr der Obrist in fehlerhafter Aussprache zu verstehn. Und die Kugel, sagte er in selbstquälerischer Liebeswerbung, seine Kugel stäke schon im Lauf.
»Um Gotts Christi Willen!« rief das Mädchen mehr ahnend, als es begriff, »seg war zu früah! Wer sprechet aft morgen die Öblinger frei?«
Der Obrist tat hastig einen Schritt von ihr hinweg und hinkte gegen den Pfarrgarten.

DER LETZTE SCHUTZENGEL

Zur Ewigkeit anwachsend, die Freude alles Gewesenen und die Versprechung der Zukunft abdrängend, ja geradezu tilgend, werfen sich manche Erlebnisse über den Menschen oder eine Familie oder eine Gemeinschaft. So geschah auch den Öblingern, daß sie stumm und stumpf wurden, als dieser wie der folgende Tag verfloß, ohne an ihrer gefahrvollen Lage etwas zu ändern. Die Toten verscharrten sie sonder Spruch und geistlichen Segen. Und die Kranken überließen sie notgedrungen der Pflege des Sebastian Zedler, der, wie gesagt, ein Kurschmied war und sonach in der Doktorei, wenigstens beim lieben Vieh, nicht unbeholfen. Doch zur Bestürzung des Blasius Stocker und der Rögerl verschwand er unvermerkt, daß der weitläufige Besitz des Stralzen nun wahrhaft und wirklich verwaiste und, wann Gott nicht half, ein trostloses Schicksal zu gewärtigen hatte.
Die Eisenreiter zogen in der Frühe des Dienstags ab. Das

Fußvolk aber blieb und, nur lässig gezügelt, trieb es eine freche, verführerische Lotterwirtschaft. Seltsam desungeacht ... wie der französische Obrist augenscheinlich Heimat und Erb des Matthäus schonte, der in zweierlei Hinsicht sein ärgster Feind war! Der diensthabende Unteroffizier grinste wissend, wann er die Gaststube von lauten Zechern säubern und den Posten inspizieren mußte, der, neben der Kleibentruhe stehend, den Zugang nach dem Oberstock bewacht hat. Vom Adjutanten bis zum gemeinen Voltigeur hinab glaubte keiner, daß Befehl und Obsorg das todkranke Weib und das schwache Kind beträf. Alle stierten sie mit heißen, lustheimlichen Augen hinter dem Dirnlein her, wann es gar leise und müd über den Söller ging. Und wußten: Es war das Lieblein des Kommandeurs!

Oh, es war seine Liebe. Aber niemand sah, niemand wußte, wie unsäglich ihn die Sehnsucht peinigte, wie schwärmerisch, wie innig, wie abergläubisch. Stundenlang träumte er unentschlossen dahin. Er kümmerte sich nicht um die Gefangenen. Seine Wunde brannte wie ledig Feuer. Doch er wollte die Scharpie nicht wegwerfen, die Regina ihm so liebreich aufgelegt hatte.

Mehrmals ging er ins Dorf. Letztlich bei der Brücke umkehrend, beschloß er, sie in die Propstei rufen zu lassen. Wollt nur einmal noch ihre Stimme empfangen. Sonst nichts! Nur ... bevor sein Leib lebendig verweste ... ihre zerschundenen Hände brennend küssen. Sonst nichts.

Unter den Linden war eine Bank, woselbst der Obrist bis tief in den kalten Abend einsam saß. Die Blätter rülschten. Ein feiner Regen fiel ins Geäst. Und der Wind ging fürüber. Und drüben zuckte rotes Licht. Aber dies alles und das ganze Tal und er selbst verlosch in seiner roten, sehnsüchtigen Versuchung. Und er saß mit geschlossenen Lidern und rührte sich nicht. Fühlte unter seinem verdorrten Mund wiederum ihre lebendig pulsenden Adern. Und seine Inbrunst wurde übermächtig, wahnwitzig, hoffensberauscht. Er schmachtete wie ein Tier dürstend und unersättlich nach dem Kelch einer annoch paradiesischen Blume. Er schlug die Augen auf und sah sie im Dunkel. Nur sie, sonst nichts.

Ein scharfer Windstoß ernüchterte ihn. Mit seinem Siechtum war er ganz allein unter entlaubter Linde. Er zuckte fröstelnd zusammen und sog Luft durch die verbissenen Zähne ein. Auf der andern Talseite leuchtete da und dort ein Span, eine Lampe. Inmitten des Dorfes qualmte ein Lagerfeuer. Aber das Tanzgejohl war irgendwann verstummt, er hatte nicht mehr den Mut, das Mädchen aus ihrem Schlaf zu schrecken.

Es ist sicher, daß jedem, und wäre er scheinbar längst von Gott verlassen, noch ein Schutzengel geschenkt ist. Auch der Obrist hatte einen; es war sein allerletzter, nämlich der Aussatz.

Fröstelnd wandte er sich gegen das Schloß, hiebei den Reitweg benutzend, welcher an der südlichen Gartenmauer emporführt. Gabriel Scharf im blauen Arbeitskittel und groben Schurz schritt mit höflichem Gruße vorüber, kam jedoch nach wenigen Sekunden zurück, sagend, daß der Kurschmied Sebastian Zedler und dessen blutsverwandter Vetter Pater Justus aus Admont als verdächtig gefaßt worden seien und itzt dringlich bäten, sich verteidigen zu dürfen. Somit wurde der Kommandeur seiner Versäumnis erinnert, und er berief noch am selben Abend, item Mittwochs, ein förmliches Militärgericht zusammen.

Die Delinquenten erschienen, sammentlich bleich und abgespannt von der langen Haft. In der Mehrzahl ein unbarmherziges Urteil erwartend, mieden sie jegliche Bitte und Beschönigung und ließen die Anklage, welche in französischer wie deutscher Sprache verlesen wurde, ohne Einrede über sich ergehen.

Lupicin Midott hatte sich gesetzt und die eng bekritzelten Kanzleibogen dem Schreiber zurückgegeben. Man blickte fragend den Obristen an. Auch dieser sprach keine Silbe. Die Audienzstube, wie bekannt, jeweils der Raum für lebhaften Disput, schien heute von bänglichem Zauber behext. Auf den doppelarmigen Leuchtern trieben die Talgkerzen ein unheimliches Spiel, indem sie mit scharfem Schatten und spitzigem Lichtreflex die Gesichter entstellten. Das feucht glimmende Scheit im Kamin verdrängte durch seinen Geruch mählich die saure Stickluft, welche die Arrestanten aus dem Keller herauf verfolgt hatte. Es zeigte sich die Nacht, wo sie den Tag gewohnt waren. Der Mann im hochlehnigen Stuhl saß vorgebeugt, ließ die Augen prüfend von einem zum andern schweifen und, die nervöse, zitternde Hand über die Brust gespreitet, zupfte er an einem gar kostbaren Schmuck. Wie manchmal Gotthardus. Aber nein, es war nicht das goldene Kreuz des heiligen Benedikt. Es war der Orden der französischen Ehrenlegion. Und in der glasig polierten Tischplatte spiegelte sich anheut kein Brevier, sondern das aufgesetzte Todesurteil.

Wie nun das Schweigen lange dauerte, sagte Andreas Stralz plötzlich zum Sebastian Zedler, von dem er durch Zimmerbreite getrennt war:

»Lebt mein Eheweib?«

Der Schwäher schupfte die Achseln.

»Ich glaube, ja!« antwortete nachlässig der Kommandeur.

In der Dämmerung spannte sich des Auditors straffe, sehnige Gestalt. Ihm, dem Verstandesmenschen, schien es zeitraubend und zwecklos, weiteren Tatsachen nachzuforschen, sintemal er sich im besten Fall nur mehr ein karges Geständnis erhoffte. Geradezu befehlend stellte er den Antrag, daß die beiden Männer, welche man zuletzt eingeliefert, rein rechtshalber noch zu Worte kämen. Hernach aber, so betonte er, möge die Exekution vollzogen werden, welche im Manifest bereits angedroht war und sich insofern für nötig und unvermeidlich erwies, als die Bauern und Bürger, insonderheit der Pfarrherr von Öblarn, soviel wie nichts ausgesagt hätten.

Aller natürlichen Schlauheit und Verstellung bar, stammelte der Lebzelter von Gröbming die Frage heraus, ob er diesen Beschluß verdeutschen dürfe. Der Kommandeur schwieg. Und der Jurist sagte, von keinem Widerspruch gehindert:

»Oui!«

Er glaubte die Wirkung fein und sicher voraus zu berechnen; ebenso sicher, wie er die Ursach, soll heißen, die winkelzügige Falschheit des Wachsziehers durchschaute, welcher trotz Eid und Franzosenblut den verfluchten steirischen Insurgenten half. Mit wachsamen Raubtiersinnen wittend und lauernd, brauchte er solchen Dienstes, solang kein Schade erwuchs. Und wann es mißlang . . .? Dann konnt es wohl der Druck eines Fingers fügen, daß der Dolmetsch von ungefähr als ein Ausgeloster in die Reihe mußte.

Als zumeist biedere, schwerfällige Menschen, hatten die Öblinger von allem Vorbeginn den Inhalt der französischen Urkund ernst genommen; diese neuerliche Androhung gab ihrer Denkungsart einen gewaltigen Ruck. Je ärmer und hilfloser einer war, desto tiefer äußerte sich seine Erbitterung. Auch Pater Justus, welcher das feindliche Machtgebaren hinreichend kannte, beargwöhnte sehr, daß er sich umsonst in eine gefahrvolle Lage begeben habe.

Er war nämlich auf die dringliche Bitte des Kurschmiedes Zedler nach Öblarn geeilt, um daselbst für die Stralzische Freundschaft Fürsprache einzulegen, insonderheit die Unschuld des Lukas darzutun oder im letzten Fall aus dem Umstand seiner Minderjährigkeit die Begnadigung zu erwirken.

Das Kind war durch die Ereignisse völlig erschlafft. Sein überreiztes Gehirn schwamm in grausigen Bildern. Und wie nun der Lebzelter von Brand und Füsilierung redete, da sprang er mit einem Satz gegen die Tür und wollt entrinnen. Ganz vergeblich! Noch ehe die Wache zupackte, hatte Andreas Stralz ihn beim Kragen.

»Du bist frei, wann du angibst das Versteck«, sagte der Auditor.

Lukas schnob und schluchzte. Und setzte urblitzlich aus. Sperrte, wie von bösem Bann getrieben, schon den Mund auseinander, gab einen Laut . . .

Aber die Hand seines Vaters lag gleich einer Zange im Genick. Es war ihm, als wüchsen die Finger zu würgenden Krallen aus und verschraubten den Hals bis zur Erstickungsnot.

»Lasse Sie den Knab los!« rief der Jurist.

Und der Zedler machte seinem Schwäher ein aufgeregtes Zeichen, welches bedeuten mocht, er müsse doch den Lukas zu seiner eigenen Wohlfahrt reden lassen. Andreas Stralz aber schob, ohne daß die Flechsen seiner Hand sich lockerten, den Sohn um eine Elle näher gegen den Tisch und sprach:

»Der Herr Offizier will mein Kind zum Verrat bringen. Solches ist unehrenhaft. Wir sind Männer und wissen, wie groß eine Schuld sein kann. Der Bub weiß es noch nit! Daß er und seine zween Brüder beim Aufruhr sich heftig beteiliget haben und sonach mit ihren Kameraden der Straf sich entziehen wollen, ist offenbar. Ich sag aber: bald der Herr Richter sich dafür an solch hinfälligen Greisen und Krüppeln vergreift, sowie an grauen Hausvätern, die verblieben sind mit guetem Gewissen . . . ich sag es noch einmal: so ist es ein Mord.«

Lupicin Midott übersetzte. Der Schreiber stieß den Gänsekiel übers Papier.
Wie spielend streifte der Kommandeur den Ärmel seines Waffenrockes zurück. Ein paar violettblaue Schattenflecke lagen am Puls ...
Das sei ganz nach Belieben, antwortete der Auditor durch den Mund des Mönches. Wenn man die Alten schonen wolle, müsse man die jungen Öblinger eben der Gerechtigkeit opfern.
Solcherweise tät einem die Wahl weh, sagte der Gasteiger gespöttig.
Und der Pfarrer flehte gar herzhaft:
»Wann die Herren doch bedächten: alleweg derselbe Menschenschlag ... hier wie dort echtes steirisches Blut. Das Kriegführen mit dem Landsfeind kunnt Gott verzeihen, aber die Tötung von Freund und Sohn und Bruder nicht.«
Die Offiziere berieten wiederum unter sich. Nach kurzer Frist brachte der Lebzelter zu deutsch den Einwurf vor:
Ob die Deputierten von Öblarn auch dann noch bei ihrer Weigerung verharrten, wann unvermeidlich der oder jener durch das Los verurteilt werde?
Finster schauten die Männer, welche den Sitz im Oratorium und die Ehren und Ämter des Dorfes innehatten. Der Stralz entgegnete starrköpfig:
»Auf das Los will ich nit warten. Ich biete ohne Fürbehalt mein Leben an und so viel von meinem Besitztum, wie gefordert wird. Als Genugtuung und Buße für das Unrecht, was meine Söhne Matthäus, Markus und Lukas verübt haben. Destwegen bin ich herüber nach Gstatt.«
Eine Talgkerze hatte sich ausgebrannt. Das Farbenspiel in der gewölbten Stube wurde dunkler. Und die Male an der Handwurzel des Obristen erschienen schwarz. Langsam drehte er den Arm, doch sie drehten sich mit, waren keine Schatten, sondern das unauslöschliche Stigma vom Ende ...
Er sagte, obgleich er alles verstanden hatte, er sagte sehr müde und eintönig:
»Traduisez s'il vous plait!«
Der Mönch Lupicin begann zu übersetzen. Doch Sebastian Zedler, der glaubte, das Wort des Stralzen noch verwischen zu können, unterbrach ihn mit dröhnender Stimme.

»Nix! Nix!« schrie er, indieweil seine Hantiererfäust Pater Justus in den Vordergrund pufften. »Alsdann bin ich so frei, indem mich der Herr Lebzelter zur Zeugenschaft aufgefordert hat.«
»Schweigen!« befahl der Auditor.
»Non!« sprach der Obrist befehlend. »Je crois que, es ist sein Recht.«
»Alsdann ...«, hub der Kurschmied befriedigt an und stellte sich mit dem Pater zum Tisch. Sie waren in Gesicht und Haltung ungemein ähnlich, hatten beid die Schädel kahl geschoren und die Kiefer voll rötlicher Bartstoppeln, beid einen weltseligen Ausdruck, wahrhafte Rosenwänglein und wässerige Augen wie Vergißmeinnicht. Reckten die Schultern breit und kernig. Nur daß einer im Habit stak und einer in der Lodentracht.
Nachdem sie Namen, Alter, Stand und Heimat angezeigt, frug der Jurist, ob sie Brüder wären.
Da schnalzte der Kurschmied keck mit dem dicken Daumen und begann seine Antwort bei der Welterschaffung. Schwafelte den Franzosen ein Loch in den Bauch, sintemal er ihnen die Zedlerische Freundschaft aus der undeutlich verschwommenen Urzeit herab explizierte und, alle Großväter, Großmütter, Vettern, Muhmen und Basen, Geschwister und Geschwisterkinder sorgfältig namhaft machend, auch die Frau Constantia einbezog, mit welcher er durch seine Mutter, die Schmiedten-Wittib und spätere Sorgerin auf Halbscheid, verwandt war.
Er redete wie geschmiert, obgleich Frater Lupicin schon unruhig an den Gichtbrasseletten kratzte und der Schreiber unablässig den Federstiel eintauchte und wieder ausspritzte. Die subalternen Offiziere verbargen nur kümmerlich einen Gähnkrampf. Ab und zu versuchte der Auditor giftig, den Fluß aufzuhalten.
Allein mit seltsam zäher Gebärde hat der Obrist ihre vielfältige Ungeduld, sonderlich die verbissenen Zwischenrufe, beherrscht. Er schwieg und schwieg ... Und Sebastian Zedler schwatzte, vielleicht durch die nämliche Absicht geleitet, wie Vogel Strauß den Kopf ins Gefieder steckt.
Von der Mutter Constantia kam er auf seinen Schwäher Andreas Stralz und lobte denselben über alle Maßen. Jede

Schenkung aus seiner Hand, jedweden Obstbaum, an öffentlichem Steig gepflanzet, ja selbst die Hönigbrezeln zählte er eifrig her, daran die Kinder zu Fronleichnam sich ergötzten. Für den Stammhalter wie den zweiten Sohn erwärmte der Schmied sich weniger. Des Kleinen vergaß er völlig. Also nur der Lukas riß ihn zu weiterer Beredsamkeit hin. Er beschrieb mit verschämtem Selbstbewußtsein, daß er den Buben nötigerweise aus der Tauf gehoben hab und hiedurch für sein Leib und Seel lebenslänglich besorgt sei. Zumal nun einzig die Rögerl der Inhaftierung entgangen war, hätte ihn der Graus gepackt.

Er verbrünne sich ansonst nicht gern mit Heldentaten und Abenteuern. Doch die Sonntagnacht hab er gleichsam auf dem Ölberg in Todesangst verbüßt, mit dem Zweifel sich quälend, ob er sollt oder nit. In der Montagnacht aber, sagte der Schmied, die gutmütigen Äuglein schreckbar gespreizt, da wäre er auf und davon. Erstlich zum Matthäus Ennshofer nach Stainach, welcher zufolge des elterlichen Willens und kraft des Kirchenbuches der wahre und eigentliche Göd. Allein der feiste Moar hab sich aus Decke und Duchenthüll nicht hervorgewagt, schwörend, ihn martere höllisch das Zipperlein und die Wassersucht.

Alsdann sei er mit letzter Hoffnung nach Admont, woselbst er den ganzen Tag in einem Beichtstuhl des Sankt-Blasius-Münsters versteckt gewesen, zumal Stift und Markt von Soldaten überschwemmt war. Um Mittag hab er Rauchfleisch und Wecken bis auf das kleinste Brösel verzehrt und in bitterlichem Durst jeden Glockenschlag gezählet. Doch keinen Ruck und Rührer hätt er getan, aus Besorgnis, es möchte einer nach Paß, Losung, Ziel oder Herkunft fragen. Er mußte wohl eingenickt sein und mit dem Körpergewicht an die lockere Tür gedrückt haben; denn plötzlich ... lag er auf dem kalten Steinpflaster, sagte der Schmied, und ein französischer Grenadier ist der Länge nach über sein Wämplein gestolpert.

Item, es war schon dunkel. Gefragt hab jener keine Silbe nit. Nur stark gerochen hab er vom admontischen Wein. Der Sebastian Zedler aber verspürte infolgedessen unheimliche Sehnsucht und wiederum einen Durst ohnegleichen. Er schlich beim Kirchtor hinaus und beim Stiftskeller hinein, probierte ein Flaschel Luttenberger, ein Flaschel Eisenthürer und einen hundertjährigen Tropfen aus der Wachau. Er ward immer witziger und kühner, trotzdem links und rechts die Franzosen parlierten, und schickte zu Mitternacht den Pater Kellermeister um den Pater Justus. Dieser kam blinzelnd, vom Schlaf gestört, und erschrak heftig. Noch mehr entsetzte er sich, als sein Vetter, laut sprechend, ihn mit Bitten und Betteln bewegen wollte, augenblicklich nach Öblarn zu reisen. Der gute Kurschmied hatte niemalen über die drei evangelischen Räte gegrübelt und konnte sonach schwerlich begreifen, daß Justus ihn bis zur Morgenfrühe hinhielt und endlich vor dem ersten Amt dem Kammerdiener des hochwürdigen Gotthardus sein dringliches Gesuch übergab. Es währte eine halbe Stunde, bis der Mönch zur Audienz berufen wurde. Ganz allein gelassen, hockte Sebastian Zedler am Weiher des Stiftes, fütterte tiefsinnig die Karpfen und glaubte gar wehmutsvoll, daß indessen seine ganze Freundschaft hingerichtet werde. Wenige Minuten nach dem Elfuhrläuten erschien der Prälat in Begleitung des Pater Justus und brachte aus seinem Habit einen französischen Reisepaß herfür. Er war gedrückt und wortkarg. Als jenseits des Gartens die Kutsche anfuhr, wünschte er ihnen leise Gottes Beistand.

Sie kamen alsdann, wie Sebastian Zedler ausführlich beschrieb, sonder größern Halt bis Stainach, von wo sie zu Fuße weiterstapften. In der Dämmerung erreichten sie den Mitterberg und gerieten beim Steffel in Gefangenschaft; einesteils freiwillig, so behauptete der Kurschmied, pfiffig lächelnd, zumal sie ohnedem nach Gstatt wollten. Und andernteils, weil sie den Passierschein verwurstelt hatten!

Eine zweite Kerze war indieweilen verlöscht. Das flüssige Unschlitt spann sich am schmiedeeisernen Leuchter herab. Im Kamin kohlte noch ein Stumpen Scheit, vom kalten Niederschlag der Luft gespeist. Manch ein Beschuldigter befand sich in erschöpftem Halbschlummer. Man hörte ihre bresthaften Atemzüge oder auch ein Pfnausen, wie Dampf unter schwerem Hafendeckel aufstößt. Die Stille nach dieser langen Erzählung wirkte sonderbar. Der ruhige Ausdruck auf den Gesichtern verschwand mählich. Eben wollten die beiden Dolmetscher mithülf ihrer Schlagworte gemeinsam eine Wiedergabe anheben, als Lukas ganz traumselig den Kopf drehte.

»Es klöckt allweil einer«, sagte er.

Die zunächst der Tür standen, Peter Freidank und Ferdinand Neuper, hatten auch etwas gewahrt. Und mit Erlaubnis des Obristen schob Lupicin Midott den Riegel zurück.
Es war wirklich jemand draußen, nämlich Gabriel Scharf und ein Kurier.
Kotbespritzt, mit erhitzten Lungen und kalten Gliedern trat er steif zum Tisch und überreichte nach kurzem Salut ein versiegeltes Schreiben.
Der Kommandeur zerbrach das Petschierwachs, griff um einen Leuchter und las ...
Es sei der Marschbefehl, teilte er ohne lange Erwägung den Herren mit. Itzt drängte die Zeit zu Abschluß und Urteil. Eine ungestüme Beratung setzte ein. Der Lebzelter horchte baß gefoltert auf den Auditor hin, welcher schier an allen Nerven fibberte vor Härte und Haß und Rachgier, welcher kein Quentel nachlassen wollt von schwerer Todesstraf und keinen Fingerbreit verschonen vor Brand und Verwüstung. Ganz fahl, doch in der eigenen Leidenschaft leuchtend, saß er mitten in der Nacht; wie ein schöner, geschmeidiger Iltis mit lebendigem Geist und springender Kraft immer wilder ausgreift, um sich in eine Kehle zu verbeißen.
Der Zuckerbäcker von Gröbming hätte am liebsten das Kreuz gemacht. Empfindsam und vielgewitzigt, wußt er wohl: die nicht gut chauvinistisch waren, konnten des Teufels sein.
Überaus maßvoll blieb der Kommandeur. Er widersprach zwar, nur hatte sein Wort keine überzeugende Gewalt; denn die geheimsten Gedanken waren irgendwo ... zwischen Liebe und Sterben. Was die kleine Regina bei der Holunderstaude gesprochen, wirbelte durch seinen Sinn; viel Ungereimtes wirbelte durch seinen Sinn, zumal es Los der Menschen ist, wann sie müde werden.
Er wollte retten. Und konnte nicht mehr. Auf einmal hatte der Jurist ihm das Todesurteil für jeden Zehnten abgedrungen, insonderheit ohne Gnad und Pardon für den Pfarrer Isidor Hinterseer, den Bader Gasteiger und Andreas Stralz.
Die Offiziere erhoben sich sammentlich. Und die Öblinger weckten die Schlafenden und warteten starr und stumm auf den Entscheid. Nur das Papier knisterte in der Hand des lothringischen Mönches. Nur die Kerze flackerte. Nur der Atem ging. Und Lupicin Midott sprach das erste Wort ...

Da gebot ihm der Obrist mit entschiedener Gebärde Schweigen und wies auf Pater Justus, indem er auf französisch beanständete, daß dieser gegen Form und Übereinkunft noch nicht gehört worden war. Wollt in seiner Verwirrung noch ein Letztes tun und streckte den Arm aus.

Der Bader Gasteiger maß ihn seltsam, erblickte das schwarze Mal von Sünd und Seuche, und bevor es einer hemmen konnte, hatte er hingespien.

»Pfui über die Pratzen!« rief er verächtlich. »Ist vielleicht die Schweinerei da diskutabel?«

Niemand sonst begriff es. Der Obrist zog seinen Degen und legte selben knapp vor sich auf den Tisch. Stierte wie ein Mondsüchtiger ins Leere.

»Säbel oder Pistol! Bin auf alles eingewerkt!« schrie Gasteiger, indes die Wache ihn zurückriß. »Ich liefer dir eine schwere Mensur, daß dir kein zerfressenes Bein mehr weh tut.«

Regungslos und fiebrig starrte der Kommandeur ins Nichts. Der Jurist frug, was der Balbier gewünscht hab. Nach mancher Ausflucht antwortete der Lebzelter ihm mit geschminkter Wahrheit, item, daß der Bader einen regelrechten Zweikampf erbäte.

Die Franzosen hielten es für Schalkerei oder Irrsinn. Hart und höhnisch lachte der Jurist und gab seine Antwort durch Lupicin Midott.

Sr. Majestät des Kaiser Napoleon Offiziere müßten solch infame Zumutung abweisen. Es werde jedoch der Quacksalber vor seiner Justifikation die Ehre haben, den Herrn Auditor zu rasieren sowie Hochdesselben Hühneraug zu schneiden.

Oh, der gute Mostschädel ward blau vor Wut. Trutzig stieß er den Fuß aufs Tischbein.

»Hiazt ist's gleich«, sagte er mühsam. »Ich will's Euch wohl eingestehen, daß ich kein Pfuscher bin, sondern ein studierter Doktor. So, jetzt wißt Ihr's. Könnts schon schiaßen.«

Die Bauern wichen einen Zoll zurück.

Auch der Jurist hatte ihn ungefähr verstanden. In grausigem Wohlgefühl ließ er die geschliffenen Fänge seines Witzes locker und sagte:

»Schießen ...? Eh ... Sie nicht.« Und er umkreiste mit dem Zeigefinger seinen Hals.

»Was?« ächzte Gasteiger.

Der Peiniger lächelte und wandte sich erst zum Obristen. Dieser, wie vom bösen Bann getroffen, sagte tonlos ja, obgleich er nein dachte. Sonach redete der Auditor mit dem Lebzelter von Gröbming, welcher ebenfalls nickte und mit sichtbarem Widerstreben sprach:

Der Bader werde nicht erschossen, er habe zu viel Blutschuld und Despektierlichkeit auf sich; er werde ... stranguliert!

»Was?« ächzte Gasteiger. Er schaute einen wie den andern, schaute Freund und Feind großmächtig an. Niemand tröstete oder half. Kein Wort zerbrach die furchtbare Stille. Nur die Kerze flackerte. Nur der Atem ging. Und das Todesurteil in der Hand des Mönches knisterte wie im Spätherbst ein Lindenblatt.

»Was?« keuchte der Bader. »Keine ehrliche Kugel nit? Netta einen Strick! Das werden wir sehen ...«

Und Leuchter, Tisch und Stuhl umstoßend, warf er sich urblitzlich über den Auditor und schlug ihn, würgte, schüttelte, daß er besinnungslos zu Boden stürzte; und die Knie an seiner schmal geschnürten Brust, drosch er mit beiden Fäusten auf Nase, Kiefer, Auge und Hirn. Schreckbar.

Die letzte Talgflamme rauchte dürftig in der Fensternische. Schreie und näselndes Stimmengewirr tappten ziellos durcheinander. Es geschah nicht allzu eilig, daß der verklemmte Menschenknäuel sich löste und die zwei wachhabenden Füsiliere den unbändigen Kerl dingfest machten. Er rangelte und raufte noch ein paar Augenblick und schrie dabei:

»Stechts doch! Schiaßts doch! Haderlumpen!«

Kann sein, daß sie in der Finsternis feig und vorsichtig waren, etwa handelten sie zufolge strikten Befehls, indem weder Offizier noch Gemeiner ihn erheblich verletzte. Jäh bemerkend, daß er sein Leben auf gute Art nicht losbrachte, ließ er sich fesseln.

Pater Gabriel kam endlich mit neuem Licht. Etliche Mannschaft war auf den Lärm herzugelaufen und blieb als dichtes Geleit um den Bader Gasteiger, bis die Pforte über dem schwarzen Kerkerloch zufiel.

Mittlerweil wurde der Auditor weggetragen. Die Öblinger standen noch immer still und stumpf. Desgleichen wie Hagel, Blitzstrahl, Viehsterben, Hochwasser und Erdlahnen als Naturspiel erschienen, als wundersam urtiefes Geheimnis, welches

man wieder nur mit Geheimnissen beschwören oder bannen kann, so deuchte ihnen zuletzt diese fremde Invasion. Sie hatten in ihrer Weise sich verbraucht. Hatten wie sonst bei täglicher Arbeit geschwitzt, gewartet, gebetet und vertraut.
Jetzt senkte sich krachend der Wetterschlag.
Barhaupt und ruhig standen sie vor dem Unabwendlichen und Ärgsten. Frugen nichts. Begriffen nichts. Es sei denn eines, nämlich, daß der Gasteiger sollte gehängt werden. Versteht sich, weil er den Kommandanten angespien und seinen Beisitzer vielleicht erschlagen hatte . . . gewalttätig wie ein Bauernlackel, obschon er ein studierter Doktor war!
Wohlalarmierte Wachen zurücklassend, begab sich der Obrist mit den Subalternen in das Refektorium der Propstei. Die beiden Dolmetscher wurden der weiteren Unterredung nicht teilhaftig. Als man sie nach einer halben Stunde rief, lagen die Schriften zerrissen auf der Diele. Die Offiziere schwiegen in Gehorsam und eiserner Zucht; aber die geduckte Auflehnung zitterte sprungbereit. Und die zuvor noch gewohnheitsmäßig gegähnt hatten, empörten und verschworen sich gegen den einen, der nicht mehr ihres Geistes war.
Ob die Herren noch einen stichhaltigen Einwand fürzubringen hätten, frug er herausfordernd laut in französischer Sprache. Niemand erwiderte.
Dann bäte er Frater Lupicin und den Lebzelter, ihn zu begleiten.
Sie tasteten sich die dunkle Treppe hinab. Im Nebel draußen brach sich ein gelblicher Schein vom sinkenden Monde. Es war eiskalt.
Einen kurzen Augenblick stand der Obrist an der Tür der Audienzstube, dann knackte das Schloß, und er sagte, hinter sich blickend:
»Entrez.«
Der gepreßte Dunst von Menschen, Talg, verkohltem Holz und feuchtem Mauerstein schlug ihnen entgegen. Die Kerze am Fenster brannte noch. Eine Spinne ließ sich an wehendem Fädchen vom Gewölbe fallen und kroch zwischen den Füßen der Männer hin. Sie wachten alle. Das Kind aber schlief, an seines Vaters Knie gelehnt, atmend mit sacht bewegten Lippen. Es überhörte die Begnadigung, welche Lupicin Midott nach den Worten des Obristen verdeutschte.

Nicht im Namen des glorreichen Empereurs Napoleon Bonaparte oder der großen französischen Nation geschah sie. Zwischen Selbstanklage und Herzensverwirrung gefangen, strebte er ungeduldig nach eigener Befreiung und sagte:

Das Militärgericht sei eines Freispruchs schlüssig worden, sintemal es die Öblinger, hierbei anwesend, keiner klaren Schuld zeihen und überweisen könne. Sie hätten zur Stunde unverweigerten Abgang.

Wiederum sprach niemand. Sie setzten langsam ihre Hüte und Zipfelhauben auf. Sebastian Zedler rüttelte den Buben munter. Und Pater Justus packte den Pfarrer mit starken Armen, indem er selber, des Kettengewichtes bar, wie trunken taumelte.

Erst im Schloßhof drückten sie gröblich ein »Pfüat Gott« heraus. Dann schritten sie eng beisammen nach Öblarn.

Das rasch bewegte Wasser der Enns gurgelte und warf sich gleich grünen Kupferkreuzern, gelben Dukaten und weißen Silbertalern spritzend an die Brückenpfeiler. Der Obrist hatte die Fensterflügel aufgeschlagen und dürre Scheiter verlangt. Itzt brunn es neu im Kamin.

Er rückte Gotthardis Stuhl zum Feuer und empfand es schier träumend, wie der graue Nebel zu purpurnen Flämmlein hinfloß und erlosch.

Er hatte dem Stralzenmädchen zu willen getan ... ohne Überzeugung, kaum bewußt, eher irrsinnig ... Er war ein schwächlicher Narr, ein halbverdammter Schatten, lebensgierig über ihre barmherzige Hand gesunken ... Und glühte noch einmal auf ehe dem Erlöschen.

Wie der Spätherbst mit weit gedehnten, rotbunten Baumwipfeln und traurigen Blumen, welche im verquellenden Safte sich dunkler und schwerer färben, mit einschichtigen Faltern und verscheuchten Vögeln. Er spürte wohl, die Erde stieß aus der Tiefe die letzten Adern, und sein ganzes Herz schmückte, liebte und litt sich zu Tod ... Er preßte, von unsäglicher Innigkeit durchschauert, die Hände vors Gesicht und sagte vielmal leise bei sich selbst:

»Kleine Mamsell!«

Wie bald — vielleicht morgen schon — lockte der sinnliche Blick einer Buhlin oder riß das Kriegshandwerk ihn von innerlichster Beschauung. Vorab geschah ihm, was fromme Menschen eine Gnade heißen. Er fühlte sich völlig einsam und wußte, daß er's stets gewesen war, und daß die Zustände des Lebens wie Rauch und Rausch verbleichen. Deutlich spiegelte sich die letzte Episode in seinen Gedanken: alle zersetzten Keime, Zellen und Kräfte aus Leib und Seel. Und irgendwo ein kleiner Rest Ehre und Adel, so das naive Landmädchen mit Egeln hatte retten wollen. Der Obrist jedoch glaubte, daß einem Wüstling der Aderlaß so wenig wie die Beichte half, und daß es kein Mittel gegen den fressenden Aussatz gab und kein ander Heil als das Sterben.

Eine Faser reinen Herzens mußte unter dem Dung und Unrat zur heiligen Erde zurück, damit ein einziges aus ihm noch weiterblühe. Und verzweifelt wünschte er, daß die Aufständischen ihn getroffen hätten. Dann fiel ihm der Gasteiger ein, und mit dem feinen Sinn eines Kranken erriet er, warum derselbe also tollwütig um sich geschlagen. Item! daß er lieber aus schmerzlichen Wunden verbluten, als am Schandseil verrecken mocht'. Suchte auch dieser alemannische Quacksalber einen Tod in Ehren. Und ein Kommandeur der großen Nation würde über kurz oder lang selber sein armes, ausgedorrtes Hirn an die Wand schießen oder begab sich, falls ihm der Mut gebrach, bei einem Feldmedikus in die Kur, welcher mit etlichen Champagnerkelchen und einem täglichen Zusatz vom mercurio dulci den Hinschied von der Welt zu erleichtern pflegte.

Der Obrist ließ schwer seufzend seine schlaffen Arme fallen; er rückte noch näher dem Feuer zu. Der Nebel schleifte nur noch dünn von der Fensterschwelle. Es ward kühler, indieweil im Südost das opalblasse Frühlicht dämmerte. Amseln huschten durch das Geripp des wilden Weines und stoben verscheucht in den Garten, wann ein Hornsignal, ein lautes Befehlswort und von Zeit zu Zeit der feste Schritt der Vedette hallte. Rote Blätter tropften fürüber. Und jenseits im Taldunkel läutete die Glocke.

Erstaunte keiner drüben, daß wieder das simple Tagwerk begann? Frug niemand, wem zu Dank sein Haus noch stund, sein Vieh noch käute und sein stumpfer verstockter Bauernwitz noch nicht ausgeblasen war?

Und die Mamsell? Kaum aus dem Dorf, würde er vergessen sein. Befremdliches Unbehagen drückte ihn langsam nieder. Er wollt es bekämpfen, ihres ernsthaften Gesichtes sich erinnern, ihrer Stimme und der wohltätigen Berührung ihrer Hand. Doch umsonst! Der Morgen erlangte Gewalt über ihn. Mehr und mehr bei jeder matten Lichtwelle verschwand das Lieblein, welchem er allzuviel an Willen und Kümmernis anheimgegeben. Vielleicht, so zweifelte er, oh, gewiß schwatzte es lachend sein Siechtum aus ... vielleicht war es, voll natürlicher Schlauheit ahnend, mit ihm wie mit einem Spielzeug umgegangen.

Was hatte er getan? Plötzlich zuckte jeder Nerv vor Scham und Entsetzen.

Blind, stupid, meineidig hatte er im Dusel lächerlicher Sentimentalität einen Haufen heimtückischer Freischärler begnadigt. War ein bestechlicher Söldling geworden, ein Verräter an Kaiser, Rasse und Ehre.

Itzt begriff er den geduckten Haß seiner Offiziere und wußte, daß sie bereit waren, ihn ohne Säumnis dem Kriegsgericht zu überantworten.

Er war ein Schuft! Brauchte sich nicht um Kugel, Pulver und schnelles Ende bekümmern; es wartete tatsächlich schon der gemeinste Tod auf ihn. Ein Schauerfriesel schüttelte seine kranke Gestalt zusammen, fortwischend, was vor wenig Augenblicken eine wehmütige, feindselige Stimmung gewesen. Jeglichen Trostes bar, jeder bösen Begierde offen, von hitziger Fieberwallung gequält, ächzte er im Zwielicht und erlag noch einmal aller Marter und Verblendung, bevor seine Stunde kam ...

Denn es ereignet sich wohl, daß der Mensch außer sich nichts mehr besitzt. Wohlgemerkt: nichts! Daß er weitergetrieben wird auf eines Messers Schneide wie morsch, wie ausgehöhlt. Allein ... wann noch eine Faser seines Herzens lebendig ist, so kann es auf die Seite Gottes fallen. Viele werden dies nicht verstehn und den einfachen Gedanken sonder Grübelei ad absurdum tun. Der und jener aber muß von dieser kleinen Historie weg sich undanks dem eigenen Erlebnis zukehren, muß mit dem Finger an die Brust klopfen und erahnen, was gemeint sei. Es ist fast unbeschreiblich.

In solchem Zustande befand sich also der Obrist. Steif, mit nachtwandlerischer Gebärde nahm er den Orden der Ehrenlegion vom weißen Waffenrock, hielt das kurze rotseidene Band über das Feuer, bis die Schleife abbrunn, und bis die

grünen Zweige von Eiche und Lorbeer, die fünf Emaillezacken und der goldene Metallkern zwischen die zierlich leckenden Zünglein hineinschmolzen; bis seine wächsernen Nagelspitzen vom Brandrauch stanken.
»Honneur et patrie ...«
Voll stierer Leidenschaft lachte er für sich hin. Und seine wüste Phantasie spielte ihm einen abscheulichen Tanz auf.
Beim Teufel! Es war kein großer Verlust. Nur wieder in die abgründige Zuflucht, wo aller Unflat beisammen faulte! Nur bewußtlos werden, erlöschen; kein Mensch mehr sein aus tausend widerhaarigen Fäden, die schrill am Klumpen Hirn reißen. Sondern ein Tier, was in enger Radspur plötzlich aufhört und durch seine windverwehten Atome in neuen Geschöpfen weiterkriecht ... eine schädliche Frucht, vom Sturm übers Feld geschüttelt, bald geborsten und doch in zahllosen Samen das Gift verschleppend ... ein Tropfen Zerstörung, der ewig wandert.
Noch war's nicht zu spät, desungeacht er das Urteil zerfetzt hatte. Er konnte sich füglich eine bessere Rechnung fürbehalten, woselbst auf zehn Inwohner neun Ausgeloste kamen, nicht allein wehrhafte Männer, sondern Greise, Frauen und Kinder mitinbegriffen.
Auch die Mamsell!
Da blieb den Mönchen manch Paternoster erspart, und der Totengräber überhitzte sich nicht mit seiner Schaufel. Denn sie verabschiedeten sich gar unvermerkt; der eine morgen auf feuchter Schütte Stroh, der andere nach Jahr und Tag unter breitem, bäuerlichem Betthimmel. Kühlte ein dritter an verstecktem Tümpel sein verseuchtes Blut, bis er kalt war, und ein vierter hustete die Seel an einem fremden Wegrain aus. Und ein fünfter ... ein sechster ...
Und niemand hatte einen Freund. Selbst dem ungetauften Säugling in der Wiege wusch seine Mutter nicht die schwärenden Augen.
So wollte er sie mitschleifen, damit sie geilen Ekel spürten, schändliche Wunden trügen und alle Verzweiflung, die er trug.
Auch die Mamsell; welche von allen Weibern ihm den Rest gegeben. Item, sie hatte ihn mit ihren scheuen, ehrbaren Lippen zum Schuft gemacht.

Er dankte fein. Beließ nach seinem Abmarsch ein Dutzend aussätziger Kavaliere im Krankenhaus der Bruderlade ... zur Genesung und Kurzweil.
Heiß vor Erregtheit neigte der Obrist sich zum Kamin. Seine Hände zitterten und krümmten sich um eine unsichtbare Frucht. Bald rollte sie, vom Sturm geschleudert, gegen das Dorf und barst und traf in zahllosen giftigen Samenküglein immer wieder alle neun ...
Die Rechnung stimmte.
Vor dem Fenster breitete sich der Tag. Die einförmig weiße Wolkenblende schwebte unbeweglich und grell über den Waldwipfeln. Kaum ein Schatten fiel. Das bleigefaßte Butzenglas herunter rann der Tau. Nur noch ein Scheit kohlte. Und die spröden Holzringe bröckelten knisternd in Stücke. Der Obrist zog seinen Degen und stocherte nachdenklich durch die Asche.
Es tat nicht not, das heikle Urteil zu flicken oder sein Leben töricht hintanzuwerfen wie den Orden. Hatte er doch Gelegenheit, seinen irrsinnigen Fehlgriff schicklich auszuwetzen. Und die renitenten Herren würden solches mit heimlicher Abbitte höchst beifällig quittieren.
Wie leicht die Finsternis mit Helle tauschte! Allhier lag das Emblem, formlos und rußbedeckt, ein nichtsnutziger Klumpen. Und trotzdem ... barg er nicht Edelgut ... barg er nicht Glorie?
Still! Er deckte wieder Asche darüber, streifte den Degen am Kniebug ab und versuchte hinkend einen Schritt. Draußen lärmte schon die Mannschaft. Gezäumte Rosse wieherten bei der Brunnentränke. Die Galakutsche der Propstei wurde für den schwerblessierten Auditor instand gesetzt. Etliche Wagen, mit kalkigem Kot besprengt und bis unter die Blahe voll bepackt, sperrten die Einfahrt. Für Punkt elf Uhr mittags hatte er den Aufbruch befohlen. Da sagte sich der Kommandeur, daß es Zeit war, dem inhaftierten Bader Gasteiger einen Baum zu suchen. Sonach aber konnte er sich den freien Anblick seiner Offiziere verstatten.
Er ritt nach Öblarn.
Wo die vier Linden bei der Wegscheid eine schnörkelige Krone zusammenwölben, hielt er schon das Pferd an und schaute. Schmale, vertrocknete Blütenflügel nestelten sich ins Mähnenhaar. Spinnweben wanden und bauschten sich im Wind. Ein

Buntspecht hockte mit steifem Schwanz hinter dem wurmstichigen Rahmengefüg des Dürerbildes.
Saint Hubertus! Bon jour. Es sollte sich der selige Weidmann nicht über den schlechten Geschmack eines Franzosen alterieren. Der Platz war zu schön für ein Hochgericht ... Hier hatte er geweilt und gewartet gestern zur Abendzeit. Und sein fernes Idol hatte sich in der Luft gespiegelt wie eine Fata morgana ... bis er mit Leib und Seele ihren wundergläubigen Augen verfiel ... Oder waren es nur aus einer Regenpfütze die glatten, glänzenden Egel, mit denen die kleine Hex' ihn schröpfen wollte?
Still! Der Obrist schlug die geschmeidige Gerte unwirsch auf eine Lindenfrucht und sprengte davon. Halben Wegs bedachte er plötzlich, daß der frechste Delinquent die allermildeste Strafe empfahe, und daß der Strick noch eine Gnade sei gegen das andere.
Wiederum peitschte er den Schimmel. Allein nach eines Gedankens Länge spannte er das Zaumzeug und hielt. Die Pappeln hoben sich ruhig und schlank mit abertausend grünen zitternden Blattlöffeln. Und die silbrige Luft umspülte sie. Und der leise, lebendige Strom preßte sich in jeder Ader gegen die Unendlichkeit.
Noch nicht ... noch nicht!
Erst zu einer Zeit, wo der Sturm die belaubten Bäume zu kahlen Besen auszog, taugten sie zur Schaustellung für einen Erhängten. Jedoch ... man durfte nicht zaudern mit vorgedachtem Exempel. Denn der Bader war wissend, hätte immerhin bald das gefährliche Unheil entdeckt und ihm mit seiner Fürsicht und Arzneikunst gesteuert.
Item! Wo war der Baum?
Es mußte schnell geschehen; bevor der Trompeter zum Abmarsch blies. O nein! bevor die Offiziere sammentlich das Frühstück nahmen.
Schnell! Bevor es zu spät war ...
Er trieb das Roß mit den Sporen an und hetzte wie ein Verfolgter gegen das Dorf. Vorbei schwand Eiche, Ahorn, Fichte, Birke und Holunder; vorbei der kurze Grashalm, der Meilenstein und die rote Berberitze am Strauch. Er schaute und sah nichts mehr; horchte in sich hinein und wich doch einem jeden Gedanken aus, war auf der Flucht vor sich selber.

So kam er bis zur Torschusterkeusche. Den Kirchplatz erfüllte heller Tumult. Bauer und Soldat schafften einträchtig nebeneinander. Kinder krabbelten zwischen Deichseln und Wagenrädern. Und mancher Handwerker im rohen Lederschurz war dem Feind gar willig zu Gebote; sage, er beschlug ein Pferd, drehte neue Schrauben in einen rostigen Bügel oder schliff noch in Geschwindigkeit ein schartiges Bajonett.
Die Quartiere zeigten sich leer. Die Beiwacht hatte man schon abgebrochen. Aber der große Futterkessel des Joseph Salzinger hing noch im Feuergestell, und der Amtmann in Person lupfte den Deckel, und seine Ehewirtin hierneben griff eine Handvoll Petersilie, Hauswurz und Zwiebel aus der Schürze und würzte die Suppe damit. Langsam stapfte der Kramer unter der Last seines Warenpackes. Der Schulleherer lehnte den blauen Kirchenfahn zur Pappel. Und vor dem Freithof stunden fünf ungestrichene Särge.
Dem Obristen erschien es formaliter wie ein Bild aus dem Orbis pictus des gelehrten Comenius oder aus dem Traumbuch der alten Ägypter; alldieweilen er vorüberritt, stockte einen Augenblick die Bewegung. Die Soldaten stellten sich stramm in Positur. Die Öblinger schauten baß mit runden Pupillen. Da hat er die befleckte Hand steif zur Schläfe erhoben und gegrüßt. Es trug ihn der Schimmel in gleichmäßig leichter Gangart durch das Dorf. Der Bach schob sein Wasser hoch und trüb unter der Brücke hin und wusch stetig das Laub von dem geknickten Ast einer Blutbuche.
Der Obrist sah weg.
Auf der andern Seite war der Stralzenhof. Hühner schossen gackernd das Haus entlang. Hinter dem Tenntor klapperten und taktierten die Flegel beim Drusch. Jenseits der Obstgärten stieg der Rauch in einer blauen Ringelsäule. Und zwischen dem Bildstock des heiligen Nepomuk und dem Birnbaum wehten leinerne Windeln.
Er schloß beinahe die Augen.
Der Schimmel trug ihn weiter zum Veitkramer, zu der Wirtschaft des Bäckenhansei und dem verwitterten Hüttelwerk der kleinen Hantierer. Durch die langen schwarzen Wimpern sah er immer nur die engbegrenzte Straßenfurche, den weißen Grundstock eines Gebäus, die Zaunlatten und die blitzenden Kiesel innerhalb einer Dachtraufe. Selbst dieses hörte auf.

Bach und Weg zwängten sich im Graben aneinander vorbei. Kein Mensch begegnete dem Reiter. Nur weit füraus bei einer Kurve erschienen und verschwanden schnell wie Sinnentrug ein Mannsbild und eine graue Geiß. Die hohe Walchen toste im Urgestein. Und das Pferd ging sachte auf der Talschneide, wo der Schattenberg und der Sonnberg zusammenrainen. Der Wald reichte in jener Zeit noch bis ans Ufer. Und die mächtigen und die kleinen, die starken und die linden, die reichen und die entblößten Bäume fingen zu reden an.

Nichts von Gelehrsamkeit! Solche hätt' er mit seinem spitzfindigen Menschenverstand geschlagen. Nichts von Recht und Unrecht! Denn sein Gewissen war im langen Kriege verkümmert, verhärtet und abgestumpft. O nein, sie hatten eine andere wunderbare Sprache, die wiederum kaum zu beschreiben ist. Aber der Evangelist sagt:

»Wer Ohren hat, zu hören, der höre.«

Und wer Augen hat, sage ich ...

... der gehe selbst den einsamen Weg bei Berg und Bäumen, wo das laute Wasser die Stille nicht zerschlägt, wo die blasse Glocke im Schiefer blüht und im Blühen lautlos niederrieselt, wo das ärmste, häßlichste Tier sichtbar seine Kräfte an die ewige Mühle hingibt, bis es zermalmt wird ...

Und der dunkle steirische Wald sprach immer dringlicher zu ihm bei jedem Hufschlag. Er konnte sein Aug' und Ohr nicht mehr verschließen. Er spürte die Knospe, scheu von braunem Blatt umhüllt, das Wundmal, aus dem herbe und süße Säfte quollen, spürte den Duft des gesunden Marks, den ziehenden Hauch von Muff und Moder über den nackten Wurzeln. Und irgendwo inmitten des aufrechten Holzes einen verkümmerten Krüppel, der gezeichnet war wie er selbst.

Der Obrist sah den Herbst, der schon leise in den Kronen rupfte, dort nur die Frucht nahm, hie das Kleid und am dritten Ort eine Seele. Und das Geschöpf neigte ohne Wehschrei die ausgestreckten Arme gegen die Erde hin. Und die zarten und die harten, die jungen, die mürben, die grünen, die purpurnen Nachbarn segneten es mit sanfter Gebärde; insonderheit die Brüder, welche es überwuchert, die Schwestern, so es verdrängt hatten, die feindlichen und die freundlichen Tiere, die bei ihm gastierten, der flinke, lachende Quell beugte sich zu dem einen, der sterben sollte ...

Ganz nahe schritt der Mann und zerrte die hochträchtige Geiß am Hanfseil. Sie sank alle Augenblick in die Knie und konnte vor Schwäche, Wehen und Nöten nicht weiter. Etlichmal spähte der Viehtreiber zurück. Dann band er sie hastig an den dürren Baum und floh die steile Hochwaldlehne empor. Die Ziege röchelte, plärrte ... bühlte. Und vom Reiter geschreckt, riß sie sich hintan, soviel der Strick nachgab. Brach inmitten der engen Straße wiederum zusammen. Da legte das Pferd die Ohren zurück und blieb stehn. Den Obristen ekelte vor den qualvollen Gebärden des Muttertieres. Er feuerte den Schimmel an mit leichtem Hieb ... vergeblich!

Er hußte, hetzte. Er zitterte vor Wut. Und dieweil er selbst im Elend, durchschauerte ihn eine wahre Gier, ein anderes Geschöpf zu quälen. Und eben, als die Geiß sich unruhig hin und her warf und mit erbärmlichem Gemecker sich am Seil würgte, da brauchte er Peitsche und Sporen. Und trieb das Roß zum Sprung.

Es schrien beide Tiere unnatürlich in jäher Angst. Hoch bäumte sich der Schimmel, und die Ziege wälzte sich auf dem Rücken und stieß nach ihm. Traf eins des andern Hufe und schlug zu.

Dann war Ruhe. Zitternd gegen das abschüssige Ufer gestemmt, einen Zoll vor dem Abgrund hielt das Pferd. Und die Geiß lag ausgestreckt in Wegesmitte und drehte den Kopf langsam im Bogen. Der Obrist fühlte sich plötzlich matt. Seine Nerven zuckten wie nach einer Sturmattacke. Mit lockerm Zügel ritt er entlang der Bachtiefe. Es rauschte. Der Gischt spritzte in weißen stechenden Perlen bis an sein Gesicht. Tropfnasse, beschleimte Granitblöcke leuchteten. Die Brückenpfähle schwankten. Der blaugrüne Hochwald wuchs ... klammerte sich mit unzähligen, lebendigen Armen um ihn. Und der Schrei der gebärenden Ziege losch in seinen Ohren nicht mehr aus. Ihm schwindelte.

So nahe, so nackt, so fürchterlich hatte er die Natur noch nicht erschaut.

Der Krieg war wie ein Rausch von Tausenden und aber Tausenden gewest; dreizehn Jahre lang ohne Besinnung: da hatte keiner gefragt, wen sein Roß zerstampfte, wen seine Kugel getroffen. Den Bruder, stöhnend in letzter Pein, hat er überschrien und verlassen sonder Erbarmnis. Dem wehrlosen Feind

hat er noch einen Tritt auf die lechzende Brust gegeben: Stirb Bestie!
Und vorwärts, vorwärts ist er gerast in Taumel und Blutgier, hat ohne Skrupel jedes Hindernis von Mensch und Vieh genommen ...
Und wann er einmal ruhte, war er von Wein betäubt, von Blumen, in schwüler Luft gezüchtet, von geilem Spektakel und geschminktem Laster. War die Unnatur nicht doppelt grausam!
Still! So wie ein Wurm in der Radspur, sollte seine Seele weiterkriechen. Wie das Insekt im faulen Holz sich Raum wühlt. Wie die Krot ihr ätzend Gift auf den Fraß schmeißt. Sie haben keine Wahl. Ist jedes ein Feind unter Feinde gesetzt, ist jedes von der grausamen Not der Erde getrieben. Auch die Milbe, auch der Staub am Farn, das Wespenei, sie alle entbrunnen, dieweil ein Müdes ausgeflackert, und schwelten, inwährend ein schwächerer Leib verdorren und verhungern mußte. Da dürfte keiner auf der ganzen Welt sich rühmen, er habe nie getötet. Und keinem bleibt die große Schuld geschenkt ...
Der Obrist auf seinem Pferde seufzte. Allein die gesunden Kreaturen des Waldes merkten es nicht. Ein jegliches schabte, stieß, sägte und grub in seiner strebsamen Art, verstreute reichlich den Überfluß und nahm, was ihm nötig. Oh, wie empfanden sie das inbrünstige Glück des Lebens unbeirrt, bis sie einmal über Nacht der erste leise Schauer durchfrösteln würde ... und über Tag der Tod kam.
Fast genötigt und doch völlig unbewußt, lenkte der Offizier seinen Schimmel zur Umkehr ...
Es war Herbst. Stark, rauh, wildtrutzig verschränkte der Wald seine Wipfel und Kronen über dem neuen Geschlecht, was keimte und knospete. Spie nur jeweils einen Krüppel aus, der gezeichnet war. Und ganz allein, in Schmerzen ächzend, neigte sich hierneben der dürre Baum. Die Flechtenbärte spunnen sich von der Rinde. Das samtige Moos erstickte ihn. Talaus über dem Wasser eilte die Luft und sog die letzten Säfte aus den morschen gespreizten Fingerchen. Und das bleifarbene Licht lud seine ganze Schwere auf den Sterbenden. Er gab sich der Natur zurück und zürnte nicht. Denn die Frist allhier mußte ihn kurz und eitel bedünken.

Die Blüten waren abgetropft. Das Laub und die Beeren fortgeweht. Die scheckigen Vögel sangen anderswo und vergaßen, ihm beizustehen. Denn die grausame Not der Erde hört nimmer auf. Das schönste Kleid, die saftigste Frucht, der schärfste Dorn erweist sich als nichtig. Keine Vorsicht schützt, und keine Kraft entgegnet ihr; inmaßen der natürliche Trieb die Geschöpfe zueinander hußt und zerschlägt und wieder wecket.

Darum kann auch der Tod nicht helfen . . .

Die Wegkurve war schmal zwischen der Walchen und dem Schieferbruch des Berges. Und quer lag die Ziege! Sie sah den Reiter kommen. Kreißte geller, als der Bach toste. Riß am Strick, daß Stamm und Krone sich schüttelten und der Lehm unter den Wurzeln wich. Hoch krümmte sich der plumpe Leib und stieß ein Kitzlein ins Leben.

Dem Obristen kam der Schweiß. Abscheu reckte ihn. Item, er war ein Wüstling. Hatte nur des Fleisches Gier gestillt. Nie des Fleisches Folter geschaut. Vom Kelch den Schaum. Nie den bittern Bodensatz! Er kannte Weiber, die schön, schamlos und feig die Halbscheid des Lebens genossen . . . Kurtisanen kannte er. Nicht Mütter.

Ernüchtert saß der Obrist im Sattel. Feuchtes, tiefbraunes Laub klebte an Pferdeshufen. Der Bergwind pfiff; trocknete dem Kitz das borstige Rückenhaar und das kurze Schwänzlein. Die Geiß lag in Erschöpfung. Als jedoch das Junge plärrte und auf steifen Beinen armselig zu ihr tappte, hob sie den Kopf. Stieß es. Beleckte sein nasses Fell mit einer fast menschlichen Umsicht und Sorgfalt. Von Zeit zu Zeit, glotzte der gelbe Grund ihrer Augen den Reiter kläglich und mißtrauisch an, streckte sich der Unterkiefer. Dampf und rötlicher Schaum rieselte aus den Lefzen. Wieder bühlte sie laut auf. Die Wampe blähte sich. Der Wirbel bog sich krumm. Und alsbald rührten sich zwischen Buscht und Blutgerinnsel vier steife Glieder. Beharrlich wackelte ein kleiner beschmutzter Kopf in die Höhe. Doch die Geiß bezeigte diemals keine Freude daran. Ihr Maul stand noch vom Schrei halb offen. Die Zunge rollte sich. Der Atem röhrte. Mählich fiel der gedunsene Körper ein und zuckte nur noch, wann die muntern Kitzen, das Euter suchend, darüber stolperten.

Sie froren, hungerten. Der Schneewind aus den Quelltälern

fauchte. Das Wasser zerstach ihnen mit spritzenden Tropfen den Rest Mutterwärme. Und der dürre Baum hob langsam eine Wurzel nach der andern aus der Lehmerde und neigte die Krone über den Bach. Das Seil spannte sich. Der Leib rückte ... Der schmale, verzerrte Geißenschädel warf sich ins Genick ... Gar erstaunt und hilflos und unschuldig tappelte ihr das reine und das häßliche Junge nach. Aber immer tiefer bog der Tod den weitgespreiteten Wipfel gegen den Abgrund. Der Strick schleifte ... Zoll für Zoll fuhr der arme ausgerunnene Leib hintan und räumte dem Reiter die Wegkurve.

Die zwei Geschwister standen dichtgeschmiegt in der Bergwildnis. Vertrauten den lockern Kieseln noch, die unter ihren Hufen vom Gestad brachen. Erschraken kaum vor dem schwärzlichen Wasser, das durch den Graben toste und ihre Mutter verschlang. Keinen Baum, keinen Halm, nicht Blatt noch Stein, nicht Schnee noch Erde kannten sie. Nur ihrer Ausgestoßenheit in das eisige Licht wurden sie gewahr und wimmerten.

Mit unsicherem Finger spannte der Obrist sein Terzerol. Dann gab er den armen Zicken den Gnadenschuß ...

Die Wolke flimmerte längst nicht mehr. Steinblau lag sie über den Himmel gebreitet. Die Tauern im Süd, fürnehmlich das Hirscheck, verschwanden in einer Schneewehe. Frühe einschichtige Flocken schwebten. Der Obrist ritt sacht auf weißem Pferd und blickte nicht nach Bäumen aus. Er hatte gefunden, was er brauchte.

Für den Gasteiger?

O nein! Dunkles, fieberndes Rot färbte ihm die Stirn. Er fühlte die Last seines kranken Körpers. Traurig auf die schmale Straßenfurche stierend, dachte er:

Kleine Mamsell! Mit ihren wunderbar reifen mütterlichen Augen hat sie schon allzuviel gesehen. Und doch ... Und doch, sie weiß es nicht, wie schwer des Leides und der Schuld wir tragen.

So schwer, so schwer. Keine Lust mag helfen. Keine Kunst mag heilen. Und die Schätze der ganzen Welt wiegen es nicht auf ...

Aber die Liebe!

Das Fieber in seinem Gesicht vergilbte. Absonderlich weich,

lind, wie Schlafgefächel berührte ihn der feine Schnee, der immer dichter, immer eiliger flog . . .
Und morgen?
Dreizehn Jahre ist er ein treuer Soldat gewesen für des großen Vaterlandes Glorie. Und morgen?
Wird er in Kaisers Ungnade stehen . . .
Als er nach dieser einsamen Stunde wieder mitten in den Orbis pictus kam, ließen sich seine empfindlichen, halb zerstörten Sinne nicht mehr durch den bunten Aufputz täuschen, demzufolge wir Menschen unsere Sehnsüchte, Sünden, Verdienste, selbst den Krieg, alias den ewigen Kampf der Natur, in unwahrer Gestalt erkennen und einen falschen Unterschied machen zwischen Vornehmen und Schlichten, Reichen und Armen, Siegern und Knechten. Nackte Geschöpfe sah er, die alle blühen und sich breiten wollten und dermaleinst sich neigten wie ein entwurzelter Baum.
Und indes der Obrist den Salut des Militärs empfing, frug er sich, ob er nicht morgen schon vom letzten Mann als ehrlos mißachtet werde. Item, er wollte anheut barmherzig sein! . . .
Bei der alten Holderstaude, am Eck des Pfarrgartens, traf er noch einmal die Regina. Erst eilte sie ihm ein Stück entgegen, bald aber ward sie zaghaft und scheu, denn hinter ihr keuchte der Blasel von Gstatt herüber, unter beiden Achseln leere Fässer tragend. Auch erspähte sie den hochwürdigen Pater Isidor, welcher hinter der Buchsbaumhecke mit etlichen Mitterbergern gar eifrige Unterhaltung pflog. Zum peinlichsten Verdruß aber befand sich die Veitin beim Torschuster und spekulierte trotz rascher Red und Gegenrede unablässig auf die Straße. Beklommen hielt das Mädchen den Schritt an. Als der Reiter, schon nahend, sie grüßte, errötete sie über das ganze Gesicht und sagte:
»Herr Hauptmann, ich hab Euch gesucht.«
Er lächelte, vernahm es kaum. Mit schuldbewußt zögernder, fast spröder Gebärde streifte seine leblose Hand über ihr braunes Haar, einmal . . . vielmal. Solcher Liebkosung ungewohnt, trat sie ein wenig beiseit, zerrte aus dem prallen Kittelsack alsbald ein blumicht bemaltes Hönigglas, mit einer Schweinsblase zugebunden.
Und den Finger an die Lippen legend, wisperte sie bedeutungsvoll:

»Lauter Egel!«
Sie schaute ihn groß an, weil er noch immer nicht sprach. Seine müden, flackernden Augen hatten sich völlig zugeschlossen. Die schwarzen Wimpern zuckten. Schmal und starr wurde der Mund.
»Schon am Sunntag«, sagte sie hilflos, »schon am Sunntag hab ich gewißt, daß's guet seids.«
Das Pferd drehte den Kopf zu ihr. Graufarbig verlor sich sein warmer Atem in der Luft. Die Ohren vibrierten unter dem seidenkühlen, zarten Fall der Flocken. Die Zügel hingen schlaff vom Bieße. Und der Reiter schwieg. Sie schaute und wartete immerfort. Sodann meinend, es sei noch zu wenig Dank, griff sie flehentlich und voll Befängnis nach seiner Hand und küßte sie.
Oben lachte laut und schrill die Veitin.
Itzt hob er die Lider. Gab ihr noch einen bittern Blick und ritt davon ...
Baß verwundert und betrübt stund die Dirn eine Weil mit ihrem kleinen Aquarium und frug sich nach Kindesart, weshalb er's verschmäht hatte.
Rings wurde die liebe Erde weiß und nickte ein. Geflecktes Laub und ein paar rote Äpfel rollten entlang der geneigten Ackerfurche. Und die jungen Roggenhalme wippten unter dem Sterngeriesel ...
Niemals wieder erhielt die Stralzen-Regina Kunde vom Obristen. Doch wird erzählt, daß sich ein abgedankter französischer Militär im Schlößlein Tandalier bei Radstatt seßhaft gemacht hat und dortselbst auch verschieden ist im Jahre fünfzehn des vorigen saeculi. Wir wissen es nicht; aber vielleicht ist es der nämliche, welcher die Öblinger pardoniert und dem Gasteiger Leben und Freiheit geschenkt hat.
Ursache und Wirkung, den verborgensten Zusammenhang, letztlich die Guttat selbst, möge jeder nach seinem Sinn bekritteln.
Zum Beispiel, wann Vater Stralz, aus seinem Feierabend geholt, noch einmal durch die Stube ginge! Er hätte den großen, gewichtigen Schritt, die ehrsame Haltung seiner Figur und den blauen Schieferglanz im linken Auge. Vorab würde er keine Meinung äußern. Fürmehr stopfte er geruhsam die siebente Pfeife mit altmodisch duftendem Kraut, legte sich einen

Fidibus in akkurate Falten und zöge damit eine Flamme aus dem grünen Kachelofen. Er ließe die Messingtür leise hin- und herschlagen, wodurch die safrangelben Lichter unstet über den Fußboden hüpften wie Garn von den schiefen Spulen eines Webstuhls. Er atmete genießend den weihnachtlichen Wohlgeruch gedörrter Birnen ein und vergäße darüber das Raspeln und Knabbern der Mäuse ... Draußen über den Dächern wachte der Mond.

»Wie schön«, spräche Vater Stralz ... die sommersprossigen Hände über der Fensterbank gefaltet ...

»Der Baum im Rauhreif, der nächtliche Berg und die ferne kreisenden Gestirne. Ich aber, der sterbliche Mensch, bin nur ein Zuschauer, durch erbärmliche Künstelei von der allerlautersten Natur getrennt. Kann niemalen Gottes Geschöpf werden, vor daß ich nicht hinauswandere in Wald und Moor, an welch einsamsten Orten der Blitz, der Sturm und die Wolke mein' Schuld und Irrtum abwaschet und die bescheidene Blume mich beten lehrt ...!«

Ein seltsames Evangel! Wir wollen es dem Vater Stralzen nicht allzu bitterlich verübeln.

Item, er hat nebst Haus, Hof, Wald, Acker und sammentlich den Liegenschaften auch das schwer bezwingliche deutsche Heidenblut geerbt.

Anders sein Sohn, der Schulmeister Johannes. Er hatte nichts geerbt und war zeitlebens arm. Er liebte es, im blau gewölbten Wunderkasten dasjenige zu bestaunen, was die meisten Menschen für wertlos halten oder gar zerbrechen. Er schrieb mit fein gespitzter Gänsefeder seine rührende Lieb und seine entzückte Sehnsucht auf, die sich zum wirklichen Lebtag, ach, so wenig reimte.

»Wie schön!« sprach Johannes Stralz alsdann, die kindlichen Hände über dem Fensterbrett andächtig faltend ...

»Wie geheimnisvoll! Man achtet es lange gering. Erst wenn man wieder mit behutsamen Schritten geht und der Blume schonet, die zwischen Schuh und Erde liegt, wenn man auch das häßliche Tier beobachtet und der rauhen Krume, dem verkümmerten Baum sich barmherzig zuneigt, als wären sie Teil unseres Lebens. Wann alles wieder Gleichnis und Geheimnis wird und die Gnade Gottes schon auf dem Wegsaum wartet, dann ...«

So sprach er und lächelte, anstatt seinen Ausspruch zu vollenden.
Doch still! Zur Zeit, welche ich meine, mußte er für besagten Ausspruch erst Atem schöpfen, sintemal die Regina noch bei seinem geschnitzten Wiegenbett häkelte und vielgeduldig »Hajapopaja . . .« sang.

ZWEITES BUCH

VIER ÄHREN TRAID

Die kugelrunde Welt drehte sich indes unbekümmert weiter. Sie tat wie eine vielgeplagte Frau, welche vom Tagwerk, vom Geschrei ihrer Hungervögel und von der Unbill der Zeitläufte gleichgültig geworden, sachte über den Tanzboden schwebt und vertraut, daß über Nacht sich alles wende.
So ist es seit Adam und Eva der Brauch.
Und die kleinen und großen Dinge gelangten selbst in ihren Ruhepunkt zurück. Und die Zufälle des Lebens begaben sich nunmehr so, wie die Menschen, im vorliegenden Fall die Öblinger, es gewohnt waren, zeigten sich bescheiden im natürlichen Ausmaß, wenn auch nicht immer sinnreich und zweckmäßig.
Beispielsweise, die Buglmüllerin eilte mit ihrer wichsleinernen Tasche kreuz und quer. Paßte einmal beim Fluder und einmal beim Walchenbach. Wagte sich sogar auf die Moosschöpfe der Berghammlacke und über die Schotterbänke der Enns und versäumte nur selten, ein unschuldiges Kind, was gelegentlich des Weges schwamm, aus dem Wasser zu fischen. Bei diesem Geschäft ward sie weder hoffärtig, noch parteilich, noch berechnend. Sie brachte eines der reichen Bürgerin und zwei der ledigen Kuhdirn. Und wann der mit der Sengse wenig Obacht gab und den Einleger nennete und den jungen Knecht errennete, so darf man behaupten, daß sie gar kein Obacht kannte und mit Vergunst an die gefehlte Tür klopfte. Durch solche Art kam die Welt wieder auf gleich.
Es wuchsen die Rüben unter dem Frühschnee. Und das gehäufelte Erdreich der frischen Gräber sickerte ein. Es pfiff der Sturm durch die Scharten und Kugellöcher und nahm die

letzten Schwefelwolken sachte fort. Und inwährend der Winter seine traumseligen, nachtblauen Flügel um die Gehöfte schlug und das Werg gesponnen, das Garn gewebt und der Rupfen gesotten ward, und alles Lebendige sich schläfrig und grün und weich unter den Krusten dehnte, in dieser langen beschaulichen Zeit, in welcher die Rüben gereift sind, wuchs die Welthistorie in der Einschicht des steirischen Gebirgs zu einer Pflanze aus, ich sage, von abenteuerlichster Gattung. Nicht genug, was de facto vor sich gegangen!

Die Dirnen in der Rauchstube schworen, sie hätten eine arme Seel gehört mit dem wilden Gjaid über Giebel und Suppenglöcklein schlürfen, und sie hätten was gesehen beim Kienspan, was ein braver Christenmensch nicht gern verriete. Die alten Weiber im Austrag munkelten schon um ein kleines mehr.

Und die Mannsbilder lachten darob mit verschmitztem Gesicht, horchten aber doch und gaben zuletzt gnädig ihren Senf dazu. Und weil nun jeglicher im schwarzen Unglück sowie im augenscheinlichen Glück den Sinn der Nachbarn, Freund und Armeleut auf sich zieht und hie zum Neid, dort zum Mitleiden Anlaß gibt, so flocht sich auch das Gerede der Dörfler noch einmal um das Schicksal der Constantia Stralzin. Und wie bezeichnend für den Unbestand und die Kleinheit des natürlichen Gefühls!

Es pries vorab ihre fraulichen Eigenschaften, zog jede Wohltat ans Licht, beschönigte ihre Fehler und verkehrte sie zu Tugenden. Ja, sintemal sie in Bedrängnis und Hitzen schmachtete, war ihr alles wohlgeneigt. Die Alten erzählten den Jungen, wie schön sie einst gewesen, wie bestaunlich ihre Treu und jungfräuliche Ehrbarkeit, mit welcher sie auf ihren Angelobten sieben Jahre gewartet hatte; es erinnerten sich die Leut auch manches Verehrers, der seine Füße wund gelaufen, insonderheit des Georg Staudacher und des unsinnigen Jagers. Und wem hiebei ein verdächtiges oder böses Wort über die Zunge glitt, der wetzte dies alsogleich mit hundert gütlichen wieder aus; denn er war sich eingedenk, daß im nämlichen Augenblick ihr Sterbestündlein konnte schlagen.

Oh, wenn wir doch bei jeder üblen Nachred erschräken, in Erwägung, daß über eines Tages Weile oder etliche Jahre Frist dem Kläger wie dem Richter, dem Gläubiger wie dem Schuld-

ner zum Schweigen wird geläutet. Es bliebe ein großes Gezänk erspart!
Aber wir lieben zumeist nur das Wehrlose und Unschädliche. Wir sind voll Eigennutz, Undank und Vergeßlichkeit, vielleicht durch das Gesetz der Natur, die, ewig beweglich, die Not auf den Reichtum hetzt; den Starken einsam macht und dem Schwachen gar häufig Gönner und Freunde zugesellt, sowohl in betracht des Körpers wie des Geistes. Hat schon Kain seinem Bruder umwillen einer schmalen, himmelstrebenden Rauchsäule das irdische Leben geraubt. Und die Stadtleute von Jerusalem haben sich gerottet gegen den *Einen*, der begnadet war, damit er in Wunden, Schmach und Trauer sich so vieler zeitlicher Dinge entäußere, als ihm an Gottseligkeit geschenkt worden ist.
Darum: allzusehr dürfen wir unsern Feinden nicht zürnen! Wir sehen das Beispiel der Tropfen, strebend nach Gleichgewicht, und der Wellen, die auf der Oberfläche jagen, einmal zu Tal, einmal geberg ... Wer nicht mittun will, muß sein Krönlein Schaum abwerfen und in die Tiefe gehn, wohin der Sturm nicht reicht.
Item. Der Bekenner Augustinus sagt:
»Unser Herz ist unruhig, bis es ruht in dir, o Gott!«
Mutter Stralzin aber war keine Heilige, sondern eine schlichte, emsige Bürgersfrau. Sie hielt außerdem mit löblicher Zähigkeit und Kraft an diesem Erdendasein fest, und es ist daher begreiflich, daß die Nachbarn, Freund und Armeleut ihre übergroße Wertschätzung merklich zustutzten.
Zu Martini ungefähr hatte das Spinfieber einen günstigen Verlauf genommen, und im Anfang des Advents probierte Frau Constantia eigenwillig die ersten tappenden Schritte zum Kanapee. Und noch zur selben Stunde schickte sie einen feisten Widder, einen Butterstrutzen sowie drei gegerbte Kalbshäute zum Bader Gasteiger und ließ ihm nebst Gruß und Dank die Nachricht entbieten, daß sie ihn weiterhin nicht bräuchte.
Aber es haftete ihr seit dem letzten Kindbett unverkennbar eine seltsame Nachdenklichkeit und Schwere an. Weder die Veitin noch die Torbäckin noch die Schröfflin oder sonst ein Weib in der Nachbarschaft brachte es zu einem rechtschaffenen Diskurs mit ihr. Die Dienstboten schnauften förmlich erleichtert, wann sie einen Hafendeckel lauter auf die Pfanne stieß.

Und Regina, das gute Dirndel, säuselte ihr in allen Tonarten für, trug gewärmte Hausschuhe herbei, band ihr den Schurz oder legte den feinsten Flachs auf die Kunkel, ehe Constantia Stralzin sich abends zum Spinnrad setzte.
Allein es half nicht viel. Sie war genauso herb und trutzig wie in ihrer Brautzeit. Und es schien, als hab nur der reiche Besitz, die gesunden Kinder, kurzum das Eheglück sie ein bißchen eitel, wichtig und schuldbewußt werden lassen, hab item den Gedanken erweckt, sie müsse von ihrem Überfluß jedem etwas, zum geringsten ein Lächeln schenken.
Nun wurde sie sparsam, maßen sie einen Sohn unter viel heimlichen Tränen entbehrte. Früh und spät am Tag schaute sie für das Haustor. Manchmal zog sie ein besseres Gewand an. Manchmal horchte sie die Jager, Handwerksgesellen und Fuhrknecht verstohlen aus. Sie setzte eine Rose ins Buschengeschirr und frug bei jedem neuen Blatt, wann er käme. Und sooft eine Blüte sich entfaltete, glaubte sie, anheut wäre der Augenblick. Und sooft eine abfiel, vertröstete sie sich auf die Knospe. So betete und schluchzte und trutzte sie voll der sehnlichsten Unruh um den Matthäus, wie einstens in der kleinen Knappenkeusche um den Andreas Stralz.
Die Veitin plagte schon lang die Neubegier. Sie fädelte bei Gelegenheit nach dem und jenem. Endlich glückte es ihr, der Bräumeisterin beim Kirchgang fürzupassen. Es war zu Unserer Lieben Frauen Lichtmeß. Es regnete und schneite. Weiche, wässerige Flocken klatschten mit dem Westwind ans rote Parapluie. Die Straße war grundlos. Ammern und kecke Straßenspatzen ergötzten sich auf dem Pferdemist. Hühner mit nassem Gefieder duckten sich unter den Latten einer Hausbank.
»Frau Bräumeisterin, wöllest bei solchem Hundswetter lieber daheimbleiben!« rief die Kramerin von der Weite.
Aber der Sturm verschlug es.
»Därfet ich mit Verlaubnis bei dir unterstehn?« sagte sie, beharrlich hinter der Stralzin dreinstapfend. »Nämlich, das alte Regendach hat der Mann zum Hausieren mitgenommen, und im seidenen ist ein nacketes Mausgezücht. Um keinen Preis greifet ich solchen Dreck an! Ratzen aber hab ich noch keinen observiert, seitdem ihnen dein Lukas mit soviel Passion und Geschicklichkeit nachstellt.«

Sie waren schon beim Torbäck, als Frau Constantia endlich den Schirm auf dieselbe Seite tat, wo die Kramerin ging.
»Frau Bräumeisterin«, hub diese wieder an, »wöllest nit justament in den ärgsten Kot steigen. Trockene Schuech sind erster Bedung für langes Leben und dauerhaften Gesund. Mußt auf deine Kinder denken! ... Den Kleinsten kriegt ja niemand nit zu sehen.«
»Er ist noch nit völlig ausbachen!« sagte die Stralzin ein bißchen verloren. »Er schlaft alleweil.«
»Und der Lukas? Ihr tut ihn nit mehr auf Admont in den Konvikt? Habt recht! Sintemal ihr keinen Federfuchser und keinen Klosterbruder braucht. Er wird alsdann wohl in die Lehr müssen?«
»Er ist annoch zu jung«, fuhr die Mutter Stralzin finster in die Red.
»Zuhelfen mag er bereits«, entgegnete die andere, »bis der Markus auf die Walz geht. Der Blasel ist auch nimmer der Riegelsamste!«
Frau Mutter schwieg. Sie schritten bei den Pappeln. Die Kramerin ließ ihr den Vortritt, klopfte ihr ein Schneebätzchen von der Drahthaube und schwatzte weiter:
»Ihr laßt somit den Lukas das Bräugewerb lernen, gelt?«
Die Stralzin sagte einsilbig:
»Ja.«
Und nach einiger Besinnung sagte sie:
»Hat noch Zeit.«
»Wohl, wohl«, raunzte die Veitin. »Drei Buben sind auch schier zu wenig für euern weitläufigen Besitz. Müsset auch mit fremden Händen arbeiten! ... Übernehmen wird wohl einmal der Markus?«
»Weiß nit!« sprach Constantia Stralzin tonlos.
In dem windgeschützten hülzernen Vorbau stunden die Mutter des Bäckenhansei, die Torbäckin, die junge Schröfflin und deren Ehewirt, welcher aus Rohrmoos bei Schladming gebürtig war und vor etlichen Wochen erst eingeheiratet hatte. Er ging nicht in die Predigt, weil er sich zum reformierten Glauben bekannte.
Die Bräumeisterin grüßte sie sammentlich und wollte in die Kirche treten. Aber die alten Frauen blieben in ihrer ganzen Breite stehn, und die Kramerin verhakelte sich mit der Perl-

mantille beim waschnassen Parapluie, und die Schröfflin meinte, daß der hochwürdige Pater Isidor schon die Armenseelbitten herabläse; er müsse bald fertig sein.
So warteten die säumigen Christen, wie es Brauch, im Halbdunkel des Verschlages, bis der Ministrant mit der Lichtstange die letzte Kerze aufsuchte und aus dem Torspalt die pfauchende Luft des Blasebalges vernehmlich wurde. Keines von ihnen erfreute sich besonderen Humors. Abwechselnd bezeugten sie durch laute Seufzer ihre Unlust am Beisammensein, kürzten es aber desungeachtet nicht, sondern benutzten es geflissentlich zu Hader und Stänkereien.
Schon früher mußten die zwei Bäckinnen dem lutherischen Bauern zugesetzt haben, denn die Magdalena Schöfflin sagte mit vibrierender Stimme:
Sie verhoffe sich nach dem Mondwechsel doch eine feste Gefrier und einen guten Schlittweg. Alsdann könne ihr Mann nach Gröbming fahren zum Gottesdienst.
Solches wäre ratsam, entgegnete die alte Salzingerin. Nur dürfe sie ihm nit das Leitseil lassen; ansonst möchte er gächst das Weib und nachher die Kinder zwischen dem Loy Tenn und der ewigen Seligkeit verlieren.
Er sagte nichts. Zerbiß mit den groben Kiefern ein Nüßlein und warf die Schalen in den Weihbrunnkessel.
Da hatschte die Mutter des Bäckenhansei, gebückt und krump, wie sie war, mit ihrem Rosenkranz ins andere Eck, und inwährend sie eine gedrechselte Perle durch ihre blauen, schlagsüchtigen Finger zwängte, sprach sie hart:
»Werdets alle euern Denkzettel empfahen, bis ihr zähntlucket und faltrig in die Gruben reisets. Ich hab schon meinen Buckel voll; fürcht mich nimmer!«
»Sorgt Euch um uns nit, Bäckenhansei-Mutter!« sprach Constantia Stralzin feindselig. »Fürchten tut sich keins. Bald der Unsegen kommt, ist er halt da.«
»Wirst dein Teil wohl verdient haben«, schnappte das Weib zurück.
»Wie denn?« frug die Bäckin diesseits der Walchen, welche die Bäckin jenseits der Walchen nicht leiden mochte. »Sie hat doch ihrem Buben nit angeschafft, daß er durchgeht.«
Eine hölzerne Perle tropfte an der Schnur herab, und kaum das Ave gesprochen war, kicherte die Greisin:

»Sie nit. Aber der Stralz. Wird schon wissen, warum . . .«
Die Frau Mutter schüttelte vor Zorn den Schirm aus. Fast hätte sie einen Schritt zur Tür gemacht. Doch sie wollte die Rede nicht gut sein lassen und blieb. Ein wahrer Sturm von bösen Antworten schoß ihr durch den Kopf. Sie brachte vor Erregung keine heraus.
Von der Kanzel tönte der heisere Diskant des Paters Isidor, und vom Schindeldach rieselte die Traufe.
Die Veitin, die bis jetzt behutsam geschwiegen hatte, um ihre guten Kundschaften nicht zu beleidigen, insgeheim jedoch mit höllischem Fürwitz hinter dem Gespräch herlauerte, die Veitin vergaß plötzlich Klugheit, Bedacht und Vorteil und mischte sich ein:
Vielleicht, so schürte sie, habe der Bräumeister hinwieder eine Abneigung bekundet, wohl aus besonderer Bewandtnis. Allein vom Verjagen sei keine Red. Diejenigen Burschen, welche dazumal ihre Flucht gegen das Gumpeneck genommen, verbürgten ohne Unterschied, der Bub hätt bereits im Sommer gefaselt vom Soldatenstand und vom Krieg im tirolerischen Land. Gar wild tapfer wäre Matthäus ja schon am Abend des Rosenkranzfestes ins Zeug. Habe zugehaut, hab Feuerbränd und Steine aus der Höh geschmissen und allein an hundert Franzosen geköpft, erwürget und füsiliert. Der Frau Nachbarin werde solches wohl wißlich und bekannt sein. Oder nicht?
O ja! Der Constantia Stralzin ist weder Lüge noch Wahrheit erspart geblieben. Als sie neun Tage in schwerstem Fieber döste, als die Hand zu müde und das Augenlid zu schläfrig war, um sich zu heben, als Puls und Atem nachließen wie zersprungene Federn in einem Uhrwerk, da hatten die Gesunden auch kein Arg und Acht mehr gehabt, und vermeinend, daß sie jetzund in Zügen läge, hatte ein jedes: der Bader, die Wehmutter, die Rögerl, nicht zu vergessen etliche Besucherinnen, laut und unverhohlen der traurigen Begebenheit erwähnt. Und Constantia Stralzin war ihres Glaubens verschüttet und verlassen im Schacht gelegen, mit einem zuckenden Grubenlicht auf der Brust. Und wann sie von ferne den Namen des Sohnes gehört, hatte die Flamme nach unten geleckt und gesengt und gebrunnen, ohne Lösch. Oh, sie wußte alles und noch mehr!

Die scheele Frage der Kramerin aber kanzelte sie hoffärtig ab und sagte:
»Ich kümmer mich nit um solches Getratsch.«
»Glaub's wohl«, brummelte die Bäckin jenseits der Walchen. »Mach nur Tür und Fenster zu und verschopp hinter deiner das Schlüsselloch! Die Schand, was einem die mißratnen Kinder antun, findet doch zum richtigen Ohr.«
Das Wort war ihr nicht zu verdenken. Sie hatte neben ihrem Sohne noch fünf Töchter, alle ledig und überständig. Dieselben führten voll Verdruß und Gezänk dem Hansei die Wirtschaft, bestahlen ihn und steckten seine Sparkreuzer den Liebhabern zu. Sie hatte wirklich kein gesegnetes Ableben. Barbara Salzingerin erwog dieses aber nicht, hackte vielmehr aus einem verjährten Groll und einer stetig wachsenden kindischen Lust der andern hinauf, sooft sie konnte. Scharf und dabei mit dem selbstbewußten Anstand der geldigen Bürgerin sprach sie:
»Wär zu früh geredt! Wär zu früh gerehrt! Gar manch lüderlicher Kerl, der mit einem zerrissenen Schuch in die Fremd geloffen ist, kommt undanks vierspännig heim in einer gepolsterten Kutschen.«
»Der nit!« sagte die Greisin zwischen Vaterunser und Ave mit grausiger Sicherheit. Item, sie war in Betracht ihrer Aussprüche weitum verschrien und gefürchtet und hatte trotzdem einen unheimlichen Zulauf, weil ihr das Wahrsagen und Abbeten selten mißlang. Kein Wunder, daß sie also die Constantia Stralzin bitter kränkte. Bei der Veitin schlug der Fürwitz augenblicklich in Mitleid um.
»Bäckenhansei-Mutter«, frug sie verschreckt, »Ihr werdet hinter dem armen Bürschel nit schon das Kreuz machen?«
»Sell wird wohl ein schöneres Weibsbild tun«, redete die alte Trud zurück. »Neben dem Grünbuben hucken ihrer drei. Aber die rote Dam spielt sich allemal zum Herzkünig.«
Halb verächtlich, halb neugierig sagte die Torbäckin:
»Geh weiter! Sogar bei der Kirchen treibst dein sündhaftes Geschäft!«
»Geh du!« rief die andere gespöttig. »Hab dich ja nit gebitt, daß du mir auflosest.«
Barbara Salzingerin rührte sich nicht. Und eine jede, insonderheit die Frau Mutter, verweilte wie angenagelt auf ihrem Ort.

Der Schröffel zerbiß wiederum eine Nuß. Und weil sie schwarz und bitter war, spie er sie über die Pflastertafel, lachte plötzlich.
Da schämte sich Barbara Salzingerin vor dem Lutherischen, zeigte auf den Rosenkranz, der indes leise schwingend weitergerückt war, und meinte:
»Hast die Beten in der Hand und redest dem Teufel zu willen. So ein Ärgernis!«
»Hihi!« kicherte die Greisin. »Zuweg meiner Wahrsagerei braucht ihr ja nit zur Höll fahren. Aber bald ich ein stinketes Saumehl ins Teigl tat, kunnt ein kleweres Kind schon verrecken und in den Himmel kömmen.«
Sapristi, nun war der höchste Trumpf verschmissen! Nicht zum ersten-, nicht zum letztenmal. Fürmehr lag er seit Jahr und Tag quasi als ein verschimmelt Brotstück bereit und ließ den beiden Bäckinnen keine Ruh. Die eine verstund meisterhaft, es immer neu und würzig aufzuwärmen. Und die andere schwieg nicht eher, als bis sie es hatte zu schmecken gekriegt.
Durch das schwere, zolldicke Kirchtor, welches seit dem Herbst noch immer schief in den Angeln hing und mit Kupferbändern gestützt und mit Holzstöpseln verleimt war, durch viele Luftlöcher machte sich in regelmäßigem Wechsel die kleine, vertrocknete Stimme des Paters Isidor und der laute Chorus aller Öblinger vernehmlich und glich einem seltenen Bild der Natur. Es war ... es war, als flöge im Spätsommer eine Möwe vom Meer zum anderen Meere; nicht aber nach Art der meisten Geschöpfe gepaart und geschart ... Es war, als zöge sie sehnsüchtig horchend und scheu vorausschauend einem fernen Weisel nach, von überall gesichtet und bedroht, weil sie einsam war. Sie erfreute sich an fahrenden Wolken und Winden, an silbriger Landschaft und der blauen Kühle. Und äugete nach keinem Gefährten aus. Sie vertraute der Weisung des Gestirns und des starken Wasserlaufes in der Tiefe. Und ihr Heimweh nach dem Meere klopfte nie gestört, und die Flügel bebten in stillem Takt. Nur die Stimme hatte einen müdern Klang, weil sie einsam war ...
So verstrichen dieweil in langsamer Gleichmäßigkeit die Minuten ... Immer der zitternde, helle Möwenschrei. Und immer wieder respondierte unter ihm ein Bergbach dumpf und mächtig das Amen.

Der Constantia Stralzin erschien das Leben in diesem Augenblick höchst absonderlich. Die mannigfachen Geschäfte, die vielen schier lieb gewohnten Sorgen, derer sie als brave und getreue Hauswirtin neunzehn Jahre lang peinlich gerecht geworden war, der ganze bunt bewegte Alltag rückten weit von ihr. Wie öfter seit der hitzigen Krankheit, verdüsterte sich unheimlich ihr Gemüt und wie einst in ihrer zart gereiften verborgenen Jungfräulichkeit träumte sie einem Wort, einer Stimme . . . wohl auch etwelchen Bildern und Erscheinungen nach; und wurde irre; und frug sich, ob sie früher fälschlich gesehen oder itzt nicht bei Verstande sei.

Von der Dämmernis des Vorbaus eingesponnen, schaute sie der Mutter des Bäckenhansei starr ins Gesicht. Links der Wunibald Schröffel und sein Eheweib Magdalena deuchten ihr völlig fremd, nur mehr zwei Schattenpfeiler ohne Fleisch und Bein, mählich auslöschend. Und rechts die Barbara Salzingerin, welche mit schwerer, stattlicher Figur die halbe Torbreit verdeckte, sie spiegelte sich kaum noch in ihrem Sinn und Bewußtsein. Frau Constantia hörte weder die Burschen durchs Astloch spassieren noch bemerkte sie, daß Blasius Stocker, einen schönen guten Morgen wünschend, hinter ihrem Rücken stehenblieb. Letztlich empfand sie sogar die Veitin nicht als lebendigen Menschen, obschon die papierfeinen Stöckelschuhe des eitlen Weibleins laut und unstet über das Pflaster haspelten und die magern, modisch entblößten Schultern unter der splittrigen Perlmantill vor Kälte schnellten und klapperten; obwohl der Duft von Patschuli, schwebend aus Kleidung, Haubenputz und gekräuseltem Haar, bald erstickend, bald schwach fürüberwischte und ihr den ängstlichen Atem benahm. Ringsum war eine andere, eine fremde Welt. Die Traufe schlug. Der Sturm gurgelte gebrochen. Und fernher ein seltsam inbrünstiger Vogelruf und das dumpfe Gefäll eines schweren Wassers . . .

Noch dunkler ward es. Und in der grauen kreisenden Einsamkeit ruhten nur die erfrorenen Gichtfinger, um einen Rosenkranz gekrüppelt und darüber irgendwo die scheinenden Gluren der Trud.

Die Stralzin wehrte sich hilflos gegen die böse Kraft, die zwingend näher und näher kam. Es graute ihr; und doch blickte sie unverwandt auf die zwei glasig grünen Punkte im

Winkel, als stünde dortselbst Leben und Verderbnis ihres Sohnes gezeichnet; als gäb es, einmal geweissagt, keine Hoffnung mehr.
»Nit, nit...!« kreischte sie entsetzt auf. Dann aber machte sie dem alten Weib einen Schritt entgegen und, die Finger gefäustet, streckte sie ihr ruckweise den Arm hin.
Die andern Frauen hielten vor Neubegier den Hauch an und befürchteten, ein widriger Zufall könne sie schließlich noch um das billige Spektakel bringen. Es half ihr niemand. Auch der lutherische Bauer horchte, nicht aus Aberglauben, wie er sich zu eigener Entschuldigung einredete, sondern fürmehr aus alleiniger Ursach und Absicht, einmal sich der schändlichen Hexenkünst und Teufelsgeistereien zu überzeugen, welche bei den Katholischen der Brauch. Und Blasius Stocker, ein richtiger und wahrhaftiger Stock, dachte überhaupt nur an seinen Bruder, sich selbst und die Maischbottiche, und zwar soviel als unbedingt nötig.
»Stralzin!« sagte die Trud. »Hörscht mich?«
Die Bräumeisterin konnte nicht antworten. Gleichsam im Schlaf wollte sie den Mund auftun, wollte die gespreizten Lider rühren. Doch vergebens. Es wich langsam der Stein unter ihren Füßen. Sie meinte zu sinken ohne Halt, wieder vom tiefen Grubenloch eingeschlungen. Und das Erdreich schloß sich über ihr, und das große Wasser rollte in starkem Gefäll. Und dann und wann ein Tropfen gluckste laut vom Stützgebälk. Batzen schwarzer Lethe schleimten ihr auf Brust und Angesicht und schoben sich klebrig zwischen die Lippen.
»Stralzin«, sagte die Trud. »Deine Hand!«
Aber Frau Constantia wußte nichts hievon. Der betäubliche Geruch von brennendem Schwefel quälte sie und zuweilen eine Fledermaus, in ihr Haar vernetzt. Sooft sie aufflatterte, sooft sie fiepte, schwemmte der Bergbach durch Schacht und Stollen. Sie wartete schier darauf, denn es geschah immer so, wie ihre Sinne vorausfühlten: das Wasser wuchtete und ebbte, jeglicher Ton traf sie als tausendmal gewohnt; jegliche Furcht deuchte ihr als längst erlitten.
Sie wartete.
Und es kam...
Auch das Grubenlicht. Item, zwei Saphire hinter zerflicktem Drahtnetz... So schaurig still...

»Nit ... nit!« wollte die Stralzin rufen, doch der Lehm würgte sie allbereits in der Kehle.
Und es kam ... Und tastete über ihren verschütteten Leib wie früher schon ...
Wann?
Dortmals.
Nur daß es anheute verkehrt in der schreckbaren Nachtfinsternis hing, über sich die Laterne, unter sich die Schnur des Rosenkranzes. Und es leuchtete die helle Pein an ihr entlang ... Sie fing an, ihr eigen Bild wie im Spiegel zu betrachten, das blonde Haar, noch immer reich und güldiger als die echte Goldborte am Haubenrand, aber doch mit manchem steifen Silberfaden vermischt; sowie auch die selbeigenen leeren Augäpfel, den müden, schleppenden Taktschlag an den Halsdrüsen, vom scheckigen Brusttuch beschützt. Und dann ... über den Schultern, die wattierten Spenserärmel und den straffen Miederleib herab ... traf es plötzlich ihre rechte Hand.
»Dein Bua, der Matthäus ...«, sagte wer von fern.
Oh. Mutter Constantia hörte es; sah die saphirnen Lichter züngeln ... zwei Blitzen gleich beidseiten des Rosenkranzes niederfahren bis zum Kreuz.
Es war geschehen. Der letzte Widerwille schwand. Die Finger lösten sich zögernd aus ihrem Krampf. Sie tat einen tiefen Atemzug ... In kreisender Schwebe hing das metallene Kruzifix über dem geästelten Gewirr der Falten, Schwielen und Wundmäler. Und merkwürdig scharf gefurcht, erblickte sie vier weiße Strahlen, inmitten ihrer Hand aus einer Wurzel springend. Die reckten sich empor und brachen mit feinem Spitz durch die Dunkelheit des Erzschachtes, immer höher, bis die Krume weich und locker ward und endlich der Tag sie besonnte. Gar unermeßlich fern, zarten Miniaturen gleich in den umgedrehten Gläsern eines Feldstechers ... Und die Lichtpfeile waren geschmückt mit blassen Blättern und zittrigen Schuppenkrönlein, und je ranker sie aufwuchsen und je länger Frau Constantia schaute, um so mehr hatten sie Gestalt blühenden Getreides. Sie seufzte unter beklemmendem Angstgefühl, spürte noch drückender die Last des Gesteins und des steilen Bergackers auf dem Herzen und die lebendige Kraft jeder Strahle, untrennbar in einer Wurzel versaugt und doch ihrer offenen Hand gemach entweichend.

Weit, weit über ihr war ein rostfarbener Streifen Klee und der blaue Himmel. Ein schmaler Fußsteig zog sich zwischen Furche und Wiesenrain, woselbst ihr Vater Johannes Sorger bergan stieg. Als er mit seinem Knappenschurz an dem einschichtigen Büschel Ähren vorüberwetzte und der Blütenduft von den bebenden Federchen stob, nickte er in kurzer freundlicher Beschauung und sprach sonder Verweilen ein Wort.
Weiß nicht, warum; Frau Constantia antwortete ihm und sagte:
»Ich hab ihn hinausgerennt.«
Hierauf ging er mit einem leisen, schattenhaften Lächeln fort. Es folgten ihm viele, zumehrest Bergleut, welche sie in ihrer frühen Jugend gekannt hatte und welche nach einem andern Wohnort gesiedelt oder gar, seit Jahren verhaust, in der Ewigkeit rasteten. Der Frau Constantia deuchte schier, es wäre die Prozession am Tage Mariä Heimsuchung, die von Öblarn und dem Knappendörfel zum Bergkreuz ging. Auch den in Gott und allen Heiligen abgeschiedenen Pater Laurentius Perger erblickte sie in der gestärkten Albe. Er hielt einen schneeweißen Vogel an seine Brust gedrückt, der von Zeit zu Zeit seine Schwungfedern spreitete und eine Armenseelenbitt herausgellte. Und darnach trat jedesmal der Mensch, dem sie galt, aus der Wegtiefe, und der lange, dunkle Zug von Wallfahrern schob ihn mit wie der Strom eine Quelle, wie der Sturm einen Hauch, und die große Stimme der vielen schlug dumpf klagend zusammen und flehte unablässig:
»Herr, gib ihm die ewige Ruhe! Und das Ewige Licht leuchte ihm!«
Klingend pochten die Erzhämmer. Die Schwefelöfen qualmten im Tal, und die Hunte rollten, als ein Spielzeug gesehen, stollenein und stollenaus. Von den grünen Almweiden der Starzen klang eine Kuhglocke herüber. An der Latschenrinde pickte und peckte der Specht.
Der Frau Constantia schien, die Prozession am Tag Mariä Heimsuchung höre nimmer auf, gleichwohl die ersten schon zuhöchst im Gebirge waren ... Oder gar im Jenseits. Und es müßten, so dachte sie bang, letztlich auch diejenigen sich beigesellen, welche annoch ihres Lebens genossen, und solche, welche sie liebte. Bedächtig schritten sie alle zwischen Abgrund

und Kleefeld fürbaß. Und das Büschel Ähren stund am Rand und staubte voll Blüte. Indes Frau Constantia sich noch verwundert frug, wer so versteckt in der Einöd wohl möchte seinen Acker bauen und abernten, erspähte sie ihren Eheliebsten, hinter einem Paar Pferden und dem Pfluge schreitend, und es freute sie, daß er nicht mitging, und es bekümmerte sie, daß er beim Anblick der Beter weder stehenblieb noch seinen Hut abnahm. Fürmehr riß er in sich gekehrt eine Furche nach der andern auf, und sooft er mit blanker Pflugseel achtlos den vier Ähren nahte, bangte sie aus ganzem Herzen darum.

»Sieben Jahr Treu ...«, rief sie plötzlich laut. »Und auf den Abend paßt der Jager!«

Da kam unter den betenden Weibern die Mutter des Bäckenhansei dahergegeistert, mit ihrer zwielichten umgedrehten Latern. Und nebenbei ... wie absonderlich, bemerkte Frau Constantia sich selbst in kupferseidener Hochzeitstracht, ihren Rosmarinkranz auf der Haube und über dem Leib das Fürtuch von der Farbe blasser Herbstzeitlosen.

Sie erschauerte wie vor dem Wahnsinn oder dem Tod!

Allein Andreas Stralz, welcher eben am Steig sein Gespann gewendet hatte, streckte ihr die Hand mit dem achtzehnkarätigen Ehering entgegen, und seine Stille und Stärke tat ihr wohl, sodaß sie wünschte, es mög der Augenblick kein Ende nehmen.

Und sie sagte leise: »Halt mich!«

Sein Auge erstrahlte voll wunderbaren Glanzes, war indes abwesend in unbestimmte Leere gerichtet, und trotz ihrer Beglückung wußte sie, daß der Eheliebste sie so recht nicht hörte, so recht nicht sah und gleichgültig wie zuvor auch der jungen Gerste vergaß, die auf seinem Acker sproßte und die ... nach ihrer seltsamen Ahnung das frische Leben der vier Söhne sinnbilden sollt. Da konnte sie nicht anders, entwand sich seinem schweren Arm und, zum Wegsaum sich kniend, breitete sie ihre Schürze vor den vier Traidhalmen aus, damit kein Wallfahrer sie zertrete. Und sie schaute geduldig die hundert und hundert groben Schuhe an, die Kittelsäume der Weiber, die Modelstrümpfe der Mannsleut und die schmutzigen Kindszehen, welche über den Schiefer wischten.

So blieb Mutter Stralzin.

Nur das Gleichmaß des Gebets, der Schrei des Vogels, die staubigen Füße zeigten ihr, daß sie nicht allein sei.
Als es zu dunkeln anfing, glaubte sie, daß eine gebauschte Sommerwolke zög. Und als die Landschaft ringsum grau und undeutlich ward, daß sich die Farben ihrer Kleidung nicht mehr unterschieden, glaubte sie, es käme die Nacht ... Es war aber nur der Schatten dreier Burschen, welche mit einem schwarzen Sarge abrasteten ... Zag und lautlos schlich etwas Müdes nebenher ...
Das Fürtuch flatterte.
Und Frau Constantia merkte, daß ein Mensch zwischen Rain und Acker hingesunken war. Baß erschrocken beugte sie sich nieder ... tastete in der Dämmerung sein Haupt und Gewand entlang und gewahrte, daß alle Säcke waren vollgestopft mit Fichtenzäpfen. Einer fiel heraus und hatte den Klang und Schimmer des Goldes. Da wußte sie allbereits, wer seine eigene Truhe hier schleppen half und durch die Last seines Schatzes erlahmte ... weit vor der Ewigkeit.
»Jager!« sagte sie.
Er rührte keine Flächse.
»Deine Liab ...«, sagte sie, »ist heiß und rot gewesen als wie Kupferschmelz. Muaßt sie bitter büaßen ... Seine«, fügte sie verloren bei, »seine ist wie Stahel.«
Dann horchte sie; neigte sich über seinen kalten Mund; er atmete nicht.
»Ist bei dir Fehl und Frevel, inmaßen du hast Vorpaß halten? Beim Nepomuk. Um daß ich sollt das Sakrament entheiligen ... Oder bin ich die Schuldig?«
Er rührte sich nicht.
»Dortmals verstund ich's zuwenig«, meinte sie gar sänftiglich. »Hast mir keine Zeit lassen zum Raiten und Beten. Und heut weiß ich: seid beid dieselben. Nimmt jeder Wunsch und Willen vor sein Recht. Du hast auf Kitz und Rehgeiß gezielt, und er zuckt nit, wann sie neben seiner ein Stierl schlagen. Solch grausamer Sinn aber vererbt sich auf den Nachwuchs. Und die Muatter muaß es leiden.«
Er ruhte ganz still. Kaum konnte sie sein Gesicht ausnehmen. Sie beugte sich nochmals zu ihm. Schüttelte ihn schier verzweifelt. Sagte. Schluchzte:
»Jager, red! Straft mich der Herrgott? Oder hast du mir's

angewunschen, daß mein Bua ein Ausbund wird ... In jedem Wochenbett hab ich gefibbert ... Tag und Nacht ohne Ruah ... befürchtend, du nimmst mir ungetauft ein Kind. Hast mir's lassen, Jager! Hast einem grad dein wildes Bluat hinaufgefluacht ... Und raubst es mir doch ... Ich muaß es leiden.«
Also sah Mutter Stralzin, erdrückt und verschüttet von Bergerde, ihre eigene Person leibhaftig in der Ackerrille knien, sah das Geriesel ihrer Zähren und hörte, wie das Geheimste des Herzens laut den Lippen entrunn. Die Bänder des Fürtuchs wehten dem Jager manchmal an die Schläfe. Unheimlich stach die schwarze Zeichnung seiner Brauen von der wächsernen Stirn ab. Und seine Augen starrten sie schwül und trostlos an, wie immer, wann er sie sehr geliebt hatte.
Mit abgewandtem Blick hüllte sie die weiche Schürze darüber und sprach traurig:
»Jager, laß mich gehn!«
Aber der Wind schlug die Seide wiederum fort. Da drückte sie seine Lider zu und sagte:
»Jager, schau nit aso! Uns ist es halt nit aufgesetzt gwesen. Ich hab ihn gern seit dem ersten Barbaratanz und will ihm getreu sein, bis ich die Seel verseufze ... Aber ... was gewesen ist beim heiligen Nepomuk ... meine Guatheit gereut mich nimmer. Jager, tua schlafen!«
Bitterlich fahl und still lag er im Schatten. Ausgelöscht! ... Nur seine Hand glitt langsam vom ledernen Gurt auf die Krume hin und bog das Gerstenkorn zur Seite ... Und die soeben fürbeigingen, schleiften ein schuppig Krönlein mit.
Frau Constantia sprang auf. Allein es war schon geschehen. Umsonst griff sie den Wallfahrern unter die genagelten Schuhe. Umsonst kratzte sie an jedem Stein die Finger wund. Durch Klee und Furchen wühlte sie beharrlich und doch ohne Hoffnung. Und die Mutter des Bäckenhansei leuchtete mit ihrer grünen Latern, abweisig, singend, als hielten sie Totenwacht.

»Vier Ähren Traid
Stehn auf der Weid ...
Drei reifen aus,
Zwo kömmen ins Haus,
Eine geht verlor'n
Muaß im toten Stoan verdorrn.«

Als sie zurückkamen, hatten sich drei Stengel wieder hochgerecket. Doch der rankste war zerbrochen und hatte keine Blüte mehr. Bei der Leiche kniete Regina, sie war geschmückt mit einem Kranz aus Wacholderdorn und durchschauert von vielen Tränen. Und itzt erkannte die Stralzin, daß hierselbst nicht der Jager verschieden war, sondern Matthäus!
Sie wollte die Hände falten. Voll Liebe und Schmerz wollte sie nur Gutes sagen. Aber die Worte verkehrten sich in ihrem Mund. Und voll Trutz und Eifersucht sein Hemd aufreißend, rehrte die Stralzin:
»Is dir 's Nest zu eng worden, wilder Bua. Hast in der Fremd dich ausgerauft und totgestessen. Hiazt aber tauget dir ein Tröpfel Weichbrunn. Und ein Meßstipendi von der Muatter, derer du hast sündlich unrecht tan.«
»Amen!« sagten dumpf die Öblinger.
Und sie erwachte.
Die Schröffel-Ehleut, die zwei Bäckinnen und das Kramerweibel waren noch auf demselben Ort. Ein Ministrant mit der Lichtstang glotzte neubegierig durch den breiten Spalt des Kirchtors. Etliche Bergbauern, die sich baß verspätet hatten, eine halbwüchsige Kindsmagd, krumpe Einleger und kecke Schulfratzen stunden gleichfalls im Vorbau. Als Frau Constantia sie der Reihe nach entsetzt anschaute, merkte sie, daß jegliches Auge von ihr abwich. Und den Blick senkend, empfand sie, daß alle sich weideten an ihrer Befangenheit. Verschwommene Bilder erinnerten sie an ihren Traumzustand. Und ganz deutlich zitterte der helle Klang ihrer eigenen Stimme im Ohre nach. Das Blut brauste jählings auf. Sie glaubte, etwas Erschreckliches getan zu haben . . .
Die Traufe gurgelte seltsam. Der Sturm drückte und stieß ans Gebälk. Pater Isidor sang in heiserm, müdem Diskant. Und auf dem Chorgestühl intonierten Orgel und Waldhorn das Tantum ergo.
Da raffte Frau Constantia die schweren Falten ihres Kittels auf und, achtsam, daß sie keinen Menschen streife, ohne Gruß, ging sie heim. Inwährend des ganzen Weges noch staunte sie, daß Winter war. Auch prüfte sie mit ängstlicher Gebärde immer wieder ihre rechte Hand. Allein es zeigte sich darin nichts als die hundert Falten und Schwielen, welche die Arbeit eingeritzt hatte.

Durchs Stralzenhaus wehte der Zugwind. Sie warf heftig die beiden Tore zu; spreizte das rote Parapluie vor der Kleibentruhe aus und horchte in den Söller. Plötzlich gab es ihr einen Ruck, und sie eilte, vor Erregung und Kälte fröstelnd, in die Küche.

»Regina«, frug sie, noch die Türschnalle in Händen haltend, »bist da?«

»Ja!« sagte das Dirndel leise im Ofenwinkel und schupfte die Wiege.

»Regina«, sprach Frau Constantia weiter, »itzt magst dann du jeden Sunntag in die Kirchen gehn. Mir taugt das Knien noch nit.«

»Ja«, sagte das Dirndel.

Es war sehr dämmrig und still. Das feuchte Holz dunstete. Diele und Ziegel näßten von angetretenem Schnee. Über das rotgewürfelte Bettzeug des kleinen Johannes kroch ein munterer Schwabenkäfer.

»Regina.«

Das Mädchen horchte ein wenig bang.

Mutter Stralzin verstummte wiederum, setzte sich nebenbei auf die Bank und rückte die kupfernen Pfannen gedankenlos am Feuer hin und her. Alsdann hob sie die Drahtelhaube vom Kopf, schlug das Wasser aus den Bändern. Indem sie den warmen Tuchspenser abzog, nahm sie neuerlich einen Ansatz zum Reden; sagte aber nur:

»Da schau, wia heut auf dem Grimmer die Gouwadern stauben!«

»Es beutelt Ihnen, Frau Muatter. Soll ich ein' Tee aufsiaden von Hollermark und Erdbeerlaub?« frug das Kind.

Da schluchzte die Stralzin einmal bitter auf, packte Rögerl bei der Hand und sprach mühsam:

»Dein Vater ist ein armer Wittiber. Kunnt dir Gewand und Kost nit gönnen; auch keine Freud und Jugendlust.«

Das feuchte Kreppenholz sang. Das Knäblein atmete laut im Schlafe. Und die Zeit verstrich.

»Ich kenn eh die große Guattat ein«, gab endlich Regina bescheiden zur Antwort.

»Gelt! Ich halt dich wie mein Kind«, sagte Constantia Stralzin streng. »Bist mir auch so treu und offenherzig als wie ein eigen Kind?«

Wann sie in solch feierlichem Ton anfing, wußte das Dirndel allemal sicher, daß ein Verhör über den Matthäus aufs Tapet käme. Sie wurde füglich aus Gewohnheit ein bißchen rot, rutschte eine Spanne hintan und wisperte:

»Ja!«

Sie kannte beinah die Reihenfolge der Worte voraus. Und wartete nur, daß Frau Mutter sie beim Kinn nähme und mit Dringlichkeit anhüb zu fragen:

Ob sie der trutzige Kerl etwa mit der Birkenrute gewahrt habe, im Dreizipf; und desthalben wäre so stuff gewesen und so unwillig zu jeder Arbeit?

Oder was für Ursach ansonst möchte an seiner schlechten Aufführung schuld sein?

Vielleicht hab es zwischen beiden, sage zwischen ihm und der Rögerl, einen Verdruß gegeben?

Warum sie's nit wölle eingestehen?

Es wäre kaum glaubhaft und doch nit völlig ausgeschlossen, daß der Bub sich habe gröblich angeschalkt und allem Schein zuwider eine versteckte Liebschaft gepflogen ...

Mit ihr?

Die Kammer würde sie wohl alle Abend verriegelt haben?

Aber fensterln sei er manchmal doch gewest?

Und da hätte ihr der Lausbub gewißlich vertraut, wohin er zigeunern wöllt? ...

Das Stralzendirndel rückte noch mehr ins Eck, hatte bereits ein festes, todernst beteuerndes Nein auf der Zunge und wartete.

Aber merkwürdig. Frau Constantia stützte den Ellbogen gegen den Herdstein und frug, ohne aufzusehen, diesmal anders.

»Regina«, frug sie ... »inwährend meiner Krankheit ist die Bäckin herüben gewest?«

Regina wich ihren forschenden Augen aus und sagte:

»Die Bäckin?«

»Leugne es nit!« tribulierte Mutter Stralzin hart. »Du weißt ganz guat, ich mein die alte Hex ... Oh, ich hab gar viel bemerkt und erlost, derweil ich batzenschwer im Himmelbett gelegen bin. Und ich laß mich nit betrügen ...

Der Herr Vater hat überlegsam die schöne Pfeifen hergenommen ...

Und ist davon mit dem Gasteiger ...
Und du hast gerehrt, fürchtend, der Tod sitzt an.
Selm is's gewesen. Am siebenten Tag zwischen der Liachten ... da hat sie klöckt ...«

»Und allweil klöckt ...«, sprach die Dirn unruhig und vergaß auf die Wiege.

Dann blieb es lange still. Wenn draußen ein Mensch durch den wässerigen Schnee strampfte, fiel ein dünner, flüchtiger Schatten herein. Die Wiege schaukelte immer leiser. Der Schaum auf dem Suppenhäfen trocknete ein. Es war kein Laut im ganzen Hause.

»Und dann ... ist sie kömmen ...«, sprach Frau Constantia plötzlich.

»Ich hab müssen aufmachen. Sie hat alleweil klopft.«

»Dummes Dirndel!« stieß Frau Constantia zornig heraus. »Bist nit so viel, daß du einen hüatest vor ihren Gluraugen und dem frevelhaft entweihten Rosenkranz!«

»Ich hab mich so gefürcht'«, hauchte Rögerl. »Bald ich sie verrat, hat die Bäckin gelispelt, zaubert sie mir den Kaswurm ins Kofferl, ins Hemed und zuletzt ins Herz.«

Frau Constantia lächelte trotz ihrer Kümmernis.

»Gelt, das grausige Weib hat um mich gelangt ...?«

Das Kind schwieg.

»Hat gesprüchelt ... hat geschworen ... Und ich? Ist mir nit der Schwitz geronnen?«

Das Kind schwieg.

»Und ich? ... Fast schon in Zügen bin ich gewest vor Hitzen und Atemnot. Gelt, sie hat mir abgebetet?«

»Ja«, antwortete Regina mit dem Finger vor dem Munde, flüsterfein, daß es niemand höre.

Mutter Stralzin saß, den blonden Kopf gesenkt, die Wimpern vibrierten. Und die Tränen kamen ohne Zahl. Und je näher sich das Mädchen an sie schmiegte und je lieber es sprach, um so mehr weinte sie. Sie war gleichsam von einem Sturm geschüttelt und schrie auf einmal mit überquellender Leidenschaft:

»O Gott, hätts mich sterben lassen; es wär mir häufig erspart!«

Regina, die manches noch nicht verstund, glaubte, die Frau Mutter werde närrisch, tat in dieser Bedrängnis unbewußt das einzige, was helfen konnt. Sie riß den kleinen Johannes aus Decke und Windeln, legte ihn nackend, wie er war, in ihren Schoß und lief aus der Küche.

VON GUTEN WERKEN, WELCHE DER VORSICHT BEDÜRFEN

Constantia Stralzin ging nicht mehr zu Predigt und Hochamt, noch sonst unter die Menschen. Sie verabsäumte den Blasiussegen, den schellenden Fasching, den verhängten Aschermittwoch und weiterhin das ganze Kirchenjahr.

Pater Isidor setzte sich einmal nach einem Spaziergang zu ihr auf die Hausbank, sprach über die trockene Bauzeit, äußerte hiebei die Ansicht, daß der Erdenmensch, sonst mit freiem Willen und vieler Kunstfertigkeit begabt, das Wachstum und Wetter dem Herrn überlassen müsse. Und lud sie mit Rücksicht auf die windige Kälte ein, die vorgeschriebene Pönitenz und etwas verspätete Sakramentsempfahung lieber in der geheizten Pfarrstube nachzuholen.

Sie schüttelte nur eigensinnig den Kopf ...

Und Pater Gabriel, der stiftische Pfleger, kehrte eines Tages zu, als sie in ihrem Garten allein war, und bat sie, nach Möglichkeit so gefällig zu sein und zwei speckfeiste Widder gegen ein tragendes Mutterschaf einzutauschen; item, der jähe Herbstschnee habe mit dem Gstatter Kleinvieh aufgeräumt. An fünfzig Stück wären in der Sölk ein Raub der Füchse geworden. Rösser und Kälber hätten die Mauken, und die schönste Füllenstute müsse mitsamt dem Füllen der Schinderknecht holen.

Gottes Kreuz und Heimsuchung! Aber gewiß nicht Hexerei, wie manche Öblinger töricht munkelten. Die Macht böser Menschen sei mehrest nur natürliche Schlauheit, Betrug und Taschenspiel. Und wann es wirklich ein Bündnis mit dem Teufel gäbe und ein geheimes Handwerk zum Schaden des lieben Nächsten, so müsse der gläubige Christ bedenken, daß *Einer* ist, welcher jede Trud, jeden Zauberer und neunschwänzigen Satan leicht wie einen tauben Strohhalm zerbricht, und daß uns nichts geschenkt und, wohlgemerkt, nichts genommen wird ohne *Seinen* Willen und Verlaub.

Frau Constantia hörte, wie es so gern geschieht, aus der Tröstung nur heraus, was sie quälte, und antwortete dumpf:
»Ja ... Und wann *Er* auch die vollen Ähren trifft ...?«
Pater Gabriel mochte sich das Herz aus dem Leibe reden, es half nicht. Sie blieb bei dem einen Gedanken stehn.
Aber wenige machten ihre Sache fein gleich den Ordensherren des heiligen Benedikt.
Zum Beispiel die Buglmüllerin! Sie war herzensgut, langmütig und steckte mancherlei Ärger schweigsam ein, ohne daß ihre Apfelwänglein sich trübselig entstellten und ihre heitern mutwilligen Augen sich verdüstert hätten. Wochenlang, mondelang konnte Unbill auf Unbill stoßen, sie bemerkte es kaum ... Bis eine kleine Zufälligkeit plötzlich ihre Zorngeister aufrüttelte. Und schimpfte die Buglmüllerin einmal, so schimpfte sie saftig, insonderheit, wann es die Ehre ihres Geschäftes betraf; sage, daß ihr eine andere Wehfrau ins Handwerk patzte, oder daß ein marodes Weib ihre alterprobten Weisungen und Ratschläge nicht befolgte.
So war es auch bei der Stralzin. Sie saß an einem lieblichen Maiabend und säugte Johannes. Er schaute hellwach in die rosinfarbenen Baumwipfel und spürte die wohltätige Wärme aller Sonnentupfen, die auf seinem blauen Kittel und den weißen Socken ausgestreut waren. Eine Hummel bumste, vom Saft berauscht, über die Lehne der Bank. Hundert Grillen geigten zwischen Grasstengeln. Drüben hinter dem Zaune schöberte Magdalena Schröfflin das rauschende Grünfutter für die Kühe und das Jungvieh; schwatzte zuweilen ein Wörtel durch die gelb zitternde Luft und bückte sich wieder. Mähder gingen vom Tagwerk heim. Kinder und Vögel schrien. Und weit in allen Gärten brach zu schweren, unsichtbaren Duftwolken der Flieder auf.
Die Buglmüllerin, welche bei ihrem Kammerfenster den Efeu begoß, erfreute sich im Anblick der hoch geschmückten Welt, zog den Geruch der Maiblumen, die Frische des nahen Wassers ein und winkte der Constantia Stralzin zu, welche sinnierlich mitten im Grünen saß. Allein, noch vom breiten Dach beschattet, fühlte sie den Sonnensegen nicht völlig und rief besorgt:
»Nachbarin! Deck dein Kindel zu, es wird kalt!«
Das Fluder verschlug ihre Stimme. Da eilte sie mit ihren kur-

zen, gewichtigen Schritten über Stiege und Weg. Und gleichwohl ein Guß von Mildheit und Licht allgemach an ihr niederrann, rief sie, von ihrer Einbildung erfüllt, abermals:
»Deck dein Kindel zu; es wird kalt!«
Die Stralzin hob überrascht den Kopf und sagte:
»Was . . .?«
»So bist!« antwortete die Buglmüllerin gekränkt. »Willst halt nit auflosen und Hülf annehmen. Wann's bei dem auch fehl geht, mußt es selber tragen. Mich kümmert's einen Pappenstiel!«
Die andere sagte stützig:
»Was hab ich denn verschuld't?«
»So! Das weißt du nit?« schalt die Wehfrau und zählte, nach Luft schnappend, die Sünden sammentlich herab, welche Frau Constantia nach ihrer ausdrücklichen Meinung inwährend eines halben Jahres begangen hatte.
Aus dem bedauernswürdigen Bübel könne nichts Gescheites werden, hub sie an; sintemal es verwehdelt sei von Geburt. Warum hätte die Stralzin auch so hinterrücks umgetan. Wissend, was in Anreit, hätten sie sollen Post schicken zur besagten Stund, anstatt den Franzosen Punsch zu sieden. Aber vielleicht hab sie das schlechte Geld gereut. Oder das Schuhleder für den strapaziösen Gang von einem Haus ins andere. Vielleicht auch, fügte die Buglmüllerin schmerzlich hin, achte man ihre Person zu gering, inmaßen sie gerade so gut eine Keuschlerin als eine reiche Moarin bediene, nur mit dem Unterschied, daß sie in Bürgerstuben und Bauernkammern das Fürtuch auf der rechten Seite umbänd, bei Bettelleuten aber auf der linken. Die Rögerl, der gespitzte Schullehrerfratz, stäche freilich mit ihrer Noblesse herfür. Deswegen jedoch wär sie noch lange keine städtische Madam! . . .
An der Gartenplanke horchten Dorfkinder. Mähder mit der Sengse blieben stehen und lachten. Die Schröfflin heugte immer auf demselben Fleck. Und der kleine Johannes schaute groß und aufmerksam die wacklige Kugel ihres Köpfleins an, die einer aufgeblühten Pfingstrose ähnlich vor dem gelben, blauen, weißen, grünen Mosaik des Himmels schwankte.
Die Windeln, das Kerzenstümpchen, Bettzeug, Holzscheit und noch vielerlei wurde, bildlich gesprochen, der Frau Constantia vorgerupft. Die jähe Taufe ohne Beisein von Wehmutter und

Göden, die schwere Verkühlung, das Kindbettfieber, insonders die Flucht des Matthäus deutete sie als böses Vorzeichen und einen traurigen Verbürg, daß der Jüngste nicht gleich andern Kindern gedeihen werde.

Je lauter sie also schrie und lamentierte, um so leichter ward ihr im Gemüt. Die geblähten Wangen, wohl noch dunkel, zeigten mählich ihre freundlichen Grübchen wieder. Und die flinken Augen verstrahlten schon eine leise Herzlichkeit.

»Stralzin«, sagte sie zuletzt, mehr schalkhaft als zornig, »spän liaber dein Kindel ab! Es muß ja mit der Muttermilch deine Gall und Melancholie und dein verstocktes Geblüt schlücken. Und es wird einmal ein solcher Spinner und Tepp aus ihm wie drüben der Bäckenhansei.«

Dergestalt versuchte die Buglmüllerin, das große Liebesweh der Frau Constantia zu kurieren. Aber, wie gesagt, der Maien verging. Die blauen und grauen Gezeiten des Firmamentes wechselten. Das blühende Gras fiel. Und zwischen Sengse und Rechen streckte sich tausendfältig ein neues auf. An den sonnbedeckten Hängen rundeten sich, weithin duftend, die Beerenfrüchte; eine Spielart nach der andern. Gelbe und schwarze Kirschen, rote Weichseln strotzten vor Most und sprangen auf. Im wilden, scharlachnen Holunder erlustigte sich das Federvolk. Würmlein, Raupen, Käfer und Läuschen bissen sich wohlig durch die Polster, darauf sie lagen. Mücke und Horniß saugten. Im Moos die Schnecken, die Vipern am Stein mästeten sich voll beim überreichen Gasttisch des Sommers.

Arme Kinder krochen, hinter fremde Sträucher geduckt, oder suchten Holzschläg und Wälder ab. Haschten, naschten, die offenen Mäuler rings mit blauroten Rändern beschmiert. Und speisten itzt ebensoviel übermacht, als sie durch die lange, karge Winterfasten, den Krieg und die Teuerung entbehrt hatten. Oh, mit einer Sammlung, welche Raimund Winkler gar niemals bei seinen Schulkindern bemerkte, mit einer Andacht, die selbst dem hochwürdigen Pfarrer wäre erstaunlich fürgekommen, wann er solche auf dem Gesicht eines Ministranten wahrgenommen hätt'. Die armen Kinder vergaßen alles. Wohl konnte passieren, daß ein Geiziger noch in der Dämmernis seinen Grenzrain abschlich und mit Knüppeln dreinhieb, sobald sein Zaun sich weitaus lebendiger zeigte, als es sonst bei Zäunen recht und billig ist. Konnte sein, daß ein

braver Haushund plötzlich nach einem Kittelzipf schnappte oder gar ein dürres Wadenbein gezwickt hat. Das kecke Diebsgesindel schloff weiter und fand auch anderorts eine Tafel gedeckt.
»Die Natur ...«, schrieb Andreas Stralz in sein Notizbuch, »die Natur ist doch eine ächte Mutter! Unbeständig, warmhertzig und leichten Sinnes. Predigt Buß und Abstinentz, dieweil ihre Säck lehr sind und verschwendt bey gutter Zeit einen derartigen Uiberfluß an ihre Geschöpfe, das mit Respekt gesaget die aufgequollenen Wasserbäuch rebelieren.
Es reiffet bereits die Winter-Gerste. Alsdann das Lantzkorn und der Weiz. Und Nachts bald einmahl kein Mondstrahl und Stern durch die Wolcken mag scheinen, da hebt es auf den schwartzen Ernte schweren Feldern zu rascheln an. Und ums Tagwerden bemerkt ich meine Roggen Hiefler zählent, das etliche Scharb habent Füß bekömmen. Sahe auch die Rüdel meiner Äcker zerstampft, das Gestauder abgerissen und ein par Erdäpfel übers tauichte Gras gezett. Kein Treu und glauben giebt es auf Erden mehr! Wir Besizer von Öbling habent uns zusamgethan und ausgelost für eine Gewissenhafte Nachtwach vom Aveläuten bis zum Hahnschrey; zumahl der Buglmüller ein fäuler Kerl ist und ich selben mit eigenen Aug betroffen habe, vor der Zedlerischen Schmiedten schlafent in einer Hand die Hellebarte, in einer aufgespreitzeten Regen Schirm. Soll ein Vetteran seyn! Wo bleibet da der soldatische Geist?
Aber vileicht ist nicht lediglich er sondern wir Alle vom unaufhörlichen Waffenlärm lax und ermüdet? Item zu Folge der überaus strengen Gesetzes Paragraphen und Vorschriften, welche eine Äußerung der gesunden Vernunpft unterbunden haben, geräth der Mensch in ähnliche Lage wie ein stumpfsiniges Zug Thier. Frißt ohne Ehrgefühl an jeder Krippen. Laßt sich schlagen vom Herrn und Knecht und verkauffen beim Kirchtag.
Gutter Kaiser Franz, wende solch Schicksal von Uns Östereichern! Wir sind in gefahr das wir aus der Noth keine Tugend machen sondern ein Laster. Ist unsere Subordination noch frey geübeter Gehorsam im Hinblick auf die Allgemeine Wolfahrt. Nein! Sie ist Furcht, Hunger und Erschlafung. Der Raub girige Napoleon hat uns mit sein Geiselsteken gezüch-

tigt und wir werden im verwarlosten Stall des Vatterlandes nicht allzulange mehr das schwartzgelbe March des abgehausten Kaisers Franz tragen. Aber wir werden gleichgültig Robotten; auch wan der Besitzer wechselt.

Nur die Grafschaft Tyrol! Ungeacht meiner drei und fünfzig Jahr vertragt es mir beynahe den Federkiel vor Kraft und inerlicher Entflamniß. Wie in den Osterwochen des Neunziger Jahres da ich an mein gegenwärtiges Eheweib wölt einen Liebesgruß schreiben. Das erste und letzte mahl. Ich verbrennte besagtes Pergamentel. Item meinem jüngsten Brudern ermangelte anoch der Freybrief in sein Bräygewerb. Und recht gethan!

Mir ziemt es nützlich das einer die Schulden und Forderungen sowie mit Maaß auch die Ereigniß des eignen Lebens und der Welthistori, Urtel, Kritik und Einsicht zu notitz bringe. Allein das Gefühl bezäme Man sparsamst in Red und Buchstab. Der Schweigente ruhet in sich selbst, die Gnade oder Ungnade einer Antwort verachtent. Sowie er auch kleine Mißfäligkeiten und simplen Ärger abschüttelt, über welchen der Schwätzer herentgegen gar unklug verweilet, die Fähikeiten zersplittert und aus sotanen grund in sein Beruf ein Stümper bleibt und in der Gemeinde sich ernidriget zur lächerlichen Figur.

Fürwahr, ein treffliches Mundstuck wird insgemein reisenten Gaucklern anstehn, dem Hausierer und Sorglosen Waltzgesellen. Jedoch eines bäuerlichen Mannes ist es nicht, insonderheit vom Hertzen die Pfaid zu ziehen.

Auch Gott schweigt.

Es genügt mithin zu sagen, daß ich jugentlich erbebe beim Nahmen Tyrol! Soll ich es meinem Sohn Matthäus für übel nehmen wan er vom stärkeren Eifer gedrängt, sein Heimathaus verlassen hat? Zwar eine abendtheuerliche Wanderschaft, ohne Zunft Spruch und Zehr Kreutzer und Älterlichen Segen. Will ihm solche Ungehörikeit auch fürhalten bei seiner Wiederkehr. Ja, es wird dermahl eins Mühe gnug kosten, ihn als einen vulgären Lehr Buben der Bürgerlichen Ordnung zu unterstelen!

Meine Ehewirtin rehrt wie um einen Todten, sobald sie in der Nacht mich schlaffend wähnt. Hab kein Beweiß das er lebet. Durch Anderes zum Exempel gar durch Vernunpftsamen Disput ist Weibes Sinn nicht zu trösten. Füglich bleibe diser

Punkt unberührt. Ich selbsten bin der festen Zuversicht, daß Matthäus sich in Tyrol aufhaltet. Habe ja meinen Kindern die Weg beschriem ein und aus im Land; die Orthschafft und Herberg, wo ich hab gerastet und die Meister bey welchen ich einstund. Freilich, der Bub wird weniger Dinge mehr ingedenk seyn. Es richtet sich sein wildes ungezügeltes Naturell seit jeher auf grobe Rauff Händel. Ich sag aber, den Franzosen vergunnet ichs, dafür das sie bey jeden Schritt in Österreich eittel Höllenpein Misere und Schmach hintlassen habent, diesen Verseuchten Unmenschlichen Ludern! vergunnet ichs, bald meinem Matthäus sein teutscher Stierschädel hätt Ettliche zu Dreck gesteßen.
Ich verhoff mir, er ist auch dabeygewest. Färcht zum Feste Aller Heiligen wie der Andreas Hofer auf dem Isel hat seine Letzte Schlacht komandirt. Auch trau ich ihm zu, daß er unter dem Bataillon Tyroler Schützen sich befundten hat, welche im Januar dises Jahres dem Heldischen Komandanten sind heimlich gefolget auf den Weg nach Mantua. Sind leider auf der Walischen Gräntz verspaukt worden.
Welch trügerischer Hoffnung habent wir uns hingegeben. Hab, wie Man sieht, auch selbsten die Todteskund aus mein Büchel gestrichen, im Monath Februar, weil Pater Gabriel eine Andeutung des Prinzen Johann in seinen servilen Glauben alzu ernst genummen hat. Er wähnte Seine Majestät wäre mit allerhöchster Bitte und Fürsprach dem Andreas Hofer zuhülf kömen und hätt das Straff Urtel auf Verbanung und Kerkerhafft gemildert. Und die Hinrichtung sey Französische Mar zur Witzigung des aufständtischen Volkes. Die Wahrheit jedoch ist: Franz hat ihn Preiß gegeben, wie andere verdienstvolle Männer unseres Reiches, nenne seine Brüder die Ertzhertzöge Karl und Johann. Die Gunzt, die Threu und Gnad eines Kaisers ist unbeständig, währet nur solang als der Nutz eines Menschen währet. Obgleich diß grausam erscheint ist es vileicht doch unvermeidlich für Gesund und Wolfahrt des Staates.
Siehe! Schon der Hantirer entäußert sich kurtzweg des Werckzeugs, der abgebraucht. Der kluge Bauer haut ehender den schönsten Baum im Schaching um, bevor er die wolfeile Erl Au abholzt, so das Ufer dämmt und bevor er die Sag an die krumpen Kiefern und Birken legt welche einen Erdrutsch ver-

hütten. Der Reittersmann reittet sein liebsten Hengst zu Schanden sofern es gült, zehen Rösser aus einen brinnenten Marstall zu befreyn. Hab aus einen Historien Werck die Kentniß geschöpfet daß zu alters Zeit ein Volk seinen schwachen und mißratenen Nachwuchs mußte der Ödniß überlassen. Und findten wir solche Härte fallweiß auch in der Natur. War in einem Schwäbischen Orth selbst Zeuge wie die Störch unter dem Jungvolk Musterung hielten und jedes Flügel lahme Thier geflissentlich erstachen, was den Winterzug nach Süd hätte nicht übertaucht. Sie handeln nach nothwendigen Gesetz. Also werden auch Kaiser und Künig es müssen. Nur der Gott im Evangel verlässet die 99 Schaf und geht das Verloffene suchen in die Wüste. Warum ...«

Zu Beginn des November hat Vater Stralz obigen Vermerk über Hofers traurigen Hinscheid noch ein zweites Mal ausgestrichen und in gutem Glauben folgendermaßen berichtigt:

»Der Kommandant von Tyrol lebt! ...«, so schrieb er. »Ein naher Anverwandter, ihm ähnlich von Angesicht wie Gestalt, hat in Trient die Bayrische Festungswach bestochen und mit dem Hofer Platz und Freiheit getauscht. Ist am nächsten Tag in Ketten weiter gegen Mantua. Der wirckliche Hofer ist jedoch nach Kärnten, woselbst er im unterirdischen Loch eines Hauses fünf Täg weilete. Alsdan Anfang des Lantzing ist er unter Eis und Schnee bis an das Salzburgische Tauern Haus. Indem nunmehr auch diß Land bayrisches Eigenthum, soll er wegen Leibes Sicherheit herüber auf steyrisches Gebiet seyn.

Der Veitkramer hat es aufgebracht. Er ist gestern bey der Nacht von Stainach kömmen voll inerlichster Erregung. Auf der Poststation, so verzählet er, habent sich die Leuth errennet und erstessen vor Neubegier. Konnte niemand aus und ein. Befürchtend es wär ein Unglück passirt, ist der Nachbar auch hinzu. Da machen sie ihm wißlich das in der Gaststuben ein Büebel vom Andreas Hofer abrast und jausent. Das Kind wär auf Admont beordnet zum Studium. Wär frisch und geschartzig und hätt dem Vasolden Tatsächlich die gantze Geschicht von sein armen Vattern anvertrauet. Der Veitkramer ist bei nächster Gelegenheit auch zum Fenster hingetretten und ist alsbald eines braun gekrauseten Knaben sowie zweyer Mannsbilder und eines Kaputziners ansichtig worden. Um die

Zeit als im Niederhofner wie im Pürggger Kirchturm die suntägliche Vesper Glocken ist gangen, habent sie zur Weiter Reise sich angeschickt unter einem großen Geleith von Menschen. Und sintemahl der spath Hirest nichts mer in den Garteln gebothen hat, habent die Kinder aus den Buschengeschir die dicken Bellagonen, Astern und Feigel abgebrockt und selbes Blumenzeug über die Kutsche und die Straß geschmissen, insonderheit über das Büebel was auf dem Bock gewest. Ein Kaiserlicher und ein weißgrüner Fahn zeigte sich am Geschloß. Und einer, es heißt der Kalhs von Unter Grimmer, hat urblitzlich laut geruffen:
Es lebe der Hofer Kommandant von Tyrol!
Vivat!
Da widerhallete es von Altanen, Thüren und Thoren. Mit Hüt und Tücheln wurdt geschwänkt und gewachelt. Nach dem ersten Ruck, verzählt der Kramer, blieben die Rösser schon stehn von wegen des heftigen Zulauffs und Tumultes. Aber der Pater ist mit mürrischen Gesicht heraus und hat den Postillion zur Eil gedrängt und der Knab hat alsdann auch mit sein gespitzeten Hütel gewunken zum Abschied und was gesaget. Sie konnten nur das Wort Mander ausnehmen. Item, es brauseten gar mächtig die Stimmen, leztlich anschlahend das Gott Erhalte. Alle Strophen habent sie abgesungen, indes die Post Kutsche schon gegen die freye Waid gefahren und der Hoferbub vom Bock auf das Dach gekräult ist. Völlig frey stund er dort selbst, die Füße gespreitzet und auf die Stainacher Seit gewendt. Man erkante es am Kirsch rothen Brustfleck.
Itzt begreif ich weshalben der Matthäus noch alleweil nit Heim tracht!«
Diese Blättlein stecken fast losgetrennt im Schreibbuch, und Vater Stralz bemerkte zur Ergänzung lediglich:
»Mir deucht, die Halbscheid ist wiederum Fabeley.«
Seine Schrift ist unstet und entbehrt des eigentümlich starren Zuges. Solches mag der Ärger verschuldet haben, mehrest aber ein schwer kurables Augenübel, welches frühe seinen rechten Sehstern zerstört hat und von Weile zu Weil auch den linken bedrohte. Wir finden in der Folge zwei kurze Notizen aus der Grätzer Zeitung, etliche klar bestimmte Sätz und Schlagwort, gleichsam gestochen von Reginas säuberlicher Hand und schlie-

ßen hieraus, wie bald Vater Stralz an der Wahrheit des Gerüchtes zu zweifeln begann, und wer ihn später des nähern aufgeklärt hat.
Am Samstag vor Judikare, item des Jahres elf, erschien Abt Gotthard in Öblarn und nahm Wohnung im Pfarrhof, zumal die Zimmer des Gstatter Schlosses schwer heizbar waren. Und Sonntags nach dem Hochamt, bei welchem Pater Isidor und Pater Gabriel assistiert hatten, kamen einige der Zwölf Männer und erbaten sich Gehör. Inmaßen er jedoch eben das Frühstück genossen, wollt der Pfarrherr sie abweisen, allein Gotthard schob bereits mit deutlicher Gebärde Glas und Teller von sich und suchte, wie aus Gewohnheit, im Brevier das beinerne Täfelchen. Zuvörderst ging die Rede von Pacht, Fischereibefugnis und Servitut. Und seine Ungeduld wuchs bei jedem Wort, in der Hauptsache deshalb, weil er gar vielerlei Wünsche nicht schlichten konnte. Unerquicklich berührte ihn auch der Jammer über die Schulden, Steuern und das schlechte Geld, und gar ... als der Gasteiger mit seinem Feuergeist vom allgemeinen weg das Besondere ansprang und kecklich frug:
Wie das Stift in Betracht der Kriegsschäden sich erhole und fürnehmlich, wie Frater Midott mit seiner geschwollenen Gicht und dem undeutschen Mundwerk sich befänd?
Sapristi! Da blickte der Prälat zwischen schmalen Lidern an den starren Gesichtern fürbei und antwortete kühl:
Es wäre Lupicin Midott seinerzeit mit den Franzosen fort und fungiere jetzt als Pfarrer im Elsaß.
Wiewohl niemand sich verwunderte, ergab sich eine kleine Stockung im Gespräch. Sonach aber brachte Andreas Stralz die Geschichte vom Hofersöhnlein vor, und Gotthard bestätigte ihm, daß dieses wahrhaft in Admont der Studie pflöge. Sein Vater jedoch sei tot. Und jener Flüchtling, der in Windisch Matrei und im Tauernhaus sich versteckt gehalten, möchte der tirolische Bräumeister Johann Panzl sein. Die erwachsenen Begleitpersonen hätten solchen Irrtum wohl erkannt, aber nicht zerstört, damit der vielgefährdete Knab leichteren Herzens und williger nach Steiermark führe.
Es griff Andreas Stralz langsam nach seinem Spazierstock, dankte mit hartem Handschlag und empfahl sich. Ein ungesprochen Wort schwebte zwischen beiden. Sie merkten es. Doch keiner frug.

In Bälde beendigte der Prälat die Audienz; hörte still befriedigt die Türen gehen; sah die Männer über die frühlingsweiche Erde schreiten und, wie er eben meinte, es sei jetzund der letzte gewesen ... trat Joseph Salzinger wieder in die Stube ... Sagte:

Er wäre als Amtmann heilig verpflichtet, der frummen Sitte und Gottesfurcht zu obsorgen und täte hiemit kund und zu wissen, daß sich im Dorf Öblarn eine Hex aufhielt.

Seine Gnaden der Abt lächelte.

Je dringlicher nun der Torbäck trotz Schwerfälligkeit sprach, und je zäher er die Exempel beschrieb, welche das Weib von der schwarzen Kunst gar mannigfach zum besten gab, um so mehr versank Gotthard in Nachdenklichkeit.

Ob sie ortsansässig oder zugewandert sei, frug er, als dem Joseph Salzinger einmal die Luft ausging.

Zugewandert! entgegnete derselbe höchst verächtlich. Sie wäre mit ihrer lausigen Sippschaft aus der Bozener Gegend hergesiedelt, als die älteste Tochter schon mannbar und der Hansei etwan drei Jahr alt gewest. Die Öblinger nähmen lauteres Ärgernis. Wo der Zauberbann der alten Trud nicht angreife, dort hülfen zottige Frauenzimmer nach. Dem ehrbarsten Christenmenschen aber, der jedem Teufelsköder standhaft trutzte, dem schleiche der Sohn ins Haus; gehabe sich wie ein Dalk und spüre heimtückisch Ecken und Winkel ab. Und wann er ging, so schwänzelten ihm die Hunde nach. Die Hennen verlegten ihre Eier, Kinder kletteten sich an seine Rockzipf und verzögen sich in Krampf und Fraisen, sofern man sie ihm entreißen wöllt.

Er könne für seine Wort gutstehn, sagte der Amtmann, zumal der Hansei bei ihm als Gesell gedient hab; freilich nur bis zu dem Tag, wo er ein Germdampfel verwunschen, indem er dreimal den Kopf gebeutelt und drei Seufzer getan. Das Brot, hieraus gebacken, habe bitter geschmeckt und hätte etwelchen Firmlingen bald das Leben gekostet; er nenne sein eigen Ähnelkind, Matthäus Stralz, die Schröffl Magdalena und die Zedlerischen Zwilling. So wär es und nicht anders, schloß er trocken und schickte sich zum Gehen.

Item, da frug Gotthard:

Weshalb er eigentlich nicht eher, schon vor Jahr und Tag sich gemeldet habe?

Joseph Salzinger zögerte einen Augenblick. Dann gab er ruhig, ohne Schärfe, aber auch ohne Rücksicht zur Antwort:
»Hab mir denkt, es ist unserm Pfarrer seine Sach!«
Pater Isidor, welcher inwährend der ganzen Stunde schweigsam zugehört hatte, erhob sich, als der Amtmann ging und der Prälat ihn groß und seltsam anblickte, und sprach, sein schalkhaftes Greisenlächeln kaum verbergend:
»Euer Gnaden! Daß einem Firmling sterbensübel wird, ist ein ordinarer Fall. Braucht man keine verzauberte Hefe; kein verschimmelt Weizmehl dazu. Genüget auch eine sinnreiche collectio von feistem Braten, Met und Pelzkirschen!«
»Aber ... das andere ...«, entgegnete Gotthard ernst.
Der Pfarrer zerrieb eine Prise Tobak, blies die braunen Stäubchen vom Fensterbrett und frug:
»Die fünf Schwestern? ... Euer Gnaden, man wird nachsichtig mit Zunahme des Alters. Als ein Kaplan hab ich eifrig gewettert auf der Kanzel, bis ich merkte: solche, denen die Predigt not tat, gingen nicht hinein. Alsdann retirierte ich mit meiner Lehr in den Beichtstuhl, bis ich merkte, daß auch dieser ein Hintertürchen hab, bei welchem die lüderlichen Weibsleut aus und ein können. Item! Kam mir jedes im allerletzten Abdruck, Sonntags ... beim Gabriel seiner Meß. — Damit es am Feierabend noch einen Burschen kunnt zum Fenster lassen!
Das ist der Welt Lauf! Hab gescholten, laut und leis; bin darüber weißhaarig worden. Itzt bet ich zum Herrn Jesu Christ, daß er ein Auge zudrück und dem Antonius von Padua beföhl, ein paar unter die Hauben zu bringen.«
Der Abt bezwang ein bitteres Wort auf seiner Zunge. Und Pater Isidor schnupfte und setzte nach kurzer Weil heftig zum Niesen an.
»Helf Gott!« sagte der Obere wiederum freundlich. »... Ich dächte, es seien nicht alle aus demselben Holze geschnitzt.«
»Gesegne es Gott!« sagte der Pfarrer. »Ja. Es gibt harte und weiche, biegsame und knorrige Figuren. War jede einmal grün, vom hellen Saft des Lebens durchronnen. Wird jede mürb, wann ihre Zeit kömmt!«
Da blätterte Seine Exzellenz im Brevier und schlug es ebendort auf, wo das seidene Band stak mit der Dornenkrone.
Sprach in Gedanken:
... Und zerstiebt in Asche ... Der rohe Klotz, die Sphinx mit

dem Tierleib ... die Faunsfratze, Ritter und Reiter, die zierliche Statuette im Salon ... der Engel ... das Götzlein ... die Spieldocke ... das gotische Kunstwerk mit dem klösterlich herben Schnitt seiner Linien ...
Empfangen alle das Absolvo te.
»Und seltsam, seltsam, Pater Isidor«, fügte er in gelindem Tone bei, der wie Gezitter des Herzens hat geklungen. »Geschieht es nicht irgendwann, daß ein Mensch uns anmutet als heilig Gnadenbild, welches auf dem Scheiterhaufen der Leidenschaft ruhig steht ... und ... nicht verbrennet; welches dem Rufenden keine Antwort gibt und ... ihn dennoch ... hört.
Ja! es geschieht, daß wir hinter der aufgestützten Hand möchten leise sagen:
Absolve me! ...«
Es war völlig still in der Stube. Die schwelende Sonne preßte sich warm durch Fensterkorb und Scheibe. Und zwischen dem schlichten, dunkel furnierten Hausrat zuckten eilends helle Fünkchen auf und nieder. Dem Pfarrer deuchte, er hab Ähnliches auch erlebt. Aber sein Gedächtnis war geschwächt, konnte sich augenblicklich niemands erinnern wie der Stralzen Rögerl. Es schreckte ihn der bare Unsinn eines solchen Vergleiches; er hielt die drei Finger steif über der silbernen Schnupfdose und rief lebhaft:
»Nein, nein!«
Und maßen Gotthard ihn befremdet anschaute, sprach er in Verlegenheit:
»Euer Gnaden, man wird wunderlich mit Zunahme des Alters. Hält ein junges Geschöpf im Schmuck der Einfalt gar leicht für einen Cherub.«
Der Prälat schloß das Betbuch und bemerkte frostig, daß er die Mutter des Bäckenhansei zu sehen wünsche.
Vorab schickten sie einen Ministranten. Doch das Weib packte ihn beim Genick und warf ihn wie ein blindes Hündlein auf die Gasse.
Als zweiten Sendboten erkiesten sie den Buglmüller, welcher beim Hochamt immer den Klingelbeutel trug und hernach das Opfergeld zählte. Wie selber die Post ausrichtete, fiel sie ihm ins Wort und sagte:
»Ladst mich recht. Wollt eh schon allweil zum Geischtler

Herrn und fragen: Was ischt nachher sell für höllische Zauberei? Bald einer in die Kirchen geht, hat er drei Hosenknöpf, bald er herauskimmt, sind es drei Kreuzer! Greif nur, bind nur auf deinen Schneuztuchzipf. Ich irr mich nit.«

Da hatte der Mann genug.

Der dritte war Raimund Winkler. Er mußte seinen schwefelgrünen Lenzsalat und die Specknocken beiseite stellen, kaum daß er einen Löffel voll genossen hatte, mußte noch einmal in den Frack schlüpfen und die Bäckin feierlich zum Abt bestellen. Sie ließ ihn eine Weile warten. Brachte sonach ein Stück Selchfleisch und einen Aniswecken und kicherte:

»Herr Schulmeister, zaschets heim! Und wann indieweil das Kindsgevölk die Schüssel mit dem Röhrlsalat und den ranzigen Nöckelen hätt ausgelecket, so freßt Euch satt auf meine Koschten. Kriegets ohnedem nit Sitz und Stimm bei der Prälatentafel.«

Raimund Winkler kehrte ihr zornerfüllt den Rücken; eilte mit bleichem Gesicht und matt hängenden Armen zum Pfarrhof und meldete, daß auch er kein Glück gehabt. Schließlich ging Pater Isidor selbst. Und Gotthard trat mit ihm ein paar Schritt ins Freie, von Vogelgezwitscher, schwingender Wärme und Erdrauch vorangelockt. Als er beim Hauseck zurückblieb, wisperte der Greis verstohlen:

»Ein gewisses Fenster beim Torbäck empfehl ich Euer Gnaden fürsichtsvoller Betrachtung. Strickt dortbei die Barbara Salzingerin hinter den Fuchsienstöcken und mag sich nicht wegrühren vor Ungeduld und Schadenfreude, vermeinend, es werde nun der alten Hex auf dem Kirchplatz coram publico der Satan ausgetrieben.«

»Sie messen dem Fall kein Arg bei?« warf der Obere zögernd ein.

Pater Isidor sagte mild:

»Giftige Nachred ist mehrest entsprungen aus Weiberhaß und Mannsdünkel, siehet gern eine Sünde, wo ein Ding über den gemeinen Verstand geht ... Oder ...«

»Oder?« frug Gotthard.

Pater Isidor schob sein Käppchen nach links, blinzelte witzig und sprach:

»Möchte nit Herrgott sein. Da sausen wir ihm die Ohren voll und bitten um unser lieb täglich Brot. Gibt er das Mehl hiezu

zweien Bäcken, so eifern sie. Gibt er's einem ... so geht der andere zum Teufel.«
»Und das?« frug der Prälat versonnen. »Das mit der Stralzin?«
Darauf wußte Pater Isidor keine schickliche Ausrede. Er drückte sein Käppchen gegen das rechte Ohr und sprach wie ein gehorsames Kind:
»Ich werde sonach wohl gehen müssen.«
Ihm grauste heimlich vor der Trud und ihrer bösen Freundschaft. Mit weitsichtigem Aug erkannte er schon auf der Walchenbrücke, daß bei den fünf Fenstern die fünf Töchter herausglotzten. Und der Hansei stand beim Tor, als hab er gewartet, zeigte nur stumm nach der finstern Backstube und spintisierte weiter. Innerbei schloß seine Mutter auf rußiger Ofenschüssel etliche Bretzen ein. Plötzlich spie sie auf den Kienspan und fetzte ihn gegen die Mauer. Und indieweil er unter kleinem Geflacker hinlosch, hub sie mit rauher Stimme zu singen an:

»Peschtilenz und Kot!
Unser liab täglich Brot ...
Das späre dem Bettler.
Das schware dem Hund.
So bleibet uns Leber
Und Gallen gesund.«

Pater Isidor Hinterseer wollte sich eben durch einen Gruß bemerkbar machen und ihr insonders die Entheiligung des Sonntags vorhalten, da kreischte sie lachend auf:

»Peschtilenz und Kot!
Unser liab täglich Brot ...
Die Herrn in der Kutten
Hamt mehrer verkeit
Wie Bauern und Bürger
Und Edelleut.«

Die Luft war ausgedorrt. Das graudämmerige Viereck auf dem Ziegelboden wurde schmaler. Und der Greis folgte besorgt der schwindenden Insula, bis der Drücker auf den Türhaken fiel und den letzten Schimmer Tag hinausschlug. Gar

gern wäre er gegangen, doch er bedachte gehorsam, daß er noch nichts für ihre reuige Einkehr versucht hatte, und legte sich in der Schnelle ein paar Wort zurecht.
»Bäckin«, wollt er sagen, »was nutzen dir alle Rosenkränz, wann du nebstbei dein geschliffenes Mundstück und dein ehrsames Handwerk mißbrauchst. Der Beter in Ungnad ist quasi ein Mensch, der praßt mit Burgunderwein und Gansleber, der nach jedem Schnupfer drei- und viermal niest. Hilft nichts, macht ihn nur leibig. Doch ein Schwerkranker kann gesunden durch Brosamen, sofern der Segen des Himmels darüber ist. So!« ... wollt er sagen, »und itzt begleit mich zum Abt!«
Kaum tat er die Lippen auf, da fauchte das Weib wie eine Katz. Hatte seine Absicht erahnt und schrie:

»Peschtilenz und Kot!
Unser liab täglich Brot ...
Ich weih mir's schon selber,
Verzeih mir alloan.
Braucht es kein Pfaff
Und kein Herrgöttel toan ...«

Pater Isidor schlug erschrocken ein Kreuz. Vergaß ganz auf die heilsame Predigt, welche er eben einstudiert hatte, und rief:
»Du verstockte Schachtel du, versünd dich nit!«
Irgendwo in der engen Kammer schabte das Weib mit den Zahnstummeln. Dann wieder hatschte sie kreuz und quer an ihm fürbei und, sooft er vermeinte, klug auszuweichen, stieß er mit dem harten, knarrenden Gestell zusammen. Er war ratlos und wußte nicht, was nun geschehen werde. Doch die beschwörenden Stoßseufzer, insonderheit sein fröhlicher Lebenssinn erhielten ihn standhaft, und er sagte entschlossen:
»Alsdann ... gehst oder gehst nit?«
In diesem Augenblick tappte ihm die Bäckin dreist Schultern und Ärmel entlang. Frug, seine Hände jäh umkrallend:
»Siagst mich?«
Pater Isidor gewahrte in der Tat ihre Umrisse, fein besilbert. Ein Schauer kroch ihn an. Er fühlte seine Finger eingeschraubt. Trotzdem hüpfte noch die Schelmerei auf und diktierte ihm keine schlechte Antwort:

»Schlag ein Licht an!« sagte er. »In der Finsternis ist jede Kuh schwarz.«
Sie fluchte.
Und er spürte abermals ihre Kraft.
»Herr Jesu Christ, erlöse mich!« betete sein Herz in Ängsten. Doch er stellte sich dumm und sprach:
»Bäckin, es werden gute vierzehn Jahr sein, daß ich im Dörfel bin. Hast niemalen ein Aug auf mich gehabt. Und itzt ziemt mich frei, dir ist ums Karessieren.«
»Schau mich an!« schrie die Trud, gar wohl erkennend, daß seine Sinne sich sträubten vor Zauberbann und Starrkrampf.
»So viel weiß ich noch aus meiner papperlgrünen Scholarenzeit«, entgegnete der alte Herr pfiffig, »beim Busseln hat man die Augen zu, nicht auf! Gibst mir halt eins in Gottes Namen. Aber putz dir zuerst das Maul ab!«
»Du abgefeimter Himmelbruader!« schnarrte sie und stieß ihn grob von sich. »Desspötteln laß ich mich nit. Hab meiner Muatter kaum bis zur Achsel gelangt, da hab ich schon ein boshaftes Mannsbild über die hohen Leiten geschupft, daß es fast verrecket ischt vor lauter Burtigadelen.«
Pater Isidor lehnte annoch zitternd wie eine arme Seel an der Mauer und sagte sich trotz alledem mit leiser Vergnügtheit, daß die ärgste Gefahr und Anfechtung überwunden sei.
»Gell, itzt bischt stad!« keifte sie aus einem Winkel. »Ja, das Streiten und Raufen geht wie ein Kartenspiel. Wer sich mit dem Stechen schleunt, mag ehzeit Trumpf ansagen. Hab sell auch nit gleich geschmeckt. Beim ersten Kind sein decht die Nachbarn kömmen um Auskunft, wer sein Vater und Großvater und Ähnel ischt. Beim letzten ...! Oh, da habent sie nicht einmal sich mit der Frag herfür getraut, ob's ein Bübel ischt oder eine Gitsch.
Recht oder unrecht ... Stich, sag ich; bald ich's nit tua, sticht der andere.«
Da knackte das Türschloß. Der graudämmrige Streif schwebte über den Ziegelstein und wurde breiter. Alsdann kam der Hansei, zog Pater Isidor bedachtsam auf die Lichtinsel und sprach:
»In der Stuben ist's schwülig. Draußen bleckt scharf der Märzenwind. Und der Mond ist im ersten Viertel vor dem Osterfest.«

Der Greis überhörte ihn. Strebte mit ein paar Schrittchen in das Vorhaus. Hansei redete geduldig hinterdrein.
»Segen wie Sanktus klinget und singet schon völlig ... Nur das Gloria ...«
Sie waren bei der Torstufe, und Hansei zupfte am Skapulier.
»Ich will ja gar nit zum Hochamt blasen, aber mein Waldhorn ziacht mich. Muaß an jeden Ort gehen, wohin es will. Ist mir soviel liab ... Pfarrer, laß ihm nit entgelten, daß meine Muatter dich hat angefeindt. Ich bitt schön!«
Da hatschte ihnen das Weib nach und rief:
»Wer seine Kürbiss' auf einen fremden Misthaufen setzt, der hat zum Dank den Gestank. Schmecks, Kropfeter.«
Das Hirn surrte dem alten Mönch wie ein Immenstock. Er gab keine Antwort mehr und rannte davon, so schnell als seine schwachen Knie erlaubten. Leider nicht lang.
Beim Stöckel des Nepomuk traf er nämlich die Torbäckin mit ihrer Schwiegertochter. Waren beid in seidenem Putz und beflissen sich in einer Haltung, als ging's zu Biddel, Hochzeit oder Kindstauf. Er rückte sein Käppchen, wollt gern vorüberschlüpfen, doch sie hatten ihn alsbald in ihrer Mitte und baten, beide zugleich und mit vielen umständlichen Worten:
Er mög ein christlich Werk tun und sie geleiten, sintemal die Constantia Stralzin eines Trostes bedürftig. Solchen zu spenden, wär ihre Absicht. Und er mög also aus christlicher Nächstenlieb und um der ewigen Seligkeit willen hiebei behülflich sein.
Pater Isidor war durch die heftige Willensspannung ganz erschöpft. Zählte außerdem zu den bescheidenen Menschen, welche durch das Selbstbewußtsein eines anderen überzeugt werden und ebendemselben ihre bessere Einsicht opfern, wenn er's nur versteht, ein ernsthaftes, dringliches Wort zu reden. So nickte er freundlich, schritt zwischen den stattlichen Frauen zurück, noch immer ein leises, ach ein halbgefrorenes Lächeln um den verschrumpften Mund.
Schon im Hofe schmähten sie mit laut hallender Stimme die Mutter des Hansei, nannten sie gradheraus eine Hexe und deuteten an, daß ihr von Amtmanns Befugnis das Gewerb genommen und der Aufenthalt im Dorf verboten werde.
Bevor aber, behauptete die Barbara Salzingerin und riß am

Glockenzug, daß es weitum schrillte, bevor aber müsse die Bäckin vor Seiner Exzellenz, dem Prälaten, einen tiefen Fußfall tun und bei zweien brennenden Wachslichtern, Weihbrunn und Kruzifix dem Teufel und seinem Anhang widersagen.
Das sei ganz richtig, sprach die Schwiegertochter und kehrte sich zur Küchentür. Es fehlte weiter nichts als zum Kläger die Zeugen.
Dies hörend, warf Frau Constantia Spieß und Braten weg und verschwand in der Milchkammer. Der kleine Johannes rutschte von der Türstufe. Nur Regina blieb an ihrem Platz wie ein Holzstöckel, schaute groß erschrocken und sagte auf den dreifachen Gruß endlich langsam:
»Die Frau Mutter ist nit daheim.«
Barbara Salzingerin neigte ein wenig den Kopf, daß der speckige Goder sich ins weiche Halstuch grub, und musterte das Dirndel. Frug:
»Wo därfent wir sie alsdann suachen?«
»Beim Veitkramer wird sie sein«, log Regina und wurde glührot bis in die Ohren.
Da stupfte die junge Bäckin die alte Bäckin und log auch.
»Das wundert mich«, hub sie an. »Habent früher eine Spatel Wurmsam und ein paar Briefeln Eierfarb gekauft und keine Kundschaft sonst gesehen.«
Das Mädchen stand noch, ohne ein Glied zu rühren; schaute ungeacht ihres schlechten Gewissens dem Pfarrer starr in die Augen und sprach kläglich:
»Vielleicht ist sie zum Blasel in die Tavern.«
»Aft hol sie!« befahl die Barbara Torbäckin.
»Bleib da!« befahl die Luzia Torbäckin. »Ich geh schon selber. Kunntest sie nit finden.«
Plötzlich fuhr Leben in die arme Rögerl. Sie tippte mit dem Finger an die Stirn und rief:
»Ja, richtig! Sie wollt zum Gasteiger hinaus, weil ihr ein fäuler Stockzahn so grausam weh tuat. Hab mich ganz verdenkt. Hiazt ist's mir eingefallen.«
Die beiden Frauen stießen sich wieder mit den Ellbogen an. Die junge meinte immer noch halb und halb, daß Rögerl aus Eigenmächtigkeit und Fürwitz derlei Lügen auftische. Sie sagte darum eisig:
»Sodann wollen wir halt warten.«

Wischte mit der Hand über die Ofenbank und setzte sich. Die Alte jedoch erkannte klug, daß Constantia Stralzin sich verleugnete, und mochte nicht fortgehen, ehe dieselbe durch eine gute Tat beschämt worden und ehe der Pfarrherr sich an ihr, nämlich der Barbara Salzingerin, erbaute und ihr Herz sah, trotz bitterer Kränkung zum Verzeihen geneigt. Sie nahm den Rosenkranz, der sich seit Jahrhunderten in der Torbäkkischen Freundschaft vererbte und mit Bräveln reichlich geziert war. Nachdem sie alle betrachtet und abgegriffen, wählte sie das, welches ihr am geringsten schien, und drehte den schmierigen Faden ab, woran es hing.

Es war ein Blättchen in Größe der Viererbatzen mit dem Bildgepräge der Gotischen Fraue von Frauenberg.

Sie machte sich bedachtsam in die Nähe des kleinen Johannes, der längst wieder über Dacke und Stufe kroch und mit bunten Hahnfedern spielte; sie half ihm auf die Füß, und insgeheim verhoffend, daß der kupferne Denkzettel noch eine andere Wirkung hab, drückte sie die weichen Kindsfinger darum und sagte:

»Schöns Kreuzerl! ... Tua's der Muatter geben.«

Der Bub horchte. Wackelte patschierlich entlang der groben, unebenen Diele. Er hatte in diesem Lebensalter gar wunderlieb rotgold gekrausetes Haar. Trug einen scheckigen Kittel mit Kugelknöpfen, mit breitem Saum, für das Wachstum berechnet, und einem Schlitz, welcher hinterrücks seine rosige Nacktheit nicht völlig verdeckte. Er trippelte unstet im Gleichgewicht, bald das volle Fäustel, bald das leere in luftiger Schwebe, und stand schließlich vor Reginen still. Sie bückte sich schon ...

Da ist er plötzlich ihrer Hand entronnen und gegen die Milchkammer gehüpft. Er schlug an die Tür, daß im Guckloch das Glas und das Blei schebberte, und rief gar hell und inniglich: »Muatter!«

Johannes sagte das liebe Wort zum erstenmal. Aber Regina in der Kuchel und Frau Constantia in der Kammer erbebten in Scham und Schreck. Die alte Bäckin lachte voll boshafter Heiterkeit. Die junge, welche ein hitziges, stolzes Naturell hatte, bezähmte mühsam einen Schimpf.

Pater Isidor aber blickte auf einen schillernden Federschopf und dachte unablässig:

Itzt geh ich stante pede!
So war auf der großen Gotteserde niemand, der sich verwundert oder entzückt hat, als Johannes Stralz mit siebzehn Monaten zum erstenmal »Mutter« sagte.
Wie bereits erwähnt, der armen Rögerl hämmerte das Herz im Leibe. Sie kam sich elend und verächtlich vor und wäre dem hochwürdigen Pfarrherrn und den ehrsamen Frauen am liebsten davongelaufen. Doch es war ihr von jeher besondere Schwere eigen, der zufolge sie allem Ungemach mußte stillehalten bis zuletzt. Und so blieb sie steif auf demselben Fleck, sperrte rund die Augen auf und wartete. Mählich schlich sie die ganze Trauer des Stralzenhauses an. Graue Stunden und Tage warfen ihre Schatten nach. Im Gehör zitterten die Seufzer, mit denen sie ein Lachen verdrückt hatte. Am Fürtuch klebte noch das Salz von hundert Tränen, in Güte geweint, damit die tausend Tränen der Mutter Constantia nicht allein wären! Wie manche Last, die sich viel eher für die Schultern einer gereiften Frau schickte, war Regina auch jetzt bereit, den Verdruß auf sich zu nehmen und demütig zu warten, bis er doppelt und dreifach über sie herstürzte. Doch die junge Bäckin tat ihrem Zorn Gewalt an und stellte sich dem Pfarrer zur linken Seite. Die alte Bäckin bezähmte ihre Schadenfreud und stellte sich dem Pfarrer zur Rechten. Alsdann machte jede einen Deuter mit dem Kopf, sodaß die seidnen Tücher rauschten, und wünschte:
»Pfüat Gott!«
Seltsam! Durch dieses jähe und glimpfliche End verkehrte sich Reginens Wesensart. Seufzer, Tränen, Trübsal und was sonst ihr Gemüt umdüsterte, war eine Zündlohe geworden und brunn plötzlich hell auf.
»Genug ist's!« schrie sie verzweifelt. »Wir brauchen keinen Besuch. Sind eh schon häufig dagewest. Färcht der Pfleger, zuweg dem Herrgott. Und die Wehfrau zuweg dem Kind. Auf Neujahr hat die Veitin über die schlechte Kundschaft gestänkt, und im Fasching hat der Zedler schimpfiert, weil die Muatter nit zum Tanz ist mit ihm. Der Bader verheißt ihr die Gelbsucht. Und der Göd von Stainach ist extrig angefahren, daß er fragen mag, warum die Stralzin nimmer kirchen geht.
Und ein jedes tuat, als wöll es trösten, sagt die Muatter. Und

ein jedes redt in den eignen Sack und sich selber zuliab. Nit aus Erbarmnis!
Aber die Leut, sagt sie, was in einem fremden Wehdam umstieren, heben keine Ehr auf. Schamts euch ...«
Großmächtig und stumm horchten die zwei Bäckinnen. Wußten nicht Rat noch Tat. Wandten nur den Kopf, neugierig, wie solche Keckheit dem Pater Isidor anschlüg. Und sie sahen gerade noch den schwarzen Zipf seines Habits um den Türstock wischen! ...
Der Märzhimmel vibrierte in Grün und Blau ... Auf Kamp und Grimming staubten die Lawinen. Ein Vogel schoß zwischen den Giebeln fürbei; konnte eine frühe Schwalbe sein. Von der Walchen her fuhr leichte, glitzernde Luft. Die weißen Locken des Pfarrers wurden so lebendig, daß er sich mußt die Ohren kratzen.
Der Vergleich mit dem Cherub, dachte er, ist wirklich nicht haltbar. Das Dirndel könnte höchstens noch den Erzengeln beigezählt werden, item im Hinblick auf den heiligen Michael ...
Die Weiden am Bach hatten auf ihren brandroten Gerten schon Silbertupfen. Der Dorfplatz lag warm besonnt. Und was immer war und immer sein wird, wann der Frühling aus Erdreich, Brunn, Wölklein und Seele bricht ... die Kinder setzten ihre hülzernen, marmelen und gläsernen Kugeln bei einer Hauswand an und ließen sie mit Sorgfalt und Bedacht in die Kotpappe rollen.
Als Pater Isidor endlich, endlich zur Stubentür hineintrat, las Abt Gotthard im klösterlichen Brevier. Die Base deckte den Tisch und frug jammernd:
»Beliebt es jetzt Seiner Exzellenz zu speisen? Und den Richtigen der Schuld zu bezichten, wann alles versotten und verbraten ist.«
»Ich bitt schön, sein S' ruhig!« bat der Pfarrherr völlig matt. Und nachdem sie gegangen war, strich er sich über die dünnen Scheitelhärchen und sagte zum Prälaten:
»Der Zölibat ist doch eine humane Einrichtung! Haben mich heute zwei Frauenzimmer hinabgeschnalzt, daß ich ganz klein bin ... Oh, der liebe Herrgott meinte mir wohl. Hätt er mir ein schönes oder ein schiaches Weib gegeben, gleichviel, hätt mich jede unter den Pantoffel gebracht.

Und was die Hexerei betrifft, so bedeucht mich, daß allerlei zwischen Mensch und Mensch gar unerklärlich. Die Herren Doktors werden schon herausklügeln, ob es lediglich des Teufels Werk. Ich erleb es nimmer! Doch in hundert Jahren möchte ich noch einmal auf die Welt und mit Vergunst und Verlaub ein wenig spähen, was aus dem Schwindel geworden ist.«

Pater Isidor blieb eine Weil in Gedanken versunken. Wie seine Base mit dem qualmenden Suppentopf erschien, waren seine Augen vom zitternden Blau des Himmels geblendet und feucht.

»Was vor ein töriger Wunsch!« bemerkte er lächelnd, »man könnte zehnmal von Toten auferstehn ... man lernte nicht aus, Euer Gnaden!«

ADVENT

Wann die Rögerl im ersten schweren Schlaf lag, klopfte es zuweilen ans Kammerpförtel, und Frau Constantia sagte draußen:

»Ich bin's, mach auf.«

Sonach zündete das Mädchen jedesmal mit Stein und Schwamm die Kerze an und blies sie in Gedanken aus, tappte wirr vor Müdigkeit nach dem Riegel und hüpfte wieder unter die Decke, noch ehe Mutter Stralzin recht im Türspalt war. Es begab sich immer gleich. Item, selbige ließ sich gewichtig auf den Bettrand nieder, hiebei wispelnd:

»Hüll dich zu! Und sei stad, daß niemand uns hört.«

Regina jedoch sprach ohnedies selten ein Wort.

In der lauen Jahreszeit hatte der Bach zwischen den Balken hereingerauscht, waren die Baumwipfel erst mit hellen Blüten, dann mit dunkeln Blättern und endlich mit scheckigen Früchten vorgehangen. Jetzt stand das kleine Fenster zu. Die vielen nackten Äste bildeten ein enges, schwarzes Gitter gegen den flimmernden Winterhimmel. Es war eiskalt. Die Stralzin unter dem Tuche schauerte oft zusammen. Und das Dirndel langte aus der Decke herfür und zog die bebenden Hände zu sich an die warme Brust, hauchte darüber und küßte sie. Durch die Dunkelheit blickte eins das andere an, und es ging solch ein Trost von dem guten Kinde aus, daß Frau Constantia ihr

scheues, liebmächtiges, armes Herz weit öffnete, ingleichen sie nie zuvor und niemalen später getan hat.
»Meinst«, frug sie leise, »daß er noch lebt?«
»Ja«, sagte die Rögerl.
»Meinst«, frug sie, »daß er noch kömmt?«
»Ja«, sagte die Rögerl.
»O Dirndel«, seufzte Mutter Stralzin nach geraumer Weil ...
»fünfzehn Jahr, sechzehn Jahr mag einem nix an. Aber das Unglück paßt doch hinter unser. Guat Essen, schönes Gewand, ehlich Wohlstand und Freuden ... O Dirndel, und gächst treibt der da oben die Steuer ein. Er laßt keinen ungerupft. Merk dir's!«
Regina schmiegte sich noch tiefer unter die Federhüll. Eine stechende Angst vor dem Leben kroch in solchen Augenblicken wie ein böses Tier heran ... nahe, nahe. Sie spähte ihm scheu entgegen. Undeutlich rahmte sie der Schatten ihrer braunen Zöpfe. Das Gesicht war nur ein blasser, freundlicher Schein. Aber Mutter Stralzin sah viel mehr, als die nachtgraue Finsternis erlaubte, sah, wie Regina langsam hellauf blühte in rosichtem Flaum und allen Sehnsüchten und Wonnen entgegenbebte, welche von ihr selber schon stille, ganz stille abfielen.
Oh, sie labte sich manchmal an solch knospender Jugend und spürte wohltätig die weiche, innige Wesensart und wartete oft unbewußt, bis der kleine, herbe Mund sich wiederum auf ihre Hände preßte.
»Hast ihn gern?« frug sie dann.
Aber das Dirndel schwieg.
Merkwürdig. Jährlich im Advent kam der schwermütige Zufall über die Frau Mutter. Sie zwang sich wohl und legte sich abends neben ihren Eheherrn. Und schlief ein wenig. Mochten drei oder vier Stunden vergangen sein, urblitzlich trieb es sie doch zur Rögerl. Und das Kind sprach nie ein unbeschaffenes Wort. Es spreizte geduldig die Lider und horchte, wie bitter sie Himmel und Erde anklagte und aller Geschenke vergaß, welche ihr belassen worden, und umwillen des einen haderte, was ihr Gott genommen hatte.
»Regina«, sprach sie zuweilen von Hoffnung belebt, »wie alt ist er jetzund?«
Aber es wandelte sich mit der Zeit ihr Denken. Und als zum

drittenmal seit dem Franzosensturm Advent wurde, da sagte sie traurig:
»Wie alt wär itzten der Bua?«
»Zwanzig fürbei«, sagte Regina.
Die Stralzin zog ihr den Deckensaum über den Hals, meinte trüb:
»Tua nit heiraten. Tua nit liaben! Ich hätt mein Lebtag wenig Zäher gebraucht, wann ich denselbigen Barbaratanz hätt auslassen ... Und wann ich in der Fronleichnamsnacht nimmer hinaus wär zum Nepomuk.«
»Warum?« frug Rögerl neugierig.
Doch Frau Constantia wischte sich mit dem Ärmel eine Träne ab und sagte:
»Ach nix!«
Nun getraute sich das Dirndel nicht mehr zu fragen, studierte dafür fleißig über diesen kuriosen Ausspruch, und es fiel ihr eine Geschichte ein, welche seit langem durch die bösen Mäuler ging ...
»... Über den Tauern ...«, redete Mutter Stralzin ... »über den Tauern scheint alleweil ein roter Stern. Nach derer Seiten, sagen sie, liegt das Tirolerland. Hab tausendmal hingespäht, gebetet und geweint. Der Bub ist denner nit heim. Sie werden ihn erschossen haben ...« Dann neigte sie ihren Kopf noch tiefer und hub zu murren an: »Oh, die Kaisern auf dem göldenen Thron befehlen den Kriag. Haben kein Herz nit. Und Gottvater in der Ewigkeit schaut gleichgültig zua.
»Der Matthäus ist ja selber gangen«, trutzte Regina.
»Hast ihn gern gehabt?« frug Frau Constantia unterdrückt. Zumal sie keine Antwort bekam, richtete sie schwer atmend ihre schöne, volle Gestalt auf und zog die Hände von der warmen Nachtjacke.
»Jüngferl, du!« sprach sie zwischen Milde und Herbheit. »Weißt noch nichts. Ein Weib muaß viel überwinden. Und die Liab erweist sich nit im Bussen ... sundern in der Geduld. Die Mannsleut haben einen strengen, oft gar grausamen Tuck. Sie sind hart wie Stein und schwer zum Überbringen. Sind allsamt gleich: Herrgott, Kaiser, Künig, Graf, Stadtherr und Bauer. Sie tun wohl Kirchen bauen; aber beten soll mehrest unsereins. Sie wollen ein Kindel haben, aber tragen muaß es die Muatter mit ihrem Leib.«

Regina lag mit weitoffenen Augen und horchte. Ein Ächzen mühte sich zag aus ihrer Brust. Sie war noch so jung, so arglos und einfältig, und verstand die Erbitterung der Mutter Stralzin nicht. Und wie der Mensch über ein fremdes Leid so gern mit großen Beispielen hinwegtröstet, so versuchte auch das Dirndel ernsthaft eine Belehrung, setzte sich jählings auf und sprach:

»Freilich, sogar die heilige Maria hat ihren Jesus tragen, zuerst lebendig und zuletzt tot.«

»Und ich ...!« trutzte die Stralzin, »keine Leinwat aus meinem Kasten hab ich breiten können auf die Bahr, keinen Buschen ... nit einmal einen Weihbrunn mag ich ihm zum Grabel bringen. Ich weiß mich nichts schuldig, daß ich eine solche Straf verdien. Hab meine Freundschaft, mein Haus und Leben in der Früah und auf den Abend den Engeln und Patronen unterstellt. Hab keinen Bettler von der Kuchelbank gestoßen ...« Es kam ihr das wilde Knappenblut mählich zu brennen. Sie schaute vom Dirndel weg. Ihr Kopf hob sich starr und schwarz gegen das geästelte Gatter und das grünliche Sternlicht ab. Sie stieß die Faust auf und knirschte mit den Zähnen ...

»Ja ... die Wucherer, die Truden, die Ehebrecher und schlechten Menscher, die greift *Er* lind und gütlich an. Aber ein Leut, was sich der Gottesfurcht befleißt, das peinigt *Er.* Soll nur peinigen! Soll nur zuschlagen, *Der* da oben. Ich halt schon stad. Aber knien tu ich nicht vor *Seiner!«*

»Frau Muatter!« bat Rögerl und schüttelte ihr den steifen Arm ... »Nit, *Er* hört Ihnen ja.«

»Wer?« frug mechanisch die Stralzin. Dann schwiegen sie.

Es war kalt. Silbrige Kristallfunken setzten sich an den Rand der Glasscheiben. In der Diele peckte der Holzwurm. Manchmal rutschte das Umhängetuch eine Spanne weiter. Und Regina griff unvermerkt durch das Dunkel, langte nach den kalten Händen und fand sie nicht.

Es milderte sich zufolge solcher Ausbrüche aber doch die Verzweiflung der Stralzin. Sie rieb sich, nach etlichen Minuten vielleicht, mit dem Ärmel über die Augen und sagte wie zu sich selbst:

»Weil's wahr ist ... Hat mich niemalen gereut, das Heiraten. Kennt eh nit Rast und Ruh so ein armes Frauenzimmer, bis es seinen blauen Himmel und sein rotes Fegefeuer hat ausgekost'. Wirst es annoch spüren, Rögerl. Und doch bleibt der Mensch einletz. Merk dir's. In vollen Säften glaubt es keine nit. Aber nach dem ersten grauen Haar tut's einem wie vor dem ersten Bussel.«

»Wie denn?« frug Regina.

Frau Constantia schaute lächelnd in den feinen, leuchtenden Rund, der ihr Gesichtlein war; sagte langsam: »Der Mann geht seine Wege. Die Kinder wachsen hintan.«

»Und 's kleine Büaberl?« mahnte die Dirn.

Frau Constantia stand auf. Und vom Kirchturm schlug es drei.

»Magst noch ein paar Stunden schlafen«, sprach sie im Gehen. »Drah dich geschwind um, sonst wirst nit munter zur Rorate.«

Alsdann kam sie noch einmal an die Bettstatt und gab dem Mädchen ihre Antwort zu wissen. »Wart nur! Das kleine Büaberl wird schon größer werden. Wird seinen Willen und Tuck schon zeigen. Das ist bei den Mannsbildern der Brauch, füraus bei den Stralzen!«

Die Rögerl lag hellwach. Kreuz und quer schossen die Gedanken durch ihren Kopf. Es mußte ihr ja alles noch absonderlich sein. Und obzwar sie sich einbildete, Leid und Leben also zu sehen, wie ihre Ziehmutter es erduldet, erlitten und beredet hatte, so faßte sie in Wirklichkeit nur ein Geringes hievon, soviel eben das brave, kindliche Herz in seiner steten Hülfsbereitschaft erfassen konnte. Eine süße Melancholie beschlich sie oft in der Einsamkeit ihrer Dachstube. Sie erinnerte sich lebhafter denn je der kümmerlichen Freuden, des Hungers, der frühen Ängste. Und mit einer wahren Lust wühlte sie die bösen Reden auf, welche sie einmal gegrämt hatten, die Rutenstreich, die unerfüllten Wünsche. Sie wog nicht zwischen den Dingen, ob sie leicht oder allzu schwer, trostlos oder nur unbequem waren, sondern häufte sie sammentlich, bis sie wie ein großer Berg erdrückend auf sie zurückfielen. Denn Regina wollte traurig sein! Wollte sich der ganzen Welt und ihrer selbst erbarmen. Es ging eben in die Zeit, wo ein Jungferl anhebt zu schmachten. Eine unsägliche Sehnsucht nach Lieb und Weichheit gewitterte in ihr. Sie lag und streckte die Arme weit aus, nachdem die Pantoffeln der

Constantia Stralzin die Treppe hinabgeschlürft waren; sie rührte die Lippen, um zu rufen. Und schloß sie wieder. Und bohrte die Augen groß in die endlose violette Nacht, wartend, wartend, ob etwas käme, damit sie nicht allein sei.

Darf nicht verschweigen, was die Dirn in solch beschaulichen Stunden sich ausmalte ... Sechs schwere Schimmel mit gelben Schellkränzen, so dachte sie, mit kostbar beschlagenem Kummet, fliegender Mähne und gezopften Schweifen werden die Schlittage ziehen. Und die Schulfratzen laufen hinterdrein. Etwa schon morgen. Und der Blasel tritt ins Tavernentor. Und der Herr Vater tritt ins Stralzentor und fragt den Herrn im samtenen Polstersitz, im roten Fürstenmantel:

»Was wöllen S'?«

»Die Rögerl!« spricht derselbe. Und sie steigt ein.

Oder ... so dachte sie ... es eilt der Pfleger von Gstatt urblitzlich durch das Dorf ... Deutet. Winkt. Und sie hat kaum noch Zeit, eine frische Schürze umzubinden. Wer wird im Schloß sein? Richtig! Er hat sie nicht vergessen können. Und gewandet in das Purpurkleid, was die Kaiser haben, rufet er sie zu Gotthardis Stuhl. Und schämet sich ihrer nicht. Er läßt kein anderes sonst in die Stuben. Sie muß ihm mit dem Fingerspitz die brandige Wunde entblößen. Sie hört ihn wispeln:

»Kleine Mamsell.«

Nein ... es hat sie ihr Lebtag niemand gekoset ... Vater nicht, Mutter nicht und die Geschwister nicht. Wann kömmt er? Heut ... oder nie? Sind mit Schwert und Roß und Wagen ins Russenreich, müssen erfrieren, meint der Stralz, der Veit und noch ein paar, die Zeitung lesen.

Halbwach lag sie und horchte ... Es schluchzte, es zitterte ihr scheuer Mund nach ihm, so sehr, daß ihr unschuldiges Herz erschrak. Sie drehte sich mit einem Ruck gegen die Mauer, schupfte die Achseln hoch und fuhr mit der Decke über die geröteten Ohren, daß am unteren Ende die nackten Zehen hervorblitzten. Aber sie überwahrte es in mild zunehmender Traumseligkeit.

Niemand möge erschrecken, wenn ich die Wahrheit vollends sage. Die kleine Regina hatte den Obristen lieb und hielt ihn nach und nach für den Kaiser Napoleon; und diese Meinung teilte und pflag manniger zu Öblarn. Wollet selthalb nicht erbosen. War kein Verrat. Ist einzig und immer die kindhafte Gläubigkeit des Volkes, welche zwischen der Dämmerung ihr Märchen verlangt. Ja, die! Weil ein landsfremder, siecher Mann zuletzt noch gnädig wurde, wie bereit ohne Zaudern ist unser Gemüt, zu salben, zu krönen! Dichtet aus weißen Strahlen einen Glorienschein um die grauen, traurigen Male von Sünd und Seuch.

Schmälert ihn nicht! Es mag dem armen Mann solch einfältiger Dank vielleicht durch ein Stündlein Ewigkeit gelinde sein. Aber lächelt nur! So sind wir: immer voll Phantasie, nicht uns, sondern dem Unbekannten, Unbegreiflichen vertrauend. Und wann nichts uns geholfen hätte, wann ein Wunder durch unsere gottgeschaffenen Kräfte geschehen ist ... Auch dann ...

Item, wir schreiben es bescheiden dem Teufel zu!

Als Regina kurz nach dem Aveläuten in den Unterstock ging, standen bei der Bubenkammer schon die zwei Brüder und sprachen sie gleich um das Frühstück an. Denn seit ein glatter Schlittweg war, mußten sie zeitig zu ihrem Fuhrwerk. Und eben als Markus die Stallaterne anzündete, klopfte draußen der Veitkramer, einen Pack Ware schleppend, nämlich Stockzucker, Zibeben, Weihrauch und etliche Gewürze, welche die Bäuerinnen für die Feiertage bei ihm bestellt hatten, trotzdes man noch die ersten Tage Dezembris schrieb. Für zwei Batzen oder, wann der Hausierer nobel war, für ein verschossenes Halstüchel und eine Handvoll Gerstenschleim banden sie gern jeden Tag einen Viertelzentner auf die Schleipfe, zumal sie bis auf die Öd innerhalb der Groß-Sölk leer ging. Nur heraus hatten die Buben schwere Last, sage vier oder fünf massige Bloche Servitutsholz. Der Herr Vater vertraute auch nur dem Ältesten ein Roß an. Lukas, welcher diesen Winter erst ins sechzehnte Jahr ging, Lukas mußte mit dem Ochsen fahren.

Der ebene Weg über das Moor war ein wenig schneelicht. Auf der Schönau reihten sich geduckt die Weidenstümpfe. Manchmal stellte sich der Hund und heulte sie an. Allein diemals er schon alt war, zog er bald knurrend den Schweif ein und hinkte auf seinen gichtischen Beinen in der blinkenden Schlittspur weiter. In den Edlinger Bauernhöfen sowie beim Einöder glimmerten schon die Stallfenster. Hähne krähten. Hinter dem Moaren zu Bach kam ihnen der junge Neu-

per entgegen... drückte sich still an den Zaun. Wie er jedoch die beiden Stralzen erkannte, sagte er keck, daß er wär beim Schiestel gewesen, dort sei eine Stute, jede Stund zum Füllen.
Da lachte der Markus laut und schlau:
»Sorg dich nit, Ferdel. Haben mich gestern hinzugerufen, daß ich beihülf. Ist ein starker weißer Tutter.«
Der Hohlweg durch die Hachern war frostig und finster. Auf dem Gatschberg zeigte sich der Rand des Himmels schon blaß silbern. Doch erst nach einer guten Stunde, als sie gerade die Mitte zwischen dem Schlagergut und dem Geisterstadel hatten, hob sich über das Gumpeneck groß und kalt die Sonne. Es wurde ein schöner Tag. Das Pferd griff wacker aus und stieß weißen Dampf in die schwingende Blauluft. Etzliche Klafter im Abstand strampfte das Öchsel mit steifen Hachsen. Manchmal riefen sich die Brüder von ferne ein Wort zu. Erst beim Ödwirt, wo jeder seinem Vieh einen Sack Heu und ein Schaff Wasser fürsetzte und hienach den eigenen Magen mit Speck und Kornbrot speiste, entspann sich zwischen ihnen ein Gespräch. Solches heißt, sie stritten, weil Lukas beim Umdrehen eine Anze lädiert hatte. Es war jedoch insofern der Schaden noch glimpflich, als die Stange nicht gänzlich entzweigebrochen war und sich sogar für den starken Zug der Blochfuhre zäh erwies. Freilich, bis sie wieder in die Groß-Sölk zurückkamen, mußte sie der Schmied notig zusammenklampfern. Und die Zeit rückte tief in den Nachmittag, als die Buben endlich weiterwerkten.

Markus, dem Leichtsinn, Unbedacht und Säumerei gar verhaßt waren, blickte grausig in sich hinein, nannte seinen Bruder öfterweis einen Teppen und trabte mit dem braunen Wallach stetig und still füraus, als ging' ihn das armselige Fuhrwerk da hintenbei in alle Ewigkeit nichts mehr an. Lukas war auch wirklich bald allein. Er klopfte wohl mit dem Geißelstecken an den steifen Rindsbuckel, schimpfierte und schalt eine Weil... kraulte ihn letztlich; aber indem bei einem echten und rechten Öchsel weder Zorn noch Lieb etwas vermag, ließ er dem seinigen also freien Willen und trieb auf dem gewohnten Weg allerhand Kurzweil, sage... er lupfte den Schnee ab, wo ein Baum sich mit breiten Ästen überneigte; er foppte die Geier und die Krähen und die Füchs mit ihrem Lockruf. Und im Graben, wo eine Bauernmühle stand, da stemmte er ein Brett quer durch die Fluderrinne, daß weitum das Wasser spritzte und über Nacht in possierlichem Getropf vereisen mußte.

Gar eilends verdämmerte der kurze Tag. Der Mitterberg war schon schwarzgrün unter dem abfallenden Gelb des Westens, die Tauern nur ein kleines besonnt, das Tal ohne Farben.

Plötzlich kam von der Hachern der Hund angesatzt, keuchte, winselte und leckte ihm mit schnellender Zunge den groben Fäustling ab.

»Brav, Mohran«, sagte Lukas mit seiner hellen Stimme durch die einsame Landschaft . . ., »bist ihm durchgegangen, meinem Herrn Bruadern.«

Aber undanks verschwand das Tier . . . tauchte heulend wieder auf und gebärdete sich dermaßen noch ein paarmal, sodaß Lukas sich flüchtig dem Gedanken hingab, ob es im Bergwald etwan der Fährte eines Wildpretes habe nachgespürt. Schon nahe der Senkung, wo sich die Straße gegen den Schiestelhof wendet, sah er, wie der Hund an einem Mannsbild hochsprang und gröbbisch ward zurückgestoßen. Vermeinend, es wäre der Neupersohn, rief er ihm von der Weite schalkhaft entgegen:

»Grüaß dich, Ferdel! Wo gehst nachher heut hin . . . Stuaten schaun?«

Doch der andere gab dem armen Mohran einen Tritt und sagte:

»Geh weg, du Luder!«

Itzt erkannte Lukas, daß es ein Fremder war. Er pfiff . . . gell . . . fein . . . hohl . . . hoch . . . falsch, pfiff in allen Tonarten und Registern. Der Hund blieb mit eingezogenem Schwanz auf dem Orte stehen, wohin der Lotter ihn gerannt hatte, und wich keinen Zoll, als das Fuhrwerk nahe fürüber schleifte. Der Bub schnalzte zurück, drohte ihm Hieb und Totschlag an. Schließlich trat er knietief in die Schneewehe und zerrte ihn beim Halsstrick neben sich her. Mohran winselte wiederum erbärmlich. Und der Mensch im Dunkel warf ihm eine Brotrinde zu und redete halb abgewandt:

»Der hat eine guate Nasen.«

»Oh, daheim . . .«, gab Lukas ehrsam zur Antwort, »kriagt er Darm und Beiner gnuag. Er tuat glei' gern betteln.«

Der andere sagte:
»Ich geh ein Stuck mit dir.«
»Wannst eh von unt aufer kommst«, sagte das Bürschel.
»Das kümmert dich nix.«
Alsdann gingen sie stumm selbzweit, jeder in einer glatten Spur, jeder scheel und vorsichtig den andern messend. So viel sah Lukas, daß der fremde Kerl keine Socken unterm Schuh und kein Hemd unter dem Röckel trug. Gänzlich verwahrlost, das Gesicht und die Hände voll Dreck, so stapfte er, nach Art groß gewachsener Leute ein wenig übergeneigt, immer mit viel zu mächtigem Schritt für die langsame Bewegung des Ochsen und der Schleipfe. Je öfter der Bub zu ihm aufspähte, um so seltsamer wurde seinem Sinn. Und wie beim Moaren zu Bach ein Licht, rostrot und schmal, aus der Spinnstube schien, da verlor er für einen Augenblick jegliche Schätzung der Zeit und der Umstände. Wie ein Traum, schon einmal erlebt, schlug es um ihn zusammen. Hub dort an, wo es aufgehört hatte vor drei Jahren ... In der Gumpen, beim Brünndel ... Hat er das Griesengeld verlangt, dann sind sie niedergewaten vom Kar bis zum Schröcken ... wo nur die Weiber sich sehen ließen.
»Matthäus!« sagte der Bub unter jähem Blick. Das Herz schnellte zwischen Erstaunen, Freud und Vorwurf. »Matthäus«, sagte er noch dringlicher, »du hast dir schön Zeit lassen mit dem Heimgehn.«
Es war wirklich sein Bruder. Allein er gab sich nicht zu erkennen, machte ellenlange Schritte und pfiff eins. Mit gesenkter Schnauze folgte der Hund seiner Spur, und Lukas streckte den Arm nach ihm.
»Die Muatter wird greinen, gfreu dich«, lachte er unsicher. »Sie paßt ohnedem schon hart auf dich. Muaßt aber vorab dem Markus sein Gewand anlegen, verstehst?«
»Was hast gesagt?«
»Die Muatter wird greinen ...«, fing der Bub neuerlich an. Plötzlich gab er dem Matthäus einen freundschäftlichen Renner und schimpfte. »Geh, tua nit so gschert. Vor deinem Bruadern brauchst dich auch nicht schamen.«
»Bin ja gar nit dein Bruader«, entgegnete der andere lax und langsam.
»Nit?« frug Lukas.
Der Leib unter dem schleißigen Rock fiel sachte ein. Frost-

gedunsen, mager lag die Hand über den Kragenknöpfen. Weit flatterten die Ärmel im schneidenden Ostwind auf. Nach etlichen Minuten frug das Bürschel beklommen:
»Bist es richtig nit? Tatsach, Ehr und Seligkeit?«
»Na!« gab Matthäus rauh, fast schreiend zur Antwort und packte ihn beim Gelenk, daß es krachte.
Lukas beutelte sich ab und sprach etwas eingeschüchtert:
»So einen Angriff hat der Unsere auch gehabt!« Und er begann von Matthäus zu erzählen, des strotzenden, wildkecken Übermut er noch immer kindlich verehrte und des Bubenstück er in der Erinnerung zu wahren Schaudertaten ausschmückte, gar ähnlich dem grausigen Beispiel, was Ritter Golo zu geben pflag, Ritter Blaubart, der Türkenkaiser Soliman oder der bayrische Hiasel.
Sein großer Bruder horchte stier in den violettlich blinkenden Schnee. Dann sagte er:
»Das ist gar nichts. Da haben wir im Krieg anders zuadroschen.«
»Der Unsere«, gab Lukas wieder ehrsam zur Antwort, »der Unsere ist auch dabei gewest ... In Tirol, mit dem vielberühmten Hofer hat er mitgetan.«
»Wer hat euch's denn gesteckt?« frug Matthias.
»Oh, niemand«, sprach das Bübel, »wir wissen es von selber.«
»Aso«, lachte der andere. »Seids ihr aber g'scheit!«
Lukas schnalzte dem Ochsen eins auf den breiten Buckel, zumal die Holzzage itzt unbeschwerlich bergab schleifte; sprach alsdann:
»Ja, die Frau Muatter sagt es der Rögerl. Und die Rögerl sagt es mir.«
»Und der Vater ...?« frug Matthäus.
»Oh, der sagt nix.«
Sumste der Lotter eine Weil, schlug die klobigen Absätze an die Bloche. Plötzlich murrte er:
»Für wen müassets fuhrwerken?«
»Für daheim«, schwatzte Lukas. »Tragt einen Bettel. Aber nach Epiphani dingt uns alle Jahr der Pfleger. Der ist nit schmutzig, gibt Samstag einen Viererbatzen Trinkgeld und zuletzt einen Silberzwanziger. Die meinigen liegen schön gezäunt im Mauerkastel, und auf die Nacht spekulier ich jedesmal, ob mir wer hat umgeruckt. Sieben Gulden, sechsund-

dreißig Kreuzer hab ich mir gespart, ohne das Griesengeld und die verschiedentlichen Bankozettel, so die Franzosen dortmals verschmissen haben.«

Irgendein häßliches Gefühl kroch dem Matthäus über das Herz. Er drehte den leeren Hosensack nach außen, daß ein paar steinalte Krumen vor den Hund flitzten, und sagte wie drohend:

»Da schau her.«

Lukas begriff die Bitterkeit nicht, eher die Gier.

»Ist eh schon lang der Kriag vorbei«, gab er verständig zur Antwort. »Möchst dir wohl eine Arbeit suchen. Ich kann dir etliche namhaft machen, die einen Knecht brauchen.«

Aber der andere schrie hoffärtig:

»Ein Knechtel bin ich nit!«

»Vielleicht ein Handwerker? Was für einer?« forschte Lukas ungläubig.

Er bekam keine Antwort.

Sie waren schon ein Stück übers verschneite Moor gefahren und sahen in der Nähe Öblarn. Der Hund bellte wieder die schwarzen Weidenstümpfe an, welche zwischen der Straße und der Enns die Parzellen abgrenzten. Den Matthäus befiel mit aller Macht das Heimweh. Und obgleich ihm jeder Fleck bekannt war, frug er:

»Lauter Streuwiesen, gelt? Wem gehören sie?«

»Da hintenbei«, explizierte Lukas, mit dem Geißelstecken weisend, »die erste ist dem Bader Gasteiger. Sonst ein grundehrlicher Mensch, schreibt sich aber Doktor. Ja ... Itzten schaust«, fügte er in seiner geweckten Art hinzu, weil er sich unbewußt des Gedankens nicht erwehren konnte, daß der andere doch sein Bruder sei ... »Ja ... dortmals haben ihn die Franzosen solang questiert, bis er ist geständig worden.«

Matthäus schnappte schon nach einem Wort; hätte gar zu gern erfahren, was sich des weitern ereignet habe nach seiner Flucht. Hundert Fragen blitzten durch sein Hirn. Er ging mit zagem Schritt viel müder als das Rind. Der Hunger rumorte durch den Magen. Alle Glieder peinigte die Sehnsucht nach einem frischen Strohsack. Sein freches Lügen und Leugnen ärgerte ihn. Er sah bänglich die grauen Dächer und Wipfel größer werden über dem blanken Schneerain. Zum Dorf war's keine Viertelstunde mehr. Da fing er an, mit dem inbrünstigen

Wunsch zu spielen, daß Lukas ihn noch einmal beim Namen nenne. Er bückte sich zu Mohran, tätschelte ihn und sagte:
»Ist krump und schäbig worden. Taugt nimmer zum Kälbertreiben.«
»Ja«, sagte Lukas. »Der Herr Vater liaß ihn ohnedem derschiaßen. Aber die Rögerl weint und bitt so viel wegen seiner, daß er uns frei erbarmt.«
Matthäus drehte aus alter Gewohnheit den hänfenen Halsstrick, redete hiebei lauernd:
»Was er für ein Kröpfel hat gekriegt.«
Lukas bezeigte auch ob dieser Bemerkung kein Erstaunen. Er plauderte, wie alle Menschen mit einem kleinen Gesichtskreis, im guten Glauben, der andere verstände ihn sonder Mühe, doch wie erwähnt, es geschah nicht vorsätzlich:
»Wird schon sein ...«, plauderte er. »Das tuat nit weh. Dafür die Gicht. Hiaz im Winter breit' ihm die Rögerl einen Kotzen hinters Haustor. Meinst, er ging schlafen, bevor sie geht? Da schwanzelt er um ihren Kittel und laßt keinen herzu. Bald sie wer angreift, beißt er ihn hinweg.«
»Pratzler du!« fuhr Matthäus auf.
»Wohl«, beteuerte Lukas immer wieder nickend.
»Früher hat er auch niemand weggebissen!« schrie der Große plötzlich ... Erschrak ... Blieb stehen im Schlittgeleis und wartete. Nun mußte der Bub sich umkehren und sagen ...
Lukas kehrte den Kopf nach ihm.
Merkwürdig. Es kann geschehen, daß ein Mensch sich der Larve eines Fremden mitteilt wie einem alten Freunde, ganz unwissentlich, selbstverständlich und vertraulich, daß er selber in die kleinsten Falten seines Lebens blicken läßt und doch verabsäumt, ihn beim Namen zu rufen, ihm zu sagen, daß er ihn kennt und lieb hat. So geschah es auch, daß der Bub längst durch das verlotterte Gewand sich triebhaft zum Herzen des andern getastet hatte, um so mehr, als es der Bruder war. Und in der einsinkenden Nacht, losgelöst von betrüglichen Bildern, einzig das Wirkliche empfand, jedoch nicht dazu kam, es festzuhalten. Er sagte:
»Ja ... früher hat auch niemand die Rögerl angerührt.«
»Und hiaz ...?« frug Matthäus steif.
»Weißt eh, wie die Gäst einmal sind! Wollen gern ein Bussel haben und scharmutzieren. Der Bäckenhansei sonderlich ist

ganz unselig wegen ihrer. Huckt beim Fluder und spielt ihr mit dem Waldhorn auf, bis ums Tagwerden seine Muatter daherreist und schreit: Hansei, du vernarrtes Dodei du! Kimm, Kipfelen und Semmelen einschiaßen.«
Matthäus gab einen Laut, halb Lacher, halb Schnaufer.
»Einmal«, so schwatzte der Bub weiter, »sind wir in den Garten und haben ihn verjagt. Und einmal sind wir raufend worden mit ihm. Aber auf dem nächsten Feierabend ist er schon wieder draußt geschlichen. Da hat der Markus stad den Ochsenzähm gepackt ...«
»Es kümmert ihn doch nix«, sagte der Lotter voll Hitzen.
»Mich ziemt«, wispelte Lukas fürsichtig und spähte rings in die Finsternis, »mich ziemt, er spitzt auf sie.«
Es war eine Weile kein Ton vernehmlich als das Knarren des Schnees unter den schleifenden Blochen, als das Gekeuch der Hundskehle. Plötzlich schrie Matthäus haßerfüllt:
»So ein grüner, papperlgrüner, spinatgrüner Lausbua!«
»Haben ihn freigesprochen am Großen Frauntag ...«, entgegnete Lukas mit einigem Stolz.
Fürbei blaßte das weiche Heimweh! ... Alle bösen Geister und Begierden waren aufgeriegelt, wortwörtlich alle sieben Todsünden. Mit dem Neid, diesem ewigen Kainslaster, hub es an. Seines Erbes ward er eingedenk und der Regina. Er hatte hieran nur flüchtig gedacht während der buntbewegten, gottverdammt fidelen Walz. Immer obenauf das wilde, unzähmliche Blut, keinem Meister pflichtig, ist er weit über Land gefahren ... im Sommer bloßfüßig und im Winter mit erbetteltem Schuh. Fand sich mancherorts ein dummer Wirt, den er um die Zeche prellte, ein schläfrig Bäuerl, was er beim Kartenspiel betrog, fand sich bald ein herfeiles Mensch, welches er halsen durft ohne Sakrament und Schwüre. So ist er drei Jahr lang in der blauen Herberge Gottes gar viel schuldig blieben, sage die Lieb, die Lust, das Brot, den Wein, den Tag, die Nacht und die Kleider bis zum ärmsten Fetzen. Doch er duckte sich nit! ...
»Und wem gehört die zweite Streuwiesen?« frug er, nunmehr völlig fremd.
Itzt schaute Lukas! Maß ihn entrüstet seiner ganzen Länge nach und rief:
»Du! Fürn Narren halten magst einen Kasperl. Mich nit.«

»Aso...«, brummelte Matthäus gleichmütig, »du bildest dir annoch ein, daß ich dein Bruder wär.«
»Und du bist es denner wohl«, bemerkte der Bub, unsicher ob dieser frechen Lüg.
»Wurd euch passen!« schrie der Lotter. Insgeheim dachte er: Mich krieget ihr nit marb und klein. Söllt ich etwan zusehen, wie ihr vor meiner den großen Herrn aufspielt; du mit deinen Silberzwanzigern und der andere mit seinem Gesellenbrief. Söllt noch einmal ein hundsgemeiner Lehrbub werden und hab dem Andreas Hofer als freier Schütz gedient bis zu seinem letzten Schritt im Land Tirol. Einem Fleischknecht parier ich nimmer! So sann er.
»Warum leugnest?« schalt Lukas eigensinnig. »Wir hätten uns baß gefreut.«
Statt jeglicher Antwort fing Matthäus zu sumsen an. Er schlotterte mühselig gegen den scharfen Wind; und die Bitternis seines Herzens fraß sich noch tiefer.
Die Freud wurd euch schon vergangen sein, sinnierte er. Freilich anheut spendierst mir vielleicht ein Batzen aus deinem Mauerkastel, du geiziges Wucherjüdel, du. Und der andere leiht mir eine bessere Hosen. Aber was nachher, wann ich euch morgen ins Gesicht schrei, daß ich auf eure Gnaden pfeif, weil alles rechtmäßig mein gehört. Was nachher... wann ich alsdann die Rögerl auf die Seiten bring. Würd euch liaber sein, ich wär verreckt!
Er blieb zurück. Der Hund blieb zurück. Lukas sagte warm: »Komm, Matthäus! Geh heim.«
Will schon kömmen, trutzte derselb, doch nur in Gedanken. Einmal, bald ihr's zum wenigsten verhofft. Itzt hab ich noch Löcher unter der Achsel vom Biß der Ungeziefer. Und die Muatter gäb mir das schlechteste Rupfenzeug, weil ihr leid wär um ein habernes Leintuach. Der Vater ließ mich wieder beim Knechtstisch fressen. Und der Rögerl grausert...
Will schon kömmen. Dermaleinst. Mit Geld und Ehren.
Itzt aber müßt ich hinfallen... mit flehentlicher Hand... weh- und demütig wie der Sauhirt im Evangel. Itzt müßt ich kuschen. Pfui Teufel; so eine Letfeigen bin ich nit!
Stumm und mißtrauisch schielten sich die Brüder zu. Jeder spekulierte, auf kluge Art dem andern beizukommen und ihn nach seinem Willen zu biegen, insonderheit Matthäus. Mür-

risch überblickte er den kurzen Weg vor dem Dorfe. Widersinnig arbeiteten seine Gedanken. Ein wahrer Sturm durchschüttelte ihn. Es glitt ihm die Faust vom Rocksaum, daß die Nacht an seine bloße Haut rieselte. Er stieß den armen Mohran von sich und sagte laut:

»Zarr mich nit. Ich laß mich schon laden zu Tisch und Bett, aber dein Vater wird keinen Dank wissen, wann du statt seinem Sohn einen wildfremden Zottel bringst.«

Sie gingen ein Stück hinter dem Ochsen, item bis zur Schönau, welche den Stralzen gehört. Da fuhr er wieder auf:

»Ja, glotz nur, weil die Hadern fliegen! Euch Bauern freilich schneibt es auf Neujahr ein neues Gewand. Aber der Hofer hat nit Zeit gehabt, daß er einen Schneider auf die Stör nimmt. Wir Schützen haben keinen Lohn. Auf der Weid kampiert, im Dreck geschlafen, keine Stund vor dem Sterben sicher. In zween Monat hab ich mehr gewagt wie ein gescherter Öblinger sein Lebtag. Ich subordinier mich nit!«

Nachher ist er's doch, dachte Lukas, gab sich, von der hoffärtigen Rede beleidigt, eine stramme Haltung und sagte:

»Gar so haasen ist's selm auch nit hergegangen, wie mich der Franzos gepackt hat. War kein Kinderspiel ... das Maulhalten.«

Itzt stach den Großen doch die Neubegier. Er sagte:

»Hat dich einer ausgefragt?«

»Nit einer! Zween und drei!«

»Warum denn?«

»Ja. Zuweg euch Flagranten halt.«

Matthäus hätte gern noch mehr gewußt, fürchtete jedoch, sich durch ein voreiliges Wort zu verraten, und sprach langsam:

»Du mußt mir die Geschicht vom Anfang an verzählen, sonst kapier ich sie nit.«

»Ah freilich«, kicherte Lukas und schwieg sonach pfiffig, indem er der festen Meinung war, der Kerl wisse den Anfang selbsten.

»Ist allemal so bei Pratzlern und Aufschneidern«, reizte dieser gespöttig. »Zuvörderst schwefeln sie, was Platz hat. Und urblitzlich geht ihnen der Faden aus.«

»Du!« rief Lukas, und sein straffes Haar stund geberg unter der Pudelhaube. »Ist Tatsach wahr. Im Erdäpfelkeller bin ich drei Täg gesessen. Mit Justiz und Hinrichtung haben sie

mich geschreckt, weil ich's nit hab sagen wöllen. Dem Pater Justus ist völlig schiach geworden. Und der Göd hat mich nachbei alles geheißen, sogar einen Esel.«
Matthäus, der sich vieles noch nicht reimen konnte, frug erstaunt:
»Der Pater Justus? Ist er da gewest?«
»Haben ihn zu Hülf gerufen«, sagte der Bub. Und jählings sagte er: »Kennst ihn?«
Der Große brummte was für sich hin, konnte ja oder nein bedeuten. Wie spielend schob er eine Knolle Pferdemist im Schlittgeleis, zog den Rotz auf und sprach:
»Vorfärcht im Hirest bin ich nach Admont gereist mit einem Büabel vom Andreas Hofer ... Was ist dort für ein hohes Gebäu mit den hellichten Fenstern?«
»Gstatt ...«, antwortete Lukas ziemlich benommen, zumal seine Gedanken einen Augenblick stillstunden. Matthäus merkte solches gar wohl und nutzte es seiner Absicht.
»Mir geht die Geduld aus«, sagte er frech. »Erzähl, ich muß ehzeit umdrahn.«
Und ganz von heftiger Empfindung beherrscht, ihn zu halten, sprach der Bub willig:
»Der in der Mitten, so munkeln sie im Dorf, wär der Kaiser Napoleon gewesen. Rechts ein paar Rothosen, links ein paar. Wir haben sie mehrest nit verstanden. Aber der Lebzelter von Gröbming spricht es anheut noch aus, daß der schwarze Kund neben seiner ein größeres Mistvieh war als die anderen sammentlich. Der Bader hat es auch gespürt und ist ihm an die Gurgel.«
»Wieviel sind euer im Arrest gehuckt?« sprach Matthäus mit einem Lacher.
»Oh, ein ganzer Schock, vorab der Pfarrer, arg vastiert ...«
»Und der Schulmeister und die Studierten halt ...«, setzte der Kerl verächtlich bei. »Kenn schon die Leut, was eine Brillen haben auf dem Nasenbein und ein Kistel Büacher unter der Bettstatt. Hupfen über keinen Zaun. Wunder mich über euern Bader nit, indem er ein Doktor ist.«
»Der Gasteiger«, sagte Lukas, »ist mit Fleiß und Willen in Haft gangen. Gleicherweis der Herr Vater.«
Itzt war der Lotter doch ein wenig paff. Er sagte langsam: »Ja, weshalben denn?«

»Zuweg dem Krawall.«
»Krawall ...?« frug Matthäus unschuldig ... »Mit dem Feind?«
Der Bub kam mehr zu sich, stellte sich aber dumm und sprach: »Den Herrn Vatern hat's nit gelitten daheim. Er wollt Schußgeld und Schaden zahlen für uns drei Buama.«
»Habts gewildert?«
Da lief dem Kleinen die Gall über sowie eine mächtige Ration Schalkerei und Bosheit.
»Es war grausig«, sagte er ernsthaft wie ein gezahlter Totenwachter. »Der schwarze Kund hat die Öblinger verurteilt zu Pulver und Blei, nur den Bader zum Galgen. Und vor dem Schloß haben sie den ganzen Haufen aufgestellt in Reih und Glied, und jeder zweite ist ums Leben kömmen.«
»Geh, hör auf!« sagte Matthäus heiser. Und sintemal er die Franzosen genugsam kannte, bedeuchte ihm die Sach wahrscheinlich. Vom Hunger, von seinen rednerischen Gaukeleien müde und an sich von oberflächlicher Denkweise, prüfte er weder die eigenen noch seines Bruders Widersprüche. Auch war er den dörfischen Ereignissen völlig fremd. Und was nicht vergessen sein soll, er war trotz äußerer Roheit ein guter Mensch, trotz Laster noch ein wenig kindhaft in der Auffassung und dem Gewirr und Gestrick, so ihn vielfältig an diesem Abend einspann, nicht mehr gewachsen.
»Wen hat's 'troffen?« frug er nach einer Weile bedrückt.
»Kennst es ja nit«, entgegnete Lukas pfiffig, und sich baldigst ein Geständnis verhoffend, setzte er hinzu: »Wären alle zu retten gewest, wann ich den Unterschlupf hätt angegeben.«
Matthäus kratzte seine Läuse ab und seufzte. In den Ärmelfetzen fing sich der Wind. Ein gelber Soldatenknopf sprang ins Dunkel ... Das lange Haar wurde bereift.
»Was für einen Unterschlupf?« frug er falsch, jedoch völlig matt.
»Auf dem Gumpeneck.«
Kreuz dividomine! Frug der Dickschädel bei aller Herzensschwere noch verstockt:
»Wo ist das Gumpeneck?«
»Dorten!« sprach Lukas und deutete mit dem Geißenstecken auf den Grimming.
Item, da zeigte sich offenbar, daß der Bub fürsätzlich seine

schlechten Späße trieb. Dem Matthäus fuhr beinahe die Hand aus. Das Blut schoß ihm gegen die Schläfen vor Scham über solch batzenweiche Angst, welche er letztlich bekundet hatte. Er bog das Genick wie ein Stier vor dem Sprung. Ging still und schwieg. Gespenstisch schwangen sich die Pappeln an den Sumpfsäumen. Ein paar neue Sterne zitterten durch die Himmelsweite. Itzt steilte sich sacht die Straße bis zum Wetterkreuz, zwischen den Feldern des Schröffel und des Torbäcken. Es war überall schon Umfried der Heimat, die Ruhe der Erbsassen, es war das Gleichmaß eines eng begrenzten Lebens mit vieler Arbeit und wenig Leidenschaft, ganz in sich selbst gefestigt, ganz verschlossen.

Matthäus hatte niemalen so stark gefühlt, daß er ein Lump war. Der Neid gegen seine Brüder wurmte ihn, entflammte ihn wie Kain, und der Rauch seines Herzens schlug zu Boden. Er dachte in flüchtigen, unklaren Gedanken. Streifte nur des Buben Lodenröckel mit gierigem Auge, sah im Vorüberschreiten scheel die weißen Christusfüße, darunter den Opferstock und erschauerte für sich selbsten.

»Geh schneller!« sagte Lukas.

»Hab einen Schuahbletzen«, sagte Matthäus, den Kopf gewendet nach dem Wiesenrain, wo er gegen das Moor abfällt.

»Was siagst?« frug Lukas.

»Auf dem Feldkreuz eine Nachtauwel«, antwortete Matthäus wie vom bösen Geist besessen. Er meinte aber den Opferstock. »Reiß ich ihr den Bauch auf und pack sieben Batzen, nit mehrer! Setz sie beim Kartenspiel und gewinn sieben Silberzwanziger.«

Lukas sagte hart und selbstgefällig:

»Wär kommod. Aber vier schweinerne Säu sind mir liaber als vier papierene.«

Das traf den andern in seiner Bettelarmut. Einem Blitze gleich schnitt es durch sein Hirn ... und zündete. Es muß um der Gerechtigkeit willen gesagt sein, daß der Mensch nie so gut, nie so schlecht wird zufolge sachlichen, vernunftsamen Denkens, als wenn er einem plötzlichen Einfall folgt, der unheimlich alle Kräfte aufreizt.

»Du magst die Spiellust graten. Hast schweres Geld im Kastel«, sprach er lax.

Der Bub gab keine Antwort.

»Und schindest dir doch um schimblige Kreuzer die Füaß ab.« Lukas bockte finster vor sich hin.
»Freilich, den Kopf strapazierst du nit hiebei. Wer sich will einen Trumpf erhausen, der därf kein Hirnschmalz sparen.« Das Rind blieb stehen. Matthäus lehnte sich an den Zaun und sagte:
»Traust dich nit?«
»Traun tat ich mich wohl.«
»Kannst etwa nit?«
»Künnen tat ich wohl.«
»Nachher spiel einmal!«
»Spiel du!« rief Lukas erregt.
»Ehwohl. Und bald ich gewonnen hab, so paß ich morgen in der Öd auf dich und zähl dir die Moneten her.«
»Morgen . . .! Ist Sunntag«, rief der Kleine fast erleichtert. Das Öchsel stemmte sich und zog wieder. Der Hund schob bellend gegen das Dorf.
»Alsdann gült der Montag!« kommandierte Matthäus und reckte seinen Körper in den Wind, daß die Latten krachten.
»Ja«, sagte Lukas, ohne sich umzudrehen. Indes er bei der Freithofmauer ging, schrie der Bruder ihm nach:
»Auf dich ist kein Verlaß nit.«
Und seltsam. Es dachten beid an jenen nächtlichen Augenblick, da sie zuweg des Griesengeldes sich getrennt hatten.
Daheim warf Lukas das Zaumzeug hin und schaffte den Knechten, sie sollten das Vieh ausspannen und füttern. Er ging aber nicht sogleich ins Haus, sondern spähte durch das Fenster in die Gaststube. Der rot geblümte Fürhang ließ ihm nur einen begrenzten Blick. Item, er sah den Kramer, den Buglmüller und den Bäckenhansei hinter dem Tische. Nebenbei, mit dem Rücken gegen die Ofenkacheln, war die Frau Mutter. Sie hatte ein Strudeltuch voll Zucker ausgebreitet und zwickte mit der Zange die groß geklopften Stücke zu Bröcklein. Es spritzte weiß nach allen Seiten. Und Johannes rutschte zwischen den Haftelhosen der Männer und dem steifen, faltigen Weiberkittel behende um und klaubte der süßen Streu so viel in den Mund hinein, als er konnte fassen. Ebenitzt hatte der Bäck sein Bier ausgetrunken, und dieweil Rögerl den Krug aufhob, preßte er ihre Hand über dem Henkel und sagte was. Aber die Dirn riß sich hintan und ging. Und geschwind hüpfte Lukas

ins Vorhaus, um sie abzufangen. Wöllt in der Finsternis schon einen Ruf tun, als er, hinter ihr schleichend, den Hansei bemerkte. Da schwieg er säuberlich und lauschte.
»Regina«, sprach derselb, »ich spür es wohl, du verschaust dich in die Weiten und verhoffst dir einen, der nit kömmt.«
»Zu Öbling«, sagte sie keck, »ist eh kein Schöner.«
Der Hascher verstand sein Teil und sagte:
»Weiß selbsten, daß ich schiach bin. Entweders du wurdest es gewöhnt ...«
»Na weiter!« schnappte das Dirndel zurück.
»... oder ich müasset mich rar und seltsam machen ...«, meinte Hansei und mag hiebei gelächelt haben; man hörte es seiner Stimme an. »In der Früh hülf ich der Muatter backen. Zu Mittag fahr ich in die Buglmühl. Und nach der Suppen geh ich Brot tragen bis auf die Nacht; die graden Werktag herissel der Enns, die ungraden hausier ich drenten. Wär's dir recht aso?«
»Und auf den Sunntag?« frug Regina, hiebei nach der Seite horchend, wo Lukas sich versteckt hatte.
Der Bäck übte noch immer seine wunderliche Kunst, er hielt nämlich still, wann ein Mensch ihm weh tat. So antwortete er freundlich:
»Auf den Sunntag muaßt du wohl verlauben, daß ich bei dir bin. Wann draußen die Wahen ans Fenster drucken, ist die Kammer dusend. Es schneibt die Welt zu, und du vergissest, daß meine Beiner krump und vergraten sind.«
»Rögerl!« rief Constantia Stralzin durch den Türspalt.
Das Kind machte eine Drehe nach der Kellerstaffel hin.
»Komm schon.«
Aber Hansei nahm sie bei den Händen und wispelte:
»Du wärst eine Gute. Du hörest mir zu in der schönen Zeit, wann ich mein Waldhorn geberg in Wald und Almen trag. Da sahest du die Graselen hoch, die Türmelen kloan und die liabe Erden in Glori. Mich brauchtest ja decht nit anschaun.«
»Langweilig tat mir werden«, meinte zag das Kind.
»Kam schon Gesellschaft«, sagte Hansei warm. »Nach und nach wurd unser Stuben voll Heideln und Gatterbetteln. Kriagest Büabelen, kriagest Madelen zum Spielen. Runde, gesunde. Alle sauber. Ich tat schon beten, daß sie wachseten wie du.«

»Scham dich!« schimpfte das Dirndel baß entrüstet. »So was därf man ledigerweis nit denken. Ist eine Todsünd.« Rannte die Stufen hinab und schlug unten die Tür zu, daß es bumste.

Der Bäckenhansei ging mit knieweichem, gelindem Schritt wieder in die Gaststube. Er schämte sich wirklich. Doch er befand seinen inbrünstigen Wunsch nicht für eine Sünde, denn er war schon 33 Jahre alt. Die Rögerl ließ ihn warten; wohl eine Viertelstunde. Hat er sie verschrecket? Sie kniete, über die Pipe geneigt, eine Laterne ohne Licht beiseite, und merkte nicht, daß der Bierschaum vom Krug ins Tropfschaff und vom Tropfschaff auf den Stein floß. Es drängte sie das pure bittere Mitleid, dem armen Hascher recht vollzuschänken; und das Herz ward ihr buchstäblich immer schwerer, je länger sie den bösen Worten nachgrübelte, welche sie ihm gegeben hatte. Regina war eben anders geartet als ihre Ziehmutter, die Stralzin. Ihre Liebe glich nicht so sehr dem steten Herdfeuer, nicht der zähen Bergerde, darin ein Baum muß wurzeln vom Keim zum Tod. Ihre Liebe war . . . wie viele zitternde Funken, wie Blütenstäubchen, suchend im Dunkeln; wo eine Hand sich streckte, fielen sie hin. Annoch, da sie kaum das Leben spürte.

So stapfte sie letztlich mit tropfendem Schurz und nassen Fingern die Stiege hinauf und kümmerte sich um den Hansei, den Markus, die Zedlerischen Zwillinge, den alten Staudacher, den Bräuknecht Blasel, den Kaiser Napoleon und die übrigen Verehrer, sie frug sich ernstlich, wer ihr der liebste sei, und erwog, denselben zu ehelichen. Aber seltsam, nachdem sie einen gewählt hatte, gefielen ihr plötzlich die elf verschmähten. Und selbst, wann sie zu zwölfen sich freundlich betrug, erbarmte ihr immer noch der dreizehnte, welchem sie kein gutes Auge zeigen durfte, zumal er schon ein Hauskreuz hatte, so hart wie Stein und Bein.

So dachte die Rögerl gar mancherlei. Nur an den Matthäus dachte sie nicht, als Lukas jählings zu ihr herantrat und leise in ihr Ohr sprach:

»Er ist kömmen!« . . .

Innenbei surrte es von den Reden der Gäste. Ein paar Holzknechte stießen bereits ungeduldig die leeren Steinkrüge auf den Tisch. Der Bader und der Kurschmied, beid im Fensterwinkel, pflagen einträchtigen Diskurs über die Raritäten der

Heilkunst, schrien sich in ihrem hellen Berufseifer gegenseitig die Ohren voll und spritzten ihren Speichel dem böhmischen Hausierer ins Gesicht, der ihnen wißbegierig zuhorchte und trotzdessen nicht gewahr wurde, was für einer das liebe Vieh meinte und was für einer den Menschen. Letztlich wunderte sich Mutter Stralzin über den ungebührlich langen Verbleib. Sie nahm die Zuckerbüchse aus dem Schoß, legte die Zange weg und ging, das kommode Dirndel neuerlich zu rufen. Da schnalzte soeben der Drücker, die Regina spähte mit kugelrunden Augen zwischen Stock und Tür herein und sagte:
»Sollet schnell außerkömmen, Frau Muatter.«
Die Gäste lachten sammentlich und zwinkerten zum Kramer hin, maßen nach der Abendsuppe pünktlich seine Alte zufrug. Meist ließ er sich an solchem Vorzeichen genug sein und folgte Frau Constantien sogleich in die Flurdiele. Manchmal steifte er sich, bis dieselb ihn extra holen kam. Allein es geschah auch, daß er aus einem besonderen Tuck sich völlig widersetzte und bei seiner Ehegesponsin wollte den Herrn fürkehren. Dann krachte dieser Giftnigel in Person daher und gab ein grausiges Höllenspektakel zum besten, diejenigen Mannsleut betreffend, welche das närrische Gebar der Hahnen, Gimpel und Tauber hätten, sowie die armen Hausmütter betreffend, welche in Züchten hinter schandbaren Dirndeln müßten zurückstehn, und endlich die gute alte Zeit betreffend, dawo sie, die Kramerin, noch einen Anwert gehabt ...
Doch heut wartete der Kramer umsonst. Zumal überhaupt kein Weibsbild mehr den Kopf hereinsteckte, tat er seine Zechkreuzer auf das Strudeltuch und langte mit einem Seufzer nach dem Hut.
Die Mutter Stralzin hatte flockigen Milchreis gekocht und war sodann stumm in den Söller gegangen. Auf dem Stiegenabsatz hat Rögerl gefragt, ob sie den dritten Strohsack sölle füllen in der Bubenkammer; ist keine Weisung teilhaft worden. Erst später, bei der Himmelbettstatt, kehrte Frau Constantia sich nach den Kindern um.
»Lukas«, sprach sie heiser. »Hinter dem Ofen ist ein Kerzenstumpf. Streich ihn an.«
Der Rögerl gab sie den Schlüsselbund, dieweilen sagend:
»Sperr auf!
Zuöberst«, fügte sie bei, »zuöberst liegt das kleine Tauf-

hemd, alsdann die gehäkelten Fürhangspitz, alsdann, in zween Bund geschnürt, die blauen Polsterziechen; und zuletzt das Leintuch, was wir alleweil für den Göden brauchen.«
Das Licht flunkerte. Constantia Stralzin schüttelte Stroh und Federflaum. Steif, mit eiskalten Fingern reichte ihr das Mädchen ein Stück Bettzeug um das andere. Und der Bub erzählte ihnen sein Erlebnis, vieles wortwörtlich, einiges recht verworren. Er stockte hinwieder und zweifelte, insonders, wann sie eine jähe und dringliche Frage in seine Red warfen. Je weniger noch zu sagen blieb, je tiefer der Docht sich gegen das schmelzende Unschlitt senkte, um so rarer deuchte ihm alles. Frau Constantia war längst fertig und strich immer noch glättend über die Decke, als er schwieg. Regina maß ihn gar besinnlich von der Seite. Und während die Flamme knapp über seinen Nägeln hinzuckte, sagte sie:
»Weißt es sicher, daß er's gewesen ist?«

Dann gingen sie hinab. Markus stund beim Herrentisch. Er mißbilligte, daß sie sich leichtsinnig von den Gästen absentiert hatten, und schob seiner Mutter wortkarg einige Sechser zu. Der Bäck und Johannes hockten hinter dem Bader auf dem Fensterbrett, hatten den Vorhang weggezogen und die inwendigen Fenster geöffnet. Hierselbst war in grünem Moosanger gar lieblich die Krippe von Bethlehem mit Ochs, Esel, Schafen, Lämmern und Kühen. Blaue und rote Seraphine schwebten an Drähten, spitzten den Mund zum Jubilo. Aus Zweck und Hobelscharten geleimt, reihten sich Kugelbäume zu einer zierlichen Allee. Darunter sah man Hirten, aufrechten und schiefen Standes, eine übergroße Sennin mit dem Butterfaß, Bauern, einen Gupfhut und einen Stiegelstecken haltend, Jager, Hund, Schimmel und Rappen; platt auf der Nase lag die feiste Köchin mit dem Krapfenkorb, es folgte der Balbier, unter der rechten Achsel die Spritzen, unter der linken das Umbrell, hienach die Handwerker, sage Schuster, Schneider, Weber, Hafner, Nagelschmied, Kupferschmied, Klampferer; es kamen der Nachtwachter, ein Kapuziner im habitu Sancti Francisci, zwei Sternsinger, drei Anklöckler und solches Bettelvolk. Wollten alle hintereinander zum Heiland der Welt ihr Weiset tragen. Annoch schlief *Er* nicht auf dem Büschel Heu, was für ihn ausgestreut lag. Aber Joseph im gelbseidenem

Mantel hob die Hände schon gefaltet zum Dach. Und die Jungfrau Maria neigte sich und breitete das Fürtuch über dem Schoße.
Still leuchtete Hansei mit einem brennenden Wachsstock. Und das Kind klaubte die Zuckerstücke aus der Dose und tat sie an die beeiste Fensterscheibe, sodaß mählich putzige Hügel und fein gezackte Berge wurden, schneeweiß und silbern, wie der Winter sie darbietet.
Der höchste sei der Grimming, explizierte Hansei. Einen hieß er Kamp und einen Stoder. Auch die Figuren taufte er nach schicklichem Sinn, und es mußten gar viele Öblinger mit ihrem Namen herhalten. Den Gasteiger und Zedler nennend, dämpfte er freilich seine Stimme zu fürsichtigem Wispeln, weil er befürchtete, daß der Hingleich zu einem verschnitzten Krippelmännlein keinen Dank brächte. Aber die zwei gaben ohnedem nicht Obacht, hatten eben die Würmer in Kontroverse, welche Eingeweid, Leber, Herz und Hirn zerfressen und Ursach von Übelkeit, Schwindel und stinkender Fäulnis sind.
Nach kurzer Frist kam Markus herzu, und sehend, wie böslich die beiden Hansen mit dem Zucker wüsteten, griff er über ihre Köpf nach den wunderbaren Eisbergen und packte sie in die Spatel. Im Buben wallte der Jähzorn auf. Schnelle, blitzende Tränen hüpften von den Wimpern. Die Milchzähnlein bleckten. Er schlug mit der klebrigen Faust den großen Bruder, nahm sich ein paar Ansätze zum Schreien und stotterte endlich:
»I . . . i . . . i schmeiß dir ein Bröserl ins Aug.«
Das pflegte er nämlich als seinen Leibspruch, wann er gegen ein widriges Ding ohnmächtig und hülflos war.
Auch Hansei klagte, konnte sich in solche Härte nicht schicken. Item, ein Mensch, verinnerlicht durch Einsamkeit, zunehmendes Alter, Leiden oder infolge einer beschaulichen Wesensart, gerät abseits der hetzenden Zeit, das heißt, er bescheidet sich mit dem Stillen . . . Ewigen. Er wird weich und geduldig gegen Kinder und Tiere, wehrt ihren unbotmäßigen Trieben nicht, findet sie fürmehr selbstverständlich. Und er ähnelt, so sonderbar es lauten mag, in seinen äußern Handlungen demjenigen, welcher aus geistiger oder leiblicher Trägheit allzu müßige Weile hat und die vernunftlosen Geschöpfe für sein Tändel-

zeug erachtet. Weiß nicht, ob der fein Beseelte einen guten Magister abgibt. Kann sein. Die Exempel sind mannigfach, sodaß es kecklich erschiene, eine Norm zu statuieren. Ich meine nur, er ist überflüssig für die, welche sicher auf der schwanken Erde stehen, ihre Rätsel noch leicht und ihre Schätze noch schwer nehmen. Fünfzig Törichte mögen ihn als Narren verlachen. Fünfzig Kluge möchten durch seine anmutige Weisheit zu Spitzbuben werden. Doch, wie erwähnt, er ist keineswegs für sie da. Irgendwo wird er dem einzigen Freunde begegnen; muß nicht eben Sohn oder Schüler sein. Vielleicht ist es lediglich ein Unbekanntes in der Postkutsche oder ein zugelaufenes Kind, an das er achtlos ein kleines, weises Wort verlöre, welches demselben dermaleinst ins Leben greift. Ist baß genug! Auch mit dem Bäckenhansei hatte es eine derartige Bewandtnis. Bei Matthäus freilich haben die Flechsen, die Knochen und das dampfige Blut dem sogenannten Charakter getrutzt. Nun versuchte er sein Kunststück bei Johannes.

»Wo sind die schönen Bergelen?« jammerte er. Und der Bub weinte noch lauter, wichste die Allee benebst der Prozession über den Haufen und brach der Hütte von Bethlehem den Dachstuhl entzwei.

»Wo sind die blauen und die roten Engelen, die Mander und Weiber, die Schafeln, Widder und Küah?« sagte der Bäck. »Haben die Türken im Gelobten Land gehaust und alles vernicht mit Butz und Stengel. Der Markus ischt wahrhaftig der Pascha Mohammed; und du bischt der Herodes. Werdets decht einmal röschten im höllischen Elysium. Ich aber bin der Gottvater und setz die Chrischten wieder auf die Füaß.« So greinte der Bäck, indem er sowohl vom Orient als auch vom Jenseits keine genaue Kenntnis hatte.

Dem dummen Büblein gingen diese unheimlichen Worte nicht in den Verstand, sondern schnurgerade ins Herz. Es schluchzte zum Steinerweichen. Die Frau Mutter wollt es sänftigen ... verschaute sich aber starr in die Nacht. Und Regina wollt es beim Kittelzipf vom Fenster ziehen und in die Bettstatt tragen. Da schrie es noch mehr. Hansei machte einen Deuter, löschte den Wachsstock aus und zog den Vorhang zu, daß sie ganz allein im milden, rötlichen Lichte waren. Man hörte das Kind leiser wimmern. Dann gab es Ruhe ...

Merkwürdig!

Es sei eine Zugluft, nörgelte Georg Staudacher, kaum er noch recht in der Türe stund. Er litt seit jenem Sturze an einem Ohrgeschwär, war überempfindlich und einbilderisch und beutelte vor Anzug eines feuchten Wetters stundenlang den Kopf. Zumal sich niemand um sein Mißbehagen scherte, räsonierte er aufgebracht:
Himmelelement! Es sei ein Fenster offen! Wenn der Stralz nicht Ordnung schüfe, tränk er sein Bier beim Torbäcken.
Der Herr Vater legte hinter ihm die Tür ins Schloß und sagte: Es künne nur eine Fuge sein für Rauch und Gestänke.
Die Gäste waren ohne Unterschied zum Tisch gerückt, wo der böhmische Hausierer saß und itzten gefällig seine Bilder breitete. Die feinen, grauen Stiche und die Holzschnitte mußt er unter spärlichem Beifall alsbald hinwegräumen. Nur ein Bildnis der heiligen Monika und ihres Sohnes Augustinus ließ die Rögerl nicht aus der Hand. Augustinus erinnerte sie nämlich an den französischen Kommandeur. Sie betrachtete das Böglein Papier mit unverhohlener Entzückung, daß der Oberverweser, hiedurch gerührt, ihr's zum Geschenk machte. Für sich selbsten kaufte er eine Aquatinta der Patronin Barbara. Die zart bemalten Federzeichnungen mit Tieren aller Art gefielen den Bauern wohl. Allein in den Geldbeutel griffen sie dafür nicht. Erst bei den Glasmalereien ging ein Handel.
Ob diese vom eigenen Pinsel stammten, frug Andreas Stralz.
Nein. Sei Gesellenarbeit in der Hauptsach. Er zirkle nur die Proportionen ab, besorge die Auswahl der Vorlagen, meist auch die Farbenmischerei. Seines Zeichens zwar ein Kupferstecher und Wappenkleckser, müßt er mit solchem Notbehelf sich fortfristen. Denn Krieg und Teuerung hätten ihn seiner fürnehmen Kundschaft beraubt. Im Böhmerwald wär — außer armen Dorfkaplänen, Schulmeistern und Schreibern — eine Gilde vulgärer Glasbläser, welche sich mangels besseren Erwerbes an dies Handwerk gewaget habe und oft ganz ergötzlicher Mißgeburten schuldig werde, zum Schaden der Kunst. So lamentierte der Kraxentrager und langte aus Watte und Werg eine Tafel, welche die restlichen Bilder an Schönheit hoch übertraf.
»Ritter Georg mit dem Drachen«, sagte er, das Gemälde drehend. Zeige sich beidseiten als der nämliche und wäre das teuerste Stück in seinem Besitz, feil um zehn Gulden.

»Soll der Veit als Haussegen kaufen«, sprach Sebastian Zedler anzüglich. »Ist guat fürs Feuerspeiben.«
Der Buglmüller legte einen Bankozettel hin. Der war indes von fünf auf eins entwertet, wo nicht schon auskursiert. Der Böhm schnappte ihn mit Daumen und Mittelfinger in die Luft, verlangte Silber.
Es sei eo ipso zur Hälfte geschenket, sprach er. Er hab es einmal bei einem hussitischen Kastellan eingetauscht gegen drei Stiche von Martin Luther. Und er trüg es mit Vergunst bis an sein Sterbestündlein bei sich, wann das Geld zum Leben nicht alle Flüg ausginge.
»Viel schaut es nimmer gleich«, meinte Frau Constantia. »Der Rahmen ist ja schon wurmstichig.«
»O Jekusch«, sprach der Hausierer und lachte. »Der Kunst, der Lieb und dem Wein mögen die Würmer nicht an.«
Zumal Feierabend, hatte es sich bald im ganzen Dorfe herumgesprochen, daß beim Stralzen sich ein fremder Kraxentrager aufhielt. Es begab sich der ungewöhnliche Fall, daß die Kramerin ihrem Eheliebsten ein Wirtshaus zubilligte, froh, daß sie selber Gelegenheit hatte, einen Sprung über die Gasse zu tun.
Sogar Raimund Winkler zog nochmals die Schuhe an, sowie der Kleinste schlief, und Blasius Stocker sperrte die leere Tavern zu und tappte, schön guten Abend wünschend, seinem Herrn Bruder ins Haus.
Da jeweils die Tür gegangen war, hatte Georg Staudacher gallig auf den roten Fürhang geblickt, der sich über dem Rücken des Stralzleins bauschte. Und jeweils hatte er geschrien:
Es sei vonnöten ein Loch in der Fensterscheiben und eine Heidenschweinerei sondergleichen.
Die zwei Hansen hatten de facto einen Flügel spaltbreit hintangedrückt und langten von Zeit zu Zeit um eine Handvoll Schnee, denn sie bauten wiederum ein massiges Gebirge mit Zacken und Klüften, und wann das Bübel einhalten wollt und sich die stechenden Nägel anblies und wann ein paar Zähren schon locker und rund aus dem Augenwinkel brachen, ließ der Bäck seine Bauchredekunst spielen, hob Marien am Strahlenschein, und sie mußte zum Bräutigam Joseph trippeln und mit aufgehaltenem Schurze also sagen:

»Geh, Seppele, trag einher noch ein Batzei Schnee!«
Worauf der heilige Nährvater brummelte:
»Geh, Moidele, mir tan die Handla weh.«
Sprach die Jungfrau:
»Bald die weißen Federn fliagen,
Brauchen wir a Kinderwiagen.
Buck dich nieder und klaub z'samm,
Daß wir doch ein' Pölster ham.«

Alsdann eilete Sankt Joseph, vom Bäckenhansei gestützt, in die schwarze Nacht hinaus und brachte einen ganzen Ballen Geflock. Es war aber der Lieben Frau noch zu wenig, und sie sagte:

»Seppei, tummel dich und lauf,
Bettel für die Kindertauf
Woazmehl, Oa und Zucker z'samm,
Daß wir doch ein' Guglhupf ham.«

Und Sankt Joseph machte sich geduldig und gehorsam auf die Socken ... Es wurde letztlich eine wunderbare Landschaft. Die Berge stunden in tiefem Abendrot. Ein schmaler Waldstreif von Kugelbäumen umkränzte sie. Der Jager ging auf die Pürsch. Die Herden grasten in der Mooswiese. Bauern, Hantierer und Klöckelleut schritten wieder in einer langen Prozession. Nur das heilige Paar und die lobsingenden Geister irrten ohne Wohnstatt. Da grub Hansei hoch in Eis und Schnee eine Höhlen aus, indes Josephus im gelbseidenen Mantel zum Himmel betete und klagend rief:

»Das Dachel zu Häupten, das Feuer im Herd,
Die Heiden und Türken hamt alles versehrt.«

Sprach die Jungfrau:
»O Seppei, wo gehen wir lauter zur Ruah?
Die Häuser und Keuschen und Stadel sand zua.
Die Öblinger Bauern hamt für und für
Versperrt und verriegelt ihr Schlafquartier.
Die Flöckela hupfen, rauh blaset der Wind ...
Wohin soll ich betten mein krausetes Kind?«

Item, da stellte Hansei die blauen und die roten Seraphinen vor die Schneegrotte. Der Bräutigam Joseph mußte die Braut Maria geberg führen und hiebei sprechen:

»Moidele, Moidele ... sei schön stad,
Die Engerla habent ein' Duchent genaht.
Gottvater hat selber die Mauern baut,
Gott Heiliger Geischt hat zuageschaut.
Siebn silberne Spreizen halten das Dach ...
Komm, Frauele, wandel mir haasen nach!«

Oben mußte er die seidene Hülle lassen, sodaß er in seiner Knie-abi-Hosen und dem Lodenröckel recht armselig herhielt. Und das Prunkstück vor Marien breitend, bat Hansei, alias Sankt Joseph:

»Lehn herda dein Köpfel, es beutelt dich schoan,
Mein' Liab ischt ein Manterl zum Umatoan.«

So lieh der Bäck innig den Himmlischen sein Wort und war doch mit allen Sinnen noch in der Erde verklammert. Er seufzte; durch das ausgewaschene Kattungeweb quoll der Rauch, wellte sich das Lachen. Die Gäste verstatteten sich ihr Gaudium mit dem Blasel, titulierten ihn Herr Bräumeister und Herr Graf und hetzten sein Herz auf die Rögerl, ungeachtet es bereits in hellen Trieben stund wie ein Erdapfel um Pfingsten. Hansei, der nur zeitweilig einen Satz sonder Zusammenhang auffing, Hansei wußte es nicht zu deuten, daß der redfaule Kujon so batzig und großmäulig tat, dem Schullehrer eine Maß zahlte und dem Böhm eine Doppelmaß. Ich aber will der Notiz des Hausvaters fürgreifen und zu wissen geben, daß der fahrende Kramer steif und sicher behauptet hat, die Groggern, oder wie uns bekannt, insgemein die Stralzen, seien verarmte Bräuer aus Schlesien und nenneten ein Wappen ihr eigen, nota bene, bürgerlichen Ursprungs. Der Blasel nun hat als ein bescheidener Knecht sein Lebtag weder Anlaß noch Gelegenheit gehabt, den Kuriositäten des Geblütes nachzufragen. So packte ihn der Größenwahn, und er prahlte im ehrfürchtigen Hinblick auf den Bruder:
»Ich bin ein unverlaubter, du bist ein verlaubter Graf! Magst

auch dein Taferl übers Haustor hängen wie der Stampfer und der Batthyany.«
Er betone noch einmal ausdrücklich, adelig wäre die Familie nicht, sprach der Kupferstecher frostig.
»Halt 's Maul!« schrie der Blasel grob. »Wir wissen schon selbsten, wer wir sein.«
Der Böhm zog die Achseln auf, fingerte einen Pinsel aus der Farbschatulle und leckte ihn spitzig. Dann schob er das Brillenglas tiefer ins Nasenbein und begann in seiner Heraldik zu blättern.
»Malet es anher«, sagte Vater Stralz, von einem zerbrochenen Rahmen das Brettchen lösend. »Wir wöllen nit adlig sein, nur mit Fug und Recht dasjenig in Ehren halten, was von alters unserer Freundschaft zusteht.«
»Was preist denn deine Wappen an, wann's dich alsdann reut!« schnaufte der Knecht, schon schwitzend in seiner Glorie. »Der Handel ist nit zu retraitieren. Bist uns vielmehr zu Dank verpflicht', daß wir euch Notleidern ein Sechserl verdienen lassen!«
Herr Raimund Winkler, welcher jede Kränkung gern auf sich bezog, wollte fortschliefen, war jedoch so sehr zwischen Tisch und Bank und Leute eingezwängt, daß er wohl oder übel wieder Platz nehmen mußte.
Der Böhm schaute gar nicht auf, tiftelte und stiftelte mit seinen weibisch schönen Händen über das Holzviereck, beäugte durch die Lupe das fein gestochene Vorbild im Buch und wechselte unabläßlich im Gebrauch des Pinsels, sodaß bald das blau bekleckste und bald das gelbe Ende in die Luft ragte und einem allzu neubegierigen Zuschauer um die Nase fuhr. Sie begehrten hinfort auch das Muster zu sehen, diemals sie aus dem Entstehenden noch nicht klug wurden. Und er rückte halb verächtlich, halb gnädig die Öllampe zurecht und gestattete den Dörflern einen Blick ins Linsenglas.
Auch die Mutter Stralzin beugte sich dazu. Es ward ihr aber sogleich schwarz vor den Augen; sie wankte völlig geistgestört zur Ofenbank und redete den Abend lang kein einzig Wort mehr.
Der Bräumeister und sein Bruder observierten die Darstellung des Wappenbildes genau. Insonders Blasel, den sie mit Bier berauscht und mit Titulaturen gesalbt und balbiert hatten.

Blasel lobte den Künstler ein um das andere Mal mit überschwenglichen Worten:
»Ich«, beteuerte er letztlich . . ., »pfeif ansonsten auf die Zigeuner, Gaukler und Tagdiaben . . . Einen solchen Mann aber laß ich gelten, der mir aufmalen kann, was für ein Kav'lier mein Ähnl gewesen ist. Prosit!«
Den Kupferstecher plagte ein Tropfen Slawenschwermut. Der Herrendienst hatte ihn verbittert, der Bauerndienst gedemütigt. So schielte er kurz den Schulmeister an und seufzte ohne Humor:
»Ja, ein armer Teufel muß viel erlernen, bis er darf mit dem Goldenen Kalb aus einer Krippe fressen.«
Raimund Winkler fand es nicht nötig, im besonderen auszudeutschen, daß Blasel selbsten ein armer Teufel war. Der Spruch dünkte ihm fürs Allgemeine richtig. Der Knecht, nicht so dumm, wie er aussah, hatte die Schmähung erfaßt, soweit sie ihn betraf. Er schimpfierte lästerlich und hörte erst auf, als eine kam, die es noch besser konnte, nämlich die Veitin. Sie spähte zur Tür herein und schrie:
»Wo ist mein Alter? Mir ist ängstlich wegen seiner.«
»Da bin ich!« quickte derselb mitten im Knäuel der Leiber.
»Ah?« sagte sie gespöttig.
»Jaa!« sagte er frech im Bewußtsein gänzlicher Unschuld.
Da machte sie ihm pro forma einen Tanz, daß den andern der Atem ausging.
Johannes hinter dem Fürhang wurde schon ungeduldig und zupfte seinen Spielgesellen. Der mußte eine Weil auf die Krippe gucken, bis er seine Gedanken in Ordnung postiert hatte. Endlich ließ er Marien vor die Höhle treten, woselbst sie sagte:
»Gar liabla in Einschicht das Örtel leit.
Kein Hunderl tuat bellen, kein Katzerl schreit.«
Sankt Josephus antwortete:
»Tiaf unten die Chrischten fressen sich tot
Wia Fliegen auf Honig und Kletzenbrot.«
»Da bleib ich . . .«
sprach die Jungfrau.
»Da setz ich mich nieder und wart . . .
Siagst ehwohl, daß ich mein Fürter schon broat.«

Der Blasel trank ebenitzt dem Magister Gesund zu, paschte auf den Tisch, daß Ritter, Roß und Lindwurm, ferners auch Ölnapf, Stift, Lineal und alle bunten Farbenbätzchen einen Augenblick in die Höhe flogen, und schwatzte wohlmeinend:
»Ich kauf es dir ungeschaut. Magst es?«
Raimund Winkler lehnte mit saurer Zurückhaltung ab.
Das Bübel, welches sich am Diskurs der Gäste langweilte, zupfte den Bäcken dringlich. Der legte den Finger an die Lippen und sagte:
»Bst.«
Bei dem guten Knechte war die Glückseligkeit indes nicht einzudämmen.
»Schulmeister, zier dich nit!« rief er. »Wer sich wenig Geld erhaust, steht auf Spendaschen an. Her mit dem gläsernen Drachenmetzger! ... Mein Bruader langt in den Hosensack. Vor jeden Monat einen Gulden hab ich guat. Den elften schmeiß ich hin als Draufgab.«
»Für die Rögerl?« stichelte die Veitin.
Die anderen lachten, denn er war im Begriff, seinen Jahrlohn zu verputzen.
»Hansei, tua weiter«, bettelte der Bub.
Aber Hansei schob spähend den dünnen Vorhang beiseite und wispelte:
»Horch!«
»Fürcht dich nit«, quasselte der Knecht. »Dir mach ich keinen Antrag nimmer. Weiß mir eine Junge. Und sollt ich ihr zuwider sein, nimmt sie den Markus. Einen Gräflichen nimmt sie halt.«
Markus zeigte sich gleichgültig. In seinem harten Gesicht, das kaum den ersten Bartflaum hatte, regte sich nichts. Nur ... so nahe blieb er neben dem Dirndel stehen, daß die Hände einander streiften und die lichte Röte ihr jäh in die Wangen schoß.
Draußen heulte Mohran. Frau Constantia ging für 's Haustor, fand weder Menschen noch Tier. Der Bäck drehte sich langsam gegen die Nachtseite und sah, daß Johannes, an seinen Arm gelehnt, noch im Halbschlaf wartete. Er gab dem Bräutigam Joseph also wiederum seine Stimme, allein, es war keine Bauchredekunst, war auch kein Spiel mehr.
»Moidele«, so hub er in einer wehen, mondscheinigen Art zu dichten an und probierte und studierte, bis ein Reim sich

gefällig zum andern schickte ... Noch in der nämlichen Nacht schrieb er alles auf. Und in der Frühe wickelte er das Papier um ein mürbes Kipfel und schenkte es Reginen.

»Moidele ...«
so hat es gelautet.

»Mein gelbseiders Manterl kommt decht schon zu spat.
Mich ziemt, daß ein Besserer biddelt hat.
Oh, nimm es vonnöten als Weiset und Bund!
Weiß keine auf Erden, der's liaber stund.
Du brauchst mir nit danken, ich wünsch mir kein' Lohn.
Mach zua deine Äugla und schau mich nit an!
Mein Hüatel ischt luckert, mein G'wandel ischt gflickt.
Du müassest dich schamen, bald einer mich blickt.
Die Finger sand gröbbisch, die Handla sand broat
Und taten verdrucken dein himmlisches Kload.
Ich komm dir nit nahend, ich wart auf der Weid,
Bis gachst neben deiner ein Kinderl schreit.
Aft kauf ich ein Häuserl, ein' Grund und a Kuah,
Du heidelst dein Büabei und singest dazua.
Du kampelst die krauseten Haarla schön.
Ich werd dieweil heimlich dahinterstehn.
Werd hacken und sageln und Scheitel kliabn,
Will dich so zart wia ein Blümerl liabn ...
Und sorg dich nit, daß d' mir was schuldig bist,
Mein' Liab ischt ein Manterl, sell kriagst umasiest.«

Die Regina befand den Vers gar wunderlich und sündhaft. Sie wußte eben nicht, daß Hansei zu ihr also sprach wie der hülzerne Joseph zu Marien, erzürnte herentgegen über den Umstand, daß sie eines ledigen Kindes verdächtig war, und riß den Zettel entzwei. Dann jedoch legte sie die Fetzchen zusammen, las abermals und versteckte das Gedicht nachdenklich unter dem Strohsack.

Johannes ließ sich den ganzen Sonntagmorgen nicht vom Fenster wegbringen; er bettelte eigensinnig um das Frauele im Berg, er wühlte die Tiere, Christen und Geister durcheinander, die gebleicht, ohne Leim und Farben im Moose lagen, und paßte, bis die scheckige Wasserlacke vertröpfelt war.

Montags, am Feste der heiligen Barbara, merkte Andreas Stralz die Geschehnisse in sein Büchlein.
»Mein Eheweib ...«, so steht hierselbst zu lesen, »bildt sich ein, unser Matthäus ist wieder kömmen. Zehnmal ist sie gewiß aus der Bett Statt in die kühle Finster, losent ob er fürbei schleicht, bis ich sagte: Stanzi einen Baum söllet Man beutteln, wann der Äpfel zeitig ist. Und einem Menschen söllet Man aufsperren, bald er klöckt. Nit ehender. Sie hat sich alsdann die folgenten Stunden wie auch dise gantze Nacht nicht mehr entfernt, ist lediglich mit dem brenenden Liecht gesessen, ohne ein Wörtel zu reden. Ich drehte manchmal den Pölster um, das sie weiß ich wache. Heut hat sie dem Lukas vielerley aufgepost auch ein Pahr Söckel und eine Pfaid mitgeben. Wir haben ihn zu dem Behuf nach dem Umgang ins Gäu geschickt. Will sehen, waß er vermag.
Die Knappen sind doch in Adjustirung ausgeruckt mit ihrem Fahn. Haben ihrer Drei die Stänger tragen, inmitt der Oberhuttman. Es ist ein unseliger Jammer, wie es nieder geht mit dem Schurf. Bergleut kaum fufzig; zur Halbscheid Lumpen gingen ohne Ererbittung Opfern, die jungen köcken Laus Buben despectirlich voran. Es ermangelt Alles, sage Lohn, Erz Erträgniß, zumeist aber die Zucht. Früherszeiten kunnt Man unbeschadet ihrer Sauffereyen ein junges Weibs Bild in die Tavern führen. Erinner mich an den Barbara Tanz. Habe mich selm in meine Sorgerin verschaut. Itzt reißt sich der Vorheuer und der vulgäre Knapp um ein schandbahres Bäckenmensch. Ich bin zum Thorbäcken, mir bessere Ansprach verhoffend, fund hierselbst einen Haufen Öblinger und Bauern. Sie haben bereits Kentniß von mein Wappen, waß der Böhmisch Kramer angefertigt hat. Diser Man ist viel durch die Welt gereiset, er giebt an graden Weges von Ungarn zu kömen über Wien und die Pyrn Straße, trachtet weiter nach Salzburg. Auch Schlesien ist ihm bekanndt. Mit Grauenhafter Deutlichkeit schildert er die Greuel des Kriegszuges im oberwähnten Lande. In Maaßen sölle der Teutsche, welchem Man die Waffen aufgezwungen hat, gegen das Vatterland heimfliehen. Die Schrocken der Witterung haben eingesezet mit Eis und Schnee. Es bedauert einen nur, das die Straff und Vergeltung nebst dem Napoleon gar mannig Unschuldige ereilet. Die Verderbnis frißt gleich einem Schwamm um sich. Man siehe die

Leuth wie bar des Ehr Gefühles sie worden sind. Bezeuge daß der Buglmüller der Schneider Lois ihr Gartel abgeschachert hat um einen Brot Laib. Ein solches Exempel ist auch der Böhm. Betrefe ihn also beim Thorbäck eifrig in seiner Malerey thättig. Der Tisch war formaliter überlastet mit Wappen Täfelein. Item die Öblinger sind gestern ob der Gaststuben Tür des Meinigen ansichtig worden. Blasel in sein Rausch hat ein Übriges dazu geschwatzet und so lustete sie baß um ein solchen Zierat. Der Mahler nit fäul hat sein Büechel aufgeblattelt und für ein paar Gulden Jedem das Nöckel Brett angestrichen. Dem Zedler seins zeigete sieben Span Ferkel auf einem blau-weißen Feld; sollet bedeutten der Ähnl ist ein schwäbischer Viech Züchter gewest. Dem Veiten seins zeigte einen vergöldeten Bischofs Stab mit einem Schwert gekreutzet.

Und der schlaue Kund verzählte eine lange Historie von einem Kreutz- und Ordens Ritter, welcher gleichfalls Michael Praßthofer geheißen hat und mit dem Kaiser Barbarossa ins Gelobte Land ist. Die Vorfahren vom Thorbäcken, sagete er ferners, sind als Salz Fuhrleut zwischen Augsburg und Reichenhall gefahren und hätten Erzhertzog Ferdinand dem Zweiten ein kristallen Salz Mänlein aus dem Berge verehrt. Hätten solches hiefür als Wappen und Sigill erhalten. Dermaßen formulierte er seine Aussagen, stund Jedem Rede. Man mußte erstaunen und fragete sich, ob er so hochgelehrsam oder so verlogen war. Der Bader hat ihn alsdann hinaus geschmissen, sintemal er ein ächtes Innviertler Bluet hat und sich nit nachsagen lässet, daß sein Groß Vatter ein Böhm war. Ich selbsten bin in hefftigsten Zweifel gerathen, mag schwerlich glauben, daß es abgewirtschafte Bräuer unsers Namens in Schlesien gibt, angestamt seit dem 14. Jahrhundert. Habe auch das Wappen Taferl, wolgemärkt, ein bürgerligs dem Anblick der fremden Leuth enthzogen und in die Speis gehänket ...«
Dort hab ich einmal desgleichen gesehen in meiner Kinderzeit. Ein wurmstichiges Brett. Auf blabem Grunde ein Büschel Gerstenkorn, von dem sich eine geknickte Ähre hintanneigt.

WIE MATTHÄUS SEIN GLÜCK VERSPIELTE

Lukas war am Tage der heiligen Barbara in der Sölk bergauf, bergab gewandert, hatte laut den Kälbern nachgefragt und heimlich den Bruder gesucht. Letztlich hat er im Ödwirtshaus bei einem süßen Eierbier noch eine Stund versessen und ein paar Batzen und Silberstücke sehen lassen. Aber niemand meldete sich zum Kartenspiel. So ist er unverrichtetersache mit Hemd, Socken und viel geschämigen Grüßen seiner Mutter heimgegangen.

Am 5. Dezembris schickte ihn der Herr Vater wieder mit der Holzfuhre. Und Frau Constantia hielt Markus zurück, wohl wissend, daß seine karge Wesensart den armen Lumpen baß verschrecken würde. Schon über die Hachern und den Gatschberg hatte Lukas ein eigentümliches Geknurr in Bauch und Magen, wie der Mensch in großer Erwartung zu empfinden pflegt. Und bei jedem Schritt wußte er deutlich: da drinnen in der Neumondnacht ... irgendwo paßte einer. Und war doch der Matthäus.

Richtig, als er bei schwacher Tageshelle zum Schloßwirt kam, sah er den Bruder im Haustor stehen und, zu seinen Füßen wedelnd geduckt, den alten Mohran.

»Komm herein!« sagte der Große.

»Wart ein bissel«, sagte der Kleine mit schnellem Gezitter. »Ich hab dir was.« Dann knüpfte er das Ochsenjoch an eine Planke, brachte die Gab, welche sauber in ein Schneuztuch gebunden war, und mit der Stimme nur mehr wispelnd, fügte er bei:

»Die Muatter kann dich schier gar nit erwarten. Sollst heut mit mir gehen.«

Das verwetterte Gesicht hinter dem wilden, blonden Flaum wurde dunkel. Er schaute eine Weil ins reine Nichts. Seine Haltung war weniger nachlässig. Er hatte sich gewaschen und zur Not ausgeflickt. Und es zeigte sich augenscheinlich, daß er trotz aller Lotterei zu einem sehr schönen, überstarken Menschen anwuchs. Endlich trug er das Bündel hinein und legte es neben sich auf die Bank. Es saßen etzliche Holzknecht und Knappen da, welche nach dem Feiertag blau machten; diese hetzte er zum Spiel an, indem er sagte:

»Her da, Buam! Das Bürscherl leiht mir einen Taler. Ich setz so hoch, als ihr wollt.«
Den Lukas juckte schon wieder das vom Untergöden geerbte Mundstück. Er fragte spitzbübisch:
»Hast alsdann dieselbig Nachtauwel nit erwischt?«
»Verfluacht!« schrie Matthäus, »wann es mir fehlgeht, reiß ich ihr doch die Wampen auf.«
Das erstemal verlor er.
»Wieviel hast noch?« frug er den Bruder.
»Drei Gulden«, antwortete Lukas. Er besaß jedoch das Doppelte.
Hierauf hub der Große an, falsch zu spielen. Und als vom Hügel die Eilferin läutete, hatte er den Besoffenen alles bis auf den letzten Knopf abgewonnen. Er schob das Geld dem Kleinen hin. Der schluckte vor Aufregung und Gier, war aber doch gerecht und sagte:
»Tan wir teilen.«
»Nix! Sieben Batzen g'halt ich, mehrer nit«, grölte Matthäus und stopfte dem Bübel die Säcke voll; nota bene, nicht aus Großmut. Es war nämlich längst sein Vorsatz, den Sparmeister für seine Prahlerei und Schalkhaftigkeit recht toll ins Geld zu locken und ihm sodann alles, Gewinst und Ersparnis, abzuschröpfen.
Der Bub aber war völlig arglos; erzählte, durch das Glück vertraulich worden, daß er nicht drei, sondern sechs Gulden aus dem Mauerkästchen genommen hab und außerdem einen Stoß Bankozettel. Bis auf die Straßenkehre gegen die Feister winkte er immer noch zurück. Und indes das Öchsel, vor Kälte steif, vor Hunger matt, nur mühsam stapfte, lief er wie ein junger, mutwilliger Hund von einem Schneebühel zum andern, freute sich itzt schon auf den späten Nachmittag. In der Öd ließ er dem eigenen Magen wie den vier Mägen des Rindes gar vielerlei abgehen. Er lud nur zwei Bloche auf den Schlitten, damit sie bälder von Ort kämen, und sooft bei der Arbeit ein roter Kreuzer klimperte, bedachte er, wie er diese Kunst für sich selbst versuchen und nutzen werde.
Matthäus hatte sich mit dem Bündel im Roßstall versteckt. Er klaubte bald aus, bald ein. So fand er zwischen Wurst, Klotzen, Handstützeln und Wecken einen Brief, welchen Regina dazugelegt hatte, ohne daß jemand es wußte. Es bettelte

sich in zierlicher Kinderschrift eine Mahnung gar fein zu seinem Herzen. Item, da stund:
»Mach einen Gescheiten und schau, daß du heimkömmst. Wir haben die Himmelbettstatt aufgedeckt und einen Milchreis kocht. Lieber Matthäus, ich bin recht neubegierig, ob du mich noch kennst. Ich kann schon der Frau Mutter ihren weißen Unterkittel brauchen, weil wir heute auf die Nacht Nikla laufen.«
»Wer denn?« sinnierte der Bursch finster. »Sie und der Bäck? Sie und der Markus?« Oh, wie härmte er sich ob ihrer kindischen Lust, weil sie so schlecht zu seiner Not stimmte. Wie härmte er sich über ein jedes Wort, das sie geschrieben hatte. Er saß da und glotzte die Pferde an, so mit dem Futter kraimten. Der scharfe, beißende Stalldunst machte seine Sinne dumpf. Vor das triefende Fensterchen preßte sich dick der Föhn. Ein Tupf enzianblauen Himmels und ein grauer Bauschen Schneegewölk blinkten herein wie das Auge Gottes.
»Heut kommt was«, sagte jemand.
Matthäus meldete sich nicht. Sein Gesicht stierte eine Spanne über das Papier hinweg, blieb leer und still. Er hatte sich mählich in Gedanken versponnen. Alte Bräuche sind Zauber. Wann die Stunde kommt, so werden wir berührt. Item, der arme Kerl hat geschimpfet ob der Dummheit und sich sträuben wollen. Da sind ihm vorab die frisch gebackenen Bischöf erschienen, welche in der Torbäckischen Brotkammer erschaulich und käuflich. Sonach rückten die Teufel an. Hatte jeder eine Kette von gedorrten Zwetschken, eine Zunge von Rosenzucker und einen Schwanz von Bärendreck. Die waren beim Veiten in Logis. Die dritte Gesandtschaft schwebte in Form weißer Strutzen zu, die oben Köpf und seitlich Flügel trugen. Wer sie einmal gekostet hatte, der wußte, es war ihnen schier nicht beizukommen. Mit Hönig gefüllt, mit steifem Rahm bekräuselt, flossen sie aus der Hand, bevor man recht zugegriffen. Das waren die butterweichen Engel aus der Wirtschaft des Bäckenhansei ... In der Dunkelheit ging die Frau Mutter außer Haus und brachte vier von jeder Gattung. Der Blasel schnitt im Pfarrerschacherl die Birkenruten ab. Und die Zedler-Muhme schüttete ein Fürtuch voll Nüsse ins Küchenfenster ... Wie Adam und Eva an das verriegelte Paradeis, so sehnsüchtig, ganz trocken vor Gier und Gaumenlust, phan-

tasierte der Bub von der Nikolonacht. Das unbeschreiblich wohlige Grauen rieselte über seinen Rücken, was er als Kind empfunden hatte, wann die Satane in der schwarzen Bockshaut an den Fenstern fürbei krakeelten und ihre Ketten durch den Schnee schleiften . . .

»Bist mir im Weg«, sagte jemand.

Matthäus reckte sich gähnend. Ihm bedeuchte, daß eine lange Zeit vergangen sei; es war jedoch nur sein Groll vergangen, dieweilen er sich heimgedacht hatte. Da er nirgend Arbeit tat und nirgend bleiben konnte, beschloß er, seinem Bruder ein Stück Weges entgegen zu wandern. Und gleichwohl er morgens im ersten Schrecken und Trutze sich vorgesetzt hatte, das Geschenk seiner Mutter auszuschlagen, suchte er nun, vom Hunger gepeinigt, die Wurst aus dem Tüchel und aß und kaute sie bis zum hülzernen Zweck. Alsbald drängte ihn ein neuer Einfall. Er kehrte um und holte auch Pfaid und Socken, welche der Knecht indessen vor den Stall geschmissen hatte, in der Meinung, sei alles gestohlen. Beim Weber in der Feister sprach Matthäus zu, weil dieser eine kleine Kramerei betrieb; verlangte da ein lebzeltenes Herz. Er bekam nur eines von Lindenholz, mit drei lodernden Flammen geziert.

Aber, sagte der Weber, einen Lebzeltwutzel hab er, zwar ein wenig vom Schimbel angegraut, sonst ohne Tadel, trotzdem er seit dem Leonhardi-Kirchtag im Gläserkasten läg.

Diesen packte Matthäus auch. Diemals es zum Zahlen wurde, redete er verstockt und ohne die Augen zu heben:

»Wöllet mir beuten, Kramer. Auf den Abend bring ich das Geld.«

»Kenn dich nit«, antwortete der Weber mißtrauisch.

Da versetzte Matthäus sein Hemd. Den andern hätte um die Socken viel eher gelüstet, maßen er Leinwand schon genug beiseite geräumt hatte und des Glaubens war, daß er die himmlische Strazza mit keiner gestohlenen Pfaid mehr belasten dürfe. Allein der Lotter gab die Socken nicht her.

Um die Jausenzeit trafen sich die Brüder im Mittel zwischen Öd und Groß-Sölk. Lukas, dem noch die steirischen Tänze des Barbarafestes im Gehör staken, hielt starr den Mund zum Pfeifen gespitzt, als der Bruder ihm entgegenzaschte. Endlich sagte er tonlos:

»Ich hab mir denkt, war taten noch einmal spielen.«

»Muaß halt umdrahn«, brummte Matthäus gnädig.
Sie gingen also talaus. Es entspann sich ein Gespräch ohne Schwung; solches heißt, es schwatzte nur der Kleine.
»Heut kommt noch was«, fing er, die Wolken betrachtend, an.
Matthäus räusperte sich.
»Wo ist der Hund?« frug Lukas.
Matthäus pfiff.
Über die steilen Schneehalden flatterte ein Schock Krähen. Der Lattenzaun, der Birnbaum mit den Misteln, der kahle Gneis am Bach waren blau und grau im Südwind. Lukas rutschte entlang der Schlittspur, soweit sie nicht von den Blochen zerstört war, und sagte:
»Die Leisten pickt wie Schuasterpech.«
Keine Antwort.
»Wo bist nachher gestern gehuckt?«
Keine Antwort.
»Auf die Wochen kommt der Schneider. Unser kleiner Bua kriagt auch eine ledernc Hosen.«
Breitflügelig stießen Kolken von einem Rinnsal auf. Die Brücke schaukelte. Schneebrocken lösten sich bei einem Geißelhieb, kugelten am Rain hinab ... größer und größer.
»Heut stell ich meine Wasserstiefel für die Kammer«, sprach der Bub mit verschmitztem Geschau. Später murrte er: »Warum redest du nix?«
»Was soll ich denn reden?« murrte Matthäus zurück.
»Daheim fragen sie mich häufig viel wegen deiner, und du kümmerst dich um nichts.«
»Was soll ich denn fragen ...«, sagte Matthäus langsam. »Ich kenn ja deine Freundschaft nit.«
Dermaßen bockig und zäh gaukelten die Brüder fort. Als aber Lukas nochmals des massigen Schuhzeugs erwähnte und die Hoffnung aussprach, daß seine Mutter in beide Röhren gut ein Metzel Bäckereien, Klotzen, Nüsse, Zwetschken und Äpfel einlegen könne, da frug der Lotter jäh:
»Tuast auch Nikolo laufen?«
»Ich ...?« seufzte Lukas ... »Ich ... hätt mir einen Ochsenschwanz kohlschwarz angefärbelt. Schafhäut ... hätt ich ... Hörner ... und einen Fetzen Zung. Ich wurd gern der Schiache. Unser Markus ist der Schöne. Und die Rögerl därf

Erzengel werden. Ich! ... ganget schon, sie wöllen mich nit lassen. Weiß eh, warum.«
Matthäus räusperte sich. Schwieg.
»Ganz narrisch ist er«, eiferte der Bub hitzig.
»Wer?«
»Unser Markus. Hab's ihm doch abgespitzt. Wann er sich auch anschalkt wie ein Stock. Nur G'stanzeln mag ich keine finden.«
»Hat er G'stanzeln?«
»Weiß nit«, antwortete Lukas. »Dem Bäckenhansei seine versteckt sie unterm Strohsack.«
»Sind sie schön?«
»Saudumm«, sagte der Bub und drehte die Unterlippe weitmächtig heraus.
Itzt redete Matthäus nichts mehr. Er ging hinter dem Ochsen drein, als habe er was verloren. Lukas redete dies und das. Ein stiftischer Jager streifte vorbei und musterte sie beid verdächtig. Matthäus merkte es kaum. Die ersten weichen Schneeflocken schlugen an sein Genick und rannen die nackten Wirbel hinab. Er ließ alles fühllos von sich gleiten und dachte beharrlich, daß er den Bäckenhansei übertrumpfen müsse. Dunkel erinnerte er sich, daß er der Rögerl vor langer Frist einen Vers gemacht habe. Doch er wußte nicht, wann und wo; viel weniger noch wußte er, wie derselbe anhüb.
Beim Schloßwirt in der Stube saß der Schlager, der für den reichsten Sölkner Bauern galt. Hieneben saß der Hochsattler, der galt für den ärmsten, hatte ein volles Budderl Enzian in der Hand und im Kopf schon ein Räuschlein. Die Holzknechte und Knappen grölten seit dem Vormittag daselbst, und die Kellnerin mußte ihre Zeche mit Schneiderkreide auf die Tür stricheln. Es war nämlich gerade der Nepomuk auf der Stör. Der, welcher am Montag zum Stralzen kommen sollte. Er nähte unermüdsam, daß man schwindlig wurde, sofern man eine Weile zusah. Genau wie die Nadel so flink und geschliffen war seine Zunge. Und hatte einen erklecklichen Anwert bei den Weibsbildern. Sie horchten zu, bis ihnen das Haar geberg stund, denn er erzählte meisterlich: Räubergeschichten, Geistergeschichten, Trudenmären; er kannte die schaurigen Gesänge von Verführung und Moritat, die Sprüche, mit denen Habergeißen, reitende Teufel und Perchten ge-

bannt werden, er verriet für gutes Trinkgeld einen verwunschenen Schatz, trug mannig Geheimnis von Hof zu Hof und machte sich über eine Lüge mehr oder weniger kein Gewissen.

Die Schloßwirtin mit ihren acht Kindern, die Schulmeisterin mit ihren neun Enkeln, der Kohlbrenner von der Strubb und die Gröbminger Wehfrau umringten den dreibeinigen Stuhl wie ein Meerwunder, und Lukas glaubte beim Eintritt, es hocke der böhmische Hausierer dort. Aber seine Spielgier war dergestalt, daß er sich keine Zeit gönnte, näher hinzusehen ... Zuvörderst ging es nicht nach seinem Sinn. Die Knappen waren Ludern, wollten sich für den Verlust mit einer Bosheit schadlos halten und brachten den Schlager mit List und Mühe dazu, daß er die Karten mischte und dem Matthäus hinwarf.

»Laßt mich probieren!« bat das Bübel hocherregt.

Sein Bruder schob ihn mit dem Ellbogen weg, strich gelassen sieben Batzen gegen den Bauern und sagte:

»Spielen wir.«

»Ein magerer Sam'!« schnaufte derselb.

»Wird schon aufgehen.«

Martin Hochsattler, der Bezechte, stupfte den Nüchternen zweimal an der Schulter, dann hämmerte er mit dem Pfeifenkopf gegen die Stuhlkante und ging. Die andern Wirtshaussitzer stichelten und hetzten noch eine Weile, aber sie hatten schon zu wenig Hirnschmalz, konnten Künig und Zehner nicht mehr unterscheiden. Mit der Gewißheit, daß einer von beiden Spielern ausgesackelt werde, schwankten sie befriedigt ab. Nur Lukas lehnte starr mit gestützten Armen und schaute sich die Augen aus. Matthäus gewann wiederum. Denn einer hielt für ihn das Glück mit schwarzen Krallen. Plötzlich fluchte der Schlager und verdrückte sich ohne Gruß durch die Küchentür. Er hatte in der Wut einen Dukaten drangesetzt. Auch dieser ist hin gewesen.

Lukas zog die Karten fibbernd zu sich ... mischte und hieß den andern abheben. Eine geflochtene Brotschüssel lag zwischen den Brüdern auf dem Tisch. Dahin warf jeder ein Silberstück. Einmal kam die Kellnerin und schenkte ihnen die zwei Maßkrüg voll. Dem Schneider drüben stellte sie ein Kerzenlicht für die Nase. Einmal tauchte am Fenster das

Spitzkummet eines Pferdes auf, war elf Fuß hoch und hatte einen Schellkranz rundum geheftet, der gab schon eine Melodei. Die Kinder kauerten stumm, etzliche mit aufgesperrten Mäulern und fast schlafend. Man wäre der sacht einfallenden Dämmerung und Stille innegeworden, wann der Muck nicht in einem Zug geredet hätte. Weiß Gott, warum er just an diesem Tag dem Schloßwirt seinen Hosenboden flickte und weshalben er ausgerechnet auf diese Geschichte verfiel. Das Teil wird mich einer Erfindung zeihen; das Teil entweders einem Zufall oder einer Fügung die Schuld geben. Ich sage nur, es möge jedes im eigenen Leben nachspüren, ob nicht wenigstens ein loser Stein von ungefähr über seinen Weg rollte, scheinbar sonder Ursach, sonder Zweck ... und doch ein Markstein wurde. Ich sage nur: es ist geschehen und nicht zu ändern.

Der Muck also hat vor einer Weil auf fünf rostrote Streifen im Gamsleder gedeutet und tückisch gefragt:

»Wer putzt da seine Pratzen ab?«

Die Schloßwirtin ist glühend errötet. Ihr Mann war nämlich ein Wildschütz. Er leugnete solches auch niemals.

»Was Futter aus meinem Stadel zupft und grast auf meiner Weid, das ist mein eigen. Dawider mögen die Pfleger und die Kreisrichter greinen, wie sie wöllen.« So pflag er bei Gelegenheit zu sprücheln.

Der Muck hat die Hose umgewendet; rutscht ein Hirschfänger zu Boden.

Der Schloßwirt hat gelacht. Sie sind alsdann betreffs des Weidwerks in Diskurs gekommen; insonderheit haben sie die scharfen Jager durchgehechelt, welche früherszeit dem Stift gedienet ... selben auch, den der Teufel geholt hat, oben beim Grimmingtor. Die Geschichte kannten sie alle. Doch hie und da verwunderten sich die Weiber, als ob ihnen etwas neu wäre. Vielleicht heuchelten sie nur.

»Tua weiter!« sagte Lukas zum Bruder. Der warme Schweiß perlte von seinen Nasenflügeln.

Die Schulmeisterin äugte hinüber und wispelte:

»Bst! Dorten sitzt ja ein Stralzischer.«

»Hört nichts«, begütigte sie der Köhler.

Nepomuk schlug die Beine über Kreuz, biß einen Zwirnsfaden von der Spule ... erzählte weiter:

»... Und sie stund Mitternacht vor Mitternacht und hat gepaßt. Er ist nimmer kömmen. Aber ... die Todsünd ist leibhaft und lebendig worden. Verstehts mich? ... Das nächste Frühjahr brunn kein Lichtel im Bildstock. Nit Gesträuß und Blumenscherblein hat sie eingestellt als Zier. Einen Kotzen tat sie hinter die Kniebank legen und ihr schlafend Kindel drauf, sintemal sie's nit brauchen konnt beim Säen und Beeteltreten.«
»Weiß der Stralz nachher, daß eines nit sein ist?« frug die Wirtin.
»Glaub schon«, antwortete der Schneider flüssig.
Der Kohlbrenner wackelte mit dem Kopf und sagte:
»Mag ihm niemand hineinschaun und niemand nahen. Versucht es doch und tragt ihm eine unbeschaffene Post zu! Da steht er. Da lost er. Und gachsten geht er.«
»Mein Liaber ...«, hub die Schulmeisterin an, dann setzte sie die kleine Dirn, welche bislang auf ihrem Schoße gewest, plötzlich auf die astige Bodendiele, streifte kichernd die Schürze aus. Sie war eine schelmische alte Frau, die immer noch gerne schön sein wollte und es unberufen auch war. Sie zopfte, was ihr die Bäuerinnen übel nachredeten, jeden Tag ihr dünnes, schneeweißes Haar und nadelte ein schwarzes Sammetband um das Krönchen. Vor Schlafenszeit bürstete sie den Staub von Kittel und Spenser. Also schlug sie jetzund in begreiflichem Schreck die zwei Fürterzipfe aus. Ihre sternklaren Augen blitzten munter das Kind an, indes sie sagte:
»Mein Liaber ... wie die Buglmüllerin von Öbling das Wutzerl aus dem Bach gefischt hat, ist ihr über die Stralzischen ein Wort entrunnen. Der Alt und der Jung, sagt sie, halten nit Köpf z'samm. Der Alte laßt den Jungen beim Knechtstisch essen.«
»Die Buglmüllerin von Öbling kann ich nit schmecken«, sagte die Wehmutter von Gröbming. »Aber die Veitin hat es auch dem Lebzelter verzählt, daß der Bräu den Buben einmal gedroschen hat, blau und rot.«
»Ja«, schrie der Köhler, »weil der Bua sein Lebtag ein Falott gewesen ist.«
»Bst!« wispelte die Schulmeisterin.
Lukas schob dem Bruder Trumpf-As zu. Der Schneider machte einen Knopf am Faden und spähte zum andern Tisch

hinüber. Nachdem er das Bürschel gemustert hatte, sagte er ohne Bedenken:
»Derselbige, den ich mein, hat ein verdammt lüderliches Bluat gehabt, akkurat wie sein Vater. Ist auch verschwunden über Nacht ... Ausgejagt ... durchbrennt. Verreckt ... Ihr erratet's nit.«
»Stich!« spöttelte Lukas.
Matthäus legte Trumpf-Zehner auf die Trumpf-Sau.
»Heuochs!« schrie Lukas und freute sich kindisch der eigenen Klugheit.
Die Schulmeisterin schickte sich zum Aufstehn. Ihre Enkel hingen sammentlich wie Kletten an den Gewandfalten. Eines wimmerte, daß die Weid schon dusend sei. Eines wollte heimgehen. Ein drittes bat sie, noch zu bleiben. Da sagte der Schneider:
»Wann ihr wissets, was ich weiß!«
Sie spreizten noch runder die Augen und Mäuler auf. Sie stellten sich noch näher herzu, daß die Luft um den Schwätzer dicklich und schwer wurde. Aber es gefiel ihm. Er machte vorsätzlich eine Pause, neigte den Kopf und sah den Hosenfleck an. Sonach seufzte er:
»Ich hab öfter den gewissen Druck auf der Brust. Da hülft kein Trudenkreuz und kein Paternoster nit. Und wann ich einmal, heut oder morgen, in die Gruben muß, so kann ich nimmer nix erzählen.«
»So heb an!« tribulierten die Weiber in einem Atem, als befürchteten sie, daß er im nächsten Augenblick schon stürbe. Muck krächzte und ächzte. Er war jedoch kerngesund und trieb nur sein Possenspiel, um ihre Neubegier hell anzufachen.
»Die Pisterlin hat dortmals Totenwacht gehalten beim alten Berghammer; ist zwischen elf und zwölf einmal fürs Haus getreten. Fraget sie, was sie gesehen hat.«
Die wäre vor zwei Jahren in den Hinterberg gesiedelt, gaben sie ihm ungeduldig zur Antwort.
»Aso«, brummte der Schneider, nähte wiederum fleißig Stich vor Stich und tat, als habe er auf die Historie vergessen.
Die Schulmeisterin blinzelte die Wehfrau von Gröbming an und sagte:
»Im neuner Jahr, wie mein Mann noch Holzmeister bei den

Admontern gewesen ist, haben sie den lutherischen Knecht gefunden ...«
»Ja, den«, sprach Muck verächtlich, inmaßen er die Ansicht seiner Mitmenschen stets für unbedeutend hielt, »ja selbigen, den der Jager zum Frevel verlockt hat. Aber auf den winnigen Jager denk ich nit. Itzen denk ich auf den Sohn.«
Matthäus schaute groß und starr. Ein Kind zeigte mit gestrecktem Arme nach ihm und rief:
»Hau, die losen!«
»Was gibst mir, daß ich lauter red?« frug Nepomuk hinüber.
Matthäus betrug sich wieder einmal, als hab er nichts gehört. Sein Blick verlor sich gleichgültig ins Leere. Und Lukas, laut ins Zählen vertieft, hörte nur das viele Geld klimpern, was er gewonnen hatte. Alsdann kratzte er mit krummen Fingern neuerlich die Karten zusammen. Und da sein Bruder weders mischte noch abhob, besorgte er alles selbst; sagte letztlich schier ohne Luft:
»Spiel aus.«
Der Große warf Pique-Dame über den halben Tisch, der Kleine stach mit dem König.
»Die Buama sehen ja kaum«, sagte der Schneider. »Stellet ihnen meinen Leuchter hin, ich brauch ihn nit. Denn der Fleck ist eingesetzt, der Zwirn verstochen. Und die Begebenheit, die ich alsdann fertig erzähle, die Begebenheit hat sich mehrest in der Finster zugetragen.«
Oh, die Rauhnächte in hohen, einöden Gebirgstälern! Sie haben eine gar seltsame Bewandtnis. Da breitet sich das Dunkel an sechzehn Stunden. Und das Flämmlein Sonne, welches ihm nachzittert, weckt die Geschöpfe nicht auf. Die kleinen und die großen Dinge verwurzeln traumhaft. Die guten und die bösen Triebe verschmelzen zu einer Kraft. Und es keimt. Und es sproßt. Und wann irgendwo mitten im flaumichten Schnee wunderbar die blaue Blume erknospete, so darf keiner sich rühmen, daß er sie gesäet habe oder daß er ihr Geheimnis kenne. Unter jedem Auge, das sie blickt, unter jedem Hauche, der vorbeistreift, wird sie wachsen und sich wandeln. Den Sehnsüchtigen ein Trost, den Zweiflern eine Frage, den Tändlern ein Spielzeug, den Liebenden eine Verheißung, den Neidern ein Gift, den Geizigen ein Schatz, den

Greisen ein Märchen, den Kindern noch Wahrheit ... Leben ist sie von unserm Leben! So auch die Geschichte, welche Nepomuk auf dem Dreibein zum besten gab: dem armen Sünder ward sie Versuchung, gleich Gedörn und Stein zu seinem Fall bereitet ...

Nämlich:

Der Herrgott ließ der Ehebrecherin Zeit. Sie durfte die Kästen füllen mit Geschirr und die Truhen mit Leinwand. Sie durfte in teuerm Putz, sage mit Goldhaube und seidenem Kamisol, den ehrgeachteten Bürgerinnen sich zugleichen. Und wann sie in der Freundschaft auf Kindstauf, Hochzeitsschmaus oder Leichenzehrung geladen war, so hielt es ihr angetrauter Mann ... der Einaug! ... für geziemlich, daß sie vierspännig fuhr. Die mit ihm versippt sind, nah oder weitschichtig, der Sabin, die Vasolden zu Stainach, der Adam auf der Pürgg, der Loitzl zu Grubegg, die Bärnkopfen zu Donnersbach, die Groggern von Aussee, Admont und Rottenmann, die Zedlern und Kahlsen von Untergrimming, haben mehr auf die adrette Figur und das göldene Haar gehalten als auf den Leumund. Und ihre Frauen, sonst jeglichem Ärgernis feind wie der Pestilenz, sie drückten ein Auge zu; denn sie waren mit Kindern reich gesegnet. Es ist aber ein alter Spruch, nach welchem eine Mutter gar niemalen ein fremdes Nest bekritteln und lästern sölle, indem sie nicht erahnen kann, was ihr die eignen Zwitschervögel dereinst heimbringen. Und es ist ein alter Brauch, daß eine Mutter schon an den Biddel denkt, wenn ihre Töchter noch in der Wiegen schlafen.

»Ihr versteht mich«, sagte der Schneider.

Die Gewisse, die ich nicht nennen mag, hat Traid auf dem Schüttboden, Schecken, Roß und Schaf im Stall; hat Buben im Testamente. Da pflegt manche Bas und Muhm ins Künftige zu sehen und das Geweste zu vergessen. Und das Gemunkel ist eingegangen. Jeden Tag reiset die Ehebrecherin hoffärtiger am Bildstock vorüber, und endlich macht sie keinen Seufzer mehr um Ablaß und Seelenfried.

Nur ein einziger findet nicht Ruhe. Insonders, als sie ein bleiches Geripp im Freithof verscharren, erleidet er Höllenpein. Der Weihbrunn zischt und raucht ob seiner wie Wasser, auf gebrannten Kalk gegossen. Sooft die Glocken schwingt beim Evangel, will er durch die schwere Wand zu den Lebendigen zurück. Sooft seine Stanzi beim Kirchtor steht, will er sie für Zeit und Ewigkeit umfangen. Doch er kann nicht. Stärker als die Liebe ist das Sakrament. Und er bleibt gemieden. Keinen Schläfer legen sie ihm zur Seite. Kein Kreuzel setzen sie an sein Kopfort. Der Totengraber lässet das Gras im Winkel wachsen und mäht es nit. Sogar die Lutherischen schielen hinweg, wann sie Sunntag zur Predigt nach Gröbming fahren.

Nur das Kindsvolk! Treibt noch mit dem Schreckbaren sein mutwilliges Spiel. In der Allerseelendämmernis, wann die sträbernen Blumen auf den Gräbern rascheln und die roten Kerzen schon angezunden sind ... da hüpfet das Kindsvolk über das Sünderbüherl und schreit neunmal in einem Atemzug:

»Kaiser, Künig, Koglmann,
Jager, ziag beim Zehen an!«

Seinen Buben spüret er auch. Es schmerzt ihn bitterlich und ist ihm doch gelinde. Denn es ist besser als nichts. Könnt ihr's begreifen? Die bösen, strampfenden Füßlein wurden seine Lustbarkeit. Und er wartet. Winter ist lang, Sommer ist lang und doch nur ein Übergang ... Und er sehnet ... Bis zum Augenblick, wo zween Bundschuh sich gröbbisch ins dürre Gras stemmen und die Schwere des Tritts ihm zeigt, wieviel sein Kind übers Jahr gewachsen ist. Ein Herbst wird, in dem die Spitzmäus und Schermäus das Erdreich aufgelockert haben, so daß die hohlen Augen ein flackerndes Windlicht blendet und daß die Gebeine sich langsam rühren können. Noch lauter wie sonst spottet das Gefratz. Nur seinen Buben höret er nimmermehr. Da ist dem Jager unsäglich bang geworden. Jeden Abend hat er mit Würmern, Scheren und Mäusen gewühlt. Jeden Abend sagen die Kinder, ist ein Schluchzer aus dem Grab gestiegen. Und der Schulmeister sagt, ihm ist das samtene Bahrtuch aus der Sakristei verschwunden. Und der Bäckenhansei hat den Jager wandern sehen ... in der Novembernacht ... über Sumpf und Moos, Auen, Steg und Klüfte, dem Grimming zu. Dort muß er warten.

Item, der Teufel lässet ihm Zeit. Und die Monde verstreichen. Salzfuhrleut, Herrenkutschen, Saumwäglein rumpeln die Straß entlang. Handwerksgesellen und Kramer kommen. Monde verstreichen. Und er luget auf und nieder im weiten Tal. Und im Vollmond setzet er sich wie ein Bettelmann mitten ins Steingeröll und streckt die Hand aus. Alle heiligen Zeiten im Jahr zottelt sein Kind daher mit dem Scholarenränzel. Aber er lockt es umsonst. Es kann ihn leibhaft nicht erblicken, davor es noch keine Todsünd begangen hat. Die Wochen verstreichen. Das Laub sprießt, das Laub verfärbt sich. Erzfuhrleut, Grafenkutschen, Schleiferkarren reisen die Straße entlang. Wer noch? Ist es nicht seine Liebste, gesegneter Hoffnung? Rötlich blinkt der Mondschein über dem Erlenwipfel und ihrem Haar. Oh, hütet euch, Mannsleut, vor Erlen und rotblonden Frauen! Ist keine was wert! Großmächtig, mit dem Rosenkranz tritt sie vor den Jager hin, und meinend, daß er ein Armer wär, will sie ihm einen Kreuzer schenken. Langsam hebt er den Kopf. Langsam greifet er aus dem schwarzen Mantel. Und sie erschrickt. Sie speiet schier vor seinem geilen Hauch, zittert baß vor seinem Liebgewispel; und ihre falschen Lippen, einst so hitzig, ihr ungetreues Herz ist kalt.

Sie saget ehrbar:

»Jager, geh schlafen. Ich hab ihn gern seit dem ersten Barbaratanz. Und will ihm getreu sein, bis ich die Seel verseufze!«

»Und was geschehen ist beim Nepomuk?« fraget er.

Da reckt sie voll Hoffart ihre Gestalt und ruft:

»Das weiß ich nimmer.«

Er aber sinkt völlig zusammen, klöckt an die Rippe, unter der einmal sein Herz gebrunnen hat, und spricht:

»Ich hab es nit vergessen. Bist mir annoch meinen Buben schuldig. Wo hast ihn?«

»O Gott«, antwortet sie. »Dein wildes Blut hast ihm hinaufgeflucht. Und dennoch wird er nie so schlecht und elend werden, daß er dir folgen müßt.«

»Wart ...!« redet unheimlich der Jager. Dann ist es still. Rot sprenkelt der Mondschein durch die Erlenwipfel. Ob der Salza blasen sich Nebel auf. Das Grauen würget die Frau im Hals. Desungeacht sagt sie trutzig:

»Du kriegst ihn nit!«

»Nachher ...«, droht der böse Geist und starrt sie seltsam an ..., »nachher raub ich dein untauftes Kind.«

Itzt verlässet sie die Kraft. Laut weinend hebt sie die Hände und bettelt:
»Barmherzigkeit für meine Schuld. Bevor du das tust, bevor nimm mich.«
Er schüttelt nur den Kopf. Trostlos und scheel stechen seine Augen von der wächsernen Stirne ab. Und dann muß er, einem Schatten gleich, im Gerölle bergwärts wandern. Denn stärker als die Sünde ist das Sakrament.
Es dauert aber nur bis zum nächsten Vollmond. Da zeitigt sich die Erfüllung. Wieder sitzt das Beingestell in der Schotterwiese und lauert Tag und Nacht. Viele gehen fürbei, ohne seiner gewahr zu werden. Viele erblicken ihn und enteilen darum noch schneller. Der Sturm treibt graue Wolken zu. Lärchennadeln, Ahornblätter und Schneewehen stauben. Roß und Reiter ziehen die Straße entlang. Franzosen kömmen. Voran der General. Oder nennt er sich Kaiser? Wir erachten, daß es der Kaiser war. Und der Bergsturm pfeift. Und die Vögel schreien. Und im dichten Flockenflaum geht einer neben dem Zuge her, formaliter wie ein lebendiger Baumstumpf. Zehntausend Soldaten drehen ihre Schädel, reißen das Pistol aus dem Gurt und zielen. Doch es schnappt kein Hahn, es zischt keine Kugel.
Plötzlich stößt das erste Pferd ein Gewieher aus und bäumt sich. Der Kaiser hebt sich im Bügel und sagt:
»Verflucht.«
»Und verdammt«, sagt der Schatten, »in Ewigkeit. Amen.«
Dann zwinget er den Schimmel mit Zaum und Biß und weiset ihn strenger als ein Roßknecht. Und der Kaiser schweigt und sieht die beinerne Blöße mit scharfen Augen, zumal er auch ein Adam ist ohne Paradeis. Im Gefolge schlottern die Offiziere, die Kundschafter, Feldscher und Leibdiener. Können alle nicht helfen. Dicht beim Wundersamer Gangsteig, wo es geistert, hebt der schwarze Kund ein Gelispel an:
»Dein ist das Madel und mein der Bua. Handschlag!«
Lang versteht ihn der Kaiser nit. Und nachdem er ihn verstanden hat, begreift er nit. Da fahret die Knochenpratze nach seiner Hand und drückt sie, daß ein schwärendes Mal wird. Im nämlichen Augenblick läutet zu Öbling die Zwölferin, und der böse Geist ist verschwunden. Kein Franzos

traut sich den Nebenmann zu fragen. Jeder meint, da wär der Tod gewesen. Jeder meint, er und kein anderer hab ihn gesehen. Und Napoleon, der den Tod gedungen hat, fürchtet, daß dieser itzt um seinen Lohn käme. Die Worte setzen ihm zu wie Hornissen, denen man sich vergeblich wehrt. Mit rarem Geschau mißt er die Bauerndirnen, wann sie bei seinem Anblick in die Häuser fleuchen. Und sooft ein Bursch die Wege quert, bedünkt ihn, es lauere hinterrücks schon der Mann im Bahrtuch.

Es wird Abend. In der Propstei, woselbst der Stab sein Hauptquartier genommen hat, brennt der Schein aus den Fenstern.

Beim Torbäck saufen die Subalternen und im Pfarrhof der Dolmetsch und die Kuriere. Lediglich die gemeinen Soldaten kampieren noch auf freier Weid.

Der Kaiser geht die Kompanien ab. Siehet das lustige Feuerzüngeln, siehet den Ochsen am Spieß und rundum die hungrigen Gefrießer. Denkt ergötzet:

»Hierbei tast ich Fleisch und Blut. Das GeripPe drüben war eitel Sinnentrügnis.«

Weilen es finster wird und der Schneestaub nur noch kärglich leuchtet und die Mattigkeit sich an seine Glieder schleicht, rastet er in der Pfarrstuben ab, und der Frater Lupicin muß ihm ein Flaschel Donauwein kredenzen und ein Büchel fürlesen von Unzucht, Fraß und Völlerei. Da vergisset er leicht und sorglos die sonderbare Erscheinung.

Auf einmal . . . horch! Da klopft es.

Wer ist draußen? Die Finsternis. Wer rufet? Zween weiße Kiefer, sonst nichts.

Napoleon und der Klosterbruder blicken sich an. Ist ihnen beid, als hätten sie verstanden:

»Auf der Gassen dein Dirndel.«

Gell bimmelt die Hausschelle. Der Frater macht einen heimlichen Lacher und geht . . . wohl meinend, daß man hohe Herren zu rechter Stund allein lassen müsse. Kaum ist er fort, so klopft es wieder. Weiß nicht, wo. Und einer rufet:

»Auf der Gassen dein Dirndel,
Im Freithof mein Bua . . .
Glück zua!«

Den Kaiser überfällt das Grauen. Als ein Totenkopf hanget der Mond zwischen den Pappelbäumen. Der Platz ist leer. Das Feuer ist im Schnee zerflackert. Schwarz in schwarz marschieret die Vedette ...

Nepomuk machte einen Schnaufer. Von der Stille geweckt, öffneten die Kleinsten schmal die Lider. Man hörte, wie im Käfig eine Meise zirpte und wie drüben ein Kartenblatt auf den Tisch flog.

»Jawohl«, sagte der Schneider. »Aber die Geschicht ist noch nicht aus. Wo bin ich stehengeblieben?«

Sie waren ganz umsponnen von seinem Bann und selthalb keiner Antwort fähig. Er sah's mit Gefallen und frug:

»Den alten Berghammer habts gekannt?«

Zumal sie sich nicht rührten, nickte er an ihrer Statt und sprach weiter ...

Gut alsdann. Der hat den Anfang gemacht. Hätte er die Glocke nit zum Sturm gezogen, reden dumm die Leut, oder hätte er dem Zuruf der Wach pariert, so wär kein einzig Kügerl locker worden in den zehntausend Stutzen. Aber das ist nicht wahr. Immer beginnt der Teufel sein Werk, hinter Unschuldigen versteckt. Stumme, Blinde, Törrische müssen ihm Handlanger sein. Und törrisch ist der Berghammer gewest, daß er sein Sterbegeläut für ein sänftig Ave gehalten hat. Die Rauferei zwischen Freund und Feind mag ein gelernter Soldat beschreiben. Ich meine aber, niemand wird sich recht erinnern, warum der eine sein heiles Leben und der andere den Tod davongetragen hat. Kurzum, da schlaget jeder nach Kräften zu, und der grimmige Kaiser denkt ergötzet:

»Hab lauter Miliz von Fleisch und Blut; der beinerne Sengsenknecht war eitel Sinnentrügnis.«

Und je wilder die Kartaune kracht und je dicker die Kugeln und die Steine fliegen, um so ruhiger wird sein Mut. Und noch bevor die Frühe graut, ist alles, was in französische Krallen fallt, nach Gstatt zu Gericht und Pönitenz befohlen ... Da sitzet versammelt die hohe Generalität. Da sitzet der gallsüchtige Lebzelter und der frumme Lupicin. Und ... o Gott ... da huckt der bewußte Höllenauswurf kommod wie ein Hauswirt unter seinen Gästen. Der, sage ich, welcher um das Schloß die Seel verschachert und um ein falsches Weibsbild sein Leben verwirkt hat ... Napoleon erbleichet; laßt sinken

die Hand, wo schon die Lustseuch schwärt, und fühlet: er muß dem bösen Geist mit Wunsch und Willen untertänig sein. Auch die Öblinger stutzen. Dem Einaug tröpfelt der Schaum vom Gebiß. Der Torbäck studiert: »Wo hab ich den gesehen?«
Und Pater Isidoren ziemt, dem habe er schon einmal requiescat gesungen; weiß nicht, wann. Doch jeder, so ihn scharfen Blickes betrachtet, sieht plötzlich nur nacktes Gebein. Und jeder meint, im schwarzen Mantel stecket der Tod. Die halbe Nacht, den halben Tag schon währt der Prozeß, fragt der unselige Jager voll List und Heimtück um seinen Buben. Aber die Männer von Öbling gehaben sich stumm in der Kerkerhaft, denn sie merken: was dem überliefert wird, ist verloren für Zeit und Ewigkeit:
Der Kaiser aber, der den Tod gedungen hat, befürchtet, er wird seiner nicht Meister. Und wie es schon im Lauf der Welt beschlossen ist, daß hohe Herren die lohnen, welche sie los sein wöllen, so beut er dem schwarzen Kunden billig ein anderes Kind an, was inhaftiert ist.
»Wendet euch fürsichtig«, sagte Nepomuk leise. »Es ist der kleinere von den zweien ... der just gewonnen hat ...«
Aber der Jager stiert gradaus und gibt die Antwort:
»Ist nicht mein!«
Da lässet der Kaiser voll Ungeduld ein Dirndel holen.
»Gebt Obacht!« sagte Nepomuk. »Ihr habt sie gewiß schon gesehen. Am Bitt-Irchtag, wann die Öblinger auf Groß-Sölk kömmen, tragt sie den weißen Jungfrauenfahn.«
»Ja!« sagte der Köhler von der Strubb. »Die Stralzen-Rögerl.«
»Bst«, mahnte die Schulmeisterin.
Der Schneider spähte über die Achsel und zischelte:
»Der Bua hat seinen Schädel beim Geld. Es loset nur der Falott, und der ist morgen über alle Bergeln. Alsdann, wo bin ich stehengeblieben?«
Sie holen die saubere Dirn herbei, und der Napoleon beut sie dem Jager an. Der stiert gradaus und gibt die Antwort.
»Ist ja dein!«
Da paktiert der grimmige Kaiser zum letztenmal und spricht: »Gut! Binnen dreier Täge soll dir das ganze Dorf gehören; Männer, Frauen und Kinder und was dir gefällig ist. Dann aber scheiden sich unsere Wege.«

Und es ist so geschehen, damit er den bösen Geist vertreiben kunnt. Ein Schock Franzosen wurde geheim nach Admont um den Prälaten geschickt. Derselb aber hat sich in seiner Zellen eingesperrt und dem fidelen Pater Justus die Reiseordre sowie Kruzifix und Reliquie geben. Und nach drei Tagen alsdann steigen die Patern dreispännig auf den schwarzen Kunden zu. Der Gabriel hat zitternd das geweihte Licht gehabt, der Justus das päpstliche Kreuz und der Isidor die Partikul des heiligen Blasius. So beten sie laut den Kleinen und den Großen Exorzismus her.
»Wissets, was das bedeut'?« frug der Schneider.
Nein, das wußten sie nicht.
»Ein langer Spruch ist's gegen Teufelsgewalt, Hexenkunst, Zauber und Besessenheit, Siechtum, Melancholie und alle verdammten Geister. Der Pfarrer verlangt ein Meßstipendi hiefür. Der Kapuziner einen Brotlaib. Ich kunnt ihn auch, wann ihr solcher Hülf einmal bedürftig wäret. Braucht mir nur zu geben, was euer guter Willen ist.«
Mit dem winnigen Jager haben ihrer drei vollauf Arbeit gehabt. Ohngleichen siedet und dampft der Weihbrunn über seinem Gebein. Jedesmal beim Namen Gottes biegen und winden sich die Wirbel. Aber weichen muß er mählich. Eine Kerze nach der andern verlischt im Gewölb ... Die Flüch und Seufzer unter dem schwarzen Mantel setzen aus ...
»Du Lugenschübbel«, rief Lukas urblitzlich herüber. Item, er hatte eine Weile zugehorcht, und sein Rechenkopf, jedem Mysterium abhold, hatte alle Haar gesträubt. Die Sölkner glotzten ihn ganz weltverloren an. Der Schneider war baff. Als es dermaßen still war, schrie der Bub mit gerecktem Halse:
»Die Pfarrern haben ihm nichts getan. Aber der Gasteiger hat ihm mit der Faust aufs Maul geklopft.«
»Ja«, antwortete Muck giftig, »das behauptet der Bader, indem er ein heimlicher Doktor ist und ledig an den Leib glaubt, nit an die unsterbliche Seel. Kann sein, daß er in der Finster einen Stuhl gewichst hat, den Schwarzen sicher nit.«
»Wohl«, schrie Lukas hell und schnell. »Ich selbsten hab es gesehen. Hat noch eine Kerzen auf der Fensterbank gebrunnen.«
Itzt bekam der Muck wieder die Oberhand; er sagte findig:

»Ah, Mensch! Sag's noch einmal. Du hast den bösen Geist mit eigenem Aug erblickt. So jung und schon eine Todsünd auf dem Buckel . . . servus!«

Lukas verstund ihn nicht, weil er von der ganzen Historie nur ein geringes Teil erlauscht hatte. Aber die andern lachten schallend heraus. Endlich sagte der Wirt:

»Verzähl weiter!«

»Mich gefreut's nimmer«, ächzte Nepomuk beleidigt, »sintemal der Lausbua allweil dreinredt.«

Lukas schob in einer gravitätischen Art die volle Maß dem Bruder zu. Dem war jedoch die Lust für Spiel und Trunk verleidet. Die Brotschüssel strotzte gegupft mit Kreuzern, Batzen und Bankozetteln. Das Zwielicht reizte seinen dunkeln Blick auf ein paar Georgitaler und den Golddukaten. Ist alles sein gewesen. Ist alles verspielt. Nun schoppte der Bub seine Säcke prall. Das Beste wog er bedächtig mit den Händen ab und knüpfte es in den Schneuztuchzipf. Dann schloff er mit steifen Gliedern hinter dem Tisch herfür und zahlte.

Matthäus ging ihm stumpfsinnig nach. Ein kleines Stück der wunderlichen Geschichte mußten sie noch vernehmen, ehe der Wirt auf den Zwanziger herausgab. Denn der Schneider hat, dem Lukas zu Trutz, laut und boshaft gesprochen. Nämlich: Kaiser Napoleon hat bald hienach den Marschbefehl erlassen und den Öblingern das Leben geschenkt, davor er den Tod nicht wieder beschreien wollte. Und vom Moarbühel an haben die Franzosen alle links geschaut und sind im Laufschritt und Galopp auf Gröbming zu. Aber solche Angst hätte nicht notgetan. Der beinerne Kund ist schon nach einem andern auf der Suche gewest.

»Komm!« sagte Lukas, eng an der Tür.

»Wart!« sagte Matthäus.

Der Schneider lugte zwischen den Sölknern durch, meinte baß verschlagen:

»Und auf die Stralzenbuben hat er's scharf. Wie dortmals der Älteste durchgangen ist, da hat ihm herissel der Tauernschneid eine junge Sennin Quartier gegeben. Der Wintersturm ist ein guter Kuppler. Vom Oktober Vollmond bis zum letzten Viertel wehte es Tag und Nacht. Das Vieh im Trempel muß ersticken. Das Brünndel ist abgefroren. Das Brot ist verbraucht. Und das Licht mag nur noch schütter durch die

Schindeln blecken. Trotzdessen denkt er nit an Reu und Leid; freut sich fürmehr, daß er solcherweis versteckt ist, und heißt den Hüterbuben auf der Maipfeifen ein Tanzel blasen. Ein anders hätt um den Rosenkranz gelangt, er nit. Da weist die Brentlerin erbleichend zum Fensterguckerl, wo sich ein grausiges Beingesicht ans Glas drückt. Es ist nimmer gewichen. Nach neun Tagen ist der Bauer kömmen und die Knecht. Sie graben, krallen und schaufeln. Einer fuchtelt mit brennendem Pechspan beim Dach hinein und sieht die Dirn und das Hirtenbübel auf dem Herd hucken; beid weißhaaret, beid ohne Sprach. Der Stralzen-Matthäus aber ... erschrecket nit ... hat Karten gespielt durch die Fensterluke! Was er gesetzet hat, ist mir unbekannt. Dem Jager sein Geist hat göldene Zäpfen aus dem Grimming gesetzet.«

»Gehn wir einmal!« sagte Lukas.

Die freie Weid erschien ihm bewölkt und dämmrig. Die Planke, den leeren Heusack, insonderheit den Ochsen hatte der Reif bedeckt. Eben als er den Strick aufband, kam Matthäus nach. Mußte jeder eine Schlittstange packen und nervig ziehen; denn das Tier war vor Kälte steif, und die Kufen waren angefroren.

Den Großen ziemte, er sei itzten ganz einletz auf der Welt und nirgends daheim. Keinen Menschen gäb es also schlecht und überständig wie ihn.

Die Brüder, dachte er, sind gar nicht meine Brüder. Und das Erbe steht dem Markus zu. Und er zerrte an der Schleipfe, fast stärker als das Tier. Und alle schwarzen Laster und Begierden duckten sich hinterrücks auf den Blochen.

Was hab ich in Öbling zu suachen, dachte er. Nichts!

Über den Tauern brach ein roter Stern durch die Dünste. Der Schnee war schon blausilbern. Schwer drückte die Luft.

Oh, die Rögerl, dachte er, und sein Herz wurde vom Grübeln wüst. Oh, die Rögerl kann auch ohne meiner Stralzin werden ... Aber den Schneider würg ich ab. Heut auf den Abend ...

»Hüah ...!« rief Lukas, »es schneibelt.«

Matthäus beugte sich noch tiefer. Die Anzgadern ächzten unter seinem Griff.

Denen söllt ich Knecht sein? knirschte er. Und die Gedanken zerwirrten sich völlig. Muaß ja nit Knecht sein. Und er muaß nit Herr werden. Der Bach und der Blitzstrahl künnen übern Hof schlagen. Und die Rögerl kann sterben ... Damit der Markus nit ...

»Hörst die Ketten in der Feister?« frug Lukas unruhig. Es war ihm zuweg der Nikoloen nicht mehr geheuer; denn die Sölkner haben harte Schädel und grobe Pratzen, weitum bekannt. Auch die Geistergeschichte stimmte ihn ein wenig bänglich.

»Ja ... ja, die Teufeln ...«, sagte Matthäus heiser und wischte den Schwitz von der nackten Brust.

»Wo hast das neue Hemed?« frug Lukas.

Der Große schwieg. Sein Herz war ganz in Eis und Feuer. Und sie muaß mich liaben, sinnierte er und tappte, wo der Socken stäke mit dem Lebzelten und dem Herzen. Meinen Vater ... selig oder verdammt ... haben die Stralzen übertrumpft. Mich nit. Mich nit! Den Hof mögens haben. Aber die Rögerl ist mein. Heut geh ich zu ihr ...

Und er faßte den Schlitten stärker an und zog sinnlos wie das Vieh. Und es war, als lägen sein Haß und seine Sehnsucht schwer auf den Blochen. Der einzige Stern verlosch im Dunst. Es wölkte grau über das Firmament. Ein paar Flocken schwebten. Hinter dem Zaun verbarg sich schläfrig eine Amsel. Urblitzlich ließ Matthäus die Anzgader los und schrie:

»Ziach allein! Was schert mich euer Fuhrwerk!«

»Bleib bei mir!« bettelte Lukas.

»Fürchst dich?«

»Wohl nit«, antwortete der Bub. Und horchte hiebei nach dem Kirchbühel, wo eine Kette rasselte.

Der Lotter merkte ihm seine Angst an und sagte:

»Ist schon grausig viel Unglück geschehen in einer solchen Nacht.«

»Ach«, tat Lukas geringschätzig.

»Mir wurd schiach mit so einem Haufen Geld«, meinte Matthäus. Und dieweil er sprach, fiel ihm etwas ein. Doch erschrak er anheute nicht mehr vor sich selbst. Ihn bedeuchte, daß er dem andern alles Böse dürfe zuleide tun, zumal er nicht sein Bruder war. Er kehrte um. Sagte mit kurzem Lachen:

»Magst aufpassen. Schlechte Leut, Diaben, Räuber und Mörder gibt's überall ... Und der Sturm hebt an und finster wird's.«

»Laß mich nit allein«, bat Lukas. »Ich schenk dir einen Gulden . . . oder zween.«
Matthäus blickte häßlich auf seine zerrissenen Schuhe und murrte:
»Sei stad, du geizige Letfeigen du! Warum söllet ich mitgehen? Wir gehören ja nit z'samm.«
Nach dieser Rede trennten sich die Stralzensöhne. Matthäus stapfte mit großen Schritten wieder talein. Der Sturm riß einen Fetzen aus seinem Rock. Er spürte nichts. Sein Seel und Leib stunden in Eis und Feuer. Er drückte das hülzerne Herz an sich und dachte:
Und die Rögerl ist mein. Sie wird mich nit betrüagen, weil sie keine rotschilcherten Haarzöpf hat wie meine Muatter . . . Arme Frau Constantia!

DIE KRANEWETTEN UNTER DEM SCHLEIER

Der Ochs stapfte nunmehr ganz müd, und Lukas konnte ihm mit seiner Knabenkraft gar wenig helfen. Manchmal wirbelten steife Schneenadeln vom Boden auf. Die Wolken wälzten sich an den Baumwipfeln. In Stößen pfauchte der Wind. Dann blieb das Tier dampfend stehen. Und wenn er mit der Geißel zuhaute, wandt es zäh den Schädel und plärrte. Der Bub bedachte mutlos, wie spät er bei solcher Gangart nach Öblarn käme. Er wartete mit rundem Buckel auf eine Gefahr, und je langsamer die Füße vorwärts fanden, um so schneller hämmerte der Puls. Sein Spielgenoß, dem er das Glück verdankte, ward ihm unheimlich. Er bildete sich ein, daß etliche goldene Zäpfen zwischen die Bloche geklemmt seien. Und wann ein Schneefleck greller aus der nächtlichen Bläue stach, schlitzte er die Augen und ließ sich vom Ochsen weisen; denn er fürchtete auf einmal das Beingefrieß. Es winselte irgendwo, als ob eine arme Seel durch den Wald schliche. Ein dürrer Zweig knackte. Der Bub schaute um. Aber niemand ging. Dann streifte ein nasser Greisenbart die Wange. Er schlug darnach. Es war wirklich nur eine fahle Flechte. Lukas wollte sie vom Aste reißen, doch ihm graute. Es war, als glurten gelbe Augen aus dem Stumpf, als flatterten rundum rote Haare. Er ging auf die andere Seite des Weges, wo der abschüssige Bergrain noch einen Schimmer Licht verstattete. Da trabte Mohran mit zurückgelegtem Behang, ganz tiefsinnig. In den schwarzen Zotteln hatten sich weiße Bälle und Quasten verfilzt. Über den Buckel waren Punkte, Tupfen und Streifen possierlich ausgesäet. Die Rute zog im Neuschnee eine stete schwefelgrüne Furche.

»Mohran«, sagte der Knabe. Allein der Hund launte noch dem andern nach und stellte sich taub.

Vielleicht, so dachte Lukas, wäre es gar nicht sein Hund, sondern ein fremder ... Oder ein Wolf ... ein Werwolf vielleicht. Er blieb darum zurück und ging eine Elle weit hinter dem Fuhrwerk. Hierselbst hatte er das Gefühl, es sei ihm ein großer Mann dicht an den Fersen. Sooft er sich hastig umsah, paschte ein Flockenwirbel in sein Gesicht; der scharfe Sturm änderte alle Flüg die Richtung; ja er raste geradezu im Kreise. Lukas konnte kaum atmen. Er watete wieder gegen die Waldlehne vor und nahm seine Zuflucht bei dem Ochsen, indem er die linke Hand auf das Joch legte und sich mit geschlossenen Augen seiner Führung übergab. Und das Tier ließ ihn nicht entgelten, daß er's seit der Morgenfrühe gar unlieb behandelt hatte. Es wäre gewiß gerne rascher fürbaß geeilt; der Hunger trieb seine Glieder an, aber der nämliche Hunger lähmte sie auch. Der Bub wußte gar nicht, wo er sich befand. Die Mühlen, die Höfe blieben hinter den fliegenden Wetterwehen verborgen. Weder Brücken noch Gattern erwiesen sich als Augenmerk, waren alle vom Dunkel eingeschlungen. Ihn bedeuchte, daß er in fremder Gegend ginge und daß längst Mitternacht sei. Er hatte indes gut zwei Stunden gebraucht, und beim Stürggen läutete erst die Suppenglocke, wie er auf den Gatschberg zufuhr. Hierorts ist beiläufig das Wegmittel.

Lukas schnalzte plötzlich kreuzfidel. Er klopfte mit dem Peitschenstiel an die hellen Fenster der Bauernstuben und ergötzte sich, wann der Schlitz im Fürhang breiter wurde oder wann aus dem zierlichen Schatten der Pelargonien der dicke Schatten eines Kopfes tauchte. Vor dem Haustor des Heinzel stiefelte soeben der heilige Nikolo mit seiner infernalischen Dienerschaft. Der Satan trug ein lebendiges Kind im Buckelkorb, der Luzifer trug ein ausgestopftes, dessen Haxen lang und bocksteif über den Rand herabschaukelten.

Etliche Höllengeister zweiter Ordnung grölten zum Gotterbarmen und hauten ihre Kuhketten gegen den gemauerten Unterbau, daß der Mörtel wie Stockzucker spritzte. Hintennach torkelte ein feister Kerl, ganz in teures Otterfell genäht. Er hatte sich das Gehörn eines Steinbocks zugelegt. Und die Zunge stammte von französischen Pantalons. Sintemal er schon öfters draufgestiegen war, band er sie unterwegs mit dem Schwanz zusammen. Der Kerl war der reiche Matthiasbauernsohn. Die Gatschberger und die Sölkner Kinder zeigten ihm ansonsten die lange Nase. Die Dirnen hielten ihn zum Narren, und die Burschen lachten ihn aus. Aber beim Nikololaufen mochten ihn alle leiden, weil er das schönste Gewand hatte und für den Spaß wie auch für die Unkösten aufkam.
Item, er schleppte gar jedesmal drei Metzen vergöldete Nüsse, Äpfel, Klotzen und gar feine Bäckereien mit sich, nota bene, in einem Sack, der von Mäusen angebissen war, damit da und dort ein Stück zu Boden falle und die Bergbauern hinter ihm was aufzuklauben hätten. Freilich hielt er ihnen alsdann das ganze Jahr seine Spendaschen für und schimpfte in den Wirtshäusern herum, daß die Sölkner und die Gatschberger schmutzige Notnägel wären und den Kindern die Freud wegfräßen.
Lukas hatte auch schon von ihm gehört. Noch in einem Alter, wo der Mensch nicht weiß, was gruseliger ist: das Schrecken oder Geschrecktwerden, konnte er der Versuchung nicht widerstehen, welche ihm der Augenblick darbot. Als nämlich zwei kleinwinzige Dirndeln mit dem Milchkrug ums Eck spähten, fing er sie und schrie in den Wirbelsturm:
»Her da, Teufel, mit der Ruten.«
Die Mägdlein flennten, verzetteten vor Angst die ganze Milch. Eins reckte sich los und fiel in die Mistlacke. Es hub ein Heidenspektakel an. Der reiche Matthiasbauernsohn strampfte brüllend näher. Der Luzifer, der Satan sowie die untergebenen Geister, sogar der heilige Bischof, waren mit unheiligem Gelächter vom Heinzel herübergewaten.
Von der andern Seite war indes sachte ein Funken angetanzt. Die Stürggin hatte sich mit ihrer Tabakspfeife auf den Altan gestellt und erlustigte sich nun an dem Geschrei. Inmaßen sie jedoch bald gewahr wurde, daß ihre zwei schüch-

tigen Dirndeln und ihr Milchkrug in Gefahr waren, holte sie ohne viel Wort einen Eimer Wasser und goß ihn über den Nikoloen aus.
Auch den Stralzen-Lukas traf der jähe Segen. Er verwunderte sich ein Ave lang. Dann schüttelte er die Näß von der Pudelhaube und fuhr davon... Das Dörfel hatte dem Anprall des Windes etwas gewehrt. Itzt raste das Schneegewöll heulend und pfeifend bergauf, bergab in einer furiosen Wucht und schlug über die drei Lebewesen, daß sie fast erstickten. Sie gerieten an Stellen, wo die Straße leer gefegt war. Öfter jedoch mußten sie durch Geschiebe und Haufen strampfen. Lukas merkte schon, daß er solchermaßen nicht weiterkäme. Er entschloß sich, die Bloche abzulagern. Als er die Klammern aus dem Holz treiben wollte, brach unter dem Zabbel ein Scherben Eis, sprang und klang wie Metall. Ihn schüttelte neuerlich ein Mißbehagen. Er beließ den Schlitten an seinem Platz, knapp beim Wegsaum, und spannte aus. Der Ochs trabte wackerer. Der Hund schneuzte in die Luft und versuchte mit seinen alten Läufen ein paar kecke Sprüng. Und Lukas erstaunte über sich selbsten, daß ihm der billige Einfall nicht eher aufgeblitzt war. Er verhoffte sich die Möglichkeit, den Markus und die Regina noch daheim anzutreffen, und malte sich von den restlichen Abendstunden ein gar ergötzliches Bild.
Item, seit Allergottsheiligen, wo im Tal die erste Gefrier und im Gebirg der erste Schneefall eingesetzt hatte, waren sie sozusagen beim Nikolo auf der Stör gewesen. Es begab sich für gewöhnlich so: Vater Stralz machte das Kreuzzeichen. Die Söhne durften vorbeten, und zwar den Freudenreichen Rosenkranz. Die Dienstleut mußten nachbeten. Mutter Stralzin sprach laut nur das letzte Amen mit und schaffte durch ihr Beispiel die Dirnen zum Spinnrad. Alsdann zwickte Lukas eine Speckschwarte ins große Ratzeneisen und schloß die Schlagbrücke zu; kühlte ferners die kupferne Sudpfann im Bräukeller und visitierte die Malzdarre, ob hierselbst keine Feuersbrunst, kein Rauch und Ruch wäre. Indieweil hatte Blasel in seiner Stube tüchtig eingeheizt. Er wärmte einen Leimtopf auf dem Ofensims und zündete eine Kerze an. Sobald die Brüder die Stiege herauftappten, verzog er sich in den Unterstock. Aber auch wann kein Ausschank war, störte

er sie wenig durch seine Gegenwart. Er legte sich solchenfalls aufs Bett und schnarchte. Und die Brüder werkten. Klebten einen höchst pomphaften Festornat aus scheckigem Papier, welches die Veitin sonst zum Putz der Almkühe verkaufte. Wie eben manche Menschen lediglich durch sichtbare Beweise überzeugt werden, mußten nun auch die beiden jungen Stralzen ihrem Aufenthalt zu Admont insofern einen gewissen Nutzen zuerkennen, als sie hiedurch über die kostbaren Kirchenkleider des Prälaten Gotthard genau informiert waren. Mit ihren groben Fingern, unter denen das Papier viele Male zerriß, ahmten sie gar geduldig und mühselig eine Mitra sowie Stola, Kasel und Pallium nach, und in Ermangelung von Perlen, Gold und Edelstein schmückten sie diese Paramente mit gepreßtem Efeulaub, Hagebutten und Streusand. Der Bruckentischler hatte ihnen bereits zu Martini einen Krummstab gedrechselt. Den umwanden sie weißgrün wie eine Fahnenstang, zum Zeichen, daß es der Bischof hauptsächlich auf die Steirer abgesehen hätte ... Die Rögerl durfte ihnen auch helfen, aber nur jeden dritten Tag. Sie war der Frau Mutter nicht von der Rockfalte gewichen, bis diese ihr die schönste Nachtjacke und einen Unterkittel mit spannbreit gestricktem Spitzensaum geliehen hatte. Hievon machte sie ein Chorhemd ... Wie mittlerweil der Pontifikalstaat fertig war, probierte ihn Markus. Er brauchte wegen der überaus zarten Materialien eine halbe Stunde dazu. Und die beiden andern, Lukas ingleichen die Rögerl, konnten sich des Neides nicht erwehren, so prächtig war er. Da tröstete sie Markus, indem er das Dirndel beredete, ein Engel zu werden. Den Bruder Lukas ernannte er zum Diakon. Derselbe jedoch wollte lieber als Teufel gehen. Sie haben, wie schon angedeutet, einen Ochsenschwanz mit Pech und Kienruß angefärbt, ein paar Schafhäut sowie Gamskrickeln vom Unterdach geholt; und nachdem Lukas sich Galltinte ins Gesicht gerieben und die Höllenadjustierung benebst feuriger Zunge an Kopf und Leib gespendelt hat, sagte Regina, aufrichtigen Lobes voll:

»Einen schöneren Schiachen hab ich nia gesehn.«

Verwichenen Freitag aber, wie Regina sich probeweise als Engel zeigte, sprach Markus zu ihr:

»Du magst schon mitgehen. Aber den Lukas brauch ich nit. Ein Lehrbub ist zu jung als Krampus.«

»Kenn mich aus beim Strumpf«, hatte der Bub gerufen. Und gemäß seiner Kindergewohnheit eilte er klagen. Die Frau Mutter schickte ihn stante pede wieder in die Tavern zurück und dachte sich ihr Teil. Die Regina war nämlich bildsauber. Nicht so sehr durch ihr Firmungskleid und den bräutlichen Unterrock mit der gestärkten Häkelspitze, welchen Constantia Stralzin ihr geschenkt hatte, nicht so sehr durch die Flügel, völlig naturgetreu, aus weißen Entenfedern gesteckt und geleimt. Fürnehmlich zierte sie der rosinfarbene Schleier.

Dieser Dinge erinnerte sich Lukas, als er itzt mit dem Zabbel auf der Schulter und dem Rinde an der Hand gegen die Hachern stapfte. Seine Phantasei, sonst karg und wohlgemäßigt, fuhr mit dem Sturm dahin, schaute bald ins Bräuhaus, bald in die Dorfgäßchen, freute sich, wurmte sich und frug in heller Erregung, ob die beiden auf ihn gewartet hätten. Seine Phantasei ging schließlich als Teufel hinterdrein, schlug mit Ketten, schreckte die Kinder und nahm eine Tortenschnitte von der Tasse des hochwürdigen Paters Isidor. Näher begründet, hat dieser unwahrscheinliche Gedanke seine richtige Bewandtnis ... Sonach Regina für den Markus einen fein gestrählten Flachsbart zusammengestückelt hatte, fiel den dreien schier im nämlichen Augenblick ein, daß der Engel viel zu leicht erkennbar sei. Sie berieten eifrig dies und das. Lukas wollte aus seiner Ersparnis einen Batzen opfern und zum Kramer um eine Larve gehen. Doch Rögerl sagte eigensinnig:

»Von der Veitin will ich keine Larven.«

Am nächsten Morgen nach dem Frühamt paßte sie dem Pfarrer für und tribulierte ihn gradheraus um das alte Spitzentuch, was die Base beim Kämmen für das Küchenfenster hängte. Der hochwürdige Pfarrer lächelte; machte in der Sakristei eine Truhe auf und sagte:

»Ich hab gar nix. Aber tun wir schauen.«

Eine Welle von Lavendel stieg am Gemäuer hoch ... schwer und heimelig. Altardecken, Kelchtücher lagen da. Ein brokatenes Velum. Meßpölster, darin das Herz Jesu eingewebt war.

Er legte alles sanft auf eine Betbank und sagte wieder:

»Ich werd nix haben. Aber tun wir schauen.«

Auf dem Boden, ganz zuletzt, lag ein rosenroter Schleier;

war ein Votivgeschenk der Gräfin Stampfer an die Jungfrau Maria im Maien. Schon Pater Laurentius Perger hatte ihn nicht mehr über das Bildnis gehüllt. Pater Isidor hob ihn gegen das Licht und flüsterte:
»Da hast was Schönes. Aber reißet mir nit mehr Löcher hinein, als schon drinnen sind. Und laßt euch anschaun, alle drei.«
Regina küßte ihm glückselig die Hand und ging. Pater Isidor streckte mahnend den Zeigefinger und erinnerte sich, daß er in seinem langen Leben schon mancherlei getan hatte, was der Abt, der Bischof und der Papst ihm nie erlaubt hätten, doch erinnerte er sich auch an das Gleichnis mit den Kunstwerken des Herrn, und zumal greisenhafte sowie kindliche Menschen das Unendliche am feinsten erahnen, meinte er wiederum, daß die Stralzen-Rögerl aus einem besonderen Holz geschnitzt sei ...
All dieser Dinge war Lukas freilich nicht eingedenk, weil er hievon eine beschränkte Kenntnis hatte. Er malte sich nur fleißig den Genuß aus, wie der weiße Nikolo, der rosinfarbene Engel und der schwarze Teufel beim Pfarrer in der Küche stünden und wie jeder ein saftiges Stück vom Mehlspeisteller nähm.
Auf einmal knurrte der Hund, blieb stehen und schnupperte gegen den Wald. Lukas geriet mit jähem Schreck aus seinen Gedanken ... Unzählige fahle Lichtpunkte flogen im Hohlweg vieleilig und dicht, hingen sich an seine zuckenden Wimpern und machten ihn fast blind. Es bedeuchte ihn, daß ein Baumstumpf bergab wandle. Der Sturm preßte seinen Hauch zurück. Und die Angst schnürte ihm die Kehle zu. Begreiflich! Er hatte die Erzählung des Schneiders kaum gehört, noch weniger geglaubt. Gleichförmig, inhaltslos wie das Lautgeriesel einer fremden Sprache waren die Worte zumeist auf toten, steinharten Grund gefallen. Seltsam ... als Phantasei darüber spülte, wurden sie lebendig in ihrer eigenen, grausigen Gestalt.
Mohran stemmte nochmals die Vorderbeine auf den Hang, roch, wedelte ... der Knabe zerrte den Ochsen am Horne weiter und kämpfte gegen den Schnee, welcher seinen Körper in die vier Winde schüttelte und seine Füße unheimlich schwer an die Erde band. Oben hinter dem Flockenflor ging der

Schatten. Und wann Lukas, der Hund und das Rindel ein paar hundert Schritte keuchend talwärts liefen, ward auch der Baum zwischen den Bäumen schneller. Drei Fetzen wehten hinterher, gemahnten an die Zipfe einer Bahrdecke. Letztlich konnte der Bub vor Erschöpfung und Furcht die Füße nicht weitersetzen. Er schlug ein Kreuz und sagte gell und kläglich:

»Alle guaten Geister ...«

Da brüllte der Schwarze, fuhr mit einem Satz am steilen Raine nieder, würgte den Buben und schrie:

»Geld oder Leben!«

Der Eisenzabbel glitt lautlos von der Achsel in den Schnee. Lukas preßte die Hände an die Brust. Er fühlte den harten Knopf des Schneuztuches und sein fibberndes Herz. Mohran schloff an seinen Knien fürbei und heulte.

»Tu weg die Pratzen!« befahl der Schwarze.

Das Bürschel stund ... die Augen ins Dunkel quellend, die Lippen eingebissen, die Finger verkrampft, ungeacht seiner Todesangst noch trutzig. Halb gereizt, halb im Spiele zeigte der andere ein Gjaidmesser. Der Bub nahm es bitterlich ernst. Es war ihm weder Geld noch Leben wohlfeil. Undanks, noch bevor die laxe Faust sich straffen konnte, hatte Lukas schon die Schneid gepackt. Warm rieselte das Blut von seiner zerschundenen Handfläche. Er empfand keinen Schmerz und warf sich mit ganzer Wucht gegen den Lotter. Allein zwischen beide wälzte sich der Sturm; fing und verkehrte jeden Schlag. Er machte sie toll, daß keiner wußte, welches Trumm sein und welches Trumm dem andern war. Sonderlich der Bub erschwachte bei solch unwirklicher, oft wesenloser Rauferei. Der Stahl in seiner wunden Hand ... ein Totenbein ..., die Wolle, dran seine Wange streifte, der samtene Bahrkotzen. Er gab nach. Itzt hatte der Schwarze das Messer wieder. Und die Schneide ging im Dunkel zwischen Hals und Hals ...

O liebes Wunder Gottes! Da kugelten sie unter den feisten Ochsenbauch und mochten vorab keinen Rührer tun. Endlich zwängte der Riesenkerl sich herfür und packte den Buben am Genick wie einen jungen Hund, sagte grausig:

»Beuteln will ich dich, du geiziges Jüdel du, so lang, bis der letzte Taler verzett' ist!«

Lukas schlug drei Kreuz im Schwunge, meinte, es sei zum

Sterben, und warf bockig etliche Batzen aus dem Hosensack. Der Lotter hielt ein.
»So. Jetzund her mit dein' Sacherl! Aber wehr dich nit; ansonst bist eine Leich!«
Lukas reichte ihm mit blutigen Fingern lauter Kleingeld. Und der Schwarze ließ es irgendwo unter seinen Zotten verschwinden. Frug sonach: »Hast nimmer nix?«
»Nix«, ächzte Lukas.
Da riß ihm der Lotter die Pfaid auf und langte ums Schneuztuch.
»Was ist nachher das?«
Lukas schwieg. Die tollen Sinne kreisten ... rundum, immer mit dem Sturm. Oh, wie ohnmächtig ist der Mensch, wann er seinen Feind nicht kennt! Einem Maroden ähnlich, der sich gegen das Fieber oder gegen den Wahnsinn spreizet, spürte er, da stund, bald begreifbar, bald als ein Schatten sein Spielgesell ... konnt ein Räuber sein ... ein böser Geist ... ein Teufel ... Aber daß es sein Bruder Matthäus sei, glaubte er nicht mehr.
»Alsdann knie dich nieder!« schaffte der Schwarze und gab ihm einen Fußtritt. »Knie dich nieder, Bürschel, sag ich, und schwör.«
Der Bub gehorchte; reckte zitternd die Hand hoch. Das Blut sickerte in dunklen Tropfen vom Ellbogen in den weichen bröseligen Hufschlag.
»Ich schwör ...«, diktierte der Kerl.
»Ich schwör ...«, wiederholte Lukas klappernd, hatte aber noch so viel Bauernwitz und Fürsicht, die Eidfinger der linken Hand so zu drehen, daß ein jedes Wort hinter dem Buckel blitzkräftig in die Erde fuhr.

»... alsdann,
bei allen Verdammten in der Höll,
bei allen Teufeln,
bei Perchten, Habergeißen und Hexen,
beim würflichen Jager,
beim Luzifar,
bei meiner armen Seel ... schwör ich ...
daß ich nix verraten will,
was heut geschehen ist.«

Lukas schrie jeden Satz mit schwacher Fistelstimme nach. Diemals er fertig war, schluckte er vor Erregung ein Maul voll Speichel und schnaufte baß. Aber der andere hub schon wieder an:

»Herentgegen, bald ich meinen Schwur brechen söllt ...
so mögen die Satane mich mit glühenden Gabeln schupfen ...
so mögen mich die Hexen über einen roten Feuerrost schleifen,
so mag mir die Percht eine Gerstenstreu ins Hirn schoppen,
so mag die Habergeiß mich spießen ...
so mag der wilde Jager ...«

»Hör auf«, jammerte Lukas, »ist eh schon gnuag.«
Der Lotter sagte unbarmherzig:

»so mag der Jager neun göldene Zäpfen in mein Herz treiben ...
so mag mich der Luzifar bei der Mitt vonnand reißen,
bald ich meinen Schwur gebrochen han.«

Der Bub redete alles nach, wie der Kerl ihm satzweise fürredete. Letztlich hob er die zitternde Hand noch höher und fügte aus eigenem Antrieb bei:
»Tatsach, Ehr und Seligkeit. Ich bitt schön, laß mich laufen.«
»Wir haben einen Weg«, murrte der Schwarze.
Sie gingen de facto anderthalb Stunden lang mitsammen gegen Öblarn. Sie begegneten keinem Menschen. Sie sprachen nichts. Und wann die leise Stimme Gottes den Kleinen gefragt hätte:
»Warum hast du gezuckt mit dem Gjaidmesser?«
Und wann die leise Stimme Gottes den Großen gefragt hätte:
»Warum hast du gezuckt mit dem Gjaidmesser?«
Es wären beid außerstand gewesen, eine Antwort zu geben ...
Beim Freithof verschwand der Lotter. Lukas wagte nicht, ihm nachzuschauen. Auf dem Dorfplatz wurde er mit wildem Gebrüll und Gerassel empfangen. Ein Schock Nikoloen umzingelte ihn, eine Stallaterne schwankte näher. Da bemerkten sie, daß er klebrig war von Blut, und indem sie sich abkehrten, sprachen sie befriedigt:
»Der hat sein Teil.«

Ja, so beschaffen ist Bergbauernbrauch; pflegt die Buben und Dirndeln frühest abzuhärten gegen Furcht, Wehleidigkeit und Todesangst. Ist mancherlei Nutz und Schaden verquickt, hat alles auf der Welt seine zwei Seiten. Gut ist das gedörrte Obst, das Tändelzeug und die Bäckereien, welche ein Kind bekömmt. Ferners auch der unerschrockene, rauhe Mut. Der Bauer, item, zieht für den Kaiser Soldaten auf, die müssen Pulver schmecken. Er zieht für die Herrschaft Jager auf, die sich über Wänd und Klüfte trauen. Für sich selbsten zieht er Knecht und Mägde, die einen biesenden Stier beim Gehörn packen können ... Schlecht ist die Rute. Ferners auch der unerschrockene, rauhe Mut. Item, Jager und Soldaten mögen wohl sein. Aber was ist's zum Exempel mit den Wildpratschützen? Feuern und fechten mag wohl sein. Aber was ist's, wann beim Kirchtag einer dem Nachbarn zu grob auf den Schädel drischt? Oder wann ein zorniger Hausvater die Hausmutter schlägt? Still! die Betrachtung gestaltet sich weitschweifig und parteilich. Wäre nur noch zu sagen: So ist der Bergbauernschlag. Schon die Kinder sind feste Knöpf. Neunundneunzig vielleicht schlüpfen heil durch Satanskrallen. Gut! Das hundertste ... klewer, fein und klein, kriegt die Fraisen und stirbt. Und das ist ein schlechter Zufall, traurig aber wahr.

Lukas sah gegen die Brücke her zwei lichtfarbene Gestalten schreiten. Er versteckte sich nahe beim Garten und wartete, bis sie das Roppel Hauseck passiert hatten. Dann schlich er in den Stall, versorgte den Ochsen. Dann wusch er sich am Fluder.

Erst diemalen sich nirgends mehr Arbeit ergab, schlich er ins Haus. Seine Frau Mutter blickte soeben ängstlich aus dem Tore.

»Will schlafen gehen«, sagte er.

Sie hielt sich einen Augenblick völlig still und steif. Hienach schaffte sie ihrem Ziehtöchterl mit zittrigem Ruf, die Suppe und das Äpfelmus zu hitzen. Sie vergaß nämlich, daß Regina fortgegangen war.

»Mag nichts essen«, murrte der Bub schon auf der Stiegenstufe.

»Einen Löffel voll doch?« frug die Stralzin gepreßt.

Da knackte oben im Halbstock bereits die Türschnalle ... Eid hin und Eid her. Falsch oder gültig. Lukas hätte jedenfalls über das Abenteuer geschwiegen. Itzt wieder inmitten der Menschen schämte er sich ...

Seit einer Stunde waren Markus und Rögerl auf der himmlischen Gnadenreise. Vorab hatten sie im innern Dörfel zugesprochen. Beim Zedler befund sich annoch ein später Nachwuchs. Die Loherin zog zwei verwaiste Menscherln auf, der Schuster Sigel sechs eigene Kinder, gewachsen wie die Orgelpfeifen. Beim Engelharscht wimmelten die Kinder der Inwohnerleut, sammentlich fünfzehn Figuren von unterschiedlicher Herkunft, Größe und Haarfarb ... Die beiden überirdischen Geister hatten sich allerorts nur kurzen Aufenthalt vergönnt, gedachten ihre beste Zeit für die Freundschaft zu sparen. Zum Berghammer wollten sie nicht hinein, sintemal die Buben in diesem Jahre ausschulten und darum wenig Respekt bezeigten. Und beim Schröffel stapften sie ohne zu klopfen fürbei, des Glaubens, ein lutherisch Kind könne nit beten ...

Als Lukas sich nahe der Brücke spähend verborgen hat, waren sie auf dem Weg zum Torbäck. Und die Frau Luzia paßte bei der Dachrinne mit einem ellenlangen Zettel, woselbst das Sündenregister ihrer jüngsten Sprößlinge peinlichst notiert war.

Markus entbehrte den Bruder nicht. Er hatte Korb und Kette mitgenommen. Solches gab er jeweils Reginen zu hüten, indem er sprach:

»Wart vor der Stuben und los'. Bald ich vom Teufel red, so rassel. Bald ich den Engel nenn, so laß die Ketten fallen. Pack den Zöger und kimm!«

Vom Amtmann Joseph Salzinger hinweg gingen sie zum Pfarrhof. Die vier Pappeln sträubten ihr Geäst. Schneewirbel stoben gegen den Himmel. Schneestürze fuhren die Dächer entlang zur Erde hin. Markus setzte den Korb an; tastete unter dem zarten fliegenden Schleier nach ihrer Hand und drückte sie minnig.

»Ist dir kalt?«

»Was?« frug die Dirn und zog ihre Hand zurück.

»Mir ist warm neben deiner«, sagte er dicht bei ihrem Ohr. Dann hob er schüchtern den Schleier auf.

Das Mädchen verstand ihn gleich.

»Nit, Markus!« bat sie. »Die Seidenweb ist hoch geweiht, ist Eigentum der Liaben Frau.«
Er scherte sich wenig um ihre Mahnung, schlang zähe den Arm um sie. Ein paar Federn brachen aus dem Flügel. Sie rührte kein Glied, sagete ganz milde:
»Buß mich nit, sonst geh ich heim . . .«
Ihr ruhiges Gebar machte ihn noch scheuer . . . Er nahm den Korb und trat mißmutig hinweg. Da befiel Reginen eine wehleidige Reue. Und im Haustor der Pfarrei, wo sie wieder zusammentrafen und windgeschützt eine Weile veratmeten, bat sie:
»Mußt nit harb sein.«
Er schaute zu Boden. Zumal er schwieg, flüsterte sie dringlich:
»Hast so einen rauhen Bart.«
Er gab keine Antwort.
»Und Sünd wär's auch«, meinte sie alsdann steif und ohne zu bemerken, daß Markus schon lächelte. Endlich machte er den Mund auf.
»Rögerl!« sprach er und stockte. Er hätte sie allzu gerne traulich umfangen, wagte jedoch nicht einmal, ihre Hand zu fassen, solch unbeschreiblich stille Gewalt lag in ihrer Wesensart. Die kleine Ziehschwester mutete ihn wie ein fremder Mensch an. »Rögerl . . .«, sprach er ein zweites Mal, ». . . der andere wird gachst kömmen.«
»Ist etwa bereits daheim«, antwortete sie in Gedanken.
»Ja. Er ist der Ältest. Der Stralzenhof gehört sein, wohl auch die Tavern. Wann der Herr Vater mich auszahlt, will ich in der Fremd ein Gütel kaufen. Gebäu und Gründe gleim beinander. Ist es dir recht so?«
»Ja«, hauchte sie.
»Schulden gibt's im Anfang. Steuern gibt's. Hülfst mir hausen?«
»Ja.«
Markus griff nach seiner schwankenden Mitra, sodann nach dem Glockenzug und sprach bedächtig:
»Heut ist's annoch ein Gespiel, daß wir da läuten. Braucht jedes Ding seine Zeit. Mir steht itzt die Wanderschaft bevor und dir das Warten. Nachbei, wann mir der Herr Vater das Erb zahlt, wöllen wir zum Pfarrer gehen. Aber heut noch nit.«

Sie nickte. Doch kaum versprochen, zuckte widerwillig ihr Herz und bedauerte die übrigen Verehrer, sonderlich den Bergverweser mit dem schwachen, schwärenden Kopf und den Kramer mit seinem Ehekreuz. Nicht genug, auch der großmächtige Maibaum, welchen ihr die Zedlerischen Zwilling, der Peter und der Paul nämlich ... gesetzt hatten, das mürbe Kipfel und die närrischen Liebsverslein des Hansei kreuzten durch ihren Sinn. Der heimliche Glückstraum kreuzte durch ihren Sinn. Oh, sie hoffte, daß er sich erfüllen werde, daß die sechs Schimmel für dem Tore hielten, daß im Purpurpölster der gnädige Kaiser säß und sie zur Hochzeit lade. Weit, weit reisete ihre Sehnsucht aus. Büsche, Bäume, Dörfer und Märkte blieben zurück. Tag und Nacht, Frühling und Herbst wurde. Und sie kutschierte durch die schöne Welt und schaute rundum, ob irgendwo am Wegrand der Matthäus stünde und staunte ... mit kugelrunden Augen. Da sollte ihre Krone blinken, ihr Sacktuch winken. Plötzlich erschrak sie und frug, ob er indessen wäre heimgekommen.
Markus hatte sich eben wieder zu ihr geneigt und gefragt:
»Ist es dir recht?«
Das Herz im engen Mieder flatterte wie ein Vogel im Käfig. Sie staubte den Schnee von sich, entwand ihm den Glockengurt, daß ungewollt ein geller Ton aufschlug, und bat, in Ängsten sich abkehrend:
»Aber heut noch nit.«
Pater Isidor, welcher das kurze Geläut vernommen hatte, schob den Torriegel beiseit, als die beiden davongingen. Ein gelbroter Lichtstreif fiel auf das Umbrell. Den Blick beschirmend, trat der Pfarrer ein paar Schritte vor das Haus und rief nach ihnen. Obgleich sie noch nahe waren, gaben sie keine Antwort.
Da sann er betrübt:
»Oh, wie flüchtig die Menschen sind, füraus die jungen. Eine Bitte rutscht leicht über das Züngel. Auf den Dank vergessen s' allemal. Weiß Gott, das grüne Gewächs dort im Schleier ist auch so.«
Aber dann mußte er lachen. Er sah einen Schatten, welcher auf ihrer Spur schritt, und dachte: Wie groß der Lukas im nächtlichen Gestöber sich ausnimmt. Wie respektierlich er den Abstand beachtet. Weiß Gott, warum. Vielleicht darum ...

Immer nur zwei können den Himmel empfahn,
Der dritte muß leer hierneben stahn.
Immer nur zwei können hinein.
Der dritt mag ihner Torwartel sein.

Bst! heut habens mich fürs Haus gefoppt. Die zwei. Über ein paar Jährlein werden sie mir kömmen müssen. O liebe Jugend!
Der Schneewind trug ihm etliche blutrote Hagebutten und bunte Papierstreifen zu, welche sich vom Ornat des Bischofs geschält hatten. Eine göldene Nuß rollte schimmernd über die Steinschwelle. Er hob sie mit achtsamer Gebärde auf und brachte sie seinem wächsernen Jesukind in der Krippe. Ein Vaterunser lang leuchtete noch ein Fenster an der Freithofseite. Dann wurde es gleich den andern dunkel ...
Markus und Regina gingen durch den Verwesergarten, stolperten die vereiste Stiegen empor in die Stralzenparzelle und kamen letztlich zwischen Zaun, Stall und Keusche zum Schulhaus. Sie hatte erlaubt und geduldet, daß er mit schwerer liebwarmer Hand sie führte, hatte, aus wirren Gedanken schreckend, manchmal ein Wort zuweg ihrer Freundschaft gesagt und ihn gemahnt, die größeren Kinder ernstlich ins Gebet zu nehmen und den Jüngsten barmherzig zu schonen. Dann aber ... mußte sie den Kopf fast weinend neigen und bedenken, wie seltsam doch dieser Abend wär ... und immer wieder mußte sie voll bängster Unruh über die Achsel spähen, ob der Schwarze ...
Hintenbei, nicht nahe, nicht fern, folgte ihnen nämlich ein Schatten. Unter seinen dumpfen, qualmenden Wünschen keuchte er hin. Ich will nicht bereden, nicht beschreiben, wieviel Gier seine Seel ausfüllte, wieviel Todsünden er geistig beging. Man möchte erschrecken. Man möchte ihn aburteilen und verdammen. Ein strenger Richter ist gar bald zur Stell. Selthalben ist gut, daß die letzte Schuldentiefe nur Gott ermißt. Mir geziemt es nicht, dieselbe aufzudecken. Ich sage lediglich, er war ein armer verirrter Mensch, seine Kraft unbändig, seine Versuchungen groß, seine Lieb, das höchste Gut, war verwildert über die Maßen. Einmal erniedrigt, kroch er weiter im Pfuhl. Und die Urmächte der entfesselten Natur, welche dem Lukas abträglich gewesen, die hatten sich ihm als Helfer gesellt. Ohne Bedacht und Skrupel ist er über einen

Sölknerburschen hergerollt, hat ihm den Satanspelz vom Leib gerissen, hat bei einem verwachsenen Meiler in der Strubb sich angerußt. War immer noch schneller auf der Hachern als der Sturm und der Ochs! Kein Wunder füglich, daß Lukas vor dem erzittert war, der also durch die Rauhnacht bieste und außen und inwendig einem echten Teufel glich. Die Hörner rückten mählich in die Stirne nieder und vertierten sein Gesicht. Die Zotten der Bockshaut steilten sich und fransten im Winde. Geld wetzte klingend an Geld. Und das geschnitzte Herz hämmerte vom Schlag seines Blutes.

Zwischen Bach und Birnbaum stund er, als Regina beim Fenster klopfte und Markus die Kette ans Haustor warf. Der Schulmeister öffnete nach einer Zeitkürze und hielt ihnen einen brennenden Span entgegen. Es flimmerte ein blasser Lichtkreis um die beiden. Der Schwarze glotzte ungewiß ... Item der Bischof mit dem flächsernen Bart erschien ihm befremdlich alt. Die Rögerl im beflockten Schleier glich der Maienmutter. Zuweilen fächelte ein brauner Haarsträhn. Dann drehte sie ihre Gestalt, und er sahe wieder die langen Flügel. Er tat einen Schritt ... fiebertoll ... halb bewußt ... schwankend.

Da fauchte der Sturm die Flamme aus. Einsame Funken schwebten. Der Kerl erfing sich und blieb stehen.

Erst später tappte er langsam die Staffeln empor, um zu horchen. Die Tür gab nach ... Er schlich ins Vorhaus und rannte unversehens gegen das Mädchen.

Ein Schauer schlug durch ihren Körper, machte sie stumm ... Rot, blau, silbern, grün, gelb, gölden tanzte die Finsternis vor ihren Augen. Was Wildes engte sie ein ... Flügel, vielleicht Arme ... Krallen. Ein Hauch rieselte ... runn über ihre Lippen hin und machte sie stumm ... heiß ... selig.

Eine schwere, schwankende Mauer war die Finsternis. Das Herz der Rögerl hatte zum Zucken nicht Raum, so eng und rauh umschlang sie der Teufel. Still! Nur Matthäus. Sie spürte es ... wehrte sich zäh wie Wacholder gegen den Sturm und ließ ihn doch pflücken. Still! Sind eben vier Frühlinge hingeblüht, und die herben grünen Kranewittlein sind rund und reif geworden unter dem sanften Schleier der Lieben Frau.

»Bist es richtig?« lispelte das Dirndel einmal, sich gegen die Ziegenhaut spreizend.

Er sagte nichts. Gab eine verschwiegene Antwort.
»Hab oft im Tag gesonnen . . .«, sprach sie. »Mir ist gewesen, du kommst. Hast mich wohl kennt?«
Er schwieg.
Da streckte sich Rögerl baß; ihr Köpfel an seine Schulter haltend, frug sie traulich:
»Gelt, ich bin groß geworden dieweil.«
»Liabla bist worden«, sagte er heiser.
In der Stube beschrie Markus vergeblich den Teufel, laut, noch lauter. Die Kette war zwischen ihnen zu Boden gefallen, schlang ihre Füße ein wie der kalte Leib einer Schlange. Verhüte Gott, daß sie lebendig werde! Alles Böse schlief, was Matthäus an diesem Abend erhört, erdacht und getan hatte. Er fühlte seine überquellende Liebe, sonst nichts.
Durch das offene Haustor flog und hüpfte der Schnee. Der Bach orgelte seine brausenden Stimmen auf. Es surmte, es sang. Die Fenster waren lauter Tschinellen. Über das Dach bumste der Sturm, daß es klang wie ein Musikantenzug mit Wurzhorn, Waldhorn und Pfeifen. Die leichten Schwungfedern, die klebrigen Geißzotten vibrierten unter dem Tanz der Natur. Der rosinfarbige Schleier ruhete zwischen Mensch und Mensch. Die Sehnsucht ruhete . . . eine Ewigkeit . . . unerfüllt, ungestillt. War das Schönste, und doch nur ein Augenblick!
In der Stube kicherten die Mädchen. Es knarrte ein loses Dielenbrett. Ursula kam zur Tür und wispelte ungeduldig:
»Sollst einmal schebbern.«
Seine Arme sanken schlaff herab. Regina bückte sich um die Kette. Die ganze Not der Erde wachte auf.
»Du . . .«, frug sie. »Habens uns gesehen?«
Matthäus starrte ins zitternde Flockenbild und sagte finster:
»Wegen meiner.«
Das Dirndel aber bedachte jetzund, daß sie seinem Bruder versprochen war, zeigte zur Stubentür und flüsterte:
»Mein Gott.«
Der Bursch horchte kaum. Er mühte sich um das richtige Wort und begann ganz verloren:
»Den Hof kann ich graten. Dich nimmer, Rögerl.«
»Aber der Markus«, sprach sie zögernd, mehr wagte sie nicht zu gestehen.

»Pfeif auf alles«, murrte er. »Brauch kein Brot, was nit mein ist. Liaber verhungern, wo mich niemand kennt ...! Geh mit! Dein Kofferl will ich schon tragen.«
»Aber der Markus!«
Da hörte sie der Lotter. Sich jähzornig in ihrem Arm verkrallend, fuhr er auf:
»Aso. Ich bin dir zu letz. Schielst auch auf einen Bessern wie meine Frau Muatter. Oh, das Weibsgesindel.«
»Ist's denner wahr?!« grübelte Regina und mußte an eine gewisse Geschichte denken. Da preßte er sie gegen die Tür, daß die Ketten klirrten. Drinnen schluchzte ein Kind.
»Geh zu ihm und laß dich halsen«, schnaufte er. »Buß ihn. Es zahlet sich aus, maßen er den Hof kriegt.«
Mit einer toten Stimme sprach sie:
»Ich hab noch keinen gern gehabt.«
Dann war's stille, bis Ursula wieder durch den Türspalt sprach:
»Sollst einmal schebbern.«
Regina gehorchte. Der kleine Bruder flennte laut und bang. In diese Dumpfheit frug Matthäus:
»Und dein Franzos?«
Merkwürdig, da schwunden traumartig die sechs Schimmel fürbei, die Purpurpölster und die Krone. Sie schüttelte den Kopf.
»Ach, ein dummes Dirndel bin ich gewest«, sagte sie. »Ich wünsch mir's nimmer.«
»Hat er ... hat er ...«, knirschte Matthäus und brachte die Frage nicht zu End; so viel Scham war in seiner verwahrlosten Seele noch geblieben.
Dem Mädchen quollen die Tränen zwischen den Wimpern herfür, sie stotterte hülflos:
»Du mußt nit so gröbbisch sein.« Aber mählich ahnte sie mit feinem Sinn, daß sein Gemüt bitterlich krank war. Sie vergab ihm seine wüste Meinung, trat ganz nahe zu ihm und sagte ins warme Ziegenhaar: »Du, ich hab noch keinen gebußt, mein Lebtag. Als dich allein.«
Vielleicht ... daß er ihr glaubte. Er verglich sie mit den vielen, welche sein Leben beschmutzt hatten. Er küßte sie, doch nicht wie früher, sondern so, wie ein armer Teufel einen reinen Engel küßt.

»Ich weiß nit, bist törrisch?« sagte Ursula im Türspalt leise. Und laut sagte sie: »Heiliger Erzengel, komm herein.«
Das Mädchen nahm den Korb.
»Bleib bei mir!« bat Matthäus unheimlich, »sunst gschiacht was.«
Sie zögerte, wollte mit dem Schlüssel die Tür wieder zulehnen. Doch innenbei wartete schon Ursula und zerrte an der Klinke. Dieweilen flüsterte der Bub, in einer bösen Herzensnot sich überstürzend:
»Du, du! Kann nimmer heim. Bin die leibhaftige Todsünd, ich! Rögerl, bleib bei mir. Hab soviel Geld im Sack. Und ein Messer.«
»Sei stad«, hauchte sie zitternd.
Trutzig und plump vertrat er den Eingang und knirschte:
»Buß mich!«
Sie erschrak vor seiner Wildheit. Jäh verschob sich der Schlüsselbart und fuhr aus dem Loch. Die Tür prallte zurück. Herdfeuer und Kerzenschein überschlug die Dirn. Da bekamen ihr Vater, Markus und die Geschwister wieder Macht über sie. Es gibt solche Menschen: ihre Seele zerfließt in Blütenstaub vor denen, die rufen. Sacht legte Regina den Finger an die Lippen und ging hinein ...
Die drei jüngern Schwestern saßen kichernd auf einer Bank vor dem Herde, gemäß ihrem Alter gereiht und so auch namhaft gemacht; item, an der Ecke die Adelheid, neben ihr die Hildegard und im Winkel die Martha. Sie waren schon in jenem Spatio des Lebens, wo das Mirakel seinen Schmelz verliert. Sie stießen einander mit den Ellbögen. Und wann der heilige Bischof sich seitab kehrte, erspähten ihre mutwilligen Augen jeden Tadel in seinem Gewand. Oh, schade; die goldgestickten Ornamente wurden zu Papier; die Edelsteine verwandelten sich wieder in vulgäre Hagebutten, und der zarte Glorienhauch schwamm in mannig scheckigen Farbenbächlein über den brettsteifen Unterrock der Constantia Stralzin.
Gar munter hatten sie Bibelstücke, Katechisgesätze und Gebetlein herabgeleiert. Und blieb eine die Antwort schuldig, konnte Markus sicher sein, daß sie ihm zu Fleiß ihre Keckheit spüren ließ. Nur wann der Satan sich einmal gemeldet hatte oder wann der Winterwind, im Rauchfang niederrasend, ein Scheit zersplitterte und die Funken hinter den drei kurzen

Zöpfen aufschmiß, so duckten sich die Mädchen, verhuschelten sich eng und glaubten doch, die Geister des Himmels und der Hölle gingen durch die rote Dämmerung. Anders betrug sich der Bruder. Obzwar erst im neunten Jahre, zeigte er schon sein Erbteil, das schwere Blut des Vaters und das kranke Blut der Mutter selig. Er verharrte mit streng gefalteten Händen zuvörderst im Herdloch, kreischte entweder schrill vor Zorn oder blickte mit reifem, ganz und gar unkindlichem Haß am Bischof fürbei.

»Er betet niemalen auf den Abend«, hatte Raimund Winkler seufzend bemerkt.

Und der Schulmeisterbub bewies seinen Eigensinn auch heute. Wie nunmehr die Tür krachend in den Angeln schwang, schloff er käsebleich in die Nische zurück. Die drei Schwestern lachten hellauf; denn um Reginens rechten Arm geschlungen, hing die Kuhkette. Doch Ursula zog selbe flink herab und sagte, die Stimme ehrerbötig hebend:

»Heiliger Erzengel, wo ist dein schwarzer Gespan?«

Sonach zupfte sie dringlich an einer Federschwinge.

»Heiliger Engel Gottes, ich ruf ihn herbei, daß du ihn binden magst bei Händ und Füßen.«

Regina schwieg ... wie eine Bildfigur, den Finger an den Lippen. Ihre drei Schwestern auf der Ofenbank reckten neubegierig die Hälse. Und die schlaue Ursula? Wollte ihnen eine Komödie fürgaukeln und tun, als führe der Satan ebenitzt mit Schwefelgestank ins ewige Feuer. Aber kaum war sie im Vorhaus, als sie mit gebrochenem Schrei die Kette fallen ließ und in die Stuben eilte. Indes sie sich mit ganzer Kraft gegen die Tür warf, stammelte sie glaubwürdig:

»Es ist richtig einer draußen.«

Markus meinte, der Lukas sei ihnen nachgelaufen. Ungeacht ihn dieser widrige Zufall ärgerte, blieb er, seiner Sendung angemessen, sanft und würdig. Er legte, ähnlich wie bei der Firmung, den Kindern die Hand auf, belobte und belohnte sie. Als er zum Buben kam, der sich verkrochen hatte, sprach Raimund Winkler hart:

»Wöllet das Kind nicht weiter questieren, Herr Nikolaus. Es ist belastet.« Und insgeheim setzte er dazu: »... mit meiner Aversion gegen die Obrigkeit, gegen Schutzherren und Herren überhaupt.«

Regina geleitete den Bischof, reichte ihm jeweils mit bewußtloser Gebärde die Gaben aus dem Korb. Nur durch des Vaters Rede erinnert, gewahrte sie den Bruder. Sie schob Markus fort und bückte sich vor dem Herdloch. Sagte sanft, aber völlig fremd und abwesend:
»Tonerl, kriach außer.«
Der Knabe gehorchte nicht. Da nahm sie das Beste aus dem Weisetkorb und rutschte kniend in den pechigen Schluf. Vergeblich räusperten sich Markus und Ursula. Das gute Mädchen vergaß schon das zweitemal an diesem Abend, daß sie ein weißes Kleid und Flügel trüge, tat alles ohne Bedacht und Wissen, daß sie unter dem Schleier der Heiligen Jungfrau war. Der Toni mußte sie aber doch respektieren. Noch immer die Hände zueinander pressend, sagte er kaum hörbar:

»Heiliger Schutzengel mein,
Laß mich dir befohlen sein.«

Dann freilich drehte er sich gegen die Mauerziegel und biß einem gebackenen Bischof den Kopf ab.
Als Regina wieder herfürkroch, stund Markus schon auf der Schwelle und winkte ihr mit dem Krummstab. Den feierlichen Abschiedssegen, welchen er sonst zu geben pflag, hatte er sich diemals als unpassend versagt. Das Vorhaus war leer; auch das Gäßchen ...
Markus versuchte sie zu führen, frug:
»Was hast denn auf einmal?«
Das Parapluie segelte durch die Finsternis und zog sie mit.
»Du hast dich zu wenig verstellt«, sagte er.
Manchmal schaute sie um. Manchmal würgte sich ein Geschwirr von Worten in der Gurgel; sooft er eine Spanne näher trat, zwang sie sich Mut auf und peinigte sich mit dem Geständnis, daß sie ihn nicht lieben kunnt ... Vom Gschmeidler Steg an folgte ihnen wieder der Schatten. Markus sah ihn auch und brummelte trocken:
»So ein Lauskerl.«
Dann frug er:
»Wohin gehen wir?«
»Heim«, antwortete das Mädchen und ging mit großen Schritten. Markus holte sie alsbald ein. Und den roten Schirm nei-

gend über sich und ihr, bat er in seiner schlichten, besonnenen Art:

»Wir wollen derweil noch stad sein. Im Jänner geh ich auf die Walz, daß du Ruh hast. Liab und Lust ... jedes Ding braucht seine Zeit. Wird alles kömmen, aber heut noch nit.«

Regina hatte keinen Mut mehr.

Vor den Stralzischen Fenstern irrte Hansei. Der Bischof, gut gelaunt und in der Meinung, er habe die Rögerl schon im Sack, klopfte dem Hascher freundschäftlich auf die Achsel und lud ihn zur Einkehr.

»Ja«, sagte Hansei aus dem ersten Impuls, folgte wirklich ins Tor. Alsogleich aber trieb ihn sein großer Schmerz durch die Hofseite davon.

Die beiden himmlischen Geister meldeten sich geräuschvoll. Als der junge Stralz die Kette aus der Hand gab, merkte er, daß Regina fror und zitterte. Trotzdessen hielt er am Beschluß fest und erschien vorab allein; fand die Hausinsassen, sammentlich zum Empfang bereit, in Spannung und Stille. Gewaschen, sofern rätlich und nötig, auch mit frisch genetztem Haar, hockten die Dienstboten, die Tagwerker und Einlegerleut. Blasius Stocker beschwerte wieder einmal nur die Halbscheid des Sessels, welchen ihm sein Bruder und Dienstherr rechter Hand vom eigenen Lehnstuhl angeboten hatte. Linker Hand vom Stralzen saß die Frau Mutter mit dem kleinen Johannes auf dem stattlichen Schoße, dann Magdalen Schröfflin und ihr lutherischer Ehewirt, inmitten bergend das erstgeborene Kind, ein kugelrundes, flachsblondes Mädchen, welches noch lallte. Die Schröfflinschen hatten sich hierselbst einen Zulaß erwirkt, sintemal ihr Besitz von den Nikoloen gemieden war.

Markus setzte den Stab gewichtig auf die Diele. Sprach als Gruß die Lobpreisung Christi und noch im selben Atemzug:

»Leuteln, künnts beten? Sonst ist's g'fahlt.«

Sie nickten ernsthaft. Lediglich der Fleischknecht spielte den Freigeist und schmunzelte ins Fäustchen.

»Ich nit«, sagte er.

Vater Stralz, der ein Freigeist war, musterte ihn scheel mit dem linken Auge und blies langsam eine Tabakswolke hintan. Der Fleischknecht hat sich eine Nase voll genommen.

Und Markus begann hierauf im Baßton, grausig wie ein

spanischer Großinquisitor, sein katholisches Verhör. Wüstete mit den Geboten Gottes und der Kirche, den acht Seligkeiten, den sieben Sakramenten und den sieben Todsünden. Stellte höchst strittige Fragen aus dem Kapitel der Welterschaffung, die kein Papst, kein Astronom und kein Zoolog hätten beantworten können, geschweige eine Viehdirn. Immer nur seiner kargen Natur entsprechend, formte er die Reden. Aber geschöpft aus innerem Freuden- und Liebesfluß, wurden sie gar heiter und lebendig. Und je armseliger die Weltweisheit aus den bäuerlichen Gehirnen tropfte, um so höher trug ihn sein Schwung, um so lauter drohte er mit allen Teufeln der Hölle, denn er war sich heimlich bewußt, daß ein Engel ihm lauschte und Antwort gab.

Nach solcher Glaubensprüfung obwaltete der Bischof Nikolaus gar heikel in Punkto Sitten; tischte quasi einen Vorgeschmack des Jüngsten Gerichtes auf, indem er Tugenden und Laster, Gedanken, Wünsche, namentlich die straffälligen Taten zur allgemein öffentlichen Kenntnis brachte. So zum Exempel:

Dem Bettelot Adam, welcher diese Woche hierselbst in der Einleg arbeitete, hielt er grimmig für, daß er Hund und Katzen fräße, und an jedem Ort, wohin er kam, zum Andenken was mitgehn ließ. Vom Moarknecht sagte er, daß derselb öfter die Uhr verpfände für einen radlichen Weiberkittel. Die Sennin zieh er, daß sie im Sommer zwei Liebhaber und im Winter stetig zwei Leihkäuf im Sack hätt. Die geizige Kuchelmagd empfing einen Tadel, davor sie den Kastenschnaps wässerte. Und der Blasel mußte alsdann hören, daß seine Erhebung in den Grafenstand kein Anlaß wär für einen Eselsrausch. Nun gar Johannes ...

Annoch klein und unverständig, lächelte er frumm, inwährend der heilige Bischof sich den Bart strähltc und ihm eine gesalzene und geschmalzene Predigt hielt. Doch später, als Markus, förmlich in eine Litanei verfallend, gar grausig sagte:

»Du gamriger, du raunzeter, du tränzeter, du strampfeter ... dickschädleter Kneifel du ...«

O Schrecken! Da schlug Johannes mit Ärmlein und Beinen aus und hub pflichtschuldig an zu weinen. So blieb ihm die weitere Beschuldigung erspart, welche ungleich peinlicher war. Auch mir obliegt es, zu schweigen. Man bedenke, er stund in einem Alter, wo noch allerlei Zufälle vorkommen, die aus einem Historienbuch als unschicklich verwiesen würden. Man bedenke, daß ihm der Nepomuk auf die Woche erst ein richtiges Höslein zuschneiden sollt.

»Wo ist denn die Rögerl?« frug Sankt Nikolaus, plötzlich streng nach allen Seiten blickend.

Draußen rasselte laut die Kette; denn das Mädchen stak tief in der Wirrnis ihrer Gedanken und gehorchte strikt, puppenhaft, sinnlos.

»Sie ist schlafen gangen«, sprach Frau Constantia. »Sie hat sich gefürcht'.«

Der allwissende Bischof nickte. Sein Herz sprang munter über drei Jahre hin, aber seine Lippen sagten stuff:

»Sölle sich nur fürchten. Entbietet ihr meine Post: Bevor sie das Trank vor die Säu leert, sölle sie mit der Hand die heißen Brocken zermalmen. Ich duld beim Viech keine Schlamperei nit.« Dann frug er:

»Wo ist der Lukas?«

»Schlafen gangen«, wiederholte die Stralzin herb.

Markus bekundete seine Verwunderung durch ein schwaches Gefunkel der Augen, grollte endlich im Donnerbaß:

»Der! Und sein Ochs! Rennen dem Schlitten die Anze wurzab. Aber Lausbüabereien versteht er. Hat tagtäglich bei der Grummetmahd seine Apfelbutzen in meinen Jausenkrug geschmissen!«

O, heiliger Nikolaus ...

Wunibald Schröffel meinte zweideutig:

»Hiaz dürfet bald der Engel kömmen.«

Der bedauernswerte Engel, alias die Regina, fror und fibberte. Sie hob den Korb vom Boden und setzte ihn nach einer Weile wieder ab. Unter dem weißen Wind, den grob knarrenden Schritten draußen, unter dem Kinderschluchzen und der starken Stimme des Bischofs, unter sehnsüchtiger Bangigkeit tickte ihr Herz ... Die Christenlehre nahm kein Ende. Ad vocem versteifte sich Markus auf die Gebete, und darin bestunden die Hausinsassen mit Glanz und Ehren. Lediglich vor Andreas Stralz stockte er einen Augenblick, ging sonach fürbei. Inwillens, den Vater zu schonen, traf er die Mutter und traf ihre wundeste Stelle. Er sagte nämlich:

»Frau Stralzin, Ihr künnt Sunntags nit allemal der Meß an-

wohnen; sprechet füglich, was Ihr dafür zu beten pflegt; etwan die Seufzerlein, sooft die Stunde schlaget . . .«
»Ich?« so hörte Regina die Ziehmutter eisig entgegnen. »O nein, Herr Bischof. Beten sollen die jungen Leut; bei den alten hülft es nimmer. Schafft es doch meinem Büabel an!«
Seltsam! Auf diese Rede klirrte laut das Fensterglas. Glaubet mir, das ist keine Lug und Fabelei; das hat sich zugetragen. Es ward im Gastzimmer völlig still. Das Mädchen vor der Türe empfand eine böse Angst und ging hinein. Sie schauten alle starr auf den roten Fürhang. Über dem Ofensims bog sich das Kerzenlicht zufolg der Wärme krumm. Eine Butze schwelte dem Wachs entlang . . . Da klopfte es wieder.
Vater Stralz erhob sich und öffnete die beiden Flügel . . . Es strich ob seinem Kopf eine dunkle gescheuchte Kreatur, beschrieb im Schwunge ein Kreuz und klatschte dann der Stralzin zu Füßen. Es war eine große fremde Eule, die niemand kannte, vielleicht ein Bote aus einer andern Welt.
Wunibald Schröffel bückte sich zum Vogel. Vater Stralz sagte: »Den hat der Wind vertragen . . .«
Sonach bekam die bischöfliche Visite ihren regulären Abschluß. Ist hievon nur noch die Tatsach zu berichten, daß Frau Constantia, jeweils aus ihrem stumpfen Trutz erwachend, ihr Auge auf Reginen heftete und sich frug, weshalb die weiße Himmelstracht dermaßen befleckt sei. Es ließ ihr keine Ruhe mehr. Sie schaffte der Küchendirn, den kleinen Johannes niederzubetten, und stellte sich bei der Kleibentruhe auf die Paß. Zuerst kam die Sennin mit dem gehitzten Ziegelstein, bald hienach Markus. Sie fing ihn bei irgendeinem papierenen Zipfel auf und sagte mißtrauisch:
»Du! Warum ist ihr Kittel so voll Schmutz. Warum hat sie schwarze Teufelspratzen auf dem Rucken?«
Der Sohn bedachte die böse Frage gründlich, war jedoch gleich den meisten Mannsbildern arglos und murrte:
»Sie ist ins Ofenloch geschloffen.«
Frau Constantia befand solche Antwort für einen schlechten Spaß und wollt' ihren Buben ausschimpfieren, machte just den Mund auf, da knarrte oben im Halbstock schon die Klinke.
Es wurde Schlafensstund. Die Knechte gingen in den Stall, die Weibsleut in ihre luftigen Kammern. Magdalen Schröfflin hatte das speckfeiste Kindel in eine Decke gewickelt und

laufend über die Straße getragen. Wunibald empfahl sich vom Hauswirt eben mit Dank und Gruß ... Eine Wehe Geflock drang ins Haus. Mutter Stralzin trat zu ihrem Eheliebsten, sintemal er nun allein stund, und zupfte ihn, hiebei traurig sagend:
»Er ist nit kömmen.«
Vater Stralz verriegelte das Tor. Sie legte die Hand auf seinen Arm und bat:
»Sperr nit zu.«
Er drehte zweimal den Schlüssel um, ging alsdann schweigend seiner Wege. Sie folgte ihm über die Stiegenstaffeln; verrastete im leeren Söller, indes er schlafen ging. An den Butzenscheiben klebte in weißen Halbmonden der Schnee. Es wimmerte aus allen Fugen. Wie ein Nebelflaum huschte Regina an Kasten, Spind und Truhe fürbei und sagte:
»Frau Muatter, guate Nacht.«
Constantia Stralzin weinte. Die drei großen Söhne hatten an diesem Abend ihre sorgliche Liebe verschmäht. Oh, wie merkbar wuchsen sie hintan. Und der Mann, dem sie seit Jahren treu, geduldig und magdlich diente, der Mann blieb einsam. Jenes erschreckliche Traumbild flackerte durch ihren Sinn ... Da wo seine Pflugseel in den Feldrain geschnitten hat und ihr Fürtuch die Ähren beschirmte ...
Nach einer Weile krachte die Bodenstiege. Regina lugte ums Eck und frug:
»Frau Muatter, wäret Ihr noch auf?«
Die graue Gestalt beim Fenster seufzete. Da schlich die Dirn im Unterröckchen durch den Söller und sagte schüchtig angeschmiegt:
»Hab ihn gesehen.«
»Wo?« schrie Mutter Constantia.
»Hab geredt mit ihm.«
»Wo?«
»Er wurd wohl noch zu finden sein.«
Die Stralzin frug voll Zorn:
»Warum kommt er nit selbsten?« Dann sänftigte sie ihren Sinn und frug noch vielerlei. Hörte auf all und jedes ein klägliches Geschluchze und letztlich die Antwort:
»O mein Gott, o mein Gott; ich trau mir's nit zu sagen.«
Da gab es der Mutter einen Ruck.

»Ziach an dein Gewand!« befahl sie. »Wir gehen suachen.« Und sie nahmen die Stallaterne und suchten die Gassen und Schlufe ab ... immer weiter im Umkreis bis an die Grenzen des Dorfes. Vergeblich!
Und Matthäus war doch nahe ... nahe.
Nachdem sein Bruder, Regina und der Bäckenhansei im väterlichen Hause verschwunden waren, ist er, toll vor Heimweh, ein paarmal durch Hof und Garten gewaten, hat ein mürbes Pförtel aus der Angel gerissen, einen Schöpfkrug an die Mauer gewichst, hat Fluch um Fluch in die heulende Nacht geknirscht. Ein Ast spreitete sich vom Birnbaum und sauste über die Tennsbrücke hin. Funkenkränze stoben vom Rauchfang über die Dächer. Matthäus wartete gierig, bis eine Flamme aufschlüg. Er kehrte sein Gesicht der Wucht des Sturmes entgegen. Je mehr es ringsum schmetterte, je wilder und wohler raste sein junges Bauernblut.
Manchmal sah er einen großen schwarzen Vogel, dem ging er nach, wie der Mensch hinter seiner Sehnsucht oder seinem Schicksal wandeln muß. Zwischen steile Wirbel wurde er geworfen und gekeilt, zugleich mit ihm das Tier. Sobald es zum verhängten Fenster schellte, fühlte er's weh und lind, als drücke sein eigner Fetzen Herz an die gefrorene Scheibe ... Und da bildete sich ganz von selber der Reim, welchen er seiner Liebsten schenken wollt. Er sprach ihn zehnmal, zwanzigmal; er sang ihn fast. Oder sang ihn der flugmüde Vogel?
Urblitzlich stund, schwarz ins helle Viereck gezeichnet, der Schattenriß des Stralzen. Da wandte Matthäus sich weg.
Er sagte hinfiebernd, gedankenlos noch lange das Gstanzel auf. Später, als sein wildestes Gefühl verflaut, ging er in die Kramerei um einen Briefbogen. Es war nur die Veitin gegenwärtig. Selbe kannte sich bei den Mannsbildern aus; machte einen kurzen Blick in seine Augen und wußte, daß dieser Kerl tatsächlich von allen Teufeln besessen war.
Sie hätte kein Briefbögerl nit, schnappte sie hinter dem Hackstock herfür und versteckte ein großes Messer unter dem Küchenschurz. Kaum gesagt, reute sie die Weigerung als unratsam und gefährlich. In ihrer argwöhnischen Furcht gewahrte sie sogleich heiße, heftige Zornesblitze aus den gesenkten Lidern fahrend.
Ein Papierl hätt sie vielleicht, beeilte sich die Veitin zu sagen.

Aber beschwören könnt sie's nicht. Der Herr möcht nur stehenbleiben auf dem nämlichen Ort. Und allergütigst auf die Milch aufpassen. Sie holet es schon.

Mit einem Unschlittstumpen eilte sie ins Gewölb, und indem sie die Laden auf und zu schob und heimlich allen heiligen Nothelfern ein Hochamt versprach, tat sie, als wären hierselbst eine ganze Auswahl Frauenzimmer zu Diensten. Und sie redete zittrig im höchsten Fistelton:

Die Lini sollt weniger Seife verprassen und die Wurzelbürste nicht im Schaff weichen lassen. Auf dem Wasser schwimme das Kehricht schon dick wie Suppenkrapfen. Die Kathi wär beim Bäcken den Brotlaib schuldig. Und die Thres müsse nachher den glühenden Stahel benutzen. Vier Weiber hätten ohnedem nicht Platz und Arbeit hinter der Budel ... Einmal kreischte sie auf: In Gottes Namen, das Gewehr sei scharf geladen und kein Spielzeug nit!

Und da, sprach sie zuletzt, mit gespreiztem Arme ein Papier vom Gewölb ins Vorhaus reichend, da wäre das erwünschte Bögerl und koste nur ein Vergelt's Gott.

Matthäus glotzte stier, langte unter den Pelz ... Die vielen Münzen klirrten.

Die Veitkramerin aber wähnte ihr Leben bedroht und haspelte mit einem kniesteifen Satz an ihm vorüber ins Freie. Betrunkene Nikoloen irgendwo ... lachten schallend.

Matthäus bemerkte endlich, daß er allein war, und ging auch. Er war durstig; sog an einem Batzen Schnee und spie das geile Wasser unwillig aus. Er suchte einen Unterstand, der ein wenig Licht und Stille bot ... kam, ohne des bewußt zu werden, hinter der Wirtschaft des Bäckenhansei in den Tavernenhof. Der Bräukeller war verschlossen. Jedoch das Haustor öffnete sich gerade unter dem Schleuderspiel des Windes. Der Bub mußte hinein. Es hatte ihn auch in früheren Zeiten mit seinem trockenen Hals zum Blasel getrieben.

Am Eisenbeschlag der Stufen verhängte sich ein Lappen Sohlenleder. Matthäus taumelte ... tappte wie ein unförmiges Raubtier auf allen vieren weiter bis zur Kammer des Bräuknechts. Die rote Rundung des Schubfensters blinkte ihm entgegen. Warme Luft strich aus der Trittspalte ... Der vertraute süßliche Geruch von Bratobst und Eierbier. Er mußte hinein. War kein Mensch da. Auf dem Tische stund, fein umqualmt,

der Maßkrug. Er hob ihn langsam und roch ... Trank ihn alsdann mit gierigem Zuge leer.
Als der Blasel eintrat, reckte sich Matthäus von der Bettstatt auf und brummelte:
»Verrat mich nit!«
»Unten«, antwortete Blasel träg, »unten ist die Schank.«
Der Bub schwitzte und riß die Felle vom Leib. Blasel schaute ihm zu.
»Kennst mich?« frug der Lotter.
Der Knecht beutelte den schwammigen Kopf. Nach einer Weile frug er verwundert:
»Hast du mein Bier gesoffen?«
Der andere sagte herrisch:
»Ich brauch einen Federkiel!«
Blasius Stocker, welcher an Gehorsam gewöhnt war, holte ein Schreibzeug herbei, trug gefällig den Stuhl zum Tisch, quirlte mit einem Spanzweck die Tinte auf; indieweil die grobe Bubenpratze den ersten Buchstaben hinschmierte, frug er bedächtig:
»Was wird nachher das?«
»Mein Testament«, grölte Matthäus.
»Aso.«
Matthäus wußte, daß Blasel nur der Ziffern kundig war, und ließ ihn selthalben ruhig in die Geschrift sehen. Als er den letzten Strich auszog, frug er noch einmal:
»Kennst mich?«
»Na«, sagte der Blasel und gab sich nicht die geringste Mühe, über den Besucher nachzudenken.
Der Bub schwenkte sein Liebesbriefel vor dem Ofen hin und her. Sprach über die Achsel:
»Blasel, du muaßt mir jetzund die Wahrheit sagen. Ich sag sie auch.«
»Hm?«
»Ich bin der Matthäus.«
»Aso.« Der gute Bräuknecht blickte ihn von der Seite an, streifte die stinkenden Bockszotten glatt und war außerstande, diesen absonderlichen Fall zu würdigen. Inmaßen er gar nichts mehr redete, gab ihm der Lotter einen Stoß und rief:
»Aber probier's und verrat mich. Nachher därfst deine Beiner in einem Schneuztüchel z'sammklauben!«

»Na, na . . .«, beteuerte Blasel erschrocken. »Magst noch eine Biersuppen?«
Matthäus sagte ganz stumpf:
»Gelt, der Stralz ist nit . . . mein Vater?«
Itzten schmunzelte das behäbige Manndel, antwortete schlau:
»Wer denn?«
»Weißt es . . .?« frug der Bub.
»Weißt es du?« frug Blasius Stocker fürsichtig.
»Sag's!«
»Sag's du!«
Das verhungerte Gesicht des jungen Stralzen fiel noch tiefer ein. Seine rußigen Hände fächelten mit dem Papier. Seine nackten Zehen spreizten sich aus dem Schuh. Auf einmal knirschte er mit gesenktem Schädel:
»Der Jager.«
»Was tuast hiaz?« frug Blasel dumm.
»Gewiß der Jager?«
»Mein Liaber . . .«, sprach der Blasel grinsend . . ., »da fragst mich zuviel. Für gewiß weiß ich's nit. Die Leut reden's halt.«
Oh, die Leut! Es geht die Sage vom Kaswurm, welcher über Nacht einmal an sein Opfer schleicht. Eine lange Kette aus tausend und aber tausend fressenden Maden ist er, ein Tier, mit lauter Mäulern bedeckt. Gnade Gott dem armen Herzen, zu dem er sich ringelt! Item, der Kaswurm ist bis heute nicht verreckt, sondern mästet sich als Schoßtierchen der bösen Leute.
Matthäus setzte sich schwer auf die Liegestatt. Der Knecht nahm einen Laib Roggenbrot aus der Tischlade und legte sein Messer dazu.
»Muaßt es nit so hart nehmen«, schmatzte er. »Ist eh schon lang aus.«
Der andere spie auf den Boden . . . Schnaufend schnitt sich Blasel einen Keil Brot ab und fuhr, indes er schmatzte und käute, in seiner Tröstung fort:
»Was sollet unsereins sagen? Mir haben sie's von Kind auf fürgerupft. Hab's auch leiden müssen. Mein Herr Bruader aber ist ein honetter Mann. Wett meinen Kopf, er viertelt das Erb und teilt die zween Höf und Gewerbe vonand.«
»Halt 's Maul!« schrie der Bursch. »Ich geh nimmer heim.«
»Aso«, brummelte der Knecht eingeschüchtert. Über eine Weil

brachte er einen Bratapfel zum Bett und sagte: »Schad ist's, zuweg dem gräfischen Stand.«
»Was?«
»Verwichenen Samstag ist es aufkömmen.«
»Was?«
»Unser Wappen. Unser adeliges Geblüat.«
»Aso«, sprach itzten Matthäus, unfähig zu einem vernünftigen Gedanken.
Der Knecht war nunmehr bei dem einzigen Ereignis seines bescheidenen Daseins angelangt. Er erzählte mit einem Eifer sondergleichen. Öfters unterbrach er seinen Redefluß und nickte sinnig.
»Freilich ist's schad . . .«, bemerkte er dann. »Allzeit besser, der Vater gült als reputierlich. Bei der Muatter ist's nit so heikel.«
Matthäus losete kaum. Er hatte den Lebzelten, das Herz und die Inschrift auf seinen Knien liegen und studierte . . . Immer nur zwei Dinge, die nicht wohl zusammenpaßten.

»Keine Ehr nit, keine Lehr nit.
Und die Rögerl ist mein, mein, mein.«

Der Bettkotzen bauschte sich warm. Und daneben eine Strohgräte, frisch und sauber, stach aus dem schleißigen Leintuch herfür; betupfte leise die magere Lumpenhand. Zuoberst auf dem Polster lag der zuckrige Bratapfel, machte bei jedem schwelenden Atemzug einen Ruck, und als die Hand einmal offen war, kugelte er hinein. Matthäus fing gedankenlos zu essen an . . . Die Stimme des Knechtes glucksete weiter.
Es rückte die Stunde schon an Mitternacht, da Matthäus hinter dem Stuhl fürüberstrich und sagte:
»Ich geh.«
Blasel frug schläfrig:
»Was?«
Dann ermunterte er sich und frug:
»Wohin?«
Mußte wahrnehmen, daß er bereits allein war. Er schlürfte in seinen Filzpantoffeln ins Vorhaus, lugte nach links, lugte nach rechts und gab groß verwundert seine Meinung von sich; sagte nämlich:

»Schau, schau. So ein trutziger Kerl.«
Matthäus kannte das alte Haus und fand, obgleich es verschlossen war, ins Freie. Es peitschte und wirbelte rundum. Jeder Nerv schnellte in seinem halbnackten Leib. Er dachte jedoch nicht daran, die flatternden Rockenden zu halten. Er dachte überhaupt nichts mehr ... Die Straße lag verweht; ein Haus am andern grau und still. Nur das jüngste Bäckenmensch hatte noch Licht, saß, den Buckel ans Glas gestemmt, und legte Karten auf; vertrieb sich die Zeit und den Schlaf, bis der Gasselbub klöckte. Als Matthäus daherkam, reckte sie just die Arme und gähnte. Er sah ihr verloren zu und gähnte auch. Dann öffnete sie spaltbreit das Fenster. Horchte. Der Wind warf sich in die Flügel. Ein lauer Hauch zitterte über die Straße hin.
Matthäus ging weiter, Schritt vor Schritt, die Roßplanke und die Spitzen des Zaunes greifend ... rutschte mit einem Fuß ins Fluder, welches von den Schneepölstern beinahe zugedeckt war ... riß sich am Spalier wieder hoch. Alle Zweige schaukelten vor Reginens Giebelfenster. Er wetzte die Schuhe ab. Seine Füße krümmten sich, vom kalten Brand geleckt. Er spürte es nicht. Taub. Blind. Stumm. Wie im Anfang, da kein Himmel und kein Stern erschaffen war, ein formloser Tropfen Leben nach einem andern Leben suchte, so tastete Matthäus Stralz durch die Mitternacht. Spürte Erde, Eis, Wasser, selbst seine Schale Mensch nicht mehr; ein Tropfen Urkraft, aus dem Kelch Gottvaters geschüttet, suchte.
Die Äste stäubten und knackten. Das Glas zersprang, und der Sturm fuhr in die kleine Kammer ... wild und schwer. Schlug über die Federschwingen und die rosinfarbige Seidenweb, welche Rögerl abends auf das Bett gebreitet hatte. Niemand hörte ihn.
Verschwommen vibrierte ein Glockenton an den Dorfdächern. Der feine Lichtpfeil zwischen der Wirtschaft des Hansei und dem Stralzenhause glänzte. Und ein warmer Hauch zitterte wieder über die Straße ...
Indessen gingen die Mutter und das Mädchen schon den Schilfwiesen zu. Die Laterne war längst erloschen. Sie gingen immer noch. In der Frühdämmerung hörte der Schneefall auf. Hinter den schwarzen Wipfelzacken des Hirschecks schillerte grünlichgelb der späte Wintertag. Pater Gabriel trat eben bei den

Gstatter Linden herfür; trachtete gen Öblarn zur Rorate. Da kehrte die Mutter Stralzin um.
»Eil vor meiner heim«, sagte sie kurzatmig. »Koch die Suppen. Sie werden hungrig sein.«
»Ja«, sprach Regina. War ganz grau unter den Augen. Mutter Constantia blickte ihr über die Brücke traurig nach. Sie wußte jetzund, daß Regina ihrem ältesten Sohn zugetan war, doch sie wußte nicht, wie sehr.
Das Gewölk strich zerrissen. Die Sterne zeigten sich farblos, aber klar. Etliche Lichter glosten fern. Mählich verblaßte das Violett der Talfläche zu zartem Blau. Vor dem Dienerkreuz lag, quer über den Weg gespreitet, eine Pappel. Leuchter, Kerzen, wächserne Lilien und Tonscherben lagen auf ein Hügerl gehäuft. Entlang dem Wiesenzaun verlief eine schuppige Dünenwelle. Constantia Stralzin stapfte müden Schrittes. Die Rorate war schon zu Ende, als sie gegen den Kirchplatz kam. Ein Schock Menschen drängelte sich an den Pfarrhof. Mitten der Hansei. Sie hörte aus dem absonderlichen Gesurmse manches Wort, was ihren ahnenden Sinn bitter ängstigte. Sie ging immer langsamer und blieb endlich stehen.
Zwei Weiber pufften den Hansei nach vorn und schimpfierten.
»Warum hast du hiebei zugeschaut?« frug ihn der Pfarrer.
Er antwortete starr:
»Hab alles nur im Traum gesehen. Beim Kramerbrunn ist eine rote Lacken.«
»Ja«, schrie die Veitin. »Seine Schwester, das Luder, ist schuld.«
Der Nachtwachter sagte:
»Um eilf hat sie noch Liacht gepraßt.«
»Zuweg ihrem Knappen.«
»Oh, derer ist ein jeder recht.«
»Auch ein Fallot.«
»Ist er's wohl gewesen?«
»Ja, bei meiner Seel.«
Also retzten sich die Öblinger. Einer lachte. Pater Isidor sprach in den Tumult. Aber seine Stimme ging unter. Einer gab ihm Antwort:
»Die Stralzenbuama sind ihn suachen gangen.«
»Er wird schon ausblüat sein«, meinte der Nachtwachter.
Der Amtmann Joseph Salzinger frug:

»Wo hat der Knapp ihn denn gestochen?«
»Beim Fenster«, sagte Hansei dumpf.
»Wo . . .?« krakeelten sie wieder. »Ins Herz? In die Lungel?«
»In die Lungel.«
Immer mehr Leute gewahrten, wer als letzte hinter ihnen stund. Sie erschraken und schlichen davon. Die Frau Mutter ging auch. Hansei folgte ihr und sagte ein paarmal schüchtig: »Wo ist die Rögerl?«
Jedoch Mutter Stralzin schwieg und ließ ihn ihren Schmerz entgelten.
Über eine Weile befand sich Pater Isidor allein. In seinen Ohren sang noch mißtönig ein Schwall von bösen Urteln und Flüchen. Er hörte die Gier nach Spektakel, den lauten Abscheu, mit heimlicher Lust gemischt. Er kannte die Menschen: Wanderer, Räuber und Samariter, Besessene, Aussätzige, Prasser und Sauhirten, Pharisäer, Zöllner, Ehebrecher und öffentliche Sünderinnen . . . frumme Dulder, Blutzeugen, kluge und törichte Jungfrauen; solche, die Petri Spuren gehn, solche wie Paulus. Oder wie Augustinus. Er kannte die Menschen. Und verwunderte sich nicht.
»Alsdann, der junge Stralz ist wieder heimgekommen«, sprach er geruhsam und ging mit seinen Greisenschritten in den Freithof zurück, vergessend, daß er noch nüchtern war. Die Gräber ringsum wölbten sich unter der weißen, ebenen Decke alle gleich. Namenlos stunden die Kreuze, von harschtigen Schneewehen angekrustet. Wilder Rosendorn hing über der Mauer. Und Finken und Amseln sangen. Pater Isidor furchte die Stirn, durchprüfte in seinem Gedächtnis Jahr für Jahr und gab sich viele Mühe, ein hartes Gericht zu halten.
»Hat schon als Kind geraufet. Um Näscherei, Glaskugeln, Wisperln, Maultrommeln. Später um Kirchtaggeld. Itzt um ein Weibsbild. Wird dermaleinst um den Himmel raufen müssen!« meinte er bekümmert und wußte nicht weiter. Schaute über Gräber und Kreuze hin, als wölle er die Toten an heiligem Ort, seine priesterliche Person, insonderheit auch Gott selbst verzeihlich stimmen. Der Frühschein zitterte. Drei Schädelreihen in der Beinkammer bleckten gelb. Da sprach er gerade ganz versonnen:
»Ecce vita . . . Sehet das Leben.« Sonach aber war er mit seiner Jurisprudenz und seinem Latein zu Ende . . .

Dieweilen ging Hansei durch das Stralzenhaus und suchte die Rögerl. Wen er frug, der schupfte die Achseln und maß ihn verächtlich. Es hatte sich bereits im Dorfe herumgesprochen, was zuweg seiner Schwester geschehen war ... Auch den kleinen Johannes frug er. Selbiger begriff das Gute wie das Böse noch wenig und führte ihn freundlich die zwei Stiegen hinauf ... bis zur Dachstube. Die Dirn hatte sich in ihren gefrorenen Kleidern kniend über das Bett geworfen.

»Da«, sagte Hansei, reichte ihr mit steifer Gebärde das pralle Strumpfsöckel hin, was Matthäus drüben verloren hatte. Und ging.

Sie stieß das Geschenk zornig von sich. Glassplitter klirrten. Auf der Diele schmolz ein Bätzchen Schnee. Die schmalen weißen Flügelfedern rückten langsam mit dem Morgenwind. Manchmal bettete Regina den Kopf in den zerfetzten Schleier und schlief. Manchmal küßte sie darüber.

»O liabe Frau«, fibberten ihre herben Lippen. »Ich söllet deinen Schleier flicken. Und es halt' kein Faden nimmer. Ich söllet ihn zum Pfarrer tragen. Und trau mich nit. Hilf mir doch! Er wurd greinen. Er wurd fragen. Liabe Frau. Ich bracht keine Antwort außer ...«

Schwer fielen ihr die Lider zu. Und halb im Traum befangen, flüsterte sie weiter:

»Der Sturm, die ganze Nacht, hat gestaubt und gestoßen. Armer Bua. Er hat mich gesuacht. Und ich hab ihn gesuacht. Stad, stad, Maria, los' nit auf! Maria, frumme, feine, weil du weißt es nit im Himmel droben, wie der Bua ein' bußt ... Du weißt es nit.«

Regina schauerte in großen Flammen; das Herzblut färbte sie dunkel. Eine Träne verrunn in der Seidenweb. Sie bildete sich ein, er käme. Sie hoffte auf ein Wunder. Jedes Nervlein schluchzete:

»Ich hab ihn gern. Nur fürbeigehn söllet er, daß ich ihn grüaßen kunnt von weitem. Eh sonst nix. Nur beim Haustor ein'erspähen, daß ich reden kunnt einen Augenblick. Ich hab ihn so glückselig gern! Leit ihn heimzua, Muatter Gottes, daß ich seine Händ ein bissel druck. Schick mir'n doch. Hiaza ... hiaza! Weil ich ihn bussen möcht, eh grad einmal. Aber liab und lang. Heilig wahr, sonst nix, wia sterben ... sterben.«

So wimmerte die Dirn. Draußen leuchtete der Grimming

rosinrot. Die Bäume, die Waldberge steckten tief im Flaumpelz. Blausamten tönte sich das Firmament. Und ein leiser Wintersonnenstrahl schwamm durch die Weltferne herzu, brach sich in den Fensterscherben und fiel in den kupfernen Weihbrunnkessel.

Johannes tändelte schon längst mit dem Lebzelten und dem Herzen, als Regina den Brief fand und voll seligstem Schrekken erahnte, welcher Nikolo, will sagen, welcher Teufel, ihn zusammengereimt und eingelegt hatte. Fünf Rußfinger waren auf dem Papier ersichtlich, darunter mannig Batzen und Tintenspritzer. Und endlich in gröbbischer Schrift das Tanzgesangel:

»A Liachterl hat brunnen,
An Auwel is g'flog'n.
Und mich hat's weg'n deiner
Ins Heimatl zog'n.«

DER EINAUG UND DER NEPOMUK

Der kleine Johannes hatte die Binkerlsucht. Sein Gesicht war auf der Seite geschwollen und glänzend, schaute recht säuerlich, schaute so schief wie der runde Mond, wann seine Großmutter Sonne sich für eine Weile von ihm wenden will. Und wie der Mond nicht ruht, sondern der lieben Sonne nachwandelt, bis sie ihm wieder huldig ist, so stieg Johannes aus dem Gatterbett, zog das Leib- und Seelhösel verkehrt an und knöpfelte den Schlitz über dem Bäuchlein zu, auf den Rücken hätte er nicht langen können. Dann lief er, dürftig angezogen, mit kläglich verbundenem Kopf und in Strumpfsocken auf die Straße. Der Michael Praßthofer, welcher selbst keine Kinder hatte, überwahrte ganz, daß es mit dem Höslein nicht stimmte. Begreiflich, er hatte kein besonderes Auge dafür. Allein die Binkerlsucht des kleinen Johannes ging ihm zu Herzen. Er führte das Bübel bedächtig in seine Kramerei und schenkte ihm drei Steinkugeln, die schönsten, die vorhanden waren. Er wartete auch nicht, wie ein guter Erzieher tun soll, bis es sich bedankt hatte, schmunzelte vielmehr launig hinter den trippelnden Füßen drein ... Und sagte nach einer Viertelstunde zu seiner Eheliebsten:

»Mir scheint, der Kloane hat keinen Schuach angehabt.«
Indieweilen hatte derselb schon seine Strümpf verloren. Er vergaß aller Dinge, sogar seiner Geschwulst, schob seine drei gesprenkelten Kugeln unter den Brückenschluf und spielte, spielte. Eine Schneekruste versperrte ihnen den Auslauf. Und während der Bub sie wegkratzte, schlich der rote Kater fürbei und schupfte die drei Kugeln ins Mausloch. Johannes suchte eine Weil und kam letztlich unter dem andern Ende der Brücke in den Garten. Hierselbst stund seine Mutter, über das Mistbeet gebückt, riß die morschen Bretter aus und hämmerte die Stipfel fester. Aber die Krume war noch hart und hollerte.
»Wo sind meine Kügerla?« frug das Kind.
Frau Constantia, völlig in Gedanken, gab zur Antwort:
»Speil dich nit. Z'reiß dich nit. Stehen häufig rostige Nägel außer.«
Da trippelte er zum Birnbaum, wo Regina ein Kranzel fetten Dungs über dem Wurzelbereich angebreitet hatte, und frug noch einmal. Doch das Mädchen stützte sich auf die Mistgabel, gleichsam wie auf einen Bergstecken, guckte seufzend und selig in die Luft und sagte gar nichts.
Erdrauch verflog in bläßlichen Bändern. Die Schindeln auf der Buglmühl waren überwölkt, als lecke am Dachstuhl eine heimliche Feuersbrunst. Rundum ging das bemooste Rad im Fludersturz. Und obgleich das Wasser stärker war, zerbrach es in Tropfen, und jeder Tropfen wundersam in sieben Lichtperlen. Die Weiden setzten schon Blüh an. Ein Feldstiefmütterchen lugte aus der Gefrier. Halden und Raine, darüber den ganzen Tag die Sonne verweilte, flaumten bereits grün. Der Bach schob sich klar und klein zwischen Geröll und Eisschälen dahin, zumal im Gebirge noch keine Schmelz begonnen hatte.
Als die Mutter Stralzin einmal fürsorglich nach ihrem jüngsten Kinde aufblickte, kroch es bei der Rosenstaude des heiligen Nepomuk und scharrte Schneckenhäuschen aus dem braunen Laube. Als sie jedoch bald darauf wiederum aufsah, war es furchtsam hinweggelaufen, sintemal Lukas wuchtig mitten in die Dornzweige hieb und sie nacheinander zu Boden strähte. Da greinte die Stralzin bitterlich. Der Bub aber hob nur langsam den Kopf und schaute gegen den Bildstock. Kam Andreas Stralz hervor mit etlichen Pelzern und einem Tiegel Wachs in

der Hand, gab den ranken Gerten achtlos einen Tritt und sprach mit kühlem Gleichmut:
»Wollen einen Kirschbaum setzen.«
»Und im Summer . . .«, frug sein Eheweib, »und am Hohen Fronleichnam, was wird nachher blüahen?«
»Nix«, antwortete er ruhig. Aber seine Stimme drückte sie wie ein großer Mühlstein.
Über eine Weile meinte sie beklommen:
»Hat jedes Jahr soviel Rösla tragen. Weiß ich die Stauden schon, seit wir verheirat' sind.«
Auf einmal stieg ihr das Blut ins Gesicht. Der Stralz legte die Pelzer zum Zaun. Sein Blick wurde schwarz. Er nahm seinem Sohn die Hacke weg und schlug selbsten die letzten Triebe von der Wurzel. Ein kleiner Dorn sprang hochauf und versehrte das Lid seines gesunden Auges.
»Du hast dir weh tan«, sagte die Stralzin so zwischen Trutz und fraulicher Weichheit. Er wandte sich ab und ging.
Am nächsten Tage zur selben Stund, als Frau Constantia mit Reginen wieder im Garten werkte und Johannes auf der Suche nach seinen Küglein und etwelchen Schnecken war, kamen zwei Zimmerleut, hatten allbereits ihren Zeug, ihren Schurz und Jausensack bei sich. Sie spieen sich in die Hand, und der eine riß die Schindeln auf, so daß sie nach links und rechts weitmächtig flogen. Der andere setzte den Patron von seinem Blumenaltärchen und bog das Kreuz auf dem Dache so lang, bis es absprang. Mutter Constantia erahnte sogleich, wer diese ruchlose Tat befohlen hatte. Sie drängte ihre Ziehtochter hastig unter den Brückenschlupf und sagte:
»Heiliger Gott, er wird sich annoch grausig versünden.«
Das Dirndel bekreuzigte sich, als führe über den Märzenhimmel ein jäher Blitz. Es war schon ein Öblinger stehngeblieben. Und wie's einmal der Brauch ist, einem gesellte sich bald ein zweiter und dritter und letztlich ein Schock zu. Da mochten die beiden Versteckten weder in den Garten zurück noch in den Hof treten. Sie kauerten bucklig im Schluf und horchten auf jedes Wort, was die Leute sprachen.
»Warum«, so frugen sie, »geschiacht das?«
»Es wird eine neue Kapelle baut«, antwortete Johannes Zechmeister, insgemein der Torschuster. Er wußte es nicht, glaubte nur so und wünschte es, weil er an Feierabenden und Sonn-

tagen Bilder malte, Holzfiguren anstrich und, wofern solche Arbeit fehlte, wenigstens eine kahle Wand mit unterschiedlichen Vögeln, Blumen und Engeln schmückte.
»O na!« widerredete der Torschneider. »Sie setzen das Stöckel näher zur Straß, quasi als Grenzmark. Itzten weiß noch jeder, es ist dem Bräuen sein Grund. In hundert Jahren aber kunnt ein strittiger Nachbar sagen, der Wasen gehört sein.«
Diese Ansicht stammte daher, weil die Torschneidern alle seit dem Großvater und Ähnel her mit dem Öblinger Pfarrprovisoren in Feindschaft lebten. Immer hatte der Vater zum Sohn gesagt:
»Gib Obacht. Zu meiner Zeit ist das Höferl zwei Schritte breit gewesen. Heunt spann ich's mit einem.«
Und der Sohn hat über Nacht den Zaun um ein geringes hintan gedrückt.
Allein auch der jeweilige Lokalkurat hat zu seinem Konfrater und Nachfolger gesagt:
»Geben S' Obacht! Wie ich kömmen bin, war in den Zaun noch kein Eck gestoßen.« Und so haben der Reihe nach Siegfried Scharf, Cassian Zieglbauer, Laurentius Perger und Isidor Hinterseer ihren Mesner geschickt, den bewußten Rechtsbruch mit einem kräftigen Stoß zu korrigieren. Darüber brachen die Pfähle, und das Gezänk hob erst recht an. Diese Ansicht war also in ihrer Art erklärlich.
Der Buglmüller, wie bekannt ein großer Geizkragen und Sparmeister, der Buglmüller meinte es besser zu verstehen:
»O na. Ich weiß es durch Augenschein. Die Sach ist so: In der Früh schattet der Bildstock über das grüne Suppengewürz. Zu Mittag schattet er über die Gurken. Auf den Abend gar ist ein langer Fleck Salat ohne Luft und Sunn. Destwegen laßt der Stralz es niederreißen.«
»Das kleine Bildstöckel!« lamentierten die Weibsbilder voll Bedauern.
Plötzlich stund die Barbara Torbäckin da und frug die Hantierer:
»Wer hat's euch geheißen?«
»Er!« antwortete ein Zimmerer und deutete nach dem Hofe.
»Ist er Amtmann oder Dorfrichter, daß ihr ihm folgen müassets?« rief die Salzingerin über die Köpf. »Herab, sag ich!«

Die zwei Männer klopften und hämmerten, als beträfe sie die Rede nicht. Es lustete sie, die Bäckin vom äußern Dörfel zu heller Entflammnis zu bringen, weil dieselb für die frümmste Person im großen Umkreis galt.
»Stante pede, sage ich, fahrets ab, verdangelte Schinderbuam!« schrie Barbara Torbäckin itzt mächtig. »Sonst geh ich klagen zum Prälaten und zum Kreisamt auf Judenburg.«
Sonach fühlten die übrigen Weiber auch ihren Mut wachsen. Sie zeterten über den Stralzen und die Handwerker, daß der armen Frau Constantia das Wasser in die Augen schoß. Allein, sosehr sie auch ihrem Gatten in Liebe anhing, konnte sie ihn doch nicht entschuldigen. Es war wirklich ein Frevel.
»Ist unser Verdienst und Brot ...«, trutzte der Zimmermann, welcher das Dach abdeckte.
Und der zweite, der innenbei sein Stemmeisen ins Altärchen schlug, sprach bieder über die Achsel:
»Schicht ist Schicht. Bald der Meister das Beten zahlet, taten wir beten.«
»Wär eh kommoder«, spaßte der obere.
Frau Barbara ließ vorab die Weibsbilder schimpfieren. Sie neigte sich zum Zaune hin und barg die Statue des heiligen Nepomuk behutsam in ihrem weißen Schurz. Als es rings stiller wurde, sagte sie:
»Das laß ich bei meiner Seel nit guat sein. Der knopfete Stralz wird annoch Herrn über seiner haben, die ihm was schaffen oder verbieten können.«
»Weiß nit ...!« sagte der Torschneider feindselig, wähnend, sie rechne auf den Pfarrer. »Der Stralz hat den Grund, die Bretter, den Kalk und die lärchenen Schindeln gestift'. Weiß nit, um was die Admonter Patern da prozessieren wöllten.«
Dieser Ausspruch war schwerlich anzufechten. Die Torbäckin aber packte ein jegliches Ding nach echter Frauenart. Wo der Kopf nicht ausreichte, nahm sie das Herz zu Hilf. Sie musterte den Schneider scheel und sagte mit ihrer ganzen Ehrsamkeit:
»Freilich, den Grund, das Bauholz hat seinerzeit alles der Stralz spendiert. Vielleicht auch den Betschemel dazua? Und den Weihbrunn. Und den verbriaften Schutz und Segen!?«
Die Zimmerleut lachten. Da fuhr Barbara Torbäckin sie an:
»Lachts nur. Reisset nur auf die Schindeln, daß sie fliagen!

Aber wann einmal der Bach übers Brückerl schwemmt und die Lahnen bis auf Öbling reiten, nachher müaßt ihr halt auch dem Stralzen schreien, daß er 's Wasser leitet und die Häuser halt! Denkts auf mich! Das letzte Wörtel redt der Herrgott!«
Den Frauen rann ein Schauer durch das Rückgrat.
Der Torschneider steckte ein paar krumpe Nägel in den Sack und entgegnete:
»Die Walchen, ach, die kömmt aso und aso. Braucht es grad schwülig im Fruahjahr werden. Oder naß im Hirest. Die Walchen pfahlt euch kein Patron und kein Wachter nit ein.«
Frau Barbara war schon willens, den Heiligen in ihrem Fürter davonzutragen; nach dem ersten Schritt aber kam ihr ein schicklicher Einfall. Sie wandte sich, breit, massig und groß, und antwortete ebenso sacht als wohlbedacht:
»Heut hat ein Handler aus Österreich unser' beste Kuah gekauft; muaß Euch selthalb die Milch aufkünden, Herr Nachbar.«
Der Torschneider klaubte keinen Nagel mehr in den Hosensack. Es wurmte ihn, daß er sich mit seinem geraden Mundstück immer Verdrießlichkeiten zuzog; es wurmte ihn das Gespött der Holzknecht, der Anblick der vielen Weiber und sogar der stumme Nepomuk, der grüne Halm zu Füßen, der schüttere Bergbach, springend zwischen Sand und Stein. Er schob das Hütel ein bißchen und wünschte gar kleinmütig:
»Pfüat Gott.«
Die Torbäckin maß ihn von hinten. Ihre Äuglein stachen kalt aus den zwei Fettpölstern herfür.
»Deinen Gruaß«, sprach sie, »deinen Gruaß kann ich wohl entraten.«
Indes sie noch redend verweilte, hatschte die Mutter des Bäckenhansei mit einem Schaff zur Uferstiege. Sie schielte den devastierten Bildstock an und machte schnelle nickende Gebärden, so, als habe sie alles, was daselbst geschah, seit langem vorausgesehen. Kann sein, daß die alte Trud in ihrer Schalkerei die Öblinger nur zum Narren hielt, kurzum, sie brummelte zweideutig:

»Wassermann, Wassermann,
Ziach nit davon.
Bald wir den Gugu hör'n,
Muaßt dich um d' Weiber schern.

Kamet a Mann zu dir,
Halt deinen Finger für.
Reiß nur dein Mäul nit auf.
Liaber dersauf!«

Die Salzingerin, welche vor geraumer Frist noch erboset heimgetrachtet hatte, konnte urblitzlich nicht mehr von Ort und Stell.

»Der Herrgott«, seufzte sie überlaut, »därfet Mode machen; da im innern Dörfel hucken sie eng beisamm, die Antichristen, die Ketzer und die höllischen Vetteln.«

Diese Schmähung beleidigte die Kramerin so sehr, daß sie der Buglmüllerin unversehens einen Tritt auf das Fersenbein gab.

Die weise Frau aber behielt solche Kränkung keineswegs für sich. Sie verschränkte die Hände über dem kugelrunden Bäuchlein und schrie zwischen Gaudee und Groll:

»Hoppla, mein Heiratsguat! Ich bin ja nit lutherisch kuppliert, daß ein anders drauf seine Schuach abstreifen kunnt.«

Magdalene Schröfflin straffte sich mit einem Ruck. Obgleich gutmütig veranlagt, hatte sich ihr Naturell in vielen Anfeindungen gespitzt und geschärft. So schlug sie eilends zu, ohne daß sie beobachtete, wohin sie traf.

»Mit den katholischen Dirnen ist's eine unterschiedliche Sach«, antwortete sie. »Manchs eine laßt sich im Loy Tenn kupplieren, ohne Weihbrunn und Stola. Und ist dennoch fest geknüpfet das evangelische Band. Manchs eine heirat' ehrbar in der Kirchen. Und auf den Abend geht sie schandbar in den Stall, da wo ihr der Teufel den Kindsvatern zutreibt ... Wo ist das Ärgernis? Dasseg frag ich!«

Da mußten die Frauen alle an Constantia Stralzin denken. Auch die Rögerl im Brückenschluf bekam das Zittern, denn sie kannte die Geschichte vom tollen Weidmann und glaubte dieselb. Sie ward immer ruhloser vor Scheu und Erbarmnis; wußte nicht mehr, was tun. Sie packte ein geklobenes Birkenscheit und kratzte den Mist vom Schuh. Sie zog das Moos aus den Mauerritzen ... hustete leis und sagte endlich in jugendlicher Einfalt:

»Frau Muatter, tuats nit losen. Die Öblinger haben ein unbeschaffenes Maul.«

»Was?« frug die Stralzin aus einem schweren Furchtgefühl und stierte in ein Loch, gleichsam mit quellenden Augen.
Regina zupfte sie beim Ärmel und sagte, ganz erfüllt vom Wunsch zu trösten:
»Die Öblinger kümmert's einen Pappenstiel.«
»Was?«
»Hm«, krächzte Regina, schon purpurn. Ihrer Ziehmutter vibrierten bei jedem Atemzug die Nasenflügel. Etwas Dunkles schleifte heran. Noch war es verlarvt. Noch verstand sie's nicht. Es lauerte eine Spanne vor ihr. Sie hatte kaum den Mut, es aufzuhalten, und frug: »Was meinst denn?«
Das Mädchen antwortete schamhaft und schreckbar hilflos:
»Die Todsünd.«
Also hatte das böse Wort der Barbara Torbäckin von Mund zu Mund sich vergällt und vergiftet; surrte und sausete um die Ohren der Frau Constantia. Obzwar der Sinn ihr noch unfaßlich war, wollte es nimmer stille sein ... Das böse Wort. Diejenige, welcher es in Wahrheit gegolten hätte, die alte Mutter des Bäckenhansei aber wackelte mit dem Kopf, kicherte und schleppte ihr volles Schaff nach Haus.
Die andern Frauen lamentierten noch eine Weil. Und Barbara Torbäckin grub das zerbrochene Kreuz aus dem Schindelhaufen und legte es in die Schürze zum Nepomuk.
»Morgen«, so sprach sie, »kommt alles wieder an seinen Platz. Gibt noch mehrer Herrn im Dörfel. Und mehrer Zimmerleut.«
Hinter ihr staubte es... Mörtelverputz, Splitterchen. Wespennester und Spinnweben. Die Mannsbilder, insonders die Hantierer, lachten gespöttig für sich hin. Die Weiber stimmten ihr völlig bei, zur Halbscheid aus Gottesfurcht, zur Halbscheid aus heller Lust am Gezänk. Endlich mußten sie heimtrachten zu Herd und Vieh. Und zumal Frau Constantia nichts mehr hörte als das gleichförmige Geklöck des Hammers und das Geriesel der Steinchen, flüchtete sie ins Haus. Es schwand jedoch kaum ein Augenblick fürüber, in dem sie die seltsame Red vergessen hätte. Sie war von Argwohn gequält und verletzt. So wann der Roßknecht und der Fleischbursch vor dem Fenster redeten, zuckte er schon auf. So wann der Halter grinste mit seinem dummen Gefrieß oder die Küchendirn den Kopf beutelte... immer war die arme Frau einer Mißhandlung gewärtig. Zu Mittag konnte sie nur ein paar Bissen durch

den Schlund würgen. Schweigsam, breit gestützt saßen sie bei gemeinsamer Schüssel. Constantia schöpfte mit dem Stralzen zugleich. Ihre Augen waren festgebannt an seinen Fingern. Sie ahmte mechanisch jede Gebärde nach. Sie hob den beinernen Löffel zum Munde wie er. Doch es war kein Tropfen Suppe darin. Sie merkte es nicht; ging alsdann hinaus zum Anricht und teilte das feiste Fleisch, tat langsam Stück um Stück der Rögerl auf den Holzteller.
Da entbot der Amtmann vom Vorhaus her seinen steifen Gruß. Ihr lebloses Gesicht verhärtete sich. Sie holte Johannes vom Tisch weg und gab ihm abseits ein Haberkoch. Zur Ziehtochter sagte sie:
»Trag das Essen auf. Und vermeld dem Herrn, es wär der Torbäck heraußen.«
Andreas Stralz sättigte sich wie jeden Tag; das heißt, er aß mit Bedacht und wischte den Mund ab, als ihn noch lustete. Nachdem das Vaterunser und das Amen gebetet war, frug er: »Torbäck, was gibt's?«
Item, Joseph Salzinger stund bereits hinter seinem Stuhl; rückte das bestaubte Käppchen und machte einen Deuter; der konnte gut gemeint sein, vielleicht auch böse. Alsdann stapften sie beid über die buckligen Hofsteine zum Bildstock.
»Was hast im Sinn?« hub der Torbäck an.
Der Stralz schaute starr und stumm.
»Das Holz ist noch nit fäul.«
»Na.«
»Der Malter ist noch nit abgebröckelt.«
»Na.«
»Nit einmal Kreuz und Gatter sind rostig.«
Die Zimmerleut huckten auf der Betbank, schmauseten Rauchfleisch und Kleibenbrot. Hieneben stund der Bäckenhansei mit dem Bretzenkorb und hielt ihnen geduldig den Bierkrug. Eine erste Schwalbe kreiste über dem Garten. Ein linder Trieb in allen Sträuchern, ein Sumsang in der Luft war. Das Lebendige schwelte. In der kleinsten Wasserlacke blitzte eine Sonnenkugel. Und die Gottesbläue lag über der Erde, verzittert, ausgestreut wie eine Schale Vergißmeinnicht. So schön!
Frau Constantia war den Männern nachgegangen; wartete da und horchte, ob die zwei Bauernschädel auf gleich oder überecks kämen.

»Ein neues Bildstöckel kost' viel Geld...«, sagte der Amtmann.
»Bau kein neues«, sagte der Stralz.
»Aso.«
Wieder nach einer beträchtlichen Stille sprach der Torbäck:
»Meine Ehekonsortin ist klagen kömmen, sie und etliche Weiber noch. Wöllen morgen auf Admont. Sie lassen den Patron nit her.«
»Mögen ihn ehwohl g'halten«, sprach Andreas Stralz zähe, »den honetten Weiberpatron.«
Mutter Constantia trat nahe herzu und bat ängstlich:
»Nit so schiach spassen. Er hat bei Schneeschmelz und Wolkenbruch die hohe Walchen abgewendt. Ist kein Brückel nit gerunnen seit zwanzig Jahr.«
Er ließ den Arm sinken, daran ihre Hand sich schüchtig geklammert hatte. Sein Blick ruhte kalt in der Ferne. Auf einmal drehte sich Hansei um und sprach:
»Zwischen der Starzen und dem Bergkreuz, wo, das sag ich nit, ist ein schneeweißer Almrausch. Ein rauher, ein letzter Stock. Es heißt aber, wann ein solcher im Herbst noch Knöspeln ansetzet, steht im Frühjahr ein großer Wassersturz befür. Färcht, Unserer Frauen Tag im Haberschnitt ist gewesen, da hab ich den Stock in voller Blüah betroffen.«
»Siegst es«, rief die Mutter. »Und du stoßt dem Heiligen sein Altarl um. Oh, tua's nit.«
»Hast auch keinen Befug dazu«, meinte der Amtmann.
Vater Stralz verharrte unbeweglich. Man konnte weder Gefühl noch Gedanken von seiner Miene ablesen. Indieweil blieben viel Leute dahier stehen, welche von Zufall oder Neubegier geleitet, gerade des Weges kommen waren. Und sintemal der stumme Nepomuk mit keinem Öblinger in Unfried lebte, frug jedes baß verwundert und vorwurfsvoll, weshalben der Patron sei auslogiert. Und jedes gab sich selbsten Antwort nach eigenem Bedünken und zieh den Stralzen derjenigen Sünde, welcher die eigene Natur am meisten zugeneigt und ausgeliefert war. Dieser sahe Abfall vom Glauben, dieser hinwiederum sträfliche Bosheit, andere sahen die Versuchung Gottes, Diebstahl am Kirchengut, Hoffahrt im Geiste. Und etwelche noch, die vermeinten, es wäre der bare Haß gegen die Klerisei, vielleicht auch ein versteckter Unflat, der keinen

geweihten Nachbar dulde, oder gar die Neidsucht um einen Schurz voll Grünfutter. Es befunden sich also bald nurmehr Richter im Kreise, die aus betrüglichem Sinn ein schnelles und wohlfeiles Urteil zum besten gaben. Ihre Seele schaute eben aus kleinen Lichtlucken, die samt und sonders nicht völlig geputzt waren. Denn welcher Mensch vermöchte sich dermaßen rein zu halten, daß er durch die weißen Gläser der Liebe sähe! Wohlgemerkt, die roten können uns durch ein Tröpflein Blutes täuschen.

Erst hatten die Öblinger nur gemurrt, hatten ein paar Scheltwort hingeschmissen. Maßen aber der Stralz nichts entgegensprach, schimpfierten sie kecker. Schließlich haben sie ihm mit allen Kräften ins Gesicht geschrien:

»Du einaugeter Heid, du!«

»Lutheraner.«

»Gottesrauber.«

»Antichrist.«

Sie plärrten lautmächtig. Frau Constantia blieb bei ihm. Obzwar ihr schauderte vor seiner unheimlichen Tat, berührte ihre Hand abermalen milde seinen Arm; wollt ihn der Lieb und Treu versichern. Er streifte sie ruhig weg. Die Öblinger sahen es. Aber blindlings vom eigenen Witz befangen, erahnten sie nicht, warum er dem Nepomuken feind war. Er stund noch immer und sprach keinem entgegen. Das Eheweib fing indes allen Zorn und Schimpf der Menschen auf, welcher an seiner Starrheit abglitt. Ihre Pulse schlugen in stumpfer Bitternis. Alle Narben wollten ihr schwären, alle Wunden brunnen wie Glut. Die beiden Fäuste übers Herz gepresset, bucklig fuhr sie den ersten an, der ihrem Blick zufällig begegnete.

»Scher dich um dein Sachen, nit um unsers! Gehen wir in fremde Häuser und halsen wem unser Meinung auf? Wir wissen wohl selbst, was recht und unrecht ist. Einen zudringlichen Fürwitz brauchen wir nit.«

»Sei doch stad!« rief eine Weiberstimme. »Du bist die letzte, die predigen därfet.«

Irgendwo begann es. Und alsbald kreiselte rings im Wellentakt ein Gelächter. Constantia Stralzin antwortete mit zuckenden Kiefern.

»Ich predig nit. Hilf nur meinem Eheherrn gegen seine Feindschaft.«

»O je!« keifte eine, glaube die Veitin, »sag liaber, du muaßt wieder einem in die Verdammnis helfen!«
»Wieder einem . . .?« frug die Stralzin.
»Bst, Stanzi«, mahnte der Zedler launig von der Weite.
Ihre Nerven duckten sich schon vor dem Häßlichen, was rundum in den Mäulern war. Desungeacht mußte sie trutzig fragen:
»Ziemt euch, daß ich wo ein Unheil stift?«
Schwatzte ein besoffener Knapp, sich zwischen die Ehleut puffend:
»Stiftest wohl ein Unheil du, bei die Mannsbilder.«
Sie dachte an den Sohn, reckte sich und rief im hitzigsten Jähzorn:
»Wildern tan häuftig, nit glei unser Bua allein.« Und sie blickte zum Herrn Vatern auf, schmerzlich erstaunt, daß er noch immer schwieg. Da rührte er endlich den strengen Mund, doch er sagte nur: »Lasset mich hintan. Hat jeder sein Teil geredt!«
Vor ihm wichen ein paar und ließen ihm eine Gasse. Constantia meinte, er schäme sich des Sohnes und wäre selthalb gegangen. Sie sah das pfiffige Geschau der Dörfler und mißdeutete auch dieses.
»Wann ich wollt«, sprach sie verächtlich, »kunnt ich viel verzählen. Hab als junges Dirndl genug Öblinger schleichen sehn. Bei unserer Knappenkeusche fürüber. Mit der Büchsen, mit dem Wildprat auf dem Buckel. Und anheut stehn sie ehrsam da und möchten meinen Buam zu Schimpf und Schand vermaledeien. Ist schon recht. Jagts ihn doch! Fangts ihn doch! Der Pfleger zu Gstatt söll ihn beileib in' Kotter sperren! Den Hauptfalotten. Aber ich . . . seine Muatter kann ihm die Liab nit künden.« Die Zähren tröpfelten von ihren goldigen Wimperhaaren.
Da wurden die Leute stiller, und einer beteuerte dem andern, er habe zum Glück kein Wörtel gesagt. Ganz hinten, wo der Menschenkranz an den Bildstock stieß, da stupfte der Zedler den Blasel und der Blasel schob den Zedler, bis sie beid in die Mitte zu Frau Constantia kamen. Sie waren ihr gar wohlgeneigt. Der Kurschmied zog sachte den Fürterzipf von ihrem verweinten Gesicht. Und der Bräuknecht schnaufte mit seiner ganzen bäuerlichen Offenheit:

»Tua nit rehren. Man därf's dem Buam auch nit für übel nehmen. Sein Vater ist ein Jager gewesen.«
Da grinseten die bösen Mäuler sammentlich. Und viele schmutzige Augen glotzten sie schamlos an, verwirrten ihr die Erinnerung. Ihre Sinne tanzten toll und sie glaubte eine Zeitlang, was die andern glaubten! Wankte demütig an ihnen vorbei ... de facto wie eine Ehebrecherin.
Am nämlichen Abend in der Dämmerung stund sie lange hinter dem Bildstock, der nunmehr entweiht und verunstaltet war. Die feuchten Tritte in der Krume gefroren. Eisig strich der Grimmingwind. Eine schwarze Krot hüpfte auf dem Betschemel, wo einmal des Weidmanns roter Almrausch gelegen war. Durch die Finsternis tappte der alte Hund, winselte und rieb seine Schnauze an ihren Händen. Frau Constantia dachte:
»Du bist besser als die Menschen.«
Später kam Rögerl auf den Zehen geschlichen und hängte ihr das eigene Tuch wie einer Schlafenden um. Frau Constantia sagte:
»Du bist besser als der Herrgott.«
»Nit! Frau Muatter«, begütigte das Mädchen.
Da sagte sie:
»Es gibt keinen!«
Regina verhielt ihr erschrocken den Mund und frug:
»Ist Euch letz?«
»Ja«, seufzete die Stralzin. Alsdann klagte sie: »Mir ist so bang. Weiß nit, wer mich verwunschen hat. Es ist mir der Kaswurm über das Herz gekrochen.«
Item. So hub das Frühjahr an. Die Abende waren bewölkt ... frostig ... dunkel; erfüllten die Phantasei mit Trudenspuk und Schrecknis. Und Mutter Stralzin irrte durch die gekreuzten Gartenwege, blieb beim Tennschlupf, blieb beim Zaune stehen und wollte sich der fernen Zeit erinnern, wo der wilde Jager sie gebußt hatte. Und es bedeuchte ihr, daß sich sein letztes Wort erfüllte ... Regina deckte inweilen die keimende Aussaat mit zartem Lärchengras; tat Bretter auf das Mistbeet. Und seufzete manchmal brav und pflichtschuldig, damit ihre Ziehmutter hieran eine Tröstung hab. Sagte auch:
»Mir ist bang.«
Freilich war ihre Bänglichkeit gar wunderfältig. Sie mußte

die Arme um den Birnbaum schlagen und ihre Wangen an die Rinde schmiegen ... lächeln um nichts und wieder nichts. Sie hielt der roten Katz einen Strohhalm zum Spielen hin. Nach einer Zeitkürze legte sie ihn auf das Stallfenster, damit ihn niemand zertrete ... den ausgedroschenen Halm! Sie streichelte die grünen Schnittlauchspitzen, kniete am Wegsaum nieder und ließ sich von Wind und Ruch und Stille umrieseln, bis Frau Stralzin im Gehen sagte:
»Du kommst ja schon zuschlaf?«
Da fuhr das Mädchen in die Höhe ... wie schuldbewußt ... stapfte gehorsam hinterdrein und erschauerte kalt und heiß vom Knien auf der Frühlingserde ...
Mit starren Zacken, um einen Ton schwärzer als der Abend rainte der Hochwald an den Himmel. Allein die Sonne, welche jenseits der schlafenden Bäume war, erhob sich jeden Morgen über einem andern Wipfel und erweckte ihn. Die Kelche des Safrans stunden blaß im Quellenmoos. Über Nacht schoß der gelbe Lattich durch den Schiefersand. Der Seidelbast, die Weiden und Erlen blühten. Die steilen Äcker schillerten bereits blaugrün vom Winterkorn. Und man schrieb erst Okuli ... Wann noch der frühe samtene Bergschatten sich auf das Dorf schlug und der Nebel entlang der sauern Wiesen schleifte, fingen frühe Schwalben fein zu zwitschern an, sanken mit gespreiteten Flügeln sachte aus der Luft zu einem Bätzlein Kot, vielleicht zu einem Hühnerflaum. Ihrer sechs oder sieben hüpften jeweils um die Stralzenkapelle, streckten die Hälse geschmeidig und guckten das zertrümmerte Bauwerk an. Balken, Schutt und Schindeln lagen noch in grober Unzier verstreut. Der Torbäck hatte den Zimmerleuten kraft seiner Amtsgewalt den Laufpaß gegeben, bevor sie mit ihrer Arbeit fertig waren, und den Öblingern verboten, auch nur einen Stein vom Ort zu rücken. Und sein Eheweib war, das teure Geld nicht sparend, nach Judenburg gefahren und beim Kreisamt dortselbst um Anwaltschaft und Richtspruch bittlich worden. Dienstags und samstags, wann die Diener-Nani die Post von Stainach brachte, trat der Pfleger erwartungsvoll vor das Schloß und der Amtmann vor sein Haus. Aber wie dies insgemein der Fall ist, die Obrigkeit hatte größere Dinge zu bedenken. Sie nahm das Protokoll mit der rechten Hand ad notam und gab's mit der linken

ad acta ... Der traurige Anblick rührte also die Schwalben mit jedem Tage mehr, sonderbar die Bräute und Mütter. Sie blusteten ihr blauschwarzes Seidenkleid, zogen die steifen Schwungfedern durch den Schnabel und spürten schwingend und schwelend, daß es Zeit werde, eine kleine Häuslichkeit zu gründen. In solchem Zustand besorgten Glückes waren sie jeder Zerstörung abhold. Weiß nicht, ob sie, nur ihrem Triebe folgend, für Kind und Kindeskind bauen wollten. Mag auch sein, daß der liebe Gott ihnen bei Gelegenheit von Sankt Nepomuk erzählte, welcher umwillen einer Frau gar bitteren Todes gestorben ist. Kurz, die Schwalbenbräut und Mütter nahmen sich einen Anrand und trugen Kotbätzlein, Haare und Halme auf die drei Mauern des Bildstocks, der itzten einem steinernen Großvaterstuhle glich. Sie eiferten genau wie die Menschen, stießen und beirrten sich gegenseitig und vermeinten dem lieben Gott am besten zu dienen, wann eines das andere vom Mäuerlein peckte. Die Schwalbenväter nahmen es noch wenig ernst mit der Robot, hoben nur zuweilen eine Wollflocke auf und ließen sie wieder fallen. Und gar die Junggesellen. Die kreuzten über den Dächern und hielten Brautschau. Rauften. Zupften sich die Federn aus, wann eine schöne Wittib flog. Doch der Grimmingwind dämpfte alsbald ihre Liebesglut. Sie setzten sich wieder kommod auf den hänfernen Wäschestrick, ohne Obacht, daß sie unter sich die weißen, gestärkten Falbenkittel der Frau Mutter hatten! Sie drehten ihre hochzeitlichen Fräcke nach der launigen Aprilsonne. Item, man schrieb erst Judikare.

Als die Öblinger das Beispiel der Vögel gewahrten, beschlich sie eine große, andächtige Verwunderung. Aber sie konnten in heiligen Dingen nichts reden, ausgenommen solche Worte, die ihnen seit Kindheit eingelernt waren. Endlich Sonntag, da sie frumm gestimmt aus dem Hochamt kamen, blieb ein Zimmermann stehen. Der Bruckentischler überwälzte mit dem Fuß einen Dachbalken und brummelte:

»Guates Holz.«

Inmaßen nun beide zünftige Hantierer, denen die Arbeit nachlief, packten sie schier unbewußt den Tragbalken und setzten ihn an seinen Ort. Der Maurer Wastl schüttelte den Kopf und meinte:

Da müsse zuvörderst ein fester Grund her. Ging und holte

Lederlatz, Kelle und Malterschaff. Ingleichen banden noch ein paar Handwerker sich in der Eile rupferne Weiberschürzen um den Bauch. Es wollte jeder in Betracht des Sonntags wirklich nur einen Griff tun, einen Stein zureichen oder etliche krumpe Nägel biegen; nicht mehr. Tatsach ist, daß sie zu Mittag kaum Zeit fanden, auf einen Imbiß heimzugehen, und am Abend bereits ein grünes Nadelbäumlein auf den Dachstuhl setzten, zum Zeichen, daß er fertig war.

Als die Dunkelheit einfiel, ging Luzia Torbäckin mit einem weißen Pack in den Pfarrhof und frug den hochwürdigen Herrn:

Ob er das Strafurteil von Judenburg gelesen hab?

»Wie?« frug Pater Isidor.

Es müsse wohl grausam sein, denn der Stralz in seiner Höllenangst könne nit bis morgen warten. Hab die Hantierer für den Sunntag gedungen.

»Ja, ja, die Obrigkeit«, bemerkte der alte Herr fürsichtig.

Luzia Torbäckin faltete die Zipfe des Damasttuches auf und schob Johannes von Nepomuk und das Kreuz über den Tisch. Die Frau Schwieger, stotterte sie, lasset gar schön bitten, daß der Hochwürdige solches zurücktrüg. Sie bräuchte vom Stralzen nichts geschenket.

Alsdann ging sie durch den Garten fort, damit sie niemand sehe. Rannte aber bei der Türe an Regina. Diese hatte auch einen heimlichen Umweg genommen. Sie schlüpfte flugs ins Haus und klopfte den Pfarrer aus der Kanzlei.

Ob er das Strafurteil gelesen hab? frug sie atemlos.

»Was?« sagte Pater Isidor.

Der Torbäck wär im Recht. Hätte aus lauter Schadenfreud schon heut die Hantierer gedungen.

Da lächelte der Greis.

Regina hielt ihm die kleine Faust vor und sagte, sie langsam öffnend:

Die Frau Mutter schicke dahier fünf Taler. Wäre der Akkordlohn für den Maurer Wastl, den Bruckentischler und die Zimmerleut. Und sie lasset fleißig bitten, daß der Hochwürdige das Geld dem Torbäcken übergeb. Sie wöllten von ihm nichts geschenkt.

Da lächelte der Pfarrer zum zweitenmal. Er tat die fünf Taler zur Holzfigur und zum Dachkreuz. Sagte:

»Ja, die Obrigkeit fällt immer trefflichen Entscheid«, meinte diesmal nicht den Kreisamtmann von Judenburg, sondern den Herrgott im Himmel. Plötzlich, wie es in seiner kernfrischen Art lag, drehte er sich um und frug voll Schelmerei:

»Was schreibt euer Markus?«

Sie stund ehrerbötig auf der astigen Schwelle und antwortete fast leiernd, sintemal sie schon oft diese Auskunft gegeben hatte:

»In Bozen ist er beim Corbinian Valtingojer. Über den Summer will er auf München Bier sieden. Es geht ihm guat.«

»Hat er Heimweh?«

»Weiß nit.«

»Kömmt er wieder übers Jahr?«

»Weiß nit.«

»Hm.« Pater Isidor dachte im stillen, die Lieb müsse nicht groß sein. Es lustete ihn desungeacht, das Mädchen mit seinem Getratz ein bißchen zu schrecken, und er sprach:

»Die Nicolai hiemalis hab ich dir einen Schleier geliehen. Mich ziemt, du hättest ihn noch?«

Oh, die Stralzen-Rögerl bekam einen Zufall, wenig vom Veitstanz verschieden. Die Füße wollten ihr entrinnen. Es riß sie einmal nach links, einmal nach rechts. Sie fuhr mit dem gestreckten Zeigefinger vom Mund zur Stirn und kreuz und quer über die Nase; antwortete gedankenvoll:

»Mich ziemt auch. Ich hab mir ehwohl fürgenommen, Herr Pfarrer.« Ihre Stimme war matt und rauh.

Der Greis blickte unschuldig und dachte:

Schau, schau ... du kleine hoffärtige Lichtputze!

»Auf Ostern ...«, stotterte sie.

»Willst ihn bringen?« frug er mit seiner milden Heiterkeit.

»Na! Gang ich beichten«, stieß sie kläglich heraus.

Pater Isidor wurde butterweich und verlegen. Er wünschte gar inbrünstig, die arme Dirn möge mit einer flinken Kehre aus der Tür laufen. Doch sie hatte eine gewissenhafte beständige Natur, welche keinen Seitensprung verstattete.

»Hm«, machte Isidor Hinterseer.

Sie rührte sich nicht.

»Alsdann der Frau Mutter ein christlich Vergelt's Gott und freundschäftlichen Gruß.«

»Geseng's Gott«, sagte Regina und wartete.
Isidor Hinterseer tat unterweilen ein paar Seufzer. Und indem sie auch jetzt noch quasi angenagelt stund, langte er sein Ordenskäppchen vom Regal sowie das Geld vom Tische, schupfte das Mädchen gelind vor sich her und sagte:
»Hilf mir suchen. Irgendwo in einem Bauernstall werden wir sicher ein Bettelmandel erfragen. Dem spendieren wir das Silber, sofern er kein Kupfer auf der Nasen hat.«
»Aber unsere Schuldigkeit beim Amtmann?« entgegnete sie zag.
Der alte Pfarrer sagte:
»Bst. Die ganze Welt ist voll Schulden. Viele bleiben ungetilgt. Und es ist gut so. Denn ein Mensch, der seinem Bruder kein Quintel mehr pflichtig ist, ein solcher Mensch wird hart und selbstgerecht. Besser als die Gerechten sind die Demütigen.«
Regina war annoch zu jung, um seine Philosophie zu würdigen, empfand nur seine Güte und dachte für sich hin:
»Er wird mich lossprechen.«
Sehr absonderlich hausierten sie das äußere Dörfel ab und frugen, ob irgendein Armer übernachte. Man bedenke, es war Abend. Da neigte das Herz zur Wahrhaftigkeit. Es liegt entblößt und schämt sich nicht. Es glaubt viele Dinge, die am hellen Tage belächelt würden. Es schwingt mit den Sternen wunderseltsam, voraus das Herz der Greise und Kinder.
Georg Staudacher freilich versperrte hinter ihnen die Tore des Verweserhauses und erwog in seinem schwärenden Kopfe, daß der Pfarrherr etwa französische Spione regardiert hab und itzt denselben nachpürsche. Item, die Grätzer Bauernzeitung brachte von Weil zu Weil einen Steckbrief »über derlei Individuen, welche der Verdacht geheimer Tätigkeit beflecke ...« So zum Exempel war ein Deserteur aus dem österreichischen Regiment Duca, der hatte sich eine Kapuzinerkutte und einen kohlschwarzen Pudel zugelegt. Der betete und fastete. Spähte mit hohlen Judasaugen durch das Land.
Indes der Oberverweser, dieser Tatsachen ingedenk, den Schlüssel abzog, schritten Pater Isidor und Regina beim Baderhaus. Der Bach gluckste. Der Wind strich. Grünlich blitzten die Sterne in der Neumondnacht. Das Bildstöckel war ein

feiner Schattenriß vor der grauen Buglmühl. Ein Kauz flatterte unter dem Giebelbaum. Pater Isidor betrachtete das Gebäu von der Brücke aus, zeigte sich befriedigt und sprach:
»Zu Palmare will ich's weihen.«
Da sahen sie beide zugleich, daß auf dem Betschemel hinfällig ein Mann saß. Sein Gesicht schimmerte wie Wachs. Seine Hände waren zum Bitten gefaltet, fürmehr verkrallt. Pater Isidor löste sie sanft, und, glaubens, er hätte einen Armen gefunden, drückte er die fünf Taler auf die Finger. Sie fielen aber durch, als seien sie in die bare Luft gelegt worden. Niemand bückte sich nach ihnen, niemand hauchte. Regina tat einen Schritt zurück und noch einen.
»Geh!« sagte der Pfarrer beklommen.
Sie ging. Im Hofe spähte sie einmal um. Der fremde Mann war noch da. Hielt die gelben Hände vor das Gesicht. Die fünf Taler lagen grünsilbern im Dunkel. Und aus dem blauen Schatten der Betbank hob sich ein unbeschreiblich schönes Gesträuß. Wäre Sommer statt Lanzing gewesen, hätte man meinen müssen, es sei schneeweißer Almrausch . . .
Die Geschichte mit dem Bildstock beschäftigte den Sinn der Öblinger noch manchen Tag. Sie gab zu unterschiedlichen Meinungen Anlaß, war Ursach, daß der eine sündiger wurde und der andere frümmer. Und war letztlich auch schuld, daß die Stralzen-Rögerl die bösen Geister zu fürchten begann. Aber nachdem Johann Zechmeister den heiligen Nepomuk frisch übermalt und ihm links das Bildnis des Kirchenpatrones, rechts das Bildnis der heiligen Barbara beigestellt hatte, nachdem der Kurschmied das Gatter eingehängt und das Kreuz geschweißt hatte, verlor das Ereignis an Wichtigkeit, fürnehmlich maßen sich wiederum etwas Neues zutrug. Ich meine nicht so sehr die Weihe am Sonntag, wenngleich das Gepränge mit den bunt gezierten Palmbuschen einen herzerfreulichen Anblick bot. Es war in der Kirche eine graue, seidige Wolke aus Weidenblüh, da und dort von schwefelgelben Stäubchen überzittert. Rote Winteräpfel, Rauschgold und geblumte Bandschleifen wippten. Dahinein tauchten die feinen, langen Sonnenzeiger. Und zwischen den sacht bewegten Wolkenrändern streckte sich der runde Engelkopf eines Kindes, oder es senkte, baß von Licht geblendet, ein alter Bauer seinen Patriarchenschädel.

Herr Raimund Winkler schaute vom Orgelstuhl auf dieses allerzarteste Geweb und Geschweb ... Es rauschte, wie wenn der Moorwind die unzähligen silbernen Tätzchen gar sänftiglich streichle.
Der Weihrauch und der Duft des schwelenden Wachses vibrierten; und seine drei Mädchen, nämlich Regina, Ursula und Adelheid, summten schon voll leiser Ungeduld den ersten Ton vom Hosanna. Er aber spreizte die Hand federleicht über den Tasten und verschaute sich. Der Pfleger war einen Augenblick auf dem Chore gewesen, hatte ihn für zehn Uhr nach Gstatt befohlen, sagend, wichtige Currenden seien eingetroffen, vor allem eine Privatpost, daß man einen neuen Krieg zu gewärtigen habe.
Dieses also war weislich Grund genug, daß der Schulmeister seinem Kirchendienst gar zerstreut oblag und weder die Schönheit noch die Bedeutung des Tages recht würdigte. Durch den dringlichen Fall genötigt, eilte er nach dem Hochamt in die Stiftspropstei, mußte jedoch seinen Eifer mit einstündiger Wartezeit büßen, sintemal Pater Gabriel bei der Weihe des heiligen Nepomuken assistierte. Letztlich, es schlug eben eilf, kamen Pfleger und Amtmann mit langen Schritten angestiefelt, beluden den Schullehrer mit einem Stoß Skripturen und gaben Order, dieselben auf dem Dorfplatz zur vulgären Kenntnis fürzulesen. Etliche Bauern, welche ihm auf dem Heimweg begegneten, kehrten um. Kinder liefen plappernd nebenher und fabulierten eine Mar zusammen von Krieg und Weltuntergang. Selthalben wimmelten alsbald die Leut aus den Häusern, insonders aus den Wirtshäusern, und Raimund Winkler ging schweigsam, in abweisender Haltung auf seine Kanzel zu; die stund in der Mitte zwischen dem Verwesergarten und dem Baderhaus als ein Brunn, von einer zerwetterten Pappel hoch überragt. Weitum war es schwarz von Filzhüten, Zipfelhauben, Drahtelhauben und steifen seidenen Kopftüchern. Und Raimund Winkler hatte stockschwere Not, das große Auditorium mit seiner schmächtigen Stimme zu beherrschen.

»Zur gemeinen Wissenschaft und Nachachtung«, so sagte er, »wird bekannt geben: Currenden des k. k. Kreisamtes Judenburg vom Martius bis Aprilius 1813:

Karl Graf v. Goeß,
k. k. wirklicher Gubernial Rath und Kreishauptmann,
Josef Gluth v. Herrlen,
k. k. Kreissekretär.

An
sämtliche Bezirksobrigkeiten und Vogteyen dieses Kreises.«

Der Schulmeister hob das erste Blatt langsam mit zwei Fingern, so, als wenn er eine Horniß beim glasigen Flügel fange. Ein böses Mißtrauen verfinsterte nach oben und unten seinen Blick. Denn der Kaiser traktierte, und der Untertan schimpfierte; der eine ließ seine Macht, der andere seine Ohnmacht aus. Hiezu war der Buckel eines armen Magisters gerade gut. Er nahm, wie erwähnt, das erste Blatt und las:
»Currende wegen Aufstellung der Gemeinde Hütern zur Schonung der Zeit für schulpflichtige Kinder. Zufolge hoher Gubernial Verordnung ddo 17ten v. M. Nr. 5156 ist der hochlöbl. k. k. Länderstelle aus verschiedenen Volksschulausweisen ersichtlich geworden, daß auf dem Lande der Schulbesuch im Sommer viel seltener ist . . .«
Mißlicher denn dieser Zufall es schickte, hätte niemand den Anfang erfinden können. War kaum der erste Passus verlautbart, huben die Bergbauern und die Keuschler bereits zu brummeln an. Er überhörte es mit Fleiß.
». . . als im Winter . . .«, sagte er, nachdrücklich weiterlesend, »so daß man besorgen muß . . .«
Peter Freidank probierte einen unflätigen Witz. Umsonst.
». . . besorgen muß, daß der Grund von diesem Ereignis wohl hauptsächlich das Hüten des weidenden Viehes durch schulfähige Kinder seyn möge.«
»Da haben die Stadtfrack recht«, bemerkte der Knotz trocken.
»Es wird daher allen Bezirksobrigkeiten aufgetragen«, fuhr Raimund Winkler hartnäckig fort, »die Verteilung der Gemeinweiden . . .« Seine Rede versickerte in groben Brummbässen . . .
»Ich nit«, sagte der Schröck. »Wo ich selbsten dung, sollen meine Viecher grasen.«
»War guat!« meinte der Grill.
Jakob Wundersamer drehte dem Magister den Rücken und lachte.

»Ja, dasseg war guat! Kamen die dürren Schattenberger Küah zu die feisten Mitterberger Küah in d' Einleg.«
»... so thätig als möglich zu betreiben ...«, las Raimund Winkler, »und wo solches nicht geschehen kann, doch ungesäumt Gemeinde-Hüter aufzustellen, da ...«
»Ich nit«, sagte der Schröck.
»Schulmeister, zahlst du die Unkösten?« frug der Unterhayden.
Der Schneemoser, welcher neun rotblond gekrausete Buben hatte, gab seinem Jüngsten den hohen Palmbuschen. Das Kind stürzte beinahe unter der Last. Er achtete dies nicht, sagte:
»Zu was kriegt ein Bauer einen Schock Kinder. Zum Faulenzen nit.«
Raimund Winkler fühlte sich in seiner Standesehre bitterlich verletzt. Kein Wunder! In den vielen Widerwärtigkeiten war er überempfindsam und miselsüchtig worden. Und es ist für eine absonderliche Gnade Gottes zu halten, daß er trotzdessen ein echter Lehrer blieb. Zutiefst in seinem schwarzblütigen Naturell wurzelte noch der pure Idealismus, item, ein unverwüstlicher Glaube an das Himmlische im Menschen, welches da lediglich brachliegt. Er wollte dies den Öblingern verständlich machen und sagte im Schulmeisterton:
»Die Wissenschaft ist keine Faulenzerei nicht. Sie ist auch ein Rad unter den mannigfachen Rädern im Uhrwerk der Welt. Ihr seids das halbe Jahr im Holz und das halbe Jahr auf dem Feld, denkt nicht, daß es hinwieder Leute hat, die ihr Brot verdienen mit Rechenfertigkeit und Buchschreibekunst; die weiterbauen, nicht das Traid für den Herbst, sondern Werke, die erst in einem Jahrhundert reifen. Und alle diese Menschen, die von Erd auf immer wieder gen Himmel streben, haben gleich euern Kindern begonnen mit Schiefertafeln und Griffel. Die kleinen Buchstaben und Ziffern sind es, welche uns dermaleinst die große Schöpfung aufschließen. Ihr allesamt söllet mehr Achtung haben davor, wie auch vor einem Schullehrer, der euren Kindern das geistige Brot reicht.«
Die Bauern und Bürger horchten trutzig. Und der alte Predlegger, welchem zuhöchst und zuletzt in der Starzen ein Hof gehörte, welchem die Gamsen das Korn zertraten und der

Reif die bittern Holzäpfel und Mostbirnen verbrannte, der Predlegger krachte ihm hart in die Rede:
»Meine Kinder haben nie mehrer braucht wie ein Batzel Schmalz und ein Maßel Kleiben. Dasseg schickt sich für den Bergbauernschlag. Aber die Stadtfrack und die Schulmeistern söllen nur tüchtig mit der Federn kratzen und Papier fressen.«
Da brach ein hallendes Gelächter aus. Raimund Winkler hatte nunmehr für eine Zeitlang genug. Er blickte verdrossen in die Verordnung der K. K. Innerösterreichischen Gubernie.
»Damit nicht«, las er also den Satz zu Ende, »die auf Vieh-Weiden statt habende Gemeinschaft geschäftsloser roher Kinder die Schule der gröbsten Unsittlichkeit werde.«
Gleichgültig hob er das zweite Blatt; und nachdem er kurz seine Überschrift betrachtet hatte, räusperte er sich und las:
»Currende wegen Annahme der à conto gestellten Rekrutierungsflüchtlinge als Ersatzmänner bei Entlassungen im Concertationswege.« Es folgte nun ein langes Satzgefüge, bestehend aus Latein und Amtsdeutsch und unsinnigen Redeschnörkeln; wirkte wie Schlaftrunk auf ein Laienhirn und erregte keinen Widerspruch. Raimund Winkler schöpfte Atem und sagte:
»Drittens!
Hofkanzleidecret vom 20. Hornung, wonach das Conskriptionsgesetz in Anwendung kömmt, daß nicht mehr alle Bergarbeiter unbedingt befreyt sind, sonders nicht die dienstlos vagierenden Individuen.«
Da ging der Krawall bei den Knappen los. Sie reckten die Fäuste auf und trugen ihm Schläg und Ohrfeigen an. Raimund Winkler hörte sein eigen Wort nicht mehr, legte das Blatt zu den übrigen Schriften und stieg vom Brunnentrog. Der Bader riß ihm den Stoß aus dem Arme und sprang hinauf. Sein rasches Innviertler Geblüt brodelte vor Zorn über die zähen Bauern und das zuchtlose Knechtsgesindel, so ungebärdig einen bescheidenen Magister anfiel zur selben Zeit, wo sich das einige deutsche Volk gegen den Kaiser Napoleon erheben sollt. Weiß Gott, etwa zum letztenmal. Oh, der Bader war auch ein Idealist. Doch er war klüger als Raimund Winkler und verbarg es. Die Not hatte den ehrenhaften Menschen schlau gemacht. Durch sein wackeres Geständnis Anno neun, zwar

nicht des Lebens, doch manniger Kundschaft beraubt, ist ihm bei hungrigem Magen ein hülfreicher Einfall kommen. Item, er zog eine Schelmenkappe über den Doktorhut. Und wann er fürders eine Spatel mit geiler Mixtur füllte, so log er dem Patienten vor:

Es seien daselbst gedorrte Kuhfladen und neungrätiges Galgenholz.

Und wann er mit einem Bresthaften zu tun hatte, der an Schwund oder an Leibschaden litt, mußte derselb drei Kiesel hinter die Achsel werfen und mit dem linken Fuß ein Trudenkreuz in die Erde malen. Hienach bekam er sein Pflaster.

Ja, so war der Gasteiger. So machte er jetzund einen Satz auf die Brunnenkante und schrie:

»Maul halten. Öhrln gespitzt! Saubauern übereinander.«

Die strengen Gesichter wurden breit. Das ging aus einem andern Ton und flößte ihnen Respekt ein. Er überblätterte flüchtig die Currenden. Sie waren sammentlich harmlosen Inhaltes, zum Beispiel:

»in betreff der Festsetzung des Materialquantums an Wein, Öl, Weihrauch und Wachs für arme, größtentheils aus dem Religionsfonds dotierte Land- und Pfarrkirchen.«

»in betreff der Schlafkreuzer Gebühr für das Militärjahr 1813.«

»in betreff der Hausir Pässe und Reise Pässe.«

»in betreff der Einbringung eines Conskriptionsflüchtlings, wofür eine Taglie von 12 fl. zugesichert wird.«

Zuunterst lag das Steiermärkische Intelligenz-Blatt, und hierin rot angemerkt war eine Preisübersicht für alle Gewerbsleute, die mit Fleisch, Mehl, Kerzen und derlei Feilschaften Handel trieben.

»Hm«, sumste der Bader, die helle Stimme düster ausziehend und die Brauen bänglich wölbend, als sehe er lauter Todesurteile und Malediktionen vor sich.

Die Öblinger rückten neugierig herzu.

»Weg da!« brüllte er. »Braucht mir keiner die Füaß abbussen mit seinem geschmierten Bratelrüassel.« Und er schwenkte die Papiere hin und her, daß ein paar Zettel in die Luft fuhren.

»Was uns die hohe Gubernie hierselbst verordnet hat, ist mit Respekt zu sagen ein Wurmsam. Bald man ihn schlückt, so nutzet er nix, und bald man ihn ausspeibt, so schadet er einem. Spielt jedes Kügerl eine andere Farb und hat einwendig den nämlichen Kern, bitter über die Maßen ... Ingleichen enthält jede Amtsgeschrift eine Geheimsubstanz gegen den Lindwurm, der da lauert auf Haus, Hof, Mann und Weib und Kind. In die kohlschwarzen Buchstaben ist sie eingedreht. War schon zu schmecken. Aber ihr schmeckt sie nit! Bis gachst einmal der Kaiser eine Pillen verordnet, so groß wie ein Speckknödel und sper wie Enzianwurz. Alsdann muaß es euch in die Nasen stinken. Ein Gescheiter beißt im letzten Abdruck gutwillig zu. Ein Dummer wird damit geschoppt, sonst müsset er verrecken.«

Die Öblinger horchten geduckt. Es bedeuchte sie unheimlich und darum glaubwürdig. Mit großen Augen, erschrocken und argwöhnisch stierten sie die Skripturen an.

»Lesen soll ich?« frug der Bader. »Den Wurmsam fürkäuen und den Kern herausnagen?

Da«, schrie der Bader. »Heftet die Fetzen mit Schuasterpech ans Hirn und zerreißt euch das Maul ...« Und er schmiß die Currenden fidel über die Palmbuschen, Filzhüt, Zipfelhauben, Drahtelhauben und seidenen Kopftücher, über die Cherubsköpfe und Patriarchenschädel.

Raimund Winkler hatte auf ihn gewartet und drückte ein wenig verlegen seine Hand. Der Torbäck zog ihn nach der andern Seite und gab ihm zu bedenken, daß er hochamtliche Schriftstücke verunglimpft habe.

Doch Gasteiger deutete nur lachend auf die Kirchleut, welche ebenitzt die Blätter mit großer Ehrerbötigkeit zusammenklaubten, und sagte:

»Da schauts. Früher hätte sich keiner buckt. Man muß ihnen die Hofarzneien pfeffern. Dann kömmens ihnen geschmachig für.«

»Die Geschicht mit dem Lindwurm«, sprach Joseph Salzinger unsicher, »ist wohl glei' ein schlechter Possen?«

»Na!« sagte Gasteiger. »Wer ist der Lindwurm? Der Napoleon ist es.«

»Und die Pillen?«

»Ja, riecht ihr's denn noch alleweil nit, was sie uns kleinweis vorgeben? Kriag wird!«

»Der Pfleger ...«, sagte Raimund Winkler.

»... Meint auch«, sagte der Torbäck langsam.

Die Kirchleute strengten ihr Hirn an und wurden nicht klüger von den abenteuerlichen Prophezeiungen, die plötzlich aufgeflogen waren. Zuweilen sah man solche, die ein Stück Papier erwischt hatten, nachdenklich stehen und buchstabieren. Der Bader lachte alsdann frohgelaunt. Und bei der Brücke, wo er sich verabschiedete, sprach er:

»Herr Schulmeister, da guckens Ihnen die armen Häuter an. Itzt stiftert jeder gern ein Spanferkel fürs Abc. Sapristi, denen hab ich eingeheizt.«

Raimund Winkler antwortete halb dankbar, halb traurig:

»Wie wehrlos ist doch der einfache Mann gegen einen toten Buchstaben. Nur weil er des Lesens nicht kundig ist. Ein wahres Kuriosum von Dunst und Plunder vermöchte man ungestraft ihm einzureden.

... Geschieht auch ...«, setzte er hinzu.

Er bekam keine Antwort. Der Torbäck verstund ihn nicht. Und der Bader war ein Feind vom Disputieren. So spann er selbsten die Rede fort.

»Gut«, sage ich. »Das geschriebene Wort, welches ihnen angestert noch Furcht eingeflößt hat, reizet sie heute schon zu Mißtraun und Widerwillen. Allein es bleibt solange unantastbar, als es unverstanden bleibt. Erst jener Mensch ist eines gesunden Aufbegehrs fähig, der mittels Lese- und Schreibekunst hat urteilen gelernt. Die Väter nicht. Die Söhne nicht. Vielleicht aber die Enkel.«

»Pfüat di' Gott!« rief der Bader. »Da leb ich nimmer, wann die Enikel in Österreich einen neuen Boden hobeln. Grad die Franzosen möcht ich noch ein paarmal dreschen. Weiter trachtet mein Ehrgeiz nit!«

Itzt hatte Joseph Salzinger begriffen. Er hob den Finger gegen den Schullehrer, der am meisten hungerte, weil er am wenigsten zu essen hatte, und der den Rücken bitterer stemmte, weil ihm mehr als andern aufgebürdet war.

»Sö ... Sö ...!« mahnte Joseph Salzinger bedächtig. »Kennen S' die Histori vom Luzifar? Da hat der Gottvater sich wöllen einen Gehülfen abrichten; ist herfeil gewesen mit seine Büacher, wo die Zeichen und Wunder stehn, und hat ihn angelernt, drein zu lesen. Tag und Nacht, Feuer, Luft, Wasser und Erdreich wird ihm offenbar; alle Goldadern und Steiner, alle Heilkräuter und Giftwurzen, alle Dunnerkugeln und Schauerkralen. Sechs Siegel hat der Luzifer schon aufgebrochen. Schaut her, er kunnt schon selber Welt regieren. Der Gottvater hat's verhütet und vor dem siebenten Siegel das Rezeptbuach — zugeschlagen ...! Drum sag ich, die Studi war schon recht. Aber neuni werden Tagdiaben hiebei und der zehent ...? Ein Gauner!«

Raimund Winkler grüßte steif mit dem Hute und ging.

Es ist doch ein Unglück, sann er, daß die Räder der Welt solch ungleiche Gangart haben.

Mir aber will scheinen, es wäre ein Glück. Sonst könnte etwan über Nacht einmal das Uhrwerk vor Eile zerschellt oder vor Weile eingerostet sein.

Am Montag der Karwoche, als in der beschneiten Jausengrube die Schattenhand drei Finger hob, spazierte Herr Andreas Stralz nach der Stiftspropstei Gstatt. Der Pfleger saß auf einer Steinbank im Schloßgärtlein, was ganz von Sonne überschwommen war. Der wilde Wein hing knospend am hohen Gemäuer. Feucht, türkisblau leuchtete der Himmel durch die Schießscharten. Und zwischen den Staketen der Pforte irisierte perlmutterfarben ein Stück des Tauernzuges. Manchmal raschelte im Efeu ein dunkelgelber Eidachs. Manchmal wischte der Geruch von vielen blühenden Veilchen vorbei, daß Pater Gabriel den Kopf an die warme Mauer lehnte und die Augen schloß.

So betraf ihn der Stralz. Sie redeten anfangs wenig. Die starke Luft, so hundertfältig Säfte aufgesogen hatte, betäubte sie. Es war nur ein Schauen. Der südliche Umfried, tiefer im Hange liegend, hielt alle seine Spalten und Sprünge weit offen. Eine Assel tastete unter blattdünner Schieferkruste. Eine Spinne schleifte ihren ersten Faden über das Grab, darin sie geschlafen hatte. Käfer, Schmetterlinge, Bienen, Fliegen, rote und schwarze Ameisen taumelten gegen das Licht. Fürwahr, eine wundersame Prozession der Auferstandenen! Drüben jenseits der Enns, wo das Schilf zu Ende war, bauten die stiftischen Knechte. Langsam gingen die zwei Pferde über das Brachland, und ihre Leiber glänzten kupfern. Und die Pflugseel tauchte immer wieder blitzend aus der Krume, gleich einem weißen Stern, der sich wehrt vor dem Erlöschen.

»Das Leben ...«, sagte Andreas Stralz, »mit seiner Stille ...

will genommen sein, wie ein Kind saugt ... wie der blaue Falter dort vom Ruch der Veiglein sich ersättigt.«
Der Pfleger antwortete, in Betrachtung verloren:
»Schwere Stuten. Füllen auf Pfingsten.«
Eine Wolkenflocke strich der Sonne nach und verschwand. Zu Öblarn schlug zweimal die Kirchenuhr.
»Der Augenblick ...«, sagte Vater Stralz. »Ich spüre das Licht rinnen, die Lust, weilen ein Vogel lockt ... da unten im Holunder.«
Gabriel beugte spähend den Kopf aus dem Garten und sprach:
»Ich hab die Bienenkörb vor das Mäuerl tragen. Über die Leiten schwebt der ledige Hönig hin. Ist alles scheckig von Primula und Viola odorata.«
Sie schwiegen. Andreas Stralz zeichnete mit seinem Stock etliche Kreise in den feinen Kalkschotter. Dann ... als es im Dorf dreiviertel schlug, sagte er:
»Der Augenblick! Ich genieß ihn ungeschmälert. Bei Baum, Blume und Tiergevölk. Was bin ich da selbsten?«
Vom Spaliere wehte von Zeit zu Zeit eine zarte Aprikosenblüh, schaukelte als Muschel im Sand und verschrumpfte. Der Wind lag weich über den nackten Keimen, die alle des Schmuckes warteten. Pater Gabriel dehnte sich im schwarzen Habit und sagte:
»Man möchte da sitzen, bis Abend ist ...«
»Ja«, sprach Vater Stralz so kalt, daß kein Mensch erahnt hätte, wie jeder Blutstropfen in der Sonne brunn und schauerte. »Ja, es hat wenig Bewandtnis, ob der Tod einen Zwanzigjährigen oder einen hohen Neunziger anpackt. Die Jahre sind das Leben nit. Sondern der Augenblick. Den will ich kosten.« Nach einer beträchtlichen Pause sprach er rätselhaft: »So denk ich mir die Ewigkeit ...«
Etwa meinte er das Rasten auf einer Gartenbank, von Düften zugedeckt, von Bienen umsummt. Und drüben, gleichwie das Gestirn in Bläue ruhend ... Gottvater.
Die beiden Männer diskurierten nicht mehr, bis nach einer halben Stunde der Schaffer um den Kellerschlüssel kam. Pater Gabriel zog das eiserne Monstrum aus dem Sack und bemerkte unvermittelt zum Stralzen:
»Hab Ihnen heute Post geschickt.«

»Ja.«
»Die Konskriptionen für die Bezirksobrigkeit Gstatt sind kömmen. Samstag bei der Nacht. Ihren Sohn trifft es auch.«
»Der ist auf der Walz.«
»Nein«, sagte der Pfleger zögernd. »Es trifft den älteren. Hab ihn ex officio in der Widmungsrolle aufgezählt.«
Der Herr Vater schwieg peinlich.
»... maßen«, fuhr der Pfleger nach einer Weil erklärend fort, »maßen seine Vagabondage, Erwerbslosigkeit, insonders sein schlecht konduierter, unmoralischer Wandel hiezu Anlaß beut.«
Noch machte der Stralz keinen Einspruch. Das Ennswasser gurgelte entlang der Weidenböschung. Ein Scheit donnerte unter der Brücke durch. Die Schmetterlinge hielten sich mit breiten Flügeln regungslos über dem Raine.
»Ja ...«, sagte Pater Gabriel nach langer Überlegung, »den Opferstock, befindlich am Schröfflinschen Wetterkreuz, hat auch er aufgebrochen. Zweifelsohne. Item, er brüstet sich kecklich mit dieser Räuberei. Und am verwichenen Freitag zu Mitternacht sah man ihn Totenbahr ziehen um die Öblinger Kirchen.«
»Ah«, rief Vater Stralz, als habe er solches erwartet.
»Stört die Gottesruh der Abgeschiedenen aus sündlicher Geldgier, statt seine gesunden Glieder zu brauchen. Aber es muß wohl sein. Die Menschen, welche große Leidenschaften haben, paktieren alle mit dem Teufel.«
Der Schaffer kam wieder die Gartenstiege herab und brachte den Schlüssel. Das Vieh an der Tränke plärrte dumpf. Das Gesumm der tausend Insekten wurde matter. Es schwang die warme Luft zwischen Himmel und Erde. Nur um die Füße legte sich schon ein frostiger Schatten.
»Wo hält er sich dermalen auf?« frug Andreas Stralz wider Willen.
»Hat kein Logis«, antwortete der Pfleger. »Vom Kindleintag bis Unserer Frauen Lichtmeß war er beim Hochsattler in der Sölk. Der hat den Buben im Geißstall aufgeklaubt, befund den Messerstich im Rücken zu einem eigroßen Loch entartet, voll Eitergeschwär und Afel. Mit solcher Wunde ist der Kerl drei Wochen von einem Stadel zum andern geschwankt.«
»So«, sagte Vater Stralz; legte das Kinn auf den beinernen

Knauf seines Spazierstockes. Gabriel Scharf blickte ihn von der Seite an und erzählte weiter:

»In St. Nikolai der Mesner Davidl, der eine kleine Kramerei betreibt, wird einmal in der Nacht eines Geräusches inne. Vermeinend, ein Dieb wäre da, sucht er Keller, Stuben, Küche, Speisbehältnis und Dachstuhl ab. Nichts. Auf einmal trampeln die Kitz im Stall. Der Mesner leuchtet hinein. Was siehet er? Einen Mordslotter, auf die Streu hingestreckt; der saugt den Geißen das Euter leer. Dergestalt pernoktierte der Bub. Ein casus singularis, der aber gewißlich seinesgleichen hat.«

»Ohne solche Arznei möchte er wohl gestorben sein«, sprach der Stralz. »Wie trefflich leitet der Instinkt ein Geschöpf, welches der Natur überlassen ist!«

»Vom Standpunkt der Moral betrachtet«, entgegnete der Pfleger zurückhaltend, »ist eine so beschaffene Handlung nicht entschuldbar. Die Zufluchtnahme in sein Elternhaus stünde ihm viel eher an als die Schändlichkeit, welche er am Eigentum armer Pfründner und Keuschler verübte.«

Der Vater gab seltsame Antwort. Man konnte ja, konnte nein verstehen. Und der Pfleger frug:

»Übrigens, woher diese Abundanz an Geld? Vermute nicht, daß sie ihm rechtskräftig, sage von heimatswegen zufloß. Oder?«

»Nein«, sprach der Herr Vater deutlich. Später meinte er, groß auf eine Spinne starrend ... »Vielleicht, mein Eheweib?«

»Vielleicht«, wiederholte der Pfleger im Tone eines Menschen, der gegensätzlicher Meinung ist. »Ihr Sohn ist allerorts als Falschspieler beleumundt.«

Andreas Stralz schaute ihn so wunderlich, so hülzern an, daß er aus einem dunklen Gefühl heraus bekräftigte:

»Ja, ihr Sohn.«

Von der Mauer bröckelte ein Stein und klopfte im Fallen andere Steine locker. Es rieselte sacht zwischen dem Gerippe des Holunders. Eine Grasmücke stob erschreckt auf und barg sich in der gelb beflaumten Lindenkrone. Immer dichter wurde das Netz der schrägen Strahlen über dem Tal. Das satte Grün der Sumpfwiesen vermischte der Dunst mit einer blauen Schattierung.

»In St. Nikolai«, so spann Pater Gabriel seine Rede aus, »der

Mesner hat ihn erkannt. Dieweil er selbsten, jeder Fassung bar, im Türspalt lauerte, ist der Kerl aufgesprungen, mit dem Gesicht gerade gegen die Latern. Plötzlich haben dem Davidl seines Glaubens etliche Schrot ums Ohr gesungen. Und zwo Fäust sind nervig an sein Hirn gekracht. Aber so viel hat er noch observieren können: es war der Stralzen-Matthäus. In der Lichten alsdann tat der Davidl sich bespiegeln. Sah alles blau und grün. Aber keine Schrot. Erst beim Ausmisten kam ihm die Ladung unter, nicht Blei, sondern Kupfer und Silber, sag und schreib: drei Gulden und fünfundsiebzig Kreuzerstück.«

»So«, sprach Vater Stralz.

Seine unerschütterliche Ruhe reizte den Pfleger, der bislang mehr Bedauern denn Härte hatte fühlen lassen. Er sagte mit offenem Vorwurf:

»Haben Sie niemalen, gütig oder seriös, den Versuch unternommen, Ihr Kind wiederum an ein geordnetes Familienleben zu gewöhnen?«

»Na!« bemerkte der Stralz. Später sagte er: »Vielleicht mein Eheweib.«

»Es wäre aber doch Ihre väterliche Pflicht gewesen.«

Andreas Stralz widersprach langsam und kalt:

»Der Bub hat sich selbsten mündig gemacht.«

»Aber vor dem hierzulande gültigen Gesetz untersteht er annoch Ihrer Pflegschaft. Wöllen Sie etwelcher Verantwortlichkeit sich zubekennen?«

»Na.«

»So doch eine Material- oder Geldbuß leisten für den beschehenen Schaden, den der durch Wildabschuß, Zechschulden und Betrug gestiftet hat?«

»Na.«

»Er fiele also samt und sonders seiner Malefizstreiche dem Dominium und der Gemeinde zur Last?«

»Ja.«

Unten schlürfte mit sanften Wellen grünlichgolden die Enns fürbei. Die Tauern, das Tal waren von abendlichem Scheine überschleiert. Die Vögel, die Bienen und Käfer erstummten schon. Ein Gewimmel weißer Schafe schob sich gegen Öblarn. Im Maierhofe ging die Suppenglocke. Da zog der Pfleger an seinem Skapulier, welches den Sand streifte, und stund auf.

»Was schreiben wir heute? Den 12. Aprilius. Für Mitte Maien ist Assentierung anberaumt. Halte es für unvermeidlich, daß Ihr Sohn genannten Datums zum Militär kömmt.«
»Entscheidet nit das Los?« sagte der Vater. Merkwürdig, es blaßte was im hellen Bilde der Natur. Der Stein, wo seine Hand ruhte, war kühler. Das Moos verlor seinen Sammetglanz. Mag sein, weil eben die Sonne versank. Er dachte an den Krieg. Und dachte, daß es wahrlich keine Bewandtnis hab, ob der Tod einen Jungen oder einen Alten rüttle. Und ihm graute doch.
»Der Bub ist stark und kerngesund«, sprach er. »Hat Flechsen wie geschmiedeter Stahel.«
»Auch das«, gab der Pfleger zu.
»Der kunnt ein Mann werden.« Oh, wiederum hätte niemand erahnt, wie sich Blut zu Blut bekannte. Der Stralz hielt es für einen erbärmlichen Schwächezustand und kämpfte dagegen. Der Pfleger nickte beifällig und deutete es als vernunftsame Einsicht.
»Warum nit«, sagte er. »Eine gute Viktori löscht mancherlei Sünd und Schrecken aus. Der Bub soll's probieren. Das in Tirol war nur ein Scharmützel. Itzten wird, wann ich recht berichtet bin, ein grausamer Krieg der europäischen Großmächte.« Und den Stralzen mit einer raschen Gebärde auf die Bank drängend, fügte er hinzu: »Geduldens Ihnen einen Augenblick!«
Er ging durch den Ziergarten, den Wurzgarten und den Vorhof ins Schloß. Erschien nach wenig Minuten mit einem alten Exemplar der Grätzer Zeitung. Schon auf dem Stieglein begann er laut zu lesen, vorab die Begrüßungsrede, die Superintendent Gisevius bei der Ankunft des Kaisers Alexander in Lyck gehalten hat; alsdann die nachgeschobene Notiz aus einer Berliner Zeitung vom 20. Februar. Sie besagte wortgenau:
»Zufolge Privatnachrichten war das dasige französische Militär in voller Bewegung. Alle Brücken wurden mit Kanonen besetzt und sind auch dergleichen am Lustgarten aufgefahren. Alle Läden und Häuser waren um 12 Uhr geschlossen. Und die gesamte Nationalgarde tritt in das Gewehr.«
Der Pfleger hatte indes den Pfad passiert, die zerknüllten Blätter faltend, sagte er lebhaft:

»In Breslau ist alles voll Freiwilliger und neuausgehobener Rekruten. Was halten Sie davon, Vater Stralz?«
Nach einer Weile, die nur vom Gespül des Wassers und vom Gezirp der Grillen belebt war, stund der Stralz bedächtig auf und sagte:
»Es entscheid't aber dennoch das Los?«
Gabriel Scharf blieb in seinen weitschweifenden Gedanken jählings stehen, schaute verwundert und sprach:
»Aso ... Ja«, fügte er letztlich bei. »Die ex officio Gestellten aber müssen.«
Die Männer tauschten einen Handschlag. Andreas Stralz wanderte gemach aus dem Tore, zwischen der beschnittenen Taxushecke den Fahrweg nieder gegen die vier Linden. Indes er beim Bilde Beati Huberti ging, schickte ihm der Pfleger das Hirtenbübel nach. Das lief, was es laufen konnte, fing ihn alsbald bei der Rockfalte und keuchte:
»Ös sollets warten!«
Gabriel Scharf folgte hienach desselben Weges und sagte, auch ein wenig atemlos:
»Hab mich postea besonnen. Der Matthäus ist der Ältest, Haus und Hof sind als sein Erbteil zu betrachten.«
Der Stralz verharrte wie eine Holzfigur. Seinem kühlen, ja rücksichtslosen Sinn wäre die Antwort gar leicht geworden, hätte sich nicht dringlich das Blut zu Blut bekannt. Er hielt es für eine Schwäche.
Die militärische Subordination, hub der Pfleger von neuem an, möchte eine Besserung des Charakters zur Folge haben. Und ein Urlaub wäre fürders noch denkbar, wenn das Dominium Gstatt sich mittels Bittschrift an das Kreisamt wende.
Vater Stralz schwieg.
Oder ... im äußersten Fall hülfe vielleicht ein Majestätsgesuch. Man bräuchte nur die Unentbehrlichkeit des Burschen nachzuweisen. Dieselbe wäre ja bei dem gegenwärtigen Besitzstand außer Frage.
»Er hat sich selbst entbehrlich gemacht«, antwortete der Stralz hart.
»Ist füglich das letzte Wort gesprochen?« frug Pater Gabriel. Ein schwerer Atemschöpfer. Ein graues Haar an der strengen Schläfe hob sich im Pulsschlag. Das lebendige Auge wurde schwarz.

»Tut wie Ihr wöllt, Herr Pfleger, ich hab mit diesem Buam nit umzuschaffen.«
Sie drückten sich fremder als bevor die Hand. Und Gabriel Scharf, der alle Stadien christlichen Zuspruchs, die Milde, die Härte, die Gerechtigkeit und die Erbarmnis an diesem starren Stralzenschädel umsonst versucht hatte, Gabriel Scharf sagte vollends ratlos:
»Warten wir. Binnen Monatsfrist kann sich vielerlei ändern.«
Der Herr Vater kam spät in der abendlichen Dämmerung heim. Gleich den meisten Männern liebte er nicht, in seinen Denkgeschäften abgelenkt zu werden. Er hatte seinen Spaziergang die Enns aufwärts genommen, die sich damalen noch in weitem Runde von einer Talseite fast bis zur andern schob. Er hatte sich die Stimmung glätten lassen in dieser nebelgrauen Abgeschiedenheit. Da raschelten manchmal schon traumicht wilde Enten durch die braune Wasserstreu. Trillerte noch ein letztes Vogellocken. Und im grüngelben blasigen Schlamm gaben die Kroten Antwort. Beim Moar zu Bach, wo der Wiesenweg nahe an die Straße führte, kehrte er um, ging an der Berglehne zwischen verstümmelten Eschen und Birkenholz. Die Quellen waren aufgeriegelt. Und ein Gespiel von feinen, groben, klöckenden und glucksenden Lauten kam hernieder. Die Natur befand sich in ihrer Reinigung. Eiskrusten lagen zersplittert um einen Wasenfleck. Die Erlen und Haseln staubten. Es roch nach Blumen, die das erste leise Leben hatten. Man fühlte wohl, es werde bald aus Gräben und Winkeln blühen, nur müsse die Natur zuvor noch säuberliche Ordnung machen.
Den Herrn Vater störte es aber nicht, daß er mit jedem Schritte knöcheltief in die weiche Lethe trat, sacht, behaglich, mit großem Zeitverzug. Er kam, wie erwähnt, in der späten Dämmerung heim. Und zwar nicht allein zufolge seiner Denkgeschäfte! Will ehrlich berichten, er fürchtete, gleich allen Mannsbildern, die häusliche Putzerei.
Item, es war die Karwoche.
Die Tagwerkerinnen planschten mit Wasser und Lauge die Böden an und rieben so wacker, daß jedes Dielenbrett appetitlich wurde wie ein frisch gehobelter Brotladen. So wann sich ein Mensch im Haustor zeigte, brach ein unbeschreibliches Gezeter aus, und bevor er noch seinen Fuß auf die Schwelle ge-

setzt hatte, schrien sie ohne Ansehen der Person, er sölle sich schleunig verduften, sonst könne er den Unrat, welchen er brächt, mit eigenen Händen aufwaschen.

In der Küche lagen die kupfernen Guglhupfmödel, das Zinngeschirr und die Messingpfannen über Tisch und Bänke gestürzt. Und im Speisbehältnis hingen die Würst in langen Girlanden. Schunken und Butterstrutzen, Feimseiling, Fleischkrapfen, Weichbrot, Weinbeerwecken, Marbkipfel, Godenbretzen, Lebzelten und Hönigbachte füllten die Stellage schon von oben bis unten. Desungeachtet eilte Frau Constantia hochgerötet zwischen dem offenen Herdfeuer und der Backstube; sott, briet und buk, was Platz hatte, und verhielt nebenbei die Dirnen unermüdlich zu ihren Pflichten. Füraus Regina mußte fleißig beihelfen. Nur merkte es niemand recht. Immer, wo es laut und wichtig herging, neigte sie der Stille zu. Zumal also weder ihr Wesen noch ihre Arbeit besonders augenfällig war, legte ihr gar jedes eine Bürde auf die Achsel, sagend, sie habe Zeit hiefür und ansonsten nichts zu tun.

Indem einmal der kleine Johannes zu weinen begann, weil er müde war und weil er von einer Hand in die andere geschupft wurde, da rief die Frau Mutter mit ihrer hellen Stimme:

»Der Bua ist überall im Weg. Geh auf die Weid mit ihm, Regina. Tuats Graserl brocken für die Ostereier, dann wird euch die Langweil gleich vergehen.«

Sie stapften zwischen dem Schröffel- und Berghamhof in die Äcker und pflückten Halme, Stiefmütterchen, Hundsveiglein, Buschwindröschen und Herzeldieb. Und als sie das Fürtuch voll hatten, setzten sie sich in den Hauswinkel, wo das Sonnenspalier seine langen, hülzernen Strahlen auf die Mauer spreizt; und sie huben an, schöne scheckige Eier zu binden. Die Frau Mutter hatte stark zweihundert Stück gewaschen und in einem Korb bereitgelegt. So viele brauchten sie beim Stralzen insgesamt für die Herrenleut, das Hausgesind, die nahe Freundschaft, die Godenkinder und die Bettelleut. Fünf Dutzend Eier färbten sie rot ein jedes Jahr. Vier Dutzend Eier färbten sie blau. Hundert aber wurden mit zarten Kräutern, Blumen, Zwiebelschälen und Kugellack in leinerne Hadern gewickelt, angefeuchtet und gesotten. Zu dieser allerfeinsten Spielerei war die Rögerl angestellt. Wann sie ein paar Stunden jedes Nachmittags dasaß, kam gern der Bäcken-

hansei über die Straße, um ihr Gesellschaft zu leisten. Er reichte ihr Bindfaden, Herzeldieb und purpurnen Kugellack. Und bekümmerte sich heimlich dabei. Einmal wollt sie kein Kräutel nehmen, einmal kein Gras. Sie band den Zwirn zu locker und knüpfte ihn nicht. Auch ließ sie achtlos ein Ei aus den Händen rollen. Das zerbrach im Sand. Hansei bückte sich und sagte:
»Färcht hast keins zerschlagen.«
Sie sinnierte viel und gab ihm wenig Antwort. Sie ließ Johannes im Grünzeug rupfen, daß weder Blatt noch Blume übrigblieb. Der Bäck zaschte in sein Gartel und pflückte ihr, was er für schön befund. Und als er zurückkam, meinte er nachdenklich:
»Färcht am Karfreitag bischt fertig gewesen.«
Es waren schon dic dies muti, das sind die letzten Tage vor Ostern, wo keine Glocken darf läuten. Schattenberger Bauern im schweren Sonntagsstaat gingen vorbei in ihre Betstund. Es mußte bald drei Uhren sein.
»Hansei«, wispelte das Mädchen plötzlich, »Hansei, komm her zu mir.«
Er setzte sich so, daß eine Spanne Raum zwischen ihnen blieb.
»Was meinst?« frug sie leise. »Holt einen der Teufel, bald man nit beichten geht?«
»Der Stralz«, sagte Hansei für sich hin, »und sie, die Stralzin, geht ja auch nit.«
Rögerl war augenblicks paff.
Dann rief sie unbesonnen:
»Die haben nix tan.«
»Aso!« brummelte Hansei. Rote, runde Eilein, wie gemalt, erblühten in ihrem Gesicht. Da packte ihn die Eifersucht, und er wollt' sagen:
»Aber du! Muaßt in die Kirchen laufen. Sonst holt er dich.«
Kaum entflammt, zügelte die Bosheit ihre Nachreu, der gute Mensch liebkoste verstohlen den rupfernen Fürterzipf, der neben ihm durchsonnt auf der Bank lag, und antwortete wärmer, als sein Wille gewesen:
»Unser Herrgott ischt kein grober Mann. In jedes Blüahel hat er's hineingedruckt, daß es leben will. Einem jeden Vogerl hat er gelernt, einen Kameraden suachen. Er weiß, es kann nit singen in der Einschicht.«

»Meinst«, hauchte Regina.
»Ja. Schon zuerst. Wie er den Lehm geformt hat ... nachher wie Sein Engel das Paradies verschlossen hat ... wie der Noah seine Archen zimmert hat ... Sind die Kreaturen allmal zwo und zwo gangen. Nia nit einletzt.«
Die scheckige Hader auf ihrem Schoße flatterte ein wenig. Die Zwiebelschalen wehten dem Hansei auf die blauen Modelstrümpf. Es sang der Wind durch den lichtstillen, milden Frühlingstag. Und das Knäblein, welches im Sande gesessen hatte, stand auf und schmiegte sich an Regina, horchte voll Andacht dem wunderlichen Gerede zu.
»Das Herz, wann's allein ischt, tuat zittern. Ein armes Liachtel im Sturm ... zwischen Tod und God. Mein Herz ischt auch so.«
Regina rückte hinweg.
Da sagte er traurig:
»Brauchst dich nit wegdrahn. Ich versteh dich schon. Denk mir ehwohl, wen du gern hast.«
Sie schaute ins Leere. Nach einer Weile sagte sie völlig unbewußt mit einem inbrünstigen Seufzer:
»Ich hab ihn unsinnig gern.«
Hansei tat eine Blüte Petergstamm auf das Leinenviereck.
»Aber er kommt nit«, redete sie weiter. »Manchmal schreckt mich ein Steinl aus dem Schlaf. Bald ich los' und das Fensterl aufmach, rührt sich nix.«
»Hat dir träumt«, meinte der Bäck.
»O na«, rief sie lebhaft. Dann roch sie lächelnd am Petergstamm und sagte: »Sind ja Blümerln auf dem Brett gelegen.«
»Die kunnten von einem andern sein«, trotzte Hansei. »Vielleicht vom Blasel ... oder von mir.«
Da frug sie schelmisch:
»Die Hirschgrandeln auch?«
Hansei schwieg.
Sie tat nochmalen einen tiefen Seufzer und sagte:
»Trau mich nicht beichten gehen, weil's Wildprat dem Stift gehört.«
Das Steckkröpfel des Bäckenhansei gab einen Laut, klang wie verschlucktes Lachen. Als sie ihn erstaunt anblickte, brummelte er:

»Aso.« Dann zog er den kleinen Stralzen nahe zu sich, blies in sein krauses Haar und spielte mit ihm.

»Hansei«, wispelte das Mädchen. »Wo ist er hiaza, der Matthäus?«

»Weiß nit.«

»Sie sagen, in der Starzen Alm.«

Der Bäck steckte Johannis' Zeigefinger in die Farbstupp und ließ ihn alsdann das Ei betupfen. Ein Schock Kirchleut stapfte fürüber. Rögerl sah ihnen gar verloren nach und sagte hinter ihrer aufgestützten Hand:

»Gestern, beim Mondschein, haben wir Kreppen tragen, da ziemt mich, wär er im Hohlweg gangen bis zum Kranewettbaum.«

»Wo werdts heuer euer Osterfeuerl heizen?«

»Im Dreizipf.«

Hansei sagte, auf den Korb starrend:

»Sind noch sechzehn Stuck zu binden.«

Sie eilte, aber nicht lang. Bald blieben die Gedanken wieder bei dem einen stehen, den sie lieb hatte. Sie war gewiß ein scheues Kind, ihr Lebtag ans Schweigen gewöhnt. Aber der gute Mensch berührte ihre Seel, daß sie aufging wie eine dunkelblaue Gugugsnelke im Frühschein. Sie überwahrten es beide.

»Möcht ihm ein rotes und ein blaues und ein geschecktes Eierl schenken«, sprach Regina. »Meinst, er nahm es vom Fensterbrettl?«

»Glaub schon.«

»Schüchtig ist er«, plauderte sie fort. »Und ist so ein kecker Bua gewesen im Anfang.«

»... Im Anfang ...«, wiederholte der Bäck; konnte Frage oder Zustimmung sein. Schnitt indes einen Zwirnsfaden ab und reichte ihn dem Mädchen schweigend hin.

»Hab meine Leibwäsch und mein bessers Gewand schön gebügelt und ins Kofferl packt, daß ich gerichtet wäre, wann er kommt. Hab alleweil gewart'. Er ist nit kömmen.«

»Hast wandern wöllen?«

»Ja«, hauchte sie voll verschämter Seligkeit. »Ja, mit ihm. Er hat mir's heißen.«

»Seids doch heimlich beieinander gewesen?«

»Ja. Weißt es eh.«

»Ich weiß nix«, antwortete der Bäck heiser.
»Wohl. Zu Nikolo.«
Ganz bleich stierte der Hansei auf die schimmernde Erde. Das Bübel preßte ihm vielgeduldig Steine und Gräser in die Hände. Er gab nicht Obacht.
»Dortmals, beim Kinderschrecken«, erklärte sie lächelnd. »Als wir stunden vor meinem Vatern seiner Stubentür. Ich im Engelkleid mit dem Liabfrauenschleier ... Trau mich nimmer beichten gehen, weil er luckert worden ist und ruaßig.« Dann huschelte sie den Mund ins Halstuch und sagte versteckt:
»Vor lauter Bussen.«
Der Hansei hörte es aber doch. Denn es war der schwarze todstumme Karfreitag. Da drehte sich sein Mühlrad am Fluder. Kein Fuhrwerk rasselte. Kein Hammer schlug. Über dem Dorfe hing regungslos eine blendende Wolke. Sonnberger Bauern, Kindsvolk und Weiber kamen vom Heiligen Grab.
»Hiaz ischt es drei!« sagte der Bäck langsam. Er hätte gern noch mehr gesagt. Sein Herz war gepeinigt von Kummer und Besorgnis. Seine stillen Augen mieden beharrlich ihren Blick. Letztlich spürte Regina, daß ihre Worte ihm weh getan hatten, und sie frug demütig:
»Hansei, gelt, ich bin eine schiache Dirn. Mir graust vorm Beichten.«
Er antwortete wieder freundlich:
»Es ischt auch unser Pfarrer kein grober Mann.« Alsdann schob er das Kind beiseite und ging ohne besonderen Abschied mit plumpen, knieweichen Schritten heimzu.
Er hatte auch in der Wirtschaft keine Ruhe. Bald ging er wieder fort. Er hielt den Kopf gegen die Kramerseite gewendet, um das Mädchen unter dem grünen Sonnenspalier nicht zu sehen. Aber ruhiger wurde er darob nicht.
Von der Brücke her stapfte Lukas mit einem lieblichen, weißflockigen Lamm. Das zitterte am ganzen Leibe, wetzte manchmal gegen das warme Bubengesicht und stemmte die steifen Beine, als wöllt es sich befreien. Der Bäckenhansei kraulte ihm die Wolle, da begann es ein leises, klägliches Geplärr; sein feuchtes Maul versog sich an den Fingern, so es liebkoset hatten.
»Es ischt hungrig«, sprach der Bäck.
»Ja«, schwatzte Lukas; »es ist gespänt seit der Früah.«

»Wem gehört es denn?«
»Mein.«
Irgendein gleichmäßig schabender Ton peinigte Hansei. Seine Nervenschnüre zogen sich empfindlich ein. Er sagte gepreßt:
»So ein frummes Vieherl, das möcht ich.«
Immer wieder strich der Ton über seinen Rücken, bis ins Mark. Das Lamm versuchte einen jähen Sprung. Lukas hielt es fester und sagte:
»Es ist mir nit herfeil.«
»Tuast es aufziehen?«
»Abstechen.«
Es beutelte den Hansei. Er wußte plötzlich, drüben vor der Schlagbrücke wetzte der Fleischknecht das Messer. Er konnte das arme, unschuldige Tier nicht mehr anschauen und ging wieder fort. Oh, wie heimatlos fühlte sich der gute Mensch auf dieser Welt voll Schmerz und Grausamkeit. Er wäre gern gestorben. Diemalen er weiterzaschte, verstund er sein eigenes Leid immer besser. Er dachte an das frumme, weißflockige Lamm und viele andere Geschöpfe, die den bittern Tod erdulden; weiß keines, warum. Er fühlte sich verschwistert mit ihnen und war beinahe froh, daß niemand sich um sein Glück besorgte und niemand seine Liebesnot sehen und hinwegnehmen wollte; denn er meinte, hiedurch helfe er den Lämmern, den Blumen, den Bäumen, den Vögeln, den Fröschen und Faltern und vielen andern Geschöpfen, welche mißhandelt werden, die Qual und Grausamkeit der Welt ertragen.
Mit solcherlei Gedanken kam er in die dunkle Kirche. Manche junge Dirn kicherte versteckt, als er mit klatschenden Schritten und mondsüchtigem Gestapf entlang der Wände schloff bis zur Evangelienseite, dawo das Heilige Grab aufgerichtet war. Seine unförmigen Pratzen falteten sich unter dem schlecht balbierten Kinn. Die verwachsene Schulter spitzte sich, und das Kröpfel röhrte bei jedem Atemhub. So kniete er. So betrachtete er den toten Herrn Jesus Christ. Rote, blaue, gelbe, violette, grüne Glaskugeln gossen ihren Schein über dem hülzernen Körper aus. Hinter den fünf Wundhöhlen glommen Flämmchen wie Blut. Der Schatten tröpfelte purpurfarbig aus den Geißelmalen. Da zuckten die feinen Nervenschnüre des Bäckenhansei, und immer wahrer und wirklicher mutete ihn der Leichnam Christi an. Es fielen ihm absonder-

liche Gedanken ein, die nicht aufgeschrieben worden sind, und die weder Papst noch Bischof approbiert haben. Allein Gott hat sie vielleicht für würdig befunden, denn sie blühten inbrünstig aus seiner Herzenstiefe, wie über Nacht ein Quell oder eine Blume aus der warmen Erde bricht; kann auch keines sagen, warum.

»O mein Herr Jesus . . .«, so dachte sich der Hansei durch die Betstunde . . .

»Es rinnen viel Maasen
Voll Afel und Bluat;
Möchst kühlen und blasen,
Sie wurden nit guat.
Da lindert kein Bader
Den Schwitz und die Hitz.
Es steckt in der Ader
Der eiserne Spitz.
Fünf Wunden, sie liegen
Gar wassrig und rot.
Fünf Brünnlein versiegen
Schön haasen im Tod . . .
Die g'schecketen Kugeln
Erleuchten den Stoan.
Mein armer Herr Jesus,
Du bist nit alloan.
Viel Blüah müassen sterben
Wohl einletz im Mai.
Viel Herzen verserben,
Und die Liab geht fürbei.
Viel Vieherl wernd't g'schunden.
Gemartert, geschlagn;
Es brennen die Wunden,
Sie mögen's nit klagn.
Sie kömmen und klöcken
Ans Heilige Grab,
Sie kömmen und lecken
Die Maasen dir ab . . .
Mein Herz voller Dörner
Liegt auch auf dem Stoan . . .
Mein liaber Herr Jesus,
Du bist nit alloan . . .«

Am Karsamstag, inwährend die große Glocke die Auferstehung verkündete und Pater Isidor, vom roten Himmel beschirmt und von vielen Menschen, Fahnen und Kerzenlichtern geleitet, den Umgang hielt, kniete sich die Stralzen-Rögerl in den leeren Beichtstuhl hinter dem Hochaltar und sagte zehnmal, zwanzigmal ihre Sünden auf, peinlich und genau und noch ernsthafter, als sie's vor dem Bäckenhansei getan hatte. Sooft ein Tritt über das Pflaster hallte, insonderheit aber, als das Spiel der Musikanten und das Gemurmel der Beter wieder von ferne hergetragen wurde, da zuckte es bänglich in Reginens Brust, da schlossen sich die Lippen ausgedorrt und formten kein Halleluja und kein Tedeum.

Die Kirche ist mählich voll Leutgewühl worden und mählich wieder leer. Und die Stralzen-Rögerl wartete mit steifen Knien zitternd auf das Sakrament. Ein verschrumpftes Einlegerweib huckte armselig in der geschnitzten Grafenbank, die vormals Stampferisch, itzten Batthyanisch war. Leise schwatzend traten Raimund Winkler und der Buglmüller an das Heilige Grab und begannen an Nägeln, Gewind und Schrauben zu werken, daß es bald in allen Fugen krachte. Ministranten tümmelten mit den hülzernen Söldnern davon. Und der Schulmeisterbub trug die bunten Glaskugeln auf den grünen Rasen beim Totenkeller. Da spiegelte sich in ihnen noch die Sonne vor dem Versinken. In der Dämmerung, nachdem die Grabstätte hinweggeräumt war, breitete Pater Isidor den roten Teppich im Presbyterium; erspähte im Fürbeigehn sogar das besagte Büßertürchen, was lose in der Angel schwang, und streifte es zu. Regina drückte es geschwind ein wenig auf; allein er bemerkte nicht, daß ein armer Christ ihn voll Gewissenspein erwartete.

Entlang der Fenster schrillte der angstmüde Schrei einer Schwalbe, die sich verflogen hatte. Die Tritte des alten Herrn klangen seltener. Inweilen er das große Kirchentor versperrte, schlüpfte das Mädchen bei der Sakristei hinaus ...

Das war eine Osternacht!

Stern um Stern brach aus dem finstern Weltgewölbe, bis es silbrig beschlagen und kostbar herschaute wie einwendig ein Tabernakel. Es ruhete das kleine Dorf, in die blanke Landschaft gebettet. Jeder Baum ruhete. Es zeigte sich deutlich in den sauberen Gärten und Höfen, in jedem schlafenden Men-

schenantlitz zeigte sich, daß nach sechs Tagen voll Schweiß und Arbeit der stille Tag Gottes nahe war.
Gegen ein Uhren schwamm in einer hauchfeinen Glorie der Mond übers Haus. Da wurde der Bäckenhansei munter und zog sich an. Als er von seinem Dachfenster aus die Straße überblickte, sah er in den Nachbarhäusern bereits Licht. Jenseits der Dächer da und dort stieg ein Qualm, dann ein Wirbel Funken. Jählings fluschte das Feuer hoch und blieb in einer wunderschönen roten Garbe stehen. Wann der Wind stärker zuwehte, hörte der Bäck das feuchte Holz prasseln und die Bauern beten.
Da und dort in der Umgebung knarrte eine Tür.
Regina und Lukas überquerten die Fluderbrücke und nahmen ihren Weg am Schröffl und Engelharscht vorüber zum Dreizipf . . . Hintenbei stapften in sachtem, feierabendlichem Takt die Knechte und die Dirnen. Und ganz zuletzt ging Constantia Stralzin, ihr jüngstes Kind auf dem Arm tragend. Es schmiegte sich unter dem Umhängtuch an ihren warmen Körper, doch es schlief nicht; streckte fürmehr hellwach den Zeigefinger in die Luft, so als wölle es die tausend und aber tausend Sterne im Weltgewölb betupfen.
Hansei nahm sein Waldhorn und ging ihnen und dem Gesinde heimlich nach. Aber beim Loherbühel besann er sich anders. Er süntelte auf der Nieder-Öblinger Straße ein Stück weiter und bog unter der Moosbüchse in den ebenen Feldweg ein. Das grüne zollhohe Korn lag im Mondschein verschleiert. Der ganze Talboden erschien durchsichtig im Zwielicht. Hansei hatte das Gefühl, er ginge auf Spinngeweb. Drüben stund hell wie ein Glasberg der Grimming, von Schnee überhüllt, von unzähligen Osterfeuern eingesäumt. Es war eine wunderbare Nacht.
Hansei konnte nicht traurig sein. Er hob sachte das Waldhorn an die Lippen, allein seine Seele war dermaßen in Stille versunken, daß sie vor dem ersten leisen Ton erschrak. Stetig und mild stiegen die Osterfeuer. Es wurden mehr und mehr, denn jeder Bauer und jeder Keuschler hatte auf seinem Grund eins angezunden. Glimmenden Laternchen ähnlich waren die fernen. Und die nahen im Tale wie brennende Dornbüsche. Hansei ließ sich einspinnen vom wohlduftenden Rauch, ließ sich besilbern von den Gestirnen. Beidseiten des Weges die

Ackerfurchen schillerten schwarz und schwefelgrün, zogen sich zu langen, schwingenden Bändern aus und verloren sich im Schatten des Berghammhofes. Das Turmdach und die geästelten Baumkronen waren schier durchsetzt von einer Rosenwolke.
Hansei dachte, mitten im Dorf sei ein Osterfeuer.
Er ging langsam. Niemand begegnete ihm. Im gelbschieferigen Himmel schimmerte opalblau die abnehmende Mondsichel. Ein schwerer Erdruch quoll aus den Furchen. Über den Gärten schwebte der Dunst von jungem Unkraut und mürbem Holze. Der Wind strich zwischen den Gehöften. Hansei hörte das Fluder unter der Buglmühle schlagen. Er ging und hatte fast die Augen zu. Jedoch alles vor ihm wurde durchsichtig, und er sahe den Herrn Jesu Christ durch den Öblinger Freithof wandeln und sahe neben seinen blühweißen Füßen die Gräber aufgehen.
Die lodernde Röte über den Giebeln zog ihn. Er glaubte abermalen, im Umkreis sei ein Osterfeuer. Es war auch eins:
Das Bildstöckel des heiligen Nepomuken stund inmitten einer Flammengarbe. Kreppen flogen, Rinden und Backscheite bumseten an den Mauern nieder. Das ledige Pech stank. Die grünen Schindeln warfen sich. Wann der Wind anfuhr, sah Hansei einen Augenblick das glühende Kreuz. Er wurde völlig starr; hob wie im Schlafe sein Horn und legte es an die Lippen. Doch der Schrecken hatte ihn so zerrüttet, daß er aus vollen Kräften anstimmte, was er sich in seiner Traumverlorenheit fürgenommen hatte; nämlich er blies:
»Der Heiland ist erstanden.«
Die Leut, welche aus dem innern und äußern Dörfel hierselbst zusammenliefen, vermuteten mit Recht, er wäre närrisch geworden. Item, der Schrecken trieb auch mit ihnen sein boshaftes Spiel, hetzte sie gegen den Hornisten anstatt auf die Feuersbrunst. So stieß ihm der eine das Waldhorn vom Munde. Der zweite munkelte schon, er wisse den Brandstifter. Und der dritte schrie, das sei der Hansei. Viele glaubten das, nur weil sie den Hascher nicht leiden mochten. Und der hitzige Bader, welcher auch gegenwärtig, bedachte sich nicht lang und prügelte ihn.
Indes nun der arme Bäck auf dem Boden lag und sich gegen keinen Schlag und Fußtritt wehrte, war Andreas Stralz, vom

Lärm gelockt, über den Hof gegangen. Er glaubte auch nicht anders, als der Hansei hätte, vielleicht in seiner Mondsüchtigkeit, das Malheur verschuldet. Da sah er unter dem Brückenschluf eines Menschen scheinende Augen.
In wohligem Schauer pulste das schwere Heidenblut des Herrn Andreas Stralzen. Man muß es recht bedenken: er verabscheute den Ort, wo der Jager sein Ehweib beschlichen hatte. Und er hielt Sankt Nepomuk für einen schandbaren Kuppler; vergönnte ihm selthalben Tod und Untergang.
Itzt war der Bankert kömmen! Riß seine letzte Ehr im Leib zusammen und zund ihn an ...
Ob Vater Stralz eines seiner Kinder jemals so fühlbar geliebt hat als in diesem Augenblick den Matthäus? Er verschaute sich in den kecken, unzähmlichen Buben, der sich schwarz im Widerschein der Flamme duckte ... und dann ... den krumpen Buckel aufbog und zögernd aus der Enge des Schlufes tappte.
Die Lichtung war plötzlich leer. Doch darüber am Geländer krallten sich zwei sehnige Arme ein. Ein Trumm Körper schwang. Und auf der freien Tennsbrücke reckte sich der Bub in seiner ganzen Größ.
»Schade«, dachte der Herr Vater. »Schade, daß er nit mein Sohn ist!«
Aber der jähe Schreck hatte auch ihn verwirrt. Er trat zu den Öblingern, willens, dem Hansei zu helfen. Und merkwürdig, er sagte:
»Gasteiger, laß ihn aus! Mein Sohn, der Matthäus, hat's tan.«
Da sprang der wilde Kerl scheltend in den Garten und flüchtete in großen Sätzen dem Fluder zu. Im tiefen Mauerbett verschwand er ein Ave lang. Dann tauchte er schon weit unten in der Buglmüllerischen Wiese auf. Rudelweise ... mit brennenden Scheitern liefen ihm die Burschen nach, gut eine Viertelstunde. Allein sie fanden nichts als seinen nassen Rock, den er weggeschmissen hatte.
Hansei war indes in einem erbärmlichen Zustand wieder auf die Füß gekommen. An seinem Gewand klebten Blut und Erde. Das zerschundene Gesicht schwoll an. Aber so ruhig, als ob er keinerlei Schmerz empfände, sagte er zu denen, die hierselbst verblieben waren, das Feuer um den glühenden Bildstock zu dämpfen:

»Er ischt besser, wie ihr glaubets. Seine Beiner und Flachsen parieren annoch dem Charakter.«
Da lachten die Leut und nannten ihn laut einen Narren und einen Esel. Der gute Mensch beutelte die schiefen Achseln, wischte das Waldhorn an der Hose ab und sprach mit seiner abweisigen Stimme:
»Was die Menschen umschmeißen, klaubt Gott auf!«
Gegen drei Uhr hatten sie den Brand bewältigt. Die Trambäume glosten, waren jedoch nicht eingestürzt. Zwischen verkohlten Blumenstöcken und Schindelspänen stund der Patron, rußig über die Maßen, keineswegs versehrt.
Also stund er am Ostertag und noch an mannig anderm Tage, bis Gott der Herr seinem Martyrium ein Ende setzte. Das Schloß am Eisengatter war von der Hitze zertrieben; niemand konnte und wollt es eröffnen. Es fiel einmal ein linder Mairegen durch den offenen Dachstuhl und wusch den Heiligen rein. Und abends oft bildete sich hoch über seinem Haupte ein Kranz aus Sternen.

VON MANNIGFACHER HERZENSNOT

Der hochwürdige Pfarrherr Isidor Hinterseer war nach Admont gereist, um hierorts der feierlichen Profeß eines jungen Anverwandten beizuwohnen. Er hatte im Gastbett nur ein paar Stunden flauen Schlafes genossen. Das Wiedersehen mit den Konfratres, insonderheit der Anblick des jungen Klerikers, rührte sänftlich an seinen Erinnerungen. So huschte er mit leisen, kurzen Greisenschritten im langen Zug; ein wenig müde schon, ein wenig hülflos. Er verschwand fast in den vielen schwebenden Falten der Flocke. Die Kapuze beschattete düster sein Gesicht. In den Händen zitterte und tropfte das rote Licht.
»Sind fünfzig Jahre, daß ich den Weg gemacht hab«, dachte er.
Vor ihm ging der Novizenmeister in der Staatstracht; der Jüngling im schlichten Habit. Der war zur Stunde der äußeren Welt völlig abgestorben ... sahe keine Vergangenheit, keine Zukunft, er sahe nur Gott. Furcht, Zweifel, Versuchung, Lebenslieb waren verblasen. Doch Pater Isidor wußte, über

kleine Frist brünne alles wieder erwecket. Eine Seele, die sich als Stein in der Kutte barg, hatte es leicht. Ein warmer Mensch unter Menschen hatte es schwer. Das wußte Pater Isidor.

Langsam, inwährend stetigen Gebetes kamen die Ordensväter Sancti Benedicti vom Kreuzgang in die Kirche. Sie trugen sammentlich die alte Flocke. Aus unzähligen, eng gepreßten Falten entstund ein seltenes Farbenspiel von Schwarz in Schwarz. Die weiten Ärmel legten sich wie matte Flügel schlaff und traurig an den Körper. Die obere der zwei Kapuzen war über den Kopf gezogen, sodaß ihr Schatten noch die Lippen streifte. In der blassen Hand stak die rote Kerze mit dem Flammenkeil. Sie waren einander gar ähnlich worden, die ranken, die breiten, robusten, die zarten, zerbrechlichen, die hohen und die gebeugten, die verschrumpften Leiber. Und es war in diesem Augenblick auch der Unterschied ihrer Herkunft, ihrer Weisheit und Talente ausgeglichen. Es fiel allein das Herz auf die Waagschale Gottes, es galt weder Großes noch Kleines vor ihm. Es galt das Opfer und sonst nichts.

Itzt mögen Kleriker wie Weltleute nicken. Mancher saget: Das wäre weiter keine Kunst!

Ich meine, sie täuschen sich. Der Pfarrer von Öblarn hatte in fünfundsiebzig Jahren alle erdenklichen Stadien durchgekostet; und doch mußte seine Person noch einmal im Feuer seines Schmerzes geläutert werden.

»Bst«, machte der Zeremoniär, zog ihn am Ärmelsaum und wies ihm neben dem Sölkner Pfarrvikar einen Platz an. Nach Rang und Ordensalter gereiht, knieten die Mönche in den hohen geschnitzten Chorstühlen. Auf der Epistelseite befand sich, vom dunkelpurpurnen Baldachin beschirmt, der Sitz des Priors. Und um die letzte Säule des Presbyteriums gruppierten sich ein paar Novizen, noch im Scholarenfrack. Scharenweise drängten die Admonter in die Kirche.

Vor der Empore, darin die große Orgel postiert war, hing an geschmiedeter Kette eine Silberlampe, weit über hundert Pfund im Gewicht. Die begann kaum merklich zu schwingen. Die Luft rauschte im Blasebalg. Und hinter den Notenpulten wispelten die Sängerknaben. Sieben Ministranten stapften aus der Sakristei, jeder mit einer hochmächtigen Lichtstange. Einer entzündete die Kerzenpyramide des Altars und die Dochte in den Ölgefäßen der großen Lampe. Die andern Rotmäntel trippelten ins Münster hinab zu den Kapellen der Apostel, Bischöfe, Jungfrauen; der Märtyrer, Bekenner und Witwen. Die Luft rauschte schon in den Orgelpfeifen.

Am Speisgitter kniete klein und bucklig die Frau Bas. Sie weinte. Ihre Hornbrille lag über dem offenen Betbuch. Die Blätter bewegten sich bei jedem schluchzenden Atemzug. Unversehens fiel die Brille auf das gewürfelte Marmorpflaster. Das Weiblein wagte nicht, die Hand durch die Balustrade zu stecken. Ein weißer Benediktiner war, von der alten Sakristei kommend, seitlich an den Baldachin getreten und hatte sich neben die Kapitelherren gesetzt. Er atmete noch hastig. Die Stirn glänzte feucht. In seinem schwarzen Haar erschien der Abdruck des Hutes. Die fürnehmen Halbstiefel bedeckte ein graues Gesprenkel von Tau und Straßenstaub. Item, es hatte der weiße Benediktiner eine recht ansehnliche Morgenfahrt und etliche Reisetage absolviert. War der Prälat vom Stifte Tanzenberg, ein gewester Offizier, dann Feldpater im Türkenkrieg Josephi des Zweiten.

Er hat seinerzeit da unten im Donausumpf einem kaiserlichen Konstabler die letzte Speis gereichet, sage, er hat ihm die heilige Hostie zwischen die blutigen Kiefer gedrückt und das Gelöbnis ausgesprochen, für Weib und Kind Patron zu sein. O Gott! Ingleichen hat er noch hundert Sterbenden beteuert, nicht mehr erachtend, ob er könne Wort halten, viel eher in barmherzigem Eifer bestrebt, ihnen den Hinschied zu erleichtern. Mancher Name, auf seinem Pergamentel notiert, ist vom Regen oder Schwitz verwischt worden. Manche Wittib oder Waise hat, alldieweil er sie suchen ging, der mit der Sengse hinweggesträhet. So blieb seiner Menschenmacht nur wenig zu tun belassen. Er wollte füglich an einem gutmachen, was er an vielen versäumen hat müssen, und für den Himmel eine Seel aufziehen anstatt der armen Seelen, welche für die Erde verdorrt waren ...

Vor der alten Sakristei gellte die Glockenklingel. Der Prior ging hinter seiner Assistenz zum Hochaltar.

Und beim steinernen Gatter das Weiblein schlug ihr Betbuch auf, wendete Blatt um Blatt. Allein die Buchstaben krochen wie Kreuzspinnen dahin. Mühselig spreizten sich ihre entzundenen Augen gegen die weiße Lichtwelle, die aus dem Rundell und dem Doppelfenster niederrann. Es bedrückte sie eine leise Verschämtheit über das Ansehen, welches sie durch den Professen genoß. Sie war nämlich seine Mutter.

Weshalben weint die Frau, dachte der Prälat von Tanzenberg unter dem Stufengebet und auch später noch unter dem Kyrie. Und er verwunderte sich und frug weiter: Weint sie über den Verlust?

Es bedeuchte ihn unwahrscheinlich. Das Kind war, kaum daß es den Mutternamen rufen mochte, zu einem adligen Stiftsfräulein in Pflege gekommen, hatte gar behutsamer Lust und Liebe genossen, freilich gestutzt und zurecht gebogen ... ein naturhafter Stämmling ins Glashaus verpflanzt von jungfräulicher Hand ... Indessen er das achte Jahr vollendete, hat man ihn nach Tanzenberg gebracht, wo er vorab die Normalschule, alsdann das humanistische Gymnasium absaß. Betraf selten die Rede den geistlichen Stand. Aber es war jeder Tag und jegliches Tagwerk auf das Reich Gottes gestimmt. Und wie die Stiftsdame den Knaben ängstlich und furchtsam vor der Welt behütet hatte, weilen sie dieselb nicht kannte, so baute auch der weiße Prälat eine Mauer gegen die Welt, weilen er dieselb genugsam kannte. Da wurde dem Jüngling die Zeit der Prüfung lang und die Antwort leicht, als sein Gönner ihn frug, wozu er nach Ambition und Kraft und Gewissen sich berufen fühle: zum kaiserlich österreichischen Offizier oder zum Streiter Christi; praktisch geredet, ob er wölle nach Wiener Neustadt oder nach Salzburg gehen.

Der Jüngling ging nach Salzburg und machte seine Studia theologica im Geiste Kaiser Josephs weiland und Seiner Eminenz des Erzbischofs Hieronymus Grafen Colloredo von Wallsee und Mells.

Warum weinet die Frau? grübelte der Prälat.

Ein Tropfen Sonne hatte sich im Brillenglas gefangen und irritierte ihn. Seine Blicke glitten unmerklich am Pflaster hin und her. Immer zwischen der Brille und dem Marmordeckel der Gruft, in den das Bildnis eines Kindes gemeißelt war. Aus der Empore tauchte manchmal ein runder Bubenschädel. Die Notenblätter wurden durchscheinend von der Sonnenflut, die hinterrücks ins Fenster brach. Lange lag derselbe Orgelton, derselbe dünne Flor von Wachs und Weihrauch über der Kirchenstille. Auf den hohen Leuchterspießen brunnen die Kerzen, jede nach ihrer Weise; die flackerte, die zog sich zu

schlanker Lichtspitze aus. Eine andere neigte sich und vertröpfelte ein rotes Rinnsal über den Boden.
Es war das Evangel. Mechanisch erhob und bekreuzigte sich der weiße Benediktiner. Die lateinischen Textworte sangen an seinem Ohre fürüber. Nur die Stelle hörte er, welche heißt: »Wann ein Weib gebiert, so ist es traurig, weil ihre Stunde kömmen ist; wann sie aber das Kind geboren hat, so denkt sie nicht mehr an die Angst wegen der Freude.«
Man schrieb nämlich den dritten Sonntag nach Ostern.
Die Kapitelherren im Purpurschatten des Baldachins nickten sich zu; stunden hienach sammentlich auf und holten ihren Abt. Es ruhte jeder Orgelton, jeder Atemzug. Unter lautlosen Püffen drängten sich die Kirchleut gegen das Speisgatter, als Seine Gnaden Abt Gotthard erschien, in der schweren schwarzen Flocke mit Inful und Stab. Beidseiten des Hochaltars flankierten die Mönche seinen Weg. Der Diakon setzte den Faltstuhl vor die Mensa. Und der Novizenmeister reichte ihm das geschriebene Gelübde des Professen. Von Gotthards Händen, kniend vor ihm, las es der Jüngling. Und zuletzt, als das Amen vielstimmig, hell und dumpf durch das Münster hallte, drückte er die Lippen auf das Kreuz des heiligen Benedikt.
Seine Mutter wagte nicht aufzublicken. Es engte sie der Dunst von vielen fremden Menschen ein. Die Stimme ihres Sohnes beseligte sie, obgleich sie kein Wort verstanden hatte. Es lastete der Glanz auf ihr. Es huben ihre Augen zu zucken an. Füglich sahe sie nicht, wie der Diakon dem jungen Mönch die geweihte Flocke über den Habit warf.
Nachdem das Votum solemne vor Gott, dem Abte, den Ordenskapitularen und den anwesenden Weltleuten getan war, breitete Abt Gotthard die Arme aus und gab ihm auf die flaumigen Wangen den Bruderkuß. Solchem Beispiel folgten der weiße Prälat von Tanzenberg und die übrigen Mönche nach Rang und Reihe, vom Prior angefangen bis zum bescheidenen Kaplan drüben auf der Evangelienseite. Es zeigte sich hiebei die Verschiedenheit, welche die Patres innerlich kennzeichnete, fürmehr die Liebe, je nachdem sie reif, verkümmert oder entartet war. So empfing ihn der, welcher ein fröhliches, den Freuden zugewandtes Herz hatte, indem er einen schnellen Schritt entgegentrat. Der Herrische und Selbst-

bewußte statuierte bei dieser Umarmung schon den erwünschten Zwischenraum. Der Eitle begrüßte ihn mit einer Gebärde, die, für das Auge aller gaffenden Zuschauer berechnet, nicht warm, sondern schön wirkte. Der Furchtsame blickte über den geneigten Kopf des jungen Mitbruders zum Obern. Der Gleichgültige paschte ihm mit trägen Armen auf den Rücken. Der Zartbesaitete nahm ihn scheu, als wollt er fragen: »Wirst du mir künftig weh tun?« Der, welcher im Dienst der Kirche zu Stein geworden, hielt auch ihn wie einen Stein, so man auf sich ladet und weitergibt. Und der, welcher im Dienst der Kirche zu Feuer geworden, sah auch den Jüngling wiederum als Feuer an. Er schlug einen Augenblick die flügelgleichen Arme um seine Gestalt, als wolle er sagen:

»Kein Sturm als der Sturm Gottes soll dich speisen. Keinen Herd sollst du erleuchten, sondern die Ewigkeit.«

Und Pater Isidor? Er hatte seine Gedanken nicht völlig im Zaum. Er betrachtete die Frau Bas, welche ihren Tränentau still und unablässig auf den Gasttisch des Herrn Jesus schüttete, und er sann und studierte:

»Das ist der Lauf der Welt. Wie ich sie Anno Domini 88 mit dem kaiserlichen Konstabler kuppliert hab, ist ihr gewesen, sie besäß mehr als ich. Wie s' ihr den Konstabler weggeschossen haben, ist ihr gewesen, sie besäß noch alleweil mehr als ich. Itzten sind wir beid auf demselben status. Ich hab nix. Und sie hat nix, weilen sie den Buben muß opfern unter vielen Zähren. Die Hascherin! ... Ja, die Kinder lassen sich nicht halten; sind ein Leihpfand, den Eltern anvertraut von heut auf morgen. Glücklich der Mensch, dem keines geschenket war. Der wandert unbeschwert, hat keinen Abschied zu fürchten ...«

So dachte er, mitleidsvoll auf die Base blickend, als Virgil Pergler, der Pfarrvikar von der Sölk, ihn dringlich beim Ellbogen stupfte ... Es stund schon eine Weil der junge Pater da, wartend auf den Bruderkuß. Der alte Herr breitete erschrocken die Arme; sprach im Geflüster:

»Benedicat te beata virgo Maria!«

Es war nämlich ein Sonntag im Maien. Vor den Fenstern spielte das weiche, flaumgezackte, frühnasse Laub. Die Sonne hing als eine blendende Gloriole über dem Hochaltar. Die vergoldeten Wolken flossen ineinander. Es war ein Geflirr am dunklen Metall der Leuchter, an Zieraten und Reliquienschreinen. Hunderterlei Farben schmolzen für dem Auge schillernd hin. Und die reichbestickten gotischen Meßgewänder und die Atlasvorhänge prunkten. Alles ein Zeugnis der Herrlichkeit Gottes, schon auf Erden.

Über dem kalten Steinquader jedoch lag zufolge Brauch und Ordensregel der jüngste Mönch, den Kopf in die gekreuzten Arme vergraben, stumm und starr.

Die kleinen Ministranten kamen mit dem silbrig verbrämten Bahrtuch und deckten ihn zu. Dann trugen sie vier hohe Leuchter herbei und stellten ihm zwei zu Häupten und zwei zu Füßen. Eine betäubliche blaue Weihrauchwolke schwelte hin. Und im Turme schlug die Sterbeglocke ... vom Credo bis zum Sanktus.

Der weiße Benediktiner preßte die gefalteten Hände inbrünstiger. Seine gewitterblauen Augen bekamen einen feuchten Glanz. Und sein Herz, welches bei den Menschen die Leidenschaft, bei Gott die Ruhe gefunden hatte, sein Herz frohlockte für das helle Leben, was itzt unter der geweihten Flocke sollt zu Staub und Asche werden.

»Deo gratias.«

»Gott helfe ihm!« betete drüben Pater Isidor. Er wußte wenig von seinem Verwandten; jedoch er war alt, beging die letzte Strecke Weges und wußte, der andere war jung. »Gott helfe ihm ...«

Die Mutter tupfte mit dem Sacktuch die Wänglein ab und erlabte sich, verstohlen riechend an Rosmarin, Speik und Raute. Es war ihr eine merkwürdige Verwunderung und Ehrfurcht aufgegangen in Gegenwart der vielen Admonter Bürger, der Bauern aus weiter Umgegend, insonderheit aber der Stiftsherren und des zugereisten Gastes. Sie dachte in jachentflammter mütterlicher Liebe nicht, daß jedes Ereignis begleitet ist von Neubegier, Augenlust und Pracht und Macht. O nein, sie glaubte, die feierliche Profeß ihres Sohnes sei seltsamer und wichtiger als die meisten Dinge, welche sich sonst begeben. Es ziemte ihr, so spiele die Orgel bei keiner Hochzeit, so brinne das rote Wachs bei keinem Requiem. Immer wieder dachte sie insgeheim:

Seinetwegen hätten die Ministranten alle Lichter angesteckt. Seinetwegen stünden die Kirchleut hinter ihr, Leib an Leib, wie zu keinem andern Tage.

Sie hielt das Gesicht schamvoll gesenkt. Aber wann nur der Schatten des Abtes und der Schatten seines Pastoralstabes am Boden hinschwand, empfand sie atemlos eine Beglückung und glaubte ernsthaft, der hohe Klerus, die kleinen geschnitzten Engel, die Statuen auf dem Altar, die Heiligen und Gott selbst hätten ihr ganzes Augenmerk auf den Sohn gerichtet.
Manchmal aber inmitten ihres traumichten Zustandes erschrak sie ohngedanks. Der Puls stockte. Sie schloß die spärlichen Wimpern völlig zusammen, damit sie nichts mehr sehe. Item, es fiel ihr ein, daß die Bahrdecke einem Hügel Erden gleiche, und daß ihr Kind darunter liege wie abgeseelt ... Dann schüttelte sie den Kopf, als kröche ein böses Würmlein im Ohr. Dann betete sie, nicht wissend, was sie tat:
»O Herr Jesus, laß ihm das Leben.«
So verschieden sind die Gedanken der Menschen.
Erst beim Paternoster hob sie die Augen. Es stieg gerade der Diakon die drei Stufen herab, berührte den Professen zum Zeichen, daß er sich aufrichten dürfe, mit gelindem Fußtritt. Und sprach:
»Surge qui dormis ... Steh auf, der du schläfst!«
Sie prüfte ängstlich seine Miene, die unbewegt, unschuldig und fremd war. Sie suchte nach irgendwelchen Ähnlichkeiten mit ihrem Ehemann selig oder sich selbst; sie fand keine ... Das Drängeln der gescharten Menschen, das Anschlagen vieler Knie auf dem Pflaster mahnte sie. Ganz beklommen hackte sie mit dem Finger an die Brust, indes ihr Sohn vom Prior die Hostie empfing. Und sie erstaunte immer wieder, daß dieser ihr Sohn sei. Seine Gestalt entrückte unterweilen stetiger Betrachtung. Sie hub an zu grübeln und zu vergleichen. Sie stellte das flüchtige Bild des Knaben, so wie es noch in ihrem Gedächtnis haftete, neben den Mönch hin. Sie wühlte sich mühselig in die Jahre zurück, wo sie ihr Kind hatte auf dem Arm getragen, gewiegt und eingesungen. Umsonst. Es begab sich, was eine Mutter so bitterlich trifft: der Faden, dünn und zart gesponnen, heimlich ruhend zwischen Hand und Hand, der Faden war entzweigerissen ...
Nach dem Hochamt stund sie mit trockenen Augen auf, wartete wohl, bis Abt Gotthard hinter den sieben Ministranten, der Assistenz und dem Prior in der Sakristei verschwand, wartete jedoch nicht, bis die Konventualen gingen. Die Ad-

monter traten beidseiten zurück, und eine junge Frau führte sie zum Portal . . . fragend:
»Ist Ihnen übel?«
Da roch die Mutter an Rosmarin, Speik und Raute, die gepreßt im Betbuch staken, tauchte den Finger in den Weihbrunn und sagte:
»Geht alles fürbei.«
Und sie hatte recht. Ihre Natur, an den bescheidenen Werktag gewöhnt, war von so viel Glanz und Wucht, vom Lieben, Leiden und Erinnern nur müd geworden. Sie erstarkte alsbald in der freien Luft. Der rasche Wechsel der Gedanken und Stimmungen legte sich. Freilich blieb alles wirklich und geschehen, doch es hatte in ihrem Leben nichts geändert, und das war gut.
Mittags saß sie an der Prälatentafel zwischen ihrem Sohn und dem hochwürdigen Pater Isidor. Sie schaute fast jung und lieblich drein. Die steife Drahtelhaube umrahmte rund den Scheitel, von dem man nie wußte, ob er grau oder aschblond wär. Fein bimmelten die gelben Ohrgehänge aus Dukatengold. Und dann und wann einmal rauschte der Reifrock aus Seide.
Es kamen nacheinander der Suppentopf, der Fischteller und die Bratenschüssel auf den Tisch. Die Mutter blickte jedesmal, bis man ihr ein Gericht hinreichte, auf die große Damastserviette, welche sie zur Schonung des seidenen Kamisols um den Hals gebunden hatte. Sie aß von allem etwas, schüchtern, aber mit Anstand und Appetit. Ihre Wangen waren vom Weine rot. Sie wurden noch dunkler, als der Prälat von Tanzenberg plötzlich gegen das geschliffene Glas pochte und, Anlaß nehmend an der Profeß seines schutzbefohlenen Mündels und Sohnes in Christo, das allhiesige Stift in wohlgesetzter Rede lobpries; zuvörderst in den leiblichen Werken der Barmherzigkeit. Es hätten, so sagte er, die vertriebenen Äbte von Roth und Wiblingen den Ruf admontischer Gastlichkeit bereits in ganz Schwaben verbreitet, und es bleibe Fürbehalt der spätern Historiker, die Wohltaten würdig einzuschätzen, welche das Kloster an schweizerischen Konversen, benebst vielen Weltleuten, item an Soldaten, Maroden, fahrenden Handwerkern, Flagranten und Bettelvolk, inmitten der Kriegspein ausgeübet. Mannig Werke, insonders jene der

geistlichen Barmherzigkeit, genössen ja zur Zeit schon gerechtes Ansehen, sprach er, hiebei des Konviktes erwähnend, in dem adlige und bürgerliche Zöglinge ausgebildet wurden, ferners rühmend, daß Admont als eine Pflanzstätte kirchlicher Künste und viel umfassender Wissenschaft sogar beim Wiener Hofe ein subjectum gratissimum sei. Es bedeute Wohlstand, Verdienst und Ehre, einen gemeinsamen Schatz, welche alle und jeder einzeln hab erworben, wofern er nach dem Gebote des heiligen Benedikt arm sei vor den Brüdern, rein vor sich selbst und gehorsam vor dem Obern. Denn der Obere proklamiere den allerhöchsten Willen, gleichsam den himmlischen Armeebefehl. Er sei der Generalissimus, von dessen Geschicklichkeit die Siege oder Schlappen abhingen. Sein Geist und Beispiel solle über den Truppen sein. Seine Obsorge möge sie stärken, damit kein Soldat erlahme bei der Feuertauf. So sagte der weiße Prälat, mit der zerschossenen zittrigen Hand langsam das volle Glas erhebend. Und Seine Exzellenz, sagte er, Gotthard Abbas Admontensis, Geheimer Rat, steiermärkisch ständischer Verordneter, Kurator des Joanneums zu Grätz wölle auch seinem schutzbefohlenen Mündel beistehen als ein Kurator pro corpore et anima!

»Amen«, sprach Gotthard sehr leise. Dann neigte er sich mit weltmännischer Gebärde und sagte: »Prosit!«

Es entstund eine peinliche Stille. Die Konventualen schauten finster für sich hin. Der Prälat von Tanzenberg aber, welcher nicht erahnte, daß die schönsten Figuresken seines Trinkspruchs gleich roten Zündschnüren unter Spreu und Weizen fuhren, beugte sich am Tische vor und hob auch gegen die Mutter des jungen Professen sein Glas. Da fing sie an, laut und herzhaft zu weinen; wußte selbsten nicht, warum.

»Bst«, mahnte Isidor Hinterseer. »Calmieren S' Ihnen, Frau Bas.«

»Sie ist doch ansonsten ein gar redselig Mutterl«, sagte der Vikar der Sölk, welcher hie und da in den Öblinger Pfarrhof tarockieren kam.

Gotthard lächelte fein; konnte sich auch erinnern.

»Bsch«, machte Pater Isidor. Und alsdann scherzte er zur Halbscheid aus Schelmerei und zur Halbscheid, weil es in seiner gütigen Art lag, zu schlichten und zu beschwichten. »Oh, lieber Himmel«, scherzte er. »So sind die kleinen Mädchen und die alten Frauen. Zu Haus wissen sie ihr Zünglein wohl zu brauchen. Aber auswärts tun s' geschrecket, und bald sie wer anredt, hupfen gleich die Zähren.«

Es war eine glückliche Fügung, nicht allein für die Mutter, daß Pater Isidor einen heitern Ton in die steife Gasterei brachte. Die Rede des Prälaten von Tanzenberg hatte, wie angedeutet, einen beklagenswerten Schaden gestiftet, indem sie Gotthard den Generalissimus des Stiftes genannt, welcher für Heil und Unheil verantwortlich. Seit ein paar Jahren glosete gegen ihn eine heftige, schlecht verhehlte Erbitterung im Ordenskapitel. Wir wollen es weislich betrachten. Der Geist des Aufruhrs sickerte in alle Stände; brauchte nicht durch das Beispiel der Französischen Revolution, durch philosophische Bücher und feurige Prediger gelehrt werden. Glaube, der lag in der Luft und entfachte da, wo der Boden gloste, die Flamme ...

»Still ...!« sagte der Abt später am Nachmittag, indes er seinen Gast über den Edelleutgang begleitete. »Es verkehrt sich öfter ein Wort in mißgünstigen Ohren.«

Der andere stutzte und brach mitten im Satze ab.

Sie kamen von einer Besichtigung des Stiftes zurück, und der weiße Benediktiner hatte in lebhafter Art die Sinneseindrücke beredet, welche sich allweg reichlich geboten. Mehr denn der geistliche Reichtum des Münsters und der geistige Reichtum der Bibliothek wirkten auf den ehmaligen Offizier die weltlichen Sehenswürdigkeiten, die Gärten, noch völlig im Barock gehalten, die alte Hauwitz, die seinerzeit dem Wiener Zeughaus um 16 fl. war abgelöst worden; das Gestüt mit den schweren norischen Pferden und etlichen Renn- und Reitpferden, die man hauptsächlich für die Mitglieder des österreichischen Hofes oder des salzburgischen Domkapitels verwendete; das Theater, nach städtischem Muster gehalten, mit Schnürboden, Orchesterraum und Versenkung, mit Dekorationen klug und kostbar ausgestattet, der steinerne Saal, dawo in Lebensgröße acht vergoldete Habsburger auf schwarzem Marmorpflaster zu sehen waren, die prachtvollen Gemälde der Erzbischöfe, Kurfürsten und Prälaten hatten dem Gaste helle Bewunderung entlockt.

Nun aber stiegen die beiden Männer schweigend treppauf in die Prälatur. Der Kammerdiener öffnete oben die Türflügel, und just, als sie an ihm fürbei in den Salon traten, meldete er:

Seine Hochwürden, der Pfarrer von Öblarn, warte bereits im Antichamber.

»Wölle sich in einer Stunde nochmalen herbemühen«, sagte Gotthard kühl; bot hienach seinem Amtsbruder Platz an. Er selbsten blieb beim westlichen Fenster stehen und streifte die Gardine zu. Der Staub tanzte. Das gelbe, gedämpfte Licht ringelte sich über den braunen Plüsch der Möbel. Vor dem Empirespiegel tickte die Uhr. Pompöse Gesichter, vom Alter geschwärzt, starrten aus den Bilderrahmen. Manchmal prallte eine Hummel gegen das Violincell, was am Kamin lehnte, und weckte einen vibrierenden Ton.

»Es fällt mir schwer«, sagte Gotthard. »Aber die Klagen häufen sich.«

Der Abt von Tanzenberg studierte die Muster des türkischen Teppichs.

»Er läßt die Zügel locker in puncto Moral und in puncto Dogmatik. Soll ein wahrer Hexenkessel sein, die Pfarr... Freisinnige Ortsinsassen... schamlose Weiber... für allem ein Kerl, der mit geweihtem Kirchengut frevelhaft Schindluder treibt. Item, eine Kapellen hat angezunden, einen Opferstock hat beraubet und zu Nächten im Freithof Totenbahr zieht.«

»Was ist das?« frug der andere.

»Eine abergläubische Sitte. Da wird inwährend der zwölf Glockenschläge eine hülzerne Tragbahre dreimal um die Kirche gezerrt. Wer es vermag in der Eil, spürt einen Schatz auf.«

Der Abt von Tanzenberg klopfte mit seinem zerschossenen Finger kaum hörbar auf den Tisch, lehnte sich in die Pölster und blickte die Herren von Admont an, die hierselbst waren auf Leinwand gemalt.

»Solcher Gemeinde gereicht milde Führung zur Verderbnis«, redete Gotthard weiter. »Ein wahrer Fallstrick wird die Güte, soll heißen die Liebe, welche sich um zeitliche Dinge zu sehr bekümmert. Es wäre ungleich einfacher, Gott zu dienen, hätte Er seinen Geschöpfen nicht so viel Spielzeug geschenkt, welches sie wertvoll und delektierlich anmutet; per exemplum, was von den Werken, so Euer Gnaden mir nachrühmen, könnte

dermaleinst vor Ihm bestehen! Und doch hanget mein törichtes Gemüt daran, zum Schaden des Stiftes. Es ist immer nur die Liebe schuld.«
Der andere dachte ungern in abstrakten Formen. Er wünschte überdies dem Gespräch eine sachliche Wendung zu geben und mit dem Admonter Prälaten behufs eines Kaufes übereinzukommen. So antwortete er:
»Auch der Krieg, oder deutlicher, die Kontributionen, Steuern, das Finanzpatent. Opfer an Glocken- und Edelmetall. Wurde Admont stark geschröpfet?«
»Admont ...?« sagte Gotthard mechanisch. »Vier Zentner Silber ... ornamenta pretiosa, vasa aurea et argenta tam sacra quam profana ... Wo steht der Satz nur zu lesen? Möchte sein in der Historie vom abgesetzten Prälaten, der sich auch am Stifte versündigte ... Und Kirchenschatz verschleuderte, weilen seine welsche Freundschaft bei ihm auf Borg und Bettel ging ...«
»Hiebei wäre wohl zu unterscheiden«, bemerkte der weiße Benediktiner, noch immer zielbewußt die Rede lenkend, »ob man einen Besitz aus Mutwillen verkauft oder befugt, dem Kloster zu Nutzen.«
»Zu Nutz?« rief Gotthard erregt. »Tatsach ist, daß Admont an seinen Schulden, Servituten und Verkäufen zugrunde geht. Der Konvent bürdet mir die Verantwortung auf. Und nicht genug! Es will neben aller Tragik auch noch das Lächerliche Geltung haben. Item, die hohe Gubernie schickt mir den Herrn Rat von Schimmern an der Spitze einer peinlichen Kommission, welche den Überschuß des stiftischen Vermögens beziffern solle!«
Es klopfte!
Der Abt von Tanzenberg wies nach der Tür. Aber Gotthard verneinte mit nervösem, fast gequältem Ausdruck. Ein weicher Maiwind blähte die Gardine. Das Licht im Salon wurde dunkelgelb. Im Cello gefangen, sang die Hummel ...
Der Gast, dem sich die Abtei formaliter in ihrer Glorie gezeigt hatte, begriff schwerlich, daß sie am Verfall war. Er sagte zu Gotthard, der mit geschlossenen Augen beim Fenster stund:
»Wer einen Erzherzog zum Freund hat ...«
Die Antwort war recht absonderlich.

»... Der, welchem die Fama nachredet, daß ihn das Kapitel abgesetzt hat, und den der Chronist crudelis vastator monasterii nennet, ist auch nicht zum Kaiser gegangen, von des Gnaden er Abbas und Pfalzgraf war worden. Der ist lieber nächtlicher Weil einsam, ohne Geld und Zehrung, gen Welschland geflohen. Gott verhüte, daß wir bei unsern Freunden bittlich seien!«

So sprach Gotthard, indem er sich am Beispiel eines Menschen erbaute, den er an Würdigkeit und reiner Gesinnung gar vielmal übertraf. Aber es möchte sein, daß ein empfindsames Naturell, schon durch und durch verwundet, immer mehr Vergleiche in betreff des Leides sucht, weniger in betreff der Schuld. Hoffärtig sind nur jene, die in Unkenntnis ihrer eigenen Fehler dahinleben.

»Er würde Ihnen aber doch helfen«, meinte der Gast.

Gotthard stund über den Sekretär geneigt, hatte eine Schublade aufgezogen, nahm ein Bibelwerk und legte es auf den Tisch. »Auf meine Kosten zu Ulm gedruckt. Der Autor ist ein Freiburger, Doktor Carl Schwarzel«, sagte er. »Euer Gnaden wird der Name bekannt sein.« Plötzlich sagte er: »... Mir ist nicht zu helfen. Alles Übel ist Herzenseigenheit. Achte das Geld gering. Achte das Schöne auf der lieben Erde zu hoch.«

Der weiße Benediktiner blätterte.

»Es nützet nichts. Bin kein Geschäftsmann, kein Sparmeister«, sagte Gotthard, und es war ihm, der Zurückhaltung gegen Freunde und Feinde pflag, eine Wohltat, sich vor einem gänzlich Fremden zu entblößen; weil er spürte, daß seine Klage an dieser gesunden Sicherheit wie unwirklich abglitt ... »Ich vertraue den Menschen«, sprach er. »Hat mich schon mancher getäuscht, doch seltsam, es nimmt mich bei keinem wunder ...«

Der Geruch von altem Papier stieg aus der offenen Lade. Motten taumelten über die gelbe Sonnenstiege. Genau mit dem Pulsschlag bewegte sich das weiße Skapulier. Der Gast blätterte ...

»Crudelis vastator nennt ihn der Chronist. Wie wird er mich nennen, wann er die Bergwerke, Hochöfen, Weingärten und Propsteien aufzählt, die ich verwüstet habe?«

»Das Kupferwerk Kallwang ist Ihnen feil?« frug der andere, unvermittelt aus dem Buche blickend.

»Ja. Kursieren seit Januar Vertragsnoten zwischen Admont und Seitenstetten. Die Herrschaft Gallenstein zusamt 9000 Joch Gstatter Waldung ist bereits hintangegeben ... Mir ist nicht zu helfen. Und wann ein Mirakel geschähe, es würde sich in meiner Hand zu Ungunst und Nachteil verkehren. Das Mißtrauen und die Rechthaberei des Konventes hat mich mürbe gemacht.«
»Wieviel wird Euer Exzellenz für Kallwang geboten?«
»Pacht?«
»Kauf!«
»Nein, Euer Gnaden«, antwortete Gotthard eisig. Er spürte ein Grauen, wie einer, der nahe am Ufer steht und merkt, wie unter seinen Füßen die Krume bricht.
Es klopfte wieder.
»Ablösung!« sagte der Prälat von Tanzenberg; erhob sich militärisch und benutzte die schickliche Gelegenheit, sich für den Rest des Tages zu beurlauben. Sein schönes, blasses Gesicht stund wohl zum Schimmer von Sonne und Kirschholz. Es war das erlebte Glück in den gewitterblauen Augen. Schon Ruhe. Noch Kraft. Man sahe, daß er ein guter Streiter Christi sei, aber keiner, der sich mit eigenen Gedanken kasteite.
»Ablösung!« sagte auch Gotthard. »Manchmal ein bitterlich Wort ... Gült in praeterito dem Toten, in futuro ... dem Lebendigen, in praesenti dem alten Mitbruder da draußen.«
»Von wem sprechen Sie eigentlich?«
Gotthard lächelte fein, sagte:
»De Abbate Antonio Dei gratia ..., crudeli vastatore monasterii, der unter dem dasigen Kapitelsaale begraben ist.
De Abbate Gotthardo, Euer Gnaden zu dienen.
Und Isidor Hinterseer, Pfarrer zu Öblarn ... Wöllte, daß die Audienz schon überstanden wäre«, fügte er hienach ernsthaft bei. Und weilen der andere schwieg, sagte er zögernd:
»Belieben mir zu raten und ein Charakteristikum Ihres Mündels zu geben. Hat er Eignung, in brevi spatio ... Pfarrprovisor in Öblarn zu werden?«
»Tauglich!« sagte der weiße Benediktiner und erwiderte mit seinen verkrüppelten Fingern heftig den kühlen Händedruck. »Der Bub war ein schneidiger Rekrut. Itzt soll er dreinhauen für Gott und die Kirche!«
Dann ging er.

Es schwamm das stille Licht im Salon. Die Hummel sang und sumsete im Cello. Die Gardinen flatterten. Und der Wind brachte leisen, schwelenden Blütenhauch. Der Herr von Admont neigte sich über die offene Lade, nahm einen Pack Briefschaften, gehalten von weißgrünem Lederband und einer Emailschließe, die sein äbtliches Wappen zeigte. Beides, die Briefe und die Kunstarbeit, waren Geschenke des Erzherzogs Johann. Er legte sie sorgsam zurück. Klappte auch das Bibelwerk zu, räumte es in den Schreibtisch. Auf violettem Sammetpolster stak der Leopoldi-Orden ... der Prälatenring ... das Kreuz des heiligen Benedikt. Er schätzte diese sichtbaren Zeichen von Würde, von Gunst und Dankbarkeit, erbaute sich durch ihren Anblick, wann er sein inneres Selbstbewußtsein schwinden fühlte. Zumeist stärkte ihn das Dornenkrönlein im Brevier. Ein Dornenkrönlein irgendwelcher Art hat jeder Mensch. Mancher hat's gebunden von linder Hand. So war es bei Gotthard.

Pater Isidor pochte an den offenen Türflügel, huschte schon reisefertig über den Teppich und sagte atemlos:

»Pardonieren, Euer Exzellenz! Ich fürchte die Post zu versäumen. Es wäre kein Unglück ... natürlich ...! Nur Zeitverzug.«

Gotthard wandte sich um, bot ihm schweigend einen Sessel an, Isidor Hinterseer dankte; setzte sich. Stund auf und setzte sich abermals. Er zitterte schon vor Reisefieber.

»Die Bas ist vorausgegangen«, sagte er. »Hat immer ein Geschrei und Gewurstel, bis ihre Sachen verstaut sind; Parapluie, Haubenschachtel, Perltaschen, Strickbeutel; den Krinolinreif muß sie abknöpfeln, sonst kann sie beim Türl nicht hinein. Pardonieren gütigst!«

Gotthard schloß den Schuber des Sekretärs.

»Befehl mich submissest Euer Exzellenz fernerem Wohlwollen«, sprach Isidor, schon wieder in der Höhe, nach Atem schnappend und bestrebt, durch gesteigerten Ausdruck zu ersetzen, was seinem Gebar an schuldigem Respekt fehlte.

Der Abt streifte die Vorhänge zur Seite. Die harten Linien seiner Stirn vertieften sich in der grellen Beleuchtung.

»Er hat sich merklich gealtert«, dachte Isidor Hinterseer.

Ebendasselbe dachte auch der Abt. Laut sagte er:

»Behalten Sie Platz, Herr Confrater.«

Pater Isidor gehorchte; saß vor Aufregung halb in der Luft.
»Wie steht das Befinden?«
»Danke, danke ganz ergebenst.«
»Die Seelsorge macht Ihnen bereits Schwierigkeiten?« Gotthard zuckte zusammen über sein eigenes Wort. Die Kehle ward ihm trocken ... Allein der Greis antwortete harmlos:
»Durchaus nicht. Freue mich vielmehr meiner geistigen und leiblichen Kräfte. Widme sie gerne den Öblingern. Sind soviel gute Menschen das.«
Die Hummel stieß in tollem Flug gegen die Cellowände und fiel ermattet zurück. Gotthard lehnte das Instrument zum Fenster, so daß es völlig von Taghelle getroffen wurde; sagte freundlich:
»Arme kleine bestia. Sträubest dich gegen die Klausur. Wöllen dir in die freie Natur behelfen. Komm!« Und mit nervöser Hast an den Wirbeln schraubend, sagte er, ohne den Pfarrer anzublicken:
»Wie lange sind Sie schon im Orden?«
»Fünfzig«, haspelte Isidor heraus. »Pardonieren gnädigst, hat nicht eben der Postillion geblasen?«
»War das Tierlein hier ...«, meinte Gotthard. Hienach frug er: »Bedeucht es Ihnen denn als ein großes Malheur, noch mal im Stift zu pernoktieren?«
Alle lieben Heiligen! Pater Isidor legte die Hand auf die Brust und sagte mit einer Stimme, die vielleicht von Heimweh, Aufregung, vielleicht von seinem ergötzlichen Einfall kicherte:
»Durchaus nicht! Aber die Frau Base sitzt schon ... Das Gewurl in der Kutschen. Das Parapluie, das Parasol, die Haubenschachtel, das Strickzeug, die Jausenbüchse ...! Und in Stainach ist anheut und morgen Assentierung. Die bezechten Gesellen rennen mir ja das Frauerl über den Haufen wie nix.«
Gotthard sagte geistesabwesend:
»So.«
Dann sagte er:
»Ein Aufschub der Reise ...?«
»Danke, danke ganz ergebenst!« rief Isidor geradezu flehend.
»Pardonieren Exzellenz! Es fahrt ein jeder gerne heim zu seiner Ruhe und Bequemlichkeit.«
Ganz wunderlich. Gotthard, der aus Übung und angeborenem Geschick verschiedentliche Kontroversen meisterte, durch-

querte ein paarmal den Salon, mit leerem Geschau, eine Redefloskel suchend. Der Augenblick war dem feinfühligen Mann eine Qual. Auf einmal stockte er im Schritt und sprach wider Absicht hart:

»Herr Confrater!«

»Zu dienen?«

Sintemal der Pälat weiter nichts redete, meinte der Greis, ihn durch Unhöflichkeit und Eigensinn baß erzürnt zu haben. Er hub — schon zwischen Stuhl und Türe, eine Entschuldigung an, als Gotthard sagte:

»Wöllt Ihnen schreiben; es laßt sich indessen mündlich perfektieren. Der Gänsekiel möchte zu gröblich gewesen sein.«

»Zu dienen?« frug Isidor ehrerbötig. Seine Zahnstümpfchen hingen gelb im Munde. Zwei rote Tupfen blühten auf der welken Wangenhaut.

Gotthard hustete ... fuhr mit dem Daumen die gepreßten Falten der Flocke entlang. Und sprach heiser:

»Machen Sie Feierabend!«

»Wie meinen?« Wieder blieb die Unterlippe hängen.

»Ich meine ... den jungen Patres geziemt die Arbeit. Den alten gebührt die Beschaulichkeit.«

»Ja«, sagte Isidor mit schwerer Zunge. Verstund nicht ganz.

»Bis wann wünschen Sie die Übergabe?« frug der Abt.

»Ich?«

Die beiden Mönche blickten aneinander fürbei. Jedem stach der Abend ein Netz von grellen Furchen in die Stirne. Der Sonnenbrand qualmte durch das Fenster. Im Cello bumsete noch immer die Hummel. Mildes Blütengeschwel, ein steter dringlicher Vogelschrei stieg aus den Gärten. Viel Not und Liebe überall. Weiland die Äbte von Admont, hierselbst in den Bilderrahmen, observierten es mit pompösem Lächeln und schwiegen dazu.

»Binnen Jahresfrist ...«, so verhoffte Gotthard die Antwort.

»Heute!« so dachte Isidor Hinterseer und fand, schwindlig vor Schrecknis, die Sprache nicht. Hienach dachte er:

»Nein, morgen! Am Samstag ... Am Sonntag ...«

»Zu Pfingsten ...«, wöllt er sagen. Er lallte:

»Fronleichnam ... Euer Exzellenz pardonieren! Ich empfehle mich gnädigst.«

Die weiße Flügeltür ging lautlos auf und schloß sich wieder.

Auf dem braun tapezierten Stuhle, wo erstlich der Tanzenberger Prälat und später der Öblarner Pfarrherr gesessen war, saß nun Gotthard und grübelte. Lob, Tröstung, manches liebe Wort fiel ihm ein, was dem guten, alten Pater hätte wohlgetan.

... Der tappte langsam die steinerne Treppe der Prälatur hinab. Ruckweise veratmete er ... spähte zurück. Er fühlte seinen Puls am Geländer; er hörte sein Herz rasseln. Er empfand plötzlich, daß er müd und mürbe wurde und hatte keine Eile mehr.

»Ich hab mich versündigt«, sprach er bei sich selbsten. »Bin ich nicht ein armer Hausvater, der über Tag und Nacht seine ganze Familie, Kind und Ingesind verloren hat? Oh, wer darf noch sagen, er ginge unbeschwert? Gott der Herr heftet doch jeden an die Erde.«

Vom Hof aus schaute der Pfarrer auf die Uhr der Stiftskirche. Beide Zeiger rückten gegen fünf. Er wußte, zu dieser Zeit führe die Post ab, und ging desungeachtet ganz langsam. Um die Straßenecke biegend, sah er hinter zwei Apfelschimmeln die gelbe Kutsche. Die Frau Bas hatte einen Fuß auf dem Trittbrett. Sie winkte ihm von weitem mit dem geblümten Parasol und rief: »Tummeln S' Ihnen, Hochwürden; wir fahren stante pede.«

Er ging immer noch langsam. Letztlich, als er schon nahe war, jammerte sie:

»Ich bin desperat wegen Ihnen.«

»Schreien S' nit aso!« bat Isidor Hinterseer. »Ich bin nimmer in den Jahren, daß ich laufen kann.«

Kaum waren sie recht im Wagen, langte die Bas zum Schlag und machte ihn nochmalen auf. Es kam der junge Pater, ihr Sohn, mit schleunigen Schritten dahergesatzt und brachte die große Hornbrille, gab ihr schnell die Hand, inweilen schon die Pferde zogen, sprach scheu und unbeholfen:

»Reisen Sie gut, Frau Mutter.«

»Pfüat dich Gott, mein Bua«, sagte sie, wurde rot und verbesserte: »... mein liaber geistlicher Herr.«

Die Postkutsche rumpelte durch Admont, an Häusern, buntfarbigen Ziergärten fürbei. Kleine Hunde kläfften. Ein Schock Hühner stob gackernd in die Büsche. Kinder schwangen sich auf das vorspringende Federgestell und ließen sich eine Strecke

Weges mitschleifen. In Bälde jedoch, als die Kutsche bei dem blühenden Baumland, bei Traidäckern und Moorstichen dahinfuhr, da nahm die Stille zu. Die Landschaft vor dem Fenster blieb fast unverändert. Die Fliegen schwirrten schläfrig in der heißen Luft. Jeder Insaß hing seinen Gedanken nach. Die Frau Bas war über dem zuckerweißen Modelstrumpf eingenickt. Der Knäuel rollte auf dem Boden des Wagens umher, von jedem Stoße neuerlich aus seiner Bahn geschleudert. Die Nadeln hüpften gegen ihr molliges Kinn. Obgleich Pater Isidor dies peinlich und starr beobachtete, war er außerstande, ihr das Strickzeug wegzunehmen.

»Itzten sticht es«, dachte er von Zeit zu Zeit unter dem Geprell der schlechten Federn. »Sapristi, wann er nur gesaget hätte, warum? Alter und Armseligkeit sind's nicht allein. Itzten sticht es ... Vielleicht ist's eine große Schuld. Item, er hat vom Anfang bis zum Ende kein liebes Wort mit mir geredet ...«

Es lehnte aber im Wageneck, dicht neben der Bas, ein junges Mädchen in Trauer ... Sah unter den halb geschlossenen Lidern auch schon die längste Weil auf die hüpfenden Nadeln. Plötzlich, bei einem sonderlich starken Geschaukel, ermunterte sie sich und drehte der schlafenden Frau die Strickerei aus den Händen.

Bei der Rottenmanner Straße hielt ein schweres Salzfuhrwerk und ließ sie passieren. Bei Liezen trafen sie alsdann einen Blahenkarren; stunden vier erbärmliche Klepper angeschirrt; hintenbei graste ein krumper Esel. Ein Hauf Seiltänzer und Komödianten lag am Wiesensaum und zerknotzte das hohe Futter. Es wurde schon dusend. Über dem Moore flog der Wasserdunst. Ennsaufwärts gegen Wörschach zu waren ganze Talstriche weiß von Narzissen. Wann die Kutsche zwischen zwei Rainen dahinstolperte, bogen sich die blühenden Elsbeerbüsche über dem Dach zusammen. Und es flockte vor den Fenstern, als fiele Maischnee. Man hörte von Wörschach das Aveläuten und bald danach noch einen hauchzarten fernen Glockenschwang. Der kam von Niederhofen; dort läutete der Mesner so eigen, weil er glaubte, es könne der schiefe Turm durch einen heftigen Zug einmal stürzen.

In Stainach prophezeite ihnen der Postillion einen mehrstündigen Aufenthalt. Später sagte er, die Reisenden müßten hierselbst nächtigen. Es sei kein Weiterkommen, sagte er. Die kaiserliche Stafette hätte zwei Paar Pferde für den Erzherzog Johann requiriert, der von Grätz heraufkäme zur Hahnenbalz.

Also gingen Pater Isidor und die Frau Base auf die Such nach einem Wirtshaus. Und das fremde Fräulein, welches gar nicht Deutsch konnte, gab ihnen durch Blick und Gebärde zu verstehen, sie möchten ihr barmherzigen Schutz gewähren. Nur vom Schein der Fenster geleitet, tappten sie mit den Schachteln, Taschen, Schirmen und dem besagten Krinolinreif fürsichtig durch den Ort. Die Gassen waren verrammelt von Leiterwägen und Steirerwägen. Oftmalen stießen sie unversehens an eine Deichsel oder Schleife. Etliche Püffe, Flüche und Schimpfreden bekamen sie. Doch eine Herberg bekamen sie nirgends. Immer matter zwängte sich der alte Herr durch die finstere Wirrnis von Futterkrippen, Bierfässern, Schragen, Rädern, Deichseln, Kisten, Hühnersteigen, Wasserbottichen. Und als er durch Zufall ein aufgestülptes Dach und ein Spritzleder griff, sagte er:

»Da bleiben wir.«

Nacheinander krochen sie in das Kalesch; vorab die Base, jammernd... Das Fräulein folgte gehorsam. Pater Isidor setzte sie wie ein hülfloses Kind in die Mitte und merkte sogleich, wie sehr sie von der starken Bergluft, wohl auch von seelischer Pein zitterte. Er packte seinen Schlafrock aus und breitete ihr selben über Schoß und Knie. Und die Base lieh ihr die Tuchmantill.

»Donke!« sagte das Fräulein und probierte noch weitere Ausdrücke. Aber inmaßen sie wirklich sonst kein deutsches Wort zuwege brachte, küßte sie den zwei alten Leuten so flink die Hand, daß sie ihr nicht einmal wehren konnten. Dann gab sie dem Pfarrer ihre Brieftasche.

»Wird hierin wohl ein Empfehlungsschreiben sein«, riet er unter einem freundlichen Nicker und behielt das Ding, wie es war. Man sahe ja schier nichts als die klaren Sterne. Freilich wurde hinwieder Tür und Tor aufgeschlagen, und eine Helligkeit rötete minutenlang die Gasse. Noch über Mitternacht dauerte das Spektakel der Rekruten. Desungeacht schlummerten die Frauen ein. Pater Isidor saß fürgeneigt und sinnierte...

Man hörte das Baschen und die Trutzgesangeln. Geige und Dudelsack spielten abweisig falsch. Ohne Maß und Takt brummte das Wurzhorn auf wie das wilde Gjaid. Und Pater Isidor dachte bis in die graue Frühe beharrlich:
»Vielleicht ist's eine große Schuld, wegen derer ich in Ungnad kömmen bin ...«
Letztlich über dem steten Fragen schlief er ein. Aber schon der Taufall weckte ihn wieder. Er betrachtete eine kurze Weil das Kutschendach ... die umliegenden Häuser ... das fremde Fräulein ... Dann fühlte er die Brieftasche an und fand bei Münzen, Bankozetteln und Pässen ein zwiefach gefaltetes Blatt aus irgendeinem alten Erbauungsbuch. Innenbei stak eine Pergamenthülle. Und im Pergamente, das nicht petschiert war, fand er wirklich eine Geschrift in Großquart auf Medianpapier, ungarisch verfaßt; anbei eine deutsche Zeitungsnotiz. Dieselb las er:
»Aus Ober Ungarn, den 19. Februar. In der ersten und zweyten Hornungswoche l. J. ereigneten sich in denen zur löblichen Szempliner Gespanschaft gehörenden und schon an Galizien gränzenden vier Ortschaften: Mikowa, Dristna, Raskotz und Roskotz folgende höchst traurige Vorfälle. Zu Mikowa nämlich wurden vier von wüthenden Wölfen gebissene Menschen wasserscheu, trotz aller angewandten Hülfe äußerten sich bei diesen Unglücklichen nur zu frühe Spuren von der heftigsten Wuth, und schon nach einer Zeitkürze wurden sie ein Opfer dieses fürchterlich grausamen Zustandes. Als der dasige Calvinische Ortspfarrer den letzten mit heilsamen Ermahnungen zum Todte fürbereiten und mit dem hl. Abendmahle versehen wöllte, verfiel der Kranke in eine so maaßlos tobende Raserey, daß der Geistliche aus Schrocken von der heftigsten Epilepsie überfallen, niederstürzte und zu Füßen des jammervollen Unglücklichen seinen Geist aufgab. Während dieser Trauerszene ...«
Hiermit endete abrupt der Bericht. Der Zettel war abgerissen. Als Pater Isidor den Brief zusammenfaltete, sah er auf der Rückseite eine deutsche Geschrift, wahrscheinlich die Übersetzung.
»Wohledelgeborener, hochzuverehrender Herr Vikar!
Danknehmend für Ihre mildtättige Gesinnung, welche Sie Ihrem trefflichen Bruder bei seinen Lebzeiten bekundet haben,

verthraue ich Ihnen nach Absterben des geschätzten Mannes die nunmehr Schutz- und Aelternlose Tochter an. Es hat der an urblitzlichem Nervenschlag und hinfallender Krankheit, in Ausübung seines Berufes Verschiedene sein letztwilliges Testari versäumt. Wurden also die annoch befindlichen Hausgeräth und Möbel in Baarschaft für die dießfällige Reise umgewandelt. Und statte ich das gute Mädchen mit der zubei detaillierten Route über Linz, Salzburg, München, Lindau, Constanz und allen nöthigen Pässen aus, nachdem ich selbiges in eigener Person bis Wien begleitet und beschützt habe, und entlasse ich's mit Anrufung der Göttlichen Obsorg und menschlichen Barmherzigkeit.«

Unter beiden Texten stund der gleiche unlesbare Namenszug. Der alte Herr spitzte seinen Bleigriffel und schrieb, ganz gerührt, einen Nachsatz:

»Lieber Christ«, schrieb er. »Der Du solchen Brief vor Augen hast, sei dem fremden Hascherl gnädig. Siehe, daß es von Radstatt nicht irrthümlich auf den Tauern fahrt. Von Hüttau muß sie die Straße nach Abtenau benutzen. So gelanget sie wiederum nach Salzburg und füglich auf den dictierten Weg.«

Der alte Herr befeuchtete den Bleigriffel mit den Lippen und fügte, unter jähem Einfall lächelnd, den Schluß bei:

»Märke, der Du ein Österreicher, ein Schwab oder ein Schweitzer bist. Sei in Gottes Namen kein lausiger Christ!

Pater Isidor Hinterseer,

Pfarrer von Öblarn.«

Sogleich aber gab es seinem Herzen einen bösen Stich.

»Ja ... ex!« sagte er ein paarmal laut. Hievon wurde die Bas munter und rief, im Glauben, er habe geniest:

»Helf Gott!«

»Bst«, mahnte er; tat die Papiere sammentlich ins Pergament in die Brieftasche. Und letztlich schüttete er fast sein ganzes Bargeld dazu.

Es hub in den Kaminen bereits zu rauchen an. Bauernburschen, noch vom Bierdusel knieschwach, gingen Roß füttern. Da stieg der alte Herr aus der Kutsche, um niemandem ein Ärgernis zu geben, und übte die steifen Glieder durch einen Morgenspaziergang. Hiebei erfuhr er, daß die Extrapost den Erzherzog Johann nicht gebracht habe und daß die ordinari Post um 6 Uhren reisemäßig sei. Bei seiner Rückkunft betraf

er das Fräulein völlig wach. Mantill, Schlafrock und Schlummerrolle waren eingepackt. Lediglich die Kaffeeflasche stund mit offenem Halse auf dem Bock.
Da und dort richteten die Leut schon zur Heimfahrt her. Pater Isidor kannte wenige. Waren lauter Stellungspflichtige aus den umliegenden Orten, aus der Klachau, der Pürgg, aus Tauplitz, Untergrimming, Neuhaus, Irdning, Donnersbach, Aigen, Wörschach und Niederhofen. Obwohl das Gubernium die Aushebung sonder Lärm vollzogen wünschte und an Kommendiaten nicht sparte, entwickelte sich an solchen Sammelplätzen ein wahrhaftiger Kirchtag. Kramtrager, Lebzelter, Zigeuner mit Kamelen, weißen Mäusen, Meerschweinchen und Affen; großmäulige Schwarzkünstler, Gaukler und Seiltänzer hatten sich eingestellt. Das war eine rare Gaudee für manchen jungen Kerl, der bis dato nicht über den Misthaufen gesehen hatte!
Die Herren des Kreisamtes und der Militärphysikus bedurften im Assenzsaal einer großen Geduld, sintemalen der eine Rekrut vor Verwunderung den Zungenschlag bekömmen hatte und der andere das »Kehrt euch« nicht hörte und der dritte die Pfaid über dem Rock anzog.
In der Tat eine Nerven- und Gehirnattraktion! Itzt ruhten die Herren in den gemalten und geschnitzten Himmelbetten des Schlosses Stainach und ließen sich durch das mannigfache Geschrei von Mensch und Tier nicht erwecken.
Pater Isidor, desselben Bas, das ungarische Fräulein in Trauer, ein Rauchfangkehrer, der Loy von Gröbming und ein fremdes Mannsbild machten es sich dieweil in der Kutsche kommod, das heißt, jeder drückte ein bißchen gegen den Nachbarn, damit er selbsten besser Platz hätte. Es geschah jedoch knapp vor der Weiterreise das Unerwartete, daß in einem Strechauer Kalesch der Prinz Johann angesaust kam ... blank, fröhlich und hoch erquickt von der mailichen Frühfahrt. Dem Postmeister Vasold muß das Ereignis im Traume fürgegangen sein. Er sah, in ein gehäkeltes Tischtuch gehüllt, beim Fenster herab und befahl im letzten Abdruck einen raschen Pferdewechsel. Dies war auch leichter gesagt als getan.
Nach zwei Stunden endlich fuhren sie. Man wird mich vielleicht der Fabelei bezichten. Es ist ja niemand so alt, daß er sich erinnern könnte. Ein Glück nur, daß der Chronist jener

Tage die Wahrheit schwarz auf weiß bestätigt! Nämlich in der Nähe vom Ennshofer war die Kutsche schon wieder zum Halt gezwungen. Es hatte hierorts ein vierspänniger Leiterwagen auf einem Schotterbühel umgeschmissen. An dreißig Burschen kugelten im Kalkstaub durcheinander. Etliche standen bereits, zählend, ob sie ihre Händ und Füß noch hätten. Waren die Anwendbaren der Gemeinde St. Martin.
»Ich reiset am liabsten zu Fuß«, seufzte die Bas. Dann strickte sie eine Nadel ab. Dann zog sie den Garnknäuel unter der Achsel hervor und putzte daran in deutlichem Groll gegen den Rauchfangkehrer, der sich mit seinem berußten Zylinder mit Wisch und Besen überlästig neben ihr breitmachte. Der alte Herr aber schaute das fremde Fräulein an, was ins Eck geschmieget saß und blinzelte und die Bandschleifen der Kreppschute spielend durch die Finger zog; und er freute sich über jedes Hindernis, demzufolge der Abschied um ein kleines verzögert wurde. So entwichen denn die guten und die bösen Augenblicke. Die Schimmel liefen in sachtem Trab talauf, warfen die Köpfe unter den Fliegennetzen und schleuderten die Schweife. In den sauern Wiesen fächelte das hohe Gras, wunderlieblich durchmustert von Dotterblumen, Butterrosen, Schön Uhlen, Narzissen, Knöterich, Beinwell, Bocksbart, Knabenkraut, Margariten, Klee, Himmelvaterbart und Marienschuh. Entlang des Grimmingsaumes, in Büsche und Quellsümpfe versteckt, wuchsen Maiglöckchen; wo die Sonne anmochte, gab es Schöpfe kleiner dunkelblauer Gugugsnäglein. Vor dem Moarbühel an der Salza schob Pater Isidor das Fenster hinter dem Kutschbock auf und schenkte dem Postillion ein Sechserl Trinkgeld, dafür er bei der Wegscheid halten mußte. Das ungarische Fräulein starrte groß mit den kohlschwarzen Pupillen, als der Pfarrer ihr die Hand reichte. Doch sie faßte sich bald. Hurtig, wie eine sehnige Wildkatz würde Eicheln, Haseln und Blätter schupfen, bugsierte sie das Gepäck der alten Leut auf die Straße ... Stund auf einmal still und versuchte mit zuckenden Lippen ein Wort. Der Postillion schnalzte bereits. Da sagte sie:
»Donke.«
Umfing die Frau Bas und den hochwürdigen Pfarrherrn zugleich. Und küßte sie lachend und weinend. Und war dahin.
Ganz sprachlos schauten die zwei Alten der Kutsche nach,

bis sie nur mehr wie eine pralle Butterrose im Grün der Landschaft schaukelte. Dann hoben sie die Schachteln, Taschen, das Parasol, das Umbrell und die Krinoline auf und gingen ein wenig kniesteif den Moarbühel hinunter. Sie brauchten bis Gstatt reichlich zwei Stunden. Unter den vier Linden bei der Hubertibank vergönnten sie sich eine Rast. Aber sie kamen von einem Krawall in den andern. Es versammelten sich allhier die Gewidmeten der Bezirksobrigkeit Gstatt mit Roß und Wagen. Der Amtmann Joseph Salzinger befand sich schon reisefertig im Schloßportal, neben ihm Herr Raimund Winkler.

Man hörte den einförmigen Tonfall, in dem der Magister den Namensruf vollzog. Man hörte sonach ein lautes »Hier!« schulmäßig, aber mehr gebrüllt als gesprochen. Ein Zeichen, daß mancher seinen Humor mit Schnaps eingeschmiert hatte, obwohl der Genuß von Spirituosen bis zur Eidesleistung verboten war.

»Gehen wir!« sagte Isidor Hinterseer. Und die Bas sagte:

»Ob sie den Stralzensohn wohl erwischt haben?«

In Öblarn vernahmen sie, daß Matthäus elf Jäger gefoppt hab auf der Bäckenalm. Jeder schwur, es sei der Satanszottel in die Hütten geloffen. Als sie dieselb umzingelt haben, jeder mit Gewehr, Handschellen und Strick; jeder meinend, itzt wär der Fuchs im Eisen, hat er plötzlich vom Salzg'leck herabgejodelt und die lange Nasen gezeigt.

Die Frau Bas blieb ob dieser Geschichte auf dem Kirchplatz stehn und verplauderte sich. Sie kehrte baß verstört nach Hause, versalzte und verbrannte das Mittagsmahl. Und wie Pater Isidor auf die Profeß bezüglich frug:

»Ist Ihnen wegen dem Buben hart?«

Da schluchzte sie:

»O nein, wegen dem Madel.«

Es stellte sich nun heraus, daß die Bas, redselig wie der Mensch nach einer Reise ist, vom ungarischen Fräulein erzählt hatte, und daß Georg Staudacher, seinen schwärenden Kopf schüttelnd, behauptet hatte: sie wären einer französischen Spionin auf den Leim gegangen!

»O Gott!« klagte die Bas. »In solche Schand und Unkösten hat uns das abgefeimte Frauenzimmer gestürzt.«

Auf den welken Wangen des Pfarrers blühten rote Flecke.

»Man glaubt nicht alles«, sprach er. »Und wehe tut's einem doch.«
»Das Ärgste«, rief die Bas, »ist das Bussel. Wann Sie wüßten, Hochwürden, was die Veitin z'wegen dem Bussel gesagt hat!«
»Bst!« mahnte Pater Isidor. Dann sprach er, nur in der Stille: Wär ich nicht angestern in Ungunst gefallen, so fiel ich anheute.
Er konnte nicht essen. Er setzte das Wasserglas an den Mund, ohne zu trinken. Er trug die Tasche vom Stuhl zur Kommode, von der Kommode zum Fensterbrett, zur Ofenbank. Er ließ das Schloß klappen ... auf ... zu, auf ... zu ... Suchte gedankenlos. Legte einen Pantoffel zum Suppenteller ... dann den zweiten. Rollte seinen Schlafrock auseinander. Es flatterte was über die schiefrige Diele; item, war die Umhüllung, die das Fräulein über das Pergament gesteckt hatte. Er bückte sich nicht, kniete bei der Ofenbank und las mit weitsichtigen Augen:
»Der Kinder Gottes Himmelaufsteigende Hertzens und Seelen Music / Bestehend In einer mercklichen Anzahl / Geistlicher Lieder / Sowol zu Haus / als in der Kirchen / und auf Reisen. / Gott zu schuldigsten Ehren höchst erbaulich zu gebrauchen / Nürnberg anno 1694 ...«
Darunter in vergilbter, zarter, altväterlicher Schrift:

»Gottes Huld und der Menschen Gnad
Stet woll / wenn mans beysamen hat /
Soll aber eins verlohren sein /
So bleibe mir Gottes Hult allein.«

Dieses geschickte Wunder, oder sagen wir, um niemand strittig zu machen, dieser wohltätige Zufall, brachte das betrübte Herz des hochwürdigen Isidor Hinterseer wieder in helleren Takt; es war eben von Jugend an beweglich, war empfänglich und dankbar für die Aufmerksamkeiten, welche ihm Gott bezeigte.
So verkündete er am vierten Sonntag nach Ostern von der Kanzel aus seinen baldigen Abgang. Und seine Stimme, zuvörderst schwach und unruhig, erstarkte bei jedem Wort, und seine Furcht und Bedrücktheit vor dem öffentlichen Urteil wich mit jeder Sekunde ... Und als der Sonntag und der

Montag und letztlich eine Woche darüber verstrichen war, merkte er zu seinem Trost, ein wenig auch zu seinem Schmerze, daß die Menschen nicht das Ereignis für wichtig erachten, sondern die Meinung, welche sie hievon haben. Er horchte mild ... und lächelte, wann zum Beispiel einer, der Leich oder Kindstauf gemeldet hatte, eine Viertelstunde zugab und weislich erklärte, wie kommod es ein alter Pfarrer im Auszug hätt. Er nickte und drehte den Daumen und schaute treuherzig mit seinen blinkenden Schalksaugen, wann zum Beispiel Georg Staudacher kam und ihm einen Steckbrief diktierte über »das scheeläugige, grindräudige, taubstumme, rotznäsige Spitzelweib aus Paris«.

Diese Prüfung fiel ihm nicht gerade leicht. Er war ja auch ein Mensch, hatte seine eigene Seel und das Restlein Haut und Knochen lieb, was annoch munter lebte. Er konnte traurig werden über die Öblinger, da jeder nur den Anteil nahm, den er brauchte. Insonderheit auch die Frau Bas. Es war de facto ein Schauspiel, wann sie hell aufweinend ihren Koffer packte und dann wieder voll Ungeduld die Sonntage und Werktag bis Fronleichnam zählte und zittrig vor Hoffnung frug: Ob nit ihr Sohn könne Pfarrer von Öblarn werden?

Diese Prüfung tat ihm weh, allein sie war notwendig. Sie berichtigte kleine Täuschungen und Irrtümer, war, bildlich gesprochen, das letzte Feuer, zu seiner Läuterung bereitet ...

Bei den drei Wallfahrten in der Bittwoche begann der heimliche Abschied. Pater Isidor fühlte sich andachtsvoll wie in keinem Jahre. Er vertraute die noch blühenden Felder dem Himmel an. Er grüßte jede Statue in der Kirche, jeden Hügel im Freithof. Er verschenkte gar oft einen herzinnigen Blick und empfahl sich von allerhand unscheinbaren Dingen, die er früher nicht gesehen hatte.

Montags ging die Prozession nach Gröbming; Dienstags in die Große Sölk. Und die Stralzen-Regina war auch dabei und trug den schneeweißen Jungfraunfahn. In der Kühle, als den Grimmingspitz kaum ein Husch Sonne anflog, hatte sie einen raschen Schritt. Aber später, als die Luft sich hitzte und der Weg an der Sandlehne stieg, oh, da klöckte das Geblüt im Hals, und der Schwitz runn. Die Ursula, ihre Schwester, wollt ihr behülflich sein. Und die Adelheid bot ihr wispelnd ein Tröpfel Minzengeist. Aber das zarte Dirndel schüttelte nur

den Kopf und keuchte bergan mit einem Gesicht wie Purpur und Morgenröt und dachte selig:
Vielleicht verdien ich mir doch den Buam damit.
Es trieb sie nämlich in die Sölk hinein, sintemal die eilf Jager schwuren, der Matthäus habe beim Hochsattler seinen Unterschlupf.
So war es auch. Zur selben Zeit, als die Bittprozession sich langsam den Kirchbühel hinaufwand, braachte er in der hohen Einschicht mit Krampen und Haue den Acker, welcher dermaßen an die kargen, steilen Wände gebettet ist, daß sowohl Roß als Öchsel hätten straucheln müssen. Es war kein Mensch um die Wege. Hinter dem Zaun grasten zwei Kühe, wetzten manchmal die Stirn an den Zaunlatten und bliesen ihren Atemdunst röhlend aus Nase und Maul. Ein Schock Kitz und Geißen erlustigte sich im Schieferbruch. Der Gießvogel pfiff. Der Kuckuck lockte irgendwo. Blühweiß strahlte ein wilder Kirschbaum aus der dunkeln Wasserkluft. Drüben im abgestockten Holze war eine rosenfarbene Decke aus lauter Heiderich. Blaue Falter lagen über dem Seidelbast wie tot. Es ging der warme Tauernwind; so wehte von der Glocke nur ein verlorener Ton. Matthäus reckte den Buckel und loste. Eine große Unruhe und Bänglichkeit durchfuhr ihn. Es bohrte in seiner Magengrube, als hab er seit Tagen gehungert. In seine Glieder kroch ein Rausch. Er konnte nicht mehr arbeiten ... warf sich an den schmalen Rain und stierte mit weitoffenen Augen ins Leere hinaus. Eine Viper schnellte auf. Er sah sie nicht. Rote Ameisen schloffen in seine zerrissenen Ärmel. Blaue Falter berührten seine Stirn. Er lag, von Maisonne und Lieb und Sehnsucht schier zerschlagen, und dachte:
Die Rögerl wird auch beim Bittgang sein.
Schon lange schwand kein Glockenton fürbei. Nicht der feinste Windhauch flatterte. Die Sonnenscheibe zerfloß gelb über dem südlichen Firmament.
»Du«, sagte der alte Hochsattler, sich über den Zaun beugend.
»Was?« frug Matthäus.
»Versteck dich!« sagte der alte Hochsattler. »Kömmen Jager.«
Der Bub sprang auf und schwankte toll und geblendet in die Keusche. Vorab sah er nur die Rauchküche grünlichschwarz. Endlich sah er, daß die Bäuerin schon aus der Kirche zurück war und auf der schüttern Glut das Mus wärmte.

»Essets«, sagte sie. »Ich hab im Dörfel 'gessen.«
Aber Matthäus antwortete nicht und ging in die Kammer. Nach einer Weil klopfte der Hochsattler mit einem Scheit an die Tür und rief:
»Magst dich wieder sehen lassen. Die Jager sind fürs Gatter gangen, auf die Gumpen zua.«
»Die strapazieren anheut ihre Köpf und ihre Füaß für einen honettern Herrn als du bist«, sagte die Bäuerin; »etliche Saumkarren voll Bretter fahren ins Salzg'leck aufi. Hintnach roasen die Zimmerleut mit ihrem Zeug. Müssen Tanzboden hobeln.«
Der Bauer klopfte nochmalen. Das Weib streute ein paar Brocken Mus vor die Hühner, welche im gestampften Erdboden scharrten, und brummelte:
»Wir haben auch tanzt, inweil wir jung sind gewest . . . Gsch!« pfnausete sie und jagte eine Henn aus der Schottenwiege.
»Bist drein oder nit?« frug der Mann, in die Kammer spähend.
». . . aber auf dem Wirtshaussöller«, sagte das Weib. »Hiaza ist ihnen dasseg zu letz. Hiaza kraxeln sie auf die Almen.«
»Gsch . . .«, pfnausete er und scheuchte eine Henn vom Trichter, durch den Hollergeist und angesetzter Enzian in eine Flasche tröpfelte.
»Mich ziemt«, brummelte sie, »es ist ledig dem sein Geschäft. Hat's not gehabt, daß er einherschmeckt und eine verruckte Mod aufbringt. Die Bauern selber wären eh nit so dumm.«
»Früherszeit ist's aso der Brauch gewesen.«
»Da weiß ich nix«, stritt sie zurück, erschlug mit dem Fürterzipf ein paar Fliegen und sagte: »Ah, freili. Bald die Mannsleut scharmutzieren wöllen, finden s' bald eine Ausred. Bist nix besser wie der.«
Die Hochsattlerin meinte den Prinzen Johann, welcher in der Umgegend des Schwarzensees auf den Großen und den Kleinen Hahn ging und nachbei, wann das Halali geblasen war, sein Weidmannsheil mit einem Steirischen feierte, aber wie angedeutet, auf besondere Art. Droben, wo der scharfe Grat des Gumpenkars in einen breiten Wasen ausläuft, heißt es Salzg'leck, weil die Senninnen hie und da ein Stückel Viehsalz für die Schafe hinlegen, welche vom Mai bis zum Feste Allergottsheiligen in der Bergwildnis aufgekört werden. Es ist ein lieblicher Ort. Sammetweich, grün und grasig die Erden.

In den Mulden die blanken Tümpel und Seen, blaue Spieglein des Himmels. Und rings in der Ferne ein Zackenkreuz von weißen Bergen. Auf diesen Anger also bestellte der Prinz Johann die Spielleut, die Bauern und Jager. Ist freilich lange her.
Alle, die dabei waren, sind bis ins Gebein zu Staub und Asche worden. Ihre Kleider sind von Motten angefressen. Ihre Namen verbleichen schon im Kirchenbuch. Nur zuweilen ein Wörtlein von Mund zu Munde, und droben auf dem Salzg'leck ein vermorschter Schweller gibt wahres Zeugnis, daß sie einmal tanzten ... so lind wie Hönigsaft und so geschmiert wie eine Butterkugel ...
Am Abend, als der Hochsattler seine Kräuterschnäpse und Salbentiegel dem Mondschein aussetzte, bumste der Matthäus aus dem Heuboden herab und sagte:
»Verfluacht. Ich kann mich nit mein Lebtag verschliafen.«
Der Bauer frug:
»Warum fürchst dich vor der Militari?«
»Pfui Teufel, fürchten?« schrie der Bub. »Mir graust vor soviel Dreck und Bluat.«
»Geh hausieren ... über die Grenz.«
»Mit was denn?«
Das Bäuerl schwieg.
»Den Pfleger kunnt ich erwürgen!« knirschte Matthäus.
»Das half dir nit.« Der Bauer tappte in die Keusche, trug etliche Tiegel heraus und sprach: »Ich hab schon gesagt. Geh heim. Sie söllen dir den Hof übergeben. Nachher hast Ruah vor der Militari.«
»Ich geh nit heim.«
»Es zieht ihn denner«, meinte die Hochsattlerin, unterweilen sie mit Spitzmesser und Korb davonschlürfte.
»Wenn ich ein Geld hätt ...«, ächzte Matthäus. »Aber es spielt kein Nüachter und kein Besoffener nimmer mit mir.«
»Siegst es«, sagte der Hochsattler und schielte pfiffig.
»Wieviel kost' das Loskaufen?«
»Weiß nit.«
»Sind hundert Gulden zu wenig?«
»Warum wehrst dich aso?« frug der Bauer zäh. »Wegen dem Bluat und dem Dreck wehrst dich nit. Hast eine Menschin?«

Matthäus glotzte auf den weißen, sprudelnden Brunnenstrahl. Dann stund er auf und rief gegen den Schachen:
»Wartets a bisserl, Hochsattlerin; ich hülf Euch Wurzel stechen.«
Auf dem Waldrain, dawo das Mondlicht die Blätter violett und blaugrün färbte, kratzte das Weib die Erde auf, daß die Brocken spritzten und flogen.
»Schau«, sagte sie, als sie den Matthäus hinter sich hörte, »ob das Würzel neun Augen hat! Ich kann es nit sehen.«
Der Bub hockte sich faul in den Lavendel und schmiß ein paar Zäpfen über die Hald.
»Du bist auch zu gar nix«, schimpfte sie.
Er gab keine Antwort. Nur immer, wann sie ein Stück höher tappte, kroch er nach. So tat er eine Weile. Endlich, diemals sie im Baumschatten waren, frug er:
»Hochsattlerin, gell, die Geschicht vom unsinnigen Jager ist eine Lug?« Er spürte die Schamröte und wandte sich in der Dunkelheit noch ab.
»Warum?« frug sie.
»Ist auch kein Schatz im Grimming.«
»Wohl. Goldene Zäpfen.«
»Das glaub ich nit.«
»Muaßt es eh nit glauben«, sprach sie und schabte das Kot von einer schwarzen Rübe.
Der Bub ranzte sich gähnend aus; sagte:
»Hat noch keiner was außerbracht.«
»So«, sprach sie grämig. »Ich weiß mehrer, die es probiert haben. Das Teil freilich ist drein geblieben.«
»Ach«, trutzte Matthäus verächtlich.
Die Weibin strich altes, verklebtes Laub beiseite, kniete nieder und schnüffelte. Dann grub sie und hackte und stach. Hielt ihm letztlich einen gelben Trieb für und sagte:
»Zwo Scheiben hievon ins Mäul, und der Mensch ist hin. Eine Scheiben hievon heilt die gröbste Pestilenz.«
»Gib her!« schaffte der Bub und glurte in die Finsternis. »Ich friß es.«
Sie schrie und verbarg den Trieb im Kittelsack. Auf einmal sprach sie argwöhnisch:
»Mich ziemt, es lüstet dich ums Sterben. Haben dich die Dirndla fuchtig gemacht?«

Matthäus legte die Arme unter den Kopf und fetzte mit den Füßen die muffige Laubstreu in die Luft; hub an zu pfeifen.
»Sei stad. Tua nit Jager tratzen«, wispelte die Hochsattlerin. Sie hatte den Buben gern, wenngleich er ein Falott war. Sie sagte:
»In dir steckt eine Krankheit.«
Er riß einen Schopf Lavendel aus und pfiff noch lauter.
»Oder eine Todsünd?« meinte sie.
»Jawohl«, schnaufte er, als ob er besoffen wär. »Eine schiache Todsünd steckt in mir von Geburt aus.«
»Dummer Bua!«
»Die mag der Papst nit lösen.« Plötzlich lachte Matthäus, rollte sich den Rain hinab und zaschte dem Hof zu. Als die Bäuerin gegen Mitternacht heimkam, saß er auf der Hausbank wie schlafend. Sie zupfte ihn.
»Huckt Euch her neben meiner!« bat er.
Grau und hager stund sie vor dem runden Monde, zerlutschte ein Wermutkraut zwischen Zung und Gaumen und schwabte mit dem Speichel.
»Ist auch keine Tür nit«, sagte er.
Sie frug:
»Wo?«
»Im Grimming.«
»Zwo sind!« entgegnete die Weibin und setzte sich. »Herissel auf der Sunnseiten eine stoanerne. Drent auf der Schattseiten eine eiserne. Geht jede auf.«
»Ah.«
»Wohl. Zeitweis. Nachher kugeln rogle Brocken daher.«
»Goldene?«
Das wußte die Hochsattlerin nicht. Aber sie wußte, daß alle Jahr um Sunnwend ein alter Bettelmann nach Mitterndorf kömmen ist. Derselb hat weiter nichts getan, als auf dem Grimming Steine gesucht. Und wann er mit dem vollen Schnappsack bei den Brentlerinnen fürbeikeuchte, mußte er viel Gespött leiden. Er tupfte ihnen zum Dank auf die Stirn, um zu zeigen, wie dumm die Weibsbilder seien. Da war aber eine, noch jung und witzig und voll Neubegier. Die wöllt ihm das Züngel lösen, tischte ihm Milch und Krapfen auf; zuletzt einen scharfen Schnaps, mit Hönig versüßt. Stante pede wurde das Mandel rauschig und sagte:

»So ein Stein, was du aus purem Übermuat deiner Glockkuah nachschmeißt, ist mehrer wert wia die ganze Kuah.«
Die junge Dirn hat solches allerorten verzählt. Die Leute lachten sie höllisch aus. Niemand, aber gar niemand glaubte ihr. Da befiel sie der Trübsinn. Sie ging, auch zu Zeiten, wo das Vieh längst abgetrieben war, auf den Grimming Steine suchen, bis sie einmal im Neuschnee erfror. Das Mandel mit dem Schnappsack hat sich nimmer blicken lassen.
»Das war der Teufel«, sagte Matthäus. Es runn ihm kalt über den Rücken. Es war, als schwämme die Keusche langsam in den Mondschein hinaus.
»Dich beutelt's«, sagte die Hochsattlerin.
Er schaute sie an. Die schieferbläulichen Augen waren wie ein ungründiges Wasser.
»Schau nit aso«, sagte sie.
»Wann ich wüsset, daß es wahr ist«, murrte er. »Ich gang.«
Sie erschrak; wollte ihn abhalten; schimpfte:
»Narr, du!«
Er stemmte Buckel und Fersen; hielt sich steif und sagte:
»Ich trau mich.«
»Aus is'«, raunzte die Weibin. »Ich hätt dir nix verzählen sollen.«
»Weißt noch was?«
»Ich weiß nix.«
»Du ...«, bettelte der Bub und preßte im Jähzorn den dürren Arm. »Du ... lüag nit!«
»Du, Bua, du!« stieß sie kläglich heraus. »Ein altes Weib wird sich nix schaffen lassen, greaner Wildling.« Aber merkwürdig, sie saß doch wie ein hülfloses Kind und zitterte vor seinem wilden Blick, und es rieselte ein Schauer durch die ausgedorrten Flächsen, die er umkrallte. Die Hochsattlerin konnte sich nicht helfen; sie hatte den armen, verluderten Kerl gern. Und sie tat ihm den Willen und sagte:
»Los', Matthäus!«
Es wären einmal zwei Hirten gewesen, dieselben habe es um den Schatz gelüstet, so erzählte sie. Und am Peter- und Pauli-Tag hätte der eine den andern gehetzt vor Gier und wieder abgeredet vor neidiger Furcht, es könne der Frevel geraten. Letztlich nahmen sie einen kleinen Hüterbuben mit und ließen ihn hinten nachlaufen. Auf der Jausengrube jedoch

ließen sie ihn vorangehen. Die steinerne Tür war richtig offen. Da sagten die zwei Halter zum Kind, es sölle hineingehen und spähen, wo der Schatz wäre.
Das Kind folgte und trat alsbald wieder herfür, ganz eingewunden in Spinnweb. Es machte kurze Schritte, denn es trug eine große Last. Seine Säcke waren bauchig von goldenen Zäpfen. Und das Pfaidlein bis hinab zum Hosenriemen war angeschoppt mit Silbertalern. Das paßte den Burschen. Sie schickten das Kind abermals. Und es gehorchte. Als sie ihm den dritten Gang schafften, fing es zu weinen an und widerstund. Im nämlichen Augenblick krachte das Tor zu. Da wurde den Hirten bang. Jeder schenkte einen Taler her. Hienach stiegen sie schüchtig bergab, und das Bübel mußte hinter ihnen laufen. Näher gegen den Wald zu, wo sie wieder lebendes Getier und grünes Wachstum sahen, schämten sie sich ihrer Angst. Und es reute sie, daß sie von ihrem Reichtum etwas verschwendet hatten. Sie packten das Kind, beraubten es und schnitten ihm den Kopf ab.
Und dieser Totenschädel, im Wetter, im Winde und Licht vieler Jahrhunderte so weiß wie Kalkstein geworden, liegt noch auf dem Grimming, bald hier, bald dort. Hat schon manches Heil und Unheil gestiftet. Item, wer ihn findet und aufhebt, der kann das steinerne Tor zu allen Stunden erschließen.
So wäre der alte Glauben, sagte die Hochsattlerin. Aber heutigentags schrecke sich kein Kind mehr selthalben, sagte sie, um dem Buben den grausigen Wahnwitz auszureden.
»So«, sagte er, mit dem Körper jäh in die Höhe fahrend, »und hiaz die Geschicht vom Jager.«
Die Keuschlerin spürte mit klugem Sinn, daß sie schon zu viel geredet hatte. Auch fiel ihr das Gemunkel der bösen Leute ein. Sie verstund es plötzlich, und es gab ihr einen Stich in der Brust. Trotzdessen sagte sie unschuldig:
»Der Jager? Ist abkugelt. Und das andere ist eine Mar. Überhaupt sind's lauter Maren, was ich dir erzählt hab.«
»Du magst deine Reden drahn, wie's dich gefreut«, bockte Matthäus. »Ich schmeck die Wahrheit schon außer.«
Es nutzte der Hochsattlerin nichts. Je mehr sie leugnete, um so fester glaubte er. Sie knöpfelte das Halsbüslein zu, machte einen Huster und schleipfte ins Haus.

Im Fensterkreuz der Schlafkammer hing eine große Spinnwebe. Davor sah die Weibin seinen blonden, zerfilzten Haarbusch. Sie fühlte Mitleid und sorgte sich, der Bub möchte noch in dieser Nacht davonrennen. Sie bog die roten Pelargonien und die blauen Zinnien beiseit und wispelte in fraulicher List:
»Komm, Matthäus; ich hör die Jager schleichen.«
»Wegen meiner wohl«, gab er stier zur Antwort. Dann bettelte er eigen: »Huck dich außer zu mir.«
»Na!« schimpfte sie. »Kunnt mir einfallen, du Lotter, du!«
Sie schnürte bereits den Schuh auf. Da zog das Mitleid und die Sorge sie wiederum aus der Keusche. Es war die Mondsichel indes ein gutes Stück über den Tauern weitergerückt. Gelbe und schwarz gefleckte Schäfchenwolken wanderten ihm entgegen. Die Taleinschnitte verschwammen. Die blanken Gipfel wurden smaragdgrün wie dünnes Gold.
»Weißt noch was?« frug er und wartete voll Pein, daß sie endlich die Liebesgeschichte seiner Mutter begänne.
»Na«, log sie hartnäckig. »Meiner Seel und Gott, ich weiß nix.«
Ein wenig fürgeneigt, mit schlaffen Händen, mit einem stumpfen, trutzigen Geschau saß er neben der Bäuerin. Der lichte Bartflaum und das lichte Haar hatten den Mondschein aufgesogen. In leisen, bebenden Stößen kam sein Hauch. Manchmal verschoben sich die Lippen weicher ... und es war, als finge der ganze Mensch zu blühen an.
Die Hochsattlerin empfand es seltsam. Sie verschränkte die Arme über den hageren Leib und meinte, es sei frostig. Sie fibberte vor Bängnis, daß Matthäus sie verlassen könne. Sie hatte ihn so gern wie schon lange keinen Menschen und sagte:
»Einmal, weiß ich, ist auf dem Grimming ein Wunder geschehen ...«
»So«, sprach er, ohne sich zu rühren, und paßte und lauerte schon voll Neubegier, was er über die sündliche Liebschaft seiner Mutter vernehmen werde.
Aber die Hochsattlerin wußte noch eine andere Geschichte, sie erzählte, daß ein bettelarmes Weib am Hohen Fronleichnamstag drei Kittel angezogen hat. In jeden waren zwei Säcke eingenäht. Die Säcke waren aus Hanfgarn gewoben, daß sie nicht zerreißen konnten. Dermaßen rund und radlich

stieg sie auf den Berg, um einen Schatz zu holen. Sie ging noch keine Viertelstunde, da zeppelte ihr kleiner Sohn nach, ein wohlgewachsenes Kind, nur leider stumm und taub geboren. Weilen er sich nicht verscheuchen ließ, führte sie ihn bei der Hand bergauf, zerrte, trug und schleppte ihn, damit sie keine Zeit versäume. Sie kamen zu früh und mußten sich für dem Tor gedulden ... Als zu Irdning und zu Öbling die Böller krachten, wehte sie undanks ein kalter Luftzug an. Der Sand staubte; und indes sie ihre Augen auswischten, drehte sich das steinerne Tor in der Angel.
Die Mutter trat mit dem Stummerl dicht zur Höhlen. Was sie erlebten, vertraute das Weib keinem Menschen an. Es war vielleicht unbeschreiblich schön und wunderbar; denn sie verweilte eine Stunde in Andacht und vergaß, von den Schätzen so viel zu nehmen, als die sechs Kittelsäcke fassen konnten. Gleich arm als sie kömmen waren, traten sie hinweg in die freie Gotteswelt. Die Mutter blickte nicht mehr zurück. Wohl das Kind. Es sah im Tore einen goldenen Zäpfen liegen. Da riß es sein Händlein los und hüpfte darauf zu. Vergeblich schrie seine Mutter, es hörte nicht. Unterweilen es sich gebückt hat, stäubte der Sand. Und als das arme Weib mit brennenden Augen die Türe erreichte, war sie verschlossen.
Die Mutter ging nun Tag vor Tag auf die Jausengrube. Manchmal kollerte der gebleichte Totenschädel an ihren Füßen fürüber. Wann sie ihn halten wollte, war er verschwunden. Im Herbst ging sie nicht mehr, denn sie dachte, ihr Knäblein werde längst vor Heimweh und Hunger gestorben sein.
Allein wie der Frühling nahte, quälte sich ihr Herz dermaßen, daß sie weder zum Beten noch zum Arbeiten kam. Einzig das Fasten fiel ihr leicht, sintemal sie nichts zu essen hatte. Sie trug nur einen Kittel über dem Hemd, zwei tauschte sie beim Juden für schwarze Kerzen ein. In diesem letzten schleißigen Kittel, aus dem die hänfernen Säcke gebrochen waren, bloßfüßig, ohne Fürter und Rock süntelte sie zum Hohen Fronleichnam auf den Berg, um die Kindsbeinchen aufzuklauben.
Oh, wie staunte die arme Weibin, als das Tor sich eröffnete noch vor dem ersten Glockenschwang und der Knab ihr leb-

frisch und rosig entgegenlief. Horchet! Das Stummerl bewegte den Mund, sagte vernehmlich:
»Mutter.«
Da wiegte sie das Kind glückselig auf ihren Armen und trug es eilends bergab. Über eine Weil wollte es selber laufen; es hielt sich an ihren Gewandfalten und sprach:
»Gestern habt Ihr drei Kittel angelegt. Heut habet Ihr einen.«
Da wunderte sich die Weibin und frug:
»Mein Büaberl, bist du nit hungrig und dürstig worden das ganze Jahr?«
»Ich bin nit hungrig und dürstig worden«, schwatzte das Kind. »Eine schneeweiße Geiß hat sich zu mir gelegt, der hab ich das Euter ausgezogen. Und die Liabe Frau hat mich auf dem Schoß gewieget die ganze Nacht ...«

DER MAITANZ

In der Frühe, item des dritten Bittages und der Virgil auf Christi Himmelfahrt, setzte sich der Bub zur Suppenschüssel und lachte. Dann schlug er mit dem Holzlöffel auf seine Hirnschale, daß es klapperte, und meinte so verschmitzt als geschämig:
»Angestern wären wir bald mondscheinig worden.«
Der Keuschler fing das geweichte Brot aus der Schottenbrühe und zermummelte es mit den Kiefern, hiebei sprechend:
»Ja, mit euerm Redwerch habts mir den Schlaf verscheucht.«
»Hast uns gehört?« frug die Hochsattlerin.
»Ja«, sagte er ein wenig gespöttig. »Bin ja schon abgerichtet auf deine Stimm.«
»Saumandel!« rief sie; schüttete heißen Butterschaum auf die Seite, wo Matthäus das Mus faßte, und seufzte:
»Gott sei Dank. Mir ist gewesen, er ganget bei der Nacht noch Totenschädel suachen.«
»Sorg dich!« sagte der Hochsattler pfiffig. »Der laufet liaber auf die Gumpen zum Maitanz.«
Der Bub muffte schon wieder. Er schmiß den Löffel über den Tisch und fuhr zum Haustörl hinaus. Der Bauer schimpfierte:
»So ein Grantscherben, so ein Stierl. Das gabelt uns gachst

mit seine Hörndeln auf und mudelt uns über die Leiten. Statt einem Gelt's Gott!«
»Reut's dich?« sagte sie herb.
»Na«, sagte er. »Bevor ich mit Balsam und Schmier zu die Engerl siedel, verschreib ich ihm die Keuschen.«
»Weißt, wer sein Vater ist?«
Der Bauer schlückte ungekäut eine harte Rinde Mus; sagte: »Ja, dortmals wie er mit seinem Geschwür im Geißstall hin und her gewalgen ist, hat er ihn alle Flüg gottslästerlich maledeit.«
»Über eine große Liab soll der Mensch nit fluachen«, meinte das Weib.
Er wischte mit dem Handrücken den fetten Bart ab.
»Der Bua versteht's nit«, sagte er karg. Alsdann machten sie das Kreuz und dachten allein an die Arbeit. Sie sahen Matthäus an diesem Tage nicht mehr. Spät in der Nacht hörten sie ihn über den Söller strampfen. Auch knarrten laut die Kastenschlösser und Truhendeckel ...
Zur Himmelfahrt unseres Herrn Jesu Christ war eine besonders dunkle Bergbläue und eine klare, glasige Luft, von betäublichen Wohlgerüchen schwer gesättigt. Die wilden Bienen biesten im Heidekraut. Der Kirschbaum schlug seine zarten, warmen Knospen weit auf. Und die liebe Erde wurde unter dem Geriesel des wundersüßen, zuckenden Staubes immer müder, immer stiller. Und der Wind schlug manchmal aus dem Grabenrand und duckte sich schnell in die Haselbüsche. Rot wie Blutstropfen hingen vom Altan die gefüllten Nelken der Hochsattlerin. Auf dem offenen Herd vergloste das Holz. Die Sonne schwelte über dem Rauchfang und erstickte die kleinen Flammen.
Türaus, türein tümmelte der Matthäus. Die Bäuerin stund im Söller und rief über die Stiege hinab:
»Hast du mein Gewand aus der Truhen geflaht?«
Der Bub gab lange kein Zeichen. Plötzlich war er hinter ihr und sprach heiser:
»Im Kasten ist eine lederne Hosen. Und ein grüner Hochzeitfrack. Leih mir's.«
»Seg ziacht mein Alter zum Sterben an«, sagte das Weib.
»Heut stirbt er nit«, kraimte der Bub. »Und morgen ... kriagt er's ohnedem wieder z'ruck.«

»Was hast im Sinn?«
»Nix.«
»Wirst doch nit aufs Salzg'leck gehen?« kreischte sie. Und las die Antwort aus seinen lüstigen Augen. Sie begann zu jammern und stellte ihm das Unglück für, was geschehen möchte.
»Es fangt mich keiner«, schrie er keck. Dann seufzte er ihr weh- und demütig nach und bettelte: »Leih mir's.«
»Tanzen magst ja ehwohl«, sagte sie. »Aber doch nit auf einem Ort, wo Jager sind.«
»Ach was. Ums Tanzen allein lustet mich nit.«
Sie musterte ihn scheel und frug:
»Mehrer ums Halsen?«
Er ging auf den Altan und brockte viele rote Näglein ab. Als er zurückkam, saß sie auf der Truhe, sprach gallig:
»Es gibt ja saubere Menscherla gnuag, die ihr Kammerfenster nit verriegeln.«
Matthäus schaute sie hoffärtig an und sagte:
»Solche sind mir zu letz.«
»Ist nit wahr.«
Eine Schwalbe streifte seine Schläfen, weil er für dem Neste stand. Er war so rank und groß, daß er sich unter dem Tram des Dibbelbodens mußt bücken. Bei den roten Blumen riechend, halb abgekehrt, trutzte er:
»Solche liab ich nit.«
Oh, wann ein Mensch ihm gesagt hätte, wie sehr er dem Andreas Stralzen glich, welcher gewißlich kein Heiliger ist gewesen und doch die schöne Jungfrau Constantia fast sieben Jahre gemieden hat. Oh, wann ein Mensch ihm das gesagt hätte! Vielleicht wäre noch alles gut geworden. Der Hochsattlerin freilich kam dieser Gedanke nicht. Sie grübelte fürwitzig, welches Dirndel ihn auf das Salzg'leck bestellt habe, sie zog den Tuchfrack aus dem Kasten, putzte die Silberknöpf und sprach:
»Ist's eine Schlagerische, daß du dich so fein gewanden willst?«
Er stierte finster.
»Eine vom Hanselebner?«
»Na.«
»Vom Matthiasbauern?«
»Oh!« grölte er.

»Vom Moar zu Bach?« Sie nannte ihm viele Namen. Der Bub schmunzelte, maßen sie immer näher gen Öblarn riet. Als sie bereits beim Torbäck war, färbte sich plötzlich sein Gesicht glührot.

»Die Fragerei ist mir zu dumm«, sagte er und stapfte wieder auf den Gang. Seine Eil aber wäre nicht vonnöten gewest. Gar niemals hätte die Hochsattlerin auf die Richtige gesonnen. Item, sie ging des öftern im Geiste bei den reichen Bauerntöchtern biddeln und schanzte ihm in ihrer Lieb und Eitelkeit jeden Tag eine andere zu. Ein so armes und kleweres Ziehkind wie die Stralzen-Rögerl hatte bei ihr keinen Anwert.

Wie beid, der Hochsattler und die Hochsattlerin, in die Sölk hinab zu Predigt und Amt gingen, sperrte Matthäus die Haustür zu. Sie trat zum Fenster und sagte leis, daß ihr Mann es nicht hörte:

»Tu mir folgen und bleib dahoam! Ein Tanzel dauert gern eine Stund. Die Liab dauert gern ein Jahr. Aber die Militari bringst nimmer los, bis du grau wirst.«

Er blickte sie zwischen den Pelargonienbuschen lachend an und sagte nichts ...

Als der Hochsattler und die Hochsattlerin zu Mittag heimkehrten, schwang die Haustür. Der Herd war kalt. Das Bratel am Spieß war unten schwarz und oben roh. Im Erdapfelhäfen hatte sich das Wasser eingesotten. Etliche Fliegen schwammen im Kraut. Das kam den Eheleuten verdächtig für. Sie visitierten die ganze Keusche und bemerkten, daß Matthäus mit dem Hochzeits- und Sterbegewand des Bauern abgefahren war.

Sie sprachen kein Wort hierüber. Das Weib machte Specknocken, zumal das Saufleisch brandelte und stank. Und er schöpfte vor Mißmut und Langweil die Fliegen aus dem Kraut. Nachdem sie gegessen hatten, drückte er sich aus der Rauchküche. Sie meinte, er wäre mit dem Pfeiferl zu den Bienenkörben gegangen. Er ging auch ... Er schob die Zaunlatten auf ... und zaschte über das Fußsteiglein so gemach, als ob er was suchen müßte. Es ist nicht erwiesen, daß er einen heimlichen Vorsatz hatte.

Öfter, sonders als sein Tabakbeutel leer wurde, drehte er um. Allein er drehte sich just die Halbscheid zuviel; er stund wieder mit dem Gesicht gegen das Gumpeneck ... und zaschte

weiter. Junge Leut kamen nach und überholten seine zähen Schritte. Die schüchtigen Bergvögel schlugen und zwisperten. Von fernher flog ein heller Juchezer. Da wurde das alte Bäuerl närrisch und juchezte zurück.
Am Kohlgraben-Brünndel, dawo die einzige Tanne wächst im Revier, rastete der Schlager. Sein Bergstecken lag in der nassen Kresse. Und sein Schneuztuch voll Krapfen lag ausgebreitet über den Knien. Der Hochsattler setzte sich auch ins Moos und leistete ihm Gesellschaft. Extraviel diskurierten sie nicht. Der feiste Bauer ließ den Keuschler ein wenig schmarotzen. Es war noch immer ein Zuzug von Tanzgästen; die alte Schulmeisterin mit ihrem Schock Enikel schnaufte daher; nachbei gingen die Hanselebner Töchter, der Wirt und die Wirtin von der Klein-Sölk ... Der Pfarrprovisor Virgil Pergler ... dann eine Weile niemand.
Der Schlager, welcher beim Kohlgraben-Brünndel saß und Krapfen bampfte, verdiente nun keineswegs, in einem Historienbuch verewigt zu werden; man möchte seiner einmal erwähnen und dann vergessen, gleich vielen anderen Menschen, wenn er sich nicht ... mehr oder minder unschuldig, zu einer historischen Person ausgewachsen hätte. Erstlich war sein Hof eine Musterwirtschaft; es stunden, was dermalen eine Rarität, in seinem Stall sechzig Stück Pinzgauer Vieh. Auch besaß er eine Dreschmaschine von derselben Bauart, wie im Stift Admont eine war. Er hatte weitum das beste Traid, den fettesten Klee und den größten Dunghaufen. Viele waren der Meinung, daß er eine Pölsterzieche voll Dukaten und Taler habe. Man möchte es glauben, denn es begann zur Zeit ein Geriß um seine zwei Töchter, desohneracht sie junge, bleichsüchtige Krispindeln waren. Möglicherweise aber konnten sie mit den Jahren in die Breite gehen; sie glichen nämlich dem Vater. Der Bub, ein Kind, was erst laufen lernte, glich ihr, der Schlagerin. Die war ein wunderschönes Weibsbild, nicht viel über dreißig ... Als sie annoch mit den Beinvögeln geflogen ist, mußte sich ihre Mutter in ein blühendes Weizenfeld verschaut haben ... so gelb leuchtete ihr Haar, so blau das Auge, so rot der Wangenflaum. Kein Wunder füglich, daß der Prinz Johann, welcher die kernfrische, urwüchsige Natur mit allen Sinnen liebte, kein Wunder, daß Prinz Johann sich hinwieder in dieses leibhaftige Weizenfeld ver-

schaut hat. Der Bauer eiferte nicht; nahm es fürmehr als eine Ehre. Und genau soviel wie auf die sechzig Stück Pinzgauer Rindeln bildete er sich auf den kleinen Stammhalter ein, welchen der durchlauchtigste Herr Göd auf den Arm gehoben und alsdann vierspännig zur Tauf geführt hatte.
Ich will nicht richten. Sie liegen längst gebettet in den Frieden der Ewigkeit. Ich will nur erzählen, was kein Chronist und kein Dichter ändern kann, sintemal es der Volksmund aufgebracht hat, item ... daß der Schlager sozusagen ein Gönner des Prinzen Johann war.
Im schwülen Nachmittag kam der Hochsattler in die Gumpen. Bei den Brentlerinnen, denen er trauen konnt, bei den Bauern und Holzknechten frug er dem Matthäus nach. Aber niemand hatte ihn gesehen. So stieg er noch weiter. Vom Salzg'leck wehte der Maiwind als eine helle, quirlende Melodei, trug das Gespiel der Schwegelpfeifen, Flötlein, Waldhörner, Bratelgeigen und den dumpfen Sturmstoß des Wurzhornes, in luftdünner Fernheit geschwächt, entgegen. Das war ein Steirischer, der dem Keuschler ins alte Gestell fuhr. Mit seinen hohen, hagern Beinen stelzte er bergauf, immer taktsicherer, langsam und zäh den steilen Rasen überspannend. Raufende Buben kugelten einmal fürbei. Hing jedem von der Hose schon ein Fetzen weg. Und ihre gebleichten Pfaiden waren grünfleckig von Grasmälern. Weiß nicht, wie die Weibsleut es angestellt hatten, daß ihren faltigen Kitteln und ihren feinen Fürtern nichts geschehen war auf dem Bergweg und den schmalen Stiegelsteigen zwischen Schneekrusten, Brombeergestrüpp, Disteln, Kletten und Kronaster. Das Teil, insonders die geldigen Bäuerinnen und Bürgerinnen und ihre heiratsmäßigen Töchter, gingen völlig in Seidentaft. Oh, was blähten und blusteten sich ihre Kittel beim Tanz zu lauter großen, schillernden Glocken auf! Und untenbei sahen zwei feste Glockenschwengel herfür, nämlich die Füß mit dem schneeweiß gemodelten Rist und dem schwarzen Schuhleder.
Der Keuschler verschnaufte eine Zeitlang. Wann die Mannsleut baschten, so baschte er nervig dazu. Wann sie ein Schnaderhüpfl anhuben, was er kannte, so sang er auch. Und weilen einmal im Gedräng eine saubere Bauerndirn einletz vor ihm hergeschoben wurde, legte er den Arm um ihre Mitt und sagte:

»Drah di, Waberl.«
Die liebe Maisonne beutelte sein Herz auf, daß es schwoll wie ein Federduchent. Und das derbe Bauernblut rann flinker im Kreis. Und der Wasen ging rundum, ingleichen die Berge, die Wolken am Himmelssaum, der Wind und das Licht. Wirklich, die Hochsattlerin hatte recht gehabt: er war nicht besser als der Prinz Johann. Er tanzte in der lieben Maisonne, bis er toll war und die Dirn um einen andern langte. Dann wackelte er von den Tanzbrettern und setzte sich auf ein leeres Bierfaß. Es trat manchmal ein Bauer oder ein Holzknecht herzu und labte ihn. Denn er hatte mit seiner Baderei schon vielerorts den Totenengel und den Teufel vertrieben. Das dankten ihm die Leut. Und wer ihm annoch nichts zu danken hatte, der war pfiffig genug und sagte sich:
Vor dem Mandel muß unsereins den Hut ziehen. Gächst einmal steht es vor meiner maroden G'rippen. Wann's hiebei feindselig herschaut, greift keine Salben, kein Pflaster und keine Sympathiebete an.
So bekam der Hochsattler von Schnaps, Met und Bier einen tüchtigen Mugel. Er stund auf und wackelte wieder zur Tanzgesellschaft. Es lief ihm aber ein schmächtiges Dirndel nach und zupfte ihn unablässig. Das Dirndel war die Regina. Als er endlich Obacht gab und sich in seiner ganzen Größ ein wenig neigte, sprach sie unter einem atemlosen Gewispel:
»Ein' schönen Gruaß und tausendmal Vergelt's Gott von der Muatter Stralzin.«
»Ha...?« Er schaute dumm... streckte sich und brodelte: »G'seng's Gott.«
»Wo ist er denn?« frug Rögerl.
»Der Bua?« frug er überlaut zurück. Zumal sie vor Schrecken nicht antwortete, rief er:
»D a ist er!«
»Ich mag ihn nit sehen«, flüsterte sie, zag ins Gewimmel spähend.
»Ich auch nit«, sagte er, nahm sie in seinen starken Arm und fing zu tanzen an. Aber das schmale Jüngferl, was sich wie eine Holzpuppe steif und stumm seinem engen sinnlichen Griff widersetzte, war nicht sein Gusto. Er blieb stehen. Als der Prinz Johann mit der Schlagerin fürüberkam, trat er einen Schritt auf die beiden zu und sagte:

»Tan wir tauschen!«
Der durchlauchtigste Prinz merkte gleich, daß der Hochsattler ein erkleckliches Räuscherl hatte. Er verabschiedete die Bäuerin, indem seine leise kosende Hand ihren gestrickten Ärmel streifte, und nahm mit einer kühlen Freundlichkeit die Regina. Dieselb wußte sich vor Ehrfurcht nicht zu helfen. Sie spreizte die Finger weit hintan, damit er ihren Schwitz nicht spüre. Sie hielt den Hauch an sich. Und wann er sie ansah, stolperte sie über seine Zehen.
Der notige Keuschler führte indes die reiche Schlagerin, drückte sie liebselig wie ein Junger ans Herz ... juchezte und baschte ... und schüttelte die Gestanzeln förmlich beim Ärmel heraus.
Es kann nicht alles aufgeschrieben werden, was sein witziges Köpfel zusammenreimte, einesteils bedürfte solches zur Erklärung der hunderterlei Liebsgeschichten und Diebsgeschichten, die in der Umgegend sich ereignet haben, andernteils wär es auch nicht wohlanständig genug für ein Historienbuch. Will nur sagen, daß er im Übermut sogar den Prinzen Johann ansang:

»A Zeiserl im Häuserl
Pfeift öfter auf d' Seit.
Wann i dös probieret,
Da schimpfeten d' Leut ...
A Veigerl beim Steigerl
Kriagt öfter an Bsuach,
Aber mich, bald ich kamert,
Mich hauertens durch!
Nit oani, so moan i
Verstandert an Gspoaß ...
Freili, ja weil i
Nit Johanni hoaß.«

Die Schlagerin schaute hell auf den Erzherzog und wischte sich über das ährenblonde, straffe Haar. Der Bug ihres Halstuchs war schon feucht. Ihre brennendrote Nackenhaut färbte sich dunkler in der Bergsonne. Die Ader tickte. Ein Duft von Lavendel und Speik wehte aus ihrem Gewand ... Der Erzherzog und die Rögerl tanzten ganz nahe vor ihr. Plötzlich zog er die Bäuerin mit der freien Hand an sich. Juchezte in das Gequirl der Schwegelpfeifen ... und sang zwischen der, die noch knospete, und der, welche reif war wie ein sommerliches Weizenfeld ...

»Will auf den Almen lebn,
Halsen und Bussel geb'n.
I möcht nit Kaiser sein,
Seg war mir z' fein.«

Im wiegenden Dreivierteltakt baschten und klatschten die steirischen Bauernpratzen. Der Maiwind fuhr in die radlichen Weiberkittel und Bratenfräck. Graue Motten flatterten auf und zerstäubten in Bläue. Oh, wie drehte sich das Blut im ewigen Kreis!

»A Röserl im Gschirr
Müaßt in Himmel mit mir.
Und dich nahm i mit
Und mehrer schon nit.«

So sang die Schlagerin. Die Regina wurde vor Ehrfurcht und Geschämigkeit noch steifer. Sie strapazierte ihr Hirnschmalz und wöllte dem Prinzen zu Ehren auch ein Gstanzel anheben; aber es fiel ihr keines ein. Von Zeit zu Zeit puffte sie hinterrücks der reiche Matthiasbauernsohn und lud sie zum Tanz. Sie tat, als spüre sie nichts, bis er letztlich mit seiner versoffenen Stimme grölte:
»Her da, Menscherl!«
Da schnappte sie hoffärtig über die Achsel zurück:
»Siagst ehwohl, daß mich schon ein anderer halt.«
Das merkte sich der reiche Matthiasbauernsohn. Und weilen einmal gottgewollt sowie durch den Lauf der Natur ein stetiger Wechsel von Gunst und Ungunst ist, mußte auch die Stralzen-Regina ihren Denkzettel empfangen. Der Prinz Johann nämlich bedankte sich bei ihr, als die Tanzmusik nach einem unsinnig schnellen Wirbel aus war, und ließ sie ebendort stehen, wo die Weibsbilder auf einem Schock beisammen redeten. Insonders, die von Öblarn kommen waren, blickten scheel das Dirndel an. Die Veitkramerin zupfte sie gar beim Fürterband und sprach süß und sauer:
»Hau, wie du speanzeln kannst.«

»Jawohl«, sagte nebenbei Luzia Torbäckin. »Du anhabige Wurzen.« Begreiflich, sie hatte ihr ältestes Töchterl mit.

Das Teil herentgegen verbarg den Neid geschickt. Zum Beispiel die fünf überständigen Schwestern des Bäckenhansei umkreisten sie schwatzend. Die eine lobte ihre breiten Aloisiazöpf und die andere den Blaudruckkittel. Und indem sie dem dummen, unschuldigen Dirndel schöntaten, drückten sie's immer weiter in den Hintergrund und hielten es völlig in Atem, daß es keinen Deuter und Zuruf zum Tanz gewahrte. Da bildete sich mählich ein breiter Ring von solchen, die einander nicht leiden mochten, und manche, die in Ehren eine alte Jungfer war, vergaß sich so weit, daß sie sich den verluderten Frauenzimmern beigesellte, nur weil sie der Rögerl keinen Mann vergönnen wollt.

Der reiche Matthiasbauernsohn strampfte fürbei, sooft ein Steirischer anhub, foppte sie insgesamt, und als sie närrisch auf ihn schielten, machte er einen Hupfer und sang:

»Drent auf'n Roanl
Is an Ackerl voll Ruab'n,
Da kniat a Schock Dirndla
Und bet' um an Buam . . . Holidije . . .«

Auf dem Gumpenkar jodelte einer dazu.

Die Rögerl empfand eine jähe, schaurige Lust. Und der Hochsattler erinnerte sich ohngefähr, weshalben er seiner Alten war durchgegangen. Er wollte den Matthäus suchen gehen. Aber sein Schwammerl von Met, Bier und Schnaps nagelte ihn auf das Bierfaß. Die Füße und die Augen waren schwer. Lediglich sein Mundstück feuerte mentisch weiter.

»Eilf Jager . . .«, so sang er mit schriller Fistelstimme.

»Eilf Jager, die hätten
Gern Wildschützen gfangt,
Derweil hams a kropfete
Sennin derglangt.«

Die von der grünen Zunft waren hitzig; griffen gleich zur Gegenwehr. Einer spie seinen Kautabak dem Schimpfierer auf die Hosen. Und einer sang:

»Den Schädel voll Possen
Und 's Maul voller Gspött,
Mit an rauschigen Bader
Is' denner a Gfrett.«

Entlang der grünen Leiten flog ein Juchezer. Die Rögerl schrak selig zusammen. Sie wäre am liebsten wie ein Geist durch den Wall der Leiber geschwunden, getraute sich indessen kaum den Blick zu heben; dergestalt war sie von den Stänkereien eingeschüchtert. Sie gab lauter verkehrte Antworten, letztlich brauste ihr der Trutz auf, und sie gab keine mehr. Überrot mit halboffenen Lippen stund sie da und loste eine Weil. Es fuhr was zwischen die hohe Melodei der Geigen und Schwegelpfeifen; verstummte und kam wieder, war ein Trampelwerk brettauf, brettab; ein Geschrei und Gezeter. Das Waldhorn hatte einen gellen, falschen Ton; das Waldhorn blies der Hansei.
Die Rögerl blickte flüchtig die fünf Bäckenschwestern an. Die taten keinen Rührer und hörten es nicht. Einen Augenblick ziemte ihr, sie habe sich den raren Lärm nur eingebildet. Da schrien drüben ein paar durcheinander:
»Wo ist er?«
»Da ist er.«
»Aufhalten . . . aufhalten.«
Die Rögerl duckte sich. Alsdann schnellte sie gegen ein beiniges Knie und rief kläglich:
»Laßts mich durch!«
Allein die Leut drängelten und stießen vom Tanzboden zurück. Und das schmächtige Dirndl stak inmitten der alten Jungfern und der unzüchtigen Weiber eingeklemmt und konnte nichts sehen als fette Zopfschwänzchen, Nasenspitzen, grindige Ohren und eine Fülle blauer Himmelsluft.
»Raufen tans«, sagte das jüngste Bäckenmensch.
Die Spielleut setzten ab. Man hörte die Bauern hussen und lachen. Vorn reckte eine Dirn den hagern Hals und sagte:
»Den Stralzensohn habens in der Beiz.«
»Laßts mich durch!« schrie Regina mit aller Kraft.
Wunderbar . . .
Da bekamen drüben die Jager solche Tritt auf ihre Mägen, daß sie umbumsten rechts und links wie volle Traidsäck.

Die Weiber stoben kreischend beiseit. Und Matthäus schaute über ihre Köpfe nach seinem Dirndel aus. Sagte:
»Gehn wir tanzen.«
Es war die hellichte Narrheit, nur durch ein Unmaß von Lieb erklärlich und entschuldbar. Die Jager hatten ihn augenblicks wieder beim Frack. Wohlgemerkt: jeder selbsten ein gewester Wildschütz, sparte nicht mit seiner Schneid. Aber da rückten die Bauern an. Wohlgemerkt: jeder ein heimlicher Jager, paßte längst auf eine Gelegenheit, dawo er einen alten Haß verpulvern und verklopfen konnte. Kreuzdividomine, das wurde ein Spektakel!
Für dem Erzherzog kugelten zwei wilde, bärenstarke Lotter; er riß sie beim Kragen, sah bald, daß es klüger sei, der Natur den freien Lauf zu lassen. Nach einer Zeitkürze stund er allein. Die Raufer in ihrer Wut wichen gefühlsmäßig von ihm hinweg, weil er nicht ihresgleichen war. Aber auch diejenigen Mannsbilder, welche ihre Streitgier gezügelt hatten oder milderen Gemüts waren, auch diejenigen hielten sich abseits. Er ging langsam, annoch in Verwunderung auf das Tanzgevierte zu, weilen ihm der Lokalkurat Virgil Pergler mit peinlich ernster Miene entgegeneilte. Versteht sich! Es war derselbe bis zum Überschwang erbittert ob der Schändlichkeiten, welche Matthäus in seiner Seelsorge verübte. Er sparte itzten nicht mit Anklagen, schilderte ihn als wahrhaften Teufel und äußerte immer wieder unverhohlen und dringlich den Wunsch, daß der Falott durch diesen günstigen Zufall inhaftiert und dem Pflegeramt eingeliefert werde.
Drüben auf einem Wasenbühel erstarrte die Rögerl fast vor Angst und Herzleid. Sie las dem Pater ein jedes Wort vom Munde ab. Sie sah den Prinzen in finsteren Gedanken nicken, sah sein weiß bereimtes Gamskranzel und den grünen Bruch im Maiwind wehen. Enzianglocken sah sie zertreten auf dem Fichtenbrett ... ein paar blutige Bauernschädel, im verknäulten Schocke auf und nieder tauchend, sah sie ... Trokkene Schwüle legte sich ihr ersticklich auf die Brust. Fern unter der Grenze des Hochgebirgs hallte matt der Donner hin.
»Hiaza habn s' ihn«, sagte das jüngste Bäckenmensch.
Da trugen ihre Füße sie mit vielen andern fort. Und sie ließ sich geduldig schleifen und stoßen, bald nach vorn, bald

nach hinten und kam sonach inmitten der großen, dichten Menschenwelle an ihrem Buben fürbei und sah ihn einen Augenblick bei einer Zwergföhre liegen, an Händen und Füßen geschnürt, daß sein Blut um die Gelenke violettblaue Schwülste auftrieb. Als der Erzherzog in den Kreis trat, wurde sie wiederum hintangedrängt. Sie stellte sich auf die Zehen, wollte aus seinem Gesichte Gnad oder Ungnad lesen; doch er stund ihr abgewendet.

»Stralz!« sagte er. »Schau mich an. Ja«, sagte er hienach, »was treibst für grobe Sachen!«

Matthäus gab keine Antwort. Da schrie einer:

»Mach dein Maul auf! Der Prinz Johann ist da.«

»Vielleicht habn s' ihn erschlagen«, bedauerten die Weiber.

»O na!« meinten die Mannsleut. »Er schnauft ehwohl noch.«

»Ist dein Schaden, wenn du nit redest«, sprach Johann, sich abkehrend.

Da kam das jüngste Bäckenmensch dicht herzu, bettelte trutzig:

»Herr Prinz. Anheut ist Maitanz. Da gelten die Wildpratschützen und die Jager gleichviel.«

Johann betrachtete einen Augenblick ihr verblühtes, scharfes Gesicht. Wollte weitergehen.

Da legte die schöne Schlagerin ihre Hand auf seinen Arm und sagte:

»Herr Prinz, dasseg ist wahr.«

Er schaute milder auf den Buben zurück; entgegnete aber hart:

»Alte Schulden! Müssen einmal 'zahlt werden.«

»Nit gleich«, benzte eine. »Morgen ist auch ein Tag.«

»Glaubst, er ganget uns morgen wieder ins Garn? Da magst warten. Du Trampel!« so schrien die Jager.

»Gehts füri!« hauchte Regina.

Der Keil von ehrbaren alten Jungfern und liederlichen Weibern schob sie nahe zum Erzherzog hin. Ein steifes Zopfschwänzchen wischte ihr manchmal über die Wimpern. Eine Laus zwickte und kitzelte sie am Ohr. Sie konnte nur mit der Achsel wetzen; ihre Hände waren eingepfercht.

»Man söllt ihn auslassen«, sagte eine.

»Ihr habts ihn auf dem Tanzboden erwischt«, spöttelte die zweit.

»Nit auf dem Anstand!« schrie die dritt.
»Seg ist gleich«, brummelten die Jager. Und die Bauern brummelten mit, nur weil sie den Weibern widerreden wollten.
»Ah so«, lachte die Schlagerin, »nachher ist's auch die nämliche Kunst, obs einen Goaßbock treffets oder einen Gamsen.«
Der Stralzensohn wälzte sich und brüllte jähzornig:
»Himmelsakra. Ich bin koa Goaßbock nit.«
»Hau!« sagte der Matthiasbauernsohn. »Hiaza hat er's Maul aufgemacht.«
Erzherzog Johann musterte die wunderschöne, wilde Bubengestalt, die sich gegen den Bund von Hosenriemen, Stricken und Schnüren stemmte; wandte sich alsdann zur Seite und sagte:
»Schad um dich.«
»Gelt ja!« rief eine. »Laßt ihn laufen, Herr Prinz.«
»Bitt gar schön!« raunzte die zweite.
Die Dirn mit dem hagern Hals streckte sich, meinte, der Bub habe sie bevor freundschäftlich angeschaut, und sagte:
»Er hat halt tanzen wollen.«
»Eh nit schiaßen«, riefen zwei zugleich.
»Herr Prinz!« fuhr ein stiftischer Jager auf. »Bald wir ihn freilassen, putzt er das letzte Stückel Wild aus dem Revier ... Der Hundian.«
Johann schwieg verstimmt. Tat wieder einen zögernden Schritt. Da sagte die Veitin hinter ihrer Handfläche:
»Man därf's ihm nit für übelnehmen. Sein Vater ist ein Jager gewest.«
»Bst!« wispelte eine.
»Ja«, wispelte die andere. »Seine Mutter, die Stralzin, hat eine sündliche Liabschaft gehabt. Und der Bua leidt den Fluach.«
Da wurde die Schlagerin purpurrot. Der Erzherzog strich ein Haar von seiner Stirn, wußte keine Antwort.
»Nicht pardonieren, Hoheit!« bat Virgil Pergler. »Er verführt die jungen Dirndeln nach der Reih.«
»Sind die jungen Dirndeln selbsten schuld!« rief die Veitkramerin. »Sind aso und aso nix wert.«
»Mein Gott, der Maien«, sprach Johann mit einem schüchtigen Lacher.

Die Veitkramerin funkelte wie ein Paradeisengel nach links und rechts; sagte drohend: »Mir hätt' einer kömmen därfen!«

»Mein Gott«, sagte Johann, inwährend ein feines Rot seine Wetterfarbe überschlug. »Das Fensterln ist halt ein alter Brauch.«

Die Mannsleut grölten auf. Nur Matthäus bockte mit geschlossenen Augen. Und Pater Virgil räusperte sich.

»Ja«, unterbrach Johann kurz, doch keineswegs entschlossen, seine Mahnung. Nachher seufzte er in die flirrende Bläue: »Was fangen wir an mit ihm?«

»Die Militärpflicht wird nicht zu umgehen sein, Hoheit«, sprach der Lokalkurat. »Er ist ex officio auf der Liste.«

»So, so«, sagte der Erzherzog. »Wird dermaleinst proper herschauen in Kaisers Rock ... Aber heut ... Was sollen wir tun, Hochwürden ... Auslassen?«

»Auslassen!« bettelten die tugendhaften und die geilen Weibsleut.

Matthäus blinzelte neubegierig. Virgil Pergler frug, baß entsetzet:

»Belieben zu spassieren?«

»Bin nicht gern Justizperson, wo soviel Fürbitterinnen seind. Wann ich ihnen den Wunsch abschlag, mag mich keine mehr leiden«, sprach er launig.

»Freili nit«, sagte die Schlagerin, an seinen Augen fürbeisehend. Sie spürte, warum er nicht richten wollte; sie spürte, daß er bei jedem Herzschlag an sie dachte, und ihr ziemte, die Lieb zwischen ihnen wär schier unerträglich und nimmer zu verstecken.

»Stralz«, sagte Prinz Johann, »mußt mir dein Wort geben, daß du dich selber stellst in der Propstei Gstatt! Nachher laß ich dich aufstehen.«

»Der lüagt wie ein Zigeuner«, brummelte der Wirt von der Klein-Sölk. Matthäus blinzelte verächtlich und schwieg.

»Auf Ehr und Seligkeit?« frug Johann.

»Hab keine Ehr. Brauch keine Seligkeit!« schrie zornig der Bub.

»Die Rieme tant weh«, sagte die Schlagerin.

»Knüpft sie auf!« sagte der Prinz.

Sie bückte sich. Er eiferte, riß sie an den Armen empor.

»Du nit.«

Niemand rührte sich.
»Hoheit werden bereuen«, sprach Virgil Pergler.
»Er mag eh nit hinweg«, begütigte jemand.
Auf einmal kniete das jüngste Bäckenmensch bei Matthäus und zerschnitt die Fesseln.
»Diabisches Luader du!« schimpfte ein Jager. »Her mit meinem Hirschfänger.«
Sie gurrte nur grausig. Als in den gequollenen Gliedern die erste Kraft zuckte, flahte sie das Messer über die Almweid hinab und schrie:
»Lauf nach!«
Matthäus war aufgesprungen und machte einen Schritt gegen den Prinzen. Seine Knöchel knickten noch ein. Die Hand hob sich und sank wieder. In den schieferbläulichen Augen wurde der Stern unnatürlich groß und schwarz. Matthäus sagte:
»Meine schlechte Pratzen gült nit. Und ich stell mich nit. Morgen geh ich wieder den Jagern ins Gäu. Sie sollen schiaßen. Vielleicht treffen ihre Kugeln. Aber heut kam ich meinem Dirndel z'liab. Tanzen will ich!«
»Nachher tanz in Gotts Namen«, verlaubte Prinz Johann. »Aber morgen kann ich dir nimmer helfen.«
»Morgen ...«, drohte ein Jager.
Ein paar lachten. Ein paar schimpfierten.
»Mein Liaber«, sagte die Veitin. »Du hast ein Glück, daß einem grausen könnt.«
»Bedank dich«, keiften die alten Jungfern hinter ihm her. »Beim Herrgott und beim Prinzen bedank dich.«
»Verschliaf dich!« tuschelten die liederlichen Weiber. »Ich ... wüsset einen Platz.«
Die jungen Dirndeln huschten ein wenig näher, wollten ihn nur anschauen.
Aber Matthäus ging an allen fürüber. Packte die Rögerl und hob sie auf den Fichtenboden. Der Hochsattler saß noch immer auf seinem Bierfaß. Er nickte und schlief mit halboffenen Augen. Als Matthäus daherbumste, wurde er plötzlich munter und bekam das heulende Elend.
»Mein Bua, mein Bua!« jammerte er kläglich. »Dich haben s' sauber zuagericht. Was soll ich lauter anlegen auf der Totenbahr?«
In den schwingenden Nachhall des fernen Donners vibrierte

ein Geigenton. Ein Dudelsack quiekte. Und die Bretter bogen sich unter dem Gestrampf der schweren Bauernfüße. Schön langsam hub wieder ein Steirischer an. Der Matthäus hatte die Regina im Arm, zuvörderst ganz sacht. Nur soweilen ein stiftischer Jager anstieß, spreizte er die Finger fester über ihrem schmalen Rücken oder auch er schlug gröbbisch aus wie ein dampfiges Roß. Der Jager haute ihm mit dem Absatz zurück. Ansonsten geschah nichts. Glaube aber kaum, daß lediglich die Jager schuld waren, wann er sein Dirndel so nah ans warme samtene Leibel drückte.

Sie tanzten immer mitsammen. Die Leut rundum, der Rasen und der Stein, die Waldwipfel, der Zackenkranz weit draußen am Himmelsrand verschwammen zu einem bunten, wiegenden Farbenspiel. Und der frische, schneeduftende Bergwind blies in die Herzensflamme, daß sie wunderbar und mächtig aus den zwei Menschen brach. Und die feinen, kleinen Schalmeien überschluchzeten ihr heimliches Geseufze. Matthäus trug sie fast. Sie war so müde . . . und so liebesglücklich.

Hinter dem Grimming schloff das Wetter. Ein gelber Wolkenball stieg qualmend und träge gegen das Stierkar. In blassem Dunst, hauchfein, fast durchsichtig ins Firmament geschoben, kreisten die Spitzen der Kalkalpen, siehe, die Eisenerzer und die Admonter Berge, das Tote Gebirg. In der lieblich sanften Mulde zwischen dem Grimming, Kamp und Stoder blinkte der Markt Gröbming auf, mit weißen Häusern, fein und patschierlich wie ein Spielzeug. Dahinter alsdann der hohe Dachstein reckte seine Gipfel schroff und dunkel aus dem ewigen Schnee. Und das Bild der Ramsau schillerte fürbei, ein Paradeisgärtlein, warm besonnt, Feld an Feld in Grün zerflossen. In blauen Umrissen, schon unwirklich, tauchten der Hochkönig und der Watzmann mit seinen sieben Kindern aus der Ferne. Manchmal erschienen luftverweht die Berge der Tiroler Grenz. Über den Tauern lag die späte Sonne. Vielleicht der Glocknerspitz verging da draußen in Goldrauch. Das Gestrahl von abertausend Zwitterfarben rieselte an den Graten nieder. Es tanzte der Himmelsbogen mit mannig sonderbaren Wolkengestalten. Auf der Wetterseite schimmerte opalfarbenes Licht.

Ringsum das Urgebirg mit seinen steifen, glatten Formen hub bereits zu schatten an. Die Halden gegen St. Nikolai hatten im Abfall eine traurige Düsterkeit. In schwarzgrünen Schnörkeln klammerten sich die Zwergföhren in den Schiefer. Die kleinen, runden Tümpel glänzten violett, spiegelten am Rande den rosiggelben Kranz des knospenden Almrausches. Weitum schwebte ein Geruch von saftigen Lärchentrieben und Föhrenkerzen. Neben den schneeweißen Blöcken des Urkalks blühten dunkler als im Tal das Vergißmeinnicht und der Wiesenenzian. Da und dort leuchteten schon tiefblau die Kelche des bittern Enzians. In rosichten Pölstern blühte das Leimkraut. Die weißen Sterne der Berganemonen lagen blank im kurzen Grase. Der Speik setzte erst Blattstümpchen aus der kargen Almerde.

Manchmal flog vom Strubbgeläge erschreckt ein Schneehuhn auf, und das Silbergrau seiner Flügel ruhte einen Augenblick in der blauroten Abendfärbung. Schafe, braun und verwildert, jungen Bären ähnlich, stoben mit schwermütiger Klage über die Schneid herab. Der Wind vertrug den schrillen Pfiff eines Murmeltieres in die wiegende Spielwies. Und der bäuerliche Mensch hierselbst in dieser hohen luftigen Einschicht war mit Blume, Tier, Stein, Moos und Quell und Wind gleichen Ursprungs und gleicher Sehnsucht; tanzte, von unbändiger Lebensfreude gedrängt, im Wirbel der Natur.

Kann nicht beschreiben, wie schön es war. Es war der Glanz der Unendlichkeit auf Kämme und Gesenke hingebreitet, so daß den zwei Liebenden vorkam, sie schwebten über die golden verschleierten Gipfel. In der farbenschweren Tiefe loschen die Höfe und Dörfer aus. Die klöckenden Kuhschellen, Flöten, Trompeten, Geigen, Pfeifen, Waldhorn und Wurzhorn klangen überirdisch ins Ohr. Wahrlich kein Wunder, daß Regina glaubte, sie hätten nur noch ein sachtes Tanzschrittlein zum Himmel.

Es wälzte sich über den Grimming eine fahlgelbe dräuende Wetterwand. Und plötzlich prallte der Sturm gegen sie und legte sie um. Wolkenfetzen schälten sich von den Graten und verhängten die Täler. Es leuchtete ein Blitz über die Steinriese im Stierkar.

»Helf uns Gott!« sagte Regina und machte traumselig ein Kreuz.

Laut fielen etliche dicke Regentropfen aus dem enziandunklen Firmament. Das Schauerwetter zog unten an der Waldgrenze

fürbei. Vom Brandgeruch zerschmetterter Bäume und vom knatternden Donner geschreckt, eilten viele zu den Almhütten hinab. Auch Spielleut verliefen sich bereits. Aber der Hansei und noch einige, die einen absonderlichen Sporn im Kopfe hatten, die blieben allhier auf dem Salzg'leck sitzen und musizierten unermüdlich in das schreckbare Herrgottsgegroll hinein, und sie empfanden den Sturm und den Donner, den Blitz und den Hagel unter sich, und sie rasten mit ihren armseligen Instrumenten dem hundertstimmigen unbändigen Wirbel nach . . . schneller, schneller . . . Gott verzeihe ihnen, daß sie nur einen Tanz aufspielten! Sie konnten nichts anderes.
Blaue, grüne, opalfarbige und safrangelbe Schwaden bauschten sich; flatterten über das Hochgebirg. Es wurde eine seltsame, unbeschreiblich schöne Einöd um das Salzg'leck. Die Nähe und die Ferne und der Himmel verschillerten in eins. Manchmal schwamm noch ein Tauernspitz schleierhaft aus den fliegenden Wassern auf. Der Spiegel der Almseen bleckte und erlosch. Eine Krummföhre stund irgendwo ohne Wurzeln in der Leere. Von Blüten und Kräutern fuhren balsaminische Wohlgerüche durch die dünne Luft. Es war von der weiten Welt nunmehr ein kleiner Erdenfleck übriggeblieben. Darauf tanzte der Stralzensohn und die Regina. Ganz allein . . .
Der letzte seidne Weiberkittel war hinabgerauscht. Es wehte schon frostig. Ein Spielmann steckte die Geige in den Sack. Und einer klopfte den Speichel aus seiner Schalmei. Sie schmunzelten und gingen auch. Man hörte noch lange die Steine rieseln. Im Nebel hockte der Hansei.
Matthäus gab ihm einen Fußtritt und schaffte ihn fort.
Der Bäck rührte sich nicht, blickte mondscheinig in das Wolkengeschwel. Auf einmal sagte Matthäus:
»Hansei, bleib da.«
»Mir ist kalt«, sagte Regina.
Er hielt ihr das Tüchel über dem gebräunten Halse zu.
»Auf die Nacht«, sagte sie, »muaß ich daheim sein.«
»Geh!« schrie er grob.
»Geh mit!«
»Hast eh einen Schönen zum Wegweisen.«
Rögerl schmiegte ihre Hand in seine. Er folgte ihr wirklich ein Stück. Als ihr ziemte, der Bäck höre sie nicht mehr, sprach sie leise:

»Die Frau Muatter hat ihm auf'post . . .«
»Was?« frug er nach einer Weil.
Ganz langsam stiegen sie bergab. Der weiche, feuchte Moosboden schwang. Es lag noch Schnee zwischen dem knospenden Almrausch. In der späten nebligen Dämmerung glomm bläulichschwarz der Enzian. Matthäus schob ihr das Halstuch am Nacken hoch und sagte:
»Ist dir noch kalt?«
»Na«, sagte sie und schauerte zusammen.
»Hast Füaßweh?«
»Na.«
»Willst rasten?«
»Na«, sagte sie zornig.
Manchmal spähten sie um sich. Sie wußten nicht, wo sich der Hansei befand. Aber sie hörten einen röhrenden Atem durch die dünne Luft.
»Wann der nit abfahrt, geh ich«, sagte Matthäus.
Der Bäck sprach langsam im Nebel:
»Ich mag wohl gehen.«
»Bleib da!« bat Regina; wußte selbsten nicht, wen sie meinte. Es war ihr so schwer . . . oder so leicht, als wäre sie aus der Welt hinausgestorben und könne nimmer heimfinden. Sie frug:
»Weißt nachher den Weg in der Finster?«
Er pfiff ein leises Liedel für sich hin; bückte sich jäh und bußte sie. Sie kamen eng an den Hütten vorüber. Im Heu gausterten die Burschen. In einer Kuchel brunn die Wetterkerze. Drei alte Brentlerinnen knieten bei der Herdstell und beteten den Rosenkranz.
»Und wir haben tanzt!« sagte Regina bang am Fenster.
»Ich kunnt einmal sterben . . .«, redete der Bub mit einer laxen Stimm, »ehnder will ich tanzen . . .«
Ihre Hände glitten vom Gatterkreuz . . . Dann lächelte sie, brockte eine Edelweißblüh aus dem Erdentrüherl und strich damit über seinen Mund. Sagte gar weich:
»Tua mich nit anlüagen. Tua mich nit tratzen, du breder Bua!«
Er gab auf ihre Liebkosung nicht Obacht und sprach im Weitergehen:
»Ernstla wahr. Ich gespür's.«

»Lauf nit aso!« bat Regina. »Ich kann dir nimmer nach.«
»Bei einem Wilderer sitzt undanks der Tod an.«
»Schau, Matthäus, muaßt ja nit wildern.«
»Was denn?«
Sie schwieg. Da knirschte er mit dem ganzen Gebiß und frug:
»Soll ich Soldat werden? Möchst mich loshaben, Rögerl?«
Sie blieb veratmend stehen. Der Stiegelsteig führte hierselbst wieder steil bergauf. Weilen der Bub oben im grauen Nebelrauch verschwand, sagte sie bitter:
»Was soll ich toan?«
Und sie eilte neuerlich. Kroch über geweichten Lehm und lockeren Stein in großen Sätzen höher. Keuchte ein paarmal ... »... daß du's glaubst ...«
Der Weg war ein Rinnsal, in dem das braune Bergwasser niederschoß. Schwimmende Irrwurzen, kleine Krumpföhren schlangen sich um ihre Füße. Es wurde dusend. Sie eilte, den Kopf und die Schultern weit vorgeneigt, und hätte schier den Baumstumpf überrannt, auf dem er saß und wartete.
»... wia unsinnig gern ich dich hab«, sagte sie starr für seiner.
Der junge Stralz rührte sich nicht. Murrte in den Boden hinein:
»Hörst den Hansei noch?«
»Warum?« frug sie leise. Sie horchten: in den Wipfeln schluchzte der Wind. Manchmal zwisperte ein Blutfink im Schlafe. Glucksend spülte das Wasser den Almweg aus.
»Hansei ...?« rief sie zitternd. Sie horchten. Doch er meldete sich nicht.
»Fürchst dich?«
»Na«, sagte Regina tonlos und trat einen Schritt zur Seite. »Die Frau Mutter ...«, sagte sie, »hat ihm auf'post ...«
Er grölte häßlich:
»Die Frau Mutter hätt auchwohl einen Nachtwachter braucht, aft wär eine verdammte Kreatur weniger.«
»Sei stad.«
Er tümmelte mit der Faust unsinnig gegen sein Herz. Wollte reden; ächzte nur. Da kam sie wiederum ganz nahe, beugte sich, bis ihr Mund seinen wilden Flaum berührte. Dann erschrak sie und sagte fremd:

»Du, wir müassen gehen.«
Er hatte ihre Hände gepackt. Schrie:
»Sie hätt mich sollen ins Fluder schmeißen, statt dem Taufen. Was hat denn werden mögen aus mir ...
Wann der Guggu selm gehußt hat ...
Wann ich kein Erbteil hab wia eine schiache Sünd ...
Beim Stralzentisch friß ich nimmer. Hiaza muaß mir der andere helfen ... aus dem Malefiz.«
»Wer?« frug Regina.
»Der! ... Soll seine goldern Zäpfen nur herfür broaten. Soll sich nur sorgen um seinen Buam. Ich tua schon pumpern, ich tua schon tümmeln, daß er mir aufmacht, der Ruach.«
»Wer?«
»Der ... was hat wöllen mein Vater sein«, kraimte Matthäus ohngedanks zwischen Zweifel und verächtlicher Gewißheit. »Seg verzeich ich ihm nia. Soll er's nur büaßen ... langzeit ... in Ewigkeit. Zu tiafst in der Vorhöll!«
»Im Fegfeuer«, sagte Regina.
Ein Blutfink pfiff traumverloren irgendwo. Die Grasschwängel wippten im Mairegen, der feinmelodisch durch die Wipfel sickerte.
»Los ...«, begann Regina unter Gehüstel und Geräusper. »Schau, er hat deine Muatter soviel gern g'habt.«
»Ich han dich akkurat so gern«, raunte unheimlich der Bub, preßte die Arme um ihren Leib und legte seinen heißen Schädel an ihr Mieder.
Sie wehrte sich nicht, stund völlig wie ein steifer Bildstock und sagte einfältig über ihn hinweg:
»Muaßt mich halt heiraten.«
Er sprang auf. Riß an seinen Frackfetzen. Der Schwitz runn. Er stieß einen Lacher aus und raste weiter bergan.
»Ich hab mir's alleweil schon ausdenkt«, sprach sie hinter ihm.
»Ich gang ins Tagwerk. Und du gangest ins Holz.«
Matthäus glurte in die Lucke Abendblau, die sich schmal inmitten der Waldwipfel auftat, und antwortete hoffärtig:
»Ich schamet mich.«
Nach einer guten Weil hub Regina wieder an:
»Der Prinz Johann ist wohl barmherzig. Ich gang bitten zu ihm.«

»Traust dich doch?« rief er höhnisch zurück. »Früher hast die alten Menscher betteln lassen.«
»Ich ganget alloan zu ihm.«
Er packte sie beim Arme und schrie:
»Untersteh dich.«
»Warum nit?« frug sie hartnäckig.
Er bockte. Musterte sie scheel. Letztlich, nach einer langen Zeitspanne, sagte er:
»Weil du sauber bist.«
Abermals über das Schweigen hin sagte Regina:
»Nachher bitt ich den Pfleger, daß er dich ausstreicht.«
»Der hat mir die Militari zuageschanzt. Der streicht mich sein Lebtag nit aus.«
»Wann er's doch tat?«
»Gab uns der Pfarrer nit z'samm.«
»Ahwohl.«
»Na«, sagte Matthäus. »Die Bettelleut därfen nit heiraten.«
»Warum nit?«
Sie gingen beharrlich weiter. Er wandte sich nicht mehr zu ihr. Er zwängte das zähe Gestauder zur Seite; doch er wartete nicht, bis sie nachkam, sondern ließ ihr die Birkenruten und die stechenden Baumäste ins Gesicht schlagen.
»Wann wir ein Kindel hätten«, frug er im Steigen, »wo wurdst es niederbetten?«
Sie war baß verwundert. Dann lachte sie geschämig und sagte:
»Wir haben ja noch koans.«
Wo der Bergwald sich lichtete und an ebenes Hochmoor rainte, war der Nebel dick und träge. Spinnfäden, gleichsam in die Luft geknüpft, klebten sich über das Gesicht. Zwischen den Moosbeerschöpfen lagen tiefschwarz die Almtümpel. Manchmal gurgelte kurz das Maul eines Molches an die Oberfläche. Der Schlamm rückte unmerklich von einem zum andern Ufer und ringelte sich zu grünen, blasigen Ketten ein. Ein Rudel Schafe rannte geduckt auf die zwei Menschen zu, wetzte an ihre Knie und beleckte ihre Hände, so als klage ein jedes Tier seine Ängste vor der Nacht und vor der Einsamkeit.
Stumm und schnell stieg Matthäus füraus. Es war dunkel, und es nieselte. Bergheimchen zirpten unter dem Ried. Drüben lockte verloren eine Schafschelle.

»Seit Nikolo hab ich jeden Abend Unsere Liebe Frauen bitt' . . . Und hiaza bin ich bei dir«, sagte die Rögerl.
»Schaut her, da wären wir schon gangen«, sagte der Bub.
»Wann der Mond kam.«
»Anheut kimmt er spat.«
»Morgen ist ein kranker Freitag«, sagte die Rögerl. »Da tuat die Frau Mutter ihre Veigerl umsetzen.«
Nach einer Stunde vielleicht trafen sie wieder eine Herde. Der Bub betatzte etlichen Tieren das Mark am Ohr. Sprach langsam:
»Greif, das sind die nämlichen Schafeln.«
»Ja«, redete das Dirndel müd. »Die Berghamm-Schafeln. Laufen so liab mit uns.«
»O na. Dic mehrern hucken ja schon.«
»Ich bin schlafrig«, gähnte Rögerl.
Matthäus sagte:
»Wir gehen allweil im Kroas.«
Rögerl setzte sich zu den Tieren und wärmte sich. Matthäus kam zu ihr und wispelte:
»Soviel Nächt hab ich unter deiner Kammer 'paßt. Hiaza bin ich bei dir.«
Sie hatte die Augen zu. Ihre Arme streckten sich über einem feisten Schafbuckel aus. Ihr Gesicht lag in der Wolle vergraben.
»Lehn dich zu mir«, sagte Matthäus.
Sie gehorchte. Und er lächelte für sich hin, eilte nicht mit dem Karessieren und Bussen; Item, weil er sie in dieser wunderstillen Mainacht noch tausendmal bussen konnte. War doch ein echter Stralz, der Bub.
»Brave du«, sprach er. »Hast die Blümeln auf dein' Fenster gefunden? . . . Oft hab ich dich wecken wollen. Hab mich nit traut. Hat hergeschaut, es wurd zum Sterben, und ich sahet dich nimmer.
Hiaza kriag ich dich dennerwohl! Schlafst schon . . .?«
Regina verstund kaum, was er redete und was er meinte. Doch seine Stimme überrunn sie in warmen Schauern.
»Ja«, sagte sie geduldig.
Die Schelle bimmelte einen Augenblick. Es rührte sich was im triefenden Moosbeerkraut. Es seufzte irgendwo.
»Ich fürcht mich«, sagte Regina, plötzlich hellwach, und wollte aufstehen. Allein er hielt sie fest und flüsterte:

»Fürchst dich vor mir?«
Sie bohrte ihre weit offenen Augen in die Finsternis. Sagte: »Na. Vorm Hansei.«
Sie horchten. Es blieb ganz still in der hohen Einöd.
»Was scheren uns die Leut!« frug Matthäus trutzig. »Ich brauch keinen Menschen sonst wie dich.«
»Deine Muatter«, sagte Rögerl, »weint allweil noch.«
Da schüttelte ihn der Jähzorn, und er murrte drohend:
»Du! Sei stad.«
Bald wieder schlug die rote Lieb aus ihm. Und er sagte:
»Lehn dich zu mir. Hab mir denkt, ich kunnt dich graten. Hab wollen besser sein wie mein Vater, der Schuft.«
Regina kratzte am Fürtersaum und hauchte schüchtig:
»Bist ehwohl brav.«
»Ist dir kalt?« frug Matthäus.
Sie konnte nicht antworten. Er saß und rührte sich nicht. Trotzdessen rasten die Blutströpflein unbändig. Ihr ziemte, das Herz pecke ein Loch ins Mieder.
»Beim Kirchgang kauf ich dir ein Umhängtuch und einen seidern Kittelzeug. Ich find mir Geld genuag«, sagte er lässig.
Sie nickte; rieb manchmal mit verschränkten Fingern gedankenlos am Strumpfe.
»Woaßt es noch?« sagte er. »Dein Namen bedeut Künigin. Weit fort von Öbling kauf ich dir ein Schloß; ein Gartel, einen Wald für deine Lustbarkeit. Ich liaß dich nit dienen und tagwerken, Rögerl.«
Sie machte einen Seufzer. Vor ihnen im Nebel flimmerte es blau. Es kam vielleicht schon der Mond. Sie sahen die Schafe um sich, schlafschwer ... wie ruhende Wolken. Sie sprachen immer stiller und inniger.
»Du«, sagte Matthäus, »ich geh bald erben. Gold, Silber und Demantstein. Nachher kauf ich mich los.«
Sie glaubte ihm jedes Wort in dieser zarten, knospenden, verwunschenen Mainacht. Sie frug halb betäubt von Glücksgefühl:
»Morgen?«
Er schwieg eine Weil. Auf einmal umfing er das Dirndel mit wilder Gebärde und sagte:
»Liabe du! Magst alles haben. Eine Goldhauben, Ohrring, Bacht, Krapfen und Wein. Ein silbernes Spinnradel, eine Tru-

hen mit Sprüch und Rosen und Hollertrauben ... eine geschnitzte Wiagen, alles kannst haben«, sagte er heimlich unter dem Bussen.

Ganz nahe, bei einer Legföhre, kniete der Hansei. Er war wie eine arme Seel hinter ihnen gesüntelt. Sein Leib war erloschen, und seine Sinne gossen sich aus über den vielfältigen Geschöpfen der Natur. Er gab ihnen seine Gedanken und seinen Schmerz zu wissen. Er fühlte sich Staub und Erde und Wind, fühlte sich als ein Tröpflein inmitten der Wolken und Nebel und Wasser, als ein Würmlein unter den Tieren, als ein sehnsüchtiger, zitternder Halm zwischen den tausend Gräsern im Hochmoor. Er bewegte die Lippen, allein er wußte nicht mehr, daß er annoch Lippen hatte. Es sprach und sprach aus ihm ... schon stundenlang ... zu jeder Kreatur, die er neben sich im Dunkel empfand:

»Blümelein rot und blau,
Gräser im Abendtau,
Mucken und Hönigbein,
Schützet die Jungfrau mein.
Knospender Zirbenbaum
Halt sie beim Kittelsaum,
In deinen grauen Bart
Hülle die Jungfrau zart.
Vögel im Schauerwind,
Flieget füraus geschwind.
Heut ist der Himmel trüab,
Weiset die Jungfrau liab.
Engels Hand, Gottes Hand,
Hinter der Nebelwand,
Lösche das Mondenliacht,
Daß sie der Bua nit siacht.
Ewiger Totenwurm,
Wasser und Wolkensturm ...
Käfer im Blütenwein,
Schütze die Jungfrau mein!«

So zitterte der abgeserbte Mund des Bäckenhansei, in dieweilen sie der Bub voll des Lebens umhalste. Merkwürdig ...
»Eine Heidel ...«, sagte sie noch verschlafen. Dann aber war

sie, viel zu schnell für seinen zähen Griff, hintangeschlüpft; stund da und schlug ihr Kitterl aus und lachte munter:
»Beißt es dich nit? Unter deiner ist ein Ameisenhaufen.«
Er langte ächzend in die Luft. Regina überwahrte es; zappelte und strampfte durch das Moosbeerkraut. Ihr Körper spürte nur noch die tausend Ameisenstiche und die nächtliche Kälte. Ein paar Schafe sprangen erschreckt auf. Die Schelle klingelte wieder. Riesenhaft und blaß schielte das abnehmende Mondauge durch den Nebel.
Matthäus ging dem Dirndel mit einem stieren Lacher nach. Da merkten sie beide zugleich, daß der Bäckenhansei bei ihnen war. Er bewegte die Lippen; sie verstanden kein Wort. Er schaute wie ein wachsbleicher Cherubim an ihnen fürbei.
»Das Herz ist ihm steckenblieben«, meinte Regina zag.
Der Bub wollte spötteln, wollte schelten, er konnte nicht.
Mit schwankenden Schritten tappte der Bäck übers Moor. Manchmal langte er was aus der Achselhöhle und ließ es in die Tümpfe bröseln. Das Wasser rauchte. Die Schafe stoben auf und umdrängelten ihn. Er gab ihnen ein Salz zu lecken, was ähnlich wie Balsaminen roch. Dann verhuschten sie mit ihm als blaue Schatten in der Einöd.
»Gehn wir!« sagte Regina. »Ich fürcht mich.«
»Vorm Hansei?« frug er heiser.
»Na«, sagte sie, sonst nichts. Sie fürchtete sich vor Matthäus.
Er packte grob ihren Arm. Sie duldete es hilflos, allein sie wurde völlig starr und fremd. Er schämte sich plötzlich, ging traurig hinter ihr und hinter der Schafschelle, die irgendwo lockte ... Sie kamen der Herde bald nahe. Regina hob das letzte Lamm auf und trug es, sintemal es waldabwärts immer wieder in die Knie brach.
Der Hansei führte sie einen sonderlich langen, unbekannten Weg. Doch sie hatten keinen Mut, ihn zu verlassen. Von Stunde zu Stunde schämten sie sich mehr ihrer großen Liebe und Versuchung.
Es begann zu schneien.
Und es wetterte so bis in die Morgendämmerung. Der Wind schlug ihnen dicke Flocken entgegen. Die Schafe blieben im Holz zurück. Als ein Hahnschrei schwach aus der Tiefe gellte, sagte Matthäus:

»Hiaz muß ich mich bergen, es wird schon Tag.«
»Pfüat dich Gott!« sagte das Dirndel schüchtig, zog ihre Finger sacht und schnell aus seiner harten Pratze und zeigte ins Tal.
Da lagen die Anger weiß vom Maienschnee. Weiß waren ein paar Kirschbäume von wilder Blüh. Weiß und still war ihre Lieb worden über Nacht.
»Bleib schön gesund«, wünschte sie.
»Du auch«, wünschte er. »Und zu Pfingsten soll uns der Pfarrer verkünden.«
Da gab sie ihm wieder einen Augenblick die Hand. Er drückte sie mit aller Kraft noch im Davongehen. Sagte:
»Und zu Fronleichnam setz dein Kranzerl auf.«
Regina stieg durch das Knieholz bergab. Sie sah den Hansei nirgends. Weilen sie nun allein war, mutete sie vieles, was sie erlebt hatte, gar seltsam an. Zumeist erstaunte sie, daß in drei Wochen solle Hochzeit sein.
»Ich kann's nit glauben«, sprach sie laut und erschrak und errötete ob ihrer hellen Stimme.
Auf den Angern mußte sie schuhtief durch den Schnee waten. Eine kurze Weil leuchtete die Frühsonne groß und kupferfarben durch das Geschiebe der Wolken. Es regnete lau zwischen die Flocken. Die weißen Bätzchen über Strubb und Laubwerk schmolzen zusammen. Aus dem schweren Schnee wippte rostrot erblühender Almrausch. Die Walchen trug das hohe Lenzwasser. Im Wirtshaus brunn noch eine Kerzenflamme. Der Dudelsack raunelte. Zwei übernächtige Knappen schwankten fürbei. Regina hörte wiederum wie von fernher die Weisen des Maitanzes im Ohr klingen. Der Bach und der Wind spielten ihr auf. Es wiegten sich nebenbei die blassen Hundsveiglein, die Glocken im Schiefer, die Vergißmeinnicht und die Birken und Elsbeerblüh. Auf und nieder schwankten der Wald, der Schneesaum, die Brückenbloche, hangend im Stein. Und die Stralzen-Rögerl schwebte mit sachten, lieblichen Tanzschrittlein durch den Graben. Und merkte erst wieder, daß sie auf Erden ging, als sie inmitten von Apfelröslein den Öblarner Kirchturm sah ... Item, wir kennen den Weg. Es war der wunderschöne Brautweg der Jungfrau Sorgerin, verehelichte Stralzin.

WIE DER HEILIGE NEPOMUK ZUM ZWEITENMAL ERTRANK

Mutter Constantia hatte inwährend der vielen Jahre hierauf vergessen. Es bedeuchte sie nimmer wahr, daß sie auch einmal jung gewesen. Alle bösen Geister peinigten sie, davor sie Regina zum Tanz geschickt, zuweg der schönen Witterung, zuweg dem neuen Blaudruckgewand und zuweg dem Sohn. Sie stund mit ihren Veigelstöcken im Vorhaus, spähte bald in den Hof, bald auf die Straße. Es regnete auf jeder Seite. Und auf jeder Seite sah sie Arbeit. Die junge Schröfflin trieb bereits das Kalb und die Heimkuh aus. Der Bäckenhansei reiste mit dem gegupften Semmelkorb. Beim Veiten krachte der Schlüssel in der Ladentür. Es regnete unablässig.

Und die Regina war noch immer auf der Gaudee!

Alle guten Geister zupften und stupften die Mutter Stralzin. Sie spürte unter dem Warten, wie lieb ihr das Dirndel war, und gelobte, ihm das elfenbeinerne Kreuz von Jerusalem zu schenken, falls es nur lebendig heimkäme. Und sie lief wieder und wieder zum Herd und goß einen Löffel Rahm in den Milchreis, welcher seit dem Gebetläuten hierselbst dünstete ... damit das Frühstück lange für zwei ... nämlich für die Regina und den Buben.

Aber so ist der Mensch! Als Regina endlich waschnaß, mit hangenden Zöpfen und überseligem Gesicht daherspazierte und den Mund wollte auftun, da ließ Constantia Stralzin ihr alsogleich die Gewissensnöte, die Angst, den Zorn und was weit bitterer, die Enttäuschung, entgelten, indem sie ihr eine feste Dachtel versetzte.

»In aller Früah muaß man sich schon harben«, rief sie aufgebracht. »Sei denner stad und red mir keine Lugen für. Hat mir das mehrer die Kramerin verzählt.«

Nach einer Zeitkürze packte sie doch die Neubegier. Sie schob Reginen den Milchreis hin und frug:

»Wo bist gewesen? Die Torbäckischen, die Veitischen, die Bäckenmenscher ... sind alle kömmen; schon gestern auf die Nacht.«

»Der Hansei ...«, sagte Regina und schluckte voll Gier.

»Der Hansei ist lang vor deiner kömmen«, sagte die Stralzin hart und trug ihre Blumengeschirre in den Garten. Sie hatte kaum ein paar Veigel ins freie Erdreich gepflanzt, als sie mit einem jähen Ruck in die Höhe fuhr und zum Bäcken eilte, um ihn auszufragen. Derselb schaute nur dumm und schwieg. So trieb sie denn die mütterliche Lieb, welche nicht ruhet, im Kreis wieder zur Veitin. Und die Veitin verstand sich auf die Liebsgeschichte, erzählte sie jeden Tag schöner und schauerlicher.

Freitags in der Pfingstwoche ging Frau Constantia auch zu ihr und sagte:

»Ein Viertelpfund Aneis. Und hiaza will ich hören, was eigentlich geschehen ist ... zu Christi Himmelfahrt ... auf dem Salzg'leck ... beim Maitanz ... wo die Jager ... aso gerauft haben ... mit meinem Buam.«

Im nämlichen Augenblick trat der Blasel an ihre Seite und schnaufte:

»Kriagen wir ehzeit ein anders Wetter?«

»So ein Sauwetter«, raunzte die Kramerin. »Was steht zu Diensten?«

Der Blasel schaute auf die Budel, unter die Budel, hinter die Budel, knüpfte sich den Schuhriemen und sagte faul:

»Giaßt alleweil fort. Haben zu Christi Himmelfahrt das Loch offen lassen, daß der Regen nimmer gar wird.«

Indem er so saumselig herlehnte und seine Säck abgriff, wurde die Stralzin ungeduldig und frug:

»Hast dein Geld verzett'?«

»Na«, gab er zur Antwort. Nach einer Weil sagte er:

»Wieviel kosten die schwarzen Kerzen?«

»Vierundzwanzig Kreuzer«, sagte die Veitin und zog eine aus dem Bund.

»Und die weißen?«

»Siebnundzwanzig.«

»Und das Stuck Soaften?«

»Dreiundzwanzig.«

Der Knecht beutelt sich ab und meinte:

»Pfui Teufel, das Waschen war ein teurer Gspaß.«

»Ich muaß gehen«, rief die Stralzin. »Hab Arbeit daheim.«

Die Kramerin packte sie bei der Kittelfalte, zwinkerte und legte ihr einen Stoß Hochzeitsbänder für, rote, blaue, gemusterte, solche mit eingewebten Rosen, Veilchen und Vergißmeinnicht; eines schöner als das andere. Oh, sie war gewöhnt an Kundschaften unterschiedlicher Art, drehte all um den Daumen, die flinken sowohl als die mundfaulen.

»Schau dir's an derweil«, sagte sie zur Stralzin. Zum Blasel sagte sie:

»Alsdann kaufst dir was Schönes? Oder kaufst dir nix?«

»Wohl«, drückte er heraus. »Knöpf.«

Sie brachte ihm eine Schachtel voll Hirschhornknöpfe.

»Finsterne«, sagte er.

Sie suchte. Fand endlich einen hinter der Lade.

»Beinerne nit«, sagte er.

Sie brachte ihm silberne.

»Silberne nit«, sagte er.

»Was nachher?«

»Keine Leibelknöpf«, sagte er.

»Hemedknöpf?« sagte sie.

Er glotzte in die Regenlacke vor der Tür und brodelte:

»Blecherne.«

Dann griff er nochmalen seine Säck ab und sagte gemach:

»... Hosenknöpf.«

Sie frug, wieviel?

»Zween.« Und indes sie die Schachtel hintanräumte, frug er:

»Was därfens kosten?« Und indes er zahlte, bat er:

»Gib her einen dritten, weil ich ihn doch verlier.«

Die Kramerin schupfte die Knöpfe hin und die Kreuzer her, sprach jäh zur Stralzin:

»Alsdann hast dir was gefunden?«

Die Stralzin hob groß in Gedanken den Kopf und kaufte richtig ein paar Ellen Hochzeitsmaschen, obschon sie gar nicht wußte, daß zu Haus eine Braut war.

»Und der Prinz Johann hätt ihm helfen wollen?« frug sie nunmehr mit einem Seufzer.

»Setz dich nieder!« sagte die Kramerin, staubte eine Schmalzbutte ab, holte sonach ein Literhäfen Kaffee und fing, unterweilen sie stetig rührte, die Geschichte vom Matthäus und der Rögerl an. Eben beschrieb sie, wie der Bub die Jager an den Haxen gepackt und klafterweit geschmissen hab, da kam die Buglmüllerin mit ihrer wichsleinernen Tasche hereingetrappelt und jammerte:

»Bei der Schuasterlies in Strimitzen ist der Ofen z'samm-g'fallen. Und ich trau mich nimmer durchs Wasser waten.«

»Na!« sagte die Veitin, »die hat allmal zu Pfingsten ein Kind und allmal zu Fronleichnam geht s' vorm Himmel prangen.«

»Ja!« sagte die Stralzin, »die Enns rinnt schon übers Dienerfeld.«

»Magst es nit verhüaten und verbiaten«, kicherte die Wehfrau.

Die Stralzin, wiederum ungeduldig, drängte sie auf die Straße und schrie:

»Hiaza lauf aber. Sonst schwemmt es eh'nder no die Brucken weg.«

Da wackelte das kugelrunde Köpflein, und die Wangen färbten sich gleich den Pfingstrosen, blühend am Gartenzaun.

»Ledige Bankern sein zach«, rief sie launig und machte eine Drehe, daß die Falben auf dem Kittel wippten, und war dahin.

Aber sie kam nicht weit. Beim Torbäcken begegnete ihr der Veitkramer mit Binkel und Pack und vermeldete:

Es könne kein Mensch mehr nach Gstatt hinüber; grad itzt habe der Finsterfeuchter auf dem Wegmittel elendig ersaufen müssen.

Das Hochwasser stieg mit jedem Wellengang. Auf seinem grauen Silberglanz schwammen langsam die Stadeldächer. Entlang der Pappelreihe verspann und verfranste sich das Heu. Bis ins Dorf hörte man die Bloche an die Brücken donnern. Am Pfingstabend mußten die Inwohner aus dem Dienerhäusel siedeln. Die Strömung fuhr bereits durch das Erdgeschoß.

Auch die Walchen schwoll; warf sich unbändig an die hohen Ufer, und wo ein Stein locker war, spülte sie eine Grube aus. Da merkten die Öblinger, daß es ernster herschaute als zu andern Jahren. Die an den Bach rainten, stopften Mist in die Kellerlöcher. Manche trugen ihr Bettzeug in den Oberstock. Keiner wollte schlafen in dieser Nacht. Nachdem es völlig dunkel geworden war, trat Barbara Torbäckin fürs Haus, horchend, wie der Bach tosete und schlug; eilte hienach mit einem Laternchen über die schwankende Brücke, betete ein Ave vor dem heiligen Nepomuk und hängte das rote Licht ans Gatter. Doch als sie den Rücken wendete, packte es der Sturmschauer an und schüttelte es, bis es erlosch. Schwer klatschte der Regen durch den offenen Dachstuhl.

Um diese Zeit schrillte die Pfarrhofglocke. Als die Base die Tür aufriegelte, meinend, es käme neuerlich ein Unglücksbot, sah sie hierselbst auf der Schwellen die Diener-Nani stehen, triefend und dreckig bis an den Bauch.

»Ist der Pfleger da?« schnaufte sie. »Hab die Post von Stainach für die Bezirksobrigkeit.«

»In Gott's Nam'!« lamentierte die Bas. »Bist herübergewaten. Weißt nit, daß der Finsterfeuchter ersoffen ist?«

»Na. Laß mich hinein. Mich beutelt's«, sagte Nani.

In der Pfarrkanzlei saßen Pater Gabriel und Pater Isidor und verwunderten sich baß über das arme Weib, welches sich einer so großen Gefährlichkeit ausgesetzt hatte.

»Kann seit gestern niemand durchs Wasser«, sagte der Pfleger. »Selthalben bin ich herüben.«

»Ja«, gab das Weib zur Antwort. »Der Schaffer hat aso gemeint.«

»Warum bist nachher du gangen?«

»Hab eh nit wollen. Beim Kalvariberg, neben der Linden ist einer gesessen. Der hat mir eingeredt, ich sollt gehen.«

»Wer?« frugen beide Patres.

»Ein Jager. Oder ein Wildpratschütz . . .«

»Na«, sagte Gabriel, »die kennt man doch voneinander.«

»In der Finster kann ich nit sehen.«

»War's ein Hiesiger?« frug Isidor.

»Weiß nit«, antwortete Nani und legte die Post auf den Tisch. Sie glaubte insgeheim, daß es der Stralzen-Matthäus gewesen sei.

»Und derselbe Kund hat dir geraten?« frug der Pfleger.

»Derseg hat mich geführt von der Brucken bis zum Dienerkreuz, wo das Wasser aufhört.«

»Geh in die Kuchel«, sagte Pater Isidor. »Die Bas soll dir schnell ein Gewand leihen und einen Wein aufsieden mit Zuckerkandel und Zimmet.«

Der Pfleger überlas flüchtig die Zeitung und die Currenden, welche das Weib gebracht hatte; öffnete letztlich einen versiegelten Brief des Kreisamtes Judenburg. Es war seine eigene Geschrift darin, sein eigener Namenszug, genehmigt durch den Federstrich der hohen Gubernie. Er reichte das Blatt gefaltet dem Pfleger hin und sagte:

»Lesen Sie! Hier die poena Dei.«

Pater Isidor rückte zum Armleuchter. Hielt das Papier weit von sich und las, item die Straf Gottes:
»Vom Ortsgerichte der Stift Admontischen Probstey Herrschaft Gstatt im Kreise Judenburg wird hiemit zur gemeinen Nachachtung bekannt gemacht:
Es seye über gepflogene Untersuchung für nöthig befunden worden, den disländigen Bürgersohn Matthäus G., insgemein Stralzensohn, wegen schlecht conduiertem, unmoralischem Lebenswandel, Wilddieberey, Betrug, Brandstiftung und Militärflucht als Malefizperson zu erklären. Es wird füglich jedermann gewarnt, sich mit dem obbenannten Individuum weders in einen Borgkontrakt noch in ein anderes Rechtsgeschäft einzulassen, welches ohne weitere Wirkung wäre und jeder dieser Verordnung zuwider Handelnde den hieraus ihm zugehenden Schaden sich selbst beymessen müßte.
Pater Gabriel Scharf, Pfleger.
Josephus Gatterer, Ortsrichter.
Ortsgericht Gstatt; die altera ab ascensione Domini.«

Isidor Hinterseer gab das Blatt schweigend zurück. Der Regen zerhackte die Blumen in den Fensterkörben. Die Traufe gluckste. Es war eine muffige, kühle Luft im Zimmer.
»Wie laut die Walchen geht«, sagte Pater Gabriel.
»Ja«, sagte Isidor und schnopfte.
»Die Stralzen sind ein grober Schlag.«
»Ja.«
Stumm saßen die zwei Herren, ins Brevier vertieft. Die Bas hüpfte einmal auf den Zehen zum Kamin und heizte ein Feuer an. Rief plötzlich mit ihrer überhellen Stimme:
»Die Nani laßt sich fleißig bedanken und pfüaten. Sie geht itzt.«
Dann schlüpfte sie wieder auf den Zehen davon.
Der Pfarrer stund auf, suchte ein Sechserl aus der Büchse, ging und sagte schüchtern durch den Türspalt zurück:
»Herr Pater Gabriel, wann wird das Ediktel publiziert?«
»Was?« frug der Pfleger, inweil er ein lateinisches Kreuz schlug.
»Dieselbig poena Dei«, sprach Isidor, wußte selbst nicht, aus Trauer oder aus Schelmerei.
»Ach so«, sagte der Pfleger. »Warum?«

»Bitt vielmalen, nach Fronleichnam!« sagte Isidor, schon hinter der Tür ... stieß im Dunkel gegen die Diener-Nani und spendete ihr in gottgefälliger Eil das Sechserl Trinkgeld.
Das Weib hatte noch etliche Botengänge. Zum Torbäck mußte sie einen Bund Krautpflanzen tragen, welche ihr der Gärtner im Schloß Stainach aufgepackt hatte. Dem Schulmeister brachte sie wilden Efeu vom Grimming. Dem Verweser brachte sie ein Elixier vom Bader Lobenstock und das Steiermärkische Intelligenzblatt. Und zum Stralzen trug sie die Grätzer Bauernzeitung.
Aber niemand gab ihr in dieser Stunde Gehör. Niemand mehr labte oder lobte sie. Es war eine dumpfe Angst in den Dörflern ausgebrochen. Die Kinder hockten fast schlafend in den Winkeln, schrien oft gell und sahen in ihrer Phantasie den Wassermann. In den Ställen brüllte das arme Vieh. Ratzen sprangen frech über die kotigen Höfe. Oh, gar mannig Wachter gingen bachein, bachaus. Erde und Himmel waren schwarz. Kein Stern gab Hoffnung. Wann sie ihre Fackeln besorgt erhoben, blinkte groß und rot das Wasser.
In der Frühe war es um eine Elle gesunken. Sänftlicher rann es unter der Brücke durch. Weniger Holz und Wurzeln schwammen. Der Wind verstattete dann und wann einen Blick in die dunkle Bläue. Eine kleine Weile verzog sich der Nebel bis übers verschneite Gumpenkar. Da schwand die Bänglichkeit von den Dorfinsassen. Sie spürten den Feiertag. Sie schmissen den Rössern Haber in die Krippen und dem Rindvieh frischen Klee auf die Leiter. Sie tunkten selbsten behaglich ihr Mus in die Schottenbrüh, banden ins Schneuztuch einen Gulden für den Wirt und zwei Kreuzer für den Herrgott. Und gingen sonach in die Kirche.
Alle drei Glocken läuteten zum Hochamt. Es schwang von der Decke der Pfingstluster mit der Taube und den zwölf Kerzen, das Sinnbild des Heiligen Geistes, der Seine zwölf feurigen Zungen über den Häuptern der Apostel ausgegossen hat. In scharlachfarbigen Mänteln, breit und wuchtig paradierten die Kirchenpröpste inner dem Speisgatter. Der alte Herr allein blieb gebeugt unter dem schweren Meßgewand und sprach, wohl wissend, was es bedeute, sein Kyrie eleison.
In den andern war die Ruhe verwurzelt und vererbt. Die hatten entweder Haus und Acker oder ein Handwerk oder

auch nur Tisch und Bettstatt vom Vater her . . . Hundert Joch Heimat vielleicht oder ein Klafter Heimat, davor sie ihren Schwitz aus dem Leibe schunden und davon sie nicht wichen, ingleichen dermaleinst auch ihre Kinder nicht weichen sollten und ihre Enkel nicht, in Ewigkeit.

Bemerkenswert, wie die Öblinger beim Offertorium sich erhoben und mit kargem, ehrsamem Gebar um den Hochaltar schritten, woselbst sie von ihrer obersten Grundherrschaft, alias dem Herrgott, den schuldigen Zins und Zehent niederlegten. Es begannen die vier Kirchenpröpste, diesen folgten die übrigen Männer aus dem Oratorium: Gabriel Scharf, Georg Staudacher, Joseph Salzinger, der Ortsrichter Joseph Gatterer, Andreas Stralz, der Bader Gasteiger, der Bauer am Straßerberg und Sebastian Zedler. Alsdann kamen der Reih nach die großen Bauern, kamen Oberhutmann und Obersteiger; die Handwerksmeister, die Jager, die Knappen, die Holzknecht und Flößer, die Gesellen, die Keuschler, Knecht und Einleger, die Lehrbuben und die Schulbuben.

Nach der Wandlung hatten die Weibsleut ihren Opfergang. Sie pflagen ihn dergestalt, daß sie sammentlich, ob sie des Lesens kundig oder nicht, den Kopf ins Betbuch steckten und geschämig taten, als wüßten sie hierorts nicht Brauch. Dabei spähten sie insgeheim nach rechts und links, welche von ihnen anhöb. Endlich rauschte die alte Torbäckin hinaus und die junge hinter ihr. Sie machte einen Deuter zum Stralzenstuhl; der war jedoch leer. Als die zwei Frauen schon zurückkamen, stund die Veitin auf. Da sah man in der ganzen Kirche, daß sie einen seidenen Reifrock und eine kostspielige Goldhaube trug. Selthalben ärgerten sich ein paar und unterließen das Opfern. Die Buglmüllerin paßte eine Weil, dann trat sie aus der Bank, just als die Mutter des Bäckenhansei fürüber hatschte. Jede ging ehrerbötig im Schneckenschritt; wollte der andern nicht den Rang ablaufen. Doch hinter dem Hochaltar spürte die Bäckin einen Tritt auf der Ferse. Und die Wehmutter empfand einen Stoß in der Seite. So kamen sie in verkehrter Ordnung wieder zum Vorschein. Unterweilen läutete der Ministrant bereits zur Kommunion. Sapristi, da machten die Bäuerinnen jähe Hupfer. Ihre kleinen Töchter vor sich her schiebend, eilten sie aus den Bänken. Blaudruckkittel, Seidenkittel, Goldhauben, Drahtelhauben, Kopftücher, Gu-

geln, feine Schürzen, grobe Schürzen, Spenser, rupferne Pfaidenärmel, alles wutzelte durcheinander. Glaube gern, daß die Frauenzimmer einen kleinen Wirbel in der großen Weltschöpfung verschuldet haben; verstehe, daß der Apostel Paulus sagte: »Mulier taceat in ecclesia.«
Nach dem Hochamt wurde der Schulmeister in die Pfarrei befohlen, dawo ihm der Pfleger eine Zwangsordnung betreffs der Brot-, Salz- und Fleischpreise sowie einige Currenden und letztlich auch die Malediktion des Stralzenbuben zur Kundmachung übergab. Pater Isidor hielt ihn zurück und zog ein Blatt aus den Skripturen. Pater Gabriel nahm es wieder und legte es obenauf. So wurde es zuerst verlesen.
Joseph Gatterer, der ein gemütvoller Mensch war, trat nachbei zum Vater Stralzen und entschuldigte sich.
»Warum!« sagte derselb gleichmütig. »Von Euerm Urteil wird der Bua nit besser und nit schlechter.« Aber seltsam, diemal er am heiligen Nepomuk fürbeiging, schäumte es zwischen seinen Zähnen, weil der Patron noch immer frumm und hülzern im Mäuerl stund.
»Curios beschaffen ist wol der Mensch«, schrieb Andreas Stralz in sein Notizbuch. »Er muß immer Gott, Götzen oder Teufel zeihen, bald der Ursprung und Verlauff von einem Ereignis den vulgären Sinn übersteigt. Gleichwol ein Bestandtheil der Natur vergisset er, das der lebentige Quell weitersprudelt, ohneracht wohin die Trapfen spritzen. Stoltz, Ehre, Lieb, Gehässigkeit, Verstand und Witz sind ledig prunkende Färbungen an der ober Fläche. Einwändig ist die Kraft. Die rollet mit uns dahin. Unsere Gedanken tappen im engen Haus, mögen sich durch keine Öffnung zwängen. Wir steßen uns an der Finzter. Jenseits dieser ist Gott und schweiget. Gedenck meiner Selbsten. Ich bin erzörnet über eine Holtz Figur sintemahl mein Ehe Weib sich in ihrn Schatten erlustiget hat, war willens das Ärgerniß auszureutten wie einen würbligen Baum. Die Öblinger herentgegen erachten die gewölte That vor ein Satanswerk. Sie brüsten sich ihrer Christ Gläubigkeit indem sie ein Kind verthammen, was aus dem Lebentigen Quell ist geschleudert worden wie jede Kreatur sonder eigene Schuld. Und mein Weib klaget hiefür Gott an. Er schweiget zu allen, lässet Flüch wie Gebette an den finztern Kerker schlagen. Weiß nicht, ob Er sie erhöret.«

Am Pfingstmontag schrieb Andreas Stralz:
»Aber ein jedes Jahr bald die Schwalben Bruet ausschlieffet und der Hollunder blüht, setzet der starke Regen ein. Angestert hat es hergeschaut, es heittert sich das Wetter aus. Um zwey Uhren erweckt mich das Getraschel an den Scheiben. Mein Ehe Weib hob den Kopf vom Polster und sagete im Schlaf:
Machs Thörl auf, daß heimzu mögen!
Wer? frag ich.
Die Küah, antwort sie und wird alsdann vollends munter und saget:
Aso. Mir hat träumt, unser Matthäus hats Viech von Almen trieben. War kein Stückel aufbüscht, wehete jedem vom Hörndel der schwartze Flor.
Ich hab mich stad im Bette umgewendt. Gegen drei Uhren redet sie wiederum auf, ruffet:
Nit! in Gotts Nam. Jäuket den Mohran weg. Sie seynd ja geweiht.
Ich wecke die Stanzl, hiebei sagent:
Auf deiner Lungel huckt die Trud.
Sie stützet sich mit dem Ellbogen, schauet eine Weil ins Nacht Lampel und sagt:
Aso! die selbigen drei Grün Dunnerstag Eier seynd mir zu Tram kömen.
Was? frag ich, indem ich mich erinner. Verwichenen Grün Dunnerstag, dawo ich beim Sun Aufgang meine Traid Äcker heimsuchen war, gieng ich durch den Verweser Garten und das Freithof Pförtel. Betraf sie vor der Sakristei gerade wie sie beyde Händ durchs Gatter spreizte und drei Eierl hinter den Tauf Stein schob. Die Eierl müssen gelegt seyn in der Herrgotts Frühe zwischen dem ersten und dritten Hahnschrei, müssen noch warm von Hennerleib in die Kirchen kömen und heimlich gesengt werden bey der Wasser Weich und offenbar gesengt werden bey der Fleisch Weich am Ostersuntag. In der nächsten Neu Mondnacht scharret mans in die Erden vor dem Haus Thor, mag alsdann dem Eigenthum weders Bach noch Wolken Bruch noch sonzt eine Wassers Noth an.
Absonderlich! Mein Ehe Weib hat Gott gegenwärthig, das sie Ihn versuchet, schmähet und anflucht, und saget voll Trutz:
Es giebt keinen!

Mir entschwindt Er. Kann Ihn nit fühlen und fassen. Kann nit betten und Ihm meine Persohn nit anheimstelen und glaube doch: Er ist. So kam ich ins Raiten heut Nacht und saget zu meiner Stanzl:
Du hast dir häuftig Mühe angethan. Aber deine Eierl werden dir nit helfen.
Sie stierte gröhen in die Licht Funze und sagte:
Ja, weils der Hund geschmöcket und gefressen hat.
Bald hienach klöckte es wolter an bey den Haus Thören. Der Veitkramer schrie, der Bach stundt bereitz bei sein Gartel an. Etliche Weibsbilder und Kindlein aus dem innern Dörfel sind halbnacket herzugeloffen und suchten Schutz. Aber wo konnte Schutz seyn? Hat doch niemand gewißt in der Finzter welches Bett sich das hoch Wasser aufreißet. Indem ich die Hose anlegte sah ich unter der Schlaf Kammer die roten Pech Fackeln hupfen. Das Fluder war gantz trucken. Nach einer Eicht löschte der Zug Wind die Flamme aus. Mein Ehe Weib meinete wol, ich seye gangen und sagte voll Hitziger Leidenschafft: Du, du mit deiner unerbittlichen Grausamkeit. Fahr übers Kind unds Hoamat. Tritt mich zsam. Fibbern tua ich. Aber knian tua ich nit vor Deiner! saget sie und ist hinaus. Sie hat im Geblüt das ledige Feuer.
Eine Stundlang haben alle drei Glocken geläut. Aber von den Bergerbauern ist keiner nit zu Hülf kömen. Die seynd zach und warteten bis es Tag wird. Wir Öblinger sind bey der Bruggen gestanten. Das Theil item der Bader, der Staudacher, der Torbäck drenten; ich und der Kramer, der Bergham Irgel, der Zedler und seine Söhn Peter und Paul, der Buglmüller, und der Schröffel herissel. Mords Trümmer Feichten habent wir im Haager Ofen umgeschnitten und ins Ufer gehänkt, damit es das Veiten Häusel nicht wegschwaibt. Die Kramerin hat narrisch lamentiert und ihre Gwandter auf ein Häufel zsamtragen und seynd wir etlich Mal in der Finzter hiefür gestolpert.
Ums Tagwern hat uns der Gratzensohn die Post bracht, daß inner der Gulga der Berg abreittet. Wurzen, Bäumer, Brüggeln haben sich verklaust. Ich bezweifel, ob wir das Unheil noch abwehren. Der Bach ist eben mit dem Ufer. Scheiter und Bloch hutschten daher. Kamen auch zwo tote Säu geschwummen. Der braune Lehm spritzte hoch auf. Steiner rumpeln

guting so groß wie ein Bier Eimber. Man hörete sein eigen Wort nicht mehr — so laut thut das Gefäll. Zu Mittag ist der Schulmeister und der Gschmeidler und der Bruggen Tischler gesiedelt. Im äußern Dörfel ist keine Keuschen nimer sicher, zumal das Wasser für der Bruggen bereitz ansteht. Das Kreutz neiget sich, möcht auf die Seiten fallen. Aber die Blut Buchen halt es mit ihrn Geäst. Wir verhoffen uns umsonzt einen bessern Wind. Nichz als schware Wutzel schieben sich über den Kamp und der Regen lässet nit nach.
Diesen Augenblick ist der Roßknecht ins Gast Zimmer treten. Mich ziemte, er wöllte eine Jausen, vor das Wasserwehren dürstig macht.
Eine Maß mag dir die Rögerl einschänken, sag ich.
Da drehte er sein Hütel, blicket schelch über den Boden und kündt mir auf. Ingleichen bald hienach der Fleischknecht und die Viechdirn.
Sie bleibet nit, keppelte das Mensch, weilen der Fluch Gottes in der Anreit ist. Die alt Thorbäckin hätt es schon im Lanzing gewißt, saget sie, diemals ich den Bildstock hab niederreißen wöllen.
Muß mein Bericht auf besserne Zeiten versparen. Es leidt mich nit länger beym Schreib Geschäft. Siehe den Zedler fürbey satzen. Und es heben die Glocken zu läuten an.«
»Bey mein Ausgang«, so schrieb Andreas Stralz später, »befund ich die Straßen zolltief unter Wasser. Es spülte langsam zwischen den Zaun Latteln hindurch, planschte an die Mauern und schob sich kaum märklich immer weiter ins Dörfel. Mannsbilder und Weiber watteten Bachzu, einen Graßbaum zarrend. Ich faßte auch einen Ast, der mir grad entgegenschlug und halfe ihnen schleifen. Beym Kramer Haus Eck seilten wir den Graßbaum in die Ufer Böschung. Er trutzte dem ausgelassenen Element eine Vaterunser Zeit. Sonach rissen alle Strick entzwey. Noch etlich andern widerfuhr die nämliche Verderbniß bis wir die unnütze Arbeit begriffen haben.«
»Öblarn am Suntag Dreifaltigkeit den 13. Junius«, steht in zittriger Schrift auf dem nächsten Blatt und folgend, wie gestochen so zart und achtsam, die Buchstäblein Reginens.
»Mein Auge gestatt mir nicht selbsten die Fortsetzung. Stundten Täg und Nächt im Wasser. Ich und der Lukas. Am Donnerstag, wo in der Gulga die Klausen ist brochen, kame

auch Matthäus durch das Hochwasser gestrampfet mit Leib und Lebensgefahr und stellte sich auf meine Seiten. Hatte keinen Freund ansonsten, der mir behülflich war. Die Knecht haben uns verlassen. So führten wir die Füllstuten, die Kühla und zwey Mastochsen vom Stall in Thenn hinauf. Den Lukas mit der Laterne hats frei gehebt. Indem wir zurücktrachteten, in willens die Säu und die Kälber zu holen, ist die Walchen großmächtig dahergeschossen, hat den Hof und das Wurzgartel binnen einer Minute überschwemmt. Wir mußten das Goltviech, die Henner und die Farlsau und alle Schaf ersaufen lassen und nächtigten dis Orts wo wir stundten, in völliger Unkenntniß, wie es den Weibern im Haus ergieng. Der Stumpen Unschlitt ist bald herab brunnen. Der Lukas redete eine Weil, huckte sich letzlich schlafrig ins Heu. Ich und der Matthäus dischkurirten inwährend der ganzen Nacht kein Wörtel nit. In der Früh hat Lukas die Kühla gemolken. Hielt seinen Hut unters Auter statt einem Schaff. Wir ersättigten uns an der Milch. Nur Matthäus verschmähte das Anbot, sahe mich einmal trübsinnig an; einmal kaltsinnig mit flackernten Kainsaugen. Vielleicht aus Scham für sein verludertes Hergeschau oder für sein Heimweh.
Die Umgegend, soweit wir sie im Augenschein erkennen konnten, zeigte sich über Nacht völlig umgestaltet und wüst. Der Bach hat sich geworfen, floß mit reißender Schnelligkeit vom Engelharscht herab vor das Schröffel Gut. Hat beym Berghamer ein Hauseck abtragen. Ein zweiter Wassersturz schwaibte zwischen dem Kramer und dem Bäcken grad auf mein Besitz zu, brach ebenerdig durch Thören und Fenster. Das ursprüngliche Bachbett ist eben voll worden mit Schotter und Wurzen und es sickerte hierin nur ein seichtes Bründel. Das Vieh war dürstig und that schiach. Wir leiteten es auf die Thennsbrucke, aber es soff uns das dreckige Wasser nicht. Wir hatten einmal Muth, über den Hof zu waten, stützten uns nervig und nach Kräften. Vergeblich! Die Fluth zwang uns zum Weichen. Meine Stanzl und der kleine Bub wachelten aus dem Dachfenster. Vernehmen konnten wir nichts zuweg dem Bach. Beym Roppel, beym Bader, beym Buglmüller, allerwärts waren die Leut ohnmächtig ans Haus gefesselt. Die Veitin hatte einen schwarzen Fahn ausgehängt. Itzt weiß man, warum. Sie glaubte, daß sie eine Wittib worden ist. Indeß hat

sich ihr Alter beim Thorbäck einen Rausch angetrunken, und die letze Brucken und das letze Maul befürchtend, ist er in einem Gatterbett sitzen blieben und vier Täge nit nüchtern worden.

Es war ein langweiliges Herpassen. Lukas krallte zu mehrest unters Dach und hielt Auslueg und schwatzte uns seine Lausbubenweisheit für. Der Matthäus lehnte am Geländer, war gelb vor Hunger und Erschöpfung. Er hat nichts gesagt. Ich hab auch nichts gesagt. Hab mir denkt: Da hat der Himmel mit seinen Elementen dreinfahren müssen, daß dem sein harter Schädel weich wird. Verhoffe mir noch einen guten Kern in seinem Leibe, weil er sich um die heimatlichen Nöthe bekümmert hat ...«

Der Rögerl sind die Finger schwach geworden, als sie dieses schrieb. Die Striche für den Augen flunkerten, und vom Federkiel tropfte ein Tintenbatzen mit vielen winzigen Spritzern aufs Papier.

»... Undanks, als wir so stunden«, diktierte Andreas Stralz, »ist der Mohrl angerudert und ist freudig an ihm emporgehüpfet mit unsinnigem Gebell. Da sagte Matthäus:

Der kennt mich allweil noch.

Jawohl, gab ich zur Antwort. Das Unglück versetzet das menschliche Herz in einen besonderlichen Zustand. Hatte das Gefühl, ich muß dem Buben die Hand drucken. Der Regen floß beständig. Das Rauschen machte uns toll. Mein Aug schmerzete und hatte Zufälle von Flimmer und Hitzen.

Manchesmal spürten wir den Anprall der Strömung unter uns im Schluf. Wir hörten gedämpfet die Glocken anschlagen um die Jausenzeit. Es ist die große Muren herausgeritten schröckbar. Uns ziemte, es ist das letzte End. Fünfzehn Schuch tief Schotter, Sand, Lehm, Dreck, Wurzen, Bäumer hat das wilde Wasser aufgeschütt. Die Vieher brüllten. Meine Söhne beidseiten haben sich angehalten mit strengen Flachsen bey mir. Es schwankte die ganze Brucken. In den Dunner hinein schrie der Matthäus gächst:

Schaun S', Herr Vater!

Ein märkwürdiger Anblick! In seinem vergatterten Stöckel schwamm mit aufrechter Gestalt der Johannes von Nepomuk, reckte sich, einem Menschen vergleichbar, bänglich und lugete aus dem Dachstuhl, als fürcht er den Wassertodt. Der Verputz

planschte augenblicks hinab. Ingleichen die rogeln Steiner. Als das Mäuerl unterwaschen war und vonand fiele, machte der Patron einen Ruck so als wöll er gegen Himmel fahren, stürzete und ersoff.
Es wurde mir grün vor dem maroden Auge. Wie zergänglich und eitel ist das Zörnen! Wir kömmen und werden hinweg gerissen ...«
Nachdem Herr Andreas Stralz diese Worte diktiert hatte, blieb er hinter Reginen stehn, nahm ihr den Gänsekiel aus der Hand und schaffte in seiner kühlen Art, sie solle gehen. Das Mädchen leckte die geschwärzten Finger ab und rieb sie am Fürterl. Er zog den Geldbeutel; schenkte ihr einen Silberzwanziger. Unterweilen sie ihm die Hand bußte, schlossen sich seine Lider langsam ... und seine Hand blieb regungslos und milde, bis Regina sie freigab.
Vor dem Söller war hochgewölbt im weißlichen Schleier das Firmament. Die blanke scheinende Luft ließ den Staub über den geschnitzten Truhen tanzen. Auf der Diele lag angetreten der feuchte Moorsand. Auf der halben Stiege begann der Lehm. Regina süntelte die Staffeln hinab und wieder hinauf, streifte mit den Zöpfen die Mauer entlang, guckte den surmenden Fliegen nach und hoffte auf ein Wunder ... Drei Tage vor dem Hohen Fronleichnam!
Sie waren noch nicht von der Kanzel verkündigt. Kein Steg war über den Bach gezimmert. Kein Hochzeitlader ging mit dem Buschen. Unschätzlicher Hausrat, Guglhupfmödel, Tassen, Zinnteller, Krapfenschüsseln, geschliffene Gläser, Silberlöffel, Hirschhornmesser und Kupferkrüge lagen eingemurt. Beide, sie und Matthäus, hatten noch kein Hochzeitsgewand. Desungeacht holte sie ihren Jungfernkranz und spiegelte sich damit im Gläserkasten und hoffte auf ein Wunder.
Manchmal hörte sie unten die Brüder reden. Dieselben werkten mit Schaufel und Krampen, hatten bereits einen schmalen Gang zwischen den zwei Toren ausgehoben und warfen ebenitzt durch das breite Küchenfenster das Kot auf die Straße. Regina stund in Anmutung ganz verloren und hielt den Flitterkranz mit beiden Händen auf die festen Zöpf. Da hörte sie einen schweren Schritt und wandte sich um. Auf dem Stiegenabsatz war Matthäus.
»Schau!« sagte sie.

Er gab keine Antwort und ging. Sie horchte ihm eine Weile nach; dann litt es sie nicht mehr. Sie tat den Kranz in die Schublade und ging auch. Er lehnte im Vorhaus, stieß die Schaufel in eine Drecklacke, daß es spritzte, glotzte für sich hin und pfiff eins. Als sie schon nahe hinzukam, gab's ihm einen Riß. Er schalkte sich an, wie wann er das Dirndel nicht sähe, und strampfte über die Straße zur Grafentavern.

»Haltaus!« schrie Lukas. »Mag die Arbeit nit allein dermachen.«

»Wart, ich hol ihn«, sagte Regina und lief dem trutzigen Buben wie ein Wiesel nach. Sie mußte gebücket unter das Gewölbe treten, so hoch lag der Schotter und Morast. Nackte tote Schwalben lagen über die Stiege geschleudert.

»Matthäus!« rief das Mädchen und öffnete klein die Knechtskammer. Der Blasel lag faul im Bett und schnarchte. Auf der Ofenbank saß breit der Bub; lachte verschmitzt, weilen sie also spähte und überrot zu stottern anhub.

»Komm!« bat er und rückte.

Sie schloff ihm auf den Zehen leise zu, setzte sich nieder und preßte die Finger an die Brettkante.

»Wir müassen gehn!« hauchte sie.

Er liebkoste ihren rauhen Handrücken. Meinte traurig:

»Hab noch keine Erbschaft gemacht.«

»Denk mir's eh«, sagte sie.

»Mach auch keine«, sagte er.

»Brauchst es nit«, wispelte Rögerl. »Hab dich als ein Armer gradso gern.«

Matthäus stemmte den Kopf gegen die Ofenkacheln; sagte: »Red nit so dumm.«

An den blinden Butzenscheiben surmten die Fleischfliegen auf und nieder. Blasel dehnte sich im Schlafe, daß die Bettstell krachte. Der Blechschnitz mit dem Relief des Papstes blendete aus dem Dunkel. Draußen auf der Schwellen kratzte der Hund ... Sie horchten eine Weile und mieden den Blick. Dann ging Rögerl und machte ihm die Tür auf. Krump und geduckt schlich Mohran zum Buben und leckte ihm die Hosen ab.

»Was hast da für ein Gewand?« frug sie.

»Allweil noch dasseg wia beim Maitanz.«

»Siag's eh.«

»Dem Hochsattler seins.«
Der Hund legte sich über ihre Füße; schnappte mit den Zahnstumpen manchmal nach einer Fliege. Gleichmäßig, sachte schlug sein buschiger Schwanz auf den Boden. Regina streichelte über die Zotteln. Da sagte der Bub muffig:
»Tua nit dem Mistviech schön.«
»Den Viechern tuat auch die Liab not«, sagte sie.
»Mir tuat's nöter«, sagte er und stieß den Hund gröbbisch weg. Der kroch geschreckt unters Bett und sah mit seinen braunen Rinnaugen unablässig auf die zwei Liebenden. Es blieb eine Zeitkürze völlig still. Der Wind drückte einen Fensterflügel auf. Sie vernahmen von der Gasse her das Geschrei und Gelächter von vielen Kindern. Auch Johannes tändelte unten im Sand. Zwischen den Gatterrosetten hing regungslos eine gelbe Kreuzspinnerin.
Plötzlich frug Regina:
»Hast wollen auf den Grimming?«
»Na weiter!« sagte er verächtlich.
Sie blickte ihn ernsthaft an und frug:
»Tatsach, Ehr und Seligkeit? Hast niamalen Muat gehabt aufi?«
Er lächelte.
»Dortmals auch nit?« frug sie, »wia du so sündla gescholten und gefluacht hast? So gscheit bin ich nachher schon, daß ich errat, wen du moanst.«
»Den ruafet ich umsunsten«, widersprach Matthäus lässig. »Der mag nimmer z'ruck. Der paßt nur, wia bald sie posaunen zum Jüngsten Gericht.«
»Zwegen der Lossprechung«, sagte Regina aufatmend ... »Und ich hab mich schon gesorgt, daß dich oben die Geister z'reißen.«
»Sind koane droben.«
»Oh, mein Liaber!« rief das Mädchen und spreizte unheimlich die Augen auf. »Sie wurden dir schon kömmen sein.«
Der Bub lachte hellauf:
»Jager wohl. Sind alle Flüg ein paar durchs Gestauder krochen. Aber Geister haben sich koa nit gemeldt.«
»Siagst es!« rief Regina flink. »Du bist doch droben gewest!«
»Ja«, gestund er. »Drei Nächt.«
»Auf der Jausengruben?«
»Ja«, sagte er. »Drang beim Tor.«

»In Gotts Namen.«
»Ist auch nix.«
Die Rögerl, welche noch immer geduldig und gläubig auf ein Mirakel wartete, sagte ins Dunkel hinein:
»Gar nix?«
»Na.« Später brummte er: »Nit einmal den Totenschädel hab ich gefunden.«
»Den Totenschädel?« frug sie, kindlich erschauernd.
»Hör auf!« schaffte er.
Aber sie bettelte:
»Sag mir's.«
Er schaute starr den alten Hund an, der lechzend atmete. Er streichelte sich den blonden Lippenflaum; sagte:
»Was denn?«
»Dasseg vom Totenschädel.«
Er schupfte die Achseln, sprach in seiner lässigen Weis:
»Wann ich ihn gefunden hätt, wär das Tor aufgangen.«
»In Gotts Namen! Hast dich nit gefürcht'?«
»Ach. Ist eh erlogen.«
»Wann's aber nit erlogen war?«
»Ach.«
»Hättest dich 'traut?«
»Was?«
»Hineingehen?«
Er nickte, nahm sie langsam in seinen großmächtigen Arm. Der Hund schloff knurrend unter der niedern Bettstatt herfür.
»Sei stad, du Luader«, sagte Matthäus.
Sie legte den Finger an die Lippen und wispelte:
»Bst ... Was hättest hienach getan im Grimming drein?«
»Ich?«
»Ja.«
»Z'sammgeklaubt hätt ich ... die göldenen Zäpfen ... die Taler.«
»... Die Dukaten ...«, sagte Regina ganz versonnen, »... die Demantstoan ... Da wär eine Höhlen gewest: auf und auf blau wia die Gröbminger Kirchen ... Sterndla, so rund wie Viererbatzen und fein gespitzet wie eine Ofensag. Silberfransen, dünner als Spinnwett, wären herabgehängt. In den Truhen lag das seidene Gespunst fürs Fürter und fürs Kload. Wunderschön.«

Er bußte sie. Demütig kroch der alte Hund um eine Ellen weiter.

»Ein Betbuch aus Bein hättest gefunden ...«, sagte Regina, schier betäubt von ihrer eigenen Phantasei ..., »einen Rosenkranz aus bluatfarbenen Granaten, und im Kreuz fünf Splitter vom Heiligen Grab ... Zween Ringla, eins für mich, eins für dich ... Kleine weiße Federln für die Pölster und für die Hüll. Einen rosinroten Schleier hättest bringen müassen ...«

»Brauchst auch keinen.«

»Wohl.«

Er karessierte das schmächtige Figürchen mit seinem scheuen, ungeschlachten Gebar. Er sagte heimlich:

»Rögerl ... Rögerl! Und was noch?«

»Kunntest nit alles dertragen«, sprach sie, den letzten silbernen Knopf aus seinem Fracke zupfend, »... ein Kaffeegeschirr möcht ich, und ein Zuckerdoserl, wie deine Muatter hat ...«, sprach sie. »Und eine Spieluhr, was man aufziehen kann alle Wochen zweimal ... Und ein Spiagerl ...«

»O mein!« rief er mit einem Lacher. »Glaubst, die Geister haben oben einen ganzen Kramerstand?«

Sie sagte ein wenig beleidigt:

»Ach, brauchst mir eh nix bringen.«

»Na.«

»Därfst nit aufikrallen. Hab nur Spassetten gemacht.«

Er pfiff, ließ die Hand übers Knie hangen. Nach einer Weil murrte er finster:

»War eine Müah umsunst. Es gibt keinen Schatz im Grimming.«

Sie frug bänglich: »Meinst nit?«

»Na!« schrie er.

Blasel warf sich auf dem Strohsack herum. Ein Zipf des Leintuchs flatterte über den breiten Hundsbuckel. Es ging sachte die Tür auf, und Lukas sagte, ins Kammerl spähend:

»Kömmts einmal.«

Regina stund auf. Aber Matthäus zog sie wieder gegen die Ofenbank, schaute wie ein Stier und schrie:

»Hutsch dich außi, du Lausbua!«

Alsdann saßen sie stumm beisammen. Manchmal war's, als solle aus einem Atemschöpfer ein Wort werden. Manchmal räusperte sich eins. Matthäus sann mit schwerem Kopf. Seitdem er unter großer Fährlichkeit heimkömmen war und am elterlichen Tisch gesessen hatte, und seitdem die dicken Hausmauern und die freundlichen grauen Schindeldächer ihren stillen Segen über ihm verstrahlten, und seitdem sein wilder Sinn sich an der schlichten bürgerlichen Standhaftigkeit gesänftigt hatte, nahm er seine Abenteuer für baren Unsinn; insonders kindisch bedeuchte ihn seine Lust und Begier nach dem Grimmingschatz.

Merkwürdig, wie stark die Heimat ist... stärker als Trutz und bittere Scham und Schand und sieben Todsünden! Die bunten, einfältigen Gesichter auf den Heiligenbildern, das Geplapper des Kindes, das feine Geklirr vom Schlüsselbund, den seine Frau Mutter am Schurze trug; aus alten Kommoden der Ruch von Speik und Lavendel schlich ihm überall nach. Er saß auf der Ofenbank, schier zerschlagen von Hetz und Fasterei und Nachtwach, und empfand die Heimat wie ein Himmelbett... Doch er durfte nicht an morgen denken. Ihm grauste vor dem Tag, wo wiederum fremde Leut zukehren würden und wo der Unrat aus den Stuben gescheuert war.

»Was soll ich nachher anfangen...?« sagte er plötzlich laut.

»Allweil kann's nit aso bleiben«, sagte Regina. »Bald der Hof wieder sauber ist, wird's dich schon gefreuen.«

Er schüttelte den Kopf, sprach eigensinnig:

»Einzig der Wassersturz hat mich zahm gemacht.«

»Hat dich ziemt, wir dersaufen?« frug sie.

Er gab keine Antwort. Weiß Gott, wie es begonnen hat. Auf dem Haager Ofen hielt er Auslug; sahe die Klausen in der Gulga; sahe Baum für Baum, vom Schiefer reitend, und die hohe Walchen, welche sich in die mürben Schlachten fraß. Die Faust geballt im Hosensack, halb verrückt, hat er zugeschaut und gewunschen, der Bach solle schwellen und schwellen und den Berg aufweichen und mit dem ganzen Wald talaus fahren. Der Schwitz ist ihm aus der Haut gebrochen; fibbernd paßte er Tag und Nacht, wünschte nur mehr, es solle der Bach über die Stralzen schwaiben. Am Donnerstag war die Klausen auf einmal durchgestoßen. Da satzte er ins Dörfel und kam mit dem Wasser zugleich fast bewußtlos heim; jeder Gedanke ist noch Verwünschung gewesen, und jeder Stoß, den die entartete Flut getan, erschütterte wild und selig seine Nerven. Diemals er endlich die steile Tennsbrücke emporstrampfte, wurde ihm gut.

Vielleicht ist sein Herz so sündlich irrgegangen, vielleicht hat er diesen schreckbaren Unreim nur herbeigesehnt, damit er könne bei seinem Vater, dem Herrn Andreas Stralzen, stehen. Gott weiß es.

»Auf was studierst denn?« frug Regina.

»Auf nix«, sagte er.

»Komm!« sagte Regina. »Wär so viel Arbeit.«

Er murrte:

»Heut ist Sunntag.«

Mit ihren schwarzen, plumpen Leibern stießen die Fliegen an das Butzenglas. Die Kinder draußen vollführten ein Spektakel. Schwalben kreuzten. Eine Giebelmauer blinkte, übergossen von Abendröte. Regina betrachtete den Buben und sagte:

»Das Sinnieren taugt dir nit.«

»In der Einschicht wird man wunderlich. Hab schon angehebt, auf ein altes Weib zu losen.«

»So«, sprach Regina.

»Die hätt einen Narren gemacht aus mir.«

»Wer?«

»Die Hochsattlerin.«

»Wie alt wird s' etwa sein?« frug sie eifersüchtig.

Auf solche Schätzung verstund sich Matthäus nicht. Er sagte: »Fünfzig, sechzig, siebzig ... Graue Haar hat s'. Oben und unten im Mäul einen faulen Zahn.«

»Aso!« rief das Mädchen hell und schnell. Hienach frug sie: »Warum? Hat s' dich angelogen?«

»Ach«, sagte er. »Sie ist ehwohl eine guate Haut. Woaßt, in der Einschicht kömmen gern die Grillen.«

»Freilich.«

»Wie dumm ich neulich geschwefelt hab.«

»Das nit, Matthäus.«

»Wie ich nachher bis zum Bauch im Wasser gewaten bin, sind mir die Hitzen schon vergangen. Da hat's ohne Geld und ohne Vatern auch getan.«

»Ja«, sagte sie schüchtig. »Was half dir auch ein Totengr'ipp. Tua liaber beten für seine arme Seel.«

Er reckte sich gähnend, sagte ohne Erregung:

»Für den Lumpen bet ich zuletzt.«

»Sei stad.«

»Wann er eh nix hört«, trotzte der Bub.
»Mein Liaber«, mahnte Regina ehrfürchtig, »die armen Seelen losen weithin.«
»Wia weit?« frug er aus purer Schalkerei.
Sie nahm es aber ernst und meinte:
»Er möcht es erlosen im Grimming drein.«
»Glaubst die Dummheit allweil noch?« fuhr er das Dirndel an. »Der Jager ist würflig worden von der Liab, und toll vom Schneeschein in der Jausengruaben. Der Jager ist abgekugelt, und die Geschicht ist aus.«
Sie schwieg. Das reizte seinen Trutz, und er schrie:
»Lauf selbsten hinauf am Fronleichnamstag und paß, bis das steinerne Tor sich rührt.«
»Ich trau mich nit«, sagte Regina.
»Ich trauet mich wohl«, sagte er.
»Tua mich nit schrecken und fang mir keinen Frevel an.«
»Ich?« lachte Matthäus und bußte sie. »Ich geh nit aufi«, flüsterte er und bußte sie. »Ich mach den Weibern keinen Narren. Ich roas' morgen woanders hin.«
»Na«, bat sie flehentlich. »Fortgehn därfst nit.«
»Hast g'moant, ich bleib da?«
In ihren Augen standen blank und rund die Zähren.
»Angestert, wie der Stralz und ich ins Haustor gewaten sind«, redete der Bub mit einer laxen Stimm, »angestert hab ich wirklich nimmer denken können, vor lauter Schlaf und Hunger. Hab gefressen wie ein Viech. Hab mich wo niedergelegt. Ums Tagwerden siach ich, daß ich neben dem Mohran auf dem Kotzen lieg.«
»Heut hat dir die Frau Muatter das Himmelbett gerichtet.«
»So«, sagte er kalt. In seinen schieferbläulichen Augen ging unruhig ein Glanz auf.
»Deckt es wieder zua«, sagte er heiser. »Dasseg werdet's brauchen, bald der Markus von der Walz kommt.«
Es war ganz still. Das Gezwisper der Kinder und Vögel verzitterte in den Straßen. Nur eine Spanne Abendrot schmückte den Giebel drüben. Das kleine Haus war schon dunkel. Item, es war das Nachbarhaus, da wo einmal, Anno 1600, der Urgroßvater Grogger mit vielen Söhnen und Töchtern gewohnet hat, bevor er Stralz geworden ist. Heutigentages steht es nicht mehr.

Langsam schlug irgendwo eine Suppenglocke. Die Spinnerin hing regungslos mit geschlossenen Fängen im Gatter. Weißer Samenflaum strich mit dem Wind fürbei. Schatten haspelten sich an den Wänden auf.
»Hat mir schön tramt«, brodelte der Bräuknecht, schob seine Füße kommod aus dem Bett, tappte in die gestickten Hausschuhe und saß blinzelnd eine Weile. Sonach streifte er das Leintuch von sich und fiel beinah über den Hund. Letztlich ging er, ohne weiters ein Wort zu reden.
Rögerl kicherte hinter ihm. Da umfing sie der Bub und sagte schwer:
»Den Markus därfst nit liaben. Du gehörst mein.«
»Er ist eh nit da«, wispelte sie verwundert.
»Später därfst auch keinen liaben, einzig mich.«
Sie erschrak. Dann lachte sie wieder und sagte:
»Allweil dich, dummer Bua.«
»Nachher auch noch!« schaffte er.
»Wann?«
»Bald ich fort bin!« sprach er finster für sich hin.
Sie zog ihn beim Ärmel und bettelte:
»Bleib da.«
Er drehte langsam den Kopf hintan. Da rief sie ganz erzörnt und ohne Bedacht das nämliche, was Mutter Stralzin gerne sagte:
»Wird dich gereuen, harter Stralzenschädel du!«
Da schund er sie mit seiner Faust und knirschte:
»Hoaß mich nit nochmal so!«
Mohran sprang ihn winselnd an und legte die Pratze auf seine Schulter. Der Bub feimte; stieß dem Hund gegen den Bauch, daß er aufheulte.
Das Mädchen war hinweggerückt.
»Hiaza hab ich g'nuag«, sagte sie stumpf.
»Hat ihm eh nix tan«, murrte der Bub. Und sah dem Hunde schier verzagt nach, bis er sich unter dem Bett verkrochen hatte. Oh, die bittere Nachreu hub schon an!
»Aber wann der Mohrl hin wird . . .?« jammerte Regina.
Matthäus hatte immer noch so viel Leichtsinn als schweres Blut. Er stellte sich zum Fenster, drehte ihr den Rücken und pfiff gemach eine Tanzweis'. Dazwischen einmal sprach er leichthin, als sei nichts geschehen:

»Dann und wann werd ich wohl ein Briafel schreiben.«
Das Mädchen kniete vor der Bettstatt und rief:
»Mohrl, schliaf außer.«
Winselnd gab der Hund ihr Antwort.
Im blassen Grau fiel mählich die Dämmerung ein. Die jungen Leut waren verstummt. Je länger sie schwiegen, um so härter wurde ihnen das erste Wort zum Gutsein. Dabei war ihre Liebe doch heiß und innig über die Maßen.
Indieweil spähte Lukas wieder durch den Türspalt und sagte:
»Rögerl, sollst kömmen. Die Frau Muatter braucht dich.«
Das Mädchen gehorchte eilig. Als sie draußen war, streifte ihr Constantia Stralzin die Hand vom Türdrücker und ging an ihr vorüber in die Kammer. Über den Arm gelegt hatte sie eine frische Pfaid benebst Hose, Rock und Sammetleibel. Sie stund. Wartete. Allein Matthäus hatte sie am Schritt erkannt und drehte sich nicht um. Scharf und ruhig war sein Kopf in den erlöschenden Himmel gezeichnet. Ein dunkler Goldschimmer brach aus seinem blonden Haar. Langsam hoben und senkten sich die Schultern unter seinen Atemzügen. Die Mutter betrachtete den Buben. Und der schöne, stattliche Wuchs und die hoffärtige Haltung gefielen ihr wohl. Und ihr ganzes Herz schwelte groß, indes sie fast demütig sagte:
»Matthäus, ich bin da.«
»Matthäus!« sagte sie alsdann lauter, trat neben ihn und schloß die Fensterflügel.
Der Bub setzte sich auf den zerknüllten Strohsack.
»Da hast ein Gewand«, sprach sie. »Es därfet dir passen.«
»Brauch nichts geschenkt von den Stralzen!«
Sie wurde zunderrot; verstund ihn mit einemmal.
»Glaub mir's!« fing sie schluckend zu reden an ... und kam nicht weiter. Item, vielleicht vor dem eigenen Kinde wird eine Mutter am schwersten ihren keuschen Frauensinn entblößen. Ingleichen auch Constantia Stralzin. Sie ganz allein hätte zum ungezügelten Buben sagen können:
»Der Stralz ist dein Vater, heilig wahr.«
Doch die Menschen hatten ihr Herz schon herbe und krank gemacht. Sie stund, schaute in den Winkel und sagte ganz vergrämt:
»Aso kannst nit unter die Leut gehen.«
»Werd bald einen honetteren Rock anhaben«, bockte er.

»Wann das Ennswasser sitzt, aft roas' ich.«
»Matthäus!« sagte sie. »Matthäus, du bleibst dahoam. Wir haben auch noch was dreinzureden.«
»Wer?«
»Ich und dein Vater.«
Ohne sich zu rühren, heiser und gespöttig, gab er Antwort:
»Auf meinen Vatern ist kein Verlaß nit.«
Sie musterte ihn von der Seite; verhoffte hinwieder, er hätte die Geschichte vom Jager nie vernommen, und sprach:
»Mich ziemt, du bist ihm liaber wie die andern Kinder. Er zoagt's nur nit.«
Das Wort berührte ihn sänftlich und wunderbar; doch nur einen Augenblick. Hienach packte ihn der Zorn, weil er glaubte, daß seine Mutter ihn vorsätzlich belöge. Er sagte kalt:
»Der Stralz hat mich nie mögen. Woaß eh, warum!«
Sie spürte dunkel, daß zwischen ihnen der letzte Faden mürb wurde. Von solcher Ängstlichkeit und Not gedrängt, entquollen ihr Worte ohne Bedacht. Mild, gröbbisch, gestreng, drohend, bitterlich sprach Frau Constantia, nur um ihn aufzuhalten.
»Matthäus!« sprach sie. »Du muaßt dableiben. Wo gangst denn hin? Sie trauen dir nirgends mehr. Sie leihen dir kein' Kreuzer nit. Pickt schon seit Pfingsten auf dem Torbäckhaus der Zettel. In die Zeitung werden sie's drucken. Bis auf Judenburg und Leoben, bis auf Grätz magst wandern. Sie werden dich allerwärts für einen Diaben halten. Armer Bua. Bleib daheim ... Dein Vater fahrt auchwohl zum Kreisamt und kauft dich los. Muaßt halt gescheit und willig sein. Wir brauchen eh einen Knecht. Die Mannerleut sind all dahin. Und die Menscher auch. Im Sunnberg oben wär's zum Heugen. Das Kraut wär noch zum Harken. Der Stall verlett' und das Haus und die Tavern voll Dreck ... Schamst dich nit, Matthäus! Wir sollent uns schinden für dein Erb. Und du ... möchst dich von der Arbeit schraufen und in der Fremden stinkfäul umeinandtravanzen wia ein Lump!«
Der Bub war hoch errötet. Er stund auf und sagte:
»Die Frau Muatter soll sich schamen. Vorab eine Liabschaft haben. Und nachher leugnen. Wann er auch ein Schuft ist gewesen; er ist doch wegen Ihnen würflig worden und verkömmen.«

»Meiner Seel!« weinte die Mutter auf. »Du gehörst dem Stralzen.«
»Ich gehör dem Jager!« sagte Matthäus ruhig und ging.
Der alte Hund schloff unter der Bettstatt herfür und lief ihm keuchend nach. Sintemalen der Bub seinen Jähzorn und Trutz also vergeudet hatte, tappte er langsam über den Söller. Er schaute gedankenlos in die Stube. Er wartete hienach auf dem Altan, ob seine Mutter käme. Völlig zerschlagen, hörte er immer wieder die harten Worte, welche er zu ihr geredet hatte. Er bedachte plötzlich, wie gealtert und verhärmt sie war. Ihr schönes Gesicht, von den Spuren des Leides gezeichnet, losch in seiner Einbildung nicht mehr aus. Er peinigte sich, indem er mehr und mehr die wehmütige Verächtlichkeit nachempfand, welche sie von der ganzen Welt abschloß. Er frug, was er ihr zuliebe noch tun könne an diesem Abend; es fiel ihm jedoch nichts ein. Und der Überdruß mit sich selbsten wurde so groß, daß er gern gestorben wäre.
Als es dusend war, ging sie heim. Er folgte ihr mit trägen Schritten, scheu und beklommen. Sie blickte nicht um, sprach nicht, bog schweigend in die Küche ab, wo Regina auf dem hohen Schotter kniete und, über die Herdstatt geneigt, das Wasser für die Abendsuppe sott. Matthäus tappte weiter, stiegenauf bis zum Tafelzimmer. Er trat hinein, ingedenk, daß ihm die Mutter hierselbst das Bett gerichtet hatte. Er stellte sich vor die gläserne Vitrine und betrachtete die Hochzeitsgeschenke seiner Eltern und Voreltern, die Bibel mit dem wulstigen Lederrücken, die Haubennadeln, die Rosenkränz, die Maria-Zeller Mutter, die Liebe Frau von Frauenberg, das Filzmooskind, das Hirschgrändl vom Erzherzog Johann, zwei wächserne Tauben, ruhend in Veiglein und Vergißmeinnicht. Er ließ die Uhr ein Gesätzel spielen. Er verweilte vor dem Himmelbett und rückte manchmal die Pölster. Fast stumpfsinnig sagte er sich, daß er hier geboren war.
Sein Bruder, der kleine Johannes, kam durch die blaue Dämmerung geschlichen und hielt ihm eine Schüssel voll Rahmkoch vor. Zumal Matthäus sich nicht rührte, stellte er das Geschirr benebst dem Löffel auf den Boden und trippelte eilig davon. Nach einer Weil huschte er wieder ins Zimmer und brachte ein Stück Bauernbrot. Matthäus streckte die Hand aus. Aber das Kind erschrak vor dem ungeschlachten Riesen-

kerl, ließ mit einem gellen Schrei das Brot fallen und entrunn. Draußen stund die Frau Mutter und barg's in ihrem Arme; frug:

»Hat er dir weh tan?«

Johannes schluchzte.

Ihre Stimme zog den wilden Buben zur Tür. Es war schon so dunkel, daß er nur mehr den Umriß ihrer Gestalt und den Flimmer ihres Haares unterschied. Fürgeneigt, mit schüchtiger Gebärde blieb er auf der Schwelle stehn und sagte:

»Gelt's Gott, Frau Muatter, für den Milchreis.«

Da merkte sie, daß er noch keinen Bissen gekostet hatte, doch sie merkte auch die Lieb, welche versteckt in seinen Worten lag. Sie wollte reden. Da ging schon wieder die Türe zu.

Spat, weilen kein Schritt im Hause vernehmlich war und keine Kerze brunn, trat Matthäus in den Söller hinaus und gab dem Hund sein Nachtmahl und legte sich zu ihm auf den Kotzen, weil das Himmelbett seines Glaubens dem Markus gehörte, und weil ihm so bang nach einem Geschöpfe war. Er schlief unruhig, unter schweren Träumen. Er sah ein paarmal die Mutter mit dem Nachtlicht stehen, sah den Docht im roten Glase hüpfen vom Gezitter ihrer Hand.

In der grauen Morgenfrühe, wie der Hund ihm das Gesicht beleckte, ist er aufgewacht. Er schlüpfte in seinen zerlumpten Schuhen ans Fenster und horchte auf die Straße hinab. Niemand ging. Verloren zwitscherten die Schwalben unter den Dächern. Der Nebel lag bläßlich in der Bergferne. Matthäus schwang sich von der Fensterbank auf den hohen Schotter hinab. Der Hund wollte ihm nachsatzen, doch er glitt mit einem kurzen Lefzer zurück auf die Diele.

In seichtem Geriesel breitete sich die Walchen über den Dorfgrund. Das Wasser spülte dem Buben kaum noch an die Knöchel. Jeweils gab der Moorsand unter seinen strampfenden Tritten nach. Der Kirchplatz bot einen traurigen Anblick. Gen Süd waren die Häuser fast stockhoch eingemurt. Kein Halm grünte. Die Baumkronen reckten sich, zerfransten Büschen gleich, aus dem Geröll. Aus dem Freithof schoß ein munteres Bächlein.

Matthäus sah im Fürbeigehen den Zettel, welcher auf der Amtstafel des Torbäcken angeheftet war. Staub und Regen hatten sich durch das Gedräht geschlagen und viele Worte verwischt. Er war nicht neubegierig und reiste weiter. Im Pfarrgarten knospete der Jasmin. Das Morgenrot spiegelte sich in den Lacken. Wie große Blutstropfen schwammen die Blätter der Pfingstkugeln. Beidseiten der Straße sahe man Inseln geschleiften Traides. Fein gekräuselt, vom Geflirr der safrangelben Wolken wunderlich belebt, rann die hohe Enns über die Moorwiesen. Am Rande schaukelten die blauen Schwertlilien im Zug der Wellchen, die Strahlenblüten der Jungfraunblumen lagen platt über dem Wasser.

Auf dem Betschemel des Dienerkreuzes zog Matthäus die Schuh und Strümpfe aus. Dann watete er entlang der Pappeln gegen Gstatt.

Die Strömung schob sich nur mehr gelinde an seinen Knien fürbei. Lediglich das Wegstück zwischen dem Dienerhaus und dem Fischhüttel brachte ihm Fährlichkeit. Die Ennsbrücke war devastiert, aber schon trocken. Matthäus stieg langsam bergan bis zur Hubertibank. Hierorts zog er wieder Strümpf und Schuhe an und blieb noch lange Zeit gebückt sitzen. Es schlug sich ein betäublich süßer Duft aus den vier blühenden Linden nieder. Durch die zart beflaumten Blätter leuchtete die Sonne. Tausend kleine Lichtschnörkel huschten an ihm herab. Bienen und Vögel strichen um die Kronen. Die drei hülzernen Frauen auf Kalvaria weinten. Ein blauer Falter schwebte vor der gemalten Herzwunde Jesu. Unter dem Kreuze des linken Schächers lag ein Kranz Vergißmeinnicht, den ein milder, einfältiger Christ, ein Kind vielleicht, dahingetragen hatte; oder den der Sturm um eine Elle weitergerückt.

Matthäus saß bis in den Vormittag auf der Hubertibank. Item, er hatte nichts zu versäumen. Endlich ging er ins Schloß und frug um den Pfleger.

Derselbe wär vor Pfingsten nach Öblarn gegangen und habe nimmer heimkönnen. Was der Namen und Begehr, sagte der Schaffer voll Argwohn.

Matthäus drehte ihm den Rücken und strampfte zur Ennsbrücke; wartete hierselbst den ganzen Tag. Das Wasser sank mählich. Man sah schon den Holzrechen bei der Baderloh. Breiter wurde der graue Lettenring um die Pappeln ... Des Abends bot ihm der Schaffer ein Quartier im Roßstall an, gab ihm auch einen Keil Kleibenbrot zu essen.

»Morgen wird er wohl kömmen«, meinte er.

Matthäus warf sich mit einem dumpfen Geseufze auf das Knechtsbett. Und als der Schaffer nach einer Viertelstunde spähte, ob er vielleicht einen Schaden stifte, da lag der Riesenkerl frumm wie ein Kind in tiefem Schlafe.

Am Dienstag kehrte Pater Gabriel von Öblarn zurück. Als er, geleitet vom Torbäck, im Schloßhof anlangte, trat ihm Matthäus Stralz entgegen und sagte rauh:

»Pfleger, ich stell mich.«

Die beiden Männer waren einen Augenblick baß verwundert. Dann nickte Gabriel und antwortete mehr gewohnheitsmäßig als überlegt:

»Gut. Tu dein Kofferl indieweil ins Vorhaus. Der Diener geht alsdann mit dir nach Stainach und hülft dir tragen.«

»Kofferl hab ich keins«, murrte der Bub. »Und auf Stainach find ich allein.«

»Mußt ja noch weiter, bis Bruck«, bemerkte Gabriel lächelnd und hochbefriedigt über den günstigen Verlauf. Er stieg die weiße Steintreppe empor. Plötzlich wandte er sich um und klopfte dem Buben auf die Schulter; sagte:

»Brav, brav! Mach itzten stramm den Feldzug mit. Kannst den Stutzen laden, sooft es dich gefreut. Übers Jahr ist viel vergessen. Hienach kömmst wieder heim.«

»Dasseg braucht der Herr Pfleger nit zu befürchten«, sprach Matthäus Stralz verächtlich an ihm vorbei.

FRONLEICHNAM

Der Schaden, den der Wassersturz angerichtet hatte, war über die Maßen groß; und weder Mensch noch Tier konnte ihn jemals wieder angleichen. Aber nach dem Beispiel und Sinnbild der Natur, welche unter die faule Wurzel einen grünen Keim steckt und zwischen Steine den Tau zwängt, meldete sich in den Öblingern bald der zähe Mut und die Arbeitsfreude. Insonders die Dirndeln spazierten auf die freie Weid, sowie der ärgste Guß versickert war, suchten die Bergwiesen nach Blumen ab und brockten sie den Mähdern unter der Sengse weg. Sie gingen wallfahrten zum Pestjesukind beim Stapfer, zur Altebner Dreifaltigkeit und zur wächsernen Maria Hülf auf dem Sunnberg, damit am Prangtag ein päßliches Wetter

sei. Und sie tribulierten die Mutter oder die Kindsmagd unablässig um das schöne Gewand und den grüngöldenen Flitterkranz. Da wurde nun den Frauen mild im Herzen. Alldieweil sie das zudringliche Bettelvolk greinend verscheuchten, hellte sich ihre gestrenge Miene unbewußt zu einem Lächeln auf. Sie spürten an den Kindern noch einmal die hüpfende, ach so unschuldige Sinneslust ihrer eigenen Jugend. Manche mußte sich heimlich über die Augen wischen, als sie droben im Söller den Truhendeckel aufschlug und den Speik, die Firmungsbete, das Taufbuch beiseit rückte und den Prangerkittel langsam ins dämmrige Licht hob. Er war übers Jahr vergilbt und zu kurz geworden. Da nahm die Mutter Schere, Nadel und gebleichten Zwirn, setzte sich in einen Winkel und trennte den Saum ab und stückte noch einen Streif Leinwand an. Von Zeit zu Zeit sah sie heimlich nach dem Wetterhäuschen am Fenster, und als das Weiblein mit dem roten Umbrell hineinging und das Männlein mit dem Stiegelstecken heraustrat, da zögerte sie nicht länger und wusch das Kleid in der Laugen und tunkte es in die Stärk. Rief alsdann ihre Dirndeln und feuchtete ihnen tüchtig die Zöpf ein mit einem Seidel Trapfbier und einem Seidel Zuckerwasser.
Wer es selbsten erlebt hat, der weiß, wie ein Schauer selig von den Haarwurzeln über den ganzen Leib rieselt, wenn die Mutter mit dem Kamm kleine Scharen abteilt und Zöpferln flicht, soviel ihrer Platz haben, jedes fein und fest, daß sich zwischen den roten Ohren die Haut spannt. Das gestrickte Netz mit dem schwarzen Sammetband, noch aus dem Nachlaß der Großmutter selig, wird letztlich darübergezogen; und der Herr Vater bleibt bei solchem Anblick schmunzelnd stehn, die Knecht verziehen gespöttig das Maul, die Mägde kichern, und die gescherten Schulbuben plärren drei Tage lang:

»Schneckerlmadam, Schneckerlmadam,
Was kost ein Seidel Rahm?«

Drei Nächte fliehet einen der ruhige Schlaf. Die zwanzig Zöpfchen wachsen im Traum zu zwanzig giftigen Würmern aus. Die bohren und beißen ins Gehirn, bis man sich mit einem Seufzer auf die andere Seite legt. Über kurze Weil jedoch höret man die wilden Geistvögel rauschen. Sie recken die

Flaumfedern aus dem Pölster und stupfen sie in den Schädel. Man schlägt mit den Händen um sich, setzt sich im Bett auf und späht verträumt durch den Liderschlitz. Rings ist alles ein grüner Wasen, mitten liegt der weiße Prangerkittel zum Bleichen. Man wollte ihn gern aufheben und kann die Glieder nicht rühren. Die Glocken läuten bereits zum Umgang. Die Böller donnern. Man steht im Pfaidlein und sieht den Himmel nahen.

Plötzlich erwachet eins völlig. Schüttet sich nicht der Regen in die Bäume? Von tückischen Unholden gepeinigt, noch furchtsam huscht man zum Fenster hin. Draußen ist lau die Nacht. Ein Lüftchen wimmert im Fliederlaub. Rote Johanniswürmer flirren im Gras. Oben gehen zinnhell die Sterne . . .

Item, so ist es bei den kleinen weißen Jungfrauen der Brauch. Ich nenne es ein Martyrium sowohl als eine liebe, unvergeßliche Seligkeit. Ingleichen war es vor hundert Jahren und noch früher.

Im groben Bergschotter stunden schon die Birken. Von schmächtigen Stämmchen getragen, schwankten ihre Wipfel, und jedes Blatt am Stiel fächelte. Und ihr zarter, silbergrauer Schatten entlang der Häuserzeile fächelte auch. Hinter den Fensterkörben und Gattern blähten sich frische Gardinen im Zugwind. Alle Buschen, welche die Sonne hatte aufgefaltet, Pelargonien, Fuchsien, brennende Lieb, Zwergröslein, Almröslein, Narzissen, Hortensien, Frauentränen, Pelznagel, dicke Veigel, Goldlack, nickende Herzblumen und schneeweiße Glocken, waren in die Fenster gestellt. Schmucke Altartücher mit dem Signum Christi im Häkelspitz lagen schön gebreitet. Und zwischen geputzten Messingleuchtern blickten die Bildnisse der Gottsheiligen auf den sandgrauen Dorfplatz nieder. In der Pfarrkanzlei saß der hochwürdige Pater Isidor, von Amtsschriften formaliter eingekränzet. Taufmatrikeln, ein Bund Rechnungen und Quittierbögen, das Inventar, Meßgelder in Münz und Papier, Schulverordnungen waren schon zur Übergabe bereit. Alle Schuber hingen lose im Sekretär. Gänsekiele, stumpf und zerfiedert, staken in der dicken Tinte. Manchmal nahm Pater Isidor einen zur Hand, sprengte ihn aus und beugte sich nachdenklich über die Kirchenchronik. Er war jedoch außerstande, ein Wort zu schreiben. Lediglich ein paar unförmige, zittrige Striche wurden. Er schüttete Streu-

sand darüber. Er hob die Brille langsam von den Augen und putzte sie.
Gegen den lichten, sommerlichen Tag draußen war das Zimmer dusend. Der alte Herr schaute wandauf, wandab, musterte die gelben Flecken, welche die Feuchtigkeit durch die weiße Tünche schlug. Die Fugen in der Diele verschwammen unruhig. Die runden Beschläge der Kommode erschienen doppelt und dreifach. Im Eck stunden offen zwei kleine Koffer. Hierneben lehnte umgestürzt ein Parapluie. Mit einer leisen, bresthaften Stimme tickte das Pendel. Unter dem Kruzifix duftete schwer ein Strauß Lilien; die hatte sein junger Nachfolger mitgebracht, welcher ad interim zu Gröbming Kaplan gewesen war.
Isidor Hinterseer zog seufzend den Rosenkranz aus dem Sack und langte das abgegriffene Brevier aus dem Schuber. Er konnte nicht beten, mußte fürmehr immer auf den Schritt horchen, der über der Zimmerdecke vernehmlich war, und er mußte denken:
»Morgen um diese Zeit bin ich schon reisefertig.« Er hob sein gesticktes Hauskäppchen ab und kniete sich an den Betstuhl und verhielt das Gesicht mit den Händen, um die Gedanken zu verscheuchen. Er sagte beharrlich:
»Dein Wille geschehe.«
Allein er hatte nur die Lippen in Gewalt. Sein Herz flatterte vor Gott bang und schnell.
»Ein Jährlein«, rief es, »ein Jährlein hätt mir der Prälat noch vergönnen sollen. Fiat ... fiat ... das wäre mir leicht geworden wie ein Kinderspiel.«
Der Schritt oben wurde sachter. Von den Lilien rieselte der Staub über das dünne, gebleichte Haar des alten Pfarrers. Manchmal quoll eine Träne zwischen die Fingerknöchel. Er empfand wehmütig den eilenden Gang der Uhr und den feinen Geruch der Blumen und die Einsamkeit. Wohl eine Stunde verrann. Über den Koffern tanzten silbrig ein paar Motten auf. Ein Blatt in der Chronika wendete sich von selbsten. Und der violette Streusand bröckelte knisternd von der Geschrift. Es kam die Bas und brachte einen Stoß blauer Schnupftücher. Als sie sah, wie Pater Isidor dem Schmerze hingegeben war, legte sie ihm ein Tüchel auf das Betpult und fing auch zu weinen an. Da hob er mit einer lebfrischen Ge-

bärde den Kopf und machte einen Deuter nach der Stubendecke.
»Tun S' Ihnen trösten«, sagte er fast schelmisch. »Ansonsten möcht mein Nachfolger eifersüchtig werden.«
Die Bas schluchzte noch eine Weil. Aber sie bedachte indessen schon, welche Bettwäsche sie für den neuen geistlichen Herrn, nämlich ihren Sohn, werde angänzen. Sie erinnerte sich, daß sein Reisemantel zu klopfen und zu bürsten wär, sie überlegte, was sie zur Abendmahlzeit kochen sölle, was schicklicher zum Trunke sei, Wein oder Bier. Und sie kümmerte sich um viele andere Dinge, die in ihren fraulichen Gedankenkreis gehörten.
Es wurde die Türglocke ruckweise gezogen. Flink wischte das Weiberl mit dem Fürterzipf über die Nase und ging öffnen. Zwei Bäuerinnen, die Moarin zu Bach und die Schiestlin, stunden da mit großen Weisetkörben und verlangten den hochwürdigen Isidor Hinterseer. Die Bas führte sie in die Pfarrkanzlei.
Hierorts stellten sie sachte ihre Körbe hin, entboten ihren Gruß, und die Moarin begann vom guten Wetter zu reden, und die Schiestlin entschuldigte sich, daß sie soviel Dreck in die Stube brächten. Sie ließen sich alsdann auf die Ofenbank nötigen, und indem sie immer wieder sagten, sie müßten heimtrachten, redeten sie dem Pfarrer vom Habern und Weiz und von den Erdäpfeln für; sie erzählten ihm, welche Kuh gekälbert hab und welches Roß der Bauer verkaufen wölle. Sie schimpfierten über ihre breden Kinder und konnten es nicht verhindern, daß der Hauch ihrer stolzen und geschämigen Mütterlichkeit sich wunderbar mild um jedes herbe Wort legte.
Der Pfarrer saß mit einem aufmerksamen, stillen Lächeln vor ihnen und horchte. Er hatte die seltene Gabe, über sich selbst zu schweigen, wenn andere von ihrer Wichtigkeit erfüllt waren. Dies macht einen Menschen so liebenswürdig.
Als wiederum die Hausglocke läutete, erhoben sich die Bäuerinnen, packten ihre Körbe aus, und die Moarin sagte: Dahier wäre eine Wegzehrung für den Herrn Pfarrer.
Und die Schiestlin sagte:
Ein alter Magen entrate schwer einen guten Bissen. Selthalben solle der Herr Pfarrer ein paar Schrötel Selchfleisch und eine

Butterkugel in den Koffer stecken. Man wüsset ohnedem, wie notig die Admonter itzten beisammen wären.
Hienach drückten sie ihm die Hand und gingen. Es kamen aber im Laufe des Nachmittags noch etliche Frauen aus der Bäuerei, nenne die Murbergerin, die Schneemoserin, die Schönwetterin, die Predleggerin, die Graßltochter von Nieder-Öblarn, die Grillin und die Pürcherin vom Mitterberg, die Schusterin von der Strimitz, die Stürggin vom Gatschberg, die Talmoarin, die Berghammerin, die Engelharschtin, die Schröfflin. Es wehte in der Stube öfters ersticklich heiß, und es surmte von vielen Stimmen. Der Tisch und die Kommode, alle drei Fensterbretter waren voll üppig nahrhafter Geschenke. Da standen Butterlämmer im Blumenkranz, lebende Hähne mit gebundenen Füßen hockten im Papierkorb und krähten. Die Bas mußte eine irdene Schüssel nach der andern aus der Küche holen für die Eier und die roggenen und die weizenen Krapfen. Zwischen den Doppelfenstern lagen etliche Laibe Steirerkäs. Bunt bemalte Flaschen zierten den Wandsims; flimmerte klar und licht der echte Schnaps darin; der Enzian für Leibesübel, der Kranewettgeist für die Wassersucht, der Hollergeist für Nervenzufälle, der Birnschnaps für die geschwollene Gicht, der Schwarzbeerschnaps für die Verdaulichkeit, der Vogelbeerene für Verkühlung und der Himbeerschnaps als Kuriosum und Wohlgeschmack für Maul und Nasen. Sollte nun mit Gottes Willen und Gnad der alte Pfarrherr keinem dieser Gebresten unterworfen sein, so waren die Geister auch nicht verschwendt, sondern dienten sammentlich der Aufheiterung des Leibes und der Seele.
Inmitten der Frauen saß Pater Isidor und hörte zu unzähligen Malen das nämliche Gespräch von ihren Gärten, von ihren Haustieren, Dienstboten und Kindern. Er war geduldig wie ein guter Vater, der auf eine weite Reise geht und dem sich ein jedes mit seinen Sorgen noch anbefiehlt. Er wurde nicht müde. Er wurde nur trauriger von Wort zu Wort. Zuweilen glühten rot geädert zwei Flecken über den Wangen auf. Seine Gestalt verfiel hülflos und bescheiden im großen Stuhl, wann er sagte:
»Ihr habts euch wegen meiner in schöne Unkösten gestürzt.«
Gegen Abend suchten ihn die Zwölf Männer heim. Sie trugen ehrsam ihr bestes Gewand. Zuvörderst trat der Amtmann

Joseph Salzinger in die niedere Tür, gebücket, stumm; hielt ein Stück der schweren Hutkrempe in die Faust gezwängt. Ebenso ernsthaft, mit groben Schritten und hülzernem Gebar folgten die Bürger und Bauern von Öblarn; zuletzt in der Reihe war Gabriel Scharf, der ließ hinter sich die Klinke ins Eisenarb schnalzen.

»Herr Pfarrer«, sprach der Kirchenpropst Jakob Wundersamer, »wir kömmen uns pfüaten.«

»Ja«, sagte Pater Isidor, »die Zeit ist schnell vergangen. Itzten wird es halt zum Wandern.«

»Jawohl«, brummelten ein paar.

Der Kirchenpropst, nämlich Ferdinand Neuper der Ältere, sagte:

»Als ein Alter gefreut einen das Wandern nit.«

»Zahlt sich frei nimmer aus; und muß doch sein«, gab Isidor zur Antwort.

»Jawohl«, brummelten ein paar. Dann entstand eine Pause.

Der Torbäck trat langsam aus dem Schock der Zwölf Männer und hub eine Red an, welche der Schulmeister mit Zuhilf eines Erbauungsbuches aufgesetzt hatte:

»Hochwürdiger, edelgeborener, in Ehren abscheidender Herr Pfarrer von Öbling!

Es haben sowohl die heidnischen Weltweisen als auch die heiligen Väter der katholischen Kirche die Beschaffenheit des menschlichen Lebens zu entwerfen durch verschiedene Gleichnusse vorgestellt, indem es dieser einem Wettlauf, jener einer Wanderschaft, der dritte einem Würfelspiel, der vierte einem Gefängnis vergleichet. Ganz getroffen hat es wohl selbiger Skribent, der sagte: es ist dieser gegenwärtige Lebenslauf ein gewaltig schneller Strom, der von Zeit zu Zeit ins Meer der Ewigkeit fließet und nicht wiederkehrt.

An seinen Ufern, so er benetzet, ist entweders das Paradeis, schön geschmückt mit geblümelten Wiesen und gestutzten Zierbäumen. Prächtige Lilien, Rosen, Veigel und Narzissen umkränzen die Rabatten, und hiebei zeiget sich eine Garnitur von buntfarbigen Gartenkugeln, welche dem Auge genehm und ergötzlich ist.

Oder es befindet sich hierselbst die entlegene Einöd mit faulem Gemüs, stechenden Dörnern, Kletten, Strubb und schändlichem Ungeziefer.

Ingleichen nun wie die Erde am Gestad eines Stromes, so beschaffen ist die Gemeind, sonders die Jugend vor ihrem Lehr- und Nährmeister. Wo er fleißige Achtung und emsige Obacht gibt, sie von Unkraut befreiet, mit Schaufeln und Krampen streng hält, mit dem Tau seines Seeleneifers besprengelt und in allem guten Wissen und Gewissen unterweist, dawo es die Zeit erfordert, züchtiget und abstraft und zustutzet, wird ein Paradeis gediehen sein. Wo er herentgegen keine Erquicklichkeit spendiert, so daß quasi die Wurzen faulenzen und die Stengel welken, wo er an frischem Wasser, soll heißen, christlichem Zuspruch ermangeln lässet, da werden an Stell der Narzissen Narren, an Stell der Lilien werden Lümmel, an Stell der Rosen Rotznigel, an Stell der Veigel erwachsen Feigling für die Sach Gottes.
Ein frommer und wohlerfahrener Priester wendet seinen gegenwärtigen Lebenslauf von uns, dem guttätigen Strom vergleichbar, der die Auen der Erde beträufelt und bewässert sowie auch zahllose Kreaturen segensreich hat auferzogen und itzten nach dem ruhigen Genusse der Himmelsnähe verlanget. Wir haben uns anher begeben, um den pflichtschuldigen Dank mit Wort und Handschlag abzustatten für alle Werk der christlichen Lieb und Obsorg und empfehlen dem vorsichtigen, freigebigen, unsterblichen Gotte die Gebitt, daß er unsern hochschätzlichen Pfarrer auf den Tag seiner Abreise stärke, ferners jede Leibesplag und Beschwerde verhüte und seine tugendhaften Verdienste löhne gemäß der Verheißung unseres Herrn Jesus, des Königs der Glori.«
Der Amtmann setzte mit einem Schnaufer ab. Es war die längste Rede, die er sein Lebtag eingelernt hatte. Einförmig betont, von keinem Gefühl belebt, karg, jedoch verständlich war seine Sprechweise. Pater Isidor, der inwährend des Nachmittags mit einer schweren, schier untröstlichen Stimmung kämpfte, erfing sich nun bei dieser Bauernstarrheit, streckte letztlich ohne Zittern die verserbte, schmale Hand aus und sprach:
»Tuts mir zuviel Ehr an, Vater Torbäck. Mögets mich wohl durch eine rosinfarbne Brille betrachtet haben.«
»Das nit«, sagten ein paar.
Joseph Gatterer, der warmherzige Mensch, drängte sich baß erregt in den Vordergrund. Er hatte seine Red vom Pfleger

übernommen. Sie handelte von der zeitlichen und ewigen Gerechtigkeit, war mit lateinischen Figuresken vollgespickt und geistreicher, als ein gemeiner Mann vertragen konnte. Füglich befürchtete der Ortsrichter, daß er aus dem Konzept geriete, wann er sie noch länger aufschöb. Er hatte auch richtig den Anfang vergessen. Zumal aber Pater Isidor sein jämmerliches Gestotter mit einem freundlichen Blick beglich und Pater Gabriel ihm hinterrücks eifrig ein Schlagwort nach dem andern zuflüsterte, fand er sich bei der Mitte zurecht und sprach, zwar in Unkenntnis des Sinnes, den er memoriert hatte, doch er sprach wenigstens mit Schwung.

»... Und die Jurisdiktion der Kirche ist das heilige Schwert archangeli Michaeli, gezücket über den Ungerechten. Mag ein Schelm den Richtern der Welt entfliehen oder ihr Auge täuschen mit dem Schein der Tugend und Frömmigkeit, nicht aber wird er unter der Schwertschneide Dei hindurchschlüpfen ad laetitias gaudiaque coeli. Und der Mensch, welcher vielleicht äußerlich gegen das Urteil seines Nächsten möchte taub gewesen sein, ist innenbei scharf und tiefschichtig vigiliert; das kleinste punctum in legibus religionis und Satzungen wird abgewogen und dermaleinst zur Rechenschaft gegenwärtig gestellt, welches uns prophezeit ist nach dem evangelio Matthaei 25.

Item: ›Es werden alle Geschlechter der Erde wehklagen und werden den Menschensohn kömmen sehen auf den Wolken des Himmels mit großer Macht und Herrlichkeit. Und er wird seine Engel mit laut tönender Posaune senden, und sie werden die Auserwählten sammeln von den vier Winden, von einem Ende des Himmels bis zum andern.‹

Fürwahr, so ingedenk des Psalmes die victori über alle Widersacher des Reiches Gottes sich verhoffen, tun weislich. Unsere Hoffnung ist die iustitia aeterna.

Siehe:

›Prolungaverunt iniquitates suas

Dominus iustus concidit cervices peccatorum.‹

Noch zu keiner Zeit ist die heilige römische Kirche dergestalt erarmt und ausbündig traktiert worden wie damals. Der Geist der Finsternis, welcher die Usurpatoren zu Gottesräuberei und Säkularisation stachelt, schwebet wie eine Pestilenzwolken über der Erde, infiziert selbst das vulgäre Gemüt, sodaß

gleichwie der Staat Petri auch die weltentlegene Pfarr von der Anfeindung des Satans vexiert ist.
In Erwägung dessen möchte man wohl einem Seelsorger, welcher inwährend einem halben saeculo die Kirche treulich gegen die Pforten der Hölle verteidiget hat, ehrerbötige und submisse Bewundernis bieten. Er ist in Wahrheit ein veteranus ecclesiae militantis, grauhaarig und hinfällig worden von denen Schwertstreichen, sowohl die er austeilete, als auch die er empfing. Ein solcher veteranus, item der hochwürdige und ehrgeachte Pater Isidor Hinterseer, Ordenspriester Sancti Benedicti, hat von seiner allhiesigen Pfarrgemeind das valete genommen. Er vertauscht das gesegnete Waffen des Erzengels Michael, sage sein geistlich Richteramt im auferbaulichen Frieden der Klosterzelle mit dem Rosenkranz beatae Mariae virginis, überlässet die streitende Kirchen den Jünglingen und Männern, damit sie die Krone der Verdienstlichkeit erwürben, welche ihm bereits geschenket ist und auf seinem Greisenhaupt sichtbarlich erstrahlen wird am Tage der Rückkunft des Herrn, wo die Gerechten eingehen in die Pracht der ecclesiae triumphantis. Amen.«
Hörbar gingen die Atemzüge. Die Luft war ersticklich und schwül. Manchmal flatterte ein junger Hahn. Ein Birkenwipfel schwankte schattend für dem Fenster. Der alte Pfarrer gab erstlich dem Ortsrichter die Hand, sonach dem Verweser, sonach den Kirchenpröpsten.
»Wir bedanken uns halt fleißig«, sagte Ferdinand Neuper.
»Jawohl«, sagte Peter Freidank.
Der Kurschmied zwinkerte mit den weltseligen blauen Augen, kratzte seine Kinnstoppeln und meinte:
»Ist mir wohl leid um Ihnen. Haben alleweil freundlich geschaffen können, wir zwei. Gute Reis' alsdann. Laß meinen geweihten Vettern schön grüaßen.«
Pater Isidor blinzelte auch.
»Wirst mich doch einmal heimsuchen. Nachher trinken wir ein Flaschel Eisenthürer auf Gesundheit und langes Leben. Itzten ist's nimmer gefährlich im Keller. Zechen keine Franzosen drin.«
Dieses Wort wurde Ursach, daß dem Zedler ein Scherz übers Züngerl lief und dem Bader Gasteiger ein paar tüchtige Flüch zuweg dem Landesfeind entfuhren. Sie diskurierten eine Zeit-

lang hin und wieder von Kriegsnot und Teuerung, allein es blieb die merkwürdige Dumpfheit des Abschiedes auf den Zwölf Männern. Sie kamen und drückten ihm ein zweites Mal die Hand, und weilen sie also herstunden, sprach Isidor Hinterseer mit einem Schlucken in der Stimme ... nickend ... langsam, wie Wort um Wort durch seinen Sinn streifte:
»So geht's, meine lieben Öblinger. Die sechzehn Jahre hier bedünken mich anheute ein kurzer Aufenthalt. Und das ganze Leben bedünkt mich eine kleine Müh; quasi als sei ich entlang einer Gartenmauer gewallfahret. Dahinter ahnete man schon das erquickliche Paradeis. Hab manchem über den Umfried geholfen, indem ich ihm den Arm stützte, ihn auf die Schultern hob oder ihm den Rücken als Staffel anerbot. Kindlein, Mütter, Männer, Jungfraun, Jüngling und Greise, Menschen aller Art, gemein und fürnehm, hab ich über die Mauer gelupfet. Geschah auch, daß etliche meiner Hilf vergaßen, mittenwegs auf mich herabblickten und mir bezeigten, sie stünden bereits Gott näher als ich.
Traf mich selbes einst beschämend und bitterlich. Anheut aber sag ich: Wohlgetan! Dienete zur Erkenntnis, daß ich lediglich ein Werkzeug Gottes bin. So beschaffen wandel ich entlang der steinernen Wand, die grenzet ans Paradeis, bin zu schwach befunden, daß ich meiner Gemeind annoch weiterdiene, und warte selthalben, bis diejenigen, welche mir vorangingen, sich aus der Ewigkeit zu mir neigen und mich gelind über die Mauer lupfen. Sind ein Schock Öblinger dabei, selig im Herrn.
Euch aber, insonders euern Kindern in Völle und Kraft und Saft, soll meine zeitliche und dermaleinst himmlische Fürbitt gewidmet sein. Was ich sagen will ... Seids dem jungen Pfarrer willig wie mir, dem alten. Und itzten gehts außi in Gotts Nam! Seh schon den Schulmeister daherreisen und hintenbei die Buben und die weißen Maderln.«
Es schritten die Männer stumm aus der Kanzlei. Zwei jedoch blieben, in der Tür sich wendend, zurück, nämlich der Pfleger und der Stralz.
»Hab eine Mitteilung, die nit Aufschub leidet«, sprach der Pfleger.
Isidor Hinterseer rückte die Stühle zurecht, bat, noch von angstigem Gefühle beklemmt:

»Wöllen einen Schlaf dalassen!«
»Ich bin so frei«, sagte der Pfleger und setzte sich.
Andreas Stralz sagte stehend:
»Hab den Buam niemal verjagt. Halt ihn niemal auf.«
Der alte Herr schaute seine beiden Gäste fragend an. Der Pfleger richtete mittels eines Krenblattes ein Butterlamm gerade, das sich in der Hitz zur Seite gebogen hatte, sprach eisig:
»Dächt, es wäre Ihre väterliche Pflicht, wenigstens einen Knecht auf die Suche zu schicken.«
»Hab keinen Knecht.«
»Ist was passiert?« frug Isidor.
»Nichts«, antwortete Pater Gabriel. »Ein Schelmenstück. War gewitzigt und ließ mich doch täuschen. Unbegreiflich.«
Es spann sich die Stille durch das Zimmer hin. Unter dem Ledersofa kroch schnurrend eine große dreifarbige Katz herfür, wetzte ihren Buckel zutunlich an den Beinen des Pfarrers, gewahrte alsdann die Hähne und duckte sich hinter den Papierkorb. Mühselig rasselte die Uhr. Der Streusand knisterte. Ein leeres Blatt stund lotrecht in der Kirchenchronik.
»Herr Pater Isidor«, sprach plötzlich der Pfleger, »muß Sie formaliter im letzten Abdruck mit einer leidigen Botschaft inkommodieren.«
»Aber bitt schön«, sagte Isidor hilflos.
»Nämlich der Stralzensohn ist durchgegangen.«
Der Pfarrer spreizte kreisrund die Augen und rief:
»Schon wieder einer! Nit möglich.«
»Immer der nämliche«, sprach der Pfleger.
»Schreckbar.«
»Angestert noch die Freud, daß ein Sünder reumütig in sich gekehrt ist. Will ihn per expressum an Ort und Stell spedieren. Maßen ich aber meine Knechte dringlich zum Heugen brauchte, schick ich dem Diener Post. Kam nur die Nani.
Mit einem Weibsbild ist mir nicht geholfen, sagte ich. Wo hast deinen Ehekonsorten?
Der sei zu Gröbming Sauhandeln und käme erst auf den Abend heim, sagt das Weibel.
So schick ich anheut in der Herrgottsfrüh den Diener mit dem Stralzenbuben nach Stainach, gib ihm Weisung und frag: Wirst fertig allein mit dem Kerl?

Schaut nicht aus, als hätt er Possen für, meint der Diener. Richtig, im Anfang geht's ohne Verzug. Der Bursche redet nix, deutet nix; strampft dahin wie ein Stier im Joch, sagt der Diener. In Stuttern hat das jähe Tempo nachgelassen. Bei Espang bleibt er stehen, wichst dem Diener eine Ohrfeige herunter, daß er umfallt . . . Und ist beim Teufel.«

»Aso«, sprach Isidor und ließ den Unterkiefer hangen.

Vater Stralz blieb stumm.

Hiedurch erzörnete der Pfleger noch mehr. Sein Naturell, an sich weder hitzig noch unbedacht, brauste auf. Und er sagte, so laut, daß es draußen im Vorhaus die Bas hörte:

»Ich wünsch itzten nur Seine Hoheit, den Prinzen Johann herbei, damit er sehe, wie das inkurable, perfide Früchtel sich durch Verspottung der Obrigkeit bedankt. Hab schon manchen Wilderer, Vagabonden und Strauchdieb im Kotter gehabt. Aber ein solches Mixtum von Lasterhaftigkeit und Verstocktheit ist mir bisher nit fürgekommen.«

Pater Isidor schaute in den Winkel, wo die Katz nach den Hähnen tatzelte, und meinte:

»Wann ein Mensch sich also böslich gebärdt, muß ich gern denken: weiß Gott, was ihm Böses zugestoßen ist.«

»Herr Pater Isidor«, sprach der Pfleger, »das ist keine causa excusans. Wohin käme die bürgerliche Ordnung, gesetzt den Fall, es entlaste sich jeder seines Mißgeschicks durch Räuberei, Freveltat und zuchtlosen Wandel.«

Der alte Pfarrer schwieg. Und der Pfleger redete mit stärkerem Nachdruck, ja mit verhaltenem Trumpfe weiter:

»Sie erachten füglich eine weltliche Justiz für überflüssig, Sie brauchen kein Ortsgericht, kein Kreisamt für einen Diebsgesellen?«

»Wohl, das muß auch sein«, antwortete sanft der Greis.

»Für Ihren Standpunkt nicht«, sagte Gabriel lächelnd, indem ihm das Bild Calvaria einfiel. »Sie hätten auch für den linken Schächer einen Kranz parat. Und Sie würden jeglichen bösen Scherz im Hinblick auf einen vermutlichen bösen Schmerz toleranter observieren . . . Bis alles auf der Welt drunter und drüber ging.«

»Geht ohnedem«, sagte langsam Andreas Stralz. »Es ist ein stetiger Ausgleich zwischen der Höh und Tiafen, zwischen Glück und Schuld und Unschuld und Unglück. Wann's keinen

Richter gab, bleibet mannig Urteil aus. Die Straf aber wär gleich. Es ist in der Natur eine unbestechliche, schonungslose Gerechtigkeit.«

Die beiden Patres saßen ohne Regung.

Da sagte er:

»Haben die Herren ansonsten einen Wunsch?«

»Nein«, sprach Gabriel, von solch stütziger Art keine Beihülf mehr verhoffend.

»Nachher sag ich: Pfüat Gott.«

Pater Isidor geleitete ihn durch die Doppeltür, griff im Halbdunkel nach seiner Hand und sagte, inweil die Angel kreischte:

»Ach was, Gerechtigkeit! Barmherzig, barmherzig sein!«

»Wünsch guaten Abend, Herr Pfarrer«, sagte Andreas Stralz und stapfte davon.

Als Isidor Hinterseer wieder in die Kanzlei kam, rief der Pfleger mißgelaunt:

»Das ist doch ein rechter Heid.«

»Ja«, meinte der Pfarrer. Hienach meinte er: »Ich besorge, eine heimliche Ursach macht ihn bitter.«

»Die Schand, natürlich«, bemerkte Gabriel. »So alte Familien sind wehleidig.«

»Sie haben halt bis dato ihren Namen ehrsam tragen.«

»Und davor sölle ich dem Lotter gnädig sein.«

Der Pfarrer sinnierte bänglich über ein Ding und sagte zuletzt etwas ganz anderes, als er sich vorgenommen hatte. Er sagte:

»In der Dekanei Haus, wo die Matrikuln und die Kirchenbücher seit dem Tridentinum aufliegen . . .«

»Weiß schon«, wehrte der Pfleger ab.

». . . findt man die Groggern schon namhaft.«

»Und?«

»Ganz im Vertrauen . . .«, wispelte Isidor, trocken vor Genierlichkeit; brachte aber wiederum nicht die gewünschten Worte zustande, sagte fürmehr:

»Auch eine Robott-Vorschreibung erweist, daß sie bereits Anno 1500 dahier in Obersteyer erbsässig waren.«

»Ja . . . und?« frug Gabriel steif. »Davor söllt man nur arme Holzdieb, straffällige Keuschler et cetera ins Gefängnis setzen?«

»Nein«, beteuerte Isidor, »ich hab sagen wollen . . .«

»... und den Matthäus pardonieren, weil's der jung Grogger vulgo Stralz ist! Nein, Pater Isidor, das können S' nit verlangen. Meine Geduld mit ihm ist erschöpft.«
Nach langer Stille frug der Pfarrer:
»Was machen S' itzt?«
»Nix kann ich machen. Ein neues Geschloß und ein doppeltes Gitter hab ich richten lassen. Und mit eigener Hand riegel ich den Kotter auf und zu, wann ihn meine Jager einmal bringen.«
»Freilich.«
»Seit der Karwochen beschäftigt mich der Rotzkerl. Erst die Gewissensnot: soll ich ihn widmen oder nicht. Hienach die Bescherung mit dem Nepomuken, hienach die Fopperei vor der Stellung, hienach, mit Respekt gesagt, das blamable Stück vom Prinzen Johann. Bei Tag und Nacht ist der Bube hinter mir wie der Teufel hinter dem Beichtstuhl. Ein schlechter Vergleich.«
»Versteh schon«, sagte Isidor, »es setzt Ihnen halt der Gedanke zu, ob Sie Ihre Schuldigkeit getan haben.«
»Hab's getan!« antwortete der Pfleger rasch. »Itzten reut mich nichts mehr. Aber wie er sich gestern so demütig angeschalkt hat, der Haderlump, bin ich auf einen Sprung zum Gatterer hinüber, inwillens, die Red anders zu formulieren, Gott sei Dank, das fulminante Kirchenlicht hat sich gewehrt aus Angst, das Amendement wär nimmer zu erlernen.«
Wieder spann sie die Stille ein. Draußen die Kinder spähten neubegierig durch den Fensterkorb. Bunte Blumenschöpfe tauchten auf, manchmal ein flachsweißer Frauenkopf, noch vom Schein der Abendsonne umschleiert. Ein paar Dorftrottel glotzten über das Dach der Freithofmauer ... Vor den Pappeln strampfte der Gasteiger hin und her und postierte die Musikanten.
Isidor löste den Blick von den vielen lebfrischen Gestalten, seufzte bedrückt:
»Glaub wohl, Herr Pfleger. Ihr Amt ist schwer.«
»Sonder Zweifel«, sprach Gabriel zerstreut. »Haben nicht bemerkt? Die Red war sub rosa auf den Fall Matthäus Stralz gemünzt; vielleicht zu gepfeffert für ein valete. Mit Vergunst und Verlaub, ich mußte mir Luft verschaffen. Der Kerl hat mein Hirn ganz febrilisch gemacht; so daß ich quasi ein jeg-

liches Tagwerk anhub und abschloß mit Berufung auf das kanonische und zivile Recht.«
Es klopfte.
»Salve«, sagte Isidor.
Der flachsweiße Kopf der Frau Bas erschien im Türspalt, verschwand . . . erschien wiederum. Endlich wurde das Weiblein völlig sichtbar und sagte:
»Der Schullehrer paßt schon. Und die Frauen haben bereits Füßweh. Und die Kinder geben nimmer Ruh.«
Der Pfleger stund auf.
»Bleiben S' doch sitzen, Herr Pater Gabriel«, sprach Isidor.
Der Pfleger dankte mit einem Deuter; rief im Gehen:
»Sie haben anheute noch viel vor sich . . . Und gelt, ich bin kein schlechter Menschenkenner! Behaupt itzten vier Jahre, der Stralzensohn ist ein Erzvogel. Aber Sie wöllten mir nit glauben.«
»Wohl, wohl!« sagte Pater Isidor traurig. »Sie haben recht, Ordnung muß sein. Will nur sagen, daß mir der Spitzbub erbarmt. Vielleicht hat er's nicht aus Bosheit getan, sondern aus Heimweh.«
»Ach, der«, entgegnete Gabriel verächtlich. »Hat auf dem Grimming wo seinen Stutzen versteckt. Ist ihn suchen gangen. Und morgen brennt er ein Gamsel nieder. Da wett ich.«
»Meinen Sie?« frug der Pfarrer.
Pater Gabriel ging nachdenklich fort, sprach bei sich selbsten: Mit solchen Menschen ist nicht gut diskurieren. Sie berauben einen der ganzen Räson mit ihrer senilen Schwäche und Weichherzigkeit. Er steckte den Kopf in die Schultern, grüßte nicht, dankte nicht; hieb die Stiefel in den Schotter, daß es spritzte. Pater Isidor sah es durch das Fensterglas.
Über eine Weile stürzte die Bas abermalen in die Kanzlei und sagte, indes sie die Hähne aus dem Korb fing:
»Sie möchten Ihnen auf die Weid bemühen. Erstens taten die Kinder das Kot antragen. Und zweitens haben s' nit Platz herinnen. Mein Gott«, sagte sie, »ich därf nit losen gehen, sonst muß ich zuviel weinen um Ihnen, Herr Pfarrer.«
Unterweilen er ins Haustor trat, begannen die Spielleut einen uralten Hochzeitsmarsch.
»Rrrm tam, rrrm tam . . .«, so maßvoll, so andächtig und feierlich, wie der Bauernschritt am Feiertag ist. Dem Greise

schwammen sogleich die Augen. Er hörte in den säuberlich gehackten, starken Taktstößen, immer wiederkehrend, sein eigen Herz voll Abschiedsnot. Oh, wie inbrünstig rührte ihn der Anblick der Kinder benebst ihren Müttern. Auf der linken Seite stunden, in die Sonne zahnend, die Buben; solche, noch mit Leib- und Seelhose und fein gefälteltem Halskräsel; solche, welche beim Herrn Raimund Winkler in die Schul gingen, und endlich die, welche sich bereits in der Lehre befanden. Auf die rechte Seite waren die kleinen Jungfrauen gestellt. Sie trugen ihre Prangerkittel, hatten jedoch zu diesem Behuf die Zöpfchen noch nicht ausgekämmt, hatten sie fürmehr zu breiten Nestern kreuz und quer über den Kopf gespendelt. Hintenbei stunden die großen Jungfrauen, manche schon heiratsmäßig, manche auch überständig, alle jedoch herzbeweglich schön mit dem grünen Kranz aus Rosmarin.
Sowie der Marsch ausgeklungen war, traten die Öblinger Bürgersfrauen durch das Spalier zum Pfarrer. Die alte Torbäckin, die junge Torbäckin, die Stralzin, die Gasteigerin, die Zedlerin, die Buglmüllerin und die Veitin waren auf und auf in schillernder Seiden; da rauschte es bei jedem Schritt; da flirrte das echte Gold auf den Hauben gar bestaunlich! Sie brachten auch Butter, Hönig, Rindschmalz, Eier, Kaffee und Krapfen in großen Körben daher. Und sie entschuldigten sich, daß sie nichts Besseres hätten. Es wäre hieran der Krieg und das Hochwasser schuld.
Isidor Hinterseer rief um die Bas. Aber sie kam nicht. Es kam nur der junge Pater; hob ihnen die Geschenke aus den Händen und trug sie ins Vorhaus.
»Die Speisung der fünftausend Mann«, sagte der alte Herr. Und immer wieder sagte er: »Vergelt's Gott tausendmal. Ich hab's nit verdient und kann's nit zahlen.«
Unter den Frauen hatschte die Mutter des Bäckenhansei. Sie war in ihrer Bozener Tracht und glich darin einem schlottrigen Haubenstock, weil sie zufolg ihrer Jahre schon ziemlich einschrumpfte. Ihr großer Rosenkranz glangelte unter der verdorrten, gichtischen Hand. Der Kittelsaum war in Fransen. Sie hatte keinen Strumpf an. Zuweilen, wann sie einen Hausschuh verlor, zeigte sich auf ihrem Rist ein schwäriges Kreuz.
»Du bischt mir der liabschte Pfaff, weilscht mir Ruah lascht!« schnarrte sie den hochwürdigen Pfarrer an und stieß einen

Gugelhupf, so groß wie ein Wasserschaff, vor ihm auf den Boden. Dann musterte sie den jungen Pater mit ihren saphirgrünen Augen ... als wölle sie ihn erstechen, und kehrte ohne weiteres Wort in den Schock der Weiber zurück. Und obschon diese beidseit wichen, erloste sie doch, was sie redeten; sie hatten die Stralzin in der Beiz und versetzten ihr einen Stich um den andern.

»Mein Gott«, sprach Barbara Torbäckin, »mich ziemt gar, du hast der Rögerl dein Hochzeitsgewand geliehen.«

»Ja«, sprach Frau Constantia, »weil sie einen Vers hersagen muaß.«

»Früherszeit«, tadelte Luzia Torbäckin, »früherszeit haben das die Bürgerstöchter tan.«

»Hab sie ehwohl auferzogen wia mein Kind.«

Die Veitkramerin blickte scheel und kicherte:

»... Damit die Buama eine Gesponsin kriagen.«

»Ja«, gab Mutter Stralzin zur Antwort und schaute hoffärtig über sie hinweg.

»Ein schöner Seidenzeug!« hub die Veitin neuerlich an. »Hast ihn noch beim Gottlieb kauft?«

»Paßt dem Dirndel auf den Leib gegossen.«

Die Wehmutter bemerkte giftig:

»Wird's die Nahterin wohl einnähen müassen ... vorn und hint.«

»Und wattieren soll sie's, Stralzin. Mir kommt für, deiner Rögerl wachst der Buckel aus.«

So räsonierten die Frauen.

»Mein Bua, der Irgel, hat auch einen Vers gelernt, denselbigen hat der Bader gar in Schladming aufsetzen lassen«, tat ihnen die Kurschmiedin zu wissen.

Die Stralzin sagte stuff:

»Meiner Rögerl ihren Vers hat der Hansei zuweg gebracht.«

Es huben etliche gespöttig zu lachen an. Sintemal aber das Gemurmel der Kinder verstummte und der Zedlersohn von der linken Seite und die Rögerl von der rechten Seite auf den Pfarrer zuschritten, kochte der Kramerin die Gall, und sie rief überlaut:

»Schauts einmal, der Stralzenrögerl kommt der Kranz zu rutschen.«

Es war die helle Lug. Allein Constantia Stralzin verfärbte

sich zunderrot, indem sie gleich den andern Frauen glaubte, ihr Ziehtöchterl trüge unwürdig den jungfräulichen Rosmarin.
»Sorg dich nit!« brummelte die Mutter des Bäckenhansei mit ihrer grausigen Stimme:

»'s Kranzei fallt nit in Dreck,
's Kranzei fallt nit ins Kleek.
Bald a weiß' Gamsel schleicht,
Nachher wird's g'weicht.«

»Was?« frug Mutter Constantia gepreßt.
»Nix!« schnarrte die Bäckin.

»Auf den Bluatstag morgen
Tua dich sorgen.
Nimm die Beten, Chrischt,
Weil der Bluatstag ischt!«

»So schiach!« greinte die Stralzin, indes sie ihre Herzensangst zu meistern suchte. »Warum soll denn Bluatstag sein?«
Da zischte die Hex boshaft:
»Muaß wohl sein. Ihr saget Fronleichnam, und wir in Tirol sagen Bluatstag. Hascht mich verstanden?«
Die Stralzin konnte nichts entgegnen, denn der Zedlersohn deklamierte bereits. Item er sprach:

»Itzt muaß ich schon die längste Weil
Verdenken und verroaten:
Was kunnt ich lauter für ein' Bund
Zum Abschied fürerbroaten?

Es werden etla Buschen stehn
Im Glasel und im Kübel,
Und Sachen habt's ja häufig viel
In Euern Pfarrerstübel.

Und wann ich Euch ein Häferl gab,
Seg stellt's in' Gläserkasten.
Und wann ich Euch ein Pölsterl bracht ...
Ihr tat's ja doch nit rasten.

Und Versela habt's dennerwohl
Lebtags genuag vernumma.
Die Buama wachsen wie die Ruab'n,
Und d' Jahrla gehen uma.

Es schiabt sich awohl auf die Höh
Mein Haut und Boan und Ader.
Ich kimm mir schier gar länger für
Als wie dahoam mein Vater.

Zu Öbling ist ein guater Schlag,
Ihr mögt's Euch wohl verlassen.
Drum söllet's mir kein Mensch verarg'n,
Ich red als wia die Großen.

Wir werd'n die starken Steirerfäust
Schon a noch bluatig rühren:
Für Kaiser, Gott und Vaterland!
Seg will ich heilig schwüren.«

Der Zedlersohn war ein fester Kerl. Straff und kurz streckte sich das blonde Haar aus dem dicken Schädel. In seinen Augen, frumm und blau wie Vergißmeinnicht, stak der Blitz. Und die rote Schmiedepratze umschloß die schmale geistliche Hand wie eine Greifzang.
»Brav, brav!« lobte Isidor Hinterseer. »Mein Gott, ich bin nicht gefaßt auf soviel Ehr ... Lieber Mitbruder«, rief er, sich nach dem jungen Pater wendend, »bitt Ihnen, droben über meiner Bettstatt sind drei Nägel; auf dem mittlern hängt ein Kreuzel. Besagtes Kreuzel ist ein Spendasch vom Sekkauer Fürstbischof Josephus Adam Graf Arco, ist hochgeweiht und ablaßkräftig. Wöllen mir's bringen.
Dank Ihnen auch fleißig, Herr Winkler«, sagte er schon atemlos. »Von wem haben S' denn das schöne Gedicht?«
»Der Herr Gasteiger ist eigens nach Schladming gereiset und hat's nach seinem Geschmack angeschafft«, bemerkte der Schulmeister mit Zurückhaltung.
»Schau, schau«, verwunderte sich der Greis; »ist oben ein Poetikus?«
»Ja. Hat beträchtlichen Zuspruch, muß auf Namenstäg, Jubiläen, Hochzeiten und Taufen einen Text reimen.«

»Ein Magister?« frug Isidor.
»Durchaus nicht«, sprach Raimund Winkler, weiß nicht, gekränket oder verlegen ... »Ein Evangelischer, ein Hafnergesell.«
»Aso«, sagte Isidor nickend. »Ein löblicher Mensch.«
In diesem Augenblick gab der Trommler ein Zeichen. Der Bader Gasteiger stellte sich vor den Spielleuten in Positur und rief:
»Habt Acht!«
Raimund Winkler zog seinen Klopfstock aus dem Westensack und taktierte.
Langsam, andächtig, daß ein Schauer über den Rücken rann, begannen die Instrumente und Kinderkehlen das »Gott erhalte«. Die kleinen und die großen Jungfrauen hielten ihre scheckigen Buketten wieder aufrecht. Langweil, Fürwitz, Eitelkeit, Müdigkeit oder sonst ein Unbild verschwand aus ihren Gesichtern. Es schwebten ihre Sinne nach dem feierlichen Taktstreich des Herrn Raimund Winkler sachte hinaus in Rosenwolken und Abendblau. Die Buben vor dem gelben Geblende der abscheidenden Sonne schlitzten die Augen. Ihre Wangen brunnen. In ihren weißen, falben, roten und bronzenen Kopfkugeln sperrten sich voll rührigem Eifer die Mäuler auf und zu. Es geschah nur, daß inwährend des langen Liedes die jüngsten Dorfbürger, die in Halskräsel und Knöpfelhose, von ihrem Platze trippelten, am Kittel der Mutter sich bargen oder gar auf ihren Armen einschliefen.
Auf einer Rasenschwelle stund der Bader mit einem überschwenglichen Glücksgefühl. Obwohl er dem alten Pfarrherrn freundschäftlich zugeneigt war, machte auch er das Valete ledig seinen eigenen liebsten Gedanken dienlich. Wie Gottvater den Weltlauf, so betrachtete er das Stück Festordnung, welches er nach seinem Gusto gemodelt hatte. Jeden Ton, jedes Wort im Absang des Kaiserliedes erlebte er als sein Werk. Er verschaute sich in die knospenden Kinderlippen, und der Sturm seiner Hoffnung nahm ihn dahin. Und er glaubte an ein neues, glorwürdiges Österreich, weilen er's so innig ersehnte.
Als die letzte Strophe zu Ende war, ging er mit raschen, jugendlichen Schritten auf den Pfarrer zu und deutete, wie ein Vize-Gottvater, stolz und hochbefriedigt auf die acht

armen, schwitzenden Musici und die braven Kinder und sagte treuherzig:
»Wie hat's Ihnen gefallen, Herr Pfarrer? Hab ich's nit proper gemacht?«
Und Pater Isidor, welcher die Gaben der Menschen so feinfühlig behandelte, daß ihnen selbst die größere Freude daran verblieb, Pater Isidor sagte:
»Ich reis' ohne Sorgen, lieber Gasteiger. Sie geben mir einen guten Wandersegen, nämlich die Hoffnung auf bessere Zeiten. Erbaulich schön ist's gewesen. Wie am Kaisertag.«
»Herr Pater Isidor, ich find das Kreuzel nicht«, sagte leise der junge Pfarrer.
»Wohl, wohl! Muß oben hängen.«
Der junge Pfarrer war soeben durch das Haustor getreten, als Regina vor der Reihe der Jungfrauen ihren Vers begann. Sie war so ernsthaft, so bleich und lieblich wie eine Braut. Sie trug den Leibkittel aus Taft, welcher von dunklem Violett in den braunen Ton verwitterten Kupfers schillerte. Ein Tuch mit böhmischen Glasperlen hatte sie um den Hals geschlungen, und in den Ohren blinkten große Gehänge aus Dukatengold. Bewundernswert ist auch der Model auf ihren schneeweiß gestrickten Ärmeln und Strümpfen gewest; am schönsten aber das wehende Fürtuch von der Farbe blasser Herbstzeitlosen ... dahinter die schwere, ruhige Abendröte, versinkend in Flitter und Rosmarin.
Der junge Pater stund im dämmerigen Vorhaus still und hörte das Mädchen reden:

»Die Kinder müassen Bleameln bringen,
Sonst tragt es noch kein bessers G'schenk.
Die Kinder müassen Liaderl singen
Und fleißig sag'n: Wir danken Enk.
Fufz'g Jahrla sand a schöne Zeit!
Wia S' Ihner erste Meß hab'n g'lesen,
Da sand S' noch blüahlsauber g'wesen.
Und hiaza heben S' krump und kloan
Die marben Boan.
Fufz'g Jahrla sand a lange Zeit!
Derweil sand häufig Wasserl g'runna,
Viel g'weihte Liachter sand verbrunna;

Der Sturm hat Schauerkugeln g'saat
Und wieder auseinand' geflaht.
Heunt stehn S' beim Himmelroan
Und mög'n an Schnaufer toan.
Tan rasten und tan niederschaun:
Wia oft sand S' mit dem Herrgott gangen,
Gesengend durch die Morgenfrüah,
Gesengend durch die Wiesenblüah.
Viel weiße Dirndla waren prangen ...
Und hiaza werden S' weiße Fraun.
Hab'n S' alle Jahr ein Schöckerl Leut
Ins Kirchenbüachel eingeschrieb'n.
Heunt blatteln S' nach und fragen stad:
Wiaviel sand blieb'n? ...
Fufz'g Jahrla sand a schöne Zeit.
Talein, talaus
Is' mannig Haus,
Da hab'n S' den Vater kennt,
Da hab'n S' die Muatter g'sengt
Und auf den Ahnl noch
Ein Schäuferl Erden keiht.
Es wird davor
Einmal das Himmelstor
Weitmächtig offenstehn;
Werd'n häufig hinter Ihnen gehn
Und Liachter tragen
Und Gelt's Gott sagen
Für d' Ewigkeit!
So! Weiße Dirndla, tat's Enk pfüaten,
Reichts hin die Bleamerln als a G'schenk
Und sagets frisch zum guaten Hirten:
Wir danken Enk! ...
Wir bitten hiaz und bitten nachher:
O geben S' uns zur Scheidestund
An liaben Seng, an liaben Lacher ...
Pfüat Gott, Herr Pfarrer, bleibn S' schön g'sund!«

Dem alten Herrn stach der Schwitz aus den Poren. Sein Puls zitterte, und seine Knie brachen ein paarmal vor Schwäche ein, so wohl und so wehe tat ihm die Lieb seiner Gemeind.

Er wurde sich nicht bewußt, was er zu den Kindern sprach. Auch die Kinder verstunden es nicht; er sprach lauter Worte ohne Zusammenhang, zwischen Lachen und Weinen.
Urblitzlich kam Constantia Stralzin mit einem finstern Geschau fürüber, holte Johannes von den Buben hinweg und rief gestreng auf die Jungfrauenseite: »Regina, wir gehen stante pede hoam.«
Das Mädchen gehorchte. Als sie schon ans Baderhaus kamen, frug sie ihre Ziehmutter:
»Ist Ihnen übel?«
Die Stralzin gab ihr keine Antwort.
Auf der Brücke frug das Mädchen:
»Hat Ihnen was gekränkt?«
Die Stralzin gab ihr wieder keine Antwort, eilte über den Hof ins Haus und alsdann über die Stiegen hinauf. Regina und Johannes stapften ihr geduldig nach. Oben im Söller wandte sich Frau Constantia um. Ihre sammetbraunen Augen hatten vom Jähzorn einen roten Schein. Ihre Kiefer schnellten wie im Fieberfrost. Sie riß Regina den Kranz aus dem Haar und schrie:
»Scham dich, du lüderliches Muster.«
Das Dirndel bückte sich mit stumpfen Sinnen nach dem Flitterkrönlein und zupfte das Gewind der echten Rosmarin heraus. In ihrer Dachkammer legte sie ihr grobes Kleid an, löste die zerrauften Zöpfe auf und flocht sie wieder. Hienach nahm sie langsam die Fetzen des Frauenschleiers aus der Truhe, band sie mit einem Hochzeitsbändlein zusammen und wartete, am offenen Fenster stehend, bis es dusend werde. Wann es dusend war, so wollte sie in den Pfarrhof gehn. Der Gang, welchen sie seit langem bitter gefürchtet hatte, erschien ihr auf einmal nicht schwer.
Als sie nach dem Angelus forttrachtete, fand sie Johannes weinend unter der Dachstiege. Sie hob ihn auf und sagte vor der ehelichen Schlafkammer:
»Wart, Büaberl, ich tua dich niederheideln.«
Sie drückte die Tür hintan. Aber da sahe sie vor den Ehbetten kniefällig die Frau Mutter, im schönsten Gewand, wachsgelb, sterbensbang ... das elfenbeinerne Kreuz von Jerusalem an die Lippen hebend.

Regina nahm das Kind mit sich in den Pfarrhof. Isidor Hinterseer war indes zu den Feldaltären hinaus. So gingen sie auf die Suche nach ihm. Über Tag und Nacht hatte sich der Jasmin erschlossen und schimmerte nun weiß aus dem schattengrünen Geviert des Pfarrgartens. Vom alten Holunderbaum rieselten die Sternchen. Beidseiten des Weges spitzte sich lehmverkrustet das Stralzenkorn. Dann war der große Berghammfleck mit den blauweiß gesprenkelten Bändern des Erdäpfelkrautes; ein Ackerl mit Wintergerste, dem Gschmeidler gehörig; weithin auf dem Stiftsgrund der braune Flaum blühenden Wiesengrases, fein berührt von der Abendluft und drüben im Morast verschwimmend. Über dem Kamm verbreitete sich ein bestaunliches Wolkenspiel. Zwischen springenden Goldlohen tauchte ein blutrotes Gewölle auf, das in viele phantastische Figuren zerflatterte und strahlenartig auslangte . . . in rosichten, lilablassen und opalfarbigen Schäfchen weiter und weiter gegen den südlichen Hochwald rückte und als ein Hauch, durchsichtig, an den hundert Bergbuckeln niedersank.
Das Mädchen und Johannes kamen zum Dienerkreuz, wo der Altar für das erste, nämlich das Evangel Matthäi, geschmückt war. Es stund noch der Pfleger hiebei und steckte dicke Wachslichter auf die Spieße und kehrte die abgefallenen Rosenblätter vom Betstuhl. Sie bogen von der Gstatter Straße in den Feldweg ein. Da waren noch seichte Lacken und Lehmgruben vom Hochwasser. Das Kind plauderte mit sich selbsten, griff im Gehen durch die Zäune, brockte die Windwaudel, die Jungfraunblumen und Glocken vom Rain. Über der Baderloh schleierte der Dunst. Unwirklich, wie gezeichnet, hoben sich die Pappeln und die Weidenbüsche vom Ufer ab. Entlang der Gräben strichen zwei Wildenten. Manchmal deuchte dem Mädchen, es ginge Pater Isidor weit vor ihnen über die Kohlstatt.
Näher gegen das Dorf zu war zwischen dem Torbäckischen Grundstück und der Walchen eine Birkenau. Und es hatte der Amtmann die Obliegenheit, hierselbst den Altar zu bauen, welcher dem zweiten Evangelisten, nämlich dem heiligen Markus, vorbehalten ist. Sie betraf den Altar zu dieser Stunde bereits fertig, mit Taxuskränzen, Buschen und Kerzen überaus

reich geziert; der verschüttete Wasen war rings mit Gras und Moos gepolstert.

Auf dem Betschemel saß Pater Isidor. Als er Reginen erkannte, sprach er verlegen:

»Hab mich setzen müssen, bin heut schon müde.«

Das Mädchen küßte ihm die Hand.

»Kömmst mir gewunschen«, sprach er. »Du möchtest wohl deinem Herrn Vater eine dringliche Post ausrichten?«

»Ja«, sagte das Mädchen.

»Er sölle spat auf den Abend, wann es stockfinster ist, die Urschel und die Adelheid mit einem Korb schicken. Die Bas allein kann so viel Gottesgaben nit verkochen.«

»Bitt schön«, sagte das Mädchen und blieb steif an ihrem Orte stehen. Johannes zog sie am Fürtuch und begann zu weinen.

»Das Pechmanderl tuat ihn plagen. Laßt euch nit aufhalten«, sagte Isidor Hinterseer.

»Na, Herr Pfarrer«, sagte Regina und ging desungeacht nicht weiter.

»Ist wohl schnell verflogen die Zeit«, bemerkte er über fünfzig Jahre hinwegschauend.

Der Bub wimmerte noch mehr. Sie nahm ihn auf den Arm, da wurde er alsogleich munter, schlug mit seinem Sträußel über ihre Zöpfe hin, zupfte die hängenden Birkenruten, tappte nach den Johanniskäfern, die sich wie Funken in die Nacht schwangen; und als er zu seiten des Altarbildes die zwei Cherubim erblickte, hob er die Händ und bettelte eigensinnig um das Frauele im Berg.

»Was meint er denn?« frug der alte Herr.

»Die Himmelmuatter«, sagte Rögerl.

»Ist ja keine da.«

»Dort . . .«, sagte Rögerl, »sind zween Engel.«

»Aso.«

»Weil der Bäckenhansei ihm gern eine Krippenandacht fürspielt mit Josef und Marien. Därf jedes vor dem Jesuskind einen Vers aufsagen. Ist wohl liabla.«

»Itzt im Sommer?« frug Isidor erstaunt.

»O na«, gab sie mit einer mütterlichen Gebärde zur Antwort. »Der Bua hat sich's gemerkt vom Winter her.«

»Schau, schau«, meinte Isidor.

Sie wußten alsdann nichts mehr zu reden. Johannes sprach mit sich selbsten, sagte immer lallender die Sprüch, welche er vom Hansei erloset hatte ...

> »Geh, Seppele, trag einher noch ein Batzei Schnee!
> Geh, Moidele, mir tan die Handla weh!
> Bald die weißen Federl fliag'n,
> Brauchen wir a Kinderwiag'n.«

Regina errötete. Doch der Pfarrer nahm es in der Dunkelheit nicht wahr, sah nur den schwarzen Schattenriß ihrer Gestalt, die sich mühsam straffte, weilen der Knabe mit schweren Ärmchen ihren Hals umfing.
»Sollst dein Büaberl einmal auf der linken Seite tragen«, mahnte er. »Wirst ja schief.«
»Gespür es ehwohl selber schon, daß ich einen krumpen Bukkel kriag«, seufzte Regina.
»Ach«, scherzte Isidor. »Wird alles guat bis zum Heiraten.« Dann schob er seinen Habit enger zusammen und lud sie zum Sitzen ein.
Sie gehorchte schüchtig. Das Kind auf ihrem Schoße wurde mählich stiller. Sein Kopf neigte sich gegen die gestärkte Faltenkrause. Das Gestrampf und Gezappel hörte auf. Die feisten Fingerlein, welche die Stengel umzwängt hatten, lokkerten sich, eine Feldblume nach der andern fiel entlang der weißen Strümpfe ins Moos hinab. Hinter den Birken ging klein und glucksend der Bach. Die ersten Sterne kamen. Die bleiche Mondkugel über dem Ost wurde golden.
»Weiß es die Frau Mutter schon?« frug der Pfarrer.
Das Mädchen verstund ihn nicht; entwand sich langsam den eigenen Gedanken und sagte endlich:
»Was denn?«
»Von euerm Matthäus.«
»Was denn?« frug sie noch einmal, aber schier ohne Luft.
Pater Isidor schwieg. In sänftlichem Fluge ging der Atem des Kindes. Weiße Margariten tropften in die Finsternis. Die Grillen zwisperten. Über ihnen bebte das Birkenlaub. Der Ruch von feuchtem Holze stieg.
»Mir scheint, die Frau Muatter weiß was ...«, sagte Regina auf einmal. »Aber ich weiß nix.«

»Er ist durchgangen«, sprach der Pfarrer leise.
»Ja.«
»Heut in der Früh.«
»Na«, redete sie benommen. »Auf den Montag in der Früh.«
»Heut!« sprach er ausdrücklich. »Zwischen Stuttern und Espang.«
»Aso ... Warum?« Hienach frug sie fast schreiend: »Heut ist er durchgangen?«
»Ja!« sagte er. »Schreck dich nit aso! Er ist ja wohl öfter davon und allweil wiederkömmen!«
Ein Gemisch von Schmerzen, Angst und sonderbarlicher Lust zuckte in ihr. Sie meinte:
»Hiaza wird er doch kein Soldat.«
»Nein«, antwortete Pater Isidor. »Wird wieder ein Wildpratschütz, der trutzige Bua.« Er schaute lange schweigend dem leisen Gang der Sterne nach. Die Birkenäste waren zu einem Baldachin verschränkt. Der Bach surmte. Manchmal empfanden sie den sammetweichen, silbrigen Flügel eines Schwärmers. Immer lauter zirpten die Grillen, drüben jenseits der Felder leuchteten purpurrot die kleinen Fenster auf.
Wie schön der letzte Abend ist, dachte der alte Herr.
Regina hatte das Gesicht in das krause Haar des Knaben gedrückt, tat ein paar Seufzer und sagte endlich:
»Anheut hab ich den Schleier bei mir. Weil morgen sind S' nimmer da.«
»Morgen ...«, sprach er für sich hin.
»Werden S' aber greinen.«
»Warum denn?«
»Sind lauter Fetzerln. Tat ihn ehwohl zahlen.«
»Ja, Kind, hast so gröbbisch umtan?«
Sie erschauerte in der Erinnerung. Hierselbst auf der Betbank, unter den Buchsgirlanden und den frühsommerlichen Blumen und geweihten Wachskerzen, hierselbst bei den holdseligen Cherubim packte sie noch einmal der Sturm inbrünstiger Liebe, schlug schwer über sie hin und erschütterte sie bis ins Mark. Sie schloß die Augen und sagte atemlos:
»Er hat's tan ... unser Matthäus.«
Pater Isidor saß schmal und verschrumpft, konnte sich mancherlei nicht zusammenreimen. Doch er war ja auch ein Mensch, mit einem warmen Herzen begabt, er wußte, daß die

Herzen ihren Gang haben wie die Sterne und aufbrennen und erlöschen müssen. Er lächelte, zumal es schon dusend war, und sagte:

»Hast ihn gern?«

»Ja«, gestund Regina, zu den Ohren des schlafenden Kindes gebeugt. »Mein Gott, so gern. Oft ziemt mich, ich muaß sterben wegen seiner. Wann er wöllet, ich gang mit ihm. O mein Gott! Herr Pfarrer, tan S' nit greinen. Nimmer essen kann ich; nimmer schlafen; nimmer beten. Ich trauet mir's nit zu sagen, wie gern ich ihn hab.«

Pater Isidor saß ganz still neben ihr; merkte, wie das Dirndel erbebte vor leidenschaftlichem Gefühl, insonders auch vor Scham und Gewissensnot.

»Schau, Rögerl«, sprach er milde. »Die Liab kömmt über jeden Menschen.«

»Meinen S'?«

»Ja. Die Liab ist manchmal ein roter Faden in' Himmel hinauf. Ein braves Dirndel leitet öfter einen wilden Buam.«

»Er folgt mir nit«, klagte sie.

»Wer weiß!«

Das letzte Margaritchen war ins Moor geglitten. Im Abend geborgen, mit feinem Gegluckse lief der Bach. Die großen und die kleinen Sterntupfen zitterten draußen in der Weltweite.

»Komm!« sagte Isidor und erhob sich beschwerlich vom Betstuhl. Sie gingen langsam dem Dorfe zu. Es war schon spät. Trotzdessen wollte der alte Herr noch die andern Altäre besuchen, item, den Altar des Evangelisten Lukas vor der Grafentaverne und den Altar des Evangelisten Johannes am Verweserhaus. Er geleitete also Reginen über die Notbrücke. Und als sie, am Stralzenhofe fürbeischreitend, um das Hauseck bogen, sahen sie eine Pechfackel vor sich auf der Gasse tanzen und erkannten den Bräuknecht und Lukas, beide mächtig beladen mit Birkengestämm.

»Die tan erst herrichten«, sagte Rögerl erstaunt.

Der Bub wandte sich jählings um.

»Den ganzen Tag Kot radeln. Auf die Nacht noch Mesner spielen. Für und für lauter Arbeit, was nix tragt. Und die Fräulein Regina geht kommod spazieren. Hilf uns, du Lausdirndel, nachher werden wir früher los!« So schimpfierte der Bub und schmiß die Birken auf den Schotter.

Inweil aber Pater Isidor und das Mädchen ein Stück Weges zurückgingen, hörten sie ihn schon wieder hellauf lachen. Pater Isidor nahm ihre Hand und hielt sie eine Zeitlang.
»Wie schnell das Leben verfliegt«, sagte er. »Bin alt geworden. Seh es an den Kindern. Bin ein hinfällig Scharb, der Ruh bedürftig. Und geh dennoch so hart von Öblarn fort ... Pfüat Gott, Rögerl, wann wir uns morgen nimmer sehen söllten.«
Sie stund regungslos mit dem schlafenden Knaben auf dem Arme. Sprach, gänzlich von eigener Kümmernis umsponnen:
»Wären S' noch dablieben, Herr Pfarrer. Hab mir allweil gewunschen, Sie sollten uns kupplieren.«
»Tut's halt dermaleinst mein Nachfolger.«
»Ach Gott.«
Gleichmäßig klang der Stoß des Brecheisens, welches Lukas in den Schotter trieb. Der Fackelrauch schwamm durch die Gasse.
»Ach Gott«, sagte Regina. »Mir ist so hart um meinen Buam.«
Pater Isidor wußte keine Antwort.
»Er hat gemeint, auf Pfingsten wurden S' uns verkünden. Und morgen wurd die Hochzeit sein.«
»Aso«, sprach der Greis. »Und warum ist er nit daheim geblieben?«
Angst würgte sie in der Kehle. Sie konnte ihm nicht die Wahrheit sagen.
»Weil ... weil ... er zu der Militari will«, stotterte sie.
»Und warum ist er dem Diener davon?«
Da legte sich jählings eine schreckbare Bangigkeit auf ihre Brust. Sie glaubte zu ersticken und frug heiser:
»Vielleicht ist er in' Grimming aufi?«
»Freilich«, gab Isidor Hinterseer duldsam zu. »Freilich ist er in' Grimming aufi.« Er ließ ihre Hand sinken und ging. Sie merkte es nicht.
So ist die Jugend, sinnierte der alte Herr, indem er mit seinen Füßen sorglich über Wurz und Stein tappte. Die Birken stunden silberblau. Der Mondschein breitete sich auf seinen Weg. Es rauschte der Wind in den Wipfeln. Hinter manchem Fenster loschen die Lichter aus. Die Sterne aber wurden groß und gelb, und der Sand und das Wasser huben zu scheinen an in

dieser heiligen Fronleichnamsnacht. Und an dem Orte, wo Johannes von Nepomuk untergegangen war, lagen wie rote Fünkchen die Sonnwendwürm.

Wunderbar! dachte der alte Herr. Wir Geschöpfe alle kömmen und gehen. Siehe das Käferl, was heute leuchtet und morgen zertreten ist. Siehe den Menschen. Wir bedünken uns wichtig und werden so klein ... werden beiseitgeschoben und vergessen. Kinder wachsen hinter uns, indes wir sterben müssen. Und die Liebe hört nimmer auf ...

Frau Constantia Stralzin lag in dieser Nacht mit weitoffenen Augen. Sie horchte nach ihrem jüngsten Buben, der im Traume sprach. Sie setzte sich manchmal im Bette auf und betrachtete das Gesicht ihres Eheliebsten. Es hatte vom Lichtglas einen roten Schimmer. Das Lid über dem ausgeronnenen Auge war eingefallen. Keine Falte verzog sich. Er glich einer schönen Figur, geschnitzt aus Lindenholz.

War schon Mitternacht, als die Stralzin sich dürftig anzog und heimlich aus der Schlafkammer ging. Sie ging über den dunkeln, hallenden Söller und hienach über die Dachstiege. Ganz oben vor Reginens Stube rannte ihr tastender Fuß an den Hund.

»Steh auf, Mohran«, sprach sie. Er rührte sich aber nicht. Da stieg sie über ihn hinweg; verhaspelte sich in der Dunkelheit gröblich in seinen Pranken. Er gab keinen Laut. Sie hob seinen Kopf. Ihre Hände wurden naß und klebrig vom Schaum, der aus den Lefzen sickerte. Sie fuhr zurück. Noch warm und weich schlug der Schädel des toten Hundes gegen die Schwelle.

Mutter Stralzin klopfte.

»Rögerl, sperr auf. Ich bin da.«

Niemand gab Antwort. Sie rief abermalen, drückte ans Schloß. Die Tür schlug gegen das Tischeck ... Mutter Stralzin trat zum Bett, griff die kalten Polster und die glatte Hüll, sonst nichts. Das Elendsgefühl, was sie stundenlang gepeinigt hatte, wuchs zu dumpfer, unerträglicher Qual. Sie wußte nicht, ob ein Unglück geschehen oder ob es in der Anreit sei ... Und sie wankte die steile Stiege hinab, unablässig sagend:

»Ich bin narrisch.«

Ihre bloßen Fußsohlen waren starr und fühllos. Ihre Hände falteten sich im Krampf. In dieser stummen, einöden Ver-

lassenheit, wo die scheckigen Bilder des Tages und der Jugend verblichen waren, krochen Schatten aus der Finsternis wie Bestien und warfen sich über sie und drückten sie nieder. Und ihr wildes Knappenblut spritzte im siedigen Herzkessel und wehrte sich gegen den Teufel und gegen Gott.
Sie schlurfte die Kommode entlang und suchte unwissentlich dahin. Da fand sie das elfenbeinerne Kreuz von Jerusalem. Sie preßte die Faust um den weißen Leib, legte die hitzigen Lippen auf das Antlitz Jesu. Aber sie erschrak vor der Kühle des Kreuzes ... und feuerte es trostlos über den Söller. Dann stierte sie geduckt in den Winkel, wo die weißen Splitter lagen.
In der Schlafstube weinte ihr jüngstes Kind. Sie gab nicht Obacht. Es waren ihre Sinne abgestorben, und der tiefe Schacht, welcher vielleicht des Menschen Erstes und Letztes ist, schlang sie langsam ein. Wieder legten sich Klafter von feuchter Bergerde ersticklich auf ihre Brust. Irgendwo tosete das Gefäll eines großen Wassers. Und die Tropfen gluckten vom Stützgebälk.
Oder waren es Steinchen, peckend an die Fensterscheiben?
Die schwarze Krume deckte ihr Gesicht und Hände zu. Ihr Atem stockte. Sie war blind ... und sah doch, wie das Grauen so nahe ... nahe sei. War ohnmächtig und hörte die Gewalten Gottes über sich hinwegdonnern. Mit Schleim und Schaum im Munde wollte sie aus der Tiefe schreien und konnte nicht mehr. Spärlich prallten die Tropfen in ihre leere Stirnhöhle. Endlich versiegten sie. Ihr Leib war steif von der Bergschwere. Ihr Herz verlor den Schlag ... Doch indieweil es also stiller wurde und Frau Constantia das Erlöschen ihres Lebens als eine Wohltat fühlte, schwamm aus der schwarzen Nachtfinsternis langsam das Grubenlicht. Item wiederum oben die Laterne und unten die Schnur des Rosenkranzes. Und zwei scheinende Saphire hinter zerflicktem Gedrähte glotzten gar schaurig und stumpf an ihrem Leib entlang.
»Nit, nit!« war sie willens zu rufen; aber die Scherben des Kreuzes staken ihr im Hals.
»Hörscht mich, Stralzin?« schnarrte es fernher.
Die Frau Mutter vernahm es wie im Starrkrampf.
Es tatzte der grüne Schein auf ihre Hand. Vier Ähren sprangen aus der Wurzel. Und gurrend sagte wer:

»Dein Sohn, der Matthäus ...«
Da machte Frau Constantia einen bangen Atemzug. In den Flechsen lösten sich die gestauten Knöpfe. Sie krallte jach vom Boden auf und sagte ohne Stimme:
»Ah, du bist es, Bäckin.«
»Leg deine Schuach an«, schaffte die Trud.
»Wo gehen wir hin?«
»Suachen«, sagte die Trud.
Frau Constantia griff taumelnd um die Schuhe, die vor dem ehlichen Schlafzimmer lagen. Und als die Riemen geschnürt und gebunden waren, straffte ein Ruck ihre hangende Gestalt. Sie knüpfte mit ruhigen Fingern das Fürtuch und das Kopftuch. Sie haftelte den Miederleib von oben bis unten zu und schloff in den Spenser. Und sie ging ihren trutzigen Gang, fürbei an Kreuzpartikeln, Weihbrunntiegeln und Sonnwendbuschen ... streifte den Torflügel zu und ging an Hof und Garten fürbei, ohne umzuschauen. Sie verstand nicht, warum dies alles geschah. Aber sie wußte es, es war ihr aufgesetzt ... und nicht zu ändern.
Neben ihr in der Stille klapperte der Rosenkranz. Und wie zwei große, grüne Johanniswürm wanden sich die Augen der Bäckin durch die heilige Fronleichnamsnacht.
Regina eilte ihnen schon weit voraus.
Immer nur ein Stück der glatten, kalkgrauen Poststraße tauchte sichtbar zwischen Heckenrain und Wald auf. Manchmal erschreckte sie der blinde Flügelschwang einer Eule. Junge Marder gausterten in der Radspur. Hinter den Schotterhäufen wuchs der blaue Natternkopf. Vor der Zeit streckte der Himmelbrand einen Stengel gelb und schlank aus dem grünen Waldwasen. Der Lenztrieb auf den alten Fichten erbebte unter jedem Lufthauch. Es lockte, in den Haseln versteckt, eine Nachtigall. Regina machte behutsame Schritte; ihr kam vor, es wären seltene Blumen und sonderbarliche Tiere, an denen ihr lieber Bub fürbeigewandert war. Sie neigte den Kopf und horchte ... und erschauerte voll süßer Hoffnung, daß er am Wegsaum auf sie warten könne. Sie glaubte seinen heimlichen Ruf zu hören und blieb stehen. Es fielen ihr vom Schlaf die Augen zu, und der schwere, weiche Frühsommer betäubte sie völlig. Sie bildete sich ein, Matthäus stünde bei ihr, und sie sage, an sein Herz geschmieget:

»Ich bin dein,
Du bist mein,
Morgen soll die Hochzeit sein.«

Sie ließ den linden Rausch von Harz und reifen Walderdbeeren, von Heu, wilden Rosen und Holunder durch ihre Nerven rieseln und träumte für sich hin. Das Knistern der langen Baumbärte, das Geträufel des Taus und der unreifen Holzbirnen, der Hauch des Grimmingwindes berührte sie fein. Sie seufzte laut vor banger seliger Ungeduld.
Es war eine wundersame Nacht. Über der Talniederung flaumte der Dunst in vielen dünnen Netzen. Schwül und schwer wehte von irgendwo Narzissengeruch. Es schimmerte ein Streif Bergwasser milchig unter einem Brückel durch. Zwischen dem Grase blinkten die Strahlensterne der Jungfraunblumen. Immer wieder tat Regina die matten Lider weit auf und spähte scheu in die dämmrig verschwommene Landschaft. Vom hohen Gewänd des Grimmings strich die Kühle. Der Mond zog seinen falben Schein wie eine Schleppe entlang der Tauern. Sowann es im Holz knackte, blieb das Mädchen lauschend stehn. Einmal hüpfte ein Fichtenzapfen, golden geschuppt, am Raine nieder. Sie bückte sich, wagte jedoch nicht, ihn zu betasten. Nach einer Weil betraf sie mitten im Hufschlag runde Plättchen, glich jedes einem Silbertaler. Sie hätte gerne ein paar aufgehoben, aber von der Stille ganz befangen, erahnte sie wohl, daß ein Geheimnis nach dem andern geschähe. Und sie glaubte, die Straße und der Wald und der Berg seien verzaubert, und sie glaubte, im Himmel die unzählbaren Augen aus Demantstein sähen sie an und lockten sie.
Regina wußte nicht, wie lange sie schon gegangen war. Ihr bläßlicher Schatten huschte hinterdrein. Ihr Herz klopfte laut und schnell. Sie hielt die Hand auf das Mieder und freute sich des muntern Schlages; es wurde immer wilder und stund jeweilen auch still, so still, daß sie nebenbei auf den steilen Waldsaum sank und kniend dahinträumte. Es neigten sich rundum die weißen Jungfernblumen zu ihrem Schoß. Sie brockte eine und zerrupfte sie; frug mit flüsternden Lippen unabläßlich:
»Heiraten?
Sterben?

Klosterfrau werden?«
»Sterben!« sagte der letzte Blütenstrahl.
Da ließ sie den gelben Stumpf aus den Fingern gleiten und pflückte eine andere Jungfraunblume und noch eine, noch eine, bis sie den Bescheid erhielt, welchen sie inbrünstig erwünschte. Indes sie also wartete und horchte, entfaltete sich ihre Phantasie gleichsam zu dunkeln, weichen Flügeln, .welche den Körper heben wollten. Ihre Augen glurten unnatürlich durch das Holz und sahen den lieben Buben manchmal leibhaft in einer Runse schleichen. Sie zuckte schon halb im Schlafe und straffte die Glieder. Allein es war ein jeder Nerv traummüde an die warme, summende Erde hingegeben. Der rote Feldthymian, die Schöpfe des Lavendels, die Taglichtnelke, die vielen zerrissenen Pölster der Jungfraunblumen, das unreife grüne Zittergras breiteten sich sänftlich unter dem erhitzten Gesicht. Spinnen und Käfer krochen ihr vom Halse ins Hemd. Im radlichen Faltenkittel bargen sich die Johanniswürmer. Bald lau, bald eisig schauerte die ziehende Luft fürüber. Die Grillen surmten im Roßheu, wie Sengsenstreiche glatt und scharf. Der Tau tröpfelte. Von fernher trug es den leisen, schluchzenden Ruf der Nachtigallen zu.
Regina empfand es kaum noch. Ihr schmächtiger Leib, von Sehnsucht und vielerlei Kümmernissen beschwert, neigte sich tiefer gegen den Waldrain und wurde da zwischen geringen Blumen und Tiergeschöpfen selbsten gar ruhig und gering. So schlief das Mädchen.
Der Mond war dieweil über Gebirg und Tal geschwebt. Die großen und die kleinen Sternaugen blickten wachsam nieder. Endlich mußten sie erlöschen. Dann flockte der Nebel aus den Haselbüschen. Die Vögel huben zu zwispern an. Es war Nacht; aber es gilbte hinter den östlichen Kämmen. In den höchsten Wolken war ein Flug von Morgenröte.
Eine Stimme sägte gleichmäßig durch die mattblaue Finsternis. Eine Krähe fuhr gescheucht entlang der Wegzeile; duckte sich einen Augenblick in die Radspur und stob alsdann mit schlagenden Flügeln davon ... Der Stein verfärbte sich mählich. Von den Halmen wippte der Tau. Die Bärte an den alten Nadelbäumen wurden vom Schwang des Windes gebläht. Zartmaschige Spinnwegen hingen im Zaun, trugen inmitten eine bunte Perl. Oder eine Demantkugel? Was der Wind ein-

herwehte, das rauhe Geleier war plötzlich aus. Eine andere Stimme sprach in heiserm Singsang weiter. Regina schöpfte laut im Schlafe. Ihre Hand langte ins Gras. Ihre Wimpern zitterten und konnten sich doch vor Müdigkeit nicht aufschlagen. Sie wollte horchen. Da begann wieder das erste Gesätz. Reginens Kopf tunkte schwer in den Rasen nieder; ruhte kaum, da hub das andere an. Sonderbarlich. In stetigem Wechsel brachen die zwei Stimmen in die einöde Dämmerung. Einmal die helle erschreckte und weckte sie. Einmal die heisere machte sie stumpf.

Grüne Bandaliere zogen sich über das graue Firmament. Jeder Baum auf dem breiten Bergrücken stand schon in seiner eigenen Farbe. Der Schleier vor dem nahen Tage war nunmehr eine Web aus hüpfenden Schatten und Lichtpunkten. Tauluft mischte und frischte das versponnene Laubwerk der Stauden auf. Der träge Nebel über den Sümpfen quoll. Der frühe Himmelbrand beim Schotter roch wie Honig. Eine Biene hing in der größten Blühe und schlief. Und Regina neigte sich kniend über dem steilen Raine und schlief auch ... Das Urgebirge grenzte in einen schwefelgrünen Saum. Die Krähen stiegen. Schon nah und deutlich sagte eine Stimme in hellem Singsang:

»Und benedeit ist die Frucht deines Leibes, Jesus! Erbarme dich der armen Seelen im Fegfeuer!«

»Heilige Maria, Muatter Gottes«, sagte die andere, »bitt für uns arme Sünder ... jetz ...«

Das Mädchen tat einen Schrei und richtete sich schwankend empor, starrte um sich. Auf der weißen Straße kamen langsam zwei dunkle Weibsgestalten, betend; nämlich ihre Ziehmutter und die Mutter des Bäckenhansei.

Regina hielt sich an den zähen Grasschöpfen und krallte am Hange hoch. Die Brombeerruten peitschten ihr ins Gesicht. Dörner und Kletten zerfetzten ihren Kittel. Aber sie satzte weiter. Und als der Schatten sie fast nachtdusend überschlug, vergönnte sie sich noch immer keine Rast, sondern eilte voll unsinniger Ängsten bergan; vorab nur willens zu entfliehen. Es begab sich aber, daß sie hiebei auf den nämlichen Weg kam, welchen sie sich fürgesetzt hatte, um ihren Buben zu suchen. Je schöner der Morgen des heiligen Fronleichnams aufging, und je mächtiger der Grimming aus dem Saum des dichten

Waldes ragte, um so besser fand sich ihr armes, ruheloses Herz zurecht. Unwissentlich war sie geführt und traumleicht emporgehoben, wie eine Wolke Blütenstaub im Winde schwillt und auf eine Krume, auf Feuer oder Wasser oder auf einen Stein fällt. Wir wissen es nicht, vielleicht ist die Liebe auch den Steinen gnädig.

Kniehoch, mit schwingenden Fächern wucherte der Farn in den Waldblößen. Manchmal mußte sie eine scharfe Kalkkarre überspannen, in der ein wenig Wasser abtropfte. Kernfaule Bloche, vom Sturme hingeschmettert, vom Efeu zugedeckt, Stümpfe, die Wurz nach oben reckend, Wacholderstauden querten sich vor ihr. Allerorten stand die Schneerose; diemals freilich schon verblüht. Nur die großen, braun gegerbten Blattfinger und der spröde, offene Samenkelch raschelten unter ihren Schritten.

Sachte quollen die roten Lichtadern der Sonne hinter dem Zachenschöberl auf. Regina blieb veratmend stehen und staunte das Erglühen des Stierkars an und legte die Hand über die Augen und schaute in den steigenden Opalrauch, aus dem die Tauernzacken wie schwere, violette Vogelleiber emportauchten. Blaue Falter lösten sich von einem Spalt und wirbelten um das Mädchen. Zwei Geier kreisten und erloschen in der Tiefe. Es war noch eine schläfrige Stummheit in den Tieren. Nachbei, als die Goldbätzchen schon reichlich durch die Wipfel fielen und das Moos sich wärmte, hoben die Käfer ihre prunkenden Flügeldecken. Eine schneeweiße Geiß graste auf der Halden und blitzte das Mädchen an, gab ihr, als sie sich endlich bewegte und weiter bergan stieg, gar traulich das Geleite. Es war strichweise hochgewölbter Buchenbestand. Das Laub, noch im Maiengrün, weich und durchsichtig, blustete sich in der feuchten Luft. Oft rauschte eine Krone laut und verstreute einen milden Tauregen. Im Tale ging eine Aveglocke. Ein Kuckuck versuchte leise den ersten Schrei. Regina bildete sich plötzlich ein, es habe ihr Bub gerufen. Sie stieß einen hellen Juchezer aus, es kam aber keine Antwort. Da trieb sie sich selber unbändig zur Eil. An Wurzkloben und zerwaschenen Steinen kriechend, trachtete sie aufwärts. Über ihr knisterte der Wind im Blattgewirr. Die buschigen Girlanden des wilden Efeus streiften sie kühl. Es spritzte ihr einmal schaumweiß ein dünner Quell entgegen. Sie beugte sich zu ihm und trank. Dann netzte sie das Fürtuch und wusch ihr heißes Gesicht. Inweil sie sich also erlabte, seufzte nahe hinter ihr ein Kauz. Das Mädchen sprang auf, spähte um sich, wieder verhoffend, ihr Bub hab's getan.

»Matthäus«, frug sie, »bist es du?«

Es kam aber keine Antwort. Regina verwunderte sich, wollte nicht glauben, daß am lichten Morgen eine Eule munter sei. Da klatschte inmitten der blendenden Sonnenglori wirklich ein großer, plumper Vogel fürüber.

Sie eilte weiter, sorglich lauschend ob jedem Laut. Schmäler und spärlicher wurden die Schatten. Man sah wohl, da pflag der Sturm im Frühling und im Herbst einen argen Fetzentanz. Da war kein grader Baum mehr. Eichbüsche, zerfranste Birken und karge Legföhren klammerten sich in die ausgedorrte Erde. Die Hauswurz hing blühend aus dem nackten Kalk. Ganze Platten schienen silbrig von den Lanzettchen der Wetterdistel.

Sintemal Regina nun über den Waldbereich hinaus war, hatte sie schon die Jausengrube vor sich. Ihr bedeuchte, der Weg könne nicht mehr eine Viertelstunde dauern, denn sie hörte das Wasser unter dem Schnee hervorglucksen, und sie mochte schier in greifbarer Nähe die Blöcke sehen, welche in der Berglehne niedergebrochen waren. Es belängte sie jedoch unmaßlich, bis sie von einem zum andern kam. Sie knöpfte wegen der Atemnot das Halsbüslein und das knappe Leibchen auf. Sie trieb sich zu noch schnellerem Aufstieg. Ihre Füße schleiften. Die Ader an der Schläfe stach. Als sie einen Augenblick rastete, fielen ihr die Lider zu. Der graue Kalk staubte. Das Geräusch des rieselnden Sandes machte sie toll. Sie besorgte, wiederum einzuschlafen, und kletterte steil gradaus. Ihr Speichel wurde süßlich. Kleine Blasen schäumten aus dem Mund. Sie griff um das Schneuztuch; aber sie hatte nur die vielen Stücke der Liebfrauenweb im Sack. Da wischte sie ihren Speichel in den Fürtuchzipf.

Die helle Glocke bei den Irdninger Kapuzinern läutete zur Frühmeß. Zart wie Seufzer wischte ihr Klang an der Grimmingwand fürbei. Der Nebel zerging. Auf dem Gritschenberg lagen die Felder als lauter bunte Streifen und Gevierte. Da war gelb der Ackersenf, bläßlichgrün die Gerste, smaragden der Spitztrieb des Lanzkorns; weiß eine Halde Glokken oder Vergißmeinnicht; blau eine Wiese Flachs. Da war ein Erdäpfelfleck, wieder im Wechsel Wintertraid und Sommertraid, ein Krautgartel, ein Acker Hanf und hieneben Klee. Die Bauernhäuser zusamt Tenn, Darre, Kornkasten, die Zäune und Viehgatter standen zierlich an den Bergbuckel geschmiegt. Nach Süden zu hügelten sich in satten, tiefen Farben die Niedern Tauern, schwermütig schön, milde vom Frührauch umsponnen, der aus den Seitengräben qualmte. Da und dort im Tal blinkte der Ennslauf oder ein Tümpel, den das Hochwasser aufgeschwemmt hatte. In die Sonne gestupft, klein und schief wie ein Kripperl bei einem magern Sandbrünnlein, war Öblarn. Regina sah oftmalen zurück und schätzte die Wegweite und frug sich, wie lang sie wohl brauchte bis zum Grimmingtor.

Sie glaubte, daß unten in den Dörfern schon bald der Umgang sei. Eine dumpfe Unruh trieb sie fort. Wahnbilder gaukelten sichtbar aus ihrem Hirn. Einmal mußte sie über einen goldenen Spiegel steigen. Alsdann waren ihre Füße mit kostbaren Perlketten gebunden, und sooft sie einen Schritt wagte, sprang eine Perle hintan. Aber sie keuchte trotzdessen weiter. Sie reizte ihre Kräfte mühselig, indem sie sich das unschätzliche Gut in der Grimminghöhle fürstellte. Sie zählte an den Fingern die Kleinodien her, welche sie und Matthäus nehmen wollten, und peinigte sich mit dem ängstlichen Zweifel, ob sie eines vergessen hätte. Manchmal dachte sie erschreckt, was hienach geschähe, wann ihr Bub nicht oben wär ... Sie lugte sich die Augen aus, rief mit schüchtiger Stimme seinen Namen in die Stille. Nur ihr Widerhall gab Antwort.

Wo sie ging, blühte der Steinbrech. Vor etlichen Blöcken, die den Sandrutsch aufhielten, lag ein ganz schmaler, grüner Anger voll Leimkraut, Näglein und Miere. Krump-Föhren und verkümmerte Zirben wuchsen. Dunkelgelb schaukelte eine Dolde Arnika. Und am Schneewasser war Frühlingsenzian, schon welkend.

Regina bückte sich; wusch die schwarzen Blutkrusten von den Lippen; brach im Verweilen eine Blume ab und ließ sie mit den springenden Wellen zu Tal fahren. Sie wollte trinken, da erblickte sie auf der andern Seite die weiße Geiß. Regina ließ das Wasser aus den hohlen Händen sickern, richtete sich auf und sagte:

»Teserl, hast dich verloffen?«
Das Tier stund wie ein Bild ... äugte mit zwei goldroten Lichtern in die Weite.
»Komm«, lockte Regina und hielt ihm ein Kräutel vor. Itzt reckte es zögernd den Hals über den Graben und fraß. Dieweilen sprach jemand zwischen den Blöcken:
»Vergelt's Gott, tausendmal.«
Item, eine Frau saß da. Blutjung. Arm. Und sichtlich gesegneten Leibes. Regina war so erstaunt, daß sie das »Geseng's Gott!« zu sagen vergaß. Endlich machte sie einen Schnaufer und frug:
»Tuast ... tan S' so hoch heroben hüaten?«
Die Weibin schüttelte den Kopf.
»Na«, sprach sie. »Ich bin keine Dasige. Muß in' Hinterberg zu meiner alten Muhm. Aber die Geiß gehört schon mein.«
»Eine rare Gattung«, sagte Regina.
»Ja. Eine Gamsgeiß.«
Da zwinkerte das Dirndel, meinte zweifelnd:
»Dieselben sind grau und schüchtig.«
Nach einer Zeitkürze frug sie:
»Hinein in' Hinterberg habn S' Muat? Da müassen S' ja über die Klachau.«
»Will durch den Stein.«
»Oje!« rief das Mädchen, über den Graben spannend. »Selm g'fahlt an. Hätten S' beim Tipschinger Wirt zukehren sollen. Hiebei zweigt die Straß auf die Brenten ab. Nachher kömmen S' zum Salzafall. Nachher kömmen S' zu Unserer Liaben Frau in der Spinnwett. Zwo Stunden geht's aso dahin, eben und kühl.«
»Ich weiß noch einen dritten Weg.«
»Gibt sicher keinen. Ich wurd Ihnen weisen.«
»Hättest nit Zeit«, widersprach die Frau mit einem freundlichen Lächeln.
»Na«, sagte Regina. Ihre erhitzten Wangen wurden noch dunkler. Sie kraulte der Geiß die silbrigen Grannen.
»Ich muaß meinen Brudern suachen«, sprach sie geschäftig.
»Aso.«
»Nämlich meinen Ziehbrudern«, sprach sie leise.
»Ahso.«
»Haben S' ihn nit gesehen?«

Die Weibin zog ihr einen patzigen Zecken aus dem Hemde, frug:
»Wie schaut er denn aus?«
»Letz. Dreckig«, sagte Regina langsam. Dann sagte sie schnell: »Aber ein sauberer Bua ist er schon. Groß. Stark. Haar wie 's gelbe Stroh. Blaue Augen.«
Durch die luftdünne, laue Stille ging der schwere Atem der Frau. Ihr schmales, liebhaftes Gesicht war schon fein gezeichnet vom Wunder, das in ihr knospete. Es war so schamhaft, so selig. Die weißen Hände lagen über dem hohen Schoße. Die groben Pfaidfalten zuckten vom Herzschlag.
»Wissen S' ehwohl«, sagte Regina leise, »wie's tuat, bald man einen gern hat ...«
Die Ferne verging in einem Geflimmer von zarten Sonnenpunkten. Sie glich einer sanften sommerlichen Wiese ohne Grenzen. Manchmal schwang sich ein verlorener Laut an der Berghalde auf. Ein Baum weit unten rauschte. Ein Vogel flatterte. Sie sahen ihn nicht.
»Gehn S' wallfahrten auf Kumitz?« frug Regina. »Oder bleiben S' drüben, bis' fürbei ist?«
»Oh na.«
Aus der zagen Antwort merkte Regina wohl, die fremde Person war vielleicht nur ein Dienstbot, hatte annoch keinen Platz und wanderte von einem Bauern zum andern.
»Wir können auch nit heiraten«, sagte sie. »Wir sind noch ärmer; haben nit einmal eine Geiß.«
Das Wasser schoß zischend ins Kar nieder, besprengelte ihnen den Kittelsaum mit grauen Tupfen. Fein duftete das Pech in den Zirben. Es wurde schon warm. Blaue Bergfalter strichen über das schüttere Gras. Manchmal kam der Wind und legte der zugereisten Magd eine flachsblonde Krause in die Stirn.
»Sie haben aber schöne Haar«, sagte das Dirndel. »Mögen S' Ihnen selber zopfen?«
»Arme Leut haben keinen Kamm nit. Der Wind macht die Zöpfen auf. Und die Sunn flicht sie wieder zusammen.«
Wieder die Ruhe. Schäfchen schwebten weiß und fern. Die Glocken von St. Martin läuteten feierlich. Gleich darauf hörte man die Böller krachen.
»Hebt schon die Kirchen an«, sagte die Magd.
»Ja«, sagte Regina sacht. Es tat ihr wohl, hierneben zu rasten.

Über eine Weile meinte sie in Gedanken: »Heut wird unser Urschel reisen mit dem Jungfraunfahn.«
»Därfst du nimmer?«
»Wär nit übel!« wollte das Mädchen rufen; riß bereits hoffärtig den Kopf zurück... Sie ließ ihn alsbald sinken, und ingedenk ihrer großen Versuchung, noch mehr aber aus Erbarmnis, antwortete sie:
»Es ist so viel unterschiedlich. Manch ein Dirndel kommt unter die Hauben. Ein anders bleibt einletz. Und ein drittes...«
Regina stockte und schaute an der fremden Person geschämig fürüber.
Da blühte dieselb rosinrot auf. Zwei Zäher hingen schmerzlich an den Wimpern.
Eines rauhen Wortes gewärtig, frug sie:
»Und ich?«
Regina stellte sich nahe zu ihr; streichelte das geringe Kleid, drückte die blassen Hände, weilen sie um eine Antwort verlegen war.
Endlich sagte sie:
»Trösten S' Ihnen, liabe Frau. Heißt allweil, der Herrgott hat die Kinder gern.«
Die weiße Gamsgeiß wetzte an ihren Ellbogen. Sie spürte es nicht. Sonderbar viele Blumen öffneten ihren Kelch, schienen hingestreut auf den toten Stein, damit auch er geschmückt sei für den heiligen Fronleichnam. Es lag die Ferne grenzenlos, blau zitternd im Sonnenrauch, so wie eine Wiesen, darüber man leise und behutsam schreitet. Es spiegelten sich versunken die Bergzacken, scheinende Waldwipfel, blanke Häuser, nicht größer als Kieselsteine. Weither trug es kaum vernehmlich einen tiefen Klang.
»Die Öblinger Glocken«, sagte Regina. »Heut sollet unser Hochzeit sein.«
»In aller Früh ist einer hinfür gangen«, sagte die seltsame Dienstmagd.
»Geberg?«
»Ja.«
Reginen wurde bang.
»Ich muaß eilen«, rief sie, »ansonsten komm ich zu spat.«
Die andere neigte sich zum Wasserlauf und sprach:
»Wart, Dirndel, ich geb dir einen Weihbrunn.« Sie schöpfte

noch, da kugelte über ihre hohle Hand ein gebleichter Totenschädel.

Wildmächtig von Schrecken gepackt, satzte Regina fort. Nirgends mehr war Blatt und Kraut. Der letzte struppige Baumkrüppel, der kümmerlichste Halm blieb hinter ihr zurück. Es röhlte der Schotter unter ihrem flüchtigen Tritt. Und sie lief . . . lief und schaute nicht mehr um. Die Hände wurden wund vom Krallen. Schwitz und Staub malten eine Unzier auf ihr Gesicht. Der rote Schaum dorrte um ihren Mund. Dick und schwarz hingen an ihrem Halse die Zecken. Oft stürzte sie. Allein sie gönnte sich kein Verweilen mehr. Ihre Augen starrten ohne Ausdruck gegen das steinerne Tor.

Es war eine unbeschreibliche Ödnis. Kein Tau, keine Windwehe schlug sich erquicklich auf ihre brennende Haut. Der lockere Sand umschmiegte ihre Füße wie Feuer. Nur zähe kam sie von Ort. Sie watete ihres Glaubens stundenlang. Oh, wie bresthaft wurde letztlich ihr blühender Leib, wie schwunden die starken, begierlichen Wünsche nach dem kostbaren Brautschatz, wie runn die lebendige Hoffnung und die Liebe zuckend aus. Reginen ziemte, daß sie sterben müsse. Sie süntelte in der Jausengrube von Stein zu Stein und wußte kaum noch, weshalb sie gekommen war.

Tatsach, daß sie bis zur Schwelle des verwunschenen Gewölbes gekrochen ist! Und glaubhaft beinahe, daß sie ein Heiratsgut gefunden hätte wie eine Gräfin oder eine Künigin. Gold, Silber und Demantstein, wer weiß wieviel. Aber es lustete sie nicht mehr darnach. Ja, sie schaute nicht einmal, ob die Pforte offen sei.

Item, hie lag ihr lieber Bub, schwer und klotzet hingeschlagen; unaufhaltsam sprang ein dünnes, rotes Brünndel aus der Schläfe.

Regina betrachtete ihn mit leerem Geschau und blieb starr und stumm wie eine Puppe bei ihm hocken. Sie war so müde und konnte den großen Schmerz nicht fassen, welcher ihr bevorstund. Später jedoch, als sie wieder zu Kräften kam, berührte sie langsam seine wachsgelbe Stirn. Und wieder nach einer Zeitkürze wollte sie seinen Kopf aus dem nassen Grüblein heben. Quoll gleich ein lebenswarmer Sprudel auf. Vergeblich schoppte sie ihren Schurz und die vielen kleinen Fetzen des Liebfrauenschleiers vor die Wunde. Vergeblich legte sie harte

Schneekrusten darüber. Der Schnee zerbröckelte, und sobald die Finger locker wurden, schwamm die Webe purpurn angesoffen in den Sand. Die arme Rögerl hätte gern geweint. O Gott, es reckte sie zum Lachen. Und dieweilen sie ungebärdig seine kalten, schlaffen Hände schüttelte, gurrte sie oft und oft:
»Ist auch nit wahr, Matthäus.«
Ihr graute unsäglich vor der toten Einschicht. Wie eine steile Schlittbahn lag der weiße Schotter vor der Mulde. Der Blick erreichte kein grünes Laub mehr. Blanke, durchsichtige Vipern sonnten sich regungslos im Kalk. Stumm ruhten die Geier inmitten der Lichtschwade. Sand tropfte. Schatten fuhren gespenstisch über den Schnee. In einer kalten, schillernden Bläue lastete der hohe Stein und obbei der Himmel.
»Du!« schrie Regina und drückte sich inniger zum Buben, als der Widerhall ihrer Stimme schrill und gespöttig von den Wänden brach. Und als Geröll und Schmelz einmal tosend vom Stierkar niederspritzten, verhielt sie ihre Augen und schmiegte sich an seine Brust und wispelte zag:
»Bleib bei mir.«
So fühlte sie seinen leisen Atem und seine Wärme. Eine bange Glückseligkeit berauschte ihre Sinne, als solle sie vergehen und verwehen. Still rieselte Sand zu Sand. Manchmal schnellte der glatte Leib eines Wurmes auf. Die Sonnenkugel hing groß und qualmend über der Grube. Der Kalk dunstete. Manchmal zersprang eine Schneekruste mit feinem Ton. Sachte schob ein Korn das andere in die Tiefe. Mählich kam Matthäus zu sich und umfing sie gröbbisch mit beiden Armen. Er hatte schon die Todesfähle im Gesicht. Die Kiefer scharf und hohl. Blutstöck im blonden Flaum. In den bläulichen Augen weitete sich groß und dunkel der Stern.
»Hilf mir!« ächzte Matthias.
»Ja«, sagte sie stumpf.
»Muaß ich sterben?« frug er.
Wieder stieg ein Guß Speichel in ihre Kehle. Sie konnte nicht reden, schüttelte lediglich den Kopf . . . betrachtete sein schönes, gelbes Haar auf ihrem Fürtuch und empfand seinen zähen Griff wie Stahl um ihren schmächtigen Körper, erst als er nachließ, beteuerte sie kläglich:
»Bist ehwohl stark.«

Sein Atem rasselte. Sie merkte es nicht, ließ sich fürmehr täuschen von seinem Lebenswahn, der sich haltlos verbrauchte. Sie beugte sich über sein graues Gesicht, feuchtete seine brandigen Lippen an und frug:

»Tuat's dir noch weh?«

Der Bub streckte sich.

»Eine Maasen, klein wie mein Fingerhüatel. Wird ehzeit heilen«, sagte sie.

Aus seinen Augen brach ein unnatürlicher Strahl. Eine Helle huschte über die Wangen. Da sagte sie, schon mit einer schüchtigen Hoffnung:

»Blüatest nimmer viel.«

Seine matten Flechsen schwellten aus der Haut. Enger packten die Arme zu.

»Nit!« bat das Mädchen unter seligem Gezitter: »Brichst mich ja in der Mitt vonand.«

Aber die wilde Liebesflamme, welche sie unschuldig erweckt hatte, fuhr weiter durch die leeren Adern und das letze aflige Hirn. Er schrie, inwillens aufzuspringen:

»Nachher eil! Sie tant schon Hochzeit läuten.«

Es hallten auch wirklich von überallher windverwehte Glockenstimmen. Regina war fast betäubt vor Freuden, daß ihr Bub zum Leben kam. Sie bußte ihn immer wieder und seufzte inständig:

»War schon recht.«

»Schau«, sagte er. »Auf der Mauern sind bereits die Liachter angezunden ... scheinen wie Demantbatzen ... sie tan leuchten wie Stern. Göldene Zapfen hängen aus der Truhen ... Schiab's ein!«

»Ich trau mich nit«, wispelte sie. Dann spähte sie doch ein bißchen über die Achsel und sprach:

»Ist auch nit wahr.«

Er stieß einen häßlichen Lacher aus, reckte den Kopf.

»Hast keine Schneid? Siagst ihn hucken?«

Sie sah nirgends einen Menschen. Und sie glaubte zur Halbscheid, daß er an febrilischen Zufällen litt; zur Halbscheid glaubte sie, es hielte sich dawo ein stiftischer Weidmann versteckt, nämlich der, welcher ihn angeschossen hatte. Und sie frug furchtsam:

»Siagst ihn du?«

Grüne Schatten entstellten sein Gesicht. Er äugte an ihr vorüber zum Grimmingtor.

»Schau«, sagte er noch einmal ... »Zunderrot glüahet sein Herz, in den Stoan verwunschen ... Rögerl, dort steht er.«

»Der Jager?« stammelte sie. Kaum gesagt, versetzte sie das Wort in Erstickungsnot. Sie wagte nicht mehr, hinter sich zu spähen. Eine Wolke blustete sich vor ihr. Beidseiten die Wand erschien ihr dusend gewitterblau. Ein muffiger Eishauch rieselte ihr über die Wirbel. Sie schrie hellauf:

»Halt mich, Bua.«

Er sagte lässig:

»Hiaza kömmen s'.«

»Nit!« schrie Regina. Gellend spottete der Widerhall. Es raschelte den Stein entlang wie falbe Blätter, so durch die Weid gefahren sind ... wie nackte Füße.

»Bist ehwohl stark!« schrie Regina. »Kannst dich wehren.«

Matthäus tat einen Schnaufer; taumelte empor und juchezte. Drei oder vier juchezten häßlich zurück.

»Her da!« schrie der Bub. »Seids alle meine Gäst. Mögets tafeln und saufen.«

»Bist narrisch!« klagte das Mädchen; lugte durch die Fingerschlitz. Sah nichts. Fühlte nur den Buben über sich, kerzengrad aufrecht, großmächtig mit seinen derben, unzähmlichen Kräften. Und weil er so stark war, glaubte sie ihm. Es flog ein lauer Blutstropfen nieder auf ihre Hand. Noch immer schwebte durch die Einöd ein Glockenton. Das Surmen der Schwegelpfeifen, Flöten und Geigen klang plötzlich schrill gebrochen aus der Tiefe.

»Aushalten, Spielleut«, stöhnte der Bub. »Zuerst der Erbverlaß und nachher die Hochzeit.«

»Wir brauchen nix«, schluchzte das Mädchen und klammerte sich an seine zerfetzten Stiefel.

Matthäus befreite sich; strampfte einen Schritt weiter.

»Bleib da«, bat sie inständig. »Ist kein Segen bei dem Schatz.«

»Ach was. Und reitert der Hölledige auf der Truhen, ich kriag sie doch wohl. Jager, versteck dich nit. Ich siach dich schleichen. Aushalten, Spielleut! Der soll herfürkömmen, soll mich schelten hören. Der wünnige Liabhaber.«

Sie kroch ihm nach, ohne aufzublicken. Eiskalte Zugluft schlug ihr in die offene Gurgel.

»Du, du«, keuchte der Bub, indes sein ganzer Körper fibberte. »Hast eine Todsünd in die Welt gesträhet und bist davon. Hast dich nie gekümmert, wo ich friß und schlaf.«
»Verzeih ihm«, bettelte Regina; stierte in seinen Schatten, der sich schwarz über den blendenden Sand spreizte.
»Broat aus die Alimenter! Hab sie lang gemißt. Ohne Ehr. Ohne Hoamat. Bin ein Fallot worden wegen deiner.«
»Matthäus«, sagte sie heiser. Hing an seinen Knien und wollt ihn halten. Der Staub sengte ihre Hautschürfe und ihre Augen. Sie hatte fast keine Stimme mehr.
»Matthäus«, sagte sie. »Die Liab brennt aso. Die Liab gibt nit auf. Verzeih ihm!«
Er lachte grob.
»Nia nit. Und bald sie ihn peinigt in Ewigkeit! Geschiacht ihm schon recht. Der hat seine Lust gehabt, und ich muaß büaßen. Hundert Gulden, tausend Taler mag er außerschmeißen. Die Schuld, daß ich leb, macht er nimmer guat.«
Regina sagte:
»Versünd dich nit. Ist so liabla auf der Welt.«
»Wo denn?« frug er höhnend. »Sag mir's, wohin wir reisen söllen. Aft reisen wir mitsammen.«
Sie wußte lange keine Antwort. Sie war hingebettet in die graue Öd, stierte geistlos auf den Schotterriedel, über welchen sie gekommen war. Da blitzten Kalkbröcklein aller Art; runde, spitzige, glatte; solche, die Sternen glichen, andere wie Schneckenhäuser; weiße, gelbe, rot gesprenkelte. Die ganze Erden wurde zu Kalkbröcklein. Endlich bat sie dumpf:
»Gehn wir hoam.«
»Geh!« schaffte er kalt. »Ich bleib heroben. Können mich die Geister zerreißen. Brauchst nit tränzen. Ist kein Schad um mich.«
»Ich bleib ehwohl bei dir«, rief das Mädchen und bekreuzigte sich.
»Juchui«, grölte der Bub.
»Juchui«, heulten die Unsichtbaren.
Er wankte und erfing sich wieder.
»Hiaza kömmen s'. Zielets! Ich halt stad.«
Sie kauerte mit aufgehobenen Händen.
»Heilige Maria, Muatter Gottes ... kniend auf der Wallfahrt will ich rutschen, kniend über Gluat und Schotterspitz ...«

»Scheibts her da, den verfluachten Totenschädel.«
»Zu dir schreien wir, schreien wir, schreien wir ... nach diesem Elende ... Zeige uns Jesu!«
Matthäus neigte sich. Die Wunde runn. Er wischte mit der magern Hand darüber. Sagte gleichgültig:
»Gestroaft.«
»Und benedeit ... benedeit ist die Frucht. Will keinen mehr bussen ... Voll der Gnaden ... Unseres Lebens Süßigkeit ...«
»Jager!« schrie der Bub. »Jager, scheib du.«
Von der Höhe bröselte der Sand; das Wasser klatschte in den Karren ... die Luft preßte sich. Dann krachte über die zwei Liebenden hinweg eine weiße Lawine. Jäher Todestrutz erschütterte seinen Körper. Er warf sich mit gereckten Fäusten nieder und tümmelte ins leere Nichts.
»Spiel dich nit. Laß dir noch einen letzten Wurf. Der muaß mich außischupfen.«
Reginens Hände sanken. Ihre Kiefer klapperten. Kaum hörbar schnarrte ihre Kehle:
»Sie gegrüßt. Versprich dir drei Rosenkränz auf die Nacht. Keine Lust und Liab mein Lebtag ... Bitt für uns ...«
Von seinen wilden Pratzen spritzte der Sand. Jeweils hielt er einen lichten Augenblick inne und frug: »Siagst ihn noch?«
»Na«, schrie das Mädchen alsdann. »Ist niemand da. Wir sind ganz alloan. Meiner Seel und Gott.«
Er aber deutete mit finster abgründigem Geschau für sich hin und sagte grausig: »Da is' er.«
»Heilig, heilig, heilig. Stirb gern in der Einleg, für uns arme Sünder jetzt und in der Stund ...«, würgte sie heraus und verhielt ihr Gesicht vor den bösen Geistern, welche dem armen Buben die Seel zerstückelten.
»Du, du!« grölte er. »Reiß aus deine Todsünd. Hat starke Wurzen und siebenfachen Sam. Werden die Teufeln schon schwitzend mit mir. Hebts mich auf!«
Sein Kopf schlug auf den Stein.
Regina wollte dem Buben beistehen. Er stieß sie hintan.
»Du nit!« trutzte er.
»Magst mich nimmer?«
»Tragts mich hinein, Lötter. Hab sunsten koa Quartier.«
»Wir fanden schon eins«, sagte Regina.
Blaß lag die Himmelsweite über der Grube. Ein großer

Wolkenbausch, durchsickert von Sonnenstrahlen, war so wie eine goldene Stiege.

»Geh weg!« bühlte Matthäus. »Die Verdammten dulden dich nit. Oder traust dich hochzeiten ohne Pfaff und Segen? Nachher ziach aus dein Gewandel. Reiß herab deinen Kranz.«

Sie tastete langsam über ihren Kopf. Sie stach sich an den grünen Kranewitten, die sich im Haar gefangen hatten, wollte ein Trieblein lösen; jedoch es war völlig verfilzt. Dann band sie das Fürtuch auf ... legte es beiseite, wie sie abends tat, bevor sie schlafen ging. Sie war willens, ihm zu folgen, damit er nicht allein sei. »Hiaz das Miederl«, sagte er lüstig. Sie schämte sich, legte die Hand über die Knöpfe und sprach, indes sie hinweg in die Ferne sah: »Schau, mein Bua.«

»Du ...«, röchelte er. »Spreiz dich nit. Der Hochzeitlader mit dem Buschen weiset schon niederwärts in die Höll.«

Da neigte sie sich und bußte beschwörend seinen unsinnig frevelnden Mund.

»Warum denn in d' Höll«, redete sie stumpf in die wolkenlose Bläue. »Wir gangen allweil fort bis in' Himmel.«

Er zog sie von den Lichtstaffeln hinweg, enger an sich ... Auf die gelben und opalfarbnen Sterne, auf die runden Sandringel spritzte es rot. In die hohe, von ferner irdischer Andacht fibrierende Luft fuhr immer wieder sein mächtiger Atemstoß, und seine Augen, schwarz und gewaltsam, wollten nicht von ihr lassen. Sie verstund ihn gar wohl. »Wann ich der Herrgott wär«, sagte sie hilflos, »ich tat dir alles verzeihen.«

Er tappte unruhig über ihr Gewand und lachte.

»No allweil nit? Du Letfeigen. Schamst dich in der Liachten? Schmeiß weg deinen Kittel, sonst kannst mir nit nach.«

Da knöpfte sie das Mieder gänzlich auf und wähnte hiebei, es fetzten an ihr viele beinerne Finger. Es kicherte was im Felskamin. Die weißen Vipern steilten sich und schauten zu.

»Hörst es winseln?« sagte der Bub. »Ich kimm schon ... Schnell, Rögerl ... daß einmal Ruah wird.«

Sie spürte was an ihrem Hemed reißen. Das war seine Hand.

»Mir tan ehwohl sterben«, sagte sie. »O Jesus ... dir leb ...«

»Fahr ab mit deine Pfaffenseufzer.«

»O ... Jesus ... dir sterb ich ...«

Er reckte den Kopf aus ihrem Schoß, krallte sich in ihre Kleider. Sein Atem pfiff:

»Hiaz hast mich, Jager. Beutel mir außer die dreckige Seel.«
»Dein bin ich ... Dein bin ich ...«, betete, sich duckend, Regina und wandte ihr Gesicht voll Todesangst in die Weite. Auf dem Grubenrand der Schotter blinkte in allen Farben.
Zittrige Flammenspitzen stachen aus jedem Stein ins verschleierte Blau. Es rieselte das weiße Sandkorn vom Berge in die Ewigkeit. Mitten im Himmel entbreitete sich wie ein großer Heiligenschein die Sonne.
Da geschah es, daß die arme Magd mit ihrer Gamsgeiß über den Schotterriedel kam. Sie hatten beid einen sachten, schwebenden Gang. Der Sand trug sie fast herab.
Regina hackte immer noch an die Brust und bewegte die Lippen, als sie schon ganz nahe waren.
»Oh, der Stralzensohn«, sagte die fremde Dienstmagd traurig. Der Bub hatte sein Gesicht in Reginens Schoß gewühlt und bemerkte sie nicht. Das Mädchen aber tat einen tiefen Atemzug und wisperte, noch verkrümmt und steif:
»Heroben is' schreckbar.« Dann sagte sie: »Bitt schön, schauen S'! Ist der Grimming offen?«
»Da«, sagte die Magd und schenkte ihr eine echte Enzianblume, die voll Wasser war. »Da hast einen Weihbrunn.«
»Schauen S', mein Bua ...«, jammerte das Mädchen und neigte die Blume achtlos, so daß Tropfen vor Tropfen aus dem Kelche runn. Plötzlich deckte sie das Fürtuch über sein Gesicht und bat:
»Gehen S' hinweg, liabe Frau. Ihner Kindel möcht ein Bluatmal kriagen.«
Gab die Magd leise zur Antwort:
»Mein Kindel wird häuftig Maasen kriagen.«
Ein kalter Luftzug wehte das Fürtuch zur Seite. Und sie sahen, der Bub war indieweil um einen Schatten grauer worden. Die Weibin bückte sich und rührte sein zerfilztes Haar an und frug:
»Kennst mich?«
Regina, meinend, er sei schon tot, schüttelte seine Achseln und schrie:
»Los', Matthäus! Kennst es?«
Der Bub drehte langsam den Kopf:
»Na.«
Nach einer Weil musterte er die Gamsgeiß, scharf, mißtrauisch.

Sein Körper zuckte. Seine Arme, eben noch wie Stahl, wurden locker. Er frug lallend:
»Wo gehst hin?«
»Hinüber«, sagte die Magd.
»In' Hinterberg«, sagte Regina. Dann fiel ihr plötzlich ein, die fremde Person hab vielleicht eine Lug getan. Und sie wölle gar nicht ihre Muhme heimsuchen, sondern fürmehr den verwunschenen Schatz heben.
»Gehen S' nit hinein«, sprach sie erschrocken. »Passen ja die Geister zwischen Gold und Edelstoan.«
»Arme Seelen ...«, sprach die Magd. »Müassen viel leiden ... Hunger, Durst, Sehnsucht und Pein und Liab, heißer als sie auf Erden gebrunnen hat.«
»Ist's wahr?« frug Regina und machte einen scheuen Blick hinter sich.
»Nit spähen!« rief die Weibin.
Da sank das gute Kind furchtsam hin und langte um ihre schneeweiße Hand und hielt sie fest.
»Laß mich gehen«, sagte die Weibin, »sonst kracht früher das Tor zu.«
Regina bettelte:
»Bleiben S' heraußen ... Ihner Kindel möcht einmal in Trüabsinn fallen dafür.«
»Oh, mein Kindel sollt die Menschennot gespüren und barmherzig werden dafür«, sagte die andere. Ein Wassertropfen glitzerte auf ihrem groben Schuh. Sie hatte keinen Strumpf an. Weiß und feingeädert schimmerte der Rist unter dem Kittelsaum. Ihr Atem flatterte hell und schnell durch die stille Einöd. Sie zog ihre Hand sachte aus den starren Fingern des Mädchens und bückte sich nach den Wassertropfen, die noch über dem Schotter vergossen lagen. Ganz in Sonne eingebettet war ihr flachsblondes Haar. Die schmalen Wangen blühten auf, als ob sie geweint habe.
»Komm, Tesin«, sagte sie zur Geiß. »Wir gehen.«
»Heilig«, schrie Regina. »Sie mögen nimmer außer.«
»Ahwohl, auf der andern Seiten«, sagte sie. »Pfüat Gott beinand.«
Matthäus wälzte den Schädel und beobachtete sie scheel und scheu, während sie langsam dem Tor zu ging, an jedem Finger ein Tautröpfel tragend. Er seufzte, als wölle er gehört werden.

Unter seinem wilden rötlichen Bartflaum bewegten sich die bleichen eingesunkenen Lippen.
»Was willst denn?« jammerte Regina. »Matthäus, sag's laut!«
Ohne auf sie zu achten, strengte sich sein glurendes Gesicht zu stummen Worten an, immer redseliger, immer abwesender der raren Erscheinung hingegeben ... Und er schaute ... und schaute noch, als ihr Schritt in der Bergtiefe verhallt war ...
Die Zeitminuten versiegten im grauen Staub. Über der Sandriese stund leer und groß die Sonnenglorie. Die Vipern waren eingeschlafen. Der Schnee verschwand, wo er lag. Und Regina kniete inmitten der Ödnis und hielt ihrem Buben den blutenden Kopf. Aus der Schläfe floß gelb der Afel. Und immer staunender die glasigen Augen rundend, verschaute er sich in das Unsichtbare.
Da fühlte sie sich ganz trostlos, sonders, weil er sich nur um die fremde Person besorgte, sie selbst herentgegen vergaß. Sie war ja noch ein junges, einfältiges Dirndel; der menschlichen Schwäche und Unwissenheit gar sehr unterworfen. Sie kosete sich näher zu ihm und frug eifersüchtig:
»Gelt, du kennst es, Matthäus ... wer is' denn?«
Er gab keine Antwort. Weiß Gott, was er sah ... Vielleicht die armen Seelen in ihrer Marterqual. Item, als fern und fein der Glockenton auswehte ... wie ein Hauch, als das steinerne Tor schon langsam in seinen Angeln ächzte, da lallte er mit schwerer Zunge:
»Gib dem Jager auch ein Tröpfel!«
»Ein Tröpfel!« wimmerten sie im Berge.
Dann wurde es still. Ein dünner, durchsonnter Staubqualm tanzte noch eine Weil um die Grube. Glutheiß dorrten Stein und Sand. Keine Windwehe flog erlabend. Nur einmal hob sich über dem Schnee ein blasses Wölkchen, immer höher ... bis es oben in der Himmelsferne flockenzart erlosch.

So die Geschichte vom Stralzen-Matthäus. Hätte ich sie nicht ganz erzählen sollen? Es möge niemand hiebei weinen, denn sie hat sich vor mehr als hundert Jahren zugetragen, und alle, welche den Buben kannten, sind längst zu Staub und Asche worden.
Der alte steinerne Grimming steht noch. Manchmal rosinfarben von Morgenröte übergossen. Manchmal fast unirdisch

schön im herbstlichen Abendblau. Wie ein Glasberg im Mondschein. Wie ein großer Gugelhupf, mit Zucker bestreut; annoch verhüllt mit dem prunkenden Sterntuch der Adventnächte. Aber kein Mensch, weder Greis noch Kind, weder Mann noch Weibin, hat je sein unergründliches Geheimnis leibhaft gesehen; es sei denn einer, der hienach gestorben wäre wie der Stralzen-Matthäus.
Regina hat, die Geschichte halb erahnend, nur dem erzählt, welchem sie in späten Jahren, schon altjüngferlich, eine blumenreine, milde Neigung zuwandte. Sie hat ihm letztlich das blaue Fürtuch gezeigt, in das ihr Bub seinen Sterbeschöpfer getan hat. Und sie hat gesaget:
»Mehr weiß ich selbsten nit...
Es ist eine fürbeikömmen, wohl notleidig im Hergeschau und dennoch so liabla, als hätt sie im seidenen Hüllbett geschlafen und nit in einem Bauernstall... so frumm und unschuldig, als hätt sie nie kein Mannsbild bussen därfen. Dieselb hat seine Augen gebannt und seinen trutzhaften Sinn gebrochen...
Dieselb ist hinein. Vielleicht um ein teures Heiratsguat. Vielleicht zu den armen Seelen und den Verdammten. Eine blühjunge Magd in der Hoffnung. Er hat sie liaber gehabt als mich. Hat ihr sterbender nachgesehen.
Gott gib ihm die ewige Ruah!«
Wir möchten fragen: War sie vom erhitzten Geblüte getäuscht? Oder war gerade die Zeit, wo der heilige Fronleichnam aus den Dörfern und Märkten getragen wurde; wo auch die Feldfrüchte und -blumen den Segen empfingen, und wo die kleinen, gekrauseten Jungfraun so laut und gläubig vor dem seidenen Himmel beteten, daß sich hier oben im rauhen Grimming das Wunder begab?
Der hochwürdige Pater Isidor hatte indes am Verweserhaus das Evangel Johannis gelesen. Rings fächelten die Birkenwipfel. Die Wachskerzen brunnen zuckend in den Fenstern. Daneben schwellten rot, blau und gelb die Buschen auf. Die leinenen Altartücher mit dem Signum Christi im Häkelspitz, die gestärkten Vorhänge bauschten sich im warmen Wind. Andachtsvoll sahen die Gottsheiligen auf den Dorfplatz nieder. Da standen die Öblinger dicht geschart. Die Knappen, Hantierer, Holzknecht und Flößer, die Hausväter und Hausmütter; die Jungfraun und Gesellen... ein jeder Stand

zünftig hinter seinem Fahn. Schon breiteten die Prangdirndeln ihr Sacktuch unter das Knie. Die Kleinsten, noch unwissend, klopften bänglich ans Herz, als die ersten Böller donnerten. Es war der schönste Tag; völlig überspült von Duft und Licht. Unzählige Bergblumen lagen im Schiefersand verstreut. Der Weihrauch hing in einer feinen Schwade zwischen Blüh und Laub. Durch die krachende Luft zitterte die Glockenklingel.
Pater Isidor schob seine Hände ein paarmal unter das Velum. Er wollte die Monstranz aufheben, um die vier Gegenden von Öblarn in Erde, Wasser, Licht und Wind ... Wurzel, Frucht und Keim zu segnen; wollte die arme Berggemeinde noch brünstig der Hilfe Gottes anbefehlen, bevor er gehen mußte. So laut und gnadenkräftig wie ein Abt, ein Bischof, ein Papst wollte er rufen:

»Von Blitz und Ungewitter,
Von Pest, Hunger und Krieg,
Von allem Übel
Erlöse uns, o Herr!«

Aber merkwürdig. Die geweihten Birkenruten, die Flammen rundum, die rot und blau und gelb geschedkte Buschenzier, die Menschen selbst und ihre Häuser schwankten für seinem Aug, als ginge zur Stund die liebe Welt in Stücke. Seine zittrige Stimme brach. Es war ein schmerzvoller Abschied für den alten Herrn. Ganz durchschüttelt vor Erregung, preßte er die feuchte Stirn an den hochheiligen Fronleichnam und gab ihnen weinend den letzten Segen.
Der Bäckenhansei merkte es gar wohl, setzte sein Waldhorn an und spielte andächtig das Genitori.
Die Öblinger jedoch überwahrten seine Zähren. Sie knieten gebeugt im Sand, und dieweil ihre harten Finger an die Brust schlugen und ihre trockenen Lippen »Heilig, heilig, heilig ...« sangen, baute ihre Phantasei, wie kärglich sie auch war, schon neues Traid auf die verschütteten Äcker. Und sie glaubten an Gott, der uns in Stürmen zerschlägt und an Grashalmen aufrichtet. Und sie dachten an die ferne Zeit, dawo die Heimat wieder blühen werde.

WÖRTERVERZEICHNIS

Afel Wundnässe
aft dann, so
Amendement Änderung
anhabig zudringlich
Anklöckler Almosenbitter in der Weihnachtszeit
Anrand Mut
Anze, Anzgadern Stange am Schlittengespann
aper noch ohne Schnee, schneefrei
Assentierung militär. Aushebung
auf(ge)post aufgetragen
aufköhren aufziehen
Auwel Eule

Bacht, Hönigbacht Gebäck, Lebzelten
baschen, paschen klatschen
Beinvögel Bienen. (Nach altem Volksglauben fliegen die Seelen der ungeborenen Kinder mit den Bienen)
beuteln, Beutler schütteln, Kopfschütteln
beuten borgen, leihen
biddeln, Biddel werben, Brautwerber
biesend toll, wild werden
Biess(e) Zaumspange, Kandare
Binkerlsucht Ziegenpeter
blaht aufgebläht
Bloch abgerindeter, behauener Baumstamm
brachen umgraben
Brasseletten Armband
Bräverl Medaille
bred(er) böse, unartig
Brentlerin Sennin auf der Alm
broat, fürerbroaten breite, breite aus, vorbringen
brocken pflücken
bühlen mißtönig klagen
Burtigadel Purzelbaum

calmieren beruhigen
crudelis vastator monasterii grausamer Zerstörer des Klosters

Dake Geflecht zum Schuhabstreifen
Dalk Blöder
dasig hiesig
dasseg das, dieses
Dibbelboden Holzgebälk
Docke Puppe
Dodei, Dodel Blöder, Schwachkopf
drent drüben, jenseits
Duchent Federpolster (Oberbett)
Dusend Dämmerung

Eichtel ein Weilchen
Eilferin die Elfuhrglocke
Einleger (in der Einleg arbeiten) Gemeindearmer

einletz allein
einschichtig einsam
Erdnudel Kartoffel

Fack Schimpfwort: junges Schwein
Falott Lump, Vagabund
Färcht im Vorjahr
Farlsau Ferkel
Fatschdecke Steckkissen
Fatsche Wickelbinde
fechsen ernten, pflanzen, setzen
Feigel, Veigel Veilchen, auch Levkoje
Feim, feimend Schaum, schäumend
Feister Ortsname
Flocke Galakleid der Benediktiner
Fluder hölzerne Wasserrinne
Forsch Blutspur (Schweiß) des Wildes
Fraisen Krämpfe (besonders bei kleinen Kindern)
Frauentag Mariä Geburt, *Großer Fr.* Mariä Himmelfahrt
Fürtuch, Fürter Schürze

gach, gächst jäh, plötzlich
Gahnen Funken
Gäu (Gau) Gehege; ins Gäu geschickt bedeutet hier: Umfrage nach Schlachtvieh
gedäftet (gedeppt) gedemütigt
geflaht gefetzt, zerrissen
Gefrieß Gesicht
gegupft gehäuft
Germdampfel (Germ Hefe) Sauerteig
geschartzig gesprächig
geschert dumm
das Geweichte (Geweihte) Weißbrot, Rauchfleisch, Butter und Eier, die nach altem Brauch am Osterfest in der Kirche geweiht werden
Gfrett dauernder Ärger und Mühe

Gitsch Mädchen
Gjaid Jagd
God, Gode, Göd Pate
Goder Doppelkinn
Goltvieh Jungvieh
Gouwader Schneewehe
graten entraten, entbehren
Griesengeld Taufgeld (Patengeschenk)
gröhen gerade
Gubernium Regierung
Gugel alte Kopfbedeckung
Guggenschecken Sommersprossen
Gulga Ortsname eines Talkessels
Gumpen stehendes Wasser, Tümpel

Haager Ofen Ortsname: ein senkrecht abfallender Hang
haasen sacht, gemütlich, langsam
Habergeiß Nachtgespenst
Hafen, Häfen Topf
Halter Hirt, Viehpfleger
Heidel Wiege
heideln in Schlaf wiegen
herentgegen dagegen
herfeil wohlfeil, käuflich
herissel diesseits
Hetschebetschen Hagebutten
hiaza, hiazt jetzt
Hirest Herbst
Holzriesen Gleitbahn für gefällte Baumstämme
Huebe, Hube kleines Gehöft
hussen, Aufhusserei hetzen, Hetzerei
husig schnell
Hutmann höherer Bergmannsrang

irchern wildledern
Irchtag Dienstag

Kamisol Unterjacke
kampeln kämmen
Kar Mulde im Gebirge
karessieren liebkosen, liebeln
Karfiol Blumenkohl

Karner Kärntner
Kastenschnaps Schnaps für die Fensterl(Gassel)buben
keiht geworfen
keppeln zanken, keifen
Keusche kleines Haus
Keuschler Kleinbauer, Häusler
klewer zart
klöcken klopfen
Klotzen, Kletzenbrot Brot aus gedörrten Birnen
knopfet eigensinnig
Koch Brei, Auflauf
Kotter Kasten, auch Haftstube
Kotzen grobe, wollene Decke
kraimen knirschen
Kral(l)e Perle, Küglein
krallen, aufikralen, gekräult klettern, hinaufklettern, geklettert
Krampen Spitzhacke
Der Krampus Teufelsgestalt als Begleiter des hl. Nikolaus am Nikolotag, straft böse Kinder
Kranewette Wacholder
Kranewittern Wacholderschnaps
kranker Freitag Freitag im abnehmenden Mond
Kreppen, Kronaster Jungholz, dürres Reisig, Gestrüpp
kurabel heilbar

Lahn Lawine, Erdrutsch
Leihkauf Angeld, Anzahlung
Leiten Bergabhang
Letfeigen Feigling
Lethe (Letten) vom Boden: schwer lehmig, *verleht:* voll Lehm
letz gering, wenig, schwach, übel
Liachten zwischen der L., in der Dämmerung
losen horchen, lauschen, *auflosen* zuhören
luckert löchrig

Maasen Wunde
March Marke, Merkmal
Masche Schleife
Mauke Krankheit der Pferde und Rinder
mentisch gewaltig, sehr
miselsüchtig grämlich, verbittert
Moar, Moarin Großbauer (-bäuerin)
Model Muster, Form
molestieren belästigen
mudeln stoßen
Mugel Rausch
Mure (Sandmure) Gesteinsstrom im Gebirge, Erdlawine, Erdrutsch

Nagerl Nelke

der Ofen ist z'sammfallen Redewendung für eine Geburt

Pechmanderl Sandmännchen
Pelzer Reiser zum Veredeln der Bäume
pernoktieren übernachten
Petergstamm gelbe Bergprimel
Pfaid Hemd
Pluzer Fehler
picken kleben
Pönitenz Buße
Prangtag Fronleichnamsfest
Pratzler Prahler
Pröpstlinge Erdbeeren
putzen hier: stehlen, verschwinden lassen

raiten rechnen, denken, sinnen
raunzen klagen, nörgeln
rehren (gerehrt) weinen
retzen sich ereifern
riegelsam fleißig, emsig
rogel locker
Rüdel Furchen

schaak verdorben, ungenießbar
Schachen, Schaching kleiner Wald
Scharb Garbe
Scharwacht Totenwacht
scharzen plaudern
schebbern rasseln
Scheitel kliabn Holz spalten
schiach häßlich
Schiache der Häßliche, d. i. der Teufel (im Gefolge des St. Nikolaus am 6. Dezember)
Schlachten Befestigung im Uferdamm aus Baumstämmen
Schleipfe Schlitten
schmecken riechen
Schmecks, Kropfeter! Hier Anspielung: such dir dein Teil heraus
Schön Uhle Schwertlilie
Schotten Quark
Schotterriedel schmaler Geröllstreifen
sich schraufen sich vor etwas drücken
Schuahbletzen eine Wunde am Fuß
Schwager hier: Postkutscher
Schwammerl hier: Rausch
sekkieren quälen, ärgern
selm damals
selthalben deshalb
Seng, Gseng Segen
Spatel Schachtel
spänen, abspänen den Säugling absetzen, entwöhnen
speanzeln liebäugeln
Speis die Speisekammer
Spenser kurze Jacke
Speisgatter hier: Kommunionbank (*Abspeisung:* Kommunion)
sper bitter
Spinfieber Kindbettfieber
Starzen Namen einer Alm
Stessel Stange
Stiegelstecken Bergstock
Stöhr Arbeit eines Handwerkers, der ins Haus kommt
sträbern aus Stroh
stuff kalt, trotzig
Sympathie-Bete zauberkräftiger Rosenkranz (Aberglaube), heilen durch »Besprechen«, »Gesundbeten«

Taverne Schenke
Theke Schreibheft
törrisch schwerhörig
Traid Getreide
Tranggin Puppe
tränzen weinen
tratzen necken
Trempel Stall auf der Alm
treveln plaudern
tribulieren quälen
Trumm, Mordstrumm großes Stück
tümmeln lärmen
Tutter Fohlen

umasiest umsonst
Umbrell Schirm

Vedette Wachtposten
Veitel, Feitel Messer
verjäukt verjagt
verkeit weggeworfen
verschliefen (verschloffen) sich verkriechen
verspaukt verjagt
verwehdelt mißraten, verkrüppelt
verzetten verschütten, verstreuen
vigiliert wachsam
vulgo genannt, insgemein

Die Walchen Zufluß und Seitental der Enns
Wehdam Weh, Leid
Weiset Geschenk für Wöchnerin und Kind
Welgen und Waddecken Arzneien
Windwaudel Samenwedel des Löwenzahns

wolter sehr, stark
würblig wurmstichig
würflig unsinnig, toll

Zabbel Hacke
Zachenschöberl eine Bergkuppe in den Niederen Tauern

Zage Fuhrwerk
zaschen schlurfen
zerlempert zerfetzt
Zibeben Korinthen
ziefer karg
Zöger Korb
Zügen-Glocke Sterbeglocke